Ana Forner

Miles de emociones con tu nombre

Miles de emociones, 1

Esencia/Planeta

Avda. Diagonal, 662-664, 08034 Barcelona (España)
www.esenciaeditorial.com
www.planetadelibros.com

Diseño de la cubierta: Booket / Área Editorial Grupo Planeta a partir de la idea original de Tiaré Pearl
Imagen de la cubierta: Shutterstock
Primera edición en Colección Booket: julio de 2024

Depósito legal: B. 11.530-2024
ISBN: 978-84-08-29025-4
Composición: Realización Planeta
Impresión y encuadernación: CPI Black Print
Printed in Spain - Impreso en España

Miles de emociones con tu nombre

Erótica

Biografía

Ana Forner nació el 31 de diciembre de 1979 en Valencia. Casada y madre de dos hijos, compagina su trabajo como contable con la escritura, una afición que llegó inesperadamente con su primera obra, *Elijo elegir*, publicada en 2015 y ganadora del premio Mejor Novela Erótica en el evento Murcia Romántica de 2017. En sus horas libres le gusta leer, disfrutar de su familia y rodearse de buenos amigos.

Encontrarás más información de la autora y su obra en:
@ana.anaforner
@Ana Forner

Dedicado a mis hijos, Paula y Víctor.
Ojalá siempre sepáis cuánto os quiero.
Víctor, querías tu libro, ¿verdad?
Aquí lo tienes, cariño

Aviso de contenido

Esta novela contiene escenas sexuales detalladas no apropiadas para todas las edades. Dichas escenas son fundamentales para el desarrollo de la historia y de los personajes.

Casa Señorial en la bodega Torre de Oña, cuya propiedad es de la bodega Torre de Oña, S. A., perteneciente al grupo bodeguero La Rioja Alta, S. A.

Capítulo 1

La Rioja, finales de septiembre 2014

Llego a casa con las primeras luces del alba y, mientras mi padre se hace cargo del equipaje, detengo la mirada en los dos altos cipreses que, a modo de soldados curtidos en cientos de batallas en forma de tormenta, se encuentran flanqueando la entrada, como protegiéndola de futuras amenazas, aunque, por el contrario, parecen darte la bienvenida meciendo sus ramas si eres del bando aliado; pienso observando la enorme casona de piedra de sillería con sus doce ventanas de madera y el gran balcón que se encuentra justo encima de la puerta que da acceso a la vivienda..., ese balcón en el que, de pequeña, me sentía en lo alto del mundo, rememoro esbozando una sonrisa cargada de añoranza.

Aquí, entre viñedos, olivos, castaños y encinas, di mis primeros pasos, rememoro deslizando la mirada lentamente por el extenso paisaje que me rodea. Aquí aprendí a correr, a ir en bici, a montar a caballo e incluso a vendimiar. En este pequeño trocito del mundo, que a mis ojos infantiles era un universo entero, conocí el dolor de la muerte, pero también descubrí que la vida podía brillar intensamente cuando alguien encendía esa luz en tu mirada. Aquí dejé de ser una niña vivaracha con coletas para convertirme en la mujer que soy ahora, y aquí estoy de nuevo, en la finca y en los viñedos de mi familia... en La Rioja, en mi casa y en mi hogar, concluyo inspirando profundamente, siguiendo a mi padre al interior de la casa.

Cuánto tiempo sin estar aquí, reconozco con pesar, deteniendo la vista en las vigas de madera del techo; en el suelo de barro cocido en el que aprendí a andar y en el mueble de la entrada, herencia de mis abuelos, repleto de fotografías nuestras inmortalizando momentos felices, y sonrío con añoranza, acordándome de cada uno de ellos mientras la suave luz del amanecer se filtra entre las cortinas, dándome la bienvenida, como esos cipreses, abrazándome a su manera, y respiro profundamente la sensación de estar en casa; esa sensación que te reconforta y que te hace sentir en paz, en calma y a salvo de todo.

—Qué ganas tenía de tenerte aquí de nuevo, hija. Además, has venido en una de las épocas más bonitas del año —me dice mi padre rodeando mi cuerpo con uno de sus brazos, y apoyo mi cabeza en su hombro, cerrando los ojos durante unos segundos, absorbiendo cada uno de los matices de su voz.

Siempre he pensado que hay voces que son capaces de transportarte a lugares concretos, que consiguen que te detengas simplemente para escuchar lo que tengan que decirte y que tienen la experiencia de la vida en cada uno de sus matices, y la de mi padre es una de esas voces, pues cada vez que la oigo, esté donde esté, mi alma vuelve a este mismo lugar, al viñedo, al remontado del vino, a las trasiegas con la luz de la vela iluminando ese vaso en busca de posos, al olor del *calao*, al sabor de la fruta madura, a la vendimia y a sus explicaciones, pues su voz es la voz de quien ha dedicado su vida entera a un arte, al arte de hacer vino, y es también la voz del saber y de quien ha vivido multitud de vidas en una sola.

—Y en la de más trabajo también, ¿verdad? ¿Ya habéis empezado con la vendimia? —le pregunto abriendo los ojos para encontrarme con los suyos.

—Todavía nos faltan dos semanas más o menos. ¿Te quedarás para hacerla con nosotros?

—No lo sé; ya sabes que, con mi trabajo, a veces es difícil hacer planes.

—Eso es porque no has elegido el oficio correcto —me replica, arrancándome una sonrisa.

—El trabajo correcto sería el de enóloga, ¿no es así?

—¿Ves como tú solita has llegado a la conclusión acertada? Llevas el vino en la sangre, hija; esto forma parte de ti, aunque reniegues de ello.

—Pero ¿a quién tenemos aquí? —oigo la voz de Casi, y sonrío más abiertamente cuando la veo salir de la cocina con su vestido de flores, sus zapatos negros y su pelo corto y rizado, como siempre, pues mi Casi no cambia por muchos años que pasen.

—¿Qué haces ya despierta, Casilda? —inquiero, zafándome del brazo de mi padre para correr hacia ella y darle un enorme abrazo.

—¡Ay, no me aprietes tanto que me desmontas! —me pide, haciéndome reír—. ¡Desde las cinco y media que estoy de pie! A medida que me hago vieja, menos duermo; cualquier día seré yo la que despierte al gallo de las narices. ¿Tienes hambre?, ¿estás cansada? Ayer fui a comprar ese té pijo que tanto te gusta, ¿te preparo una taza? Aunque no sé para qué te pregunto, vas a comer algo sí o sí; anda, vamos a la cocina.

—No es pijo —me defiendo, siguiéndola sin dejar de sonreír—. Papá, ¿nos acompañas?

—Llevo las maletas a tu habitación y voy en un minuto. Ve tomándote ese té pijo —me suelta guiñándome un ojo.

—¡No lo es! —insisto, guiñándole el mío y volviéndome para seguir a Casi.

—Por supuesto que lo es. Un té que sabe a caramelo y a un montón de cosas más tiene que serlo a la fuerza —se reafirma, poniendo el agua a hervir, mientras me siento en uno de los taburetes que rodean la isla.

—Cuánto tiempo sin estar aquí —verbalizo lo que he pensado hace unos minutos mientras observo el paisaje que se vislumbra a través de las ventanas.

—Vergüenza tendría que darte. ¿Cuánto hace que no vienes?

—Ni lo sé —susurro encogiéndome de hombros, abrazando la agradable sensación de sentirme querida y arropada—. Me encanta esta cocina, siempre me ha gustado —prosigo, admirando los azulejos biselados blancos en contraste con la madera oscura de los muebles y las vigas del techo.

—Tu padre quería reformarla, ya sabes, hacerla más moderna y funcional, como él dice. ¡Menuda chorrada! —me cuenta mezclando la miel con el agua caliente—. Imagina dónde lo mandé, ¡vamos, que mi cocina no la toca ni Dios! Yo quiero esto, una cocina de campo, rústica, como yo, una cocina, ¡cocina! —continúa, con ese genio tan suyo, sirviéndome el té con unas galletas—. Esas cocinas que se llevan ahora de... ¿cómo es?, *¿indurión?*

—Inducción —le aclara mi padre entrando en la estancia—. ¿A ti qué te parece, hija? Encima que pienso en ella, y un poco más y me manda a donde mejor no te digo —añade, haciéndome reír con ganas.

Cómo echaba de menos esto, estar en casa, las conversaciones en la cocina, la complicidad con mi padre y la compañía de Casi, esta mujer que llegó a nuestro hogar cuando yo era un bebé para ayudar en las tareas domésticas y que terminó convirtiéndose en una parte fundamental de la familia.

—¡Eso! ¡Inducción! Para el caso, ¡que de eso nada! Yo quiero una cocina de gas, de las de toda la vida, y una campana extractora como esta, bien grande; esas campanas escondidas que suben cuando pulsas un botón... ¡no, no, no! —continúa hablando, negando con la cabeza—. ¡No me la colarán a mí! Las campanas extractoras tienen que ser como los... bueno, ya sabes, bien grandes y potentes, a mí que no me digan...

—¡Casi! —exclamo escandalizada, con las sonoras carcajadas de mi padre de fondo.

—¡Y ojo, que no lo critico! —prosigue su discurso, y le sonrío a mi padre, pues ambos sabemos que, cuando coge carrerilla, no hay quien la detenga—. Que ya sabéis que yo nunca critico nada, ¡Dios me libre! Pero sí opino, eso sí, que para eso somos personas libres, para opinar y debatir. ¿Tú qué dices, hija? —me pregunta, apoyándose en la encimera.

—Pues eso mismo, que tienes razón —musito, ocultando mi sonrisa tras la taza de té, dándole a continuación un sorbo y saboreando la mezcla de miel y caramelo.

Debería renunciar a la miel y acostumbrarme a tomarlo sin nada, pero... «ya lo haré», me digo postergándolo, como siempre, dándole otro sorbo y sintiendo el sabor dulzón deslizarse por mi garganta.

—¿Quieres algo más para comer o con estas galletas ya tienes para todo el día? —plantea, pinchándome.

—¡Casi! ¡Pero si tengo más sueño que otra cosa! No sé cómo puedo seguir con los ojos abiertos, con lo cansada que estoy.

—Tú siempre con un cuento u otro. ¿Se puede saber qué comes cuando estás por ahí?

—Lo que tienes que hacerle a la niña es un buen plato de cocido con tocino, morcilla, carne y verdura, que está flaca como una caña —interviene mi padre, poniendo más leña al fuego.

—Ese plato es pura grasa, papá; yo, con una pechuga a la plancha, voy bien.

—De eso tienes cara, de pechuga a la plancha. ¡Pero si eres un saquito de huesos! De verdad, debo de ser un bicho raro o tonta de remate, porque no entiendo esta moda de hoy en día de querer estar tan delgadas. Cuando yo era joven, las modelos tenían pechos, caderas y un buen trasero, y, en lugar de desfilar caminando como cabras y con cara de indio cabreado, se deslizaban sutilmente por la pasarela.

—¿Sutilmente? Qué refinada te has vuelto, Casi —me meto con ella entre risas.

—A ver qué te crees, ¿que porque me pase el día rodeada de vides y animales no voy a saber hablar? ¡Que aquí una es muy fina, aunque no lo parezca!

—Bueno yo también soy fina y te aseguro que no camino como si fuera una cabra —le digo, sonriéndole a mi padre, que me mira con orgullo.

—A mí no vengas a venderme la moto, que he ido muchas veces a verte desfilar y parece que en cualquier momento vayas a soltarle un sopapo al primero que se atreva a mirarte. ¿Es necesario que pongáis esa cara de leche agria? —me replica con aplomo—. ¡Y haz el favor de comerte esas galletas! Pedro, esta hija tuya me frustra, de verdad. ¡A ver! Dime qué quieres comer hoy y ni se te ocurra mencionar una pechuga a la plancha, que soy capaz de sacar una del congelador y darte con ella en toda la cabeza.

—¿Comer? Casilda de mis amores, lo que voy a hacer es dormir durante horas; de hecho, me voy a la cama ya.

—De eso nada, ¡ni pensarlo! ¡Pedro, di algo, hombre! ¡Que esta niña ni tiene carne ni tiene *na*! Luego te quejas, pero, si cuando hay que hablar, te callas, como estás haciendo ahora, pues la niña coge alas y va más a la suya que los patos del estanque... Si es que todos los hombres sois iguales, puñetas. Mi Tomás, que en paz descanse, hacía lo mismo con mi Sandra. Si es que me he pasado la vida bregando con unos y con otros —bufa, cogiendo carrerilla en su discurso, y miro a mi padre pidiéndole ayuda.

—Déjala, mujer, ¿no ves que no puede con su alma? Anda, ve a acostarte —me propone mi padre al fin, y vocalizo un «gracias» enorme mientras me levanto y salgo disparada de la cocina antes de que Casi pueda añadir algo más.

Llego a mi habitación y, tras cerrar la puerta suavemente, me apoyo en ella, observando la estancia. La cama de hierro forjado, con las guirnaldas que colgué hace una eternidad; las mesitas de noche, de madera oscura, con las lamparitas en forma de flor; la colcha verde y los cojines blancos, a juego con las cortinas; el tocador con el espejo ovalado y la fotografía que descansa sobre él, una foto que nos tomó mi padre en el viñedo a mi madre, a mi hermana Alana y a mí cuando yo tendría unos dos añitos; en ella estoy en brazos de mi madre mientras mi hermana, de su mano, le saca la lengua a mi padre y sonrío, acercándome a ella para cogerla.

Cuánto tiempo ha pasado desde entonces... Tanto que me cuesta reconocerme en la niñita de la fotografía, pienso acariciando la cara sonriente de mi madre.

—Ojalá pudiera tenerte conmigo ahora, mamá; ojalá fuera capaz de rememorar el sonido de tu voz, el tacto de tu mano o la colonia que utilizabas, para poder olerla y recuperar recuerdos... Ojalá fueras tú quien me riñera por no comer, como hace Casi, y ojalá fueras tú quien saliera a recibirme cada vez que llegara a casa —musito pegando la fotografía a mi pecho, para luego descorrer las cortinas y abrir la ventana de par en par, viendo cómo el sol comienza su lento ascenso hasta el cielo, hasta ese lugar donde de pequeña me decían que estaba mi madre y donde yo hubiera ido volando si hubiese podido.

Con la añoranza abriéndose paso en forma de lágrimas, contemplo estas tierras que pertenecieron a mis abuelos y con anterioridad a mis bisabuelos; estas tierras que no saben nada de desfiles, fiestas y, en ocasiones, de falsas sonrisas, y que han visto un sinfín de amaneceres y atardeceres manteniéndose fértiles, año tras año, dando continuidad al legado de mi familia, al legado de los Domínguez.

Sin despegar la foto de mi pecho, inspiro la fresca brisa del amanecer que trae consigo los aromas de mi infancia, esos aromas que hacen más vívidos y reales mis recuerdos, y siento cómo miles de emociones aletean en mi interior como lo haría una mariposa de cientos de colores...

La muerte de mi madre cuando yo todavía era una cría; el dolor, la rabia y la impotencia que sentí y que, aunque en menor intensidad, nunca he dejado de sentir. Recuerdo las lágrimas que nos acompañaban a Alana y a mí día y noche, y los intentos infructuosos de Casi, de nuestro abuelo Enrique y, más tarde, de Víctor por consolarnos. Recuerdo cómo mi hermana y yo corríamos hacia los viñedos para escondernos cada vez que necesitábamos estar a solas, y el olor de la tierra y de las vides entremezclado con el sabor salado de nuestro llanto. Recuerdo que siempre era nuestro abuelo quien nos encontraba... Lo recuerdo sentado en el suelo con nosotras encima de él, el tacto de sus manos callosas al secarnos las lágrimas, sus palabras de consuelo, sus besos en nuestra frente, el calor que desprendía su cuerpo y que tanto me reconfortaba, y el olor a tabaco negro y a la colonia Brummel que emanaba de su camisa. Recuerdo cómo hundía mi rostro mojado por el llanto en su pecho mientras con mis bracitos abrazaba a ese abuelo que a mis ojos infantiles era un ser invencible... y, con esos recuerdos, siento cómo mi alma vuela a esos días que tengo grabados a fuego en mi memoria... El ambiente pesado que se respiraba en casa, casi ahogándote; la mirada perdida de mi padre mientras intentaba asimilar que nunca más vería a mi madre; el calor sofocante que apenas nos dejaba respirar y la sensación de querer despertar de esa pesadilla y volar hacia ese cielo donde me decían que se había ido mamá, rememoro sintiendo cómo el nudo se forma en mi garganta hasta dolerme, e inspiro profundamente en un intento por serenar mi corazón, perdiendo mi mirada por estas tierras que me vieron crecer, soñar, reír y también sufrir... y, con los recuerdos, llega el suyo, el de ese joven que llegó un día al viñedo para cambiar su vida y, sin pretenderlo, también la mía...

—¿Qué haces ahí escondida? —me preguntó mirándome con ternura.

—No quiero que el abuelo me encuentre —le respondí con mi vocecilla infantil, secando mis lágrimas.

—¿Quieres que me marche? —inquirió, sacando un pañuelo de su bolsillo para limpiar mi rostro sucio por la tierra y el llanto.

—¿Quién eres? —indagué con curiosidad mientras observaba cómo se sentaba a mi lado.

—Me llamo Víctor y empecé ayer a trabajar en la bodega, ¿y tú?

—Valentina —susurré, admirando el color verde de sus ojos, que me recordó al de mi plastilina.

—Pues encantando de conocerte, Valentina. ¿Te gustaría ser mi amiga?

A partir de ese día me convertí en algo más que en su amiga, casi diría que me convertí en su sombra, pues, allá donde él iba, iba yo. En mi cabeza, Víctor era el regalo que mi madre me había enviado desde el cielo para suplir su ausencia y, sin saber cómo, se convirtió en el hermano que nunca tuve.

Lo acribillaba a preguntas, le contaba todas las chorradas que me sucedían en el colegio, le hablaba de mis amigas, me colaba en su casa a la primera de cambio, lo ayudaba en los viñedos... Sinceramente, creo que, desde que abría los ojos hasta que los cerraba, no me despegaba de su lado...

—¿Qué es hacer el amor, Víctor? —le pregunté una tarde de verano mientras estábamos en el porche de su casa, decorando la parra con guirnaldas.

Creo que, por aquel entonces, yo tendría unos nueve o diez años, por lo que él tendría veintiuno o veintidós. Recuerdo que esa temporada me había dado por decorarlo todo con guirnaldas, así que su parra no iba a librarse y él, como siempre, accedió encantado, más que dispuesto a complacerme.

—¿Cóóóómo? ¿De dónde te has sacado eso, Val?

—Me lo dijo mi amiga Adri antes de irnos del colegio, pero se lo he preguntado a papá y me ha dicho que hacer el amor es como hacer vino, que se necesita tiempo, amor y paciencia, y Casi me ha dicho que es como hacer cocido, que se necesitan todos los ingredientes para que el caldo salga espeso y con sustancia, pero eso no es lo que me contó Adriana —me quejé arrugando el ceño, viendo cómo su rostro se tornaba rojo por momentos.

—Sois muy pequeñas para hablar de eso —me reprendió, dándome la espalda y siguiendo con la labor de colocar las guirnaldas.

—¿Tú sabes lo que es eso, Vic? —le pregunté, empleando la abreviatura de su nombre con la que solía llamarlo, decidida a conseguir una respuesta que me dejara satisfecha, pues por nada del mundo iba a permitir que mi amiga supiera más que yo.

—Algo sé. ¿Qué sabes tú? —me contestó algo perdido, o eso capté yo en ese momento. Ahora, con la perspectiva que te dan los años, tengo claro que en ese instante estaba muerto de vergüenza.

—Adriana dice que, cuando dos personas van a hacer el amor, el hombre tiene que poner su palito en el agujero de la mujer. Qué asco, ¿no? Si eso es así, yo creo que voy a hacerme monja y mi amiga Adri dice que también —afirmé convencida—. ¿Tú has hecho eso? —planteé con inocencia, poniendo mi mejor cara de repugnancia mientras su rostro pasaba del color rojo al granate intenso—. No te preocupes si no lo sabes; si al final no me hago monja, yo te lo explicaré cuando lo tenga más claro. He intentado que Alana me lo aclarara, pero mi hermana solo sabe dibujar vestidos y no me hace caso. Suerte que te tengo a ti, ¿verdad? Bueno, tú también tienes suerte de tenerme a mí, ¿a que sí, Vic?

—A que sí —me respondió, sonriéndome y dándome un toque con un dedo en la nariz...

—¡Sube el volumen! Me gusta mucho esa canción —continúo rememorando, dando un salto en el tiempo, sonriendo sin darme cuenta.

Estábamos en diciembre. Alana y yo habíamos regresado del internado para pasar las vacaciones de Navidad con la familia y yo, como siempre, corrí hacia su casa en cuanto puse un pie en el viñedo. Creo que entonces tendría unos doce o trece años.

—¿Conoces esa canción? —me preguntó, divertido.

—Pues claro. Además, mis amigas y yo nos hemos inventado un baile muy chulo, ¿quieres verlo?

—Por supuesto —afirmó, y se apoyó en la pared cruzándose de brazos mientras yo empezaba con el bailecito. ¡Dios, todavía me acuerdo de todos los pasos!

—¿Te ha gustado? ¿Quieres que te enseñe? —le propuse cuando finalizó la canción.

—¿Quién te ha enseñado a bailar así? —inquirió frunciendo el ceño.

—Las niñas mayores. ¿Sabes que algunas ya salen con chicos? —añadí, repantigándome en el sofá de su salón.

—¿Y tú sabes que estás creciendo demasiado rápido? ¿Por qué no te quedas pequeñita todo el rato? —replicó, acercándose a mí y poniéndose de cuclillas para poder mirarme a los ojos.

—Porque, si me quedo pequeñita todo el rato, será muy aburrido —le contesté, sin tener muy claro a qué venía eso de que me quedara siempre igual, con las ganas que tenía yo de crecer para poder hacer las mismas cosas chulas que hacían las niñas mayores, como yo las llamaba...

Qué sencillo era todo entonces, pienso inspirando profundamente el olor a tierra entremezclado con el de la fruta madura, viendo su casa a lo lejos. A nadie le extrañaba vernos juntos a todas horas y nadie lo vio venir, ni siquiera él o yo misma... y, un día, empecé a fijarme en los músculos de sus brazos y a pensar en él de una forma distinta. Mis roces ya no eran inocentes ni accidentales, y apareció esa sensación que experimentaba cada vez que estaba con él, esa necesidad acuciante por saber qué sentiría si lo besara o si nuestra piel se tocara. A partir de ese momento, mi cuerpo empezó a arder de una manera que me impedía dormir e incluso comer, con un fuego que se iniciaba en mi vientre y se expandía por todo mi cuerpo, de dentro hacia fuera... y, como si de un mecanismo de defensa se tratara, siento cómo mi mente bloquea el recuerdo de esa noche antes de que me hiera de nuevo.

—Suficiente —sentencio, endureciendo el rostro y cerrando la ventana de la misma forma en que cierro el paso a mis recuerdos.

Tras dejar la fotografía de nuevo sobre el tocador, sustituyo mi ropa por un sencillo pijama de punto y, con él puesto, me dirijo al baño, donde me lavo los dientes concienzudamente. Una vez lista, me acuesto en la cama de mi niñez mientras los brazos de Morfeo comienzan a mecerme y caigo rendida en un sueño profundo.

Despierto casi a las tres de la tarde y, tras deshacer el equipaje y darme una larga ducha, me visto con mis viejos vaqueros y una sencilla camiseta y, casi a hurtadillas, para que Casi no me oiga y me obligue a comer, salgo de casa directa a las caballerizas, a las que llego dando un largo paseo.

—¡Hola, Trueno! Cuánto tiempo sin verte, guapetón. ¿Cómo está mi caballo preferido? —musito frotando mi mejilla contra la suya—. Sí, ya lo sé, sé que hace mucho que no me ves, pero ya sabes cómo es mi trabajo... He estado en Grecia haciendo un *shooting* para una importante firma de ropa; tendrías que haberme visto, Trueno, fue muy guay —le cuento mientras voy ensillándolo—. Y tú, ¿qué tal? ¿Te han sacado a correr últimamente? Seguro que no tan rápido como te gusta —prosigo, sonriendo, mientras el animal relincha encantando, sabiendo la carrera que tenemos por delante—. Venga, campeón, vamos a estirar las patas —le indico ya sobre él, espoleándolo.

Corremos como si nos fuera la vida en ello, con la cordillera Cantábrica dándonos cobijo, protegiéndonos de los vientos del norte, y los viñedos y la tierra, fértil en ocasiones, yerma en otras, vigilando nuestros pasos mientras abrazo este silencio que tanto añoro cuando estoy fuera y que solo aquí soy capaz de escuchar, reconozco atravesando laderas ondulantes salpicadas de matorrales, encinas y castaños cuando los viñedos les ceden ese raro honor, y el latir de la tierra, de la continuidad y de la vida que fluye por todas partes.

Espoleo de nuevo al animal, llevándolo al límite, corriendo hacia ese día que es tan distinto al de las ciudades en las que suelo estar, pues, aquí, el ruido del tráfico es sustituido por el silencio de las vides, y el sol puede iluminar la tierra sin que haya ningún rascacielos que se lo impida... y disfruto del momento mientras el viento azota mi rostro y esa bola de fuego llamada sol besa con sus rayos cada rincón de estas tierras.

Con la respiración acelerada, voy aminorando la velocidad paulatinamente hasta convertir nuestra arriesgada carrera al galope en un simple trote y, llenando mi interior de paz, dirijo al caballo hacia las bodegas, admirando el paisaje que antes, en mi locura, me había perdido, absorbiendo cada detalle e inspirando profundamente la cálida brisa del mes de septiembre, que trae consigo el aroma de la fruta madura y de la tierra, esta tierra que forma parte de mí y de mi esencia.

Y con ese pensamiento llega el recuerdo de mi abuelo, esa persona maravillosa que fue una parte fundamental de mi vida, pienso esbozando una sonrisa, recordándolo sentado a mi lado, fumándose un cigarro. ¡Dios, todavía me acuerdo de ese olor fuerte que se impregnaba en su ropa y en la mía!, ese cigarro que iba con él a todas partes, consumiéndose entre sus dedos o en sus labios cuando estaba trabajando... Recuerdo cómo me molestaba ese olor, pero cómo callaba porque no había nada más maravilloso que estar a su lado... Recuerdo sus manos, grandes, callosas y ásperas; su cara y sus brazos, siempre llenos de arañazos por no tener cuidado... Recuerdo su sonrisa y cómo le gustaba cuidar a los caballos y a todos los animales... Lo recuerdo sentado en un taburete mirando a las gallinas o a los conejos, como si fuera lo más fascinante del mundo, y lo recuerdo también trajinando entre los viñedos, pues no sabía estarse quieto un instante. Y, aunque ahora ya no esté a mi lado, continúa estando presente en mí, ya que no hay un solo día en el que no lo recuerde.

—Vaya —musito esbozando una triste sonrisa, negando con la cabeza, deteniendo a Trueno frente al porche de la casa de Víctor, percatándome de que mi subconsciente me ha traicionado, absorta como estaba en mis pensamientos.

A lomos de mi corcel, observo su casa, que se encuentra en nuestras tierras y que mi padre le «cedió» en su día y, de nuevo, los recuerdos llegan, arrasando con todo; nuestras charlas a la sombra de la parra, nuestras risas porque sí, nuestros cómodos silencios, las muchísimas veces que me dormí en su sofá...

—Vamos, Trueno, aquí no tenemos nada que hacer —mascullo con sequedad, espoleando al animal, que, obedeciendo mi orden, inicia el galope hasta llegar a la entrada de la bodega, donde espero encontrar a mi padre—. Quédate aquí, ¿vale? Vuelvo enseguida —musito atando las riendas en la rama de un árbol y contemplando las líneas de vides extenderse infinitas hasta donde mi vista abarca, como si de un mar ondulante se tratara.

—¡Hola! —saludo feliz a mi amiga Adriana, que trabaja en la tienda de la bodega desde hace unos meses, en cuanto la veo.

—Pero ¿qué haces aquí? —me pregunta saliendo de la pequeña recepción, que se encuentra integrada en la tienda, para darme un fuerte abrazo—. Tía, no sabía que venías.

—Ha sido todo un poco improvisado; he llegado hace apenas unas horas —le cuento, dándole un beso al aire a Marta, otra de las chicas que trabajan en la tienda y que está hablando por teléfono—. ¿Qué tal todo por aquí?

—Pues como siempre, ya sabes... El teléfono sin dejar de sonar en todo el día, haciendo las visitas guiadas, atendiendo en la tienda... Vamos, lo típico. ¿Y tú? ¿Te apuntas a hacer una o prefieres un vinito? Por cierto, no veas cómo se me da esto de las visitas guiadas, hasta durmiendo podría explicártelo todo de cabo a rabo; vamos, que me lo estoy creyendo tanto que cualquier día me monto yo una bodega y me pongo a hacer vino —me dice bromeando.

—Quién te ha visto y quién te ve, maja, ¡con la vergüenza que te daba al principio! —le recuerdo con complicidad.

—Y que lo digas, eso de hablarle a tanta gente me tenía aterrada, pero, bueno, a todo se acostumbra una y al final es siempre lo mismo, parezco un lorito —replica entre risas.

—Cualquier día me apunto a una, a ver cómo lo haces —le digo, riendo con ella—. Oye, ¿has visto a mi padre por aquí?

—Ha salido hace un rato, pero no sabría decirte a dónde ha ido.

—Bueno, pues, si lo ves otra vez, dile que me llame al móvil, ¿vale? Y tú y yo tenemos que quedar, que tengo muchas cosas que contarte.

—Cuando quieras, aquí me tienes, que entre el curro y mis estudios tengo una vida social nula. Mi abuela sale más que yo, te lo juro.

—¿Cómo está?

—¿Ella? Mejor que yo; de hecho, parece que nos hayamos intercambiado los papeles y sea yo la jubilada, pero jubilada de pacotilla, no te creas, porque, entre unas cosas y otras, no doy abasto —me cuenta poniendo los ojos en blanco—. Perdona, tengo que dejarte, que tengo a un grupo esperando... ¿Te apuntas a la visita o qué?

—Otro día... Te concedo un poco más de margen para que sigas practicando, no sea que me apunte ahora y te salga mal y tenga que despedirte —bromeo, guiñándole un ojo y soltando una carcajada cuando me muestra, disimuladamente, su dedo corazón.

Salgo de la bodega todavía con la sonrisa instalada en el rostro y, a lomos del caballo, voy recorriendo las filas de vides que, interminables, parecen abarcarlo todo... y entonces lo veo, a ¡¡¡él!!!, a Víctor, y siento cómo mi mundo trastabilla hasta casi hacerme perder el equilibrio.

Está hablando por teléfono, caminando hacia mí con la mirada gacha, y siento cómo mi cuerpo tiembla, cómo mi corazón se detiene durante unos eternos segundos y cómo soy incapaz de alejar mi mirada de su cuerpo. Lleva los primeros botones de la camisa desabrochados y puedo ver el vello que asoma de su pecho y, con esa visión, mi vientre se contrae suavemente al recordar las muchísimas veces que lo vi sin camisa y con la piel perlada por el sudor. De su pecho, mi mirada viaja hasta los músculos de sus brazos, ceñidos ahora por la fina tela de la camisa que lleva remangada hasta los codos, y de ahí hasta su vientre, donde la tela que no roza su piel asoma insolente por encima de la cinturilla de sus vaqueros, esos que tocan lo que yo, en el pasado, tantas veces deseé tocar... y, antes de que alce su mirada y pueda verme, espoleo a Trueno para salir cuanto antes de su campo de visión.

—¡Valentina! —oigo su voz, ronca y oscura, llamándome, pero no detengo al animal; al contrario, lo espoleo hasta llevarlo al límite como antes, casi volando hacia las caballerizas.

«¿Qué hace aquí? —me pregunto, emprendiendo una precipitada carrera, sintiendo cómo todo mi cuerpo tiembla por la añoranza y los recuerdos—. Se suponía que estaba en Segovia, lo había confirmado con Alana y, en cambio, está aquí, está aquí, está aquí...» Mi cabeza reproduce esa frase en bucle mientras siento la respiración agitada del animal en consonancia con la mía y, cuando llegamos a las caballerizas, creo que los dos necesitamos un buen respiro.

Bajo de la montura sintiendo mi cuerpo temblar y, apoyando las manos en mis rodillas, inspiro profundamente, llenando mis pulmones de aire y necesitando encontrar el punto de equilibrio que he perdido cuando lo he visto.

—¿Te has vuelto loca? —brama Víctor entrando en las caballerizas, y me incorporo, sorprendida y con la respiración todavía hecha un caos. ¿Me ha seguido?—. Pero ¿a ti qué te pasa? —me pregunta con la furia instalada en su mirada, acercándose a mí—. ¿No hay en tu contrato de modelo ninguna cláusula que te impida romperte el cuello?

Tres años, tres largos años desde la última vez que nos vimos; tres años imaginando qué le diría si lo tuviera frente a mí y, ahora que lo tengo delante, soy incapaz de articular palabra o incluso moverme.

—¿Qué haces aquí? —musito cuando consigo reaccionar, dándome la vuelta para desensillar a Trueno, sintiendo que me muevo a cámara lenta.

—¿Por qué has huido cuando me has visto? ¿Por qué? —me plantea con seriedad, sin contestar a mi pregunta, cogiéndome del brazo y obligándome a girarme.

—Porque no tengo nada que decirte —mascullo, sintiendo que mi alma se quiebra, soltándome de un tirón para seguir atendiendo al caballo.

—En cambio, yo creo que tenemos muchas cosas que decirnos —me rebate con sequedad, clavando su imponente mirada sobre mi cuerpo mientras yo continúo con mi labor de atender al animal.

—Ya estás listo, campeón. Descansa, te lo has ganado —le digo con cariño al caballo, necesitando volcar toda mi atención en algo que no sea él para que mi corazón deje de latirme en la garganta—. Tengo que irme —susurro girando sobre mis talones, para empezar a salir del recinto, sintiendo cómo mi pecho se llena de miles de emociones distintas.

—Esta vez no —masculla con voz ronca, cogiendo mi brazo de nuevo y deteniéndome.

—Suéltame, Víctor —le exijo con todo esto que llena mi pecho presionándome hasta dolerme—. Va en serio, no tengo nada que decirte ni tampoco quiero que tú lo hagas. Déjalo como está, ¿vale? Es lo mejor.

—Y una mierda —farfulla, y percibo cómo la piel de mi brazo, esa pequeña porción que rodea su mano, empieza a quemarme con su tacto, con ese fuego que sentí hace años y que nunca ha dejado de arder dentro de mí—. Mírame a los ojos; mírame —me ordena entre dientes, atrapando finalmente mi mirada con la suya y, durante unos segundos, me pierdo en ella, en esos ojos de un verde imposible que han sido mis compañeros de viaje durante todo este tiempo.

Maldita sea, está más guapo que antes, mucho más hombre y cientos de veces más atractivo.

Y, aunque me gustaría no hacerlo, finalmente me rindo ante mis deseos más íntimos para detener la mirada en su pelo, oscuro y algo rizado, cepillado hacia atrás, completamente segura de que, si enterrara mis dedos en él, sería suave y espeso; en su ceño fruncido, que permanece perenne en su rostro; en su barba recortada, que me picaría sin lugar a dudas si me besara, y en sus labios, esos que durante años ansié probar... y siento cómo eso que me envolvía cada vez que estaba junto a él regresa con más fuerza, con más violencia y con más intensidad.

—Suéltame —musito, sintiendo cómo las manos me hormiguean de pura necesidad porque daría lo que fuera por poder hundir mis dedos en su pelo y tocar su piel.

—No —sisea obcecado, intensificando su agarre y provocando pequeñas descargas eléctricas por todo mi cuerpo—. No quiero que te marches, Val; hablemos, por favor.

—Suéltame —mascullo de nuevo, liberándome y saliendo finalmente de las caballerizas, clavando mi mirada en las montañas, que, majestuosas, se alzan frente a mí.

—No voy a dejarte en paz hasta que volvamos a ser los que fuimos —me dice en tono amenazante, y me vuelvo para encararlo.

—No importa quiénes fuimos, importa quiénes somos ahora y quién está en nuestra vida y quién no, y te aseguro que tú hace años que dejaste de estar en la mía —le espeto con frialdad, sintiendo cómo mi alma se queja con cada una de mis palabras.

—¿Quieres huir? Venga, hazlo, huye y vete; evítame como llevas haciendo desde hace años, pero, al menos, no te mientas a ti misma. Sabes perfectamente que nunca he dejado de estar en tu vida y que tenemos una conversación pendiente —me recalca, con la obstinación instalada en su mirada.

—Fuiste tú quien huyó y se largó antes de que yo lo hiciera —susurro, perdiéndome en las laderas ondulantes de su mirada—, no me lo recrimines a mí ahora.

Antes de que pueda rebatir mis palabras, echo a andar con la imagen de su rostro y de su cuerpo grabada a fuego en mis retinas.

Nada ha cambiado; no importa que no lo haya visto en años, no importa que me haya obligado a no pensar en él, no importa nada de lo que he hecho hasta este momento porque mi cuerpo continúa reaccionando al suyo de la misma forma. Maldita sea, creía que, con los años, este fuego desaparecería, pero sigue ardiendo dentro de mí con la misma intensidad que antes. ¿De qué ha servido, entonces, que me fuera? Decidí convertirme en modelo para salir de aquí, para viajar, para conocer otras culturas y sí, también para conocer a otros hombres, pero, sobre todo, me fui de aquí porque necesitaba ampliar mi mundo para que él desapareciera del mío... y al final no ha servido de nada.

Y, ahora, ¿qué voy a hacer?, me pregunto agobiada porque lo último que esperaba era encontrarlo aquí.

Capítulo 2

Camino durante lo que a mí me parece una eternidad a través de las tierras de mi familia, pues no me apetece nada regresar a casa ni encontrarme con nadie, y, finalmente, cansada, me siento a la sombra de una encina con la añoranza y el deseo latiendo con más fuerza que nunca dentro de mí.

* * *

—Creía que no estabas en casa —le dije, admirando su torso desnudo. Llevaba la toalla anudada en torno a su cintura y recuerdo que lo miré llena de curiosidad, con esa curiosidad que te producen las hormonas de la adolescencia a pleno rendimiento.

—Me estaba duchando. Pasa, ahora salgo —me contestó guiñándome un ojo y dándome un toquecillo en la nariz con el dedo, tal y como acostumbraba a hacer, y recuerdo que le sonreí mientras sentía cómo eso que llenaba mi pecho lo hacía con más fuerza.

—¿Vas a salir? —le pregunté, apoyada en la pared, viendo la puerta de su habitación entreabierta e intentando atisbar algo a través de ella.

—He quedado con una amiga —me respondió, saliendo finalmente con los vaqueros puestos y la camisa abierta.

—Y esa amiga, ¿es tu novia? —inquirí curiosa, acercándome a él.

—Digamos que es una amiga especial.

—¿Tan especial como yo? —planteé celosa, empezando a abrochársela, rozando con mis dedos su pecho a propósito.

—Diferente —me contestó, y por primera vez lo sentí incómodo a mi lado...

* * *

Cierro los ojos intentando alejar esos recuerdos de mi mente, avergonzada por mi comportamiento posterior y, sinceramente, también un poquito con este, reconozco incómoda conmigo misma y con mi pasado, levantándome finalmente para dirigirme, esta vez sí, hacia mi casa, y lo hago con la compañía de la suave luz de finales de la tarde acariciando mi cuerpo, como queriendo darle un poco de consuelo; con la de su voz, oscura y cavernosa, resonando nítida en mi cabeza; con el olor de su colonia y de su jabón revoloteando, muy a mi pesar, todavía en mis fosas nasales, y con todo esto que llena mi pecho colmándolo con un poco más de fuerza que antes.

—Casi, ¿sabes si ha regresado papá? —le pregunto entrando en la cocina por la puerta trasera mientras ella busca algo en la alacena, maldiciendo por lo bajo sobre algo que no consigo entender.

—Está en su despacho —me responde sin dejar de rebuscar y de renegar.

—Vale... Gracias... Me voy, ¿me oyes? —demando, empezando a sonreír mientras ella continúa refunfuñando sobre la harina que se supone que dejó y que ahora ya no está en su sitio.

Durante el breve trayecto de la cocina hasta el despacho de mi padre, la sonrisa que se había dibujado en mi rostro va borrándose lentamente mientras me estrujo la cabeza pensando en cómo voy a decírselo para que no se cabree demasiado y, entonces, de nuevo *él*, copando todos mis pensamientos.

Si todo fuera como antes, a quien se lo hubiera contado primero hubiese sido a Víctor. Estoy segura de que, antes de hablar con mi padre, habría ido a su casa, me habría sentado en los escalones de su porche con las filas de vides extendiéndose interminables frente a mí y con la parra dándonos cobijo, le habría pedido consejo a pesar de haber tomado ya la decisión. Lo habría escuchado y luego, como él solía decirme, habría hecho lo que me hubiera dado la gana... pero todo cambió entre nosotros y, ahora, a él sería a la última persona a la que le contaría mis planes; de hecho, casi prefiero que no los sepa... Puede que quiera molestarlo o intrigarlo, yo qué sé, tampoco es que me apetezca mucho hurgar en eso... Simplemente quiero dejarlo fuera, excluirlo de mi vida, como llevo haciendo desde hace tres años.

—¿Papá? —Abro la puerta de su despacho sin molestarme en llamar, encontrándome con su mirada y quedándome atrapada en ella, como antes, y, también como antes, siento cómo mi cuerpo y mi vida se tambalean hasta casi hacerme perder el equilibrio—. ¿Qué haces aquí, Víctor? —musito arisca, aferrando con fuerza el pomo de la puerta.

—¿Así es como saludas a un amigo? —me pregunta mi padre, claramente molesto.

—Lo siento, papá; esperaba encontrarte solo —farfullo, sintiendo cómo mi corazón tiembla y cómo todas las células de mi cuerpo vibran de forma distinta—. Además, Víctor y yo ya nos hemos saludado hace un rato en las caballerizas, ¿verdad? —me dirijo a él, forzando una sonrisa.

—Así es —me responde escueto.

—Oye, Víctor, ¿por qué no te quedas a cenar y descorchamos una botella de ese vino tan especial? Va a venir mi hija Alana con ese chico que la sigue a todas partes y por fin tenemos a mi pequeña en casa de nuevo.

—¿Ese chico? —planteo, riendo abiertamente—. ¡Papá, es su novio! ¿Todavía estás así? Deja de hacer el tonto, ¿quieres?

—Perdona, hija, pero a mí no me lo han presentado como tal: si le preguntas a tu hermana, es solamente su amigo, y si me preguntas a mí, es el moscón que la ronda allá donde ella va.

—Oye, papá, vas a ser simpático con José y vas a tomártelo en serio de una vez; tienes prohibido llamarlo *ese chico* o cualquier apodo que se te ocurra en ese momento —le digo con decisión, entrando finalmente en el despacho, más que dispuesta a sacar las uñas por mi hermana—. Alana lo quiere, aunque lo llame *amigo*, y él la quiere a ella. ¿No es suficiente para ti? Al final, eso es lo que importa, que se quieran y que se cuiden, no la etiqueta que se pongan.

—Lo que importa es la familia y darle a cada uno el puesto que se merece. Tu hermana lo llama *mi amigo*, no lo llama *mi pareja* ni me lo ha presentado como tal, y él hace lo mismo con tu hermana, así que, para mí, es el sinvergüenza que se beneficia a mi hija... y no me vengas con modernidades, que te veo venir.

—Os dejo a solas. Ya hablaremos, Pedro —se excusa Víctor, intentando salir de la estancia.

—¡Tú te quedas! —le ordenamos a la vez mi padre y yo, y dirijo mi mirada al frente, confundida.

«¿Por qué le he pedido que se quede?», me pregunto frunciendo el ceño, intentando entender el motivo por el que lo he hecho.

—¿Qué opinas tú, hijo? ¿No me dirás que coincides con Valentina?

—Totalmente, Pedro. Si me lo permites, creo que te

has quedado un poco antiguo en ese aspecto —le responde, aliándose conmigo.

—Escuchadme los dos, sobre todo tú, Valentina: si quieres que te respeten, primero tienes que hacerte respetar tú. Tu hermana se fue a vivir con el cantamañanas ese casi al día siguiente de conocerlo, sin ni siquiera molestarse en presentármelo. No soy antiguo, soy padre, y, cuando tú estés en mi lugar, lo entenderás.

—Papá, llevan juntos casi un año y...

—¡Casi un año! ¡Ya ves tú! Mira, hija, cuando lleven toda una vida, entonces ya hablaremos. Te guste o no, para mí continúa siendo el moscón que no deja de rondar a tu hermana —insiste convencido, y bufo a la vez que pongo los ojos en blanco—. Que no me entere yo de que tú haces lo mismo que ella.

—¿Por qué? Si Alana lo hace, ¿por qué no he de poder hacerlo yo? —planteo asombrada.

—Porque le cortaré los huevos al capullo que te ronde sin mi consentimiento, ¿lo tienes claro? —me suelta con su vozarrón llenando cada rincón de este despacho, levantándose de su silla y apoyando las manos en la mesa.

Siento la mirada de Víctor quemándome en la espalda y, aun así, aprovecho para dejar las cosas bien claras ahora que acabo de llegar, para evitarme futuros problemas.

—Mira, papá, tengo diecinueve años y soy independiente económicamente desde los dieciséis. Te quiero, y mucho, pero no voy a traerte a mis ligues a casa para que les des el consentimiento —le aseguro con seriedad.

—¿Tus ligues? ¿Qué ligues tienes tú? —brama, y alzo el mentón.

—Se terminó, papá; no he regresado a casa para discutir contigo —mascullo enfadada, dándome la vuelta y saliendo de la estancia, sin molestarme en mirar a Víctor, cerrando con un sonoro portazo.

Cuando llego a mi habitación, cierro con otro portazo, sin poder creer que, sin llevar ni siquiera un día en casa, ya esté discutiendo con mi padre.

—La mano izquierda no es lo tuyo, ¿verdad? —me pregunta Víctor entrando en mi cuarto como si nada, y me doy media vuelta, sorprendida.

—¿Perdona? ¿Se puede saber qué haces aquí? Vete, solo me faltas tú ahora —siseo yendo hacia la puerta, que abro de par en par para que se largue de una vez.

—Cumplo órdenes de tu padre, así que haz el favor de cerrar. No me apetece hacer partícipe a toda la casa de lo que tengo que decirte.

—Sí, hombre, y que piense que estamos haciendo algo que él considere que no es correcto; mejor la dejo abierta. Oye, ¿por qué no nos haces un favor y le dices que ya has hablado conmigo? Invéntate que al fin he entrado en razón y que le traeré a todos mis ligues para que les lea la cartilla antes de que osen rozarme —añado, negándome a ponérselo fácil.

—No pienso meterme en eso, aunque tu padre me lo pida.

—Entonces, ¿qué haces aquí? ¿Estás desobedeciéndolo? Uyyy, qué atrevido te has vuelto —mascullo con sarcasmo, arrancándole una sonrisa.

—Tu padre entrará en razón con el tiempo. Te hiciste modelo y terminó aceptándolo, así que esto no es nada comparado con eso... Tendrías que haberlo oído esos días —me cuenta sin dejar de sonreír, sentándose en el taburete de mi tocador, emanando masculinidad y fuerza por todos los poros de su piel, y tengo que volverme hacia la ventana para no mirarlo más de la cuenta—. Si no le dio un infarto cuando vio ese reportaje tuyo desnuda, con el perro y las joyas de Cartier, ya no se lo dará nunca.

—¡Pero si no se veía nada! —me defiendo, volviéndome y encarándolo con orgullo.

—Ese reportaje no se hace solo y tú estabas desnuda; te aseguro que eso fue suficiente motivo como para que montara en cólera. Si no oíste sus berridos desde Madrid fue porque el viento no soplaba en esa dirección —suelta guiñándome un ojo, y tengo que frenarme muchísimo para no sonreír.

—No hizo falta el viento, perdí la cuenta de las veces que me llamó por teléfono para prohibirme que siguiera trabajando como modelo —le cuento, sintiendo cómo esa conexión con él regresa de nuevo.

—Escúchame, Val: en estos momentos el problema lo tienen Alana y José; déjalos a ellos que lo resuelvan con tu padre y aprende a no retarlo continuamente.

—Con lo bien que me lo paso —mascullo cruzándome de brazos, haciéndolo sonreír más abiertamente.

—¿No te das cuenta? —me pregunta poniéndose serio de repente—. ¿De verdad todavía no lo entiendes?

—¿Qué tengo que entender? —demando, poniéndome a la defensiva.

—Que no podía ser —afirma, con la intensidad cargando su voz y su mirada—. Me conoces, Valentina, creo que más que nadie, y sabes lo que significó tu padre en mi vida. Si soy quien soy y tengo todo lo que tengo es gracias a él. Si no hubiera sido por Pedro, posiblemente habría terminado en la cárcel, en el mejor de los casos, o a saber dónde, en el peor de ellos.

—Eso nunca se sabe. Además, le has pagado tu vida a mi padre con creces. Si nuestro vino es tan reconocido es gracias a tu esfuerzo; no creo que debas continuar dándole explicaciones —sentencio con sequedad.

—No se trata de dar explicaciones, se trata de respetarlo como lo respetaría si fuera mi padre. Joder, tenías dieciséis años, ¿de verdad me creías capaz de hacerlo? —me pregunta, levantándose del taburete y acercándose a mí, y lo miro sintiendo que esa noche llega para quedarse entre nosotros—. Además, aunque no lo entiendas, para mí siempre serás esa niñita que encontré llorando en el viñedo.

—Ya no soy esa niñita, Víctor, hace años que dejé de serlo. ¿Por qué eres incapaz de verme como la mujer que soy ahora? —inquiero, encarándolo.

—Porque para mí continúas siendo una cría.

—Perfecto. Si ya me has dicho todo lo que tenías que decirme, puedes largarte —mascullo dirigiéndome hacia la puerta, deseando perderlo de vista.

—Val —sisea, cogiéndome del brazo y frenando mi avance.

Me vuelvo para enfrentarlo a pesar de que siento cómo la piel de mi brazo me arde donde él está tocando y, aunque los recuerdos de esa noche siguen tan presentes como mi enfado, me acerco un poco más a su cuerpo, atrapando su mirada con la mía y sintiendo cómo mi pecho se llena de nuevo con miles de emociones mientras todo se vuelve demasiado eléctrico y vivo a nuestro alrededor.

—¿Quién se está mintiendo ahora? —susurro, viendo cómo su mirada se oscurece por momentos—. Deberías pensarlo, ¿no crees? —murmuro, soltándome finalmente a pesar de mis deseos de hacer justo lo que me prometí no volver a hacer—. Necesito ducharme; vete, por favor —le pido, yendo hasta la puerta y aferrando el pomo con fuerza.

—¿Qué es lo que quieres, Valentina? —me pregunta posando su mano sobre la mía, cerrándola y haciendo que me mueva con él.

—Quiero que seas sincero contigo mismo, solo eso. Quiero que me veas como la mujer que soy ahora y que dejes de pensar en mi padre de una vez, para pensar exclusivamente en lo que deseas. Hazlo, piénsalo —musito con un hilo de voz.

—Ya lo he hecho y la respuesta continúa siendo la misma —sisea entre dientes.

—¿De verdad? Entonces, si te beso, no sentirás nada, ¿cierto? —susurro acercándome más a él, regresando con mis palabras a ese pasado que enterré hace años y pisoteando todas esas promesas que me hice a mí misma.

Siento mis pechos rozar su cuerpo; su respiración trabajosa mezclarse con la mía; el calor de su piel; mis deseos, más latentes que nunca, entremezclarse con los suyos, y esta sensación, que hasta ahora solo creía que me afectaba a mí, traspasar su férreo control de una manera fulminante.

—Valentina, déjalo estar —murmura con voz ronca, con la mirada fija en mi boca.

—Demuéstramelo, Vic; demuéstrame que eres capaz de mantenerte frío si te beso —susurro sintiendo cómo el deseo lo domina todo.

—No se trata de mantenerse frío, se trata de que todo esto no es normal —masculla enterrando sus dedos en mi pelo, apoyando su frente en la mía y encendiendo multitud de fuegos en mi interior con ese simple gesto.

—La normalidad la damos nosotros —le rebato, con la respiración entrecortada, sintiendo la suya acariciar mis labios y el ambiente cargarse de una electricidad imposible de ignorar—. Olvida quiénes fuimos y mira quiénes somos ahora —susurro borrando de un plumazo estos tres años en los que hemos estado separados.

—¡Suficiente! —farfulla enfadado, alejándose de mí, y lo observo percibiendo cómo la electricidad que nos envolvía desaparece y cómo el sinfín de sentimientos que aleteaban en mi pecho mueren para darle vida de nuevo a la decepción.

—Vete, Víctor —exijo con dureza, siendo yo quien lo echa esta vez—. Oye, trabajas en la bodega, formas parte de ella y mi padre te trata como si fueras parte de la familia; mientras estemos rodeados de gente, tratémonos como en el pasado, pero solo eso. No quiero volver a verte si no es estrictamente necesario.

—Val...

—Val, ¡¿qué?! —le pregunto alzando la voz—. Mira, estoy cansada de todo esto —le confieso en un susurro, maldiciéndome por haber roto las promesas que me hice en el pasado—. No tenía que haberte dejado entrar, no me hagas echarte.

—Ya me has echado —masculla arisco.

—Tú lo hiciste antes —musito, enlazando mi mirada con la suya.

Incapaz de sostenérmela y de rebatirme nada, abandona mi habitación, dejando un vacío enorme en ella y en mi interior.

Me siento en la cama sintiendo cómo ese vacío se llena de añoranza, tristeza e impotencia, como si se tratara de una vasija llena de demasiadas cosas tristes. Yo también lo vi crecer, yo también lo vi como un hermano cuando era pequeña... pero crecí y empecé a verlo con los ojos de quien descubre un mundo entero y solo desea adentrarse en él; empecé a verlo con los ojos del deseo y del anhelo, y vi esos mismos sentimientos reflejarse en los suyos, como los he visto ahora... «Entonces, ¿por qué no nos da una oportunidad? ¿Por qué no se olvida de mi padre, de su deuda y de quiénes fuimos para, simplemente, vernos ahora? —me planteo desolada, yendo hacia la ducha y empezando a desnudarme—. Y yo, ¿por qué soy incapaz de olvidarlo y de seguir con mi vida? ¿Por qué este deseo me persigue constantemente, año tras año, negándose a desaparecer?»

Cierro los ojos mientras el agua caliente se desliza suavemente por mi cuerpo, arrastrando con ella el polvo que mi loca carrera ha adherido a mi piel y las lágrimas que nacen de mi alma y que convierten la decepción y la tristeza en algo tangible, pues, de nuevo, siento que he salido de su casa sin necesidad de haber entrado en ella.

Me pongo un sencillo vestido blanco, unas sandalias planas y unos pendientes étnicos y, mientras bajo las escaleras, me pregunto si volveré a verlo, pues mi padre lo ha invitado a cenar, y si seré capaz de fingir delante de toda mi familia esa normalidad que está a años luz de nosotros, reconozco obligándome a borrar la tristeza y la decepción de mi rostro para cubrirlo con esa máscara de indiferencia que utilizo tan a menudo en mi trabajo, antes de acceder al comedor de verano, situado en el patio trasero de la casa.

—¿No ha llegado nadie todavía? —le pregunto, extrañada, a mi padre, que se encuentra sentado solo, presidiendo la mesa, fumándose un puro y con una copa de vino tinto frente a él.

—Tu hermana me ha llamado para decirme que se retrasarán media hora, y Casi está en la cocina terminando de hacer la cena —me responde con seriedad con esa voz, cargada de matices, llenando todo el patio y, de repente, siento muchísima pena al verlo tan solo.

—¿Y Víctor? —musito prudente, acercándome a él.

—Ha declinado la invitación —me responde, y siento cómo la decepción se agranda en mi pecho. Pero ¿qué esperaba? Al fin y al cabo, está haciendo lo que le he pedido..., pero, entonces, ¿por qué me duele tanto?

—Siéntate a mi lado, hija; quiero hablar contigo sin que te enfades y te pongas hecha una furia —me pide, sacándome de mis pensamientos.

—Lamento haberme enfadado antes, papá —me anticipo a él, sentándome a su lado y cogiendo una de sus manos, que acuno entre las mías—, pero tienes que entender que ya no somos unas niñas, que los tiempos cambian y que no es malo ir con ellos.

—Y tú tienes que entender que yo soy vuestro padre

y, por desgracia, también vuestra madre, y me debéis un respeto. Entiendo que los tiempos cambian, pero para abrazar el futuro hay que respetar el pasado, y vosotras no lo hacéis. Tú te has hecho modelo y olvidas los valores que te inculcamos de pequeña, y tu hermana vive su vida como si no tuviera familia, y eso, hija, duele.

»Vosotras venís aquí siempre que os place y siempre os encontráis las puertas abiertas de par en par, pero nunca os preguntáis si yo necesito veros antes. Tomáis vuestras decisiones amparándoos en que sois mujeres independientes económicamente, pero la economía no lo es todo en esta vida; también están la familia, los valores, el amor y el respeto, y ni tú ni tu hermana tenéis en cuenta nada de eso y yo siento que he fracasado en mi papel de padre —me confiesa con seriedad, y siento cómo, de nuevo aunque de forma distinta, la pena presiona mi alma.

—Papá, lo has hecho muy bien como padre; nunca te sientas así, porque no es cierto... Sé que tienes razón en muchas cosas, pero entiende que nosotras no lo veamos como tú. Mi trabajo consiste en ser una percha y vender lo que llevo puesto en ese momento, pero no por ello olvido los valores que me inculcaste.

—Has posado desnuda varias veces, ¿puedes decirme qué estás vendiendo en ese momento? —me rebate, decepcionado—. ¿Así es como respetas los valores que te inculcamos? ¿De verdad necesitas quitarte la ropa para que te tengan en cuenta? En ese caso, más te valdría haberte quedado trabajando aquí, aunque fuera en el campo.

—Papá, no es eso... Además, nunca se me ha visto nada.

—Entonces, ¿crees que debería sentirme orgulloso porque nunca se te haya visto nada?

—Exacto, papá... Deberías sentirte muy orgulloso de que una firma tan importante como Cartier me eligiera entre cientos de modelos para posar con sus joyas y de que el fotógrafo Stefan Helberg, uno de los más prestigiosos del planeta, me seleccionara, posteriormente, entre miles de modelos para hacer otro reportaje que, por cierto, fue todo un éxito. Aunque no lo entiendas, sí, deberías sentirte orgulloso, porque yo lo estoy, y mucho —le respondo, dolida.

—Pues, aunque no lo entiendas, no lo estoy. No estoy orgulloso de ver a mi hija desnuda, lleve o no lleve joyas de Cartier, y menos aún de verla en cueros en las páginas centrales de una revista de máxima tirada. Tú eres Valentina Domínguez, la heredera, junto con tu hermana, de todo esto... y no solo de los viñedos y la bodega, eres la heredera del legado que corre por tus venas. No me hables de orgullo cuando tú olvidas el tuyo —masculla mirando al frente, obcecado.

—Siento que lo veas así, papá —musito secando mis lágrimas—, pero es mi trabajo y no voy a renunciar a él ahora que estoy empezando a conseguir mis sueños.

—Pues cuida bien tus sueños para que no terminen dañándote.

—¿Tanto te he decepcionado? —le pregunto con dolor, comenzando a levantarme, necesitando poner distancia entre nosotros.

—No te vayas —me pide con la voz cargada de sentimiento, posando su mano sobre la mía—; no te vayas, hija... Escúchame, sé que estás trabajando duro y que desde muy joven has luchado por hacer realidad esos sueños de los que tanto hablas, pero entiende que yo no me sienta orgulloso de ciertos aspectos de tu vida. Solo te pido que no olvides quién eres cuando vayas a aceptar un trabajo, que entiendas que tus decisiones marcarán tu vida para siempre y que seas responsable con ellas, porque luego no podrás cambiar tu pasado. Equivócate, pero solo para aprender. Entiende que el respeto lo es todo y que la familia perdura solo si mantenemos las raíces arraigadas a la tierra, como las cepas. Vive tu vida, pero no la vivas pensando exclusivamente en ti, porque no estás sola..., estamos nosotros, están tus antepasados y estarán tus descendientes. Sé responsable de tus actos para que el pasado no pueda regresar nunca para abofetearte —musita para luego guardar silencio durante unos minutos, meditando sus palabras y dejando que calen en mí.

»La juventud es atrevida —prosigue—, imprudente e impulsiva, y cree que puede con la vida sin pensar que la vida es larga y se toma su tiempo para hacerte tropezar en ese hoyo que tú solo cavaste; sé más lista que ella y no lo cabes nunca para no tropezar jamás en él —me dice aferrando mi mano con fuerza, con la experiencia de su vida llenando su mirada.

—Vale, papá, lo tendré en cuenta —susurro abrazándolo con fuerza, sabiendo que tengo muchas cosas en las que pensar.

—Eso espero, por tu bien —me dice mientras yo guardo silencio.

—Papá, tengo que contarte una cosa y, por favor, necesito que me apoyes en esto —le ruego con un hilo de voz, consciente de que no habrá un momento mejor que este.

—¿Qué sucede? —me pregunta, frunciendo el ceño.

—Antes te he dicho que estaban empezando a cumplirse mis sueños, ¿verdad? —me arranco, y asiente en silencio mientras siento mi corazón empezar a latirme en la garganta—. Vale... Bueno... Ahí va... —le digo antes de soltar todo el aire de golpe—. Hace unas semanas, unos *scouters* vinieron a mi agencia en busca de *new faces*, nuevas caras —le aclaro, atropelladamente—. El caso es que les gusté y me propusieron ir a Nueva York. He aceptado, papá.

—Vaya, esto sí que no me lo esperaba —me confiesa con voz neutra.

—Es una gran oportunidad para mí. Allí al fin podré cumplir mi sueño de convertirme en una *top model.* Es ahora o nunca.

—¿Y qué pretendes que te diga? Por lo que veo, has tomado ya tu decisión; sigue con ella, entonces.

—Para mí es importante que la apruebes —musito cogiendo su mano entre las mías, acariciando su piel curtida por el trabajo en el campo.

—Hace unos días estabas en Grecia. Vives como los nómadas, sin arraigarte a nada ni a nadie. Tú misma acabas de decir que tu trabajo consiste en ser una percha; por lo tanto, solo te quedan los valores... No los pierdas por el camino y tendrás mi aprobación. Vivas en Nueva York o en Madrid, que ellos sean tu guía y, tu familia, esas raíces que no permites que tomen fuerza.

—Papá, vosotros lo sois todo para mí.

—Pues demuéstralo —me pide con rotundidad—. Recuerda quién eras cuando correteabas por aquí y recuerda quiénes sujetaron tu mano cada vez que caías y te lastimabas; recuérdalo para no perderte en esa vida que tanto te gusta.

—Te ha venido bien que Alana y José se retrasasen, ¿eh? Joder, papá, me estás haciendo sentir que lo hago todo mal, y no es así —replico, secando mis lágrimas de nuevo.

—Si no fuera así, no estarías llorando aquí sentada. Las lágrimas son solo el recordatorio de que algo no funciona como debería; piensa qué es y ponle remedio antes de que sea demasiado tarde.

—Las lágrimas también pueden ser fruto de la impotencia. Soy responsable, papá, y aunque es cierto que vivo como los nómadas, no olvido mis raíces ni mi legado; de hecho, voy a empezar a estudiar la carrera de enología —le confieso finalmente.

—¿Cómo? —me pregunta, sorprendido.

—Siempre me ha gustado esto, puede que sea porque formaba parte de mí incluso antes de que yo naciera o porque me lo inculcasteis el abuelo y tú desde que fui una cría, pero mi futuro más lejano no es la moda, sino la bodega. Quiero seguir con tu legado, papá, pero no ahora.

—Pero hija, si de verdad esto te gusta, olvídate de Nueva York y quédate a mi lado; déjame transmitirte todo lo que sé y trabaja codo con codo con Víctor para llevar nuestros vinos a todas las partes del mundo —me pide entusiasmado, y, durante unos segundos, me imagino trabajando con Víctor, viéndolo a diario, compartiendo comidas y eventos con él, y siento como si me pellizcaran el corazón.

—De eso ya se encarga Víctor y nadie mejor que él para hacerlo. Papá, no precipitemos las cosas y dejemos que todo siga su curso, sin presiones de ningún tipo. A mí me gusta mucho mi vida en estos momentos... Quiero desfilar para los más grandes y seguir posando para los principales fotógrafos de moda; quiero que el apellido Domínguez no se asocie solamente al vino, sino también a un rostro, al mío. Antes de regresar para quedarme, quiero cumplir mi sueño de ser la mejor *top model* de todos los tiempos y eso solo puedo conseguirlo en Nueva York.

—Como quieras... Al menos sé que no está todo perdido, con eso tengo suficiente de momento —suelta con alivio.

—Papá, aunque no fuera a estudiar enología, mi vida no estaría perdida —le recrimino.

—¿Y tu amistad con Víctor? ¿Vas a decirme que tampoco se ha perdido? —me pregunta clavando su mirada en la mía, sin permitirme liberarme de ella—. Mira, hija, no sé qué sucedió entre vosotros, pero pasasteis de ser uña y carne a alejaros poco a poco el uno del otro hasta llegar a perder todo el contacto. Siempre pensé que algún día vendrías a contármelo y por eso decidí no presionarte, pero el tiempo ha pasado y tú no has venido, y quiero saber qué ocurrió para que él hoy no esté aquí sentado.

—Si no está aquí sentado es cosa suya, no mía —replico con tristeza—. Supongo que crecí y que la distancia fue motivo suficiente como para que nuestra amistad se enfriara.

—Las cosas no se enfrían si no soplamos previamente.

—Prueba a dejar un plato de sopa hirviendo sobre la mesa y tómala pasada una hora; por muy caliente que esté al inicio, te aseguro que pasado ese tiempo se habrá enfriado sin necesidad de que soples.

—Eso es porque no tiene un calientaplatos como Dios manda debajo. Tanto la amistad como el amor se mantienen con constancia, manteniendo el calientaplatos siempre encendido para que no llegue el momento en el que te lleves la cuchara a la boca y te encuentres con la comida fría. Te aseguro que luego, aunque la calientes, ya no está igual de buena. No pierdas amistades por el camino por no mantener tu calientaplatos encendido. Te lo he dicho antes, hija, las raíces lo son todo; permite que las tuyas arraiguen y arrastren consigo las de las personas que fueron y son una parte fundamental de tu vida.

—Buen consejo, papá, lo tendré en cuenta. De todas formas, no te preocupes, yo estoy bien, más que bien, y él también, que es lo importante —musito deseando dejar de hablar de ese tema.

Capítulo 3

—Pero ¿a quién tenemos aquí? Si es la famosísima supermodelo Valentina Domínguez —oigo la alegre voz de mi hermana y me vuelvo para verla llegar corriendo hacia mí.

—¡Que no corras! ¡Que te vas a dar un tortazo! —le grita Casi, que viene acompañada de José, ambos cargados con la cena—. ¡Siempre igual estas niñas! ¡Corriendo a todas partes! Mucho diseño y mucha moda y sin modales. Lo que yo te diga, Pedro: donde esté la mujer de antes, que se quite la de ahora, que parecen todas caballos desbocados. Deja aquí la fuente, hijo —le indica a José, que la mira divertido.

—¡Tía, qué pasada el reportaje de Cartier! ¡Estabas guapísima! ¡No parecías tú! —me dice Alana sin dejar de darme besos.

—¡Hombre, muchas gracias! ¡Ten hermanas para esto! ¡Y suéltame, que me ahogas! —exclamo riendo, a pesar de que ese reportaje ha provocado mis lágrimas hace unos minutos.

—¡Te aguantas! ¡Qué ganas tenía de verte, pequeñaja!

—Pero si soy más alta que tú, ¡taponcito de botella! —le respondo, haciendo a un lado la conversación que acabo de mantener con mi padre y que me ha tocado el alma.

—¿Taponcito de botella? Más bien perfume del bueno, no como tú, que pareces una botella de colonia de litro —me pincha divertida, soltándome para dirigirse a papá—. ¿Cómo está mi padre favorito? —le pregunta colgándose de su cuello—. Tengo mil cosas que contaros —nos anuncia llena de entusiasmo.

—Como si tuvieras otro padre —le responde, abrazándola.

—¿Cómo estás, Valentina? —se dirige a mí José, dándome un par de besos.

—¡Genial! ¿Y tú, *cuñado*? —inquiero, haciendo especial énfasis en la última palabra para que mi padre lo capte de una vez—. Espero que hayas traído contigo esa guitarra tuya para ambientar la cena, que tengo ganas de marcarme un bailecito.

—La guitarra va con él a todas partes, por eso no te preocupes —se anticipa mi hermana, sentándose al lado de mi padre.

—Pedro, buenas noches. ¿Qué tal estás? —le pregunta «mi cuñado», tendiéndole la mano que gracias a Dios mi padre acepta.

—Pues aquí sigo, viendo cómo vuestra amistad perdura —masculla sin poder callarse.

—¡Papáááááá! —se queja Alana—. No le hagas caso, José. Ven, siéntate a mi lado.

—Contento me tienes —farfulla mi padre, dando luego un sorbo a la copa de vino—. Creía que no serías capaz de recordar el camino a casa.

—Papá, he estado muy liada.

—Yo no, yo me paso el día sentado a la sombra.

—Hoy lo tenemos guerrillero, hermanita —la advierto, guiñándole un ojo a mi padre, que me sonríe y le devuelvo la sonrisa.

—Este hombre o no llega o se pasa —interviene Casi.

—Vamos a tenerlaaaaa... lo veo veniiiiir —canturrea mi hermana, sirviéndose una copa de vino.

—Oye, Alana, ¿por qué no nos cuentas todo lo que tenías que contarnos? —le demando, intentando aligerar el ambiente.

—Eso, hija, cuéntanoslo, que estoy hasta el moño de oír hablar de vino —me secunda Casi, empezando a servir la cena.

—He tomado una decisión —nos comunica con vehemencia.

—Casarte —pronuncia mi padre, provocando que José se atragante con el vino que estaba bebiendo.

—¡Papá! —protesta mientras yo me río con ganas.

—¿Qué pasa? ¿No te parece una buena decisión? Así sabría cómo llamar a este chico, que no es ni mi yerno ni tampoco tu pareja, pero, en cambio, vive contigo.

—Somos más que amigos, Pedro, y puedes llamarme José —le aclara sonriendo, haciendo honor a su santa paciencia.

—Papá, ya está bien, ¿quieres? —le pide mi hermana.

—Eso, dejémoslo estar, que por hoy ya he tenido suficiente —acepta mi padre—. Chico, ¿te gusta este vino? —le plantea a José, y pongo los ojos en blanco. ¡Dios, qué ganas tiene de ponérselo difícil al pobre!

—Muy bueno, Pedro. Este no lo había probado nunca o, al menos, no lo recuerdo.

—Si lo hubieras probado, lo recordarías, te lo aseguro —sentencia orgulloso como un pavo real—. Vamos, haced la cata —nos pide, recostándose en su silla y paseando su mirada por todos nosotros.

Cojo mi copa y, tras agitarla suavemente, llevo mi nariz a ella, cerrando los ojos y permitiendo que sus matices inunden mis fosas nasales, sintiendo el picor de las especias inicialmente y el de la frescura del balsámico después.

—Roble francés... Es un vino con muchísima fuerza,

muy intenso y balsámico... Las especias están muy presentes, pero de una forma suave, como una pimienta rosa o blanca junto con el clavo, la canela y la nuez moscada —musito absorbiendo todos los matices antes de llevarme la copa a los labios y retenerlo en la boca, donde lo paseo por mis encías antes de tragarlo, sintiendo de nuevo las especias que antes había percibido en la nariz, notando la inconfundible sensación de los taninos y frenándome para no llevar mi lengua a las encías para eliminarla—. De trago largo, con mucha textura, es muy cremoso y envolvente... La uva negra está muy presente, junto con el regaliz de palo. Es una tempranillo, sin duda...

—¿Qué más? —me interroga mi padre, volcando toda su atención en lo que estoy diciendo.

—Tiene mucho cuerpo y es muy fresco e intenso, tanto en nariz como en boca. Los taninos son muy expresivos, pero no de manera negativa; al contrario, están muy equilibrados y... ¿barrica nueva? —inquiero, saboreándolo de nuevo—. Está buenísimo, papá, y tiene todo lo que me gusta en un vino. Es un vino que pide más, que te pide seguir bebiéndolo. ¿Es nuevo? Yo tampoco recuerdo haberlo probado nunca.

—¿Recuerdas cuando te fuiste? Ese año salió el mirto en el campo; ya sabes lo raro que es que eso suceda y también que, cuando aparece, significa que vamos a tener una buena añada, algo que nos confirmó posteriormente el Consejo Regulador cuando la calificó como excelente. Con esa vendimia nació este vino. En ese momento, Joaquín, nuestro enólogo, y yo llevábamos años haciendo pruebas y *coupages*, ¿te acuerdas? —me pregunta, y asiento—. Pues de esas pruebas y *coupages* nació este vino, tu vino, porque se llama como tú, Valentina Domínguez —me confiesa con orgullo—. Tu hermana tiene ya el suyo y ha llegado la hora de que tú tengas el tuyo. Por eso este vino es un reflejo de ti... Los balsámicos que tan bien has detectado reflejan tu juventud y tu frescura, y el roble y la tempranillo le dan ese punto elegante que va contigo. Refleja tu esencia y tu yo más íntimo, lo que perdurará cuando la juventud dé paso a la madurez... y, aunque con esta luz no sé si podrás apreciarlo, la lágrima que se forma cuando agitas el vino no es transparente, sino que tiene color, como tú, hija..., que estás llena de color y este vino es tu fiel reflejo.

—¡Qué bonito, papá! —exclama Alana, entusiasmada, mientras yo siento cómo la emoción me impide hablar.

Siempre había deseado que un vino llevara mi nombre. Era uno de esos deseos que solo compartes con ciertas personas, en mi caso, Víctor; que no te atreves a formular en voz alta por temor a no merecerlo y que, cuando se hacen realidad, sobrepasan todas tus expectativas.

—Víctor me lo propuso cuando te marchaste —me confirma mi padre, sacudiendo mi pecho— y, aunque tenía mis reservas, él insistió e insistió..., ya sabes lo convincente que puede llegar a ser, y al final accedí. Esa vendimia y la posterior crianza, en barrica nueva de roble, como bien has detectado, se hicieron pensando en lo que queríamos conseguir, y Víctor estuvo trabajando incansable con Joaquín y conmigo con los *batonnages* que le practicamos estando en crianza; de ahí, esa lágrima con color. Queríamos que este vino reflejara a la Valentina más auténtica, ¿crees que lo hemos conseguido? —me pregunta mi padre mirándome con ternura y, de nuevo, seco las lágrimas que han empezado a fluir fruto de demasiados sentimientos.

—Lo habéis conseguido, papá. Muchas gracias por este regalo, que es el mejor del mundo —musito levantándome para abrazarlo, todavía asimilando que fue Víctor quien insistió para que tuviera mi vino y que lo hizo después de esa noche.

—Espero que, en el futuro, tú crees mi vino —me susurra al oído, provocando que el nudo de mi garganta me duela hasta lo indecible al tragar.

—Te lo prometo, papá; te prometo que crearé el mejor vino de la historia y que llevará tu nombre, como tú has hecho con nosotras —le digo en voz baja, intensificando el abrazo.

—Ese chico vale millones; solo espero que no lo pille una lagarta y nos lo estropee —oigo que comenta Casi, logrando que miles de sentimientos se adueñen de mi pecho.

—Venga, brindemos por mi hija y por el vino que llevará su nombre —propone mi padre, levantándose y rodeando mi cuerpo con uno de sus brazos mientras que con la otra mano sostiene su copa de vino—. Por la familia y por la continuidad —prosigue, alzando su copa mientras todos lo imitamos—; por la sangre que corre por nuestras venas, roja como este vino. Por todos vosotros, mi orgullo, mi fuerza y mi legado, y por ti, hija mía. Nunca olvides lo que hemos hablado y lleva nuestro apellido por todo el planeta con fuerza y con garra. Por Valentina Domínguez —suelta con rotundidad, acercándome a su cuerpo y brindando primero conmigo para, seguidamente, unir su copa a la de todos los demás, y lo imito sin dejar de llorar mientras oigo cómo todos corean mi nombre.

—Menuda nochecita me estás dando, papá —murmuro sonriendo entre lágrimas.

—El día que te tenga aquí conmigo, seré el hombre más feliz del mundo —me dice en voz baja llenando mi alma con todos sus matices—. Cumple tus sueños y regresa pronto a casa; los viñedos y yo estaremos esperándote.

—Lo haré, papá —le prometo, abrazándolo de nuevo.

—Venga, ya está bien, que a este paso terminaremos todos llorando y la cena se enfría, toda la tarde guisando para nada —masculla Casi, sacando ese brío suyo que utiliza cuando quiere ocultar sus sentimientos—. Hala, todos a cenar —nos ordena, y miro sonriendo a mi padre, que me sostiene la mirada con orgullo.

—He pensado que, aprovechando que estás aquí, podríamos hacer la presentación del vino a nuestros principales clientes y amigos viticultores.

—Pero, papá, solo voy a estar un par de semanas y tenéis que empezar a organizar la vendimia; es demasiado precipitado, no creo que os dé tiempo a prepararla.

—¿Os dé? —me pregunta sonriendo—. Más bien te dé.

—¿A mí? ¿Quieres que la prepare yo? —planteo asombrada—. Estás de broma, ¿no?

—Nunca he hablado más en serio. Es tu vino, Valentina, así que nadie mejor que tú para presentarlo.

—Pero, papá, escúchame —replico con seriedad, intentando hacerlo entrar en razón—: Yo no trabajo en la bodega, no conozco a los clientes, ni tampoco a los viticultores que trabajan con vosotros; no sé nada de nada... Puede que me deje algún cliente potencial y os arruine una venta importantísima. ¿No te das cuenta de que no soy la persona apropiada?

—De lo que me doy cuenta es de que ha llegado el momento de que te involucres y de que aprendas. Además, tienes la suerte de poder contar con Víctor. Pregúntale a él todas tus dudas; el chico ha estado en todo el proceso de creación de este vino. ¡No! ¡Mejor, aún! Preparadla juntos, así matas dos pájaros de un tiro: por una parte, aprendes a utilizar el calientaplatos y, por la otra, tienes una oportunidad de oro para conocer un poco la bodega y a sus clientes. Te vendrá bien para tus planes de futuro, ¿no te parece? —inquiere mientras siento que todo comienza a darme vueltas demasiado rápido.

¿Quiere que prepare la presentación... con él? ¡¡¿Con él?!!

—Papá, de verdad, no creo que sea una buena idea...

—intercede mi hermana, cruzando una mirada preocupada conmigo.

—En cambio, yo opino que es una de mis mejores ideas. Dos semanas es tiempo más que suficiente para prepararla y ahora es el momento perfecto, justo antes de la vendimia, cuando los racimos maduros impregnan el aire con su aroma y cuando la brisa de finales de septiembre comienza a refrescar el ambiente. Este vino empezó con la vendimia y lo presentaremos justo antes de ella.

—Alana no presentó su vino —recuerdo recomponiéndome, más que dispuesta a negarme todo lo que pueda a esta soberana estupidez.

—Porque a tu hermana nunca le ha interesado este mundo. Dile que te haga una cata, venga, díselo... Lo máximo que va a ser capaz de comentar es si le gusta o no.

—Eso es verdad, no entiendo cómo puedes haber detectado que era barrica nueva o lo del regaliz y todo eso que has soltado. Francamente, para mí la cata de un vino se resume en pésimo, malo, bueno, buenísimo o superior —afirma, encogiéndose de hombros.

—No pareces de la familia; hasta «tu amigo» hace las catas mejor que tú —la riñe mi padre con cariño.

—Bueno, no sabré hacer catas, pero voy a convertirme en una de las mejores diseñadoras del panorama actual. ¿Queréis saber mis planes? —nos pregunta entusiasmada mientras yo permanezco muda y paralizada.

Él insistió para que tuviera mi vino, trabajó en su creación y ahora voy a tener que colaborar con él para presentarlo... justo cuando le he dicho que no quiero volver a verlo, me machaco inspirando profundamente y soltando el aire despacio en un vano intento por tranquilizarme.

Durante la cena, Alana nos habla de sus nuevos proyectos mientras yo mantengo la mirada fija en mi comida, que finalmente se ha enfriado. A mis oídos llegan distorsionados sus planes de crear su propia colección de ropa y los comentarios del resto al tiempo que yo solo puedo pensar en Víctor, en este vino y en las dos semanas que me esperan... si acepto, por supuesto.

—¿Quieres hacer el favor de comer? Deja de contemplar la comida como si fuera a hablarte en cualquier momento y llévatela a la boca de una vez —me riñe Casi mientras yo siento mis nervios a todo gas arrasando con todo.

—Casi, déjame, ¿quieres? No tengo hambre, más bien tengo náuseas. Papá, lo siento, pero no puedo hacerlo —afirmo, enfrentándolo finalmente.

—Claro que puedes, llevas esto en la sangre y una intuición que muchos quisieran para sí; solo tienes que ver la cata que has hecho, sin duda has heredado la nariz de tu abuelo —me elogia con orgullo mientras Alana empieza a hablar con José y con Casi—. Tu abuelo también era capaz de detectar matices que al resto nos pasaban desapercibidos; sigue tu intuición, disfruta de estas dos semanas conociendo más a fondo este mundo que en el futuro será el tuyo y recupera esa amistad que perdiste en el camino —me aconseja con cariño, y asiento sabiendo que mi corazón pende de un hilo... un hilo que sujeta él.

Terminamos de cenar, o más bien terminan ellos, porque yo no he conseguido probar bocado, y, tras el café y la charla posterior, mi hermana me hace un gesto con la cabeza indicándome la puerta.

—Voy al baño, ¿me acompañas, hermanita? —me pregunta, levantándose.

—Claro —musito saliendo del mutismo en el que me hallo sumida desde que mi padre ha tenido su fabulosa idea.

—Qué ganas tenía de hablar contigo a solas —me dice una vez dentro de la casa—. Está aquí... Creía que estaba en Segovia, te lo juro, pero ha regresado antes —me confiesa como si estuviera revelándome un alto secreto de

Estado—. Te he llamado antes al móvil, pero no me lo has cogido.

—No me he enterado. De todas maneras, no importa, ya lo he visto —le respondo entre susurros mientras nos dirigimos al servicio.

—¿Y? —plantea impaciente.

—Que te podías haber informado mejor, maja. Llego a saber que estaba aquí y no aparezco; por si fuera poco, mira qué marrón me ha caído encima.

—Ya lo sé y lo siento. Casi me había dicho que no estaba, y yo misma lo confirmé con papá... pero no sé por qué leches ha regresado antes, se suponía que tenía para todo un mes —me cuenta apurada.

—Ya, pues mira qué bien vamos a pasarlo los dos juntitos —suelto agobiada, cerrando la puerta del baño.

—Cuéntame qué ha sucedido cuando lo has visto. ¿Qué le has dicho? ¿Qué te ha dicho? ¿Qué...?

—Para —le ordeno con autoridad.

—Vale, paro, ¡pero contéstame! —insiste, impaciente.

—¿Qué quieres que te diga? Aunque me moleste, y mucho, continúa gustándome igual que antes; te juro que me ha temblado todo cuando lo he visto.

—Está guapo, ¿eh? Joder, tiene una mirada bajabragas que te mueres.

—Tú ayúdame... Venga, pon más leña al fuego —la amonesto de mala gana, sentándome en el borde de la bañera.

—Es la verdad: está guapísimo y tiene esa voz de... nenaaaaaa... No quiero ni imaginármelo llamándome *nena* y mirándome con esos ojos que me tienen loca; en serio, te juro que me quito las bragas y se las entrego en ofrenda —suelta, arrancándome una carcajada.

—Voy a contárselo a José en cuanto pueda —bromeo riendo—. Y hablando de José, bueno, no..., vamos con lo mío, que tiene más tela que lo tuyo.

—Sí, eso, vamos con lo tuyo —me dice ansiosa—. ¿Qué te ha dicho? ¿Qué le has dicho?

—Le he dejado claro que no quiero saber nada de él y que no quiero volver a verlo —le explico mientras ella abre la boca exageradamente.

—¿Y por qué querrías hacer semejante estupidez?

—Porque continúa viéndome como una cría, porque estoy harta de esa deuda que cree que tiene con nuestro padre y porque estoy más que harta de ser yo la insistente.

—Bueno, la verdad es que fuiste muy fuerte; hay que tener un par de ovarios para hacer lo que hiciste.

—Y ni así fue capaz de verme como la mujer que soy. Paso, tía... Por mucho que me guste, voy a tratarlo como a un trabajador más de la bodega y, en cuanto haga la presentación, me largo a Nueva York.

—¿Se lo has dicho ya a papá?

—Sí. ¡No veas lo que ha dado de sí la media hora que os habéis retrasado!

—¿Y eso? —me pregunta, y rápidamente la pongo en antecedentes—. Bueno, lo de los desnudos tenía que soltártelo; estaba muy cabreado, Valentina. Quería ir a buscarte a Madrid para traerte de la oreja al viñedo, así que haz el favor y piénsatelo bien antes de hacer otro o lo vas a matar de un disgusto antes de que puedas tomarle el relevo —me confiesa mientras salimos del baño.

—Venga ya, tampoco sería para tanto.

—¿Que no? Con el de Cartier, Víctor tuvo que estar horas hablando con él para que se tranquilizara y entrara en razón, ¡no veas cómo se puso!

—¿Cómo lo sabes? —me intereso, deteniéndome.

—Porque me lo contó Casi, básicamente se le escapó mientras mirábamos la revista y, aunque luego intentó callarse, fui tirando de la cuerda hasta que acabó contándomelo todo con pelos y señales... Oye, ¿puedo decirte una cosa sin que te enfades?

—Por supuesto que sí, sabes que puedes decirme lo que quieras —acepto frunciendo el ceño.

—En parte entiendo a Víctor, él siempre ha cuidado de ti. Te conoció cuando eras una mocosa y te aguantó las chorradas que ni yo misma te aguantaba; debe de ser raro para él verte ahora de otra forma.

—Pues yo lo veo y sin ningún esfuerzo, la verdad —objeto cruzándome de brazos.

—Y yo, pero igual para él es distinto... y papá tiene mucho que ver en eso.

—Ya lo sé. En fin, que, como es lo de siempre, paso. Ojalá estas dos semanas transcurran rapidito y pueda largarme cuanto antes a la Gran Manzana para darle un buen mordisco —le digo, guiñándole un ojo antes de reunirnos con el resto.

Cuando Alana y José se marchan, me despido de mi padre y de Casi, que continúan charlando, para dirigirme a mi habitación; sin embargo, una vez en ella, me doy cuenta de que estoy demasiado nerviosa y ansiosa como para poder dormir, por lo que, siguiendo un impulso, salgo de casa para encaminarme a la suya.

Hay luna llena y, con la luz plateada de sus rayos, que se filtran suavemente a través de las ramas de los árboles, y con la compañía de la multitud de estrellas, que esta noche decoran el firmamento, enfilo mis pasos hacia ese sendero que en el pasado recorrí infinidad de veces mientras me obligo a silenciar mis pensamientos y los miles de emociones que abarrotan mi corazón, en un intento por encontrar mi preciada calma antes de encontrarme de nuevo con él.

Me detengo en cuanto llego a su porche trasero, dejando las interminables filas de vides detrás de mí, y durante unos segundos contemplo las luces de las guirnaldas encendidas, esas guirnaldas que colgamos juntos, y siento cómo los recuerdos llegan con más fuerza de la que me gustaría para llenar mi pecho con un poquito más de demasiadas cosas, reconozco suspirando bajito mientras deslizo lentamente la mirada hasta la hamaca donde él está acostado, con un brazo debajo de la cabeza y el otro colgando con una cerveza en la mano, y siento cómo esto que llena mi pecho presiona más y más fuerte acelerando los latidos de mi corazón. Va vestido únicamente con unos vaqueros rasgados y es lo más sexy que he visto en mi vida, y por Dios juro que llevo tres años viendo hombres sexis sin parar.

Capítulo 4

—¿Víctor? —pregunto, intentando que mi voz suene lo más firme posible, y veo cómo se incorpora en apenas un segundo y cómo la sorpresa se adueña de sus facciones y me limito a saludarlo con la mano, sin moverme un centímetro, esperando a ser invitada, haciendo uso de toda mi fuerza de voluntad para mirar solo su rostro y no seguir el recorrido hacia abajo.

—¿Qué haces aquí? —me plantea dejando la cerveza en el suelo, levantándose y acercándose a los escalones, y me encojo de hombros, sintiendo cómo los latidos de mi corazón incrementan su ritmo hasta casi llegar a mi garganta, donde retumban multiplicándose por mil, como si fueran un eco de todo lo que siento..., uno que vuelve una y otra vez para recordarme que todo sigue tan vivo como antes.

—Supongo que tengo que hablar contigo, y cuanto antes me lo quite de encima, mejor. ¿Puedo pasar? —inquiero, obligándome de nuevo a no desviar mi mirada de su rostro.

—¿Qué pregunta es esa? Sabes de sobra que siempre puedes pasar —me responde con seriedad, y subo el primer escalón, el segundo y el tercero hasta quedar frente a él—. ¿Te apetece tomar algo? —me propone, sosteniéndome la mirada.

—Acabo de cenar, solo quiero hablar contigo —musito con un hilo de voz, sentándome en el último escalón para darle la espalda a esa puerta por la que salí llorando hace tres años, viendo de reojo cómo se sienta a mi lado—. Todavía tienes las guirnaldas puestas —añado bajito perdiendo la mirada en las filas de vides que se extienden infinitas frente a nosotros, esperando que me devuelvan la calma que los latidos de mi corazón se están llevando consigo.

—¿Creías que las habría quitado? —indaga, y me encojo nuevamente de hombros sin contestar a su pregunta, quizá porque, cuando tienes tanto que decir y sabes que el resultado va a ser el mismo, en ocasiones es mejor no decir nada—. ¿Qué sucede, Valentina? —me pregunta mientras yo absorbo los matices de su voz: oscura, fuerte, sexy, un poquito cavernosa y también profunda.

Definitivamente debo de tener un problema con las voces de los hombres, sobre todo con la suya, porque podría escucharla durante horas y horas y siempre encontraría algo nuevo y atrayente en ella.

—Supongo que demasiadas cosas —murmuro observando el sinfín de estrellas que, desde el firmamento, parecen contemplarnos en silencio—. Esta noche hemos probado mi vino —susurro volviéndome hacia él y perdiéndome en su mirada—. Eras el único que sabía la ilusión que me hacía tener un vino y ahora lo tengo y creo que es gracias a ti —le cuento sin poder alejar mis ojos de la intensidad de los suyos—. También me he enterado de que, de nuevo gracias a ti, mi padre no fue a buscarme a Madrid para traerme de la oreja cuando hice el reportaje para Cartier —prosigo, consiguiendo que una discreta sonrisa asome en su rostro cubierto ahora parcialmente por las sombras—. ¿Tengo que saber algo más, Víctor?

—Supongo que, si hay algo más, ya irás enterándote como has hecho con esto —musita enigmático, dirigiendo su mirada al frente, donde estaba posada antes la mía, para luego sumirse en el silencio, y lo hago yo también.

—Mi padre quiere presentar el vino antes de que me marche —le cuento rompiendo mi mutismo, a la vez que siento cómo la suave brisa de principios de otoño envuelve mi cuerpo, moviendo mi falda a su antojo.

—¿Cuándo te vas? —se interesa, y absorbo sus matices: dura y acerada. Seguro que está frunciendo el entrecejo, pienso volviéndome para comprobarlo.

—En dos semanas —susurro captando su gesto ceñudo, sintiendo cómo el anhelo regresa con fuerza.

—¿Y? —me pregunta, girándose para mirarme.

—Quiere que lo presente yo —musito dejándome llevar por los recuerdos y pasando mi dedo por su ceño para alisárselo, percibiendo cómo su cuerpo se tensa al sentir el contacto de mi piel sobre la suya.

»Lo siento, supongo que cuesta desprenderse de las viejas costumbres —susurro avergonzada, retirándolo rápidamente, levantándome y bajando los escalones para poner un poco de distancia entre ambos—. También quiere que prepare yo la presentación... —le cuento volviéndome para mirarlo— contigo; quiere que estemos juntos en esto —añado fijándome en sus facciones, completamente inexpresivas—. De verdad que he intentado disuadirlo, pero ya sabes lo tozudo que puede llegar a ser cuando cree que tiene razón en algo. Si quieres intentarlo tú, adelante, es todo tuyo —le digo casi atropelladamente, maldiciendo a mi padre por ponerme en esta situación.

—No tengo ningún problema en preparar esa presentación contigo, Valentina —afirma posando su mirada sobre la mía y consiguiendo que mi corazón pierda un latido.

—Pero, si lo hacemos, tendremos que vernos todos los días —farfullo frunciendo esta vez yo el ceño.

Casi conteniendo la respiración, veo cómo se levanta y baja los escalones con decisión hasta quedar frente a mí, para luego posar su dedo índice sobre mi ceño y alisarlo, tal y como he hecho yo hace unos segundos con el suyo, y contengo un suspiro, sintiendo cómo mi corazón se detiene y mi interior tiembla.

—Hay costumbres que es mejor que no se pierdan —musita acariciándomelo—, y esta presentación es importante, así que supongo que podemos intentarlo, ¿qué opinas? —me pregunta con seriedad, retirando el dedo finalmente.

—Pero...

—Intentemos ser amigos, Val; podemos serlo, lo fuimos durante años... Olvidemos lo que sucedió esa noche y recuperemos lo que perdimos —me pide colocando sus manos en mis hombros, con la intensidad llenando su mirada. Y es una mirada que puede hacerme perder el equilibrio.

Sin contestarle, me libero de sus ojos y de sus manos para empezar a alejarme de él y de todas estas emociones que invaden mi pecho cuando lo tengo cerca, unas emociones que no sé cómo gestionar y que son un popurrí de demasiadas cosas.

—Nos vemos mañana —respondo con sequedad, encaminando mis pasos hacia ese sendero que conecta su casa con la mía.

—¡Espera! —oigo que me pide y me vuelvo para verlo entrar en su casa a toda prisa, dejando la puerta entreabierta... esa puerta que siempre estuvo abierta para mí—. No quiero que regreses sola —comenta saliendo de nuevo mientras, sin dejar de avanzar, se pasa una camiseta por la cabeza hasta cubrir su cuerpo con ella y dirijo mi mirada al frente, sintiendo mis deseos arañar mi alma sin compasión—; te acompaño.

—No hace falta, puedo ir sola —mascullo tirante, necesitando tomar otra vez distancia de él y, ya puestos, echar a correr para aligerar esta presión que me impide respirar con normalidad.

—Estás loca si crees que voy a dejar que te vayas sola en plena noche —me replica empezando a andar.

—He llegado sola y te aseguro que puedo marcharme también del mismo modo. Vete, no hace falta que me acompañes —le pido sin moverme, consiguiendo que se detenga.

—No pienso discutir contigo; voy a ir contigo y punto —afirma con seriedad, echando a andar de nuevo, y niego con la cabeza, sabiendo lo obstinado que puede llegar a ser.

Caminamos en silencio, en un pesado, incómodo y tenso silencio que me produce ganas de gritar, pues siento cómo, de su mano, llegan todas las cosas que nos diríamos si pudiésemos.

—¿Recuerdas la primera vez que te acompañé a casa? —me pregunta rompiendo su mutismo finalmente, y siento cómo los recuerdos regresan de puntillas para colocarse a nuestro lado.

—No quería volver y me cargaste sobre tu hombro —susurro deteniendo la mirada en la piscina de la finca, iluminada ahora por las luces que la rodean, retrocediendo a través de la memoria hasta llegar a ese día, tan lejano ahora.

—Todavía puedo oír tu vocecita diciéndome que no querías ir, que querías bañarte en la piscina.

—Y nos tiraste a los dos vestidos en ella, haciéndome llorar. Muy maduro por tu parte —le recrimino enarcando una ceja cuando se vuelve para mirarme.

—Eras una llorona malcriada —me contesta divertido, sin permitir que me suelte de sus ojos.

—¡Me había entrado agua en la nariz! —me defiendo,

sintiendo cómo la tensión que nos envolvía se disuelve con los recuerdos, como la niebla de las primeras horas con los rayos del sol—. Casi quería matarte por haberme tirado vestida.

—Casi quería matarme porque le estábamos mojando el suelo de la cocina —me rebate sonriendo abiertamente.

—Decía que eras una mala influencia y nunca quería que fuera a jugar contigo —le confieso, devolviéndole finalmente la sonrisa, viendo en él al joven que fue hace años.

—Suerte que luego conseguí metérmela en el bolsillo —afirma, guiñándome un ojo y provocando que mi interior tiemble con fuerza y, creo que por pura supervivencia, echo a andar de nuevo, sumiéndome en ese silencio pesado que parece no querer abandonarnos—. ¿Te ha gustado el vino? —demanda, rompiéndolo, y otra vez absorbo sus matices: seriedad, preocupación... ¿anhelo?

—Mucho —musito bajando la mirada al suelo, valorando, durante unos segundos, contarle que he decidido estudiar la carrera de enología y todos mis planes de futuro, solo que, finalmente, opto por mantenerme en silencio, guardándolos para mí—. Hemos llegado, gracias por acompañarme —le agradezco deteniendo mis pasos cuando la enorme casona aparece frente a nosotros—. Nos vemos mañana..., ¿a las nueve? —le pregunto con seriedad, volviéndome hacia él y frunciendo el ceño sin percatarme de ello.

—Estás de vacaciones, no hace falta que madrugues si no quieres... Total, tampoco es tanto trabajo —me responde observando mi gesto, y lo desfrunzo antes de que pueda hacerlo él con su dedo.

—No me importa madrugar, y cuanto antes esté lista la presentación y podamos presentar el vino, mejor —susurro perdiéndome en la intensidad de su mirada, deseando correr bien lejos para poder alejarme de ella.

—Acabas de llegar y ya estás deseando largarte —masculla con sequedad, negando con la cabeza y anclando sus pulgares en los bolsillos de sus vaqueros.

—No es eso —susurro, incapaz de explicarle lo que siento.

—¿Y qué es? —me rebate con dureza, enfrentándome con la mirada y frunciendo su ceño.

—Nada, no es nada... Hasta mañana, Víctor —farfullo dándome la vuelta para entrar en mi casa, sabiendo que ese «nada» encierra demasiados miedos.

Miedo a sentir más, miedo a su amistad, miedo a acostumbrarme a sus sonrisas, miedo a mis recuerdos, miedo a los recuerdos que crearemos juntos y miedo a seguir con mi vida una vez que me aleje de la suya. Miedo, en mayúsculas, a que todo esto que llena mi pecho cuando él está cerca desaparezca para dejarme vacía o, lo que es peor, hasta dejarme el corazón hecho añicos.

Esa noche sueño con él, con mis recuerdos filtrándose y entremezclándose con las imágenes que mi subconsciente va creando en mi cabeza a su antojo... y en ellas me veo con mis dos coletas y mi sonrisa traviesa; lo veo a él estudiando en el porche trasero mientras yo coloreo la libreta que me regaló para mantenerme entretenida; me veo de modelo, sonriéndole a la cámara, veo sus ojos, sus brazos al alzarme... y entonces, a través de una bruma espesa, me veo corriendo y llorando, lo veo a él siguiéndome y gritando mi nombre.

Atrapada en mi sueño oigo cómo un sollozo escapa de mi garganta cuando la pena es demasiado intensa como para seguir manteniéndola presa y, cuando otro sollozo, más alto que el anterior, rompe el silencio de la noche, abro los ojos sin poder dejar de llorar, pues necesito liberar todas esas emociones que, de alguna forma, se mantienen apresadas en mi pecho, año tras año, acumulando lágrimas que ya no deberían estar ahí presentes y que vuelven a fluir como el agua de un río que nunca se seca.

Una vez más calmada, me levanto de la cama para dirigirme a la ventana, donde espero que la visión de un nuevo día logre apaciguar mi alma, solo que entonces veo su casa a lo lejos y siento cómo, todo esto que llena mi pecho, lo llena un poco más.

Sin poder alejarlo de mis pensamientos, me visto con unos vaqueros oscuros y una camiseta de seda color crema, dejando mi larga melena oscura suelta y, tras maquillarme suavemente y ponerme otra vez los pendientes étnicos que llevaba anoche, bajo a la cocina, necesitando urgentemente un té bien fuerte para poder hacer frente al día que tengo por delante.

—¿Qué haces aquí? —le pregunto con un hilo de voz, sintiendo cómo mi corazón sale disparado a la velocidad de la luz desde el tórax hasta llegar a mi garganta, donde decide quedarse para bombear con fuerza y casi ahogarme con sus latidos.

Está sentado en uno de los taburetes que rodean la isla, tomándose un café mientras Casi trajina por la estancia, y lo miro sintiendo cómo, de nuevo, todo tiembla dentro de mí.

Va vestido con unos vaqueros oscuros como los míos y una camisa blanca remangada hasta los codos, y trago saliva con dificultad, obligándome a moverme, aunque sea incapaz de recordar cómo se hace eso.

—He venido a recogerte —me informa como si nada, llevándose la taza de café a los labios, y paseo mi mirada por la cocina con la incomodidad abriéndose paso.

—Deja de remolonear y siéntate a desayunar de una vez —me ordena Casilda, dejando una taza de té y un plato con un par de tostadas en mi sitio, y miro mi desayuno como si fuera un dinosaurio dispuesto a comerme a mí.

—Oye, Casi... —empiezo a decir, pues, tras el sueño de esta noche, no me siento preparada para sentarme tan cerca de él.

—De oye, Casi, ¡nada! Ayer no comiste y tampoco cenaste, así que vas a desayunar como que me llamo Casilda Martínez de la Nuez. O comes o te meto yo las tostadas por la boca, tú decides —exclama fulminándome con la mirada, por lo que finalmente claudico y voy a sentarme a su lado, inspirando su fragancia, a jabón y colonia, que llega hasta mis fosas nasales para torturarme.

—¿Llevas sin comer desde el desayuno de ayer? —me pregunta con dureza, fulminándome él también con los ojos, y lo miro alzando el mentón.

—Y el desayuno fue una taza de ese té pijo que tanto le gusta y unas pocas galletas, no te creas que se comió una vaca... Así de flaca está. ¡Niña, que a los hombres les gusta tocar carne, no huesos! —prosigue, y me meto la tostada en la boca, deseando morirme, literalmente. ¿Por qué será incapaz de quedarse callada esta mujer?—. ¿Qué dices tú, hijo? ¿Verdad que tengo razón? ¿A que a ti lo que te gusta es tener donde agarrarte? —continúa con su verborrea, y siento deseos de estrangularla.

—Cada uno tiene sus preferencias, Casi —le responde y, otra vez, absorbo los matices de su voz: ¡¡sexy!!, oscura y, de nuevo, ¡¡sexy, sexy, sexy!!

—No hacía falta que vinieras, podría haber ido dando un paseo —musito dándome la vuelta y viendo su plato vacío.

«Seguro que Casi también le ha hecho tostadas para desayunar», pienso mientras una idea comienza a materializarse en mi cabeza y, sin detenerme a pensarla demasiado, y dejándome llevar por la costumbre, cojo la que no he mordido para depositarla en su plato, como tantas veces hice en el pasado, ante su mirada divertida, y le arrugo la nariz, provocándole una perfecta sonrisa en su perfecto rostro.

—Vas a comer —susurra con voz ronca cerca de mi oreja, cogiéndola y devolviéndomela sin contemplaciones, sin ser consciente del fuego que ha encendido en mi interior el sonido de su voz tan cerca de mi piel.

—¿Qué cuchicheáis vosotros dos? —nos pregunta Casilda volviéndose y observando mi plato mientras yo todavía siento ese fuego quemándome por dentro—. ¿Todavía estás así? —añade poniendo los brazos en jarras—. Ay, hija mía, lo que daría por poder pasarte mi hambre y que tú me pasaras la tuya, ¡con lo hambrienta que estoy yo siempre! —exclama apoyándose en el mármol de la isla, mirando mis tostadas—. En dos segundos me las comía yo... ¿Qué digo en dos segundos?, con medio tendría más que suficiente, en los pies tengo ya mi desayuno. En fin, me voy con lo mío. Hijo, no permitas que se levante de ese taburete hasta que no se haya comido hasta el plato —le ordena a Víctor, que la mira sonriendo mientras yo la miro con hartura.

¡Dios!, con lo feliz y tranquila que era mi vida, ¿para qué he tenido que volver?

—Termina, se está haciendo tarde —me apremia Víctor, apoyando uno de sus antebrazos en la isla mientras yo acabo de beberme el té.

—Lista, ya podemos irnos —le digo levantándome, cogiendo el plato con las tostadas y tirándolas al cubo de la basura sin contemplaciones.

—Y eso lo has hecho ahora que Casi no está. ¿Qué pasa, que no había ovarios suficientes como para hacerlo delante de ella? —me plantea divertido, cruzándose de brazos, y tengo que hacer un esfuerzo megatitánico para no deslizar mi mirada por su pecho, por los músculos de sus brazos, por sus piernas, por su... Mejor no lo pienso.

—Casi es como una mosca cojonera y la comida es su forma de torturarme —mascullo tiñendo todos mis deseos de frialdad, decidida a protegerme y a no dejarlo entrar en mi vida otra vez—. Vámonos —añado cogiendo mi bolso y saliendo de casa sin esperarlo.

Veo un Jeep negro aparcado en el parking y, aunque doy por hecho que es el suyo, me giro hacia él para cerciorarme y, justo entonces, me quedo petrificada. «¡Maldita sea cien mil veces seguidas! Esto no es justo», me lamento. No es justo que esté tan bueno, no es justo que no pueda librarme de él ni en sueños y no es justo que, cada vez que lo vea, solo piense en tirármelo, mientras que él, posiblemente, en lo único que pensará será en comprarme una muñeca. No, definitivamente no es justo.

«En serio... ¿Por qué he tenido que regresar?», me pregunto de nuevo, frustrada.

—Vamos, no te quedes ahí parada —me indica pasando por mi lado, dejando una estela de su fragancia revoloteando a mi alrededor, y absorbo el inconfundible olor de la madera de sándalo y de cedro de su colonia.

Subo a su vehículo, en el que su fragancia es más intensa todavía, y por enésima vez maldigo mi idea de regresar.

—Mañana no hace falta que vengas —mascullo con sequedad, sintiendo que todo esto me desborda.

—Voy a venir todos los días —me rebate con la misma acritud con la que yo le estoy hablando, dándole al contacto.

—Si quieres que Casi te cebe, por mí no hay problema; igual hasta me deja un poco en paz —replico de malas maneras mientras observo cómo conduce y mi vientre se contrae suavemente.

—Come y te dejará en paz —contraataca con dureza y, aunque suene muy loco, que me hable en ese tono tosco me pone, y mucho, pero, vamos a ver, ¿a quién pretendo engañar? Hasta con un tutú rosa y unos tacones me pondría.

Durante el resto del trayecto nos mantenemos en silencio y, mientras el paisaje de mi infancia pasa frente a mis ojos, pienso en nuestro pasado, cuando éramos capaces de enlazar una conversación con otra durante horas, cuando nuestras risas iban con nosotros allá donde nosotros fuéramos y cuando todo esto que llena mi pecho todavía no había aparecido..., cuando todo era tan sencillo como respirar.

Cuando llegamos a la bodega, no salgo disparada del todoterreno, pero casi, y, sin molestarme en esperarlo, encamino mis pasos hacia la tienda, donde Adri y Marta están colgadas del teléfono y las otras chicas esperan a los clientes para empezar con las visitas programadas.

—¿Vienes a contratar una visita guiada o a quedar conmigo para sacarme de esta vida de jubilada de pacotilla en la que vivo? —me pregunta mi amiga cubriendo el auricular con una mano, y la miro sonriendo, ahora sí con ganas.

—Mejor aún, vengo a currar aquí —le contesto, sintiendo su potente mirada clavada en mi espalda.

—Buenos días, señor Álvarez —lo saluda Adriana, casi cuadrándose.

—Buenos días —le responde Víctor con sequedad—. Valentina, vamos —me ordena, echando a andar, y lo sigo no sin antes guiñarle un ojo a mi amiga.

—Te prohíbo que te tomes el café sin mí —le advierto, volviéndome para sonreírle.

—Pero si tú no tomas café —me rebate Adri mientras su teléfono comienza a sonar de nuevo.

—Pero ya sabes que sí que cotilleo —le contesto antes de entrar en el ascensor que nos llevará al primer piso, donde se encuentran las oficinas de la bodega.

—Eres la dueña de todo esto, compórtate, ¿quieres? —me riñe Víctor cuando se cierran las puertas, y lo miro sorprendida.

—¿Perdona? —le pregunto sonriendo, flipada—. ¿Desde cuándo te has vuelto tan estirado?

—No has venido aquí a cotillear, Valentina, has venido a preparar una presentación, no lo olvides —masculla acercándose tanto a mí que siento la calidez de su aliento rozar mis labios.

—Y tú no olvides con quién estás hablando —le respondo mirándolo con altivez, negándome a darle ni una maldita explicación—. ¿Dónde está mi despacho? —le formulo cuando llegamos al primer piso.

—En el mío, no tienes ni idea de nada y, si tengo que ayudarte, no pienso perder mi tiempo yendo de aquí para allá, ni tampoco voy a permitir que tú pierdas el tuyo y ya puestos aproveches para cotillear con el personal de la empresa —expone, entrando en él mientras lo sigo sin dar crédito.

—¿Acaso pagas tú su nómina?

—Sí. Así es —me asegura rotundo tomando asiento en su silla y clavando su intensa mirada verde sobre la mía.

—Y yo creyendo que eso lo hacían desde el departamento de recursos humanos —replico con sarcasmo, sentándome en la silla que hay frente a la suya—. Entonces, ¿te dedicas ahora a hacer las transferencias bancarias de la compañía? Te han bajado de categoría, Víctor —prosigo, deseando humillarlo.

—Creo que deberías hablar con tu padre —suelta con sequedad—. Me parece que tenéis una conversación pendiente.

—A ti te tengo delante; dímelo tú, está claro que lo sabes —siseo frunciendo el ceño y poniéndome en alerta.

—Como quieras —me responde, recostándose en su asiento—. Soy accionista de la bodega, concretamente tengo el cuarenta por ciento —me confiesa, consiguiendo que enmudezca durante unos largos segundos.

—¿Qué estás diciendo? —musito cuando logro reaccionar, sintiendo cómo un sentimiento de posesión sobre todo esto se abre paso dentro de mí, arrasando con cualquier pensamiento coherente que pudiera tener—. ¿Y puedo saber cómo te has hecho con ese cuarenta por ciento? —le planteo con furia.

—Yo no me he hecho con nada, de nuevo estás sacando conclusiones erróneas —sisea con frialdad.

—Cuando me fui de aquí hace tres años, la bodega era íntegramente de mi familia, y ahora tú tienes un cuarenta por cierto; un poco más y te haces con todo —continúo, cegada por la rabia, viendo cómo su mirada se torna oscura y peligrosa y cómo todo su cuerpo se tensa.

—Ahí tienes tu despacho —me indica con desprecio, señalando con un gesto de la cabeza una mesa circular que deduzco que debe de utilizar para sus reuniones—. Desde este portátil puedes acceder a la contabilidad de la empresa. Revisa el volumen de ventas por cliente y, según sus saldos, selecciona quiénes deben venir a la presentación y quiénes no. Eres la dueña del sesenta por ciento, ¿verdad? Demuéstralo —me reta con dureza, sabiendo de sobra que no tengo ni idea de contabilidad—. En este listado están incluidos todos los viticultores que trabajan con nosotros y, en este otro, cadenas hoteleras y restaurantes que espero captar algún día; si consigues que vengan e introduzcan nuestros vinos en sus cartas, te cederé mi cuarenta por ciento —añade con voz acerada.

—Vaya, imbécil y estirado..., pues sí que has cambiado, ¿no? —le espeto con rabia, recostándome en la silla y deseando herirlo con todas mis fuerzas.

—Vaya, prepotente e injusta... No soy el único que lo ha hecho —me rebate, imponiéndome con el tono utilizado—. La presentación tendrá lugar el sábado 6 de octubre —masculla mirando su calendario—. Ocúpate de contratar el *catering*, de las flores, de la música y de hablar con Iker, el responsable de comunicación, para que la prensa venga a cubrir el evento. Piensa en qué parte de la bodega te gustaría llevar a cabo el evento e infórmame cuando lo tengas claro. ¡Ah!, otra cosa: estaría bien que desde marketing prepararan un vídeo en el que quedara reflejado el proceso de creación de un vino, el tuyo en este caso, desde que comienza la vendimia hasta que se embotella y almacena; sé que tienen material de sobra, así que no creo que les cueste mucho montarlo —me indica arisco, con la ira todavía dominando su mirada.

—¿Y tú no tienes intención de hacer nada? Creía que esto era cosa de los dos.

—Mi trabajo consiste en supervisar el tuyo.

—Vaya, pues menuda ayuda tengo contigo, entonces —le respondo con rabia contenida—. ¿Algo más?

—Sí, que no pierdas el tiempo cotilleando con nadie —masculla con el mismo cabreo que en estos momentos siento yo—. Aquí tienes las claves para poder acceder a la contabilidad —prosigue, tendiéndomelas, y se las cojo de un tirón para, seguidamente, levantarme de malas formas.

Cojo el ordenador y los listados y me encamino hacia «mi despacho», donde lo dejo todo encima de la mesa para, casi al segundo y sin molestarme en mirarlo o decirle nada, salir en busca de mi padre, al que encuentro en su despacho.

Capítulo 5

—Papá, ¿tienes unos minutos? —le pregunto, deseando que me aclare esto de una vez por todas.

—Hombre, ¡mi chica! Al fin te tengo por aquí. ¿Ya estás lista para empezar? —inquiere rodeando su mesa para darme un beso en la mejilla.

—¿Es cierto que Víctor es el dueño del cuarenta por ciento de las acciones de la bodega? —le suelto a bocajarro, provocando su sonrisa—. ¿Puedo saber por qué sonríes? ¿Es cierto o no? —insisto, sin entender nada, alzando la voz.

—Por lo que veo, ya has comenzado a utilizar el calientaplatos —me dice con una tranquilidad pasmosa, dirigiéndose hacia su silla de nuevo.

—Papá, no es el momento. ¿Es cierto o no? —repito entre dientes, con todo mi cuerpo en tensión.

—Es cierto —afirma, desprendiendo una tranquilidad que a mí, en estos instantes, me falta.

—Pero ¿por qué? —indago, temiendo que Víctor se haya aprovechado de la confianza y del cariño que le profesa mi padre para hacerse con una parte importante de la empresa.

—Tranquilízate, ¿quieres? Siéntate, te aseguro que

todo tiene una explicación —me dice, y tomo asiento frente a él deseando enterarme de todo cuanto antes.

—Ya puede ser buena, papá —farfullo entre dientes.

—Cuando tú te fuiste hace tres años, estábamos en pleno proceso de remodelación de la bodega. Ya sabes que no se hizo para aumentar la producción de vino, sino para mejorarlo y hacerlo de mayor calidad. Esa inversión tenía un coste muy elevado, piensa que una sola de las máquinas ya valía un millón y medio de euros, por lo que tuve que pedir un préstamo al banco, que nos concedieron sin problemas —comienza su relato con voz pausada—. Las cuotas a las que teníamos que hacer frente eran considerables, pero el negocio iba muy bien y podíamos asumirlas sin problema alguno, pero entonces llegó la crisis, las ventas bajaron en picado, tuvimos varios clientes que entraron en suspensión de pagos y nos dejaron importantes deudas que tuvimos que afrontar junto con los problemas con los que nos encontramos con la remodelación, que casi duplicó su coste inicial, y me vi con agua al cuello.

—Papá, no sabía nada... ¿Cómo no me lo contaste? —inquiero, sintiendo cómo un sudor frío recorre mi cuerpo.

—¿Para qué iba a hacerlo? Tú estabas en Madrid, estudiando y trabajando como modelo, y, aunque hubieses querido, no hubieras podido hacer nada. ¿Qué sentido tenía que te preocuparas por algo que no estaba a tu alcance solucionar? Al principio fuimos tirando y asumiendo las cuotas, pero con el tiempo descapitalicé el negocio y empecé a tener problemas. El banco no quiso ampliarme el préstamo ni tampoco alargarme el período de pago para reducir el montante de las cuotas, y un día, cuando creía que estaba todo perdido, llegó Víctor con un cheque en blanco; simplemente se ofreció a cubrir la deuda a cambio de nada.

—¿Cómo? —musito sintiendo cómo el suelo se abre bajo mis pies—. Pero ¿de dónde iba a sacar él tanto dinero? —formulo con un hilo de voz.

—Víctor es un cerebrito para las finanzas, hija; es su *hobby*... un *hobby* que, por cierto, le ha reportado muchísimo dinero.

—¡Venga ya, papá! Pero si vive en la casa de los viñedos —le indico, tiñendo mi voz de desprecio.

—Una casa que se ha ofrecido cientos de veces a comprarme y que no quiero que menosprecies, porque en ella vivió también tu familia; tú misma pasaste parte de tu infancia y de tu juventud en ella cuando erais amigos —me recuerda con aspereza, poniéndome en mi sitio.

—Y, entonces, ¿qué hace trabajando aquí si gana tanto dinero con las finanzas? —le pregunto, recelosa.

—El caso es que esto le gusta tanto como a mí; para él, la bodega es su seguridad y también su hogar. Son sus raíces sin serlo.

—¿Y te dio su dinero? —musito sin dar crédito.

—Sin intereses, sin plazos de entrega y sin condiciones —puntualiza, con el orgullo dominando todos los matices de su voz.

—Y tú, a cambio, le diste el cuarenta por ciento.

—No al principio, pero sí con el tiempo. Ni tu hermana ni tú queríais saber nada de todo esto y, al venderle el cuarenta por ciento, cancelaba la deuda que tenía con él y me aseguraba de que este negocio no moriría conmigo. Víctor vela por él de la misma forma en que lo hago yo y se ha preocupado de su expansión casi desde el primer momento. Hoy, viéndolo en perspectiva, me doy cuenta de que tomé la mejor decisión posible.

—Pero, papá, ¿cómo no me contaste esto ayer? —le reprendo, hundiendo los dedos en mi pelo, sintiendo cómo la vergüenza se abre paso en mi interior.

—Porque no era el momento y porque no había prisa.

—¿Hay algo más que tenga que saber? ¡Joder, que estoy por beatificarlo!

—Hay un contrato privado que Víctor me obligó a redactar —me explica abriendo uno de los cajones de su despacho y sacando una carpeta que me tiende—, donde queda especificado que sus acciones pasarán a la familia si tú no estás de acuerdo con que él forme parte de este negocio.

—¿Cómo? —susurro abriendo la carpeta y leyéndolo por encima con manos temblorosas.

—Fue su condición para aceptar ese cuarenta por ciento: todos los miembros de la familia debíamos estar de acuerdo. Tu hermana no puso impedimentos y tú no estabas aquí ni tenías la edad adecuada para decidir nada, así que supongo que ha llegado el momento de que lo hagas —me informa, presionándome, y me levanto de la silla, dirigiéndome hacia la ventana.

—¿Y si digo que no? ¿Y si no estoy de acuerdo con que forme parte de todo esto? —le planteo, volviéndome para encararlo.

—Él siempre formará parte de todo esto, te guste a ti o no, porque, aunque no lo lleve en la sangre como tú, lo lleva en el corazón —alega con seriedad—. Sin embargo, si no estás de acuerdo, las acciones pasarán de nuevo a la familia y, aunque esto no forma parte del trato que hicimos, le devolveremos hasta el último céntimo, intereses incluidos, diga lo que diga —sentencia con firmeza.

—Papá, tenía derecho a saber todo esto en el momento en que se hizo, como lo supo Alana, o al menos antes de poner un pie aquí en la bodega —le recrimino enfadada.

—Cuando sucedió, tú eras demasiado joven; de hecho, todavía lo eres y, aun así, en tu mano está. ¿Qué decides? El único que tiene derecho a saber qué va a ser de su dinero es él y es el único que no ha preguntado nada.

—Yo no tengo que contradecir ninguna decisión tuya

—susurro, inspirando profundamente, volviendo mi mirada hacia la ventana—. Me parece que alguien se merece una disculpa —musito sujetando la carpeta con fuerza entre mis dedos para luego salir del despacho de mi padre, sintiéndome completamente sobrepasada con todo esto y maldiciendo por lo bajo la maravillosa idea que tuve de regresar y las vacaciones tan estupendas que «se suponía» que iba a disfrutar.

Tragando con dificultad, llego de nuevo hasta *nuestro* despacho y, tras inspirar profundamente como unas mil veces y desear abrirme la frente a cabezazos contra esta maldita puerta otras mil veces más, consigo abrirla finalmente. Está sentado a su mesa, con cuatro ordenadores frente a él, completamente concentrado en su labor, y cierro con suavidad mientras su atención continúa puesta en dos de las cuatro pantallas, y me pregunto cómo puede retener la información de ambas.

—Necesito hablar contigo, ¿tienes un momento? —le demando colocándome frente a él, sin tomar asiento.

—¿Qué quieres, Valentina? —me pregunta con dureza, alzando finalmente su mirada hasta posarla sobre la mía.

—Disculparme. Está claro que anoche no lo sabía todo —le digo haciendo mención de la conversación que mantuvimos en su porche—. Podrías habérmelo explicado, ¿no te parece?

—No me correspondía a mí hacerlo —replica con sequedad, recostándose en su silla.

—Pues tampoco es que hayas tenido ningún inconveniente en contarme lo de tu cuarenta por ciento. Ya puestos, podrías haberme contado toda la historia y nos hubiéramos evitado malentendidos —le recrimino bajando el tono de mi voz.

—Y, ya puestos, podrías haberte enterado primero de «toda la historia» antes de juzgarme a tu antojo. ¿Te lo ha explicado tu padre?

—Sí, acaba de hacerlo —musito perdiéndome en su mirada, sintiendo cómo la garganta se me cierra.

—¿Y? —me pregunta frunciendo el ceño, cruzándose de brazos.

Lo miro queriendo decirle cuánto lo admiro, que he sido una idiota de remate, que mi padre y la bodega tienen muchísima suerte de poder contar con él y que yo misma la tuve al tenerlo a mi lado mientras crecía... solo que no consigo articular palabra, como si tuviera una red invisible instalada en la garganta capaz de atraparlas todas, una a una, por lo que me limito a coger el contrato y romperlo frente a él.

—No hay nada que decir —susurro finalmente, sosteniéndole la mirada, sintiendo cómo todo esto que tengo preso en mi interior se libera en forma de lágrimas—. Lo siento mucho —murmuro dejando los pedazos sobre la mesa—. Siento haberte juzgado erróneamente y todo lo que he dicho antes.

A través de las lágrimas, veo cómo se levanta, cómo rodea la mesa y cómo, casi al segundo, sus brazos envuelven mi cuerpo con fuerza, y correspondo a su abrazo apoyando mi rostro en su pecho, cerrando los ojos y sintiendo la sensación de estar en casa llegar para sumarse a este momento y permitirnos volver a ser solo nosotros, Víctor y Valentina, V. y V., y, con los ojos cerrados, retrocedo a esa tarde en su casa, cuando, frente a la chimenea, jugábamos una partida de Scrabble...

* * *

—¿Sabes cuál es mi letra preferida? —le pregunté, empezando a sonreír.

—¿Cuál? —me formuló, arrugando el ceño mientras construía su palabra.

—La W —le respondí, sonriendo abiertamente y pasando mi dedo por él para alisarlo.

—¿La W? —susurró despistado, construyendo su palabra sin percatarse de que la W era la unión de nuestras iniciales...

* * *

—Te estoy mojando la camisa —le advierto abriendo los ojos, volviendo a la realidad de este despacho.

—No te preocupes, ya se secará —musita apretándome más a su cuerpo—. Oye, no llores, ¿vale? No lo sabías y supongo que has tenido una reacción normal.

—Deja de ser tan perfecto, ¿quieres? —mascullo aferrándome a su abrazo, negándome a soltarlo.

—No soy perfecto, Val —murmura depositando un beso en mi pelo y, sin percatarme, comienzo a acariciar su espalda, dibujando pequeños círculos con los dedos, y otra vez siento cómo miles de sentimientos llenan mi pecho, tantos que me es imposible desgranarlos todos y cierro los ojos, sintiendo su cuerpo encajando perfecto con el mío—. ¿Comenzamos de nuevo? —me sugiere sin soltarme.

—Desde que he regresado, ha sido todo un desastre.

—Pues ha llegado el momento de que eso cambie —afirma con seriedad, alejándome suavemente de su cuerpo, y siento cómo el mío protesta—. Te quiero en mi vida, Val, como una amiga y como una parte de mí a la que no quiero poner nombre —me dice con la mirada cargada de intensidad, y se la sostengo sabiendo de antemano que nada de esto acabará bien—. Quiero que vengas a mi casa como hacías antes, porque sí, porque no necesitas ninguna excusa para hacerlo y porque no se te ocurre nada mejor que hacer —prosigue, sujetándome con fuerza—. Te echo de menos, llevo tres malditos años echándote de menos, y ahora estás aquí... Durante dos semanas, vas a estar aquí y, aunque sea un egoísta por pedirte esto, quiero recuperar lo que perdimos —me dice impidiendo que mi mirada se suelte de la suya, y asiento, asumiendo el riesgo que estoy a punto de correr.

—Solo si me ayudas con la contabilidad —suelto, haciéndole sonreír.

—Joder, cómo te he echado de menos —me confiesa abrazándome de nuevo y cierro los ojos, inspirando profundamente y llenando mis pulmones con su fragancia, incapaz de confesarle que, por mucho que él me haya añorado, sin duda yo lo he hecho más—. Vamos a ver esa contabilidad —me propone, soltándome y guiñándome un ojo, y le arrugo la nariz, provocándole una carcajada.

Durante la siguiente hora, me hace un curso acelerado de cómo sacar listados por ventas y de cómo comprobar los saldos, además de indicarme el contacto en cada empresa.

—¿Los conoces a todos? —planteo con admiración.

—Es mi trabajo, Val. Soy yo quien coordina la red comercial y quien suele visitar a los principales clientes.

—Te gusta esto, ¿verdad? —le pregunto, recostándome en mi silla, admirando al hombre que tengo frente a mí.

—Esto me sacó de la calle; bueno, tu padre, concretamente. A él y a todo esto le debo quien soy ahora.

—Creo que has pagado tu deuda con creces —le recuerdo de nuevo, perdiéndome en su mirada limpia y cristalina que, en estos instantes, me recuerda tanto a un lago de aguas tranquilas.

—Cuando se trata de tu vida, hay deudas que nunca se saldan, por muchos talones en blanco que hagas.

—No estoy de acuerdo —musito, sosteniéndole la mirada.

—Sigue tú, tengo trabajo —me dice, liberándome de ella tras unos segundos en los que he sentido que hasta nuestra respiración se detenía, demasiado absortos como estábamos el uno en el otro.

Me sumerjo en mi trabajo y, durante unas horas, me centro en seleccionar a los clientes que vendrán a la presentación mientras una parte de mí está pendiente de cada uno de sus gestos; de su voz cuando habla por teléfono; de la forma en que se recuesta en la silla cuando está relajado; en cómo su cuerpo se tensa cuando mira las pantallas de sus portátiles; en cómo se atusa el cabello sin percatarse, o en cómo frunce ese ceño que tantas veces le alisé con mi dedo índice en el pasado.

—Estoy empezando a ver doble —musito, levantándome y yendo hasta su mesa—. Necesito un té, ¿sabes dónde puedo encontrarlo? —le pregunto, a pesar de saberlo de sobra, apoyando las palmas de mis manos en su escritorio y captando su atención al instante.

—Hombre, lo tendrías más fácil si necesitaras una copa de vino, pero creo que podré ayudarte. Eso sí, no te aseguro que sea tan selecto como el que acostumbras a beber —me dice divertido, recostándose en su silla, y me obligo a no deslizar mi mirada por su cuerpo.

—Rojo, verde y a lo sumo negro, de esos que venden en los supermercados, ¿verdad? —suelto arrugándole la nariz.

—Eres demasiado exigente con el té, Val —me rebate, levantándose, y admiro la fluidez de sus movimientos.

—Bueno, a ti tampoco te gusta el café hecho de cualquier manera —replico sonriendo, recordando cómo le gustaba: corto, cargado y sin azúcar.

—Cierto —me responde saliendo de su despacho, y lo sigo—. Supongo que yo también soy un tío exigente —añade con voz oscura, y siento que mi vientre se contrae ante esa última afirmación...

«¿Lo será también en el sexo?», me pregunto mordiendo mi labio inferior con fuerza.

En el ascensor, nos mantenemos en un cómodo silencio, y cuando pasamos por la tienda, saludo a mi amiga y a varios empleados con los que mantengo cierta amistad mientras él prosigue su camino hacia la cafetería sin esperarme.

—Vaya, al fin has llegado; ya estaba empezando a pensar que ibas a quedarte a cotillear con todos —comenta cuando me siento a su lado en la barra.

—Contigo esperándome, no creo; ya lo haré en otro momento —le indico guiñándole un ojo y provocándole una carcajada. «Dios, esto va a terminar fatal», asumo volviéndome hacia el camarero—. ¿Tenéis té negro?

—Solo verde —me responde, y pongo los ojos en blanco.

—Cuánta variedad —protesto haciendo una mueca—. Pues venga, que sea verde. ¿Tenéis miel? —añado, y observo cómo niega con la cabeza—. ¿Y azúcar de caña? —prosigo esperanzada, viendo de reojo cómo Víctor me mira divertido mientras el camarero continúa negando con la cabeza—. ¿Solo blanco? Pues nada, sin azúcar. Espero que tengáis tazas de porcelana —mascullo disgustada, temiendo que me lo sirvan con el típico vasito de cristal—. Oye, ¿a quién hay que poner una reclamación? —le pregunto a Víctor cruzando las piernas sobre el taburete.

—Val, solo te ha faltado pedirle un masaje. ¿De verdad necesitas todo eso para tomarte un té? —me susurra, inclinándose ligeramente hacia mí, y me revuelvo incómoda en mi asiento, sintiendo cómo todos estos sentimientos que llenan mi pecho cobran un poquito más de vida.

—Solo le he pedido un poco miel, ni que le hubiera pedido la colmena entera —le rebato, consiguiendo que suelte una carcajada sexy, ronca y oscura.

«Maldita sea doscientas mil veces seguidas. ¿De verdad es necesario que su risa suene así?», me pregunto frustrada, deslizando mi mirada por la cafetería para evitar comérmelo entero. «Mierda, es demasiado guapo, demasiado perfecto y demasiado todo», pienso con disgusto, comprobando que no soy la única mujer que está deseando comérselo entero... joder, ¡qué descaraditas son todas aquí!

—¿Qué? —me plantea tras pedir su café y, solo entonces, me percato de mi gesto.

—Nada —mascullo, pendiente de cómo una chica se acerca a él.

—Hola, señor Álvarez —lo saluda melosa, guiñándole un ojo, y enarco tanto la ceja que creo que me llega hasta al pelo, cruza mi cabeza y termina llegándome a la nuca.

—Señorita López —le responde seco, sexy y...

«¡Ay, Dios mío! ¡Que se la está tirando!», deduzco gracias a ese instinto femenino que nunca falla.

—Tengo los informes que me solicitó —prosigue con la voz más dulce todavía, y siento deseos de despedirla en este mismo instante.

—Llévelos a mi despacho —le ordena, acercándose la taza a los labios, y los miro a ambos destilando rabia por todos los poros de mi cuerpo.

—Luego me pasaré. Hasta luego, señor Álvarez.

«Y a mí que me parta un rayo», pienso rabiosa.

—¿Yo no puedo cotillear, pero tú sí que puedes tirarte al personal? Vaya, Víctor, me parece que no eres tan perfecto como creía —le espeto, fulminándolo con la mirada.

—¿Cómo? —me pregunta frunciendo el ceño.

—Y ahora es cuando me dices que no te la estás tirando, ¿verdad? —añado con frialdad, cruzándome de brazos—. Creía que tenías más clase.

—Lo que yo haga en mi tiempo libre y con quién lo haga, no te incumbe, Val; no te pases —me contesta con dureza.

—Tienes razón, pero no olvides hacerlo, como bien has dicho, en tu tiempo libre —matizo con firmeza, levantándome del taburete—. Como vuelva a ver a esa señorita comportándose de forma inadecuada, la despido en el acto —sentencio sin saber quién mierdas es, deseando que no sea otra socia de la que no tenga constancia y tener que tragarme mis palabras.

—Espero que esa profesionalidad te la apliques a ti también y no tenga que volver a llamarte la atención —replica con todo su cuerpo en tensión—. Manu, ¡cóbrate! —le pide con sequedad al camarero—. ¿Piensas terminarte el té o podemos irnos ya?

Sin contestarle y con todo el diccionario de insultos quemándome en la punta de la lengua, me doy media vuelta para salir de la cafetería con la cabeza bien alta. ¡Imbécil!

Me vuelco en mi trabajo, intentando no volver a cruzar una palabra con él si no es estrictamente necesario, y, cuando llaman a la puerta, me vuelvo para ver entrar a la señorita López, con su vestido ajustado y sus tacones de muchos centímetros.

—Hola de nuevo —susurra mirándolo con coquetería, y enarco una ceja, cruzándome de brazos—. Le traigo los informes que quería.

—Muchas gracias —le responde con voz neutra, mirándome arisco—. Puede irse.

—Hasta luego, señor Álvarez —se despide en un susurro cargado de promesas, y la miro con desprecio.

—¿No tienes trabajo que hacer? —me pregunta con frialdad cuando la señorita López cierra la puerta suavemente.

—¿Y tú?

—Tanto que podría dormir aquí si quisiera. ¿Quieres que te pase un poco? Puede que así, cuando llamen a la puerta, no pierdas el tiempo cruzándote de brazos como si no tuvieras nada mejor que hacer.

—Simplemente compruebo cómo trabajan mis empleados; te aseguro que eso no es perder el tiempo —replico entre dientes, sin entender por qué, incluso discutiendo, lo encuentro sexy a rabiar.

—Te aseguro que tus empleados trabajan muy bien, aunque me asombra esta preocupación repentina cuando dentro de dos semanas te largarás y esto pasará al último lugar en tu lista de prioridades —me rebate, recostándose en su silla y, de nuevo, tengo que obligarme a no deslizar mi mirada por los músculos que ciñen su camisa.

—¿Por qué te asombras si no sabes nada de mi vida? —le pregunto con altivez, negándome a revelarle mis planes y aclararle que esto es mi futuro tanto como lo es el suyo.

—Si no sé nada de tu vida es porque tú decidiste que así fuera —me recuerda, con la voz cargada de miles de matices—. Porque te fuiste y porque durante tres años me has estado evitando a toda costa.

—Tú te fuiste antes de que yo lo hiciera, aunque estuvieras aquí —susurro cargando la mía de miles de matices más.

—Ya lo sé —me responde con seriedad—, y sé que es difícil recuperar tres años en dos semanas. Sé que tú tienes tu vida como yo tengo la mía y que hay temas que no están resueltos entre nosotros, pero quiero intentarlo sin que te mosquees conmigo cada vez que descubras partes de mi vida que no te gustan.

—Lo único que no me gusta es la hipocresía, Víctor; lo otro es tema tuyo —mascullo comprobando la hora en mi reloj—. Nos vemos luego, me largo a comer —musito levantándome.

—¿Has quedado con alguien? —inquiere sin quitarme la mirada de encima.

—Eso no es asunto suyo, señor Álvarez —le respondo con retintín, cogiendo mi bolso.

—Por supuesto que lo es; quiero comprobar que es cierto que comes —me contradice con una sonrisa, levantándose él también—, y solo puedo hacerlo si almorzamos juntos.

—De eso nada; llevo contigo desde que he abierto los ojos, me merezco un respiro —me quejo, sabiendo que realmente llevo con él desde antes de cerrarlos.

—No pienso discutir más contigo, Val; al menos, durante lo que queda de día. Vamos, han abierto un restaurante en Casalarreina donde hacen unas ensaladas que te caes de espalda y donde estoy convencido de que habrá miel y té de ese que tanto te gusta —me asegura, posando su mano en mi espalda, guiándome hasta la salida del despacho.

—Sabes que la dieta de una modelo no consiste solamente en ensaladas, ¿verdad? Además, creo que es mejor que cada uno tenga su espaci... —empiezo a rebatirlo.

—Suficiente, Val; suficiente —masculla clavando sus dedos en mi piel, apresándola y haciéndola suya, donde el calor de su mano traspasa la fina tela de mi camiseta de seda.

—¿Y si he quedado con alguien? —le pregunto volviéndome y colocándome sin querer demasiado cerca de él una vez estamos en el ascensor.

—Pues lo anulas y quedas para otro día —me responde con voz ronca, posando su mirada en mis labios.

—No recordaba lo pesado que podías llegar a ser —susurro posando la mía sobre los suyos, creando una eternidad electrizante en apenas unos pocos segundos.

—Y yo no recordaba lo terca que podías llegar a ser tú —masculla rompiendo nuestro silencio unos segundos antes de que se abran las puertas del ascensor.

Con su mano de nuevo en mi espalda, salgo del cubículo en dirección al parking, sintiendo cómo todo esto que llena mi pecho comienza a aletear con más fuerza, si es que algo así es posible, y suspiro bajito, acelerando mis pasos, pues una parte de mí solo desea echar a correr para alejarse de él y, otra, la kamikaze, mataría para que nunca quitara esa mano de mi espalda.

—Por tu culpa no voy a poder cotillear —protesto accediendo a su todoterreno, necesitando romper este ambiente electrizante que me tiene al borde del colapso, suspirando otra vez cuando lo veo entrar y darle al contacto.

«Maldita sea trescientas mil veces seguidas.»

—Lo que quieras saber, puedes preguntármelo a mí —me rebate, volviéndose para clavar su potente mirada sobre la mía.

—¿Y también voy a poder cotillear sobre ti? —le pregunto, de repente divertida, sintiendo cómo esta sensación que me envolvía en el pasado, cada vez que estaba con él, regresa para, me temo, quedarse.

—Solo si yo puedo hacerlo sobre ti —replica sosteniéndome la mirada, y siento que todo se torna un poquito más brillante, como si, hasta ahora, lo hubiera visto en tonos apagados.

—¿Qué quieres saber de mí? —le planteo extrañada.

—Demasiadas cosas —masculla con sequedad, incorporándose a la carretera.

—Una pregunta tú y una yo —le propongo finalmente, recordando un juego que nos inventamos hace años, en el cual uno tenía que hacer una pregunta y el otro debía responderla con sinceridad.

—Empieza tú —me pide sin mirarme, con la atención puesta en la calzada.

—¿La señorita López es tu pareja? —le suelto, yendo directa al grano.

—¿En serio ibas a cotillear sobre mí con las chicas de la tienda? —demanda, entre divertido y asombrado.

—Solo con Adriana, y porque es mi amiga, no soy tan

indiscreta —puntualizo arrugando la nariz mientras él niega con la cabeza, intentando no sonreír—. ¿Qué pensabas?, ¿que iba a preguntarle por el tiempo? —añado, y veo cómo esa sonrisa que estaba frenando comienza a dibujarse en su rostro—. Venga, responde.

—No, no es mi pareja —me contesta, esta vez con seriedad.

—Pero te la tiras —insisto.

—No es tu turno, es el mío —me aclara, y sonrío esta vez yo.

—¿Qué quieres saber?

—Quiero la verdad, Valentina, recuerda las normas del juego.

—Ufff, qué miedo me das cuando empleas ese tono —le digo dirigiendo la mirada hacia la ventana y empezando a arrepentirme de haberle propuesto este juego.

—¿Por qué te fuiste y por qué me has evitado durante tres años?

—Eso son dos preguntas, elije una. —¡Mierda!, lo sabía.

—¿Por qué te fuiste? —me plantea con todo su cuerpo en tensión.

—Creo que es evidente.

—Para mí no lo es.

—Porque no quería verte —le confieso, manteniendo la mirada en los viñedos, que, pintados con la paleta de colores de principios de otoño, pasan veloces por la ventana—. Paso de jugar más.

—De eso nada, te toca —me dice con seriedad, aferrando el volante con fuerza.

—Te he dicho que no quiero jugar más.

—Pero, en cambio, tienes intención de cotillear sobre mí con una de nuestras empleadas. Pregunta —me ordena, y guardo silencio durante unos segundos que parecen eternos.

—¿Por qué te fuiste? —susurro sin atreverme a mirarlo.

—No es cierto, nunca me marche de aquí —afirma con seriedad.

—Sí que lo hiciste. Puede que estuvieras aquí, pero te alejaste de mí... desapareciste de mi vida, y eso es como si te hubieses ido —le recrimino.

—Porque no me perdonaba haberte hecho daño —me confiesa tras unos segundos de silencio.

—Te toca —murmuro, sintiendo cómo los recuerdos de esa noche llenan cada uno de los rincones de este vehículo.

—¿Por qué me has evitado durante tres años?

—No lo he hecho —le miento descaradamente.

—Estas incumpliendo las normas —me rebate sin mirarme.

—Si no hemos coincidido, ha sido por casualidad. Tú viajas mucho y estás poco tiempo por aquí.

—Continúas incumpliéndolas —insiste con la dureza cargando cada uno de los matices de su voz.

—¡Porque no soportaba verte! —le confieso, alzando la voz, sintiendo cómo me ahogo con los recuerdos.

—Ahora estás conmigo, ¿tan difícil te resulta?

—No te toca a ti —le recuerdo, sintiendo mi garganta empezar a martillearme con los latidos del dolor.

—No me importa —farfulla pegando un frenazo en el arcén, y uno mi mirada a la suya, que destila frustración y un sinfín de cosas más.

—Ahora eres tú el que está incumpliendo las reglas del juego.

—Olvídate del juego y contéstame. ¿Tan difícil te resulta estar a mi lado? —me plantea, y juraría que hay el mismo dolor que siento yo en su pregunta.

—Es soportable —respondo con seriedad, sin poder soltarme de su mirada.

—Soportable —masculla, agachando la cabeza y negando con ella.

—Soportable es mejor que insoportable, date por satisfecho.

—¡¡¡Y una mierda!!! ¡No es eso lo que quiero! —exclama, alzando la cabeza y clavando su impresionante mirada verde sobre la mía.

—¿Qué esperabas, Víctor? Al menos lo estoy intentando —me defiendo alzando la voz, tan frustrada como lo está él—. Arranca —le pido, dirigiendo mi mirada hacia la ventana.

—Joder, Val —se queja en un susurro.

Durante el resto del viaje nos mantenemos en silencio, cada uno sumido en sus pensamientos.

Capítulo 6

—Hemos llegado —me dice aparcando frente a un edificio de piedra con una enorme puerta de madera de doble hoja, y lo sigo en silencio cuando sale del coche, de nuevo sintiendo que mi vida pende de un hilo que sujeta él.

Nos sentamos junto a la ventana y cojo la carta que me tiende el camarero, necesitando centrar mi atención en algo que no lleve su nombre. Sin embargo, aunque estoy leyendo detenidamente cada letra como si me fuera la vida en ello, la pura realidad es que mi cerebro es incapaz de procesar nada de lo que aquí pone.

—¿Qué vas a comer? —le pregunto, deseando romper este incómodo silencio de una vez.

—Solomillo a la brasa. ¿Y tú? —me contesta, y siento mi estómago revolverse... Carne roja, ¡puaj!

—Una ensalada —farfullo finalmente.

—Creía que la dieta de las modelos consistía en algo más que en ensaladas —me recuerda con seriedad.

—Y así es —le respondo forzando una sonrisa.

—Relájate, ¿vale? —me pide posando su intensa mirada verde sobre la mía y, sin saber por qué, pienso en que el verde es mi color favorito.

—Eso o tirarme por un puente —mascullo haciéndole una mueca—. Oye, ¿de verdad necesitas conducir media hora para comer aquí? ¿Qué pasa?, ¿que en Páganos no hay ningún restaurante de tu gusto?

—A lo mejor quería estar un rato a solas contigo sin que nadie nos interrumpiera.

—Seguro que es eso —musito observando la original decoración del local.

—Cuéntame tu vida, Val —me pide, centrando toda su atención en mí, y me revuelvo inquieta en mi asiento.

—Cuéntame tú la tuya —replico, cruzándome de brazos.

—La mía no es nada interesante, te lo aseguro —afirma imitando mi gesto, y capto cómo la tela de su camisa se tensa en torno a sus músculos.

—Te tiras a la señorita López, por supuesto que es interesante —le suelto sarcástica.

—¿Te interesa la señorita López? —me pregunta esbozando una sonrisa canalla y haciéndome sonreír.

—La señorita López me importa un bledo, te lo aseguro.

—No es mi novia, Val —asevera, esta vez con seriedad—. Esas cosas no van conmigo.

—¿El qué? ¿Tener pareja?

—Exacto —confirma mirándome fijamente, y arrugo mi ceño.

—¿Por qué? —le pregunto desfrunciéndolo en el acto cuando posa su mirada en él mientras, de fondo, suena *The sea*, de Haevn.

—Si estuviéramos jugando, estarías descalificada: tres preguntas en apenas unos segundos.

—Por suerte no estamos jugando; contesta.

—Porque tengo unas normas que no pienso incumplir y porque no me van las complicaciones... y las mujeres siempre termináis complicándolo todo.

—Yo soy una cría, no me incluyas en ese lote —me burlo, arrugándole la nariz.

—Eres menos cría de lo que me gustaría —me confiesa, mirándome fijamente.

—No me puedo creer lo que acabo de oír. ¿De verdad estás viéndome como una mujer? ¡Oh, Dios mío! —exclamo teatralmente—. ¡Deberíamos pedir una botella de *champagne* para celebrarlo!

—Déjate de tonterías, ¿quieres? —me pide, frunciendo esta vez él su ceño—. Ya hemos hablado suficiente de mí, te toca.

—Víctor, no me has contado nada, solo me has dicho que te tiras a la señorita López y que no es tu pareja. ¡Espero que nunca lo hayáis hecho sobre la mesa que estoy utilizando yo! —exclamo, cayendo en la cuenta de repente y estremeciéndome.

—Tranquila, que solo me la he tirado sobre la mía —apostilla con una sonrisa lobuna, y abro desmesuradamente la boca.

—Por favor, no te cortes, sigue contándome los detalles —mascullo finalmente.

—¡Es coña, Val! —suelta carcajeándose.

—Qué imbécil eres —susurro fulminándolo con la mirada.

—La culpa es tuya por creerme —me recrimina sin dejar de sonreír—. Creía que te había quedado claro que en el curro me limito a trabajar —me aclara, haciéndole una señal al camarero con una mano para que se acerque a tomarnos nota—. Cuéntame tus deseos, tus sueños... —me pide una vez que estamos a solas de nuevo, y sonrío negando con la cabeza—. ¿Qué? —me pregunta, recostándose en la silla, cruzando otra vez los brazos sobre su pecho.

—No te interesan —afirmo sin dejar de sonreír.

—Discrepo; me interesa todo lo que venga de ti.

—Discrepo; la respuesta correcta debería ser que te interesa todo lo que venga de la señorita López —lo corrijo, sosteniéndole la mirada.

—No me obligues a contestarte, ¿quieres? —me pide con sus ojos cargados de miles de emociones a las que, como las de mi pecho, no sé poner nombre—. Me encanta cuando arrugas la nariz —me confiesa con ternura, y de nuevo niego con la cabeza, sonriendo.

—¿Y tus deseos? ¿Cuáles son? —musito, anhelando, yo también, saberlo todo sobre él.

—Podría decirte que no te interesan, como has hecho tú conmigo —me contesta esbozando una media sonrisa.

—Pero no vas a hacerlo, porque no eres como yo, ¿verdad? —ratifico, poniendo los codos sobre la mesa y acunando mi rostro con las palmas de las manos.

—Chica lista —me responde, apoyando sus antebrazos en la mesa e inclinándose ligeramente hacia mí—. Los tuyos; quiero que vivas todo lo que desees vivir y que seas tan feliz como puedas y mucho más.

—No tienes ni idea de cuáles son mis sueños o qué es lo que deseo vivir —musito con un hilo de voz, ansiando gritarle que mi principal sueño es él y que todo lo que deseo vivir me lo cargaría de un plumazo si pudiera tenerlo conmigo.

—Entonces, supongo que me va el riesgo —me dice bromeando, sin dejar de mirarme—. Quiero verte feliz, Val; solo quiero eso.

—Ya —susurro, guardando silencio al ver al camarero acercarse con nuestra comida, y miro mi ensalada cuando la deposita frente a mí.

—Se supone que es inofensiva —comenta socarrón, acompañando el comentario con una sonrisa—. ¿Qué te ocurre con la comida? No te recordaba dándote atracones, pero tampoco tan inapetente.

—Supongo que estas vacaciones no están siendo como las imaginaba y me han quitado el apetito.

—¿Y cómo las imaginabas? Come —me ordena, empezando a dar buena cuenta de su comida, y lo imito sin demasiadas ganas.

—¿La verdad? —le pregunto y asiente—. Sin ti... y todo el día en la piscina, tomando el sol o bañándome.

—El agua está helada, te lo aseguro —me garantiza, omitiendo hacer comentario alguno sobre mis primeras palabras.

—No he tenido la suerte de poder comprobarlo —mascullo llevándome un trozo de tomate a la boca, y veo cómo una media sonrisa se perfila en su rostro—. ¿Por qué sonríes?

—Por nada. Come, se está haciendo tarde —me indica negando con la cabeza—. Dime qué ideas tienes para la presentación —me pide, borrando la sonrisa de su rostro.

Durante el resto del almuerzo, le hablo de lo que he ido pensando y, al fin, entre ideas mías y comentarios suyos, comienzo a relajarme.

El trayecto de regreso a la bodega lo hacemos en un cómodo silencio mientras yo, recostada en el asiento, contemplo las líneas interminables de vides que se extienden frente a nosotros decorando el paisaje con su increíble paleta de colores, que va desde el verde al rojo de las hojas hasta el morado casi negro de las uvas maduras.

—Tenemos la vendimia a la vuelta de la esquina —susurro más para mí que para él.

—¿Te quedarás? —me pregunta con seriedad.

—Eso depende de cuándo empiece. Me voy el 8 de octubre —murmuro para luego guardar silencio, uno al que él se suma y que pesa demasiado.

Paso el resto de la tarde centrada en mi labor mientras Víctor hace lo propio con la suya y, aunque intento ser lo más profesional posible, hay momentos en los que me detengo, sobre todo cuando habla por teléfono, para simplemente escuchar la cadencia de su voz y absorber sus matices, que varían según con quién esté hablando, reteniéndolos en mi memoria para, cuando esté demasiado lejos de él, poder cerrar los ojos y reproducirlos en mis recuerdos.

—Suficiente por hoy. ¿Te queda mucho?

—No, yo también he terminado —le confirmo, sintiendo mis músculos agarrotados—. Vámonos —le digo tras cerrar el portátil y coger mi bolso.

Llegamos a la tienda, vacía ahora e iluminada tenuemente, y lo miro sonriendo.

—Vaya, al final te has salido con la tuya y no he cotilleado nada de nada —le indico, dando media vuelta para hacerle frente—. De hecho, no he salido de tu despacho en todo el día —me quejo, frunciendo suavemente el ceño.

—*Nuestro* despacho —matiza guiñándome un ojo—, y no es cierto, has cotilleado conmigo y hemos salido a tomar el té y a comer —me rebate empleando esa voz ronca, oscura y sexy con la que es capaz de contraer suavemente mi vientre.

—Cierto, pero no he visitado la bodega... Sabes cómo me gusta el proceso de la trasiega o ver cómo hacen las barricas —musito recordando el olor a madera y fuego—, y no he visto nada, solo números —protesto haciendo una mueca.

—Si te quedaras más de dos semanas, podrías ver todo el proceso desde el principio —me replica posando su mirada sobre mis labios—. Vamos, tengo una sorpresa para ti —prosigue, empezando a sonreír, y sonrío yo también.

—Me encantan las sorpresas. ¿Qué es?

—Si te lo dijera, ya no sería una sorpresa. Vamos —me responde enigmático, pasando frente a mí, directo a su coche, y lo sigo sin dudar.

—Estamos yendo a mi casa —comento desconcertada al ver cómo toma el desvío.

—No exactamente —contesta cambiando el rumbo hacia la suya.

—¿Vamos a tu casa? —inquiero sintiendo cómo los nervios toman el control de mi cuerpo.

—No exactamente —me repite mientras cambia la música de la radio por la de su USB.

—*Diamonds*, de Hard Rain London..., música *remember* —murmuro recostándome en el asiento—. Cuánto tiempo sin escucharla —susurro, omitiendo mencionar que dejé de hacerlo porque me recordaba demasiado a él.

—Pensaba que ya no recordarías el título o el grupo —me confiesa sorprendido.

—Creo que me hiciste una experta en la materia —musito evadiéndome a mis recuerdos, en los que él está presente en todos—. Me encantaba esta canción.

—¿En pasado? —me pregunta con la mirada puesta al frente.

—Y en presente —le confirmo, sintiendo cómo los miles de emociones que llenan mi pecho lo llenan un poco más mientras él aparca frente a la piscina—. Qué mono, me has traído a la piscina para que vea lo que me estoy perdiendo —bromeo bajando del todoterreno, acercándome a la enorme piscina que conecta las dos viviendas mientras él deja la puerta de su vehículo abierta y la música puesta.

—No exactamente —repite la frase de antes, guiñándome un ojo.

—Creo que voy a empezar a contar las veces en las que me has respondido con un «no exactamente» —declaro, viendo cómo se acerca hasta mí con un brillo distinto en su mirada y una sonrisa canalla dibujada en su rostro—. ¿Por qué me miras así? —musito desconfiada, retrocediendo un paso.

—¿Recuerdas cuando antes te he dicho que quiero que vivas todo lo que desees vivir? —me pregunta finalmente al estar frente a mí.

—Sí —susurro, completamente perdida.

—Pues ha llegado el momento de que vivas una de esas cosas —afirma, cogiéndome en brazos, y grito, de repente consciente de lo que va a hacer.

—¡Idiota! ¡Ni se te ocurra! ¡Víctor, que vamos vestidos! —chillo aferrándome a su cuello y escondiendo mi rostro en su ancho pecho mientras él, cogiendo carrerilla, nos tira a ambos a la piscina—. ¡Imbécil! No me puedo creer que hayas hecho esto —vocifero cuando emergemos a la superficie, con sus risas de fondo—. Mierda, está helada. ¡Eres un idiota, Vic! —le dedico, acercándome a él para ahogarlo.

Poso mis manos sobre sus hombros para sumergirlo mientras noto cómo ancla las suyas en mi cintura y me arrastra con él hasta el fondo y, durante unos minutos, volvemos a ser de nuevo Vic y Val, volvemos a reír con ganas sin importarnos nada y volvemos a ser los que fuimos en el pasado.

—¡Una tregua, por favor! —le pido entre risas, escabulléndome de entre sus brazos para dirigirme a la parte de la piscina donde no cubre—. Ya he tragado suficiente agua por hoy —le digo sin dejar de reír mientras él se acerca a mí y, sin cuestionármelo, voy yo también hacia él para luego rodear su cuello con mis brazos, viendo cómo las gotitas de agua se deslizan por su rostro.

—¿No querías bañarte en la piscina? —me pregunta con voz ronca, posando sus manos en mi cintura, por debajo de la tela de la camiseta que flota en torno a mi cuerpo, mientras yo, dejándome llevar, rodeo la suya con mis piernas, soltándome de su cuello para dejar que mi cuerpo flote en esta agua cristalina y helada, testigo mudo de este momento.

—Tú lo has dicho, bañarme, no ahogarme —replico sintiendo cómo sus manos se deslizan suavemente por mi cuerpo hasta llegar de nuevo al final de mi cintura, donde la apresa con firmeza mientras mi pelo flota alrededor de mi rostro y, durante unos instantes, detengo mi mirada en este cielo inmenso que lo domina todo desde las alturas—. *Terra Titanic*, de Peter Schilling —musito cuando empieza a sonar esa canción, y desvío mi mirada del cielo hasta sus ojos, mi cielo en la tierra.

El tacto de sus manos en mi cintura, la fuerza con la que apresa mi piel, esta canción que tantas veces escuché junto a él, su mirada cargada de intensidad y la electricidad arrolladora que siento a nuestro alrededor sacuden mi interior y, antes de poder decir o hacer nada, siento cómo me atrae hasta su cuerpo, haciendo que recupere mi posición inicial, y llevo mis manos a su cuello, pegándome lascivamente a su cuerpo, que parece reclamar el mío con exigencia, y uno mi mirada a la suya, oscurecida ahora como un mar embravecido.

—Te prometo que esto, en mi cabeza, era una buena idea —susurra con su rostro tan cerca del mío que siento su aliento acariciar mis labios, mientras sus manos se anclan posesivas en mi cintura, quemándome con su tacto.

—Ha sido una buena idea —musito acariciando su cuello mientras su piel se adueña de la mía, pegándome más a su cuerpo, y entierro mis dedos en su pelo mojado, exigiéndole en silencio como él está exigiendo conmigo.

—No lo tengo tan claro —murmura con voz ronca, encendiendo cientos de fuegos en mi interior.

—Vic —farfullo pegando mi frente a la suya, con su respiración densa e irregular entremezclándose con la mía mientras una de sus manos comienza a ascender por mi espalda hasta llegar a mi nuca, donde presiona para acercarme más a su rostro.

—Val —susurra con voz ronca, y me estremezco con

todo lo que estoy sintiendo, anhelando con todas mis fuerzas ese beso que he tenido vetado durante tantos años... pero, antes de que nuestros labios lleguen a rozarse, me vuelvo al oír el sonido de un motor acercándose.

Me aleja de su cuerpo como si de repente el mío quemara y ambos dirigimos nuestra mirada hacia el camino por el que se acerca un vehículo. Mi padre.

—¿Recordando viejos tiempos? —nos pregunta sonriendo, cuando se apea del coche, y le devuelvo la sonrisa a pesar de los miles de emociones que siento vibrando en mi interior.

—Eso parece —musito, manteniéndome prudencialmente alejada de él y sintiéndolo, a pesar de todo, tan cerca de mí como lo tenía hace apenas unos instantes.

—Tu hija quería bañarse —le responde con sequedad, saliendo de la piscina, y contemplo cómo el agua se desliza por su cuerpo, pegando su ropa empapada a su piel, provocando que el fuego que ardía en mi cuerpo rebrote hasta convertirse en algo salvaje imposible de controlar.

—Ya veo —nos dice, mirándonos satisfecho—. Me alegra que hayas empezado a usar el calientaplatos, Valentina —prosigue y, muerta de vergüenza por estar tan excitada delante de mi padre, me sumerjo en el agua helada—. ¿Has visto el resultado de los últimos muestreos? —oigo que le pregunta a Víctor cuando emerjo de nuevo a la superficie.

—Sí, me los ha enviado Joaquín —le confirma, yendo hasta el casetón, de donde sale con un par de toallas.

—¿Y qué opinas? —le pregunta con seriedad, apoyado en la barandilla que bordea la piscina.

—Que yo adelantaría la vendimia una semana —le responde, desprendiéndose de la camisa y provocándome un microinfarto. Me sumerjo de nuevo, necesitando que el agua fría apague de una vez por todas el incendio en el que está sumido mi cuerpo.

—... seremos entonces los primeros en vendimiar —oigo decir a mi padre cuando salgo otra vez a la superficie, y lo miro de reojo; tiene el torso desnudo y los vaqueros empapados.

«¡Dios mío!»

—Pues seámoslo, entonces. Si esperamos demasiado, nos arriesgamos a que la concentración de azúcares sea demasiado elevada —le contesta con esa voz tremendamente sexy con la que es capaz de sacudir mi interior con fuerza y que, junto con la visión de su imponente cuerpo empapado, es más que suficiente como para convertir el mío en un volcán en erupción.

—Tienes razón —le contesta mi padre, calibrando todas las opciones—. He estado esta tarde en todos los viñedos, comprobando la uva con Joaquín, y tanto la maduración de la piel como la de la pepita están en su momento óptimo.

—¿Y el alcohol potencial y el nivel de azúcar? —le plantea Víctor secando su pelo, y observo los músculos de sus brazos, sus abdominales marcados y ese triángulo tan bien definido que termina dentro de sus vaqueros.

«¡Virgen santa!»

—Perfectos, justo en los niveles que deben estar —le responde mi padre, y detecto la preocupación en su voz, como todos los años cuando va a comenzar la vendimia—. Voy a reunirme mañana con Joaquín a primera hora, ¿estarás libre? Porque quiero que estés presente —le plantea mientras opto por salir al fin de la piscina, siendo plenamente consciente de que tengo los pezones duros como piedras y de que la blusa se está pegando a mi cuerpo de una manera completamente indecente, aunque, si he de ser sincera, tampoco es que me importe demasiado si de esa forma consigo que deje de verme como una cría y que pierda el maldito control de una vez.

Decidida a conseguirlo, y a pesar de tener a mi padre

delante, deslizo las palmas de mis manos por mi pelo para eliminar el agua sobrante y, ante su falta de respuesta, enlazo mi mirada con la suya, paralizándome ante la intensidad que desprende.

—Toma, sécate —me dice empleando esa voz ronca, sexy y oscura que tengo grabada a fuego en mi memoria, tendiéndome una toalla y demorando su atención en mí durante unos segundos que yo siento eternos—. Hasta las once estoy libre, luego tengo una reunión importante; nos vemos mañana —le responde a mi padre entre dientes, yendo hasta su Jeep.

—¿Cenas con nosotros esta noche? Voy a hacer una barbacoa —le grita papá.

—Otro día, Pedro. Ya he comido carne y, además, he quedado esta noche; gracias de todas maneras —le contesta sin volverse, y lo miro frunciendo el ceño, preguntándome con quién habrá quedado... Seguro que con la estupenda señorita López, alias Zapatos de tacón de muchos centímetros.

—Vámonos a casa, papá; estoy helada —mascullo echando a andar hacia su coche mientras observo de reojo cómo su vehículo se aleja por el camino que lo llevará hasta su casa.

—La culpa es tuya por bañarte vestida. Que hicieras eso de pequeña podía entenderlo, hija, pero a estas edades... —me recrimina dándole al contacto—. Ya verás cuando Casi te vea llenarle el suelo de agua —me advierte divertido, y guardo silencio muerta de frío, de celos y de mil cosas más—. ¿Has hablado con él sobre el tema de las acciones? —me pregunta, obligándome a salir de mi mutismo.

—Por supuesto —musito aferrando la toalla con fuerza, con mis dientes empezando a castañetear.

—¿Y qué le has dicho? —indaga, encendiendo la calefacción.

—Lo mismo que te había dicho a ti, que no tengo

nada que decir —le indico con los celos abriéndose paso y casi impidiéndome respirar—. He roto el contrato, así que supongo que ya está hecho: Víctor tiene el cuarenta por ciento de la bodega.

—Bravo, hija, has hecho lo correcto —me alaba mientras guardo silencio, rememorando la sensación de sus manos apresando mi piel, la de su cuerpo pegado al mío, la de su pelo mojado enredado entre mis dedos y la de sus labios casi rozando los míos, ardiendo de nuevo, de todas las formas posibles, a pesar de estos celos que siento arañándome por dentro.

Durante la cena, soy incapaz de alejarlo de mi cabeza, preguntándome constantemente si estará con ella, si estarán acostándose, si estará besándola o apresándola entre sus brazos como esta tarde ha hecho conmigo, recordando su cuerpo perfecto y ese momento electrizante en la piscina que nunca sabré cómo hubiera terminado si mi padre no nos hubiese interrumpido.

Esa noche duermo inquieta, despertándome continuamente, sintiendo ese fuego que en el pasado me consumía regresar para hacer arder mi cuerpo, viendo sus ojos en la oscuridad de mi habitación y reproduciendo el sonido de su voz a través de mis recuerdos y, cuando suena la alarma del despertador, estoy más cansada que antes de haberme acostado.

Me visto decidida a hacer sombra a la señorita López Zapatos de tacón de muchos centímetros, con un vestido ajustado verde oliva y unos tacones color *nude* de más centímetros todavía, dispuesta a demostrarle que hace mucho tiempo que deje de ser una niña, y, una vez lista, me dirijo a la cocina cardíaca perdida, esperando encontrarlo en ella, tal y como sucedió ayer, y encontrando solo a Casilda.

—Qué guapa te has puesto hoy —me dice con cariño, sonriéndome y mirándome de arriba abajo.

—Gracias, Casi —musito, sintiendo la decepción asolarme por dentro mientras me pregunto si la señorita López todavía lo estará manteniendo ocupado y ensombreciendo mi gesto sin percatarme.

—¿Y esa cara? No te habrás resfriado con el bañito de ayer, ¿verdad? Porque solo te faltaba eso para quitarte el hambre —comenta empezando a coger carrerilla, y la miro armándome de paciencia—. Ya me lo contó tu padre, ya, suerte tuviste de que no te vi, porque, si no, me hubieras oído —prosigue mientras pongo los ojos en blanco—. Sí, hija, sí, tú pon esa cara, como si no te viera, aunque ya sabes que me da igual; no te creas que, porque me pongas caritas de adolescente malcriada, voy a callarme...

—¿Adolescente malcriada? Venga, ya, Casi. Además, te lo limpié todo —mascullo viendo cómo termina de preparar mi té.

—Que no empiece, dice, será posi...

—Buenos días. —*Él...* y, al segundo, mi corazón saliendo disparado hasta llegar a mi garganta y estas emociones que llenan mi pecho alzando el vuelo para alojarse en el mismo lugar en el que late mi corazón.

Me vuelvo hacia su rostro cuando se sienta a mi lado y, en el instante en el que nuestras miradas se encuentran, siento cómo mi vientre se contrae con suavidad y cómo todo se vuelve demasiado electrizante y brillante a nuestro alrededor.

—Buenos días —susurro, dirigiendo mi mirada al frente, con el deseo arrasando cada célula de mi cuerpo.

—Ya ha llegado el otro en discordia. Tú, el adulto, el que se supone que debe tener la cabeza en su sitio, vas y haces las mismas tonterías que ella.

—Casi, ¿me estás riñendo? —le pregunta carcajeándose mientras yo siento cómo todo esto que nos envuelve lo hace un poquito más.

—Tú ríete, que gracia ninguna. Como se resfríe la niña, verás tú. ¡Mira qué cara hace! —lo regaña, dejando el té y un plato con fruta cortada frente a mí, y siento deseos de llevarla a la piscina y ser yo la que la ahogue en ella.

—Cuánto te echaba de menos, Casi —mascullo entre dientes, evitando su mirada.

—Lo sé, hija, lo sé —me responde sin pillar mi ironía.

—¿Tú también quieres fruta, hijo? —le pregunta, dejando una taza de café frente a él.

—No, gracias, Casi; con el café está bien.

—Buenos días, familia —nos saluda mi padre entrando en la cocina, y farfullo un «buenos días» que no sé si le llega a los oídos de tan bajito que lo he dicho por culpa de estos malditos nervios.

—¡Qué barbacoa te perdiste anoche, Víctor! Regada con el vino de mi hija y con esa noche tan especial que nos hizo. Tendrías que haber estado.

—Tenía planes, papá —intercedo por él, sintiendo los celos colarse a través de mis palabras.

—Y esos planes, ¿tenían nombre de mujer? —le pregunta Casi, y la miro optando por dejarla con vida, al menos hasta que se lo sonsaque todo—. Que no es que me importe ni quiera cotillear, por supuesto, ya sabes que yo no soy de cotilleos, pero al final una se cansa de escuchar siempre hablar de lo mismo, que en esta casa no se habla de otra cosa que no sean uvas, y ahora, cuando empecéis con la vendimia, no te quiero ni contar...

—Por supuesto que tendría nombre de mujer, Casi, ¿qué preguntas haces? —intercede esta vez mi padre, apoyándose en la barra.

—¿Tienes novia, hijo? —inquiere, encantada de la vida, preparando el café de mi padre.

—No, Casi, yo no tengo novias —afirma divertido.

—Es verdad, ahora se llaman *amigas*, ¿cierto? —prosigue, guiñándole un ojo, y bufo.

—No sé qué problema tenéis los jóvenes de hoy en día con llamar a las cosas por su nombre —matiza mi padre, cogiendo el café que Casi le tiende.

—Ni yo, Pedro, aunque, claro, en nuestra época las cosas eran distintas. A tu edad —se dirige a mí, señalándome con el dedo—, me casé yo con mi Tomás, que en paz descanse, y ocho meses después ya teníamos a mi Sandra con nosotros. En el pueblo sacaron cuentas y todo, para ver si me había casado encinta —nos cuenta como quien explica un gran secreto.

—¿Y lo hiciste, Casi? ¿Tuviste relaciones sin haber pasado por el altar? —le pregunto sonriendo con picardía—. No me lo puedo creer, Casilda Martínez de la Nuez —prosigo, y oigo su sexy carcajada de fondo.

—Por supuesto que no; antes no éramos tan desvergonzadas como lo sois ahora y llegábamos al matrimonio puras y decentes... Bueno, no todas, siempre había alguna despendolada que iba de adelantada por la vida, pero, por regla general, todas estábamos más tontas que hechas a propósito. Mi madre ni se dignó a explicarme cómo se hacía.

—Cómo se hacía, ¿el qué? —la chincho, intentando no carcajearme.

—¡El qué va a ser! ¡Como si no lo supieras! Que sois todas unas descaradas —masculla, haciéndome reír finalmente—. Llego a hablar de esto delante de mi padre como estás haciendo tú ahora y me da un guantazo que me deja los dientes en el suelo. Descaradas, que sois todas unas descaradas.

—¡Pero si has sacado tú el tema, Casi! —replico, con la carcajada ronca y oscura de Víctor de fondo caldeando mi interior.

—¡Y ahora tendré yo la culpa!

—¿Ves como es mejor hablar de viñedos, Casi? Así nos evitamos oír lo que no queremos oír —interviene mi padre—. Valentina, ¿te vienes? —me pregunta, y maldigo por dentro.

—No te preocupes, Pedro, ya la llevo yo —se adelanta Víctor por mí, y siento que todo esto que llena mi pecho comienza a revolotear en mi interior con más fuerza.

—Sí, mejor, así se termina el desayuno, ¿verdad, hija? ¿Prefieres la fruta? Que ayer ya vi las tostadas en el cubo de la basura. ¡Vergüenza tendría que darte, con el hambre que hay en el mundo!

—Casi, no te enfades —le pido mirándola con cariño tras despedirme de mi padre con una sonrisa.

—Que no me enfade, dice. Una guerra tendrías que haber pasado. Hasta las ratas te comerías, lo que yo te diga. Vamos a ver, ¿no te dejé yo a ti de encargado para que desayunara? —se dirige a Víctor, y me vuelvo para mirarlo, sonriendo sin poder evitarlo—. Menudos aliados me busco, anda que... Tienes prohibido levantarte de esa silla hasta que no te comas la fruta —me ordena, y la miro borrando mi sonrisa del rostro.

—Casilda, tengo diecinueve años, ¿quieres dejar de tratarme como si fuera una cría?

—Ya ves tú, dice que tiene diecinueve como si tuviera cuarenta... Anda, anda, calla y come —me manda, saliendo de la cocina con ese brío tan suyo que la acompaña desde que abre los ojos hasta que los cierra.

—Es imposible aburrirse con Casi, ¿verdad? —oigo que me dice, y asiento sin mirarlo, sintiendo cómo la tensión comienza a abrirse paso entre nosotros.

—¿Quieres un poco de fruta? —le pregunto sin saber qué decirle, girándome hacia él y acercándole el plato.

Asombrada, lo veo coger mi tenedor, pinchar sobre un trozo de pera y llevárselo a la boca como si nada.

—Uno tú y uno yo, venga —me propone, provocando que mi vientre se contraiga hasta dolerme mientras lo miro masticar—. Hoy no podremos comer juntos, tengo una reunión con los responsables de una importante cadena hotelera que espero captar como clientes —me cuenta como si nada a la vez que pincha un trozo de piña.

—Vaya, ¡qué pena!, al final podré cotillear sobre ti con ganas —le respondo arrugándole la nariz

—Abre la boca —me ordena con seriedad, y siento cómo mi interior se licua mientras él mete el pedazo de fruta en mi boca.

Y, ¡Dios!, sé que es una chorrada, pero no se me ocurre nada más sexy que compartir el tenedor con él o que me pida que abra la boca con ese tono... Bueno, sí, en realidad se me ocurren miles de cosas, pero ninguna de ellas está a mi alcance, así que, de momento, esto entra directo en el *top ten* de las cosas sexis que puedo hacer con Víctor.

—Con la boca llena no se puede cotillear —matiza con voz oscura, retornando su mirada al plato, y veo cómo pincha un trozo de manzana, que se mete en la suya.

—Pues, entonces, tendré que tragar deprisa —musito posando mi mirada en sus labios, sintiendo cómo mi centro empieza a palpitar de deseo.

—Para volver a llenártela, supongo —prosigue, metiéndome otro trozo de fruta, que atrapo entre mis labios mientras él desliza el tenedor por ellos hasta retirarlo finalmente de mi boca.

—Por supuesto —musito sintiendo el calor empezar a consumirme por dentro mientras el plato comienza a vaciarse y, discretamente, deslizo la mirada por su cuerpo. Lleva los primeros botones de la camisa desabrochados y las mangas remangadas a la altura de los codos, y juro solemnemente que nunca en mi vida he visto un hombre más sexy que él.

—¿Qué quiso decir tu padre ayer con los del calientaplatos? —me pregunta con seriedad, consiguiendo que me centre de una vez, o casi, porque no puedo dejar de pensar que quiero ser el tenedor que en estos momentos toca sus labios.

—Nada, ya sabes, cosas suyas —mascullo vaciando mis pulmones de golpe, dirigiendo mi mirada al frente para dejar de pensar en estas chorradas, porque, vamos a ver, ¿quién en su sano juicio querría convertirse en un tenedor, pudiendo convertirse en sus *slips*? Pues eso mismo.

—¿Estás dándome largas? —me plantea, devolviéndome a la realidad—. Abre la boca —me ordena impaciente, atrapando mi mirada con la suya mientras pone otro trozo de fruta en mi boca y siento cómo la necesidad por tocarlo y por besarlo crece a pasos agigantados dentro de mí.

—Muy listo —susurro, sintiendo mi centro empapado.

—Val —masculla, y niego con la cabeza, sabiendo que no voy a poder librarme.

—Mi padre cree que nuestra amistad se enfrió porque no utilicé un calientaplatos. Vámonos, creo que hoy Casi puede darse por satisfecha —replico levantándome, deseando alejarme de él y dejar de sentirme como una olla a presión.

—Si nuestra amistad se enfrió no fue solo por tu culpa —afirma sujetándome con firmeza por la cintura para impedir que me aleje de él.

Siento el calor envolviéndonos, la fuerza de su mirada, el anhelo tirando de nosotros hasta ahogarnos mientras creamos en un segundo una eternidad entera de sentimientos, de palabras que no nos atrevemos a verbalizar y de reproches que evitamos pronunciar por miedo a estropear lo que estamos intentando recuperar.

—Vas a llegar tarde a la reunión, vamos —musito alejándome de él a pesar de mis deseos.

Capítulo 7

Durante el trayecto nos mantenemos en un tenso silencio mientras la canción *Joey*, de Concrete Blonde, nos recuerda quiénes fuimos y todo lo que perdimos esa noche, aunque puede que quizá lo perdiéramos mucho antes, solo que, en medio de nuestra ceguera, fuimos incapaces de darnos cuenta.

Cuando llegamos a la bodega, me afano en salir de su todoterreno, necesitando poner un poco de distancia con él y, tras saludar a mi amiga, me encamino hacia nuestro despacho para sumergirme en esta tarea que me resulta tan tediosa y aburrida, sobre todo cuando él no está presente. A las once, con la mitad de las llamadas realizadas, me dirijo a la cafetería, donde encuentro a Adriana tomándose un café y me acerco a ella, ávida de información.

—¡Holaaaaaa! Contigo quería yo hablar —le digo tomando asiento frente a ella, feliz de la vida por poder pasar un rato a solas las dos—. Por favor, ponme un té verde cuando puedas —le pido al camarero cuando pasa por mi lado.

—Oye, ¿con quién está Víctor? Y mira con disimulo, por favor... Están justo en la mesa que hay al final de la cafetería, al lado de la ventana. Fíjate en el moreno que lleva la camisa oscura y reza por mí para que esté soltero —me suelta mientras yo me vuelvo y abro los ojos desmesuradamente, sin poder dar crédito.

—No puede ser... No es posible —susurro levantándome, incapaz de alejar mi mirada de él—. ¿Qué hace aquí? —me pregunto dirigiéndome hacia ellos, necesitando cerciorarme de que no estoy viendo visiones—. ¿Marco? —musito, observando cómo el asombro inicial de su rostro es sustituido por una amplia sonrisa y, dejándome llevar por todo lo que su mera presencia remueve en mi interior, me echo en sus brazos.

»¡Dios mío, Marco!

—*Amore!* Pero ¿qué haces aquí? —inquiere, tan sorprendido como lo estoy yo, abrazándome con fuerza.

—Esa pregunta debería hacértela yo a ti, ¿no crees? ¡Qué alegría verte de nuevo! —exclamo, acunando su rostro con las manos y contemplándolo detenidamente.

Su pelo negro, sus largas pestañas rodeando sus ojos oscuros y profundos y esa sonrisa canalla, marca de la casa.

—Estás igual que siempre —murmuro sonriendo.

—En cambio, tú estás mejor. ¿Cuánto tiempo hace que no nos vemos? —me plantea, totalmente volcado en mí como yo lo estoy en él.

—¿Un año? —le pregunto, perdiéndome en su mirada.

—Más bien una vida —responde sonriéndome con cariño mientras el carraspeo de alguien nos devuelve a la realidad.

—Lo siento —se disculpa con Víctor y con el otro hombre que los acompaña—. Alessandro, te presento a Valentina; *amore*, te presento a uno de mis socios —me indica mientras yo, de reojo, advierto la mirada asesina de Víctor.

—Encantada, Alessandro —musito incómoda, tendiéndole la mano mientras la de Marco continúa aferrando mi cintura.

—No me has contestado qué haces aquí —insiste Marco, captando toda mi atención otra vez.

—Estos viñedos pertenecen a mi familia y estoy trabajando en la bodega, pero solo durante un par de semanas. Madre mía, tengo tantas cosas que contarte... —murmuro, olvidando al resto para simplemente verlo a él.

—¿Valentina? —oigo su voz acerada y me vuelvo hacia ese sonido al que mi cuerpo reacciona instintivamente.

—Perdona, Víctor, supongo que me he dejado llevar por la emoción. Marco fue mi pareja durante un tiempo y no esperaba encontrarlo aquí. ¿Él es la cita que tenías a las once? —le pregunto atando cabos a toda prisa, para ver a continuación cómo asiente con la cabeza.

»Marco, no hay discusión posible, tienes que incluir nuestros vinos en vuestra carta —le ordeno, volviéndome hacia él, creyendo que la ira de Víctor es debida a que he interrumpido la reunión o a que, posiblemente, no está yendo como imaginaba—. Te aseguro que no vas a encontrar en toda La Rioja unos vinos mejores que los nuestros. ¿Víctor os ha mostrado ya la bodega? —indago, tomando el control de la situación sin proponérmelo.

—Íbamos a tomarnos un café primero —me aclara entre dientes, y lo miro de nuevo, sorprendida.

—Acompáñanos, *amore* —me invita Marco y asiento sentándome a su lado, sonriéndole cuando coge mi mano, que se lleva a los labios, tan galante como siempre, tan Marco.

—Entonces, ¿erais pareja? —nos pregunta Víctor con sequedad, tomando asiento frente a mí y cruzándose de brazos, con todo su cuerpo en tensión.

Y lo miro sintiéndome de pronto dividida entre dos formas de querer completamente distintas, pues a él lo quiero de una manera a la que no sé poner nombre y Marco fue el hombre con el que perdí la virginidad y el que me ayudó, de alguna manera, a olvidar lo que sentía por Víctor cuando todo se torció demasiado.

—Así es y, si no fuera por el trabajo de Valentina, posiblemente todavía estaríamos juntos —le asegura convencido, sin soltarme.

—¿Y cómo os conocisteis? —se interesa, con la mandíbula apretada, tanto que temo que vaya a partírsela en cualquier momento, y lo observo asombrada. ¿Qué le pasa?

—Valentina fue la modelo que seleccionamos para hacer el anuncio de nuestra cadena hotelera —empieza a relatarle Marco—. En él, llegaba navegando con mi barco al hotel que tenemos en el lago Como, ¿lo recuerdas? ¿Recuerdas cómo atracaba en el muelle y tú subías por la escalinata de mármol con ese vestido blanco? Parecías una diosa griega. Estabas bellísima, rotunda y perfecta, y a mí me volviste loco ese día y todos los que le siguieron —me confiesa, llevando de nuevo mi mano a sus labios y depositando otro beso en ella.

—La Dolce Vita —rememoro, pasando de Víctor y dejándome llevar por los recuerdos.

—Y lo fue durante un año, en el que casi conseguí que se quedara a vivir en Italia para siempre.

—Qué pena que no lo consiguieras, Marco —secunda Alessandro, y capto los puños apretados de Víctor.

—¿Os apetece conocer la bodega y nuestros viñedos? —propongo, dándole una patada a Víctor por debajo de la mesa.

—Por supuesto —acepta Marco, y le sonrío con ganas, sintiendo que, de alguna manera, con él también estoy en casa.

—Dadnos unos segundos y nos reuniremos con vosotros en la tienda —les pido, deseando aclarar ciertos puntos con Víctor antes de iniciar el recorrido.

—No tardes, *amore*.

—No —musito esbozando una sonrisa que borro en

cuanto desaparecen por la puerta de la cafetería—. ¿Se puede saber qué mierdas te pasa? —siseo entre dientes, inclinándome hacia él para no hacer a nadie partícipe de nuestra conversación.

—No sé de qué mierdas me hablas, *amore* —masculla furioso imitando a Marco, acercándose a mí y destilando ira por todos los poros de su piel.

—Por supuesto que lo sabes: llevas fulminándome con la mirada desde que me has visto acercarme a vosotros. Suéltalo, Víctor, sabes que lo estás deseando.

—¿Cuántos años tiene ese hombre, Valentina? ¿Cincuenta? ¿No te parece un poco mayor para ti? —me suelta mirándome con desprecio.

—¿Y qué tiene que ver eso con la reunión? —replico sorprendida, completamente perdida.

—Contesta —sisea muerto de rabia.

—Cuarenta y dos, aunque eso es algo que a ti no te importa, ni tampoco es relevante para venderle el vino.

—Por supuesto que me importa y es relevante. ¿Qué edad tenías tú cuando estuviste con él? —prosigue, apretando la mandíbula.

—Continúa sin importarte —farfullo enfadada.

—Contéstame —insiste entre dientes.

—¿Por qué habría de hacerlo? ¿Acaso me cuentas tú algo sobre tu vida? Además, ¿qué más te da? Es mi vida, Víctor; no tienes derecho a opinar sobre ella.

—No estoy de acuerdo y tampoco pienso moverme de aquí ni dejar que tú lo hagas hasta que me contestes, ¿te vale como respuesta? —me asegura, tan cabreado que temo que pueda echar por tierra la venta.

—No puedes impedir que me marche. Deja de hacer el idiota y compórtate de una puñetera vez; creía que esta venta era importante —le ordeno, levantándome y apoyando las palmas de mis manos sobre la mesa, deseando zarandearlo.

—No me tientes, Valentina; te aseguro que no tienes ni idea de lo que soy capaz de hacer —masculla con la frialdad tiñendo cada una de sus palabras.

—Ese año cumplía los dieciocho, ¿podemos seguir con la reunión? —le pregunto empezando a temblar por la rabia.

—Entonces se acostó contigo cuando tú todavía eras una menor —sisea, y lo miro queriendo abofetearlo.

—Eres un imbécil, ¿lo sabías? —le espeto incorporándome, cerrando las manos con fuerza para no hacerlo—. Por si no te has enterado, hay quien no le da tanta importancia a eso de la edad, yo misma no se la doy. Te prometo que no noté diferencia alguna entre tener los diecisiete y los dieciocho. Vamos, nos están esperando —concluyo, dirigiendo mis pasos hacia la salida de la cafetería.

—Me están esperando —me corrige, dándome alcance.

—Te equivocas si crees que vas a dejarme fuera —le respondo volviéndome y haciéndole frente, felicitándome mentalmente por haberme puesto este vestido con estos taconazos—. Ahora sí que tenemos una conversación pendiente —le indico sosteniéndole la mirada, empleando el mismo tono seco y osco que está empleando él conmigo.

—En cambio, yo ya no tengo nada más que añadir —masculla entre dientes, cogiéndome del brazo y consiguiendo que mi piel arda con su contacto.

—No me toques —cuchicheo soltándome y echando a andar hacia la tienda, donde nos están esperando—. ¿Dónde vas a llevarlos a comer? Supongo que al comedor principal de la bodega —le digo con frialdad, haciendo referencia a uno de los comedores privados de las instalaciones, donde, previa reserva, y siempre con un mínimo de gente, servimos comidas maridadas con nuestro vino.

—Somos tres, por supuesto que no voy a llevarlos allí —replica entre dientes.

—Cuatro —lo corrijo, volviéndome para encararlo, sosteniéndole la mirada—. Tienes razón, mejor llama a Casi y dile que iremos a comer a casa, que prepare lo que le parezca, pero que se esmere, y díselo a mi padre también, para que se una al almuerzo —le ordeno, retándolo con la mirada.

—No soy tu secretaria y vamos a comer en un restaurante —me rebate casi entre gruñidos.

—A ver si te enteras de una vez —musito, decidida a no ceder en esto, deteniéndome y obligándolo a él a hacerlo—: Marco es como de mi familia y no voy a llevarlo a comer a un restaurante; va a venir a mi casa y tú vas a aceptarlo porque quieres que le vendamos el vino, ¿verdad? —replico retándolo con la mirada y, sin esperar respuesta por su parte, retomo mi camino hacia donde ambos nos están aguardando.

»Siento el retraso, teníamos unos temas urgentes que tratar. ¿Vamos? —les pregunto, cogiéndome del brazo que me tiende Marco y sintiendo la mirada de Víctor clavada en mi espalda.

Empezamos el recorrido por la bodega, llevándolos primero a la tonelería para mostrarles cómo hacemos nuestras propias barricas, algo bastante inusual, pues pocas bodegas la tienen.

—Las parcelas de roble son propiedad del Estado francés y, cuando las sacan a subasta, todos los que estamos interesados vamos allí para pujar por ellas. De Francia nos llega la madera en forma de tablones y, tras secarlos durante cuatro años, para eliminar los excesivos aromas vegetales, llegan a la tonelería, donde se elaboran las duelas que formarán las barricas —les cuento, obligándome a relajarme y a disfrutar de este recorrido que tanto añoraba, del brazo de este hombre que significó tanto para mí en el pasado—. Todas las barricas tienen la misma capacidad, pero no todas ellas tienen el mismo número de duelas, pues pueden variar entre veintiocho y treinta y dos, ¿verdad, Víctor? —le pregunto, deseando relajar el ambiente que siento excesivamente tenso entre ambos.

—Así es —me responde sosteniéndome la mirada y, ante mi silencio, prosigue—. Estas duelas no están unidas por clavos o remaches; lo único que hace que la barrica sea estanca es la presión obtenida con el doblado por calor —les explica con seriedad, creando distancia con todos y cubriendo su rostro con esa máscara de inexpresividad que recuerdo tan bien.

—Primero se preforma la barrica sujetando las duelas por un aro o fleje y esta especie de «tienda de indio» —continúo, tomándole el relevo, mirándolo y recordando las muchísimas veces que, de pequeña, jugaba a esconderme en ellas, detectando cómo mi recuerdo viaja hasta él para resquebrajar levemente esa máscara que tanto aborrezco—. Como decía, esta especie de tienda de indio se pone encima de la primera chimenea, donde la llama del fuego da calor a la cara interna de la barrica, consiguiendo que las duelas sean más flexibles.

—Las duelas se mojan por fuera para evitar que se resquebrajen —interviene Víctor, alzando la voz, pues el ruido de la tonelería ha empezado a ser bastante elevado y, con ese sonido entremezclándose con el de su voz, guardo silencio, rememorando las muchísimas veces que, sentada en un rincón, observaba cómo, gracias a la sirga, las duelas iban doblándose hasta darle la forma panzuda a la barrica—. En esta última chimenea se llevará a cabo el tostado de la madera. Tenemos varios tipos de tostado... —sigue sus explicaciones mientras yo lo observo, recordando y añorando esos días de mi infancia.

—Sigamos con el recorrido —musito echando a andar

una vez ha terminado con su exposición, necesitando hacer a un lado esos recuerdos que, en estos momentos, no tiene ningún sentido refrescar ni añorar—. Estamos en el patio de vendimia, donde los camiones que llegan del campo hacen la primera parada. ¡Qué pena que no hayamos empezado todavía, os hubiera encantado ver todo el proceso! —comento, llevándolos a la sala de fermentaciones.

—En esta primera sala de catorce tinas de roble francés, de catorce mil kilos cada una, se realizará la primera fermentación, la alcohólica, que consiste en transformar la glucosa y el azúcar de los granos de la uva en alcohol —les cuenta Víctor, y lo miro con atención, escuchando sus explicaciones, que no ha tenido que aprender como un lorito, como ha hecho mi amiga, porque él empezó desde cero aquí en la bodega, haciendo el remontado, sacando las pieles cuando se vaciaba la tina, limpiándola posteriormente y subiendo poco a poco de categoría con empeño y tesón—. Durante este proceso, se libera dióxido de carbono que hace que tanto las pieles como las pepitas suban a la parte superior del depósito, creando una capa a la que llamamos *sombrero* y originándonos un problema, porque necesitamos que esté todo en contacto, pues esa parte sólida es la que nos aportará el color, la estructura y los aromas del vino.

—Y, entonces, ¿cómo bajáis ese sombrero? —nos pregunta Marco con interés.

—Con la operación del remontado —le contesta y, en mis recuerdos, lo veo arriba del depósito haciéndola y a mí, sentada en el suelo, esperándolo...

* * *

—Valentina, ven con el abuelo; deja a Víctor trabajar tranquilo.

—No, abu, yo me quedo aquí —le respondí tozuda, a

pesar de que no me gustaba nada el tufo que hacía en la sala, proveniente de la liberación del dióxido de carbono.

—¡Pero si aquí te aburrirás! Ven conmigo, vamos a darles de comer a los caballos.

—No, abu, a Víctor no le queda mucho y me ha prometido hacerme tortitas con azúcar.

—Vete, Val, ya te busco luego —me dijo desde lo alto de la tina.

—No, prefiero esperarte —repliqué...

* * *

Incómoda con lo que mis recuerdos me están haciendo sentir, me obligo a relegarlos a un lado para regresar a este presente en el que ese chico que fue ya no está y en el que, en su lugar, hay un hombre hecho a sí mismo a base de mucho esfuerzo, un esfuerzo del que yo fui testigo.

—... es una técnica que consiste en tomar el mosto de la parte inferior de los depósitos para verterlo en la parte superior, como si lo ducháramos; de ese modo conseguimos una mejor homogenización del líquido, de la fermentación y de la extracción de los componentes de la uva... —oigo cómo les explica y, cuando su mirada se encuentra con la mía, tengo la certeza de que él ha viajado conmigo a esa tarde de hace demasiados años...

—Vamos, sigamos —digo en voz baja, aferrando el brazo de Marco para seguir con la visita, sintiendo cómo esa incomodidad se coloca a nuestro lado, ocupando un espacio más que considerable.

Durante nuestro recorrido, se une a nosotros mi padre y, cuando llegamos al proceso de la trasiega, guardo silencio, permitiendo que sea él quien explique este traspaso artesanal que tengo grabado a la luz de una vela en mi memoria.

—En las barricas maduran nuestros sueños y nuestras

esperanzas —comienza con esa voz cargada de seguridad y sabiduría que viene dada con el paso de los años— y, cada cuatro meses, nuestros caldos son despertados para las perceptivas trasiegas, un oficio que es puro arte y que es heredado, en muchos casos, de padres a hijos, los trasegadores —continúa con orgullo, deteniendo su mirada en las barricas—. Los trasegadores pasan el vino de las barricas a otras nuevas u otras totalmente limpias para favorecer la evolución del vino y la limpieza natural de los sedimentos, y lo hacen de una manera tradicional, para evitar que se agite excesivamente —les explica mientras yo, sin pretenderlo, me evado de nuevo a mis recuerdos y a mi infancia...

* * *

—¿Te gustaría ser trasegador? —le pregunté mientras contemplábamos cómo uno de ellos ponía un poco de vino en un vaso de cristal para comprobar, a la luz de la vela, si el vino llevaba posos o estaba turbio.

—No, pero me gusta ver cómo lo hacen —me respondió, y me volví para observarlo—. ¿Y a ti? ¿Qué te gustaría ser, Val?

—Tu novia —le respondí sin dudarlo un instante, sorprendiéndolo.

—Eres muy pequeña para ser mi novia —replicó, dándome a la vez un toque en la nariz—. Además, yo no quiero tener novias.

—Y, entonces, ¿qué seré si no soy tu novia? —planteé frunciendo el ceño.

—Mi todo —me respondió, alisándolo.

—¿Y qué es «mi todo»? —le pregunté, curiosa.

—Todo lo que no será nadie más...

* * *

—... el trasegador pone un poco de vino en un vaso de cristal para comprobar, a la luz de una vela, el brillo, la transparencia y si lleva poso —oigo cómo les cuenta mi padre mientras yo uno mi mirada a la suya.

—¿De cada una de las barricas? —inquiere Alessandro, claramente interesado, mientras yo le sostengo la mirada, intentando hurgar en ella, pues hay algo dominándola que no entiendo.

—Así es, una a una, como debe ser —le contesta con orgullo—. La labor de los trasegadores nunca finaliza, porque, cuando terminan con todas las barricas, tienen que empezar de nuevo. Sigamos, vamos a hacer una cata en rama y luego cataremos el mismo vino una vez terminado el período de crianza en botella; veréis qué diferente puede llegar a ser.

Durante la cata, en el *calao* y el resto del recorrido, me mantengo en silencio, interviniendo en contadas ocasiones y dejando que mi padre o Víctor realicen las pertinentes explicaciones y, una vez lo damos por finalizado, nos dirigimos hacia los viñedos, donde seguimos con la visita y donde intento evitarlo a toda costa, pues esa discusión que hemos mantenido en la cafetería y estar de nuevo juntos, en estos lugares que nos vieron crecer, me está agitando más de lo que quiero reconocer.

—Estás muy callada, *amore* —me dice Marco, sacándome de mi mutismo, cuando llegamos a uno de los viñedos, mientras mi padre habla con Alessandro como si lo conociera de toda la vida.

—Valentina —lo corrijo entre susurros, viendo mi tacón completamente estancado en la tierra—. No me llames *amore* delante de mi padre —le pido, acercándome a su oreja y aferrándome a su brazo para mantener el equilibrio.

«Buen día he elegido para ponerme taconazos», pienso con disgusto.

—¿Quieres que te lleve en brazos? —me propone divertido.

—Con que me prestes uno, será más que suficiente —respondo sonriendo.

—¿Por qué no puedo llamarte *amore*? —me pregunta, y siento como si me acariciara con la mirada.

—Hay cosas que mi padre no entendería —le indico entre susurros—, y no le digas tampoco que fuimos pareja y que vivimos juntos en Italia.

—*Amore*...

—Marco —musito, haciéndole una mueca—, hazlo por mí.

—Solo si cenas conmigo esta noche —me pide justo en el mismo instante en el que Víctor está pasando por nuestro lado y cierro los ojos, maldiciendo el momento.

»*Amore*... —insiste.

—Claro que cenaré contigo. Vamos —le digo incómoda, buscando a Víctor con la mirada y sintiendo cómo esto que llena mi pecho presiona con un poquito más de fuerza.

Cuando llegamos a casa, tanto mi padre como Alessandro y Marco lo hacen conversando animadamente, mientras que Víctor y yo nos mantenemos en un segundo plano, limitándonos a observarnos en silencio, y siento cómo su enfado, el mío y todo lo que nos envuelve crea un tupido tapiz de sentimientos difícil de traspasar.

—Entonces, ¿vivís en Italia? —se interesa mi padre, una vez estamos acomodados en torno a la mesa.

—Yo, en Roma, pero Marco vive en la región de Apulia, en un *trulli* —le contesta Alessandro mientras Casi comienza a servir la comida.

—¿Qué es un *trulli*? —le pregunta con curiosidad mi padre mientras yo evito enlazar mi mirada con la de Víctor.

—Un *trulli* es una antigua construcción que se remonta a la Edad Media, realizada con muros de mampostería de piedra en seco y rematada con una gran cubierta cónica —explica Marco—. Los *trullis* son lugares mágicos, ya que en ellos sientes el nexo entre la energía que hay fuera de los muros y la naturaleza que te rodea. Te aseguro que, cuando llevas años viajando por el mundo, llega un momento en el que necesitas echar raíces o reencontrarte con las tuyas, y yo conseguí eso en Alberobello —comenta, y de antemano sé que se ha ganado a mi padre con eso de «reencontrarse con las raíces».

—¿Y tú también viviste en su *trulli*? —me pregunta Víctor, fulminándome con la mirada, y lo miro haciendo lo propio, pues sé que esta pregunta tiene un claro objetivo y es que mi padre sepa que viví en Italia con él.

—Nunca lo hice, pero la verdad es que no me hubiera importado —le contesto con fingida despreocupación, a pesar de que no hay nada que desee más que darle una buena patada por debajo de la mesa que lo deje con los ojos del revés.

—¿Y por qué iba mi hija a vivir en su *trulli*? —inquiere mi padre, frunciendo el ceño.

—No lo sé, aunque puede que Valentina pueda contestarte a esa cuestión —le responde y, sin querer frenarme, le doy una buena patada por debajo de la mesa.

—No imagino a Valentina viviendo en un *trulli* —responde Marco por mí, echándome un cable o miles de ellos mientras Víctor y yo nos sostenemos la mirada con la rabia instalada en ella—, pero, si alguna vez decides hacerlo, estaré encantado de tenerte como vecina —prosigue, guiñándome un ojo.

—Pero no decidas hacerlo ahora, porque Marco se marcha a vivir a Nueva York en unos días —interviene Alessandro, desviando la conversación sin pretenderlo.

—¡Hombre! ¡Como tú! Valentina también se marcha a vivir a Nueva York en un par de semanas —les cuenta mi padre, y siento cómo la rabia y la ira hacen todavía más tupido ese tapiz de sentimientos que estamos creando sin poder frenarlo.

—¡¿No me digas que vas a vivir en la Gran Manzana?! —exclama Marco, sin poder ocultar su emoción.

—Te lo contaré esta noche durante la cena —le respondo a propósito, con la firme intención de molestar a Víctor.

—¿Vais a cenar juntos? —nos pregunta mi padre, asombrado.

—Marco me ha invitado y he aceptado —le confirmo alzando el mentón, completamente segura de que, con mis palabras, termino de romper algo que, de por sí, ya era muy frágil.

—Así podréis recordar viejos tiempos, ¿verdad? —insiste Víctor, y niego con la cabeza, con la decepción integrándose en ese tapiz de sentimientos que cada vez es más oscuro.

—Cierto... No te lo había contado, papá, pero conozco a Marco desde que hace unos años hice un anuncio para su cadena hotelera.

—¿En serio? —nos pregunta, y por el tono empleado intuyo que está empezando a atar cabos y miro con desprecio a Víctor mientras oigo que Marco le cuenta cómo rodamos ese anuncio que fue tan importante para mi carrera.

—Habíamos perdido el contacto y hoy, gracias a Víctor, lo hemos retomado, ¿verdad, Víctor? —le planteo deseando herirlo, sin saber que al hacerlo me hiero a mí también.

—Verdad —masculla entre dientes—; al final el mundo es más pequeño de lo que parece y todo termina saliendo a la luz, ¿no es así, Valentina?

—Así es... ¡Ah!, por cierto, recuérdame que le pida los informes a la señorita López —musito sonriéndole dulcemente mientras Marco le confirma a mi padre que tanto Alessandro como él han decidido incorporar nuestros vinos a su carta, aligerando el ambiente que, de repente, siento que pesa demasiado.

Paso el resto del almuerzo en alerta y, cuando mi padre lo da por finalizado, vacío todo el aire de mis pulmones, deseando encarar a Víctor cuanto antes.

—¿Te parece bien que te recoja a las nueve? —me propone Marco, y de nuevo siento como si su voz acariciara mi piel y, a la vez, reconfortara mi alma—. Creo que tenemos muchas cosas de las que hablar —prosigue, bajando el tono para no hacer partícipes al resto de los presentes.

—Perfecto, nos vemos entonces a las nueve —le confirmo, asintiendo y omitiendo decir nada más al respecto—. Hasta luego, Alessandro. Me alegra haberte conocido y espero verte por Roma si voy algún día.

—Estaré encantado —me indica, sonriéndome—. Gracias por este día, me ha gustado mucho visitar vuestra bodega.

—Marco —lo nombra con sequedad Víctor, tendiéndole la mano.

—Víctor —le responde, sosteniéndole la mirada, y, no sé por qué, pero me recuerdan dos gallos de pelea a punto de enzarzarse en una lucha.

—Víctor, me voy contigo a la bodega —le indico mientras se despide de Alessandro—. Papá, nos vemos allí —añado, dirigiéndome hacia su Jeep con toda la rabia que me consume por dentro haciendo temblar mi cuerpo.

»¿Sabes?, me asombra que la bodega tenga clientes contigo al frente de la red comercial —le espeto con desprecio cuando accede al interior de su vehículo.

—Y a mí me asombra lo solícita que eres con los clientes; si los tratas a todos igual, vas a tener mucho trabajo, Valentina —me rebate, arrancando con rabia.

—Eres un bastardo —mascullo con odio.

—Tienes toda la razón —me contesta con frialdad—. Por cierto, ya se han hecho clientes, Valentina, no necesitas ir a cenar con él. Por si no lo sabes, hay límites que es mejor no traspasar o, como te he dicho antes, vas a tener demasiado trabajo.

—Qué hijo de puta eres, Víctor —suelto con desprecio—. Sabes de sobra que no voy a cenar con él por la bodega; además, tú eres el menos indicado para dar consejos de ese tipo, cuando te tiras al personal de la empresa.

—Es cierto, vas a cenar con él porque te lo tirabas cuando eras una menor —me replica, ignorando mi alusión a la señorita López, también conocida como Zapatos de tacón de muchos centímetros.

—Para el coche —musito, sintiendo las lágrimas empezar a cubrir mis ojos.

—Has decidido venir conmigo y vas a hacerlo —sentencia, aferrando el volante con fuerza—. ¿Cuándo pensabas contarme lo de Nueva York?

—Ya te he dicho en más de una ocasión que mi vida no te importa —contesto dirigiendo mi mirada hacia la ventana mientras él acelera.

—Tienes razón, por mí puedes hacer lo que te dé la puta gana —masculla con rabia—, pero nunca vuelvas a interferir en ninguna de mis reuniones. No eres comercial, Valentina; de hecho, no tienes ningún puesto concreto en la bodega, a excepción del de «hija de», así que limítate a hacer tu trabajo y a no entrometerte en el de los demás.

—Pues para ser solamente «hija de», he conseguido captar una cuenta muy importante; cuando te lleguen los beneficios, no olvides agradecérmelo.

—Esos beneficios hubieran llegado de igual forma sin necesidad de tu ayuda —farfulla pegando un frenazo cuando llega al parking, y me vuelvo hacia él para encontrarme con su mirada cerrada.

—Hoy te lo has cargado todo, Víctor. Puede que yo lo hiciera hace tres años o puede que lo hiciéramos los dos, pero lo de hoy es todo mérito tuyo, enhorabuena —le digo llenando mi voz de desprecio antes de salir de su coche.

Cierro dando un sonoro portazo; un portazo a él, a lo que siento y a mis recuerdos, a los que nunca más les abriré la puerta.

Capítulo 8

Entro en la bodega y, como una exhalación, me dirijo al baño, donde, encerrada en ese pequeño cubículo, doy rienda suelta a toda la frustración, la rabia, la decepción y la ira que siento, liberándola en forma de lágrimas, de nuevo maldiciendo la idea que tuve de regresar, maldiciéndolo a él y a este sentimiento de pérdida que me duele como si tuviera un cuchillo clavado en el pecho con la frase «Tú serás mi todo» resonando en mi interior y la canción *Terra Titanic* reproduciéndose en mi cabeza, a saber por qué, y me apoyo en la pared sintiendo cómo me hundo en el mar helado de mis recuerdos tal y como lo hizo ese transatlántico hace años.

—¿Valentina? —oigo la voz de mi amiga al otro lado de la puerta y la abro antes de sentarme en la tapa del inodoro—. ¿Qué ha sucedido, neni? —me pregunta preocupada, cerrando la puerta y poniéndose de cuclillas para secar mis lágrimas, que no dejan de fluir—. Víctor, ¿verdad? —me formula y asiento, pues solamente mi hermana y ella conocen «mi historia» con él.

—Es un capullo, Adri. En serio, no sabes lo que daría por poder quitármelo de la cabeza de una vez —mascullo con rabia.

—Y, en cambio, yo solo puedo envidiarte —me confiesa, sorprendiéndome—. ¿Sabes?, puede que yo nunca tenga con nadie lo que tú tienes con él; esa complicidad, ese conocer hasta la última fibra del otro, ese cariño y ese sentimiento que va más allá de todo... No quieras quitártelo de la cabeza y lucha por él.

—Eso lo dices porque no sabes lo que ha hecho... Es un bastardo —susurro resentida.

—Un bastardo que posiblemente vaya tan perdido como tú —me dice, sorprendiéndome de nuevo—. Los dos habéis cambiado durante estos años y puede que ya no encajéis de la misma manera en que lo hacíais antes. Piensa en las piezas del Tetris, ¿recuerdas ese juego? —me pregunta mientras yo continúo llorando—. Ni tu forma ni la suya son las mismas que las que teníais hace unos años, pero, si les dais la vuelta o las hacéis girar, conseguiréis que encajen de nuevo. Hazlo, Valentina, busca el modo y lucha por encajar de nuevo en su vida.

—Es difícil hacerlo cuando yo soy un círculo y él, un rectángulo.

—No hay círculos en el Tetris —me rebate haciéndome sonreír—. Hace tres años te largaste y en ese momento entendí que lo hicieras, pero ya no eres esa chica. Has crecido, neni; demuéstralo y, ya puestos, preséntame a ese morenaco al que has abrazado antes. ¿Te das cuenta de lo injusta que es la vida? Tú, a dos manos, y yo viéndolos pasar, como a las moscas. En serio, la que debería estar ahí sentada llorando a moco tendido tendría que ser yo, no tú.

—¿Marco es el «morenaco»? —le pregunto, sonriendo finalmente.

—¡Oh, Dios! ¿Se llama Marco? Me encanta ese nombre. Dime que va a volver por aquí, por favor.

—Pues no lo sé, pero esta noche voy a cenar con él, ¿quieres venirte?

—¿Has quedado con él? —inquiere, levantándose y apoyándose en la puerta.

—Es mi ex y hemos quedado para recordar viejos tiempos.

—No me jodas, ¿ese pedazo de tío es tu ex?

—Me temo que sí.

—¿Y por qué puñetas estás llorando si te has tirado a ese portento? ¡Virgen santa! ¿Qué más quieres? —suelta, abriendo la puerta del baño teatralmente y haciéndome sonreír.

—Vente y lo conoces, es un tío muy guay.

—¿Muy guay es lo único que se te ocurre para definirlo? Vaya tela... Por lo que veo, vas sobrada de adjetivos.

—Tía, ¿qué quieres? Todavía estoy de bajón.

—De bajón, dice... De bajón estoy yo viéndote a ti y viéndome a mí. Es italiano, ¿verdad? —me pregunta, y asiento—. ¡Ay, Dios, lo sabía! Ese acento no falla... *Mamma mia! Molto bene! Buonasera!* —prosigue exageradamente, haciéndome reír—. Me encanta el italiano y los italianos.

—Pues vente a cenar y lo practicas... el italiano, digo —matizo divertida, a pesar de esta pena que parece empeñada en no abandonarme.

—Sí, claro, para ser la servilleta que se cae al suelo y que todos pisotean sin darse cuenta; no, gracias.

—¡Tía, pero ¿qué dices?!

—La verdad, ¿qué voy a decir? A tu lado yo soy la servilleta, y tú, el jarrón de la mesa repleto de flores exóticas.

—Adri, eres monísima; un pelín bajita, pero monísima.

—¿Bajita? Perdona, soy normal, tú eres la que parece un pino.

—Pero ¿vas a venir o no?

—Que nooooo. ¿Qué coño hago yo ahí? —me pregunta saliendo del baño.

—Pues conocerlo, ¿qué vas a hacer? —replico, siguiéndola.

—Paso, neni. Es tu ex y, viéndoos antes, te aseguro que yo en esa mesa sería menos que la servilleta. Hablamos luego o Marta pedirá mi cuello —me comenta al oír el sonido del teléfono, que, insistente, no deja de sonar.

—Oye, gracias por la charlita del baño, tú también eres muy guay —le agradezco, guiñándole un ojo, mientras ella me saca el dedo corazón corriendo hacia la recepción.

Un poco más serena tras la conversación con mi amiga, regreso a *nuestro* despacho, dejando que su charla sobre las piezas del Tetris calen en mi cabeza y en mi corazón, a pesar de que no tengo ni idea de cómo hacer encajar un círculo con un rectángulo, por muchas veces que gire las piezas.

Paso el resto de la tarde intentando no pensar en lo que ha sucedido hoy, en sus palabras, en las mías y en cómo encajar en su vida de nuevo cuando está claro que ambos queremos cosas distintas. A las siete, cansada física y mentalmente y sin que él haya hecho acto de presencia en toda la tarde, cierro mi portátil, deseando salir de aquí de una vez.

Dando un largo paseo, me dirijo a mi casa tomando nota mental de hacerme con un coche o con una motocicleta cuanto antes para no tener que depender ni de Víctor ni de mi padre para poder moverme por aquí y, cuando llego al camino que me llevará hasta su casa pero también a la piscina, lo tomo sin dudarlo, necesitando sumergirme en el agua fría para poder librarme de todo esto que llena mi pecho hasta hacerme perder el equilibrio.

Una vez en la piscina, me dirijo al casetón, donde me desprendo de toda la ropa, a excepción de mis braguitas. Envolviendo mi cuerpo con una toalla y, mientras el sol comienza su lento descenso, llego hasta ella necesitando hundirme en el agua helada para despejar mi mente y mi alma de una vez. Sin pensarlo y soltando la toalla que me cubre, me tiro de cabeza, sintiendo de inmediato cómo el frío me da la bienvenida, envolviendo mi piel como si de una caricia gélida se tratara.

Nado como si mi vida dependiera de ello, soltando con cada brazada la frustración, la decepción, la tristeza y los miles de sentimientos que, entremezclados, me consumen, con la canción *Terra Titanic* reproduciéndose en mi cabeza, a pesar de mis deseos por silenciarla, y con cada estrofa llegan nuevos recuerdos que creamos acompañados de esa canción que parecía sonar siempre cuando estábamos juntos, como si de la banda sonora de nuestra vida se tratara, o puede que, simplemente, mi mente retuviera los momentos en los que sonaba, dándole más importancia que al resto.

* * *

—Víctor, ¿puedo probar el vino? —le pregunté una noche en su casa.

—Lo probarás cuando seas mayor —me respondió, agitándolo en su copa para seguidamente llevárselo a los labios.

—Pero yo quiero ser ya mayor —le dije frunciendo el ceño, muy cansada de ser siempre la pequeña de la casa.

—¿Para qué quieres ser mayor con lo divertido que es ser pequeña? —me planteó, alisándolo.

—Porque ser pequeña no mola nada ni es tan divertido, ¿ya no recuerdas cuando tú lo eras? —repliqué molesta.

Recuerdo que su mirada se ensombreció de repente y que dio un largo trago de su copa, hasta casi vaciarla; recuerdo cómo se levantó y cómo, durante unos segundos, estuve tentada de terminarme su vino.

—Ni se te ocurra, pequeñaja —me advirtió, llegando de nuevo hasta la mesa con un plato lleno de uvas.

—No quiero uvas —rechacé, molesta porque me había pillado antes de haber podido llevar a cabo mi plan.

—Cierra los ojos —me pidió, cogiendo una uva del racimo—. Venga, ciérralos —insistió, y obedecí—. Abre la boca —me ordenó, depositando la uva en ella en cuanto obedecí de nuevo—. No tienes que masticarla, porque, si lo haces, romperás las pepitas y te perderás el sabor de la fruta; simplemente aplasta la uva contra tu paladar con la lengua y dime a qué sabe. Venga, hazme la cata de la uva...

* * *

Nado con más rapidez, deseando dejar de recordar de una vez; deseando dejar de ver sus ojos, que parecen seguirme allá donde vaya; deseando dejar de oír su voz, que parece ser el sonido favorito de mi subconsciente, y deseando poder dejar de sentirme como si estuviera a punto de perder el equilibrio y, cuando no puedo más, me detengo para dejar mi cuerpo flotando sobre el agua, de nuevo maldiciendo la idea que tuve de regresar cuando podía haberme ido directamente a Nueva York.

—Yo de ti no haría eso. —*Él*, y me doy la vuelta con rapidez, cubriendo mis pechos con los brazos.

—¿Qué haces aquí? —le pregunto con frialdad, sintiéndome de pronto demasiado expuesta, yendo como voy con unas simples braguitas.

—Iba a bañarme, pero no he tenido cojones de hacerlo viéndote nadar así —me contesta, y lo observo con seriedad.

Está sentando en el banco de piedra, con el cabello revuelto, los antebrazos apoyados en las piernas y el ceño más fruncido que nunca.

—En cambio, para insinuar estupideces, no te faltan

—le recrimino con dureza, olvidando la charla que he mantenido con mi amiga.

—Los ignorantes y los estúpidos podemos ser muy atrevidos —me dice mirándome fijamente, sin modificar su postura—, y está claro que yo soy ambas cosas —prosigue, sosteniéndome la mirada mientras mi cuerpo se estremece con ella—. Hace años te dije que tú serías mi todo, ¿lo recuerdas? —me pregunta, levantándose, cogiendo la toalla del suelo y acercándose a la escalera mientras yo no pierdo detalle de sus palabras ni de sus movimientos—. Estás helándote, sal de ahí —me ordena con autoridad y, sin dejar de cubrir mis pechos y sin soltarme de su mirada, empiezo a subir los escalones—. Ponte de espaldas —me manda con voz cavernosa, y suspiro bajito, obedeciendo, sintiendo cómo todo comienza a vibrar de forma distinta entre nosotros y empezando a creer que tal vez, y solo tal vez, el círculo y el rectángulo sí que puedan encajar de alguna manera, aunque yo ahora no tenga ni idea de cómo.

Y, entonces, siento cómo la toalla y sus brazos envuelven mi cuerpo y cierro los ojos, encontrando el maldito punto de equilibrio entre ellos.

—Ese día no te mentí, Val —continúa con voz ronca, cerca de mi oreja, estremeciéndome y contrayendo mi vientre muy fuerte, retomando la conversación donde la había dejado, sin soltar mi cuerpo y pegándome al suyo—, porque, incluso cuando no estabas, continuabas siéndolo, como ahora, aunque esté tan cabreado contigo que solo sienta deseos de liarme a puñetazos con el primero que se atreva a mirarme... o a mirarte —me confiesa finalmente.

—Muy maduro —mascullo, volviéndome y observando sus labios, que se encuentran a la distancia de un susurro de los míos, con sus brazos todavía rodeando mi cuerpo y provocando miles de incendios que se propagan a lo largo de toda mi columna vertebral.

—No sabes cuánto —me rebate con la ironía tiñendo su voz, sin moverse un centímetro ni haciéndolo yo tampoco, como si el equilibrio de uno dependiera del otro—. Cuando me enteré de que regresabas, no estaba aquí —me confiesa, viajando con su mirada de mis ojos hasta mis labios, y me muevo ligeramente para pegarme un poquito más a él, buscando el calor de su cuerpo y... qué sé yo...—. De hecho, tenía trabajo para todo el mes, pero lo cancelé porque necesitaba recuperar esa parte de mí que perdí cuando tú te fuiste —me cuenta y, cuando nuestras miradas se encuentran, siento cómo todo tiembla a nuestro alrededor y cómo creamos una eternidad en un solo segundo.

—Pues no estás poniendo mucho de tu parte para conseguirlo; más bien pareces empeñado en lograr todo lo contrario —le indico cuando los recuerdos de lo que ha ocurrido hoy regresan y, a regañadientes, me alejo de su cuerpo, enfriando el mío.

—Lo sé y siento mucho lo que ha pasado. Soy consciente de que no tenía ningún derecho a nada y, en cambio, me he creído con derecho a todo —masculla mirándome fijamente, y aferro la toalla con fuerza empezando a temblar, sintiendo que me falta algo o que estoy a punto de perder el equilibrio ahora que su piel no está cerca de la mía—. Me he comportado como un maldito imbécil y lo siento, te aseguro que no volverá a suceder —afirma, atusándose el cabello y mirándome frustrado—. Disfruta de tu cena —añade antes de darse media vuelta y dirigirse a su vehículo, dejándome temblando al borde de la piscina, abrazada a mi cuerpo.

Llego a mi casa todavía temblando; puede que sea por mi pelo mojado o porque, con sus palabras, temo que se haya despedido de mí y vaya a alejarse de nuevo, como ya hizo en el pasado y, con los ánimos por los suelos, me doy una ducha y comienzo a arreglarme cuando lo que de verdad deseo es correr hacia su casa para volver a ser los que fuimos a pesar de que ese Vic y esa Val dejaron de existir hace mucho.

Marco pasa a recogerme puntual a las nueve y, durante la cena, consigo animarme ligeramente mientras recordamos viejos tiempos y escucho sus planes de expansión para su cadena hotelera. Tiene pensado abrir un hotel en Nueva York y de ahí continuar la expansión por el resto de Estados Unidos, hasta conseguir que la cadena de hoteles Briani esté presente en sus principales ciudades.

—Entonces coincidiremos en Nueva York, al menos durante un par de meses —le digo, sonriéndole.

—Me parece que a Víctor no le ha hecho mucha gracia saberlo. Ese Víctor es el de tu infancia, ¿verdad, *amore*? —me pregunta recordando la historia que le conté hace años.

—Tienes buena memoria —musito, llevándome la copa de vino a los labios mientras una canción, que no reconozco, suena suave en el restaurante, y recuerdo la música que tanto le gusta a Víctor y la que tanto terminó gustándome a mí, la música *remember*, la de mis recuerdos.

—Cuando se trata de ti, es fácil tenerla —me adula, sonriéndome y consiguiendo que me centre de nuevo—. ¿Qué sientes por él, Valentina?

—Lo mismo que sentía cuando te conocí. Pensaba que, con los años y tierra de por medio, había logrado olvidarlo. Ya sabes eso que dicen de que la distancia es el olvido, pero está claro que esa frase no puede aplicarse a mí, porque, cuando lo he visto, todo esto que siento por él ha regresado como si en realidad nunca se hubiera ido, como si solo hubiera estado dormido esperando a ser despertado.

—¿Como el vino durante la trasiega?

—Por lo que veo, has prestado atención —musito desviando la mirada hacia el mío.

—Me parece que no eres la única que siente algo, solo que él no quiere aceptarlo —suelta con seguridad.

—Me ha pedido disculpas por lo que ha sucedido durante la comida —le confieso, empezando a marear mi cena.

—Simplemente se ha comportado como un capullo enamorado; no se lo tengas en cuenta, Valentina. Si yo fuera él, estaría rabioso.

—¿Por qué? —le pregunto confundida, alzando la mirada del plato para posarla sobre la suya, oscura como la noche.

—Porque sabe que en Nueva York coincidiremos y eso debe de ser motivo más que suficiente como para que desee liarse a puñetazos conmigo.

—Definitivamente, debe de ser un pensamiento generalizado de tíos eso de querer liarse a puñetazos con alguien.

—Te lo ha dicho —adivina con una sonrisa y observo sus labios, que recorrieron mi cuerpo infinidad de veces.

—Solo que ha omitido decirme con quién.

—Y ahora ya sabes quién tiene el honor de ser el receptor de esos puños que nunca llegarán a tocarme —me indica, guiñándome un ojo.

—De todas formas, te equivocas. Si no está conmigo es porque no quiere; en realidad, lo que desea es liarse a puñetazos contigo porque te acostaste conmigo siendo una menor —le confieso.

—El único problema que hay aquí es que esa menor eras tú, no era esa mujer de ahí —replica, señalándola con la mirada—, ni aquella otra, sino tú. Ese es su problema, y ahora tú y yo vamos a estar juntos en Nueva York y ese es su otro problema —afirma rotundo.

—Lo que había entre nosotros terminó hace mucho tiempo —musito negando con la cabeza—. No tiene por qué preocuparse por eso.

—¿De verdad lo crees? Porque también dicen por ahí que, donde hubo fuego, siempre quedan brasas listas para arder en cualquier instante. Si Víctor no estuviera entre nosotros, *amore*, esta noche tú y yo no solo nos limitaríamos a cenar y a charlar... y lo sabes —sentencia mirándome con intensidad.

—Pero está —musito sin saber si tiene o no razón—. Además, esta vez no es como entonces.

—Lo sé, pero yo soy un hombre paciente, y llegará el momento en el que no esté, como no estuvo entonces, y por ello tendrá otro problema.

—¿Cuál? —susurro sin poder alejar mi mirada de la suya.

—Yo —me asegura, recostándose en su silla—. No voy a intentar nada ahora, *amore*. Te conozco y sé que tienes cosas que resolver con él, pero creo saber cómo terminará todo este asunto y, si es como espero, cuando nos encontremos de nuevo en Nueva York, no te dejaré marchar tan fácilmente.

—¿Y cómo terminará todo esto? —planteo como si Marco tuviera el poder de la clarividencia, haciendo a un lado todo lo otro que ha dicho.

—Contigo sola en la Gran Manzana. Lo vuestro no tiene futuro, Valentina; no por ti, sino por él.

—¿Por qué dices eso? —le pregunto poniéndome a la defensiva.

—Porque, a pesar de que no lo conozco, intuyo que nos parecemos demasiado y que hará lo mismo que hice yo.

—¿Qué quieres decir? —inquiero, sin ser capaz de seguirlo.

—Si te lo cuento, le estoy dando ventaja, y no soy tan generoso, *amore*, entiéndelo.

—Siempre tan misterioso, Marco —susurro negando con la cabeza.

—No soy misterioso, solo vigilo mis intereses —me

indica cogiendo su copa y acercándola a la mía—. Por Nueva York.

—Por nuestra amistad —matizo prudente, pensando en sus palabras.

Marco me deja finalmente en mi casa a las dos y media de la madrugada tras una noche cargada de confesiones y de futuras promesas que yo prefiero ignorar y, una vez a solas en el silencio de mi habitación, me abandono en los brazos de Morfeo, demasiado confundida con sus palabras como para seguir pensando.

Despierto a la mañana siguiente con una mala sensación asentándose en la boca de mi estómago; puede que sea por lo que sucedió ayer con Víctor o porque temo que Marco tenga razón, pero me siento intranquila, incómoda conmigo misma, y, tras vestirme y maquillarme, me dirijo a la cocina esperando encontrarlo allí, sentado en el taburete tomando café, como estos últimos días, a pesar de que algo en mi interior me advierte de que hoy no estará. Cuando llego, mis sospechas se confirman, pues a los únicos que me encuentro son a mi padre y a Casi, charlando entre ellos.

—Buenos días —musito sintiendo cómo esta mala sensación con la que he despertado se asienta con más fuerza en mi interior.

—Buenos días, hija. Hoy te llevaré yo a la bodega —me comunica mi padre—. Finalmente hemos decidido adelantar la vendimia una semana y Víctor tenía cosas que hacer.

—Es verdad, ayer os reunisteis con Joaquín para hablar de eso; con la visita de Marco y Alessandro olvidé preguntarte —le digo, intentando aportarle a mi voz un tono despreocupado y ligero, sin saber si lo estoy logrando—. ¿Y qué es lo que tenía que hacer? —le pregunto sentándome en el taburete, observando mi plato de fruta y sintiendo el dolor de la añoranza pesar dentro de mí, como si tuviera una losa en el centro del pecho.

—Ya sabes que, antes de empezar con la vendimia, hay demasiadas cosas que supervisar y me parece que vamos a tener que echarle unas cuantas horas de más. Hay que terminar de preparar el campo para dejar la tierra limpia de racimos y hierba, pedir permiso para vendimiar a los del Consejo Regulador, comprobar que todo en la bodega esté listo...

—Una fiesta, vamos —lo interrumpo sonriendo, viendo cómo los nervios comienzan a adueñarse de él, como siempre por estas fechas—. Comprobar el tiempo, que no llueva, blablablá...

—Ya lo sufrirás cuando trabajes aquí. Por cierto, ¿quieres acompañarme hoy? Tengo que ir a los viñedos de Rodezno —me propone, y niego con la cabeza.

—Quiero terminar con las llamadas que tengo pendientes, pero lo que sí que necesito es un vehículo con el que poder moverme. ¿Dónde está el Jeep? —le pregunto, haciendo referencia al todoterreno de la bodega, intentando sonreír y hacer a un lado esta sensación agónica que siento encallándose en mi interior.

—En el taller; se estropeó el otro día y todavía no lo tienen listo —me informa mi padre, dándole otro sorbo a su café—. Me temo que tenemos todos los coches ocupados, pero tu hermana tiene una motocicleta que apenas utiliza; dile que te la preste durante estos días, hasta que tengamos el Jeep arreglado; no creo que tenga ningún inconveniente.

—Vale, ya se la pediré —musito con desgana, haciendo a un lado el plato de fruta.

—¿No vas a comértela? —inquiere Casi, frunciendo el ceño y cruzándose de brazos.

—Casilda, por favor, no empecemos —le pido terminándome el té para seguidamente coger mi bolso—. Papá, ¿te queda mucho? —le pregunto impaciente, deseando llegar cuanto antes al despacho para verlo y quitarme esa mala sensación de encima de una vez.

—En realidad te estaba esperando —me confirma mientras yo siento la mirada enfurecida de Casi sobre mí y salgo disparada de la cocina antes de que comience a soltarme todo lo que sin duda está deseando decirme—. Tú y yo vamos a tener que hablar sobre el tema de la alimentación —me advierte mi padre subiendo a su coche.

—Papá, nunca suelo tener hambre por las mañanas y, por mucho que Casi se empeñe en que desayune, no voy a hacerlo. Además, no es algo nuevo, lo sabéis todos de sobra y este tema está empezando a cansarme ya —replico, claramente molesta, mientras él conduce hacia la bodega.

—Que se preocupen por ti no es malo, significa que te quieren, no lo olvides —me advierte con seriedad.

—Ya lo sé, papá, pero a veces me trata como si fuera una cría y, cuando llevas años viviendo sola, al final te hartas un poco.

—Pues, cuando te hartes, piensa en lo que significa Casi en tu vida, a ver si así deja de hartarte de una vez —me reprende—. Las normas, los consejos y el que estén pendientes de tu bienestar es algo que deberías agradecer, sobre todo viviendo la vida que llevas.

—¿Y qué vida llevo, papá? —suelto poniéndome a la defensiva.

—Una en la que haces lo que te da la real gana sin consultarme nada ni tener en cuenta mi opinión —me responde con dureza.

—¿Por qué dices eso? —le pregunto, temiéndome lo peor.

—Lo sabes de sobra y si ayer no te dije nada fue por respeto a Marco, a su socio y también a ti, no porque no me diera cuenta, pero ahora estamos solos y quiero saber si viviste en Italia con ese hombre.

—Viví en Italia una temporada, sí —le confirmo, maldiciendo en silencio a Víctor—. Mi agencia me envió allí porque creía que mi rostro encajaría y fue todo un acierto.

—¿Y por qué no me enteré? —brama con su voz llena de matices inundando cada uno de los rincones de este vehículo.

—Porque pensé que era mejor que no lo supieras —musito bajito, oyendo sus reproches sin necesidad de que tenga que decirlos en voz alta.

—Pues te equivocaste —me replica con seriedad, guardando unos segundos de silencio que yo percibo como interminables—. No voy a preguntarte de nuevo si viviste con ese hombre, porque casi prefiero no saberlo —continúa arisco, sin molestarse en mirarme—, pero no te reconozco, no reconozco a mi hija en la joven que tengo sentada a mi lado —suelta, y dirijo la mirada hacia la ventana guardando silencio, consciente de que lo he decepcionado de nuevo.

Paso toda la mañana encerrada en el despacho sin salir ni siquiera para tomarme un mísero té, demasiado triste y confundida como para hablar con nadie, y, aunque intento centrarme en mi labor y apartar todos estos sentimientos que me ahogan, no consigo centrar mi atención en nada de lo que tengo pendiente, pues, a pesar de lo que diga mi padre, siento que todo es demasiado injusto y al final, frustrada, me coloco junto a la ventana, donde detengo mi mirada en el ir y venir de los trabajadores de la bodega.

«Soy Valentina Domínguez, empecé de cero en un mundo lleno de tiburones y pirañas y, aun así, conseguí despuntar y hacerme un nombre en el sector de la moda. He desfilado en Madrid, Barcelona, Milán y París; he hecho campañas importantísimas firmadas por los principales fotógrafos del momento y ahora me marcho a Nueva York para dar el gran salto. Llevo años viviendo sola, llorando cuando un trabajo se caía en el último momento y gritando de alegría cuando lo lograba y nunca, jamás, a pesar de los obstáculos, me he rendido y, si con eso no fuera suficiente, ahora voy a estudiar la carrera de enología además de estar trabajando en la bodega cuando podría estar en una isla paradisíaca con una caipiriña en la mano y, en lugar de sentir el apoyo de las personas que quiero, solo siento que las decepciono continuamente; primero a mi padre, luego a Víctor y, de nuevo, a mi padre, los únicos hombres a los que quiero de verdad...», pienso sintiendo cómo el nudo se forma en mi garganta.

«¿Por qué mierdas tuve que regresar?», me pregunto volviendo la mirada hacia su mesa pulcramente ordenada, sintiendo de repente que ese miedo que sentí esa noche comienza a materializarse despacio.

A la hora del almuerzo, y con los ánimos por los suelos, me reúno con mi amiga en la cafetería, a pesar de que lo último que me apetece es comer.

—Oye, ¿qué hay exactamente entre Víctor y la señorita López? —inquiero cuando la veo acercarse a la barra con sus inconfundibles zapatos de tacón de muchos centímetros.

—Había —me corrige Adriana, guiñándome un ojo antes de llevarse la cuchara a la boca.

—¿Había? —repito, sorprendida.

—Liquidó ese asunto cuando llegaste —me confirma, y la miro sin poder creerlo.

—¿Cómo?

—¿Cómo? —me imita riendo—. A ver, no es que tuvieran nada serio; en palabras de ella «solo era sexo», pero llegaste tú y, si te he visto, no me acuerdo.

—Ah... —musito sin saber qué decir—. De todas maneras, no creo que sea por mí —añado, empezando a marear la comida en mi plato.

—Por mí te aseguro que no la ha dejado —replica

guasona—. ¿Quieres dejar de poner esa cara? ¿Qué te pasa ahora?

—Que estoy por mandar esta presentación a la mierda e irme al Caribe.

—¿Al Caribe? Me voy contigo, ¿cuándo hacemos las maletas? —me pregunta, haciéndome sonreír.

—Hoy mismo si pudiera.

—Pero vamos a ver, alma de cántaro, ¿se puede saber qué ha sucedido?

—Básicamente, que mi padre, gracias a Víctor, se ha mosqueado conmigo porque se ha enterado de que viví en Italia y se huele que estuve con Marco.

—Mi abuela ya decía que las mentiras tienen las patas muy cortas. Tiene razón, se lo tenías que haber contado; imagínate que te hubiera sucedido cualquier cosa.

—Vivo por el mundo, Adri, y puede ocurrirme cualquier cosa en cualquier sitio, viva en Italia o en Madrid.

—Ya lo sé, pero, al igual que esta vez sí que le has contado que te vas a vivir a Nueva York, con lo de Italia tendrías que haber hecho lo mismo. De verdad, no sé cómo pudiste ocultarle algo así sabiendo cómo es tu padre.

—Por eso mismo, porque lo conozco, preferí no hacerlo. Ya sabes lo cerrado que puede llegar a ser y temía que no me lo permitiera, pero eso pasó y nunca más le he ocultado nada.

—Porque eres mayor de edad y ya no puede impedírtelo, aunque quiera —me dice sonriéndome—. Entiende que esté enfadado, ¿tú no lo estarías si tu hija te hubiera ocultado algo así? —me plantea, y guardo silencio consciente de que tiene razón.

—¿Y a Víctor? ¿Lo has visto hoy? —cambio de tema, obligándome a comer.

—¿No ha ido al despacho? Qué raro, porque ha estado por aquí.

—¿De verdad? ¿Cuándo? —indago, sorprendida.

—Ha llegado sobre las once y se ha marchado hace apenas una hora —me confirma, y siento que esa sensación agónica se intensifica un poquito más.

—Creo que está alejándose de mí —murmuro, dándoles voz a mis temores.

—¿Poniendo distancia? —me formula, entendiéndome en el acto.

—Sí, y no lo entiendo, porque fue él quien me propuso retomar nuestra amistad donde la dejamos, pero ahora es como si hubiera cambiado de opinión, no sé...

—O simplemente se ha dado cuenta de que tú ya no eres la Val que él recordaba. Te lo dije ayer: tú ya no eres quien fuiste, ni él tampoco; a lo mejor no sabe cómo hacer encajar las piezas. Habla con él y busca la forma de hacer que encajen de nuevo, porque, si no, perderás una parte de ti que luego no podrás recuperar y, ya puestos, discúlpate con tu padre; él menos que nadie se merece que le ocultes las cosas.

—¿Estás estudiando psicología? Porque estoy por pagarte la consulta —le digo intentando bromear.

—Por mí no te cortes, ¿eh? —me replica, sonriendo abiertamente—. Pero no, en realidad estoy estudiando la carrera de hostelería y turismo para poder viajar por todo el mundo como haces tú, que estoy hasta el moño de ver viñedos —comenta, guardando luego silencio durante unos escasos segundos, empezando a sonreír—. ¿Sabes? No me importaría nada currar en algún hotel de Bora Bora o de las Maldivas —me dice, guiñándome un ojo, y juraría que acaba de visualizarlo.

Durante el resto de la comida, me cuenta sus planes de futuro y yo le hablo de los míos, de Marco y de mi pasado con él y, mientras pasan los minutos, nos ponemos al día de nuestra vida, cortándonos continuamente como hacemos siempre cuando estamos juntas.

Cuando terminamos de almorzar, me dirijo en busca de mi padre, decidida a seguir el consejo de mi amiga y enmendar las cosas. Lo encuentro en la nave donde hacemos la segunda fermentación, la maloláctica, hablando con un trabajador, y me acerco a él titubeante.

—Papá..., ¿podemos hablar cuando acabes? —le pregunto, sonriéndole al trabajador a modo de saludo.

—Ya he terminado, ¿qué quieres? —me contesta empezando caminar, y lo sigo.

—Disculparme —musito, provocando que se detenga—. Sé que no debería haberte ocultado algo así y lo siento, pero en ese momento pensé que era lo mejor.

—¿De verdad pensaste que lo mejor para ti era vivir en Italia con un hombre que posiblemente te dobla la edad y hacerlo a espaldas de tu familia? —suelta con aspereza, haciéndome sentir de nuevo pequeña.

—Tomé una decisión como continuamente tomo decisiones en mi vida. Papá, temía que no me lo permitieras y no quería negarme algo así —me defiendo ante su silencio.

—Si lo temías era porque sabías que no estabas haciendo lo correcto —me rebate con esa seriedad que tanto me impone.

—No es eso —me quejo, frustrada—. Tú no lo entiendes —prosigo buscando las palabras adecuadas para hacerme entender—. Tú basas tu vida en la continuidad, en el apego a las raíces y a las tradiciones, pero yo no, y no por ello reniego de todo ello. Papá, tienes que entender que mi vida es completamente distinta a la tuya o a la que tendría si viviera aquí.

—Sé cuál es tu vida y lo que tenía que decirte ya te lo dije la última vez que hablamos, no tengo nada más que añadir respecto a eso; solo espero no encontrarme con más sorpresas desagradables —me dice lacónico, echando a andar.

—¿Y cuál es mi vida? —inquiero, alzando la voz.

—Una vida frívola y de falsedad, en la que muy poca gente dice lo que realmente piensa; una vida donde se le da más importancia al físico que al interior y al valor de las personas, y donde todo vale, todo, incluso mentir a tu familia si con ello consigues lo que deseas. Esa es tu vida, la vida que defiendes y en la que, según tus propias palabras, eres una simple percha —me contesta antes de darse la vuelta para reanudar su paso, consiguiendo que enmudezca mientras una lágrima solitaria se desliza por mi mejilla y la seco con impotencia.

Cabizbaja y frenando mi llanto, regreso a mi desierto despacho, donde, una vez a solas, lo dejo fluir finalmente con libertad. «¿De verdad se siente tan decepcionado conmigo cuando yo estoy tan orgullosa de todo lo que he logrado?», me pregunto, percatándome de que, desde que he regresado y a excepción de unos contados instantes, no me he sentido realmente bien y más veces de las que debería he maldecido la idea de haber vuelto.

Endureciendo el gesto, cierro mi portátil y apilo todos los papeles en un lateral de la mesa, dando por concluida mi jornada laboral a pesar de que todavía es pronto, y, sin despedirme de nadie, salgo de la bodega directa a mi casa, planteándome muy seriamente decepcionarlos a todos de verdad y largarme a Nueva York de una vez, muy cansada como estoy de todo esto, pero entonces llego a la bifurcación que me llevará a su casa y la contemplo durante unos minutos sintiendo cómo tira de mí, cómo algo en mi interior me impide seguir mi camino, instándome a desviar mis pasos, por lo que, cediendo y dejando que sea mi corazón quien los guíe, me dirijo hacia su casa, necesitando hablar con él antes de tomar una decisión.

Capítulo 9

Cuando llego a su casa, compruebo que su coche no está, y doy por sentado que estará trabajando. «De hecho, yo misma debería estar haciéndolo», pienso sintiéndome culpable de repente por haberme largado antes de hora, «pero a lo hecho, pecho», me digo rodeando la vivienda hasta llegar al porche trasero, donde me siento en los escalones, dispuesta a esperarlo.

Apoyo la espalda en la columna de piedra y cierro los ojos buscando en mi interior ese sentimiento que me indique qué debo hacer, pues sé que, si me marcho ahora, no solamente estaré decepcionando a mi padre y, a pesar de saberlo, soy incapaz de desear otra cosa que no sea largarme cuanto antes de aquí por mucho que mi subconsciente me repita que, si lo hago, estaré rindiéndome y fallándome incluso a mí misma.

Tras casi una hora de espera, con el trasero dolorido y el sentimiento de impaciencia creciendo a pasos agigantados en mi interior, cojo el móvil dispuesta a husmear en mis redes sociales y desconectar, aunque sea durante unos minutos, de todo esto que siento que me supera, pero ver los post de mis compañeras disfrutando de sus vacaciones, machacándose en el gimnasio, yendo de fiesta en fiesta o compartiendo imágenes de sus últimos trabajos no es que me ayude precisamente a conseguirlo, por lo que finalmente decido dejarlo de nuevo en el bolso y volver a ser la insociable en la que me he convertido desde que he puesto un pie en los viñedos.

Me siento en su hamaca, intento cotillear a través de las ventanas de su casa y me cuestiono como unas mil veces qué puñetas hago aquí esperándolo cuando está claro que él está evitándome.

«Debería irme», pienso deteniendo la mirada en las interminables filas de vides que se extienden inquebrantables frente a mí, fruto, sin lugar a duda, de la tenacidad y el trabajo duro de mi padre. «Si fuera una chica lista, me largaría ahora mismo sin necesidad de hablar con él, pero está claro que no lo soy», afirmo, posando de nuevo mi mirada en la tierra fértil cuna de nuestros vinos, sin entender esta necesidad acuciante de hablar con él y también de verlo, «aunque sea por última vez», reconozco perdiéndome en mis recuerdos y en mis pensamientos que surgen sin orden alguno, entretejiéndose entre sí como lo harían los hilos de un complejo tapiz, consiguiendo que me evada a esos días de mi infancia en los que vivía en una burbuja de viñedos y de despreocupación para regresar de nuevo a la sombra de esta parra que fue testigo de tantas cosas...

El sonido de su todoterreno acercándose pone en alerta mis sentidos y, con el corazón empezando a martillear con fuerza en mi interior, dirijo la mirada hacia el camino por donde se aproxima, sintiendo cómo cada fibra de mi ser despierta con ese sonido y cómo todas esas emociones que se habían apaciguado, incluso hasta casi dormido, durante estas horas de espera vuelven a la vida, pienso encaminando mis pasos hacia la parte delantera de la casa, donde se ha detenido, sin saber qué voy a decirle o cómo voy a sentirme cuando lo tenga frente a mí, siendo consciente de cómo mis extremidades se vuelven hiperlaxas a medida que mis pasos me acercan a él y cómo mi mundo enmudece cuando lo veo descender de su vehículo con movimientos fluidos y seguros.

—Hola —musito finalmente, viendo la sorpresa y la confusión reflejarse en su mirada.

—¿Qué haces aquí? —me pregunta, y siento que puedo palpar su incomodidad, como si fuera algo tangible.

—Creía que no necesitaba una excusa para venir —musito, recordándole sus palabras.

—Por supuesto que no la necesitas, lo siento —murmura bajando la mirada al suelo, enterrando los dedos en su pelo y soltando el aire de golpe, para luego acercarse a la puerta que abre para mí—. Pasa, por favor, no te quedes ahí —me pide mientras yo detengo la mirada en esa puerta que sujeta.

Camino hacia él con todas las emociones que llenan mi pecho instaladas esta vez en mi mirada y reconociendo esas mismas emociones alojadas en la suya y, cuando accedo al interior de su vivienda, siento cómo se asientan en mi corazón, haciendo que lata pesado y ralentizado.

—Vaya, cuánto tiempo sin estar aquí —susurro con la desazón abriéndose paso, pues desde esa noche no había vuelto a poner un pie en este lugar que, en su día, fue como una segunda casa para mí.

—¿Te apetece tomar algo? —me pregunta, hundiendo los pulgares en los bolsillos de sus vaqueros mientras yo desvío la mirada hacia ese sofá en el que tantas veces soñé dormida y despierta.

—No —musito, sintiendo que todo esto me ahoga—. ¿Qué sucede, Víctor? —le pregunto, volviéndome hacia él para unir mi mirada a la suya.

—No sé a lo que te refieres —me responde con sequedad.

—Por supuesto que lo sabes —replico, intentando indagar en sus ojos.

—Te equivocas, no tengo ni idea.

—No estoy tan segura —opino bajando la vista al suelo, armándome de valor para preguntarle lo que no deja de martirizarme—. ¿Te estás marchando? —le planteo, alzando los ojos hasta posarlos en los suyos, sintiendo que lo hago en el centro de mis miedos.

—Estoy aquí —me responde con la misma sequedad que antes, cubriendo su mirada y su rostro con esa máscara de inexpresividad que tanto detesto.

—Lo estabas, pero ayer te fuiste y no has regresado.

—He tenido trabajo.

—Sabes que no me refiero a eso —insisto con obstinación mientras el silencio se abre paso entre nosotros, llenando cada uno de los rincones de este salón—. ¿Sabes?, me parece que no soy la única en decepcionar a la gente.

—¿Qué quieres decir? —me pregunta, frunciendo el ceño.

—Que puede que yo haya decepcionado a mi padre e incluso que te haya decepcionado a ti y que por eso estés alejándote, pero vosotros también me habéis decepcionado a mí —le contesto, sacando fuera todo lo que me carcome por dentro—. No regresé a casa para que mi padre me hiciera sentir mal continuamente ni te di una nueva oportunidad para que tú volvieras a darme la espalda; no vine aquí para eso, vine para pasar unos días con mi familia y lo único que encuentro allá donde miro son reproches.

—Siento lo de tu padre; sé que es culpa mía y te pido disculpas de nuevo —me dice con seriedad.

—¿Y sobre ti? ¿Tú no tienes nada que decir? Tranquilo, tienes permiso para explayarte... Mi padre me ha dicho tantas cosas que puedo asumir unas cuantas más, pero hazlo ahora, porque me largo mañana. De verdad, estoy muy harta de todos vosotros —le espeto, envalentonándome y tomando una decisión que hasta este momento solo había sido una idea de esas que te planteas pero que en el fondo de tu corazón sabes que no llevarás a cabo.

—¿Cómo que te marchas? ¿Y la presentación del vino? —me pregunta con dureza, clavando su intensa mirada verde sobre la mía, y alzo la barbilla, sosteniéndosela con orgullo.

—¿Sinceramente? Me importa una mierda —le miento, dañándome con mis palabras y siendo incapaz de parar—. Venga, ya puedes decepcionarte conmigo un poco más... y espera a que se lo diga a mi padre, de esta me deshereda, seguro —prosigo, sonriendo con ironía—. Por suerte, no estaré aquí para verlo ni para escuchar uno de sus discursitos; de hecho, estaré tan lejos que, aunque el viento sople en mi dirección, no llegaré a oír sus reproches.

—Deja de decir estupideces, ¿quieres? Sabes que no vas a largarte —sentencia con seguridad, acercándose a mí.

—Y estás tan seguro porque vas a impedirlo tú, ¿verdad? —siseo entre dientes.

—Exacto, tú lo has dicho —me contesta, fulminándome con la mirada.

—Si no tienes nada más que decir, me largo. Hasta luego, Víctor, que te vaya bien y, te lo ruego, haznos un favor y no adelantes más viajes por mí —me despido arisca, dándome la vuelta y yendo directa hacia esa puerta que abrí entre sollozos hace años, sin poder creer que haya dicho lo que he dicho y, lo que es peor, que continúe dispuesta a mantenerme en mis trece a pesar del nudo que tengo en la garganta.

—Una pregunta tú, una yo —me propone, con la voz cargada de infinidad de matices, sujetándome por el brazo e impidiendo mi huida.

Guardo silencio durante unos segundos sin atreverme

a volverme, sin atreverme a mirarlo o incluso a moverme, a pesar de que lo único que deseo es echar a correr para coger el primer vuelo que salga hacia Nueva York y huir de todo esto.

—¿Te he decepcionado? —le pregunto en un susurro, cerrando los ojos, dándole todavía la espalda, con su mano aferrando mi brazo.

—No —me responde rotundo tras unos segundos de silencio en los que he sentido mi corazón suspendido a la espera de su respuesta.

—Estás mintiendo —murmuro, abriendo los ojos y dándome la vuelta para husmear en los suyos.

—No es cierto; el problema que yo tenga con la relación que mantuviste o mantienes con Marco es un problema exclusivamente mío —me confiesa con seriedad, indagando en los míos, con su mano todavía envolviendo mi piel.

—Entonces, ¿a qué vino el numerito de ayer? —le pregunto sin soltarme de su mirada y de su agarre, frunciendo el ceño.

—No es tu turno, Val —me recuerda observándolo y lo desfrunzo, consciente de que no podría soportar sentir su dedo deslizarse por mi piel para alisarlo—. ¿De verdad estás dispuesta a irte? —me plantea, y siento cómo sus dedos se clavan en mi piel y cómo la añoranza se abre paso hasta colocarse entre ambos.

—Sí —le respondo, decidida a hacerlo—. Mi turno. ¿Te estás marchando? —le pregunto, moviéndome hasta quedar frente a él, liberándome de su mano.

—Sí, maldita sea, sí que me estoy marchando —masculla hundiendo sus manos en su pelo, desviando su mirada de la mía.

—¿Por qué? —le formulo hastiada—. ¿Por lo que sucedió ayer? —añado sintiendo cómo la impotencia y la frustración llegan para quedarse.

—No es tu turno, Val; no me hagas recordártelo continuamente —me indica con dureza, y observo sus labios, su mirada obstinada y la tensión que emana de su cuerpo—. ¿Te acostaste anoche con Marco? —suelta finalmente, y lo miro sorprendida.

—¿¿¿Perdona??? —exclamo sin dar crédito.

—No es tu turno de hacer preguntas, sino de responderlas.

—Esa pregunta está fuera de lugar; no te importa, Víctor.

—Yo podría haberte respondido lo mismo a las tuyas. Responde —me exige mientras guardo silencio, cruzando los brazos por debajo de mis pechos.

—No, no lo hice. ¿Por qué quieres saberlo? ¿De verdad te importa tanto la diferencia de edad?

—La diferencia de edad, en estos momentos, me importa una mierda —contesta adusto.

—¿Entonces?

—Sigue sin ser tu turno; elige mejor tus preguntas —sisea entre dientes—. ¿Sientes algo por él? —indaga, acercándose más a mí.

—Siempre voy a sentir algo por él —le contesto, negándome a ir más allá—. No sé por qué juego a esto, al final siempre tengo la sensación de que acabo contestando a más preguntas que tú —musito poniendo más distancia entre nosotros—. ¿Por qué estás alejándote? —le pregunto mientras él se mantiene callado.

—Porque no debería querer saber nada de lo que te he preguntado —me contesta tras meditar su respuesta.

—Esa no es una respuesta válida y lo sabes; no puedes irte por las ramas y lo estás haciendo. Contéstame, Víctor —le exijo esta vez yo.

—Porque tú tenías razón y yo estaba equivocado; es imposible recuperar lo que perdimos, porque esa Val y ese Vic ya no existen y en su lugar estamos nosotros, dos personas completamente distintas.

—¿Sabes cómo me siento contigo? —le pregunto, atrapando su mirada con la mía, y, sin esperar respuesta, prosigo—. Como si siempre estuviera al principio del camino; como si, por mucho que avanzara, nunca llegara al final... y ya estoy cansada de caminar —le confieso dándole la espalda para poder explicarme mejor—. Estoy cansada de ver siempre ese camino interminable frente a mí, en el que esta vez no elegí estar y en el que me pusiste tú, según tus palabras, porque querías recuperar esa parte de ti que perdiste cuando me fui, pero, en cambio, ahora no te importa perderla y yo no puedo más. Por eso me voy, porque estoy harta de sentirme fuera de lugar cuando realmente este es mi lugar —concluyo, dándome la vuelta para mirarlo a los ojos.

—Y, en cambio, no puedes estar más equivocada de lo que lo estás —me rebate con seriedad, con todo su cuerpo en tensión—, porque ese camino interminable del que hablas en realidad no existe.

—¿Qué quieres decir? —susurro sin entenderlo.

—Si ese camino existiera, yo continuaría viéndote como una cría en lugar de querer tenerte desnuda debajo de mí —me confiesa, sorprendiéndome, y lo miro sintiendo cómo todas estas emociones que llenan mi pecho comienzan a aletear con fuerza hasta asentarse en mi vientre, contrayéndolo—. Joder, Val, ¡debo de haber perdido el juicio! —masculla frustrado, agachando la cabeza durante unos breves segundos para casi de inmediato levantarla y anclarme a su mirada, que en estos momentos me recuerda un mar embravecido—. Querías saber por qué me estoy alejando de ti, ¿verdad? Pues ya lo sabes, me estoy alejando porque no debería sentirme como me siento y porque, cuando pierdes la cabeza y la sensatez, solo te queda poner un poco de distancia hasta que la recuperes de nuevo.

—Pero yo pensaba que... —empiezo a explicarme, a

pesar de que no tengo ni idea de por dónde seguir... ¿De verdad ha dicho que quiere tenerme desnuda debajo de él? ¿En serio?

—¿Qué pensabas? ¿Qué no me sentía atraído por ti? Pues te equivocas, joder —me rebate con dureza, acercándose lentamente a mí—. El otro día en la piscina perdí tanto la cabeza que, si no llega a ser por tu padre, te hubiera follado allí mismo —declara con la mirada y la voz ardiendo.

—¿Y entonces? ¿A qué estás esperando? Hazlo, Víctor —le pido sintiendo cómo oleadas de fuego recorren mi columna vertebral, y me obligo a mantener mis brazos a ambos lados de mi cuerpo para que sea él quien dé esta vez el paso.

—¡Mierda, Val! ¡Cállate, no sabes lo que estás diciendo! —replica alzando la voz, apretando los puños que tiene pegados a sus piernas, tal y como tengo yo los míos.

—¡Por supuesto que lo sé! Si los dos deseamos lo mismo, no veo dónde está el problema.

—El problema está en que hay riesgos que no pienso asumir contigo —masculla, alejándose unos pasos de mí, tomando distancia.

—¿De qué riesgos hablas? —le pregunto, acortándola con los míos.

—Joder, Val, fuiste mi niña, la cría que correteaba a mi alrededor a todas horas, la familia que no tuve y algo así como la hermana pequeña que siempre deseé tener. Te aseguro que no voy a perderte por un puto calentón de media hora.

—¿Por qué? ¿Porque crees que no me gustará y no querré verte de nuevo? Tranquilo, te aseguro que, por muy desastroso que seas, continuaré sonriéndote cuando te vea —le digo bromeando, sin saber de dónde me sale la capacidad para bromear cuando dentro de mí bullen tantos sentimientos.

—Te aseguro que si follas conmigo vas a querer más —me indica bravucón, consiguiendo que sonría con él.

—Cuánta fanfarronería junta en una sola frase —musito sintiendo cómo todo comienza a vibrar de forma distinta entre nosotros y cómo se vuelve demasiado electrizante, demasiado brillante, demasiado resplandeciente... demasiado todo...

—Val, te estoy hablando en serio —me dice con voz ronca, sin alejar sus ojos de los míos.

—¿Sobre lo de follar o sobre lo de perderme?

—Sobre ambas cosas —apostilla, deslizando la mirada hasta llegar a mis labios—. Oye, no soy de piedra, ¿vale? Pónmelo fácil y vete a casa.

—Estás loco si piensas que voy a hacerlo —susurro demorando mi mirada en los suyos—. Olvídate de los riesgos, Vic. No tienes ni idea de lo que sucederá si nos acostamos, ni yo tampoco. Vivámoslo y ya lo resolveremos cuando lleguemos a ese punto.

—Te llevo doce años de ventaja y me conozco de sobra; te garantizo que sí sé qué sucederá si nos acostamos.

—¿Y qué sucederá? Venga, sorpréndeme.

—¿Qué crees que ocurrirá cuando un día te diga que ya no quiero estar más contigo? Has estado tres años evitándome por lo que sucedió esa noche, ¿qué crees que sucederá cuando decida que se ha terminado?

—Estás dando por hecho demasiadas cosas y olvidando que me largo a Nueva York —matizo, más que decidida a darle la vuelta—. Oye, ¿no se te ha ocurrido pensar que quizá sea yo quien te dé la patada en el culo a ti? Y no es por nada, pero yo a tu lado soy como un caramelito recién abierto y tú, una pasa arrugada. En realidad, debería ser yo la que estuviera soltándote la charlita a ti, no al revés, más que nada para que fueras mentalizándote —le miento sonriendo, porque, seamos sinceros, dudo mucho que lo haga.

—¿Cómo? —me pregunta, carcajeándose con ganas.

—Oye, déjate de dramones que no sabes si sucederán o no y convénceme para que me quede y, ya puestos, esmérate, porque te aseguro que, si no me gusta, me largo mañana mismo —le digo, envalentonándome, creyéndome hasta yo misma el discursito que estoy soltándole.

—Estás jugando con fuego, Val, y vas a quemarte —me advierte con un susurro cargado de promesas.

—Puede que seas tú quien lo haga primero —replico, posando mi mirada en sus labios, sintiendo cómo mi centro se humedece de anticipación.

Con un último paso, elimina la poca distancia que separa nuestros cuerpos y siento cómo todo esto que llena mi pecho aletea con más fuerza, cómo mi piel se eriza y cómo mi respiración se vuelve densa e irregular mientras mantengo la vista clavada en sus labios, que puede que finalmente sean míos. De sus labios, mi mirada viaja hasta sus ojos, donde se están librando miles de batallas, y, temiendo que cambie de opinión y se aparte, llevo mis manos a su cuello, pegándome un poquito más a su cuerpo y acercando mis labios a los suyos, solo para rozarlos, como pidiéndole permiso, mientras él se mantiene impasible, con los puños todavía cerrados en torno a su cuerpo y, maldita sea, sé que está buscando dentro de sí mismo la fuerza de voluntad necesaria para alejarse de mí y, antes de que pueda llegar a encontrarla, beso sus labios con suavidad, demorándome en ellos y en este beso que tanto he ansiado, probándolos y saboreándolos al fin.

—Vic, por favor... —musito sin dejar de besarlo, necesitando que se rinda de una vez—, bésame —susurro anclándome a su mirada cuando abre los ojos con mi ruego, permitiéndome ver cómo esa batalla llega a su punto más álgido—, tócame —prosigo con voz entrecortada, cogiendo su mano y llevándola hasta uno de mis pechos, con nuestros labios rozándose y nuestros alientos caldeándolos—, tócame —insisto, besándolo de nuevo.

—Val... —ruge entre dientes.

—No, Vic, olvida quiénes fuimos y descubramos quiénes somos ahora —murmuro sin dejar de besarlo, con mi mano acunando la suya, que todavía rodea mi pecho.

Siento cómo desliza su pulgar lentamente hasta llegar a mi pezón y la respuesta instantánea de este al endurecerse, y, cuando un suspiro escapa de mi garganta y cierro los ojos, repite el movimiento de su dedo, endureciéndolo todavía más, y gimo bajito, abriendo los ojos en el momento justo en el que la batalla ha llegado a su fin y donde ahora solo queda en pie el ganador, el deseo... un deseo fiero, caliente y exigente, retenido durante demasiado tiempo.

Dejándose llevar por él, lleva su otra mano a mi nuca para acercar mi rostro al suyo y entreabro mis labios para recibirlo, ansiando sentir el contacto de su lengua enredada con la mía y, cuando sucede, cuando nuestras lenguas se encuentran, enloquezco, haciéndolo enloquecer a él mientras ese deseo toma fuerza, creciendo fulgurante e imparable dentro de nosotros, como ese beso que de forma tímida había empezado yo y que se ha transformado en uno caliente, exigente y cargado de necesidad, llevándose con él cualquier pensamiento coherente y arrastrándonos a ambos por un caudal de lava del que ni podemos ni queremos escapar.

Nos volcamos en ese beso como si nuestra vida dependiera de ello, como si el oxígeno no estuviera en el aire, sino en nuestra boca, y como si el maldito punto de equilibrio estuviera en manos del otro y, entre gemidos, nos besamos y tocamos, deseando explorar esas tierras que hasta ahora habíamos tenido vetadas.

—No puedo parar de tocarte —masculla llevando sus

manos a mi pelo, enterrándolas en él, mientras yo busco sus labios de nuevo y me pego más a su cuerpo, sintiendo su enorme erección y necesitando pegarme a ella.

—No lo hagas, ni se te ocurra detenerte ahora —le exijo entre gemidos, pegando tímidamente mi sexo al suyo, sintiendo cómo el mío se humedece y late de anticipación mientras nuestros labios no pueden despegarse y sus manos suben por debajo de mi camiseta, haciendo suya mi piel.

—Aunque quisiera, dudo que pudiera —me asegura con voz ronca antes de besarme con rudeza, y gimo enredando mi lengua con la suya, tirando de su pelo, necesitando más.

—Fóllame, Víctor, ahora, por favor, necesito sentirte —gimo sin despegar mis labios de los suyos, sabiendo que, con mi ruego, estoy llevándome cualquier ápice de autocontrol que pudiera quedar dentro de él.

Me alza con rudeza por la cintura, pegándome a la pared, haciendo que sienta su potente erección, y me pego más a ella, frotando finalmente mi sexo contra el suyo y arrancándole un jadeo que se une al mío al sentir nuestros sexos unidos. Con la urgencia y la necesidad adueñándose de mí, me suelto de su cuello para llevar mis dedos hasta los botones de su camisa, que empiezo a desabrochar, sacándola de la cinturilla de sus vaqueros hasta dejarlo desprovisto de ella, necesitando sentir su piel contra la mía mientras él, sosteniéndome con sus caderas, hace lo propio con mi camiseta, liberándome de ella sin dejar de besarme un instante, siendo rudo pero tierno a la vez con sus labios, y gimo contra ellos cuando su mano atrapa uno de mis pechos, apoderándose de mi piel como si le perteneciera mientras yo siento mi centro palpitando de deseo hasta dolerme.

—Dime que estás segura de esto y que luego no vas a arrepentirte —me pide frenándose, retirando su mano de mi pecho y llevándola a mi cintura, donde descansa la otra, acariciando mi piel de la misma manera en que está acariciándome con la mirada.

—Nunca he estado más segura de algo como lo estoy de esto —musito rodeando su cuello con mis manos, y observo cómo cierra los ojos, pegando su frente a la mía—. Víctor, ya no hay vuelta atrás... Déjalo, deja de cuestionarlo —le pido temiendo que él sí que pueda arrepentirse después.

—Sé que no hay vuelta atrás —afirma con seriedad, abriéndolos.

—Pues demuéstralo, entonces —lo reto, sosteniéndole la mirada.

Me baja con cuidado y, cuando mis pies tocan el suelo de nuevo, me desprendo de mi falda mientras observo cómo el deseo vuelve a arder en su mirada y cómo cualquier duda que pudiera quedar desaparece finalmente, y me acerco más a él, necesitando que esa duda huya tan lejos que, aunque la busque, nunca pueda llegar a encontrarla.

Le desabrocho los vaqueros rozando su piel con mis dedos, enlazando mi mirada con la suya y todavía asimilando que, por fin, vaya a vivir esto con él, sintiendo tantas cosas juntas que, por mucho que intentara desgranarlas y ponerles nombre, sería incapaz de hacerlo.

—Espera —me pide aprisionando mis manos con las suyas, deteniéndome en mi avance, para seguidamente dirigirse hacia su habitación. Y, durante los escasos segundos en los que mi mirada lo pierde de vista, temo que esa duda se haya burlado de mí y todavía permanezca en este salón.

»Soy todo tuyo —me dice con voz ronca saliendo de su cuarto, dejando un preservativo sobre la mesa y acercándose de nuevo a mí con esos movimientos seguros y fluidos que son innatos en él.

Me muerdo el labio inferior cuando comienza a desprenderse de los vaqueros sin quitarme la mirada de encima, tocándome sin hacerlo, y contengo la respiración cuando se queda libre de la prenda, pues nunca, ni en mis mejores sueños, me hubiera atrevido a imaginar algo así, reconozco observando cómo se acerca lentamente a mí mientras yo llevo mis dedos al cierre del sujetador, solo que, antes de poder librarme de él, aprisiona mis manos entre las suyas para detenerme de nuevo.

—Esta vez te lo quito yo —me ordena con voz ronca y, casi temblando, soy testigo de cómo, con un rápido movimiento, se deshace del sostén, dejando mis pechos libres y dispuestos para él, y suspiro bajito cuando su mano atrapa uno de ellos, demorándose en el pezón y humedeciendo mi sexo—. No sabes cómo estoy conteniéndome —musita, y bajo la mirada hasta la enormidad que marca la tela de sus *slips*.

—Estoy deseando que dejes de hacerlo —susurro entre gemidos cuando entierra uno de sus dedos en la cinturilla elástica de mi tanga, empezando a bajarlo. Cuando la prenda cae al suelo, me muevo para hacerla a un lado, quedando completamente desnuda ante él, con sus dedos viajando tortuosamente hasta mi centro y su mirada anclada en la mía, que le sostengo a duras penas.

—Estás empapada —ruge contra mis labios, paseando dos de sus dedos por mis pliegues—. Joder, Val —gime embistiéndome con ellos, arrancándome un gemido tras otro, y tengo que aferrarme a su cuello por miedo a que me fallen las piernas.

—Víctor... —susurro con voz entrecortada, moviendo mis caderas—, sííííí... síííííí... —gimo pegando mi frente a la suya mientras sus labios acallan mi voz y sus dedos entran y salen de mi interior, llevándose con ellos mi equilibrio y mi razón mientras el deseo me consume por dentro.

—Me duele la polla de tenerte así —ruge sin darle tregua a ninguno de mis labios, y grito cuando el orgasmo me sacude de la cabeza a los pies—. Estoy deseando follarte —masculla retirándolos, yendo hacia la mesa a por el preservativo.

—No hace falta que te lo pongas, llevo puesto un diu —le indico cuando consigo hacerme con el control de mi raciocinio y de mi voz.

—Te aseguro que sí que hace falta —replica llegando de nuevo hasta mí, atrapando uno de mis pezones entre sus dedos y provocándome un suave jadeo.

—¿Por qué? —susurro—. Estoy limpia... —añado mientras sus manos no me dan tregua.

—Porque no follo si no es con condones —me aclara con dureza, y lo miro sorprendida.

—¿Es... estás... tienes alguna enferme...?

—Si a que me duela la polla se le considera enfermedad, sí, la tengo —suelta interrumpiéndome, y le doy las gracias mentalmente, porque no tenía ni idea de cómo seguir—. Estoy tan sano como tú; simplemente tengo unas normas que nunca rompo —me aclara rozando mi sexo con su dedo, y doy un respingo, pues todavía lo tengo demasiado sensible—. Te aseguro que me duele como hacía tiempo que no me dolía. Joder, Val, eres mejor que un caramelito recién abierto —me halaga, haciendo círculos en torno a mi clítoris, y gimo cerrando los ojos—. Pónmelo —me pide con voz áspera, y abro los ojos para coger el preservativo que me tiende— con la boca —matiza con una sexy sonrisa, y se la devuelvo, casi relamiéndome.

Me arrodillo frente a su miembro, liberando su piel de la tela de sus *slips*, de nuevo maravillándome ante esto que estoy viviendo y, dejándome llevar por todo lo que deseo, meto su enormidad en mi boca, provocándole un profundo gemido. Siento sus manos en mi cabeza, enterradas en mi pelo, y saboreo su sexo como si en realidad fuera él el caramelo y no yo, demorándome, chupando y saboreando, anclando mis manos en la piel de su trasero y llevándolo al límite, donde ya estoy yo esperándolo, deseando tanto que siento como si pudiera ahogarme en este mar de sentimientos que está arrasando con nuestra cordura.

—Para, nena, para —me pide haciendo que me retire.

—No te he puesto el condón, espera —musito deslizándolo lentamente desde la punta de su miembro hasta la raíz con mis labios, mirándolo directamente a los ojos, que tiene nublados por el deseo, y arrancándole un jadeo que se entremezcla con el mío.

—Joder —masculla cogiéndome en volandas y llevándome hasta su habitación, donde me deposita sobre la cama, para encajarse luego entre mis piernas, y siento cómo mi centro vibra por tenerlo justo donde tantas veces deseé tenerlo—. Creo que nunca he deseado algo tanto —me confiesa, poniendo voz a una parte de mis pensamientos, con su sexo rozando la entrada del mío, y gimo suavemente, moviendo mis caderas en su busca, ansiándolo y deseándolo tanto que noto que una parte de mí se desagarra por la necesidad.

Con su mirada sosteniendo la mía y erizando mi piel por la intensidad que desprende, accede a mi interior lentamente, abriendo mi carne a su paso hasta quedar completamente encajado en mi interior.

—Viiicccc... —grito alzando las caderas, cerrando de nuevo los ojos, sintiendo cómo mi alma y todas las células de mi cuerpo vibran por él.

—Ábrelos, mírame —me ruega con la voz cargada de miles de matices.

Y es entonces, con su mirada sosteniendo la mía y con mi cuerpo dando cobijo al suyo, cuando entiendo que un rectángulo sí que puede encajar con un círculo y que no hay deseos inalcanzables, porque yo, en estos momentos, tengo el mío en la palma de mi mano, flotando y esperando alzar el vuelo.

—¿Lista? —me pregunta apretando la mandíbula, sosteniendo el peso de su cuerpo con sus brazos.

—Lista —susurro sin poder liberarme de su verde mirada.

Y con esa palabra, desato el poder del deseo; un deseo oscuro y a la vez lleno de luz que es demasiado atrayente como para poder resistirse; un deseo reprimido durante demasiado tiempo y que ahora, que está siendo liberado, es capaz de arrasar con todo lo que se le ponga por delante e, impulsados por él, nos movemos exigiéndonos más, buscando nuestro placer y dando todo lo que somos capaces de dar, entregando y recibiendo, gimiendo y absorbiendo gemidos, jadeos, gritos y besos, mordiendo, adorando, venerando y necesitándonos tanto que siento como si nos cegáramos con cada uno de nuestros movimientos.

Rodando sobre la cama, me coloco sobre él, sintiendo que ese fuego que solo Víctor puede prender arde con virulencia dentro de mí, y echo la cabeza hacia atrás, necesitando llenar mis pulmones del aire que él se está llevando con sus besos. Con sus manos ancladas en mi trasero, inicio mi viaje particular hacia el núcleo del volcán, ardiendo por el camino con el sonido de su voz y sus gemidos, con sus besos y su mirada, y, cuando el orgasmo llega fulminante, arrastrándonos a ambos con fuerza, siento cómo ese deseo que estaba suspendido en la palma de mi mano alza el vuelo y me lleva con él hasta ese lugar donde todas las emociones que llenan mi pecho tienen su nombre.

Capítulo 10

—Todavía no he terminado de convencerte —me indica con un susurro ronco cerca de mi oreja, con su sexo todavía encajado en mi interior, y sonrío, con la cabeza apoyada en su pecho.

—Eso espero, porque esto ha dejado mucho que desear —miento descaradamente, alzando la cabeza y sonriéndole como antes le había dicho que haría.

—Voy a tener que tomármelo más en serio, entonces —replica mordiendo suavemente mis labios, y contengo el gemido que amenaza con escapar de mi garganta mientras sus manos suben por mi espalda, haciendo suya mi piel a su paso.

—Desde luego... eres demasiado flojito, Vic, igual es la edad —le digo pinchándolo y arrancándole una carcajada.

—Tienes medio segundo para llamar a tu padre y decirle que esta noche no irás ni a cenar ni a dormir a casa —me ordena, haciéndome a un lado para dirigirse al baño—. No, espera, mejor dile que no irás en todo el fin de semana —rectifica con una autoridad que me sorprende, ¡venga ya!

—¿Cómo? No puedo hacer eso, necesito ropa, mi cepillo de dientes, mi... —protesto, siguiéndolo.

—Val, voy a tenerte desnuda todo el fin de semana; te aseguro que no necesitas nada de eso —me corta con insolencia, consiguiendo que una tonta sonrisa se dibuje en mi rostro.

—¿Todo el fin de semana? —le pregunto casi relamiéndome, apoyándome en el marco de la puerta y comiéndomelo con la mirada...

—Todo el fin de semana —se reafirma, deslizando su descarada mirada por mi cuerpo—. Por cierto, ese medio segundo que te he concedido está llegando a su fin, ¿de verdad estás segura de querer hablar con tu padre mientras te estoy follando? —me plantea frunciendo el ceño y, sin molestarme en contestarle, corro hasta mi bolso, consciente de que es muy capaz de hacerlo.

Localizo mi móvil en el fondo, donde antes, desanimada, lo había dejado y, ansiosa, lo llamo... Un tono, dos, tres, cuatro, cinco...

—Venga, papá, cógelo —musito sintiendo cómo mi sexo se humedece de anticipación y mi vientre se contrae suavemente ante lo que me espera de nuevo.

... seis, siete, och...

—Dime —me responde finalmente.

—¡Papá! Hola, soy yo, Valentina —lo saludo, aunque es obvio que soy yo—. Te llamaba para decirte que no me esperes para cenar, bueno, en realidad, en todo el fin de semana —continúo, viéndolo acercarse desnudo, y detengo mi mirada en su torso, en los músculos de sus brazos, en su pelvis, en su... ¡Dios mío de mi vida...!—. He coincidido con una antigua amiga y nos apetece recordar viejos tiempos —empiezo a contarle, intentando centrarme en mis palabras mientras él continúa acercándose a mí con decisión, y retrocedo un paso al ver el brillo de su mirada.

—¿Y quién es esa amiga? —se interesa mi padre mientras yo empiezo a rodear lentamente la mesa con él haciendo lo propio, y vocalizo un mudo «no» que se borra con mi resplandeciente sonrisa mientras él vocaliza un «sí» que lo borra todavía más.

—No la conoces, papá. Es una amiga del internado —miento, acelerando mis pasos, casi corriendo, alrededor de la mesa, con él siguiéndome.

—Espero que no sea por lo que ha sucedido hoy —me contesta, y freno mi carrera al detectar la preocupación en su voz.

—No, papá, por supuesto que no —le aseguro mientras él me da alcance y cierro los ojos al sentir su pecho en mi espalda y sus manos adentrarse por mi vientre.

—Sé que en ocasiones puedo llegar a ser muy duro contigo o con tu hermana, pero es porque os quiero y deseo lo mejor para vosotras —declara mientras una de las manos de Víctor llega hasta mi pecho y la otra viaja en sentido contrario hacia mi centro, que está empezando a palpitar de deseo y, con reticencia, me alejo de él para no soltar un gemido monumental.

—Lo sé, papá, y sé que me equivoqué y que no debería haberte ocultado algo así, pero te prometo que, desde entonces, nunca he vuelto a mentirte —afirmo, arrepintiéndome al segundo de mis palabras, porque ahora mismo lo estoy haciendo—. Bueno, quiero decir... que lo que tenías que saber lo has sabido —matizo mientras observo cómo Víctor se apoya en la mesa, mirándome y enarcando una ceja—. Me refiero a que nunca he vuelto a mentirte sobre las cosas importantes —añado, viendo cómo se cruza de brazos y niega con la cabeza, y bufo suavemente—. ¡Mierda!, ya sabes a lo que me refiero: que desde lo de Italia siempre has sabido dónde he vivido, ¿así sí? —le pregunto, olvidando que estoy hablando con mi padre, viendo cómo Víctor sonríe para, casi al segundo, dirigirse hacia su habitación.

—Tranquila, hija, lo tengo claro. ¿Sucede algo? —me

pregunta mi padre extrañado, y no es que lo culpe precisamente; vamos, que en estos momentos debe de pensar que estoy para que me encierren.

—No, papá; lo siento, es que no sabía cómo explicarme.

—Hija, te he entendido desde el primer momento. No te enfades ¿vale? Creo que llevo suficientes enfados acumulados para varios días —me pide haciéndome sonreír con ternura—. El domingo viene tu hermana con ese chico a comer a casa, ¿por qué no te vienes con tu amiga y así la conocemos? —me propone, y sonrío por lo de «ese chico».

—Ya te lo confirmaré, ¿de acuerdo? —respondo, intentando salir del aprieto sin tener que comprometerme demasiado, mientras me dirijo hacia la habitación, donde lo encuentro sentado en la cama, con la espalda apoyada en el cabecero y los brazos cruzados a la altura del pecho.

—Está bien, pásalo bien.

—Tú también, papá —musito deslizando la mirada por su cuerpo.

—¿Y sobre lo del domingo? —insiste de nuevo—. ¿Le digo a Casi que cuente con vosotras?

—Ya te lo confirmaré mañana, un besito —le digo antes de colgar—. Sabías perfectamente a lo que me estaba refiriendo —me defiendo cruzándome de brazos.

—Me encanta tu concepto de la sinceridad —me rebate, divertido.

—¿Qué querías que le dijera? ¿Que iba a estar todo el fin de semana acostándome contigo? —le suelto enarcando una ceja mientras observo cómo se levanta para poner música.

—¿Qué canción es esta? —me pregunta sin contestarme, y recuerdo nuestro juego de las canciones.

—*Words don't come easy* —musito finalmente, cuando oigo la letra—. Soy mejor que tú en este juego —prosigo fanfarrona, guiñándole un ojo.

—¿Cantante? —demanda enarcando una ceja y pillándome.

—Estás desviando la conversación —le digo, negándome a reconocer que no tengo ni puñetera idea.

—¿Se lo hubieras dicho?

—No —le contesto rotunda.

—¿Por qué? —me pregunta, y detecto un punto de dureza en su voz.

—Porque no lo entendería.

—Si continúas con esa maldita costumbre de dar por hecho las cosas, vas a tener que disculparte más veces de las que te gustaría —me reprende sentándose de nuevo en la cama, tal y como estaba antes—. ¿Por qué crees que no lo entendería?

—Porque ya lo conoces... ¿Cómo crees que reaccionaría si le dijera que estoy acostándome contigo pero que no es nada serio? —le pregunto con fingida indiferencia, porque, en realidad, no hay nada que desee más que el hecho de que lo sea—. Llama a José «ese chico», ¿cómo crees que te llamaría a ti? —añado, frenándome para no sentarme a horcajadas sobre él—. Tú, su socio, y doce años mayor que yo, beneficiándose a su hija pequeña; te aseguro que temblarían los cimientos de todo Páganos —suelto intentando bromear y, cuando comienza otra canción, sonrío—. *Moonlight shadow* —prosigo, guiñándole un ojo.

—Es fácil recordar el título cuando aparece en la letra de la canción —comenta, guardando silencio a lo que le he dicho antes.

—El que pierde siempre tiende a justificar su derrota de alguna manera —replico zanjando el tema y yendo hasta el baño.

Abro el grifo de la ducha y, en cuanto sale caliente, me

meto en ella suspirando suavemente, sintiendo mi cuerpo estremecerse cuando su pecho se pega a mi espalda.

—Tres cosas —me indica con seriedad, con sus labios rozando mi oreja, y echo la cabeza hacia atrás para apoyarla en su hombro—. Primera, siempre he sido mejor que tú en este juego; no olvides que, si conoces las canciones *remember*, es gracias a mí... todavía recuerdo cuando te gustaba Melody —se burla divertido, con las manos recordando el camino que habían emprendido antes—. Segunda, el que miente siempre acostumbra a justificar sus mentiras, incluso a creérselas —prosigue, metiendo un dedo en mi mojada abertura, consiguiendo que un gemido escape de mi garganta—. Tercera, nunca des nada por hecho, porque vas a equivocarte seguro —me aconseja, metiendo un segundo dedo, logrando nublarme la razón y que sea incapaz de rebatirle nada—. Fin de la charla —me advierte con voz acerada, clavándome su erección en el trasero—. ¿Puedo empezar a convencerte de una vez? —me pregunta, y gimo pegando mi culo a su sexo, moviendo las caderas en busca de mi placer.

Aleja sus manos de mi centro, volviéndome con rudeza hacia él para casi al segundo unir sus labios a los míos, besándome con dureza y lascivia, con su lengua entrando en mi boca, explorándola y arrancándome gemidos y jadeos de pura necesidad mientras sus manos se anclan a mis nalgas y el agua cae en forma de lluvia encima de nuestras cabezas.

—Tócame, Vic —le pido, sintiendo cómo todo me da vueltas, y froto con lujuria mi sexo mojado contra el suyo, necesitando sentir sus dedos en mi interior.

—¿Quieres que te toque? —musita cerrando el grifo del agua, poniendo un poco de jabón en la palma de su mano y frotándola con la otra hasta hacer espuma.

Me ancla a su mirada, cargada de miles de emociones, para seguidamente llevar sus manos a mis pechos, donde se demora en ellos, frotándolos y provocando que mis pezones se pongan duros como piedras y cierro los ojos, apoyándome contra la pared, con el vapor del agua flotando suspendido en torno a nosotros.

—Contigo me siento como un crío el día de Reyes —declara enjabonando mi cuerpo, y muevo las caderas cuando sus manos llegan a mi sexo, gimiendo y abriendo más las piernas mientras sus dedos acarician mis labios—, como si nunca fuera a tener suficiente, como si el tiempo corriera en mi contra y no pudiera jugar todo lo que quiero —añade con voz ronca, llevando su dedo a mi centro, rodeándolo y retirándolo—. Quiero que te sientas igual que yo, Val —me pide, haciéndome vibrar con su petición y lo que sus dedos están provocando en mi cuerpo.

Guardo silencio ante su demanda, negándome a decirle todo lo que siento por miedo a su reacción, de nuevo dando por hecho las cosas y, cuando lleva la alcachofa de la ducha a mi sexo, dirigiendo el chorro de agua hacia mi clítoris, gimo echando la cabeza hacia atrás.

—No, nena, no vas a correrte ahora —me advierte, retirándolo y saliendo de la ducha, instándome a mí a hacerlo.

Seca mi cuerpo mientras yo lo observo en silencio, sintiendo cómo el mío reacciona al suyo y a sus cuidados, y, cuando me coge en brazos para llevarme a la cama, todo esto que llena mi pecho lo hace un poquito más.

—¿Qué es hacer el amor, Val? —me pregunta con voz cavernosa, cubriendo mi cuerpo con el suyo, y sonrío, pues esa pregunta se la hice yo hace muchos años, cuando todavía lo veía con los ojos de la inocencia.

—Es estar contigo —musito en un hilo de voz—. Es sentir tus labios sobre los míos —susurro cuando comienza a besarme lentamente, y siento cómo me estremezco ante este beso que lleva tantas palabras envueltas en silencio.

—¿Qué más? —susurra, deslizando sus labios por mi cuello hasta llegar a mis pechos, donde se demora.

—Es estremecerme con ellos —gimo, sintiendo cómo mi sexo lo reclama, humedeciéndose.

—Sigue o pararé —me amenaza, bajando por mi vientre, y noto cómo mi sangre se vuelve espesa y cómo mi respiración se acelera con tan solo imaginármelo entre mis piernas—. Val... —me advierte mientras me arqueo, invitándolo a seguir.

—Es querer más —consigo articular antes de que un gemido asole mi garganta cuando sus labios llegan a mi centro.

Se demora en él, succionando, chupando y barriendo de arriba abajo, llegando hasta mi clítoris, donde todo lo que siento se multiplica por mil, y entierro mis dedos en su pelo, deseando tanto que las palabras se quedan atascadas en mi garganta y en su lugar llegan los gemidos, los susurros sin sentido y las exigencias en silencio.

—¿Qué es hacer el amor, Val? —me pregunta de nuevo antes de hundir su lengua en mi interior, pero no puedo contestarle y, entre jadeos, muevo las caderas en busca de ese orgasmo que está empezando a formarse en mis entrañas.

—Es tener tus labios en mi sexo —musito finalmente, aferrando las sábanas con ambas manos—, es derretirme con ellos —prosigo, estrujándolas y retorciéndome de placer, sintiendo cómo crece dentro de mí—, es no ser capaz de pensar —consigo decir antes de que el orgasmo explote en mi interior, arrancándome un grito, y lo alejo de mi sexo cerrando las piernas y sintiendo los latidos del deseo todavía entre ellas.

—No, nena, no he terminado contigo —me advierte mirándome con intensidad, abriéndolas de nuevo y llevando su boca a mi centro, absorbiendo mis fluidos y consiguiendo que todo me dé vueltas. Oigo cómo mis gemidos se entremezclan entre ellos y cómo todo se vuelve demasiado líquido, demasiado caliente y demasiado todo, y gimo más fuerte—. Te lo he dicho, eres como un caramelo que no me canso de chupar —me regala, abriéndolas más, y me arqueo sintiendo que enloquezco.

—Vicccccc —susurro con su boca barriéndolo incansable y me muevo con lascivia, sintiendo cómo el orgasmo comienza a formarse otra vez. Cogiendo su cabeza con las manos, lo pego más a mi sexo, arqueándome entre gritos cuando el placer me rompe de nuevo en mil pedazos—. Vic, te necesito dentro de mí, fóllame ya —le exijo con la respiración hecha un completo caos.

Con los últimos espasmos del clímax, veo cómo se pone el preservativo y se vuelve hacia mí con la mirada ardiendo.

—Boca abajo —me ordena, y obedezco a su orden sintiendo cómo mi cuerpo se estremece de placer.

Alza mis caderas y, de una estocada, se hunde en mi interior, arrancándome un gemido que nace de lo más profundo de mi alma para desembocar en mi garganta, y muevo las caderas exigiendo y reclamando, sintiéndolo llegar y hundirse para, al segundo, retirarse, y gimo y grito sin importarme quién pueda oírnos, con sus manos en mis caderas moviéndome a su antojo y marcando un ritmo delirante mientras nos descubrimos de nuevo de la forma más primitiva posible.

—¿Qué es hacer el amor? —le pregunto entre gemidos.

—Es estar dentro de ti —me contesta entre dientes, sin dejar de bombear con movimientos secos y certeros—, es oír tus gemidos y sentir tu calor —prosigue mientras me lleva con ellos al límite y gimo más fuerte—, es que te corras entre mis brazos y hacerlo yo contigo —sentencia en un aullido cuando el orgasmo llega fulminante y violento—, es descubrirte —me dice en un susurro, dejándose caer sobre mi espalda.

—Es verte aun teniendo los ojos cerrados —musito—, es que tú seas mi todo —susurro bajito, sintiendo su cálido aliento acariciar mi mejilla.

—No sabes lo que dices, Val —me responde con voz seca, tensándose y consiguiendo que me tense yo con él.

—¿Por qué? —murmuro temiendo haber dicho más de la cuenta.

—Porque tú lo has tenido todo —me responde enigmático, dándome un beso en la mejilla antes de levantarse y dirigirse al baño, cerrando la puerta tras de sí y excluyéndome claramente.

Ruedo sobre el colchón hasta quedarme mirando el techo, bufando en silencio, sin entender qué problema tiene en hablarme de su pasado cuando él estuvo presente en el mío. Cuando sale de nuevo, me siento en la cama, frunciendo el ceño sin percatarme.

—Víctor... —musito a modo de advertencia.

—Valentina... —me responde con seriedad, observando mi mueca, y lo desfrunzo mientras él niega con la cabeza.

—¿Qué has querido decir? —insisto, viendo cómo se pone unos *slips*, sintiendo cómo, durante unos microsegundos, mi capacidad de raciocinio escapa fulminante de mi mente.

«¡Virgen santa!»

—Oye, no le des más vueltas, ¿quieres? —me pide tosco, poniéndose unos vaqueros y, claramente molesta, me dirijo al baño, cerrando de un portazo.

—Siempre igual —mascullo enfadada mientras me aseo. ¿Por qué es incapaz de confiar en mí? Que no lo hiciera cuando era pequeña, podría entenderlo, pero ahora todo ha cambiado. Prosigo mi machaque particular abriendo la puerta con fuerza, esperando encontrarlo todavía en la habitación y frunciendo el ceño al comprobar que no está.

Negándome a pasearme desnuda por su casa, me pongo uno de sus *slips* y una camisa a cuadros que remango a la altura de los codos y, descalza, me dirijo en su busca.

Lo encuentro en la cocina y, apoyándome en el marco de la puerta, lo observo cocinar con los vaqueros puestos y el botón desabrochado.

«¡Madre mía!»

—Muy guapa —musita mirándome de reojo, sonriendo, sin dejar de cortar el pollo a tiras.

—He tenido que echar mano de tu ropa, ya que no me permites ir a por la mía —le contesto con sequedad, a pesar de que está haciéndoseme la boca agua, por lo que desvío mi mirada hacia el salón, donde está integrada la cocina.

—No quiero discutir contigo, al menos no hoy, ¿vale? —me pide con seriedad.

—¿Por qué no? Si vamos a discutir, mejor hacerlo ahora que dejarlo para otro día —mascullo, cruzándome de brazos.

—Porque todavía estoy convenciéndote —replica, sonriéndome.

—Pues te advierto que en estos momentos lo estás haciendo fatal —objeto con dureza—. ¿Por qué nunca quieres hablarme de tu pasado? —le pregunto frustrada, obligándome a que la visión de su increíble cuerpo no me distraiga.

—¿Puedes poner música? —me pide sin responderme.

—Cuando me contestes —siseo.

—¿Qué quieres saber, Val? —inquiere, apoyando una de sus manos en la encimera, mirándome con el ceño fruncido.

—Todo —le indico, encogiéndome de hombros.

—Todo es querer saber mucho.

—Tú lo sabes todo sobre mí —le rebato.

—Te equivocas, llevo tres años sin saber nada de ti

—me contradice, reanudando su labor y poniendo a hervir los fideos chinos.

—Tres años son pocos si los comparas con los dieciocho que tenías tú cuando llegaste aquí —le contesto rindiéndome y yendo hasta él, apoyando mi pecho en su espalda y rodeando su cintura con mis brazos, todavía asimilando que estamos juntos y maravillándome con todo lo que he vivido a su lado estas últimas horas.

—Te aseguro que tus tres años han sido más interesantes que mis dieciocho —me dice entre dientes, volviéndose hasta quedar frente a mí.

—Es tu percepción, no la mía —insisto, frunciendo el ceño y, cuando se acerca y lo besa, arrastrando sus labios por él, sonrío desfrunciéndolo.

—Me engendraron, nací, crecí y te encontré, ahí tienes un buen resumen de esos años —suelta, sorprendiéndome.

—¿Resumen? Yo más bien lo llamaría un esquema —replico divertida.

—No tengo nada más que añadir. ¿Puedes poner música ahora? —me pregunta, dándome la espalda de nuevo, y bufo sabiendo que no voy a sacarle nada más.

Tras poner un disco, me siento en el sofá, observando los cambios que ha hecho en el salón, manteniéndome en silencio, el mismo que mantiene él desde la cocina, con la música llenando los huecos que dejan nuestras palabras.

—Sé que no lo entiendes, Val —interviene un poco más tarde, sentándose a mi lado para luego cogerme por la cintura y hacer que me siente a horcajadas sobre sus piernas—, pero esos dieciocho años, para mí, no tienen ninguna importancia —afirma mientras acaricia las mías perezosamente—. No importa quién fui, sino quién quise ser cuando conocí a tu padre y más tarde a ti —continúa, alzando su mirada hasta posarla sobre la mía—. Te aseguro que tú fuiste uno de los motores de ese cambio; por ti estudié mientras trabajaba y me obligué a ser mejor.

—¿Por qué? —musito sosteniéndole la mirada, percibiendo cómo todo lo que siento por él crece hasta llenar cada uno de los rincones de mi alma.

—Porque quería que te sintieras orgullosa de mí cuando crecieras; quería ser un referente en tu vida, como tu padre lo fue en la mía, y eso es lo que tiene que importarte, quien soy ahora.

—¿Mi padre conoce tu historia? —indago, prudente, soltándome de su mirada para observar el recorrido de sus dedos por mi piel desnuda.

—Sí —me contesta con sequedad.

—Siempre he estado muy orgullosa de ti, Víctor, cuando era pequeña y más tarde cuando crecí —le confieso, alzando la vista para perderme en el verde de sus ojos.

—Cuando creciste, se complicó todo un poco —musita esbozando una triste sonrisa y lo imito, rememorando esa noche—. ¿Quieres que hablemos de ello? —me pregunta, consiguiendo que los recuerdos lleguen a borbotones, y observo el centro del salón, donde ocurrió todo.

—¿Y tú? —susurro sin atreverme a mirarlo.

—¿Sabes lo que pienso? —me dice, y me vuelvo hacia él—, que esa noche nos ha llevado a esta y a todo esto que estamos viviendo ahora. Si tú no hubieras hecho lo que hiciste, posiblemente en este instante no estarías aquí sentada.

—No te entiendo...

—Esa noche me abriste los ojos, a pesar de todo lo que te dije —me confiesa con seriedad—, y no pude conciliar el sueño porque me pusiste una verdad, que yo había querido ignorar, en toda la cara y, aunque me odiaba por ello, no podía dejar de verla, no podía dejar de verte a ti y ya nunca pude dejar de hacerlo —reconoce, haciéndome a un lado para dirigirse hacia un mueble del que saca una carpeta de uno de los cajones.

Con curiosidad, observo cómo se sienta, frente a mí, en el borde de la pequeña mesa, cómo abre la carpeta y cómo esparce cientos de hojas de revistas, todas ellas pertenecientes a reportajes míos y entrevistas, algunas de ellas tan antiguas que ya ni siquiera las recordaba, y las miro sin poder creerlo, viendo a la Val que fui y en la que me he convertido ahora a través de sus ojos y de estos recortes.

—Para mí ha sido muy complicado aceptar lo que sentía por ti; de hecho, lo he estado negando hasta el último momento, ya lo sabes —me cuenta mientras voy ojeándolas una a una—. Eras mi cría, Val, y de repente tenías tetas y un culo que no podía dejar de mirar. ¿Te das cuenta de cómo me sentí esa noche? —me pregunta mientras lo miro en silencio y la canción de *Terra Titanic* comienza a sonar—. Una parte de mí, la jodida y la que odio, quería hacerte todo lo que te he hecho hoy, quería cogerte y follarte despacio y luego con fuerza, quería chuparte entera y ser el primero en hacerlo, pero la otra, la que me he obligado a trabajar día a día desde que llegué aquí, me impedía hacerlo; es más, me sentía como un puto depravado por estar pensando algo así, por eso te dije todas esas estupideces y te eché de casa —me confiesa mientras yo evito su mirada y poso la mía en la pared de enfrente, con sus palabras transportándome a esa noche...

Capítulo 11

—¿Te quiero? —me preguntó sorprendido, volviéndose hacia mí.

Teníamos un juego, de entre los cientos que compartíamos, que consistía en escribirnos mensajes en la piel con el dedo y, puesto que no me gustaba la película que él había escogido, opté por lanzarme de una vez, tras estar meses deseándolo.

Asentí con la cabeza, sintiendo cómo mi corazón comenzaba a martillear con fuerza, y le escribí otro mensaje, atenta al recorrido de mi dedo en su brazo.

—¿Cómo? —inquirió, casi saltando del sofá, cuando le escribí «quiero acostarme contigo».

—Vaya, pensaba que iba a tener que escribírtelo varias veces —le dije en un susurro, asombrada de que lo hubiera descifrado tan pronto.

—Estás de coña, ¿no?

—No, es una frase larga y...

—No me refiero a eso. ¿Cómo que quieres acostarte conmigo? —soltó casi a voz en grito, y me encogí de hombros, buscando las palabras adecuadas dentro de mi cabeza.

—Te quiero —le dije finalmente, poniendo voz al mensaje de su brazo— y quiero que tú seas el primero.

—Oye, Val, no sé qué mosca te ha picado, pero eso no es posible... Joder, eres una cría.

—Tengo dieciséis años, no soy ninguna cría —repliqué molesta—, y te aseguro que sé muy bien lo que quiero. Además, te he pillado varias veces mirándome los pechos —añadí, sosteniéndole la mirada.

—Eso no es verdad y lo sabes —farfulló entre dientes, manteniéndomela, con la mandíbula tan apretada que temí que fuera a rompérsela.

—Por supuesto que lo es —afirmé, levantándome y acercándome a él—. ¿Quieres verlos? —le propuse, empezando a desabrochar mi vestido, con su mirada fija en mis dedos.

—No, Val, no quiero verlos, deja de hacer el tonto —me pidió entre dientes, con los puños apretados al lado de su cuerpo.

—Pues no los mires, entonces —lo reté, desprendiéndome con rapidez del vestido y dejando mis pechos, turgentes y llenos, frente a él.

—¿Qué haces? ¿Te has vuelto loca? ¡Cúbrete de una vez! —me ordenó nervioso, con la mirada fija en ellos.

—No. Mírame y dime que me ves como una cría y que no te gusto —susurré quitándome las braguitas y quedando completamente desnuda frente a él.

—Eres una cría, Val. Deja de hacer el ridículo, joder —me espetó con frialdad, acercándose a mí para luego coger mi vestido del suelo y tirármelo sobre los pechos para que lo atrapara—. Haz el favor de vestirte de una puta vez. No me gustas ni me atraes como mujer; mételo en la cabeza y nunca vuelvas a pensar en mí de esa manera.

—Estás mintiendo —le dije humillada, sintiendo mis lágrimas convertir mi visión en algo borroso.

—Te aseguro que no. Oye, lo que tienes que hacer es dedicarte a estudiar y a hacer algo de provecho con tu vida en lugar de ir desnudándote por ahí como si fueras una cualquiera —masculló entre dientes mientras las lágrimas me quemaban en la mejilla—. Lárgate, no quiero verte...

* * *

—... En realidad estaba más enfadado conmigo que contigo por no haberlo visto venir y, sobre todo, por no haberlo sabido gestionar. Por eso, cuando te fuiste corriendo, te seguí, aunque tenía tanto miedo de lo que sentía y de lo que vería en tus ojos que al final te dejé marchar —me cuenta con la voz cargada de tristeza—, y justo por eso te evité durante días. Luego tú desapareciste y yo hice polvo Internet y todas las revistas de moda en las que aparecías —añade, devolviéndome a la realidad mientras yo siento el nudo formándose en mi garganta.

—Está claro que no supiste gestionarlo y yo te odié durante meses —le confieso mirándolo fijamente—. Al contrario de lo que insinuaste, nunca me había desnudado delante de nadie, ni siquiera había hecho *topless*... Por eso luché tanto por el reportaje de Cartier, porque quería demostrarte que no era ninguna cría y que muchos hombres iban a desear lo que tú habías rechazado y, cuando pude volver a hacerlo, lo hice sin dudar, a pesar de las prohibiciones de mi padre. Te odié, Víctor, y te evité durante estos años —me sincero, sintiendo cómo las lágrimas ruedan silenciosas por mis mejillas—. Me pediste que hiciera algo de provecho con mi vida y lo hice: me convertí en una de las mejores modelos del país —le indico mientras él me coge en volandas y me sienta de nuevo a horcajadas encima de él, sujetándome por el trasero con una mano y secando con la otra mis lágrimas.

—Lo siento, Val. Llevo tres jodidos años sintiéndolo y maldiciendo esa noche, maldiciendo cuando venía de un viaje y me enteraba por Casi o por tu padre de que habías estado aquí y maldiciéndome continuamente por haber roto algo que formaba parte de mí, por haberte echado de mi vida cuando tú eras un pilar fundamental de ella... por eso adelanté mi viaje esta vez, porque necesitaba recuperarte y que volvieras a estar en ella.

—Como la cría que fui y como la joven que continuaba siguiéndote a todas partes...

—Pero esa Val ya no estaba —me confiesa con cariño—; dejaste de estar esa noche, a pesar de que continuamente me esforzaba por encontrarte y, en su lugar, solo te veía a ti, a la mujer que eres ahora y, aun así, seguía negándome a que mi parte jodida venciera...

—Tú no tienes ninguna parte jodida, Víctor. No sé de dónde te has sacado eso —lo corto, rodeando su cuello con mis manos mientras él se levanta y se sienta, conmigo todavía aferrada a su cintura, en el sofá.

—La tengo, aunque no la muestre y no la alimente; dentro de mí hay dos yoes muy distintos: el Víctor que fui y que nunca desaparecerá y el que soy ahora y en el que me empeño en trabajar día a día.

—¿Tu mejor versión? —murmuro indagando en su mirada.

—Algo así —musita—, y el que muestro con facilidad cuando estoy contigo —prosigue, besándome suavemente—. Dime que ya no me guardas rencor por lo de esa noche —me ruega, con la voz cargada de miles de emociones que, como la cata de un vino, casi siento que puedo saborear.

—Ya no... —susurro hundiendo mis dedos en su pelo, necesitándolo de una forma que ni yo misma sé cómo explicar.

Sosteniéndonos la mirada y ansiando sentirnos más de verdad para poder olvidar esa noche y todo lo que nos dijimos, empezamos a desnudarnos lentamente entre besos y caricias.

—Prométeme que intentarás olvidar lo que te dije —me pide sentándome de nuevo a horcajadas sobre él.

—Víctor, eso ya no importa —murmuro, percibiendo cómo todos nuestros sentimientos quedan expuestos al otro sin necesidad de ponerles voz, como si nuestra alma estuviera abierta al otro y pudiéramos acceder a ella con total libertad.

Con la piel erizada por todo lo que estoy sintiendo y por el momento que estamos viviendo, me entrego sin reservas, tal y como está haciendo él conmigo, dirigiendo su miembro, esta vez sin preservativo, hacia mi interior, cerrando los ojos al sentir su piel acariciando finalmente la mía, tan suave como ese sueño que, como una nube, siento de nuevo flotando en la palma de mi mano y, cuando lo tengo encajado en mi interior, abro los ojos, encontrándome con los suyos, que me recuerdan un mar embravecido y a la vez en calma, un mar en el que estoy segura de que nunca podría hundirme.

—Val —gime mi nombre mientras comienzo a moverme lentamente, poniéndoles su nombre a los miles de emociones que llenan mi pecho.

—Vic —susurro entre gemidos, dejándome arrastrar por todo lo que estoy sintiendo, deseando hacer de este momento una eternidad.

Nos movemos con un ritmo lento, pausado y tan tierno que noto cómo todo lo que siento por él me desborda y, entre besos y caricias, nos descubrimos de nuevo, descubrimos en quién nos hemos convertido tras todos estos años alejados el uno del otro.

—Val... —gime echando la cabeza hacia atrás, apoyándola en el respaldo del sofá mientras yo subo y bajo con movimientos sosegados y cadenciosos.

—Víctor... —gimo a mi vez, sintiendo mi sexo empapado recibir el suyo.

—Más rápido, nena, no puedo más —masculla entre

dientes, posando sus manos en mis caderas, alzando las suyas y obligándome a seguirle el ritmo.

Y entre jadeos, besos y miles de sentimientos creciendo con fuerza dentro de nosotros, esto que tengo suspendido en la palma de mi mano alza el vuelo con ímpetu, arrastrándonos a ambos, creando sin pretenderlo un momento eterno que permanecerá grabado a fuego en nuestras almas, en ese rinconcito que siempre pertenecerá al otro.

—Consigues que pierda la cabeza como nunca la había perdido —me confiesa en un murmullo.

—¿Lo dices por lo del preservativo? —susurro con él todavía encajado en mi interior.

—Entre otras cosas —musita besando mi hombro mientras mantengo la cabeza apoyada en el suyo.

—Me ha encantado hacerlo así, Vic —admito bajito.

—Pues no va a volver a suceder; de hecho, no tendría que haber sucedido —masculla con dureza, y alzo la mirada hasta encontrarme con la suya.

—¿Te arrepientes? —murmuro frunciendo suavemente el ceño.

—No lo sé, pero lo que sí sé es que no va a volver a suceder —me indica besándolo con dulzura—. Me mareas, Val —me confiesa.

—¿Yo? Ahora la culpa será mía —musito empezando a sonreír.

—Por supuesto, ¿de quién, si no? —replica, levantándome y llevándome de la mano hasta el baño—. Sexo sin condón y cena fría, ¿necesitas más pruebas que lo demuestren? —me pregunta, divertido, mientras nos limpiamos.

—Perdona, pero aquí eres tú el adulto. ¿No se te ha ocurrido pensar que posiblemente seas tú el que me marea a mí? Te recuerdo que me iba a Nueva York y, en lugar de estar haciendo la maleta, estoy desnuda en tu casa —declaro sonriendo.

—Perdona, bonita, pero tú ya eres tan adulta como

yo. Además, me has pedido que te convenza y eso estoy haciendo —me rebate, mirándome con intensidad, haciendo que recuerde a mi hermana y esa conversación que mantuvimos en el baño sobre el «nenaaaaaa» y la mirada bajabragas y sonrío más abiertamente antes de dirigirme al salón—. ¿Por qué sonríes así? —me pregunta siguiéndome mientras recojo nuestra ropa, que se encuentra esparcida por el suelo.

—Por nada. Toma, vístete o no cenaremos —le pido, tendiéndosela ante su mirada divertida.

Cenamos con complicidad, con el vino que lleva mi nombre, haciendo a un lado los reproches del pasado, sanados ya ahora y, entre confesiones, le digo finalmente que voy a estudiar la carrera de enología.

—¿En serio? —me pregunta con una sonrisa resplandeciente en el rostro.

—Y tan en serio —musito llevándome la copa a los labios.

—Pero... ¿y tu carrera de modelo?

—Mi carrera de modelo es mi presente, pero esto será mi futuro —comienzo a contarle—. ¿Sabes? En realidad, yo nunca quise ser modelo, ni cuando mi hermana lo mencionaba me atraía, pero, cuando me marché, lo hice con la firme intención de demostrarte que no era ninguna cría y que era capaz de hacer algo de provecho con mi vida, por mis narices iba a demostrártelo, y esa opción apareció de repente... Fui a una agencia, les gusté y todo empezó a rodar, así de fácil.

—Más motivos, entonces, para maldecir esa noche —suelta con sequedad.

—Antes has dicho que esa noche nos ha traído a esta —le recuerdo, sosteniéndole la mirada.

—Pero antes de a esta noche te llevó a Marco y ahora te llevará a Nueva York. —Y, sin necesidad de ponerle voz, oigo de nuevo el nombre de Marco.

—Sabes lo que hay —musito sintiendo cómo mi estómago, hasta ahora hambriento, se cierra y aparto el plato.

—Lo sé, y quiero que vivas todo lo que desees vivir y, si es Nueva York, pues adelante —me dice recostándose en la silla, cruzando los brazos a la altura de su pecho—. Es tu vida, Val; vívela como creas que debes vivirla y no permitas que ni yo ni nadie te frene.

—¿Sabes? Por una parte quiero conseguirlo, quiero llegar a ser la mejor *top model* del momento, llevar las alas de Victoria's Secret y trabajar con los mejores diseñadores y fotógrafos del mundo, a pesar de que soy consciente de que no va a ser un camino fácil —le confieso, guardando silencio durante unos minutos y valorando si seguir hablando—. Sin embargo, luego está todo esto, lo que siempre quise... y también estás tú —musito con un hilo de voz, anclándome a su mirada—. ¿Nunca has querido dos cosas distintas a la vez? —planteo.

—Val, estudia, fórmate y, cuando hayas conseguido todo lo que deseas, entonces regresa —me anima, sin contestar a mi pregunta.

—Has dicho lo mismo que mi padre —susurro sintiendo que está cerrando la puerta de su alma, hasta ahora abierta para mí.

—Tuve un buen profesor.

—Dicen que, en ocasiones, el alumno supera al maestro —sentencio con seriedad, de nuevo valorando si seguir hablando—. No has dicho nada sobre ti.

—Porque no hay nada que decir —me responde con sequedad.

—Y porque tú no tienes parejas, ¿verdad? —inquiero, sintiendo cómo, con esa pregunta, todo esto que llena mi pecho, aleteando con vida, empieza a apagarse lentamente, como si perdiera fuerza con cada palabra.

—Así es —me contesta tiñendo su voz de dureza, sosteniéndome la mirada.

—¿Por qué? —le pregunto, percibiendo cómo mi cuerpo se enfría poco a poco.

—¿Estamos jugando?

—Si estuviéramos jugando, no podrías contestar con una pregunta —matizo, obligándome a hacer a un lado todo lo que estoy sintiendo.

—Cierto, pero tampoco sería tu turno.

—¿Por qué? —insisto.

—Porque tengo unas normas que no pienso incumplir y porque no me van las complicaciones.

—Cambia tu discurso, Víctor, ese ya lo he oído.

—No tengo otro —se defiende, cubriendo su rostro con esa máscara inexpresiva que utiliza más veces de las que me gustaría.

—Estás mintiendo —afirmo detectándola, consciente de que la utiliza cuando necesita ocultarse o protegerse de algo o de alguien.

—Digamos que, para ciertos aspectos de mi vida, ese Víctor jodido puede con el otro.

—No cuando estás conmigo —le recuerdo.

—No ahora, pero algún día lo conseguirá y no quiero hacerte más daño —me confiesa desprendiéndose de ella y apoyando sus antebrazos sobre la mesa—. Oye, tú te lo mereces todo, Val. Te mereces a un tío que esté dispuesto a compartir su vida contigo y que quiera lo mismo que querrás tú en un futuro, y ese hombre no soy yo.

—¿Cómo sabes lo que querrás o no dentro de un tiempo? Hace tres años esto era impensable para ti y, en cambio, mira dónde estamos ahora; no puedes predecir el futuro, Víctor, ni tú ni nadie.

—Oye, no puedo evitar ser como soy y tú eres demasiado especial como para estar conmigo.

—Ese discursito está demasiado trillado y parece sacado de una novela de esas malas; de verdad, creía que tendrías uno mejor —mascullo levantándome—. Voy a acostarme —le digo con sequedad, sintiendo cómo con sus palabras se carga todo lo que hemos vivido.

Me acuesto en la misma cama en la que tantas cosas he sentido, con las lágrimas empezando a rodar por mis mejillas, echándolo tanto de menos que siento que, con su ausencia, pierdo el equilibrio y, cuando abre la puerta y veo su silueta recortada en ella, siento cómo lo recupero de nuevo y todo se estabiliza a mi alrededor.

—Eres mi todo, Val, quédate con eso —me dice acostándose a mi lado, pegando mi espalda a su pecho y rodeando mi cintura con su brazo—. Sé que esto no ha sido una buena idea, pero no me arrepiento ni quiero que lo hagas tú tampoco.

—Por supuesto que no me arrepiento —mascullo sintiendo mis mejillas mojadas por las lágrimas.

—Joder, estás llorando... Mierda, Val —farfulla dándome la vuelta, haciendo que apoye mi pecho sobre el suyo y mi rostro descanse cerca de su corazón—. Oye, siempre voy a querer lo mejor para ti y, créeme, no soy la persona que necesitas.

—De nuevo tu discurso está demasiado trillado. ¿Qué sabrás tú lo que es mejor para mí o a quién necesito a mi lado? —contraataco, secando mis lágrimas.

—Porque lo mejor para ti es irte a Nueva York y, si renuncias a ese sueño por mí, te arrepentirás; puede que no ahora, pero sí con el paso del tiempo, cuando necesites cosas que yo no pueda ni quiera darte —me asegura convencido, y absorbo los oscuros matices de su voz—. Entonces no podrás irte, aunque quieras, porque tu tren ya habrá pasado y en tu lugar habrá otras chicas más jóvenes que tú viviendo lo que tú ya no podrás vivir y, sin duda, vendrán los reproches —sentencia acariciando mi pelo.

—¿Quién está dando las cosas por hecho ahora?

—Val, no se trata de dar las cosas por hecho, se trata de que tengo doce años más que tú y lo que tú estás viviendo o vas a vivir yo lo he vivido cientos de veces y ya lo he dejado atrás. Nena, vamos a destiempo.

—Y cuando llegaste al viñedo y nos hicimos amigos, ¿no íbamos a destiempo? —replico enfadada, alejándome de él, arrimándome a mi lado de la cama, de nuevo dándole la espalda—. Entonces era cuando más a destiempo íbamos —murmuro frustrada, enfadada y triste—. No te ampares en la diferencia de edad cuando eso nunca ha sido un impedimento entre nosotros.

—Val, no quiero relaciones largas, no quiero tener hijos y no quiero que la felicidad de nadie dependa de mí —me confiesa con la voz llena de demasiadas cosas y ninguna buena, y me vuelvo despacio para mirarlo.

—¿Cómo?

—Lo que has oído —me contesta con dureza, y siento la fuerza de su mirada a pesar de estar a oscuras.

—¿Por eso utilizas el preservativo? ¿Porque no quieres tener hijos? —musito.

—Exacto. No quiero esa responsabilidad, no quiero que la vida o la felicidad de alguien dependa de mí y te aseguro que no es por egoísmo o por irresponsabilidad.

—Eso ya lo sé, te conozco de sobra —susurro sentándome en la cama—, pero Víctor... de pequeña mi felicidad era estar contigo, dependía de ti y nunca te importó. Además, estoy segura de que serías un gran padre... pero si casi me criaste tú. ¡Dios!, tenías una paciencia infinita conmigo y una parte de lo que soy es gracias a ti —le confieso recordando esos días.

—Y mira dónde estás ahora —me rebate con voz acerada, sentándose él también, apoyando su espalda en el cabecero—: acostada en mi cama, Val...

—Oye, sí estoy acostada en tu cama es porque yo he querido estarlo —lo corto enfadada.

—Escúchame, no soy como crees... que me haya esforzado por ser mejor no significa que lo sea y no voy a traer a ningún crío al mundo ni a permitir que te niegues algo así si es lo que deseas —masculla levantándose de la cama, alejándose de mí—. Joder, jamás había hablado de esto con nadie —prosigue, con la frustración dominando todos los matices de su voz.

—¿Por qué? —inquiero, levantándome también, dirigiéndome hacia él.

—Porque nunca había permitido que nadie se acercara tanto —me confiesa tras guardar unos segundos de silencio mientras yo rodeo su cintura, apoyada en su espalda—, pero contigo es distinto, porque formas parte de mí —admite volviéndose, acunando mi rostro entre sus manos—. Cuando eras pequeña no íbamos a destiempo, porque yo retrocedí en mi vida para vivir la tuya y tus deseos eran fáciles de cumplir, porque solo querías que te prestaran atención y, a cambio, te dabas a ti misma. En el fondo era un egoísta, porque solo quería ver la admiración con la que me mirabas o sentir tu cariño. Que corrieras hacia mí con tus brazos extendidos o que esperaras pacientemente hasta que yo terminara de trabajar o de estudiar era lo que me impulsaba a seguir y querer ser mejor, por ti, para que continuaras mirándome con esa admiración, pero ahora todo es distinto, porque hay cosas que no voy a poder darte, por eso ahora sí que vamos a destiempo —me confiesa, consiguiendo que me quede sin palabras—, y por eso quiero que te marches a Nueva York y vivas todo lo que desees vivir sin frenarte y sin sentirte atada. Oye... —continúa para luego guardar unos segundos de silencio—, no sirve de nada que hagamos planes, porque la vida ya se encarga de hacerlos por nosotros, así que ya veremos qué sucede, ¿vale?

—Dice mi padre que, para abrazar el futuro, hay que respetar el pasado —musito volviendo mi rostro para alejarlo de sus manos—, pero en tu caso yo diría que, para abrazar el futuro, hay que sanar el pasado. Tú no quieres hablarme de él y lo acepto, pero está claro que ese pasado continúa abierto para ti y es el que no te está permitiendo avanzar —añado sosteniéndole la mirada—. ¿Quieres que el Víctor jodido desaparezca? Pues soluciona lo que tengas que solucionar y reconcíliate con quien fuiste; solo entonces podrás tomar decisiones importantes —musito llevando mis manos a su rostro, acunándolo yo esta vez—. Hazlo, Vic, porque, si no lo haces, serás tú el que no podrá coger el tren del que me hablabas antes y entonces sí que no habrá marcha atrás.

—¿Cuándo te has vuelto tan lista? —me pregunta evitando contestarme.

—Supongo que tuve un buen maestro —susurro acariciando su rostro.

—Y, en ocasiones, el alumno supera al maestro —me recuerda con voz ronca y sonrío, viéndolo a través de las sombras y sintiendo su alma de nuevo abierta para mí—. Estoy muy orgulloso de ti, Val.

—Y yo de ti.

«Y te quiero más que a mi vida», le digo en el silencio de mi mirada.

—Vamos a acostarnos, creo que por hoy ya me has mareado suficiente —murmura aferrando mi mano, llevándome de vuelta a la cama y pegando mi cuerpo al suyo.

Con sus brazos envolviéndome, cierro finalmente los ojos, dejándome mecer por todo lo vivido.

Capítulo 12

El olor a café se cuela a través de mis fosas nasales, haciéndome cosquillas, y entreabro los ojos para ver la luz de un nuevo día entrar suave a través de las cortinas de su habitación. Se ha levantado ya, pienso viendo su lado de la cama vacío, echando de menos el calor de su piel y su brazo apretándome a su cuerpo, para luego dirigir la mirada hacia ese punto de la ventana en el que ayer me confesó tantas cosas, sintiendo cómo esos miles de emociones que llenan mi pecho se mantienen suspendidas en él, sin llegar a aletear con fuerza pero tampoco apagándose como las percibí anoche, reconozco levantándome finalmente, deseando ir en su busca cuanto antes.

Me afano en asearme, optando por ponerme otro de sus *slips* y la camisa a cuadros que ya utilicé ayer, intentado no darle más vueltas a esa conversación que mantuvimos y a ese pasado que se niega a compartir conmigo, pero que, en cambio, no tuvo problema alguno en compartir con mi padre, asumo yendo en su busca.

Está sentado en un taburete, tras la barra de la cocina, vestido con unos vaqueros y una camiseta que se ciñe demasiado bien a su cuerpo, leyendo concentrado el periódico con un café en la mano y observo cómo sus dedos rodean el asa de la taza y cómo su pecho sube y baja al ritmo de su respiración pausada, mi canción de cuna anoche, y sonrío apoyada en el marco de la puerta.

—Buenos días —musito, sonriendo un poquito más cuando alza su mirada hasta posarla sobre la mía.

—Buenos días —me contesta deslizándola lentamente por mi cuerpo, provocando pequeñas llamaradas a su paso.

—Hubiera estado bien que me hubieses permitido ir a casa a por mis cosas —susurro acercándome a él, deshaciéndome con esa sonrisa, llena de promesas, que está dominando su rostro.

—¿Y para qué ibas a hacer eso, con lo sexy que estás vestida con mi ropa? —me pregunta mientras me encajo entre sus piernas, rodeando su cuello con mis brazos—, y todavía más sin ella —añade antes de morder dulcemente mi labio inferior, consiguiendo que todos estos sentimientos que están suspendidos en mi pecho comiencen a cobrar vida—. Gracias por escucharme anoche, Val —me dice, esta vez con seriedad.

—Gracias por todo lo de ayer, Vic... —murmuro rozando sus labios con los míos—. Piensa en lo que te dije.

—Me dijiste muchas cosas, nena —me indica, divertido.

—Sabes perfectamente a lo que me refiero —le rebato, anclándome a su mirada.

—Ya lo sé —acepta con voz ronca, hundiendo sus dedos en mi pelo y acercando mi rostro más al suyo para luego darme un dulce beso que logra que todo tiemble a mi alrededor, zanjando un tema que, de momento, decido no volver a retomar—. Te he preparado el desayuno —me señala, separándome ligeramente de él cuando nuestro beso comienza a tornarse demasiado lascivo.

—Vaya, y yo pensando que ibas a llevarme a la cama —musito haciéndole una mueca, todavía fascinada por estar viviendo todo esto y por el Víctor que estoy descubriendo.

—Acabas de salir de ella —me dice ocultando una sonrisa—. Come —me ordena con autoridad.

—Qué aburrido... Estás empezando a parecerte demasiado a Casi —contesto bromeando.

—No es cierto, para parecerme a Casi tendría que ir con un vestido de flores —me replica guiñándome un ojo, y pienso que hasta con un vestido de flores sería el tío más sexy del planeta.

—Y hablar cogiendo carrerilla —agrego siguiéndole el juego, sin despegarme de su cuerpo, percatándome de que hay una tetera sobre la encimera—. Vaya, menuda sorpresa, pero si me has preparado el té que me gusta... Creo que voy a buscarte un vestido de flores —sentencio, arrancándole una carcajada.

—Con miel y un poco de fruta. Paso de hacerte tostadas y que las tires al cubo de la basura cuando no te vea —me recuerda con una sonrisa que consigue licuar mis huesos.

—Muy listo —susurro hundiendo mis dedos en su pelo, sintiéndolo suave y denso entre ellos, como tantas veces imaginé que sería, negándome a moverme de entre sus piernas, que sujetan mi cuerpo con fuerza—. Me encantó compartir el tenedor contigo —le confieso rozando de nuevo sus labios, percibiendo cómo su respiración se acelera.

—¿Solo te encantó? Porque a mí me la pusiste muy dura; encima llevabas ese vestido ceñido que te hubiese arrancado si hubiera podido —admite con voz oscura, sosteniéndome la mirada.

—¿Te la puse dura? —le pregunto provocándolo, sintiéndola enorme a través de la tela de su pantalón—. ¿Como ahora? —susurro llevando mi mano a ella y presionando ligeramente, notando su reacción al instante.

—Como siempre, parezco un puto adolescente cuando estoy a tu lado; solo pienso en follarte todo el tiempo —me confiesa aprisionando mi piel por debajo de la ropa.

—Ya somos dos, entonces —reconozco antes de hundir mi lengua en su boca, con nuestros gemidos adueñándose de nuestras palabras.

—Joder, Val —gime, cogiéndome con fuerza para sentarme a horcajadas sobre su enormidad.

—A la mierda el desayuno —jadeo, frotándome sobre su erección, oyendo de fondo el sonido de mi móvil.

—Te están llamando —me indica con sus manos en mi trasero, moviéndome sobre su sexo mientras el teléfono suena con insistencia.

—Paso de él —declaro entre gemidos, pero entonces recuerdo que no puedo pasar, porque pueden ser de la agencia, y maldigo en silencio—. Mierda, tengo que cogerlo —mascullo finalmente, separándome de él.

—Puto teléfono —oigo como maldice mientras corro hacia la habitación, rogando en silencio que no me haya salido ningún trabajo urgente y tenga que marcharme ahora, pero no, es mi hermana y lo descuelgo con fastidio.

—Rapidito, que me coges en un mal momento —suelto a modo de saludo.

—Qué simpática te has levantado hoy, ¿no? —me pregunta, molesta—. Y yo que iba a invitarte a comer...

—Lo siento, es que me has pillado ocupada —me disculpo, sintiéndome de repente mal por mi contestación.

—¿Y qué estabas haciendo? Porque, que yo sepa, estás de vacaciones.

—Vacaciones las que tienes o tendrás tú; te recuerdo que yo estoy preparando una presentación.

—Hoy es sábado —me rebate.

—No importa, soy una chica aplicada.

—Y yo pensando que estabas con una amiga...

«Ups. Pillada.»

—Y lo estoy. Por cierto, me ha dicho papá que mañana vas a comer en casa con «ese chico» —le digo desviando la conversación.

—Sabes que no acabo de caerme de un árbol, ¿verdad? —me suelta divertida.

—Oye, ¿podemos hablar mañana?

—¿Con papá y Casi delante? Genial, por mí no hay problema, por fin José dejará de ser el único «chico» de la mesa —me pica, carcajeándose con ganas.

—Qué cabrona eres —le digo riendo finalmente.

—Cabrona tú, que no me cuentas las cosas. Estás con él, ¿verdad? —me plantea con complicidad.

—Sí, y tú has sido muy oportuna —musito sentándome en la cama.

—¡¿Y cuándo pensabas contármelo?! ¡Me has maltratado durante años y, cuando por fin te lo tiras, vas y te callas! ¡¿Será posible?! —me grita con indignación.

—Oye, es complicado... Mañana hablamos, ¿vale?

—Entonces, ¿no comes conmigo? —insiste puñetera.

—No, no voy a comer contigo —niego, sin dejar de sonreír.

—¿Ya le has entregado las bragas en ofrenda? —inquiere, haciendo que mi sonrisa se ensanche muchísimo más.

—Más o menos —le contesto entre risas—. Oye, ¿cómo lo has sabido?

—Porque soy una chica lista y avispada.

—Sí, claro, lo que tú digas. En serio, venga, ¿cómo lo has sabido?

—Porque estoy en casa, he venido a buscarte para sacarte de paseo y desayunar juntas, además de cotillear contigo y arreglar las injusticias del mundo... Ya sabes, esas cosas que suelen hacer las hermanas cuando llevan mucho tiempo sin verse, y cuando Casi me ha contado que ayer no viniste a dormir y que en todo el fin de semana no tienes intención de asomar el pico por aquí, me lo he olido. Luego ya ha sido coser y cantar; eres muy mala mintiendo, ¿lo sabías?

—Pues papá se lo ha tragado.

—Yo creo que papá ha llegado a un punto en el que ha decidido tragárselo todo para no llevarse más disgustos con nosotras. Me llamó ayer para contarme lo de Italia y saber si yo lo sabía —me confiesa, esta vez con seriedad.

—¿Y qué le dijiste?

—¿Qué querías que le dijera? Pues la verdad, suavizándola e intentando quitarle hierro al asunto; no quiero matarlo de un disgusto.

—Pues, si no quieres hacerlo, cásate con «ese chico» de una vez; contigo tampoco es que esté muy fino —objeto.

—Pero lo mío lo tiene más asumido que lo tuyo. Además, tú siempre me ganas por goleada con el tema «disgustos».

—Menudo honor. Oye, ¿y cómo se lo tomó? —indago preocupada.

—Mejor de lo que pensaba, la verdad, pero dale un respiro, tía.

—Mira quién fue a hablar, la que convive con «ese chico».

—Y dale con el temita. ¡Dios! ¡Pero qué pesaditos sois todos! —replica resoplando—. Oye, ya sé que estarás emocionada y todo eso, pero tenemos que quedar antes de que te largues. ¿Crees que serás capaz de separarte de él una hora para comer, cenar, almorzar o lo que sea con tu querida hermana?

—Lo intentaré, pero hoy no —le digo recordando dónde estaba antes de que nos interrumpiera.

—Lo suponía. Qué ansiosa, hija —me dice carcajeándose—. ¿Y tu amiga y tú venís mañana a comer a casa?

—Qué graciosilla —le contesto, viendo la puerta abierta tirar de mí—. La verdad es que no me apetece nada ir.

—Mira que eres desapegada y poco familiar —me contesta, puñetera.

—Entiéndelo, hermanita, tengo que preparar la presentación.

—Seguro que es eso —comenta, descojonándose de nuevo.

—Ya hablaremos, ¿vale?, que estoy muy ocupada.

—Capulla —responde antes de que le cuelgue.

Sonriendo, encamino de nuevo mis pasos hacia la cocina y hacia él.

—Era Alana —le cuento, encajándome otra vez entre sus piernas—. ¿Lo retomamos donde lo habíamos dejado? —sugiero, empezando a besarlo.

—¿Ves como me mareas? —me pregunta sin corresponder a mi beso.

—Me encanta marearte —musito sin darme por vencida.

—Y a mí me encanta que lo hagas, pero he recuperado la cordura y vas a desayunar —me aclara, separándome de su cuerpo.

—¿En serio? —suelto decepcionada.

—Y tan en serio —se reafirma, levantándose y yendo hasta la encimera, donde coge la tetera y la fruta que luego pone sobre la barra, frente a mí—. ¿Una tú y una yo? —me propone, guiñándome un ojo.

—¿Un nuevo juego? —le pregunto empezando a sonreír, excitándome por el tono que ha utilizado.

—Sí, pero esta vez vamos a tomarla de una forma distinta a como la tomamos en tu casa —me informa, con la mirada ardiendo, contrayendo mi vientre con fuerza—. Tienes que coger la pieza de fruta de mi boca y yo, de la tuya —me explica, y casi gimo con tan solo imaginarlo.

—Ahí tenemos poca fruta —le señalo, con la respiración convertida ya en un caos, arrancándole una carcajada tremendamente sexy.

Enmudezco cuando lo veo pinchar un trozo de pera y llevárselo a la boca y, sentada en el taburete, desde mi lado de la barra, inclino ligeramente mi cuerpo para acercarme a él hasta unir mis labios con los suyos, metiendo la lengua en su boca para robarle el pedazo de fruta. Gimo cuando con su lengua la retira y de nuevo la busco y me la llevo con otro gemido colándose a través de mi garganta.

—Creo que acabo de descubrir la manera de abrirte el apetito —susurra con una seriedad que lleva implícita la palabra *sexo* mientras yo mastico con rapidez.

—Eso parece —musito, pinchando un trozo de manzana y llevándomelo a la boca cuando ya no quedan rastros de la pera.

Sintiendo mi sexo humedecerse, observo cómo inclina su cuerpo para acercarse al mío, cómo atrapa mi cuello con una de sus manos para, casi al segundo, estrellar sus labios contra los míos, haciéndose con el pedazo de fruta con un movimiento fluido de su lengua.

—Vaya —susurro con admiración mientras él mastica divertido.

—¿Qué pensabas, nena? —me pregunta pinchando otro trozo y llevándoselo a la boca, y sin dilación alguna pego mis labios a los suyos.

Hundo mi lengua en su boca, inclinándome un poco más sobre la barra, intentando hacerme con la fruta, pero su lengua es más rápida que la mía y mi cuerpo es débil y, al final, termino gimiendo, olvidando mi objetivo.

—Punto para mí —me dice, alejándose de mi cuerpo, empezando a masticarlo.

—Ah, pero ¿que va por puntos? —le planteo sorprendida.

—Si tardas más de la cuenta en hacerte con el premio, le otorgas el punto al otro.

—Entonces voy a tener que marearte para poder remontar —le indico humedeciendo mi labio inferior con la lengua, atrapando su atención al instante.

—Creo que acabo de demostrarte que yo también puedo marearte; de hecho, ha sido realmente fácil lograrlo —comenta socarrón, y lo miro intentando frenar mi sonrisa.

Sin dilación, pincho otro trozo de fruta que me llevo a la boca y, al segundo, tengo sus labios contra los míos, besándolos y lamiéndolos con lascivia, y gimo cerrando los ojos, sintiendo mi sexo contraerse y, cuando su lengua entra finalmente en mi boca, reacciono haciendo a un lado el trozo para alejarlo de la suya, soltando una carcajada cuando se hace con él con un movimiento rápido.

—Está claro que soy mejor que tú también en esto —afirma bravucón, pinchando sobre otra porción de fruta.

Lentamente me acerco a sus labios, besándolos, saboreándolos e instándole a abrirlos con mi lengua y, cuando accedo a su boca, me olvido a propósito de la fruta, demorándome en la suya, que se enreda con la mía mientras, apoyando mis manos en la barra, me acerco más a su cuerpo, que arde como el mío, y, cuando un gemido escapa de su garganta, me hago con el trozo.

—Me parece que esta vez el punto es para mí —musito apartando a un lado el plato de fruta para empezar a reptar por la barra hasta quedar sentada sobre ella, con su cuerpo encajado entre mis piernas—. Estabas demasiado lejos —susurro enroscando mis manos en torno a su cuello y empezando a besarlo.

—Y tú llevas demasiada ropa para este juego —musita, comenzando a desabrocharme la camisa mientras yo lo ayudo a deshacerse de su camiseta ente besos y gemidos—. Te toca —prosigue con sus manos en torno a mi trasero, pegando mi sexo al suyo, duro y enorme, y me doy prisa en llevarme otro pedazo de fruta a la boca.

Casi relamiéndome veo cómo acerca sus labios a los míos para seguidamente hundir su lengua en mi boca mientras una de sus manos inicia un recorrido ascendente y ardiente por mis piernas hasta llegar a mi húmedo centro a la vez que nos besamos con lujuria y lascivia y, cuando impido que se haga con la porción de fruta, su dedo se abre paso en mi interior con decisión.

—Paso de jugar más, para ti el premio —mascullo masticando con rapidez, rodeando su cintura con mis piernas, gimiendo y echando la cabeza hacia atrás a la vez que su boca se adueña de uno de mis pechos, con su dedo entrando y saliendo de mi interior, friccionando mi clítoris a su paso y llevándome directa al orgasmo más fulminante y rápido que he tenido nunca.

—Tú eres mi premio —murmura llevando su boca a mi sexo, barriéndolo de arriba abajo.

—Dios mío, Víctor —gimo, moviendo las caderas por inercia, reclamando otro orgasmo, y cuando llega con violencia, grito más fuerte, sintiendo cómo mi cuerpo se convulsiona.

—Voy a follarte muy fuerte, Val —me advierte, desprendiéndose de sus vaqueros y colocándose un preservativo con rapidez.

Antes de que pueda llegar a contestarle, ancla sus manos en mi trasero para seguidamente hundirse con rudeza en mi interior, arrasando con cualquier pensamiento coherente que pudiera tener. Me embiste con fuerza, entrando y saliendo de mí con movimientos secos y certeros, y gimo, grito e intento llenar mis pulmones de aire mientras él me mueve a su antojo, consiguiendo que mi vista se nuble cuando el orgasmo me arrasa de nuevo, con su aullido llegando distorsionado a mis oídos.

—Necesito agua —musito como puedo, sintiendo la garganta completamente seca.

Cuando sale de mi interior, noto cómo todas las células de mi cuerpo lo reclaman, pero estoy demasiado sedienta para escucharlas y, cuando acerca el vaso de agua a mis labios, la bebo ansiosa.

—No pienso volver a comer fruta en mi vida si no es así —le digo mucho más repuesta, guiñándole un ojo mientras él deja el vaso en la encimera sin dejar de mirarme.

—No hemos terminado; te dije que iba a tenerte desnuda todo el fin de semana y voy a cumplirlo —me recuerda, cogiéndome en volandas y llevándome hasta su habitación, para dejarme sobre la cama—. ¿Lista?

—Lista —afirmo, viendo el brillo de su mirada crecer hasta inundar con su luz hasta el último rincón de esta estancia.

Tal y como me ha prometido, nos pasamos toda la mañana en la cama, descubriéndonos, hablando en ocasiones y besándonos y llevándonos al límite en otras, creando una burbuja en la que solo estamos nosotros y todas estas emociones que, multiplicadas por mil, llenan nuestro pecho mientras vamos creando nuevos recuerdos que se suman a los que creamos hace años, convirtiendo esto que sentimos en algo demasiado grande como para poder ser ignorado.

—Vamos a tener que comer algo —me dice divertido mientras yo cierro los ojos.

—No quiero moverme de aquí —murmuro sintiendo mi cuerpo demasiado relajado como para ponerlo en movimiento.

—¿No te apetece salir un rato? Podríamos ir a comer a algún sitio —me propone, acariciando mi espalda.

—¿Con tu ropa? No, gracias.

—Tienes limpia la tuya —me informa, y alzo la mirada hasta posarla sobre la suya.

—¿Me has lavado la ropa? ¿Cuándo? —pregunto extrañada.

—Suelo levantarme muy temprano —me cuenta sonriendo.

—Eres todo un chollo, Vic: cocinas bien, eres apañado en casa y en la cama te sales... Prométeme que, si alguna vez cambias de opinión, vendrás a buscarme a Nueva York —le pido tiñendo mis últimas palabras de tristeza.

—Eres la única mujer con la que querría intentarlo —afirma con seriedad.

—Si quisieras intentarlo, claro —musito retomando, sin pretenderlo, un tema que había cerrado.

—Val...

—Lo siento, de verdad, me había prometido no volver a hablar de ello, pero...

—Tranquila, no pasa nada —me interrumpe, besando luego mi cabeza, y cierro los ojos, con mi mejilla apoyada sobre su pecho y los latidos de su corazón reconfortando el mío.

El sonido de su móvil nos sobresalta y, sin detenerme a pensar en mis actos, me levanto para cogerlo y acercárselo, pero me detengo en seco cuando veo el nombre de la señorita López en la pantalla y, endureciendo el gesto, se lo entrego.

—Me parece que te reclaman —mascullo con los celos empezando a nublarme la razón.

Cogiendo su camisa, que he hecho mía, salgo de la habitación cubriendo mi cuerpo con ella, negándome a oír lo que tenga que decirle, tan enfadada, celosa y furiosa que, si pudiera, esta vez sería yo la que se liaría a puñetazos con el primero que osara mirarme... o mirarlo.

Salgo al porche necesitando calmarme y recuperar un poco el control y la cordura que noto que estoy perdiendo y, llenando mis pulmones de aire, me siento en el último escalón.

—Cuando renuncias a ciertas cosas en la vida, tienes en contraprestación otras bien distintas —me dice con seriedad, sentándose a mi lado.

—No he dicho nada —mascullo manteniendo la vista fija en los viñedos que se extienden infinitos frente a nosotros.

—Pero lo piensas y, conociéndote, me tienes acojonado —me confiesa medio sonriendo—. Val, mírame —me pide sujetando mi barbilla con sus dedos, obligándome a girar la cara hasta unir mi mirada a la suya—. Estoy contigo, ¿vale?

—Y, entonces, ¿qué quería? —suelto con dureza.

—¿Tú qué crees que quería? —me pregunta con seriedad.

—Genial —farfullo entre dientes, dirigiendo de nuevo la mirada al frente, sintiendo cómo todo se revuelve dentro de mí de tan solo imaginarlos juntos.

—Val, estoy contigo ahora, ¿vale? —se reafirma—, y no voy a acostarme con otra mujer mientras estemos juntos.

—¿Y cuando me vaya? Entonces, ¿qué harás?

—Esa misma pregunta podría hacértela yo a ti, ¿no te parece? —replica con severidad esta vez y, de nuevo, oigo el nombre de Marco sin necesidad de que lo haya pronunciado.

—Te aseguro que no voy a acostarme con el primero que se me ponga a tiro si eso es a lo que te refieres —contesto enfadada, deseando decirle tantas cosas que al final opto por callarme y entrar en la casa, necesitando poner un poco de distancia con él y con todo esto que siento que me ahoga.

—Val —me llama alzando la voz, siguiéndome y cerrando la puerta del porche con un sonoro portazo.

—Oye, sé que no tengo razón, que no debería estar enfadada y mucho menos celosa, pero no puedo evitarlo,

¿de acuerdo? Yo tampoco soy de piedra —le confieso, bajando el tono hasta terminar en un susurro.

—Pues entonces ya sabes cómo me siento yo cada vez que pienso que en Nueva York vas a encontrarte con ese italiano —admite, apretando la mandíbula.

—¡No tienes derecho a sentirte así! —le rebato frustrada, alzando la voz.

—¡Por supuesto que tengo derecho! —me grita—. Val, por favor... —me pide esta vez en un susurro, y ese «por favor» encierra demasiadas cosas—. Solo quiero lo mejor para ti.

—¿Y si lo mejor para mí eres tú? —le pregunto con un hilo de voz, empezando a temblar, viendo verdaderas tormentas en su mirada—. ¿Y si me marcho y cometo la mayor equivocación de mi vida? —le planteo, sacando fuera todos mis miedos.

—Quedarte sería la mayor equivocación de tu vida —sentencia tajante, y alzo la mirada al techo, sintiendo cómo las lágrimas empiezan a fluir—. No has dejado de llorar desde que estás aquí, ¿de verdad piensas que estar conmigo es lo mejor para ti? —me pregunta ahora con dulzura, llegando hasta mí para abrazarme.

—Si lloro es de impotencia, porque estás ciego y no quieres darte cuenta —mascullo cabreada, negándome a corresponder a su abrazo.

—Eres mi todo, Val; quédate con eso.

—Mientes. Si fuera tu todo, no me dejarías ir ni te acostarías con otras mujeres cuando yo no estuviera; si fuera tu todo, lucharías contra esa parte jodida tuya hasta hacerla desaparecer. No vuelvas a decirme que soy tu todo cuando no es verdad —le exijo, zafándome de su abrazo para encerrarme en el baño y, esta vez, no me sigue, dándome el espacio que necesito o quizá dándose el suyo.

Salgo un rato después, tras haber llorado verdaderas cataratas de rabia y frustración, y, tras buscarlo por la casa, lo encuentro sentado en el porche, en el mismo escalón en el que estábamos antes y, por la postura de su cuerpo, juraría que se siente igual de frustrado que me siento yo, reconozco sentándome a su lado, sin decir nada.

—Te quiero, Val —me confiesa con la voz cargada de miles de matices y, sorprendida, me vuelvo hacia él sintiendo cómo todo tiembla a nuestro alrededor—. Te quise como se quiere a una hermana pequeña a la que eres incapaz de negarle nada, y te quiero ahora de una manera que no sé explicar y que va más allá de cualquier palabra... —añade, guardando silencio a continuación, dirigiendo su mirada hacia los viñedos—. Ayer me dijiste que tu sueño era convertirte en la mejor *top model* del momento. ¿De verdad crees que voy a permitir que renuncies a tu sueño por mí? —me pregunta con sequedad haciendo que recuerde la conversación que mantuve con Marco, sintiendo cómo todo tiembla un poco más—. Dices que no tengo derecho a estar celoso de ese italiano —masculla entre dientes, levantándose, yendo hasta el primer escalón y dándome la espalda—, y yo te digo que te equivocas —sisea apretando los puños—. Eres mía, Val, lo fuiste desde que te encontré llorando en el viñedo, pero que sienta que lo eres no significa que lo seas realmente, porque tú no eres de nadie, solo de ti misma —prosigue, volviéndose, permitiéndome ver la tormenta que está adueñándose de su mirada y que, posiblemente, sea un mero reflejo del conflicto que está desencadenándose en su interior—. No me digas que no tengo derecho a sentirme celoso cuando estoy renunciando a lo que más quiero y posiblemente entregándoselo en bandeja a otro tío, y no me culpes por intentar llenar huecos cuando tú no estés porque solo estaré haciendo eso, tratando de llenar un puto hueco que en realidad nunca llegará a cubrirse —masculla, volviéndose de nuevo para empezar a alejarse en dirección a los viñedos.

Observo cómo se marcha, siendo incapaz de rebatirle nada ni de moverme, mientras siento cómo pierdo el equilibrio y las lágrimas llegan de nuevo, amargas y cargadas de frustración.

Capítulo 13

Lloro abrazada a mis piernas, con la cabeza oculta entre ellas, hecha un completo lío, pues una parte de mí sabe que tiene razón y que mi lugar ahora está en Nueva York, mientras que otra, la que da voz a los deseos de mi corazón, rebate cada una de ellas, pues mi lugar está con él, en esta casa y estudiando enología entre viñedos, no durante los *castings* o los desfiles.

—Mi lugar estará siempre donde esté el tuyo —musito, bajito, dejando que esos deseos tomen el control de mis palabras, secando mis lágrimas y levantándome para ir en su busca.

Siento la tierra caliente por el sol acariciar la planta de mis pies, sus rayos abrazar mi cuerpo y mi alma guiar mis pasos y, cuando lo veo, dándome la espalda y rodeado de vides, me acerco a él, dejándome llevar por lo que siento.

—Yo también te quiero —musito, observando cómo se da la vuelta hasta quedar frente a mí—. Te quise como se quiere a un hermano mayor y te quiero ahora de una manera difícil de explicar —continúo, acercándome más a su cuerpo, enlazando mis manos en torno a su cuello y acariciando su piel mientras las suyas permanecen estáticas a ambos lados del suyo—. Siempre te he querido; incluso cuando me fui y te odiaba, una parte de mí continuaba queriéndote. No te mentí cuando te dije que, durante estos años, evité encontrarme contigo porque no soportaba verte, pero sí que omití decirte que también lo hacía porque tenía miedo de enfrentarme a todo lo que sabía que continuaba sintiendo por ti —susurro enterrando mis manos en su pelo, con su mirada, atestada de seriedad, sosteniendo la mía—. No sé qué debo hacer, pero tengo esta semana para decidirlo y desde luego que será una decisión mía, no tuya. Si decido quedarme, será porque lo que tengo aquí pesa más que lo que encontraré o viviré en Nueva York y, si por el contrario decido marcharme, será porque mis sueños de convertirme en *top model* pesarán más que todo esto —le digo con seriedad—, y decida lo que decida, tú no tendrás nada que objetar, porque es mi vida, Víctor, y, si me equivoco o acierto, será cosa mía, nunca tuya.

—Val...

—No, Víctor —lo interrumpo antes de que pueda rebatirme nada—. Tú vives y has vivido tu vida como mejor has creído, déjame a mí hacer lo mismo; no quieras decidir por mí, porque solo yo sé lo que quiero y lo que siento... Oye, ¿por qué no vivimos esta semana como si estuviéramos al principio de un largo camino?

—Porque hay una intersección —replica con voz grave.

—Pero no la estamos viendo —replico convencida, provocando un amago de su sonrisa—. Te quiero, Vic —musito acercando mis labios a los suyos, deseando calmar la tormenta de su mirada mientras él se mantiene en silencio, y sonrío con tristeza.

—¿Por qué sonríes? —me pregunta, sin corresponder a mi beso.

—Porque ya no vas a decirme más veces que me quieres, porque crees que, si lo haces, querré quedarme, ¿verdad? —le demando negando con la cabeza.

—Chica lista —musita con voz ronca, atrapando mi mirada con la suya.

—Tuve un buen maestro —prosigo, sosteniéndosela.

—Y, en ocasiones, el alumno supera al maestro —susurra con sus manos apresando finalmente mi piel por debajo de la camisa—. Sabes lo que siento, Val.

—Puede que quiera oírlo muchas veces.

—Y puede que yo quiera que me hagas caso —me rebate.

—¿Vamos a volver a discutir? —planteo arrugándole la nariz y separándome ligeramente de él.

—No, no vamos a hacerlo, nos vamos a comer —me dice, dándome un toque en la nariz con su dedo índice, sonriéndome finalmente y tendiéndome su mano, que aferro con fuerza, enlazando mis dedos con los suyos, con los viñedos como únicos testigos mudos de nuestro pacto.

Caminamos sin soltarnos a través de las filas de vides y lo estudio en silencio, demorándome en su perfil, en su ceño ligeramente fruncido, en las arruguitas que se forman alrededor de sus ojos, en su nariz recta, en su barba recortada, en sus labios perfectamente definidos y en la fuerza que emana de él sin que sea consciente de ello, y siento que todo esto que llena mi pecho se expande un poquito más mientras reconozco al Víctor que vi de pequeña, al que empecé a ver hace unos años y al que descubrí ayer, y en ninguno de ellos consigo encontrar a ese Víctor «jodido» del que habla, pero opto por callar y dejar reposar todo esto que siento, sabiendo que la decisión que tome cambiará mi vida y, quizá, la suya también para siempre.

Tras arreglarnos, nos dirigimos a Haro a comer y, cuando suena *Beds are burning*, subo el volumen, sonriendo abiertamente.

—Me encanta esta canción —exclamo alzando la voz para hacerme oír, consiguiendo que él sonría conmigo.

—Lo sé —me dice guiñándome un ojo, subiendo más el volumen mientras me recuesto en el asiento sin dejar de sonreír, viendo los viñedos pasar veloces a través de la ventana, para seguidamente empezar a cantarla a voz en grito y, cuando él se une a mí, lo miro embelesada, sintiendo cómo todo se vuelve más brillante y lleno de vida a nuestro alrededor, reteniendo este momento en mi memoria, que, sin saber por qué, siento perfecto.

Cuando llegamos al restaurante, me sorprende al cogerme de la mano «en público» y bajo la mirada hasta nuestras manos enlazadas.

—¿Te molesta? —me pregunta observándolas él también al tiempo que el *maître* llega hasta donde estamos nosotros esperando.

Y mientras él pide una mesa para dos y nos encaminamos hacia ella, opto por guardar silencio, intentando poner en orden todo este batiburrillo de emociones que siento desbordándose en mi interior.

—Contéstame —me ordena con seriedad una vez estamos a solas.

—Me encanta que me cojas de la mano y me encantaría dejarle bien claro de una vez a la señorita López Zapatos de tacón de muchos centímetros que no estás disponible y que, como vuelva a llamarte, va a tener un serio problema conmigo —suelto, arrancándole una sonrisa que no le llega a los ojos—. Pero tú eres el socio de mi padre y no quiero empezar a dar explicaciones cuando no tengo ni idea de lo que va a suceder. Tú no quieres volver a decirme que me quieres hasta que no tome una decisión y yo no quiero hacer público algo que no le incumbe a nadie hasta que la haya tomado... Dime que lo entiendes —concluyo, intentando indagar en su mirada.

—¿Llamas así a Cova? —me suelta divertido.

—Cova... —mascullo haciendo una mueca, percatándome de que no me ha respondido—. Tiene suerte de que no la llame de otra forma.

—Val... Es buena chica y hace bien su trabajo.

—¿Qué trabajo? ¿El de la oficina o el tuyo? —replico con sarcasmo.

—Val... —me dice a modo de advertencia.

—Vale, lo siento, me he pasado, perdona —me disculpo avergonzada, consciente de que me he pasado no un pueblo, sino muchos.

—Oye, no deberías estar celosa de Cova ni de nadie; te lo he dicho, nunca ninguna mujer se ha acercado tanto a mí como tú.

—¿Y ha habido muchas mujeres? —inquiero en un susurro, sin poder frenar mi lengua.

—¿Y eso qué importancia tiene? —me formula arrugando el ceño.

—No lo sé; curiosidad, supongo —musito encogiéndome de hombros.

Debo de ser masoca, seguro, porque ya me dirás tú para qué leches necesito saber yo eso.

—¿Has estado tú con muchos hombres? —contraataca, apoyando sus antebrazos sobre la mesa y clavando su intensa mirada verde sobre la mía.

—Depende de lo que entiendas por *muchos*, y yo he preguntado primero —le contesto guardando silencio cuando el camarero llega con las cartas.

—¿Qué es para ti *muchos*? —cuestiona, ojeándola.

—No lo sé... ¿más de diez?

—¿Te has acostado con más de diez tíos? —farfulla con voz acerada, levantando su mirada, oscurecida ahora, de la carta.

—¿Y qué si lo hubiera hecho? —replico poniéndome a la defensiva, frunciendo el ceño y desfrunciéndolo cuan-

mirada sobre él—. No, no lo he hecho —admi-
ente—. ¿Y tú?

o llevo la cuenta de las mujeres con las que me acuesto. De todas formas, mi vida es distinta a la tuya; te lo he dicho antes, cuando renuncias a ciertas cosas, obtienes otras a cambio.

—Sexo, sexo y más sexo, ¿verdad? O sea, que tú sí que puedes acostarte con más de diez tías, pero yo no. Eres un pelín machista, ¿no te parece? —le recrimino.

—No es eso, Val, y lo sabes —me dice con seriedad—. Contesta, ¿con cuántos tíos te has acostado? —insiste sin responder a mi pregunta.

—Con cuatro; seguro que con muchos menos que tú.

—No es cierto, porque yo no me acuesto con tíos —rebate socarrón, y sonrío finalmente, poniendo los ojos en blanco—. Marco, yo... ¿y quiénes fueron los otros dos? —indaga con curiosidad, y de nuevo callamos cuando llega el camarero para tomarnos nota.

—Un modelo y un fotógrafo —le confieso al fin cuando estamos de nuevo a solas.

—¿Y erais pareja?

—No —musito sonriendo, y sonriendo un poquito más cuando, con la mirada, me insta a seguir—. No vas a entenderlo —añado finalmente, negando con la cabeza.

—Prueba a explicármelo —insiste con seriedad.

—Hay veces que la línea de lo que es correcto o no se desdibuja hasta llegar a desaparecer... Posas con poca ropa, finges que te gusta tu compañero porque es lo que te reclama el fotógrafo o incluso tienes que seducirlo a él porque es lo que te pide... A veces, si no hay mucha gente alrededor, se crea una atmósfera muy íntima y, si no tienes compromisos y luego te invita a cenar, sabes lo que hay y en tu mano está aceptarlo o no.

—Y tú aceptaste.

—Una vez con el modelo y varias con el fotógrafo, y

porque me gustaban. Si los hubiera conocido en una fiesta, también me hubiera acostado con ellos; la única diferencia es que los conocí currando. Ciro, el fotógrafo —le aclaro—, es un tío con muchísimo talento y muchas veces es él quien te seduce a ti —le explico, mordiéndome la lengua al ver su expresión—. Tú mismo te has acostado con la señorita López y esa línea se ha desdibujado un poco también para ti —me defiendo, sin saber por qué estoy haciéndolo.

—La única diferencia es que yo trabajo con la ropa puesta.

—Y yo también, no olvides que mi trabajo consiste en ser la percha de los diseñadores —le recuerdo, sintiendo cómo el ambiente se vuelve tenso de repente.

—Y posar con poca ropa para fotógrafos que te piden que los seduzcas —puntualiza entre dientes.

—Sí, y a veces también me piden que les sonría con la mirada, sin mostrar los dientes, siendo sensual, niña y agresiva a la vez, además de un poquito provocativa... prueba a hacer esa cara —le pido intentando aligerar el ambiente, que siento que se puede cortar con un cuchillo.

—Ni idea. Es tu trabajo, Val, no el mío —me contesta con fastidio.

—Y ahora te has cabreado —musito sosteniéndole la mirada.

—Joder... Perdona —se excusa enterrando sus dedos en el pelo—. Supongo que no me gusta imaginarte con poca ropa seduciendo a nadie.

—Es mi trabajo, Víctor, y no siempre me piden eso. De hecho, hay veces que tengo que poner cara de mala leche... Depende de la campaña y de lo que tenga que vender —susurro—. Oye, si te molesta, no te contaré nada de mi profesión, pero durante estos días no quiero malos rollos contigo, ¿vale?

—No es eso... Lo siento —me dice rodeando mi mano con la suya—. Por supuesto que quiero que me lo cuentes, aunque me cabree y no tenga razón para hacerlo.

—No deberías cabrearte, porque nunca nadie se ha acercado tanto a mí como tú —le confieso, haciendo mías sus palabras.

—¿Ni siquiera Marco?

—Ni siquiera Marco —afirmo, reconociendo todas esas emociones que aletean en mi pecho brillar en su mirada—. Oye, está claro que hay aspectos de mi vida que te hacen sentir incómodo y que hay partes de la tuya que a mí me molestan, pero es nuestra vida y la que hemos elegido y vamos a tener que respetarlas —musito con seriedad—, pero podemos hacerlas a un lado, fingir que no están ahí y vivir esta semana siendo solo nosotros. ¿Qué me dices? ¿Nos olvidamos de los fotógrafos y de las señoritas López hasta el día de la presentación?

—¿Es tu fecha tope? —me pregunta, alejando su mano de la mía.

—Si finalmente decido marcharme, no podré alargarlo más y tendré que irme dos días después. De hecho, estoy cruzando los dedos para que no me llame mi *booker* durante estos días —le cuento mientras el camarero pone frente a nosotros los platos con la comida.

—¿Y siempre tienes que estar disponible? —inquiere con seriedad.

—Siempre y, si voy a Nueva York, voy a tener que estarlo las veinticuatro horas del día; es un requisito que me han dejado claro y que he aceptado.

—¿Las veinticuatro horas? —suelta, asombrado.

—Las veinticuatro horas —le confirmo, sonriendo—. Ser una modelo en la Gran Manzana no se parece en nada a serlo en España o en otros países; allí es tu *booker* el que te ordena que estés *available* todo el tiempo y es quien puede rescindir tu contrato la segunda vez que rechaces ir a ver a un cliente, aunque alegues estar ocupada; simplemente no puedes salirte de la cadena de trabajo, porque, si lo haces, dejas de facturar, y eso es algo que no puedes permitirte si no quieres que la agencia rompa la relación contractual contigo.

—¿Y quieres eso? ¿Quieres vivir así? ¿Sin vida propia?

—Sé que de entrada puede parecer duro, y lo es, pero te aseguro que es un mundo fascinante, Víctor. Si consigo sobrevivir en ese mar de tiburones sin permitir que me coman, puedo llegar a la cresta de la ola y estoy segura de que, desde allí arriba, todo tiene que vibrar de forma distinta y ser mucho más brillante —le cuento con la emoción tiñendo mis palabras.

—Sé que puedes conseguirlo, Val. Solo te pido que no pierdas el equilibrio cuando llegues a la cresta de esa ola —me aconseja, sin saber que ese equilibrio del que me habla solo lo tengo cuando estoy cerca de él y, durante unos segundos, siento que navego sin rumbo, sin saber cuál es mi puerto seguro ni cuáles son mis deseos.

El sonido de su móvil me saca de mis pensamientos y suspiro suavemente, deslizando mi mirada por el local, deseando que no sea otra mujer.

—¡Hola, Pedro! ¿Qué tal estás? —oigo que dice cuando descuelga, y me vuelvo con rapidez para mirarlo.

—¿Mi padre? —vocalizo en silencio, y asiente mientras escucha lo que le está diciendo.

—Por supuesto, cuenta conmigo; ya me perdí una barbacoa y no voy a perderme otra —acepta sonriendo, y abro los ojos como platos. ¡Venga ya!—. ¿Val irá con una amiga? —le pregunta sonriendo todavía más, supongo que cuando mi padre se lo comenta—. Perfecto, así la conoceré yo también —prosigue, y le doy una patada por debajo de la mesa—. Gracias por invitarme, nos vemos mañana —se despide antes de colgar.

—¿Tú estás tonto? Sabes de sobra que no hay ninguna amiga y, por supuesto, que no voy a ir —le aseguro mientras él me mira divertido, empezando a comer.

—Por supuesto que vas a ir —me rebate, convencido.

—Oye, creía que íbamos a estar todo el fin de semana en tu casa —mascullo molesta.

—Val, no vamos a darle plantón a tu padre los dos.

—Parece que el hijo seas tú —le recrimino.

—En muchos aspectos, ha sido mi padre —afirma, y lo miro deseando que continúe hablándome de él.

—¿A qué te refieres? —le pregunto cuando calla, intentando indagar en esos dieciocho años, que para mí son todo un misterio.

—A nada. Venga, empieza a comer —me pide, cerrándose en banda.

—¿Te das cuenta de que nuestras conversaciones pueden llegar a ser muy frustrantes?

—Estás olvidando que has sido tú la que me ha propuesto que hagamos nuestra vida a un lado para vivir esta semana siendo solo nosotros.

—Y tú escuchas solo lo que quieres escuchar; está claro que me refería a tus mujeres —le digo exasperada.

—Val, yo no tengo mujeres —me contesta condescendiente, esbozando una media sonrisa.

—¡Ya sabes lo que quiero decir!

—Val, hay parcelas de mi vida que prefiero no compartir con nadie, ni siquiera contigo; creía que estaba claro.

—Pero ¿por qué? —inquiero, frustrada.

—Porque es mi decisión y vas a tener que respetarla como yo respetaré la tuya —me rebate con seriedad.

—¿Y qué pretendes que le diga a mi padre cuando me presente sola? —le pregunto, tragándome todo lo que siento y lo que le diría si pudiera, retomando la conversación que estábamos manteniendo antes sobre la barbacoa con mi padre.

—Estoy seguro de que se te ocurrirá algo —se burla, guiñándome un ojo, y lo miro con seriedad.

—Seguro que sí —farfullo finalmente, empezando a marear la comida, sintiendo que todo esto que llena mi pecho queda de nuevo suspendido en él.

—Val... —Alzo la mirada hasta posarla sobre la suya—. Sabes todo lo que tienes que saber y me conoces más que nadie, ¿no te vale con eso? —me plantea, y asiento finalmente, cansada de estas conversaciones que no nos llevan a ningún sitio.

Y, aunque nos cuesta, al final conseguimos eliminar la tensión que parece ir caminando silenciosa a nuestro lado, lista en cualquier momento para interponerse entre ambos.

—¿Quieres que veamos una película? —me pregunta cuando llegamos a su casa, y lo miro empezando a sonreír.

—¿Una película? ¿En serio? —le formulo acercándome a él sin dejar de sonreír.

—Sí, en serio —me responde, mirándome divertido.

—La verdad es que no me apetece mucho —musito empezando a quitarme la camiseta—. ¿Y a ti?

—¿Vas a marearme?

—En ello estoy —susurro comenzando a desabrochar los botones de su camisa, llevando mis labios a su pecho y provocando que un suave suspiro escape de los suyos—, ¿lo estoy consiguiendo?

—Sabes de sobra que sí —afirma con voz ronca, estrellando sus labios contra los míos y hundiendo su lengua en mi boca, que la recibe gustosa.

Me pego a su cuerpo sintiendo el suyo, deseando sentir su alma abierta, tal y como la sentí ayer, dejando que sea la mía la que le muestre el camino, guiándolo entre besos, gemidos y silencios cargados de palabras, permitiendo que sea su cuerpo el que mantenga en equilibrio al mío y deseando echar el freno de mano para poder detener el tiempo, que corre demasiado rápido cuando estamos juntos, ansiando atesorar en mi corazón cada instante, cada sensación, cada emoción, cada suspiro, cada risa, cada juego y cada todo, que con él toma un significado especial.

* * *

—¿Qué he escrito? —le pregunto mientras yacemos en la cama, con mis dedos dibujando todo lo que siento por él.

—No lo sé —me miente sonriendo—, escríbelo otra vez —me pide, y de nuevo trazo sobre su brazo la frase «te quiero»—. Continúo sin tenerlo claro —me miente otra vez, con una sonrisa socarrona, y me incorporo hasta quedar sentada—. ¿Te huevo? —insiste cuando lo escribo nuevamente, mientras una tonta sonrisa se perfila en mi rostro y, acercando mis labios a su brazo, lo escribo con la lengua, delineando un húmedo trazo por su piel, viendo cómo se le eriza y cómo su mirada se llena de miles de emociones.

Y durante una fracción de segundo, siento cómo mi alma tiembla, pues por nada del mundo quiero perder esta intimidad que nada tiene que ver con el sexo y esta complicidad que es imposible de explicar.

—Val... —musita, placándome con su cuerpo, atrapando mi mirada con la suya y consiguiendo que todo esto que siento llenándome por dentro y que puedo ver en sus ojos nos envuelva con la fuerza de los sentimientos que son de verdad y del querer, a pesar de todo.

De la cama pasamos a la bañera, donde, sumergidos en ella, hablamos de todo y de nada, y donde los silencios, en ocasiones, se interponen densos entre nosotros hasta que uno de los dos lo rompe y todo vuelve a fluir con normalidad.

—Hoy voy a preparar yo la cena —le propongo, guiñándole un ojo y saliendo del agua.

—¿Sabes cocinar?

—Por supuesto. Aunque no me guste, se supone que tengo que cuidar mi dieta, así que no tuve más remedio que aprender. Además, desde que he puesto un pie en esta casa, parezco una señoritinga, dejando que lo hagas tú todo —le indico, sonriéndole con complicidad.

—Eres mi invitada, no querrás que te ponga a limpiar el polvo —me contesta serio.

—¿Solo soy tu invitada? —le pregunto envolviendo mi cuerpo con la toalla y sentándome en el borde de la bañera.

—Sabes de sobra que eres mucho más —contesta, anclándome con su mirada.

—Me alegro, porque eso de «invitada» suena a despedida —puntualizo, haciéndole una mueca.

—Bueno, es una opción que está ahí —replica con sequedad.

—Pero que no contemplamos de momento, ¿verdad? —planteo, indagando en su mirada, que se mantiene inexpresiva.

—Verdad. Venga, vamos a ver qué sabes hacer —me contesta sonriendo finalmente, levantándose y cogiendo la toalla que le tiendo.

—Deberías ir desnudo todo el día —suelto cuando cubre su cintura con ella, provocando que mantenga la sonrisa en su rostro—, estás demasiado bueno para ir vestido —añado, arrancándole una carcajada y acercándome a él.

—Tú también estás muy buena y justo por eso te quiero vestida —me indica, y lo miro extrañada, sin entenderlo—. Nena, si fueras desnuda por casa, sería incapaz de pensar en otra cosa que no fuera en follarte continuamente.

—Ya lo haces, no hemos dejado de hacerlo —le rectifico, mordiendo su labio inferior y empezando a encenderme.

—Me dijiste que te convenciera y eso estoy haciendo —me aclara con la voz cargada de miles de matices, correspondiendo a mi beso.

—Parece que te lo dije hace una eternidad y, en cambio, fue ayer... —musito perdiéndome en su mirada, embravecida ahora—. Ayer quería marcharme y hoy no sé qué hacer —le confieso bajito.

—Tienes una semana para decidirlo; piénsalo bien, Val, porque luego no habrá marcha atrás. Tu trabajo requiere juventud, la que tú tienes ahora, y eso, cuando se pierde, no regresa para darte esa oportunidad que perdiste.

—Ya lo sé —susurro pegando mi frente a la suya—. Ojalá todo fuera más fácil.

—Es tan fácil como irte —me asegura convencido.

—Para mí no lo es —le rebato molesta.

—Eso es porque no me haces caso.

—Exacto, y porque será mi decisión, no la tuya —sentencio, saliendo del baño seguida por él.

—Estás tonta —me dedica medio sonriendo.

—Y yo pensando que era una chica lista —le recuerdo, enarcando una ceja, volviéndome para mirarlo antes de ponerme de nuevo su camisa.

—Que en ocasiones deja de serlo —contraataca, enfundándose sus vaqueros.

—Bueno, es tu percepción, no la mía —replico, levantando el mentón, antes de salir de su habitación directa a la cocina.

—Y, mi chica lista, ¿qué va a hacer para cenar? —me pregunta socarrón, sentándose en uno de los taburetes de la barra.

Lo miro comiéndomelo con los ojos; solo lleva los vaqueros puestos y está mil veces uffff.

—Pues no sé... A ver qué tienes por aquí —le digo abriendo el frigorífico y husmeando en él—. ¿Te apetece algo en concreto? —le pregunto dándome media vuelta para mirarlo.

—Sí, tú, todo el tiempo —me regala, acompañando el comentario con una sonrisa lobuna—, pero cenaré lo que tú quieras.

—Bueno... luego podemos cenarnos de nuevo —le propongo, guiñándole un ojo.

—Me gusta esa idea —musita, devorándome los labios con la mirada y arrancándome una luminosa sonrisa.

De nuevo siento que la intimidad nos envuelve, que nos entendemos sin necesidad de utilizar las palabras y que todo fluye como el agua de un río que, cuando nace, encuentra su camino sin que nadie tenga que mostrárselo.

Mientras preparo la cena y más tarde la degustamos, entiendo que una sonrisa puede encerrar mil frases distintas, que un silencio puede mover un mundo entero de sentimientos, que un roce intencionado puede conseguir que tu piel se erice y tu interior arda y que una mirada puede lograr que tu pecho se hinche con miles de emociones, porque eso es la intimidad... Es abrirte y permitir que el otro se abra, es mostrarte tal y como eres sin necesidad de cubrirte con nada, es entregarte y coger a manos llenas y es entonar la misma melodía, esa que suena únicamente cuando estáis los dos juntos y que nadie, a excepción de vosotros, es capaz de oír, porque esa melodía es la canción de vuestra vida y de vuestros recuerdos.

Capítulo 14

—Me voy yo antes, ¿vale? —le pregunto mientras acabo de vestirme—. Así me da tiempo a cambiarme —añado posando mi mirada en las sábanas revueltas que lo cubren de cintura para abajo.

—Y yo que creía que llegaríamos juntos de la mano —me dice socarrón, sin perderse ninguno de mis movimientos.

—Yo también creía que íbamos a pasar todo el domingo en tu cama y, en cambio, vamos a comer con mi familia —protesto, haciéndole una mueca, mientras él hace a un lado la sábana que lo cubre y se levanta con un movimiento fluido que casi consigue que se me detenga el corazón—. Me voy o no saldré nunca de aquí —farfullo, obligándome a ponerme en marcha y salir del dormitorio.

—Espera —me ordena con voz ronca, atrapando mi brazo con su mano y pegándome a su cuerpo, para casi al segundo estrellar sus labios contra los míos, consiguiendo que mi cabeza comience a nublarse—. Voy a echar mucho de menos poder tocarte.

—Y yo poder besarte —musito con la respiración convertida ya en un caos.

—Tenerte solo para mí —prosigue, mordiendo mi labio, hundiendo sus dedos en mi pelo.

—Tenerte solo para mí —murmuro perdiéndome en su mirada.

—Quitarte la ropa...

—Y sentir tu piel rozando la mía... —susurro terminando la frase por él.

—Hundirme dentro de ti —gime contra mis labios.

—Sentirte dentro de mí —gimo contra los suyos.

—Joder, Val —sisea contra mi boca—. ¿Siempre va a ser así? ¿Nunca vamos a tener suficiente?

—Nunca... —murmuro entre gemidos, intensificando el beso.

—Quiero que me marees mucho cuando acabemos de comer. Ve inventándote una buena excusa para que podamos largarnos los dos —me pide, llevándome hasta la pared, donde me aprisiona con su cuerpo.

—¿Me estás incitando a mentir? —inquiero sin dejar de besarlo, sintiendo su potente erección.

—Sí, joder, eso o poder follarte en tu casa cuando no pueda más.

—Creo que mejor miento, solo faltaría que nos pillara Casi o mi padre —suelto sonriendo contra sus labios.

—No sé qué sería peor —prosigue, sonriendo conmigo.

—Tengo que irme —me despido, empezando a alejarme de él, echándolo de menos cuando todavía lo tengo frente a mí.

—Vamos, te acompaño hasta la puerta —me dice, cogiendo mi mano, y, cuando llegamos a ella, nos sonreímos con complicidad—. Te veo en nada.

Sin contestarle, salgo de su casa con una sonrisa resplandeciente en el rostro, que no borro en la distancia que hay desde su vivienda hasta la mía y, cuando accedo a la cocina, por la puerta trasera, me encuentro a Casi trajinando entre fogones y a mi hermana ayudándola.

—Buenos días —las saludo, feliz, intentando no sonreír tanto.

—Di mejor buenos mediodías —me rectifica Alana, guiñándome un ojo con complicidad—. Qué bien te veo, hermanita.

—Gracias, tú tampoco estás nada mal —le indico acercándome a ellas, sonriendo finalmente de oreja a oreja.

—Hola, hija. ¿Qué tal ha ido ese fin de semana? —inquiere Casi sin dejar de preparar lo que sea que esté haciendo.

—Qué bien huele, Casi. ¿Estás haciendo natillas? —le pregunto inspirando el olor a vainilla y a canela que impregna toda la estancia.

—Sí. Todavía te gustan, ¿verdad?, porque, como me sueltes que ya no las comes porque engordan o porque han dejado de gustarte, te juro que me rindo contigo —me dice volviéndose para mirarme.

—Sí, todavía me gustan y voy a comerme una o dos, así que haz de sobra —le contesto, intentando arreglar lo de los últimos desayunos.

—Si te comes dos natillas, me marco una jota —bromea, haciéndome reír—. ¿Y tu amiga? ¿Cómo no ha venido? —plantea volviendo a su labor.

—Eso, ¿por qué no ha venido tu amiga? —me chincha mi hermana, sin poder dejar de sonreír.

—Su abuela se ha puesto enferma —miento, intentando ponerme seria—. Nada grave, pero quería estar con ella —continúo, encogiéndome de hombros, esforzándome por ser lo más convincente posible.

—Qué maja, ¿no? —comenta Alana con puñetería y, como Casi no nos está mirando, aprovecho para darle un pisotón.

—¿Tú no vendrías a verme si me pusiera enferma? —le pregunto descargando todo mi peso en su pie, provocando que me dé un codazo a modo de respuesta—. ¡Ahhhhh!

—¿Qué hacéis? —nos riñe Casi—. Dos minutos juntas y ya estáis peleando como cuando erais crías.

—Tía, que casi me las rompes —protesto llevando mis manos a las costillas.

—Sí no se te ha roto otra cosa este fin de semana, no van a rompérsete las costillas por un codazo de nada.

—Pero mira que eres idiota —le digo sonriendo finalmente.

—¿Se puede saber de qué habláis?

—De nada, Casi. Voy a cambiarme.

—¡Espera, que te acompaño! —propone mi hermana, siguiéndome, y me vuelvo para hacerle una mueca—. Quiero saberlo todo.

—No pienso contártelo todo —le contesto entre risas, llegando hasta mi habitación.

—¿Por qué?

—Pues porque no, porque hay cosas que son nuestras y ya está.

—Está bien, los fluidos y los gemidos los dejamos fuera —acepta, arrancándome una carcajada, mientras me desprendo de mi ropa y me dirijo a mi armario.

Me visto sin dejar de parlotear con ella, con la felicidad vibrando a mi alrededor, ese tipo de felicidad que a veces sientes que puedes tocar, como ese deseo en forma de nube que percibes flotando en la palma de tu mano y que en ocasiones roza tu piel, produciéndote cosquillas.

—Siempre os habéis querido; de una forma u otra, ese sentimiento siempre ha estado ahí, y esto era algo que iba a terminar sucediendo en cuanto él lo aceptara.

—Ya, pero no es tan fácil, Alana. Se supone que me voy a Nueva York —le digo omitiendo todo lo que él me contó sobre sí mismo.

—Pero ¿tú quieres ir? —Y de nuevo esa pregunta y el sentirme entre dos aguas...

—No lo sé. Si me voy, lo pierdo, y si me quedo, pierdo una parte de mí.

—¿Y no puedes irte y estar con él?

—No creo... No quiere que me sienta atada, entre otras cosas.

—Ya... ¿Y qué te aconseja él?

—Que me marche.

—Muy propio de Víctor.

—¿Qué hago? —le pido consejo, sentándome a su lado, en mi cama.

—Lo que te pida el corazón; escúchalo, piensa en cómo sería tu vida sin él en Nueva York y luego imagínala aquí junto a Víctor, haciendo a un lado tu sueño de convertirte en *top model*. La decisión que más te duela será el camino que no deberás tomar.

—¿Y si me duelen ambas? —formulo en un hilo de voz.

—Entonces es que no estás escuchándolo bien. Elimina el ruido de tu interior y céntrate solo en eso. Si lo haces bien, habrá una decisión que te dolerá más que la otra —argumenta con seriedad—. Para mí tampoco fue fácil marcharme de la empresa cuando mi carrera estaba yendo tan bien, y te aseguro que no había nada que me aterrorizara más que empezar por mi cuenta, pero me asustaba mucho más acomodarme y arrepentirme más tarde; no lo hagas, no hagas nada de lo que puedas arrepentirte en un futuro —me aconseja con cariño.

—Mi cabeza me dice que me marche —musito sintiendo cómo, con mis palabras, mi alma trastabilla—, pero mi corazón me pide que me quede.

—Es una decisión tuya, Valentina, solo tú puedes saber a quién tienes que escuchar —afirma—. Venga, acaba de arreglarte que se está haciendo tarde —me apremia, levantándose, dándome un beso y saliendo de mi cuarto.

Me maquillo pensando en las palabras de mi hermana mientras la impaciencia se cuela entre mis pensamientos, reptando por ellos hasta hacerse con el control de mi mente, consiguiendo que el ansia por verlo me impida pensar en otra cosa que no sea en él y en todo lo que hemos vivido juntos y, con esos recuerdos, llegan muchos más... Su mirada siendo un lago de aguas plácidas o un océano embravecido; sus manos recorriendo mi cuerpo, descubriéndolo y haciéndolo vibrar; sus labios devorando los míos; mis gemidos y los suyos... Él, Víctor, el único hombre que ha sido mi todo y ha multiplicado por mil todas estas emociones que llenan mi pecho y que llevan su nombre.

Una vez lista, y con cada fibra de mi ser vibrando por él, salgo de mi habitación sin dejar de preguntarme si ya habrá llegado, acelerando mis pasos y casi bajando los escalones de dos en dos para poder comprobarlo cuanto antes.

Cuando accedo al patio trasero, a quien primero veo es a mi padre, haciéndose cargo de la barbacoa ayudado por José y por... *él*, y siento que el mundo se detiene durante la escasa fracción de segundo en la que nuestras miradas se encuentran. Lleva los vaqueros oscuros que tanto me gustan y una camiseta gris claro del mismo color que mi vestido, y siento que todas las células de mi cuerpo vibran un poquito más, que los colores se vuelven más intensos, más brillantes, y que todo esto que llena mi pecho alza el vuelo con fuerza.

—Como no dejes de míralo así, papá va a darse cuenta —me advierte Alana, tendiéndome una copa de vino que acepto.

—No puedo evitarlo —musito, llevando la copa a mis labios.

—¡Valentina, hija! ¡No te quedes ahí plantada y ven a darme un beso! —me pide mi padre con su delantal de «Soy el cocinero sexy de la familia» puesto.

Obedeciendo a su petición, me acerco a ellos sintiendo su mirada clavada en mi cuerpo, casi desnudándome con ella, y, ruborizándome por la intensidad que desprende, me obligo a centrarme en mi progenitor.

—Hola, papá —susurro, dándole un beso.

—¿Y tu amiga? ¿Al final no ha podido venir?

—No, su abuela se ha puesto enferma —contesto viendo de reojo cómo una media sonrisa se perfila en el rostro de Víctor—. Hola, cuñado. ¿Qué tal estás?

—Muy bien, cuñada. Ahí tengo mi guitarra, a ver si luego te arrancas con un bailecito de los tuyos.

—Bueno, todo es ponerse, ¿no? —le digo sintiendo mi interior arder con virulencia cuando mi mirada se encuentra con la suya—. Hola, Víctor —saludo finalmente, sintiendo cómo su cuerpo atrae el mío y cómo mi vientre se contrae con rotundidad.

—Hola, Valentina. ¿A mí no vas a darme dos besos? —me pregunta con voz ronca, consiguiendo que esto que llena mi pecho se multiplique por mil hasta casi impedirme respirar.

—Claro —susurro acercándome a él, rozando su mejilla con mis labios y percibiendo cómo su mano se posa en mi cintura para aprisionar mi piel con fuerza, provocando que mi respiración comience a acelerarse, que mi centro se humedezca y que el calor arrase con cualquier pensamiento coherente que pudiera tener.

Con nuestras miradas atrapadas, deposito un segundo beso en su otra mejilla, inspirando la fragancia de su colonia, frenándome para no acercarme más a él, para mantener las manos quietas y no hundirlas en su pelo, para no besarlo en los labios... Siento que me cuesta un universo entero lograrlo, reconozco alejándome finalmente de su cuerpo mientras el mío grita lo que le estoy negando.

—¿Os apetece un poco de jamón? —nos propone José, completamente ajeno a lo que estamos sintiendo.

—No, gracias —murmuro sin poder alejar mi mirada de la suya.

—Ven, hermanita, siéntate conmigo —me pide Alana, cogiéndome del brazo—. Tía, cortaos un poquito o hasta los árboles del patio van a darse cuenta de lo que hay entre vosotros.

—¿Tanto se ha notado?

—Llegas a darle dos besos a José como se los has dado a él y me olvido de que eres mi hermana para darte un par de sopapos bien dados.

—¿En serio? —murmuro muerta de vergüenza.

—Y tan en serio. Oye, mejor mantente alejada de él o te va a caer un marrón encima peor que el de la presentación esa que estás preparando.

—¿Un marrón peor que ese? Déjame que lo dude.

—Perdona, pero como papá se entere de que os estáis acostando, le va a pedir explicaciones, y no porque no le guste que estéis juntos, sino porque, con ese tema, es más antiguo que el andar, así que, si no tenéis claro lo que queréis, mejor disimulad un poquito y no os metáis en fregaos o, cuando menos os lo esperéis, le estará exigiendo que le pida tu mano.

—Como a José contigo, ¿verdad? —le pregunto sonriendo, consiguiendo que ponga los ojos en blanco.

—¿De qué habláis? Ay, qué gusto que de vez en cuando te hagan la comida. Por mí podríamos comer carne así todos los días —nos interrumpe Casi, sentándose en un extremo de la mesa, dejando sobre ella una botella de gaseosa.

—Casi, no irás a mezclar nuestro vino con gaseosa, ¿verdad? —le pregunto empezando a sonreír.

—¡Pedro! —le dice a voz en grito—, me pregunta tu hija si voy a mezclar vuestro vino con gaseosa, ¿le contestas tú por mí o ya lo hago yo?

—¡Hija, te doy permiso para que cometas homicidio!

Tú tranquila, que aquí nadie va a ver ni a oír nada —bromea mi padre con su vozarrón.

—Casilda, ¿todavía haces esas cosas? Creía que, con el tiempo, habrías entrado en razón. Además, cuando probamos mi vino fuiste capaz de bebértelo sin ella, ¿qué ha pasado desde entonces? —le planteo teatralmente, provocando la carcajada de mi hermana.

—Hija, que no me acostumbro..., que por mucho que tú digas que sabe a pimienta rosa y todas esas cosas que dijiste, yo no puedo con él, para mí está fuerte. ¿Qué queréis que os diga? Matadme si os apetece, pero no vais a conseguir que me guste. El blanco, bueno; el rosado, bien, pero el tinto me puede, no me gusta.

—Eso que haces es sacrilegio, lo sabes, ¿verdad? —insisto, viendo cómo llena su copa de vino y más tarde añade gaseosa.

—¿Y tú sabes que si mezclas un vino bueno con gaseosa está mucho más rico que si lo mezclas con un vino cualquiera?

—Me matas, Casi —suelto dramáticamente, sintiendo su mirada sobre mi cuerpo y, de reojo, enlazo mis ojos con los suyos, a pesar de que ahora lleva las gafas de sol puestas.

—¿Te mato? Pues espera a que te cuente lo que le hice a la Fina el otro día en el supermercado. ¿Te acuerdas de Fina, la madre de María, esa chica que estudiaba con mi Sandra? —me pregunta, consiguiendo que vuelva a centrarme.

—Claro, ¿qué le has hecho? —me intereso, temiéndome lo peor y empezando a sonreír de antemano.

—Ella es muy amiga mía, ya sabes que su hija es íntima de mi Sandra y que mi Tomás, en paz descanse, trabajó con su marido durante años. Pues nada, estaba yo en la cola del supermercado y ella salía de él y, justo en el momento en el que lo hacía, empezó a sonar la alarma y, sin poder callarme, grité: «¡A la ladrona!, ¡a la ladrona!». Si hubieras visto a la gente y al de seguridad correr para ver quién era y lo roja que se puso la pobre diciendo que no había cogido nada, casi me muero, pero, escucha, que yo lo dije toda seria, como si no la conociera en absoluto.

—Casi, ¿cómo le hiciste eso? —le pregunta Alana, descojonándose.

—Porque es una guasona y la última vez que la vi le pregunté por su vida, porque hacía mucho que no coincidíamos, y la muy hija de su madre me dijo que había estado en la cárcel; todo mentira, por supuesto... Así que, cuando sonó la alarma, no pude callarme. Todavía hay veces que estoy cocinando, me acuerdo y empiezo a reírme yo sola —nos cuenta, provocando nuestras risas.

—¿De qué os reís? —nos pregunta Víctor, sentándose a mi lado y contrayendo mi vientre al instante.

—Cuéntaselo, Casi —le pido, sintiendo cómo mi voz tiembla y todo vibra a nuestro alrededor de forma distinta mientras Casilda comienza a relatarlo de nuevo y, cuando suelta una carcajada ronca y tremendamente sexy, me quedo mirándolo embelesada.

—Si es que eso le pasa por meterse conmigo. ¡Mira que decirme que había estado en la cárcel! —exclama.

—Un poco más y la metes tú luego —comento, observando de reojo las piernas de Víctor y frenando mi avance antes de no poder detenerme.

—No, mujer, que la Fina es una mujer legal que no se llevaría nada sin haberlo pagado antes, pero las risas que me eché valen todo el oro del mundo —comenta, llenando de nuevo su copa de vino y gaseosa mientras mi padre la mira como si estuviera cometiendo un daño irreparable.

—Y pensar que hay más gente de la que creemos haciendo eso con nuestro vino —musita con su vozarrón, dejando la bandeja de carne sobre la mesa—. Tanto esfuerzo, tantos muestreos, tanta inversión, para que luego vengan los insensatos estos y lo mezclen con gaseosa.

—¡Y dale Perico al torno! ¿Queréis dejarme beber tranquila? —replica Casi, dándole un largo trago mientras todos la miramos y, cuando siento el roce de la pierna de Víctor junto a la mía, la pego un poquito más, aprovechando que nadie nos está prestando atención.

Siento cómo el calor asciende por mis piernas hasta detenerse en mi centro, mientras veo a mi padre sentarse encabezando la mesa, con Casi frente a él, con José a su izquierda y Víctor a su derecha y, sin poder frenarme y aprovechando que nadie puede vernos, rozo con la yema de mis dedos su pierna en un recorrido lento y ardiente que humedece mi sexo y tensa su cuerpo.

—Venga, todo el mundo a comer —nos ordena Casi, feliz de la vida—. Ay, Señor, con qué poquito una es feliz. Me sale un día bueno y me hacen la comida y estoy como si me hubiera tocado la lotería, que, por cierto, no os lo había dicho, pero mi Sandra se ha echado novio, lo malo es que se lo ha buscado guiri y dentro de nada me la veo viviendo en Escocia y peleándose con él por ver a quién le sienta mejor la falda —nos cuenta, arrancándonos otra carcajada.

—Casi, no se llama falda, se llama *kilt* —matiza mi hermana.

—Ya nos ha salido la diseñadora de la casa. Escúchame, ¿es una falda o no? Pues ya está —sentencia rotunda.

—Pues, cuando vayas, no se te ocurra mezclar el whisky con agua —le recomienda José, sonriendo.

—¡Anda que no! No puedo con el vino, me beberé eso que sabe a colonia. Además, que a estas edades una ya tiene derecho a hacer lo que le dé la gana. ¿Qué dices tú, Pedro?

—Que se jodan los escoceses. Si cometes sacrilegio con mi vino, puedes cometerlo con su whisky —afirma alzando su copa—. Por la familia y por los tiempos venideros —propone como brindis, guiñándonos un ojo a mi hermana y a mí, y sonrío alzando mi copa.

—Por ti, papá —musito mirándolo con cariño.

Comemos escuchando las anécdotas de Casi, las charlas de mi padre y los planes de José y de mi hermana, amenizados con nuestra música de fondo, esa que suena en forma de roces ocasionales, de miradas furtivas, de medias sonrisas y de momentos suspendidos en un suspiro; esa música que solo nosotros somos capaces de oír, con su pierna derecha y mi pierna izquierda tan pegadas que es imposible que el aire se cuele entre ellas y con el calor creciendo y ardiendo en nuestro vientre, donde tira con fuerza hasta robarnos el aliento y, cuando terminamos de comer, estoy tan tensa y excitada que no puedo más.

—Voy a llevar estos platos a la cocina —susurro levantándome, deseando alejarme un poquito de él para poder enfriar mi cuerpo.

—Espera, que te ayudo —se ofrece solícito, levantándose él también.

—En tiempos de tu abuelo, esto no hubiera sucedido —empieza a narrar mi padre—. Recuerdo cuando yo entré en casa de tu abuela, la primera vez que fui a comer...

Como he oído muchas veces esa historia, sin demora, me dirijo a la cocina con él pisándome los talones.

—Estoy deseando follarte con ese vestido puesto —me susurra al oído, tras dejar los platos en la encimera, pegando su pecho a mi espalda y mi cuerpo al mármol de la isla.

—Estoy deseando que me folles, Víctor —murmuro cerrando los ojos, alzando mi trasero para frotarme contra su enorme erección.

—No sé cómo he podido controlarme cuando te he

visto llegar con él puesto; te marca todo el cuerpo... Val, es como si fueras desnuda.

—No es verdad —me defiendo con un hilo de voz, apoyando mis manos en el mármol—. Apártate, Víctor, puede entrar alguien —musito casi gimiendo.

—Y a mí me duele la polla de verte —me dice con voz rasposa, posando sus manos en mis caderas, pegándome a su erección. Gimo suavemente, echando la cabeza hacia atrás hasta posarla sobre su hombro.

—Viccc... —gimo bajito mientras una de sus manos se adentra por mi vientre, bajando por él, con mi sexo latiendo de anticipación.

—Suerte que esos tiempos han cambiado —oímos la voz de Casi, y nos separamos de repente, como si nuestros cuerpos se repelieran.

—Casi, ¿dónde guardas el té? Iba a prepararme uno, pero no lo encuentro —le planteo hurgando entre los armarios con manos temblorosas.

—Deja, ya te lo hago yo. Víctor, saca las natillas, y tú, ayúdalo; en mi cocina nadie mete las manos donde no tiene que meterlas.

Y sonrío con eso de «meter las manos», porque llega a tardar unos minutos más y estoy segura de que su mano se hubiera metido entre mis piernas, pienso sintiendo cómo mi centro se contrae de nuevo de puro deseo.

—¿Dónde tienes las natillas, Casi? —le pregunta Víctor, con la frustración llenando su voz.

—¡En la nevera! ¿Dónde van a estar? Hombres, son incapaces de encontrar agua en el mar... Mi Tomás era igual, lo tenía frente a sus narices y no lo veía —me cuenta mientras me coloco frente a Víctor para sacar las natillas, rozando a propósito mi trasero con su cuerpo ahora que tengo a Casi dándonos la espalda.

—Pásame esa bandeja —le pido, percibiendo el fuego de su mirada.

Sintiendo el ambiente cargado de electricidad a nuestro alrededor, voy colocando las natillas en ella y, casi temblando y seguida por él, me dirijo otra vez al patio trasero... cuando me sorprende al cogerme la bandeja con decisión para depositarla en el mueble del pasillo y llevarme con dos zancadas hasta el baño.

—Vic, ¿qué hac...? —empiezo a protestar, pero enmudezco cuando su boca se adueña de la mía con rudeza y su lengua se hunde en ella hasta arrancarme un gemido y conseguir que todo comience a darme vueltas.

—Chist, no digas nada. Dos minutos, por favor, dame dos putos minutos —murmura asaltando mi boca de nuevo, levantando mi vestido con rudeza para seguidamente cogerme por las caderas y alzarme con fuerza, haciendo que mi sexo se frote contra el suyo.

Gemidos ahogados, sexos friccionándose, besos húmedos, ardientes y lascivos, manos buscando la piel por debajo de la ropa como un sediento buscaría un oasis en el desierto, pasión y calor, mordiscos calmados con besos y la necesidad arrasándolo todo.

—Vic, tenemos que parar —musito sin dejar de besarlo, hundiendo mis dedos en su pelo y pegando mis labios a los suyos.

—Ya lo sé, joder, pero no puedo —masculla impulsando sus caderas hacia delante y lo imito, gimiendo en su boca.

—Para, para, por favor, no puedo más —le ruego, obligándome a que me baje—. Es peor empezar si no podemos terminar —susurro sintiendo mi sexo empapado palpitando de deseo.

—Pues terminemos —farfulla con la mirada tan oscurecida por el deseo que me impresiona.

—Sabes que no podemos hacer eso, pero te prometo que luego en tu casa voy a marearte mucho —le digo respirando con dificultad, colocándome bien la ropa para

…r del baño antes de que pueda hacerme cambiar d… …ón.

…n el corazón latiendo desbocado en mi pecho, compruebo mi reflejo en el espejo ovalado del pasillo, siendo plenamente consciente de que hasta un ciego podría darse cuenta de que estoy al borde del orgasmo y, aferrando la bandeja con fuerza, inspiro profundamente un par de veces, intentando que mi rostro deje de mostrar lo que no deseo hacer público.

Llego al patio, donde todos continúan charlando animadamente, completamente ajenos a todo, y doy gracias mentalmente dejando la bandeja sobre la mesa, sintiendo las piernas hiperlaxas y la mirada burlona de mi hermana puesta sobre mí. Cuando la veo sonreír y levantar ambas cejas, bufo suavemente, negando con la cabeza.

—¿Y Víctor? —me pregunta Casi, cargada con otra bandeja donde lleva el café, las tacitas y mi té.

—No lo sé, lo han llamado por teléfono —le contesto yendo hasta mi sitio, percatándome de que estoy mintiendo por él y que puede que luego se me vea el plumero y, cuando lo veo llegar, rezo para que nadie le pregunte por esa llamada. Por suerte, mi padre ha tomado el control de la conversación y nadie dice nada.

—Oye, Víctor, ¿y cómo va esa amistad tuya con tu amiga? —le pregunta Casi mientras sirve los cafés—. Podrías haberla invitado a comer.

—Tengo muchas amigas, Casi —le responde con voz neutra.

—Bueno, tú ya me entiendes, esa amiga especial que tienes.

—Sí, hija, como tú con «este chico», que sois muy modernos todos vosotros —remata mi padre, y clavo mi mirada en el té.

—¡Casi! ¿Para una vez que teníamos la comida en paz

era necesario que sacaras ese temita? —le pregunta Alana dramáticamente.

—¡Ay, hija! Si al final no sabré qué puedo decir y qué no; yo solo lo digo porque, si son amigos, podría haberla invitado.

—Ya no somos amigos, Casi; no de esa forma —sentencia con tono seco.

—Unos pendones sois todos —le suelta, sorprendiéndome y arrancándome una carcajada—. Tú ríete, ríete, que todos sois iguales, pendones, que sois unos pendones. Pedro, tú hablas de tu suegro, pero si hubieras conocido a mi padre... ¡Ay, si hubieras conocido a mi padre! ¡Sombra les hacía a todos! ¡Lo que yo te diga! Mi Tomás no rozó el borde de mi falda hasta que no nos casamos, bueno era.

—Estos chicos cambian de pareja como quien cambia de camisa. Yo no los entiendo, Casi... Mira mi hija, conviviendo con este chico, y la otra, mejor lo dejamos estar —le dice como si no estuviéramos delante.

—Sí, será lo mejor, así tendremos la fiesta en paz —remata Casi, y la miro sin dar crédito. Desde luego que esta mujer es el colmo.

—Ay, Señor, danos paciencia —exclama Alana dramáticamente, clamando al cielo.

—Paciencia es la que tengo yo —masculla mi padre.

—Oye, Pedro, ¿está todo listo para empezar mañana con la vendimia? —le pregunta Víctor cambiando de tema a propósito.

—¡Mira! ¡Lo que nos faltaba! ¡La vendimia! Ya he dormido suficiente —nos dice Casi, y la miro divertida.

—Tu Tomás se ganó el cielo contigo bien ganado, ¿eh? Dios mío la que le cayó al pobre —le digo, arrancándoles una carcajada a todos.

—Mira, niña, ¡no te pases que te doy un sopapo! —me amenaza en broma, haciéndome reír.

—¡Casi, pero es que tienes para todos! —me defiendo entre risas.

—Para ti también tengo, para ti; no te creas que la Casi no se da cuenta de las cosas... Que me haga la tonta no significa que lo sea, que aquí una vale más por lo que calla que por lo que habla —me suelta, consiguiendo que enmudezca y deje de reírme.

—¿Quieres que vaya mañana a los viñedos de Rodezno? —le pregunta Víctor a mi padre, desviando de nuevo la conversación y, gracias, gracias, graciasssssss, porque ya estaba empezando a temerme lo peor. Cualquier día me la cargo, en serio.

—No hace falta. Quédate en estos y en la bodega y, si surge algo, me llamas —le contesta mi padre, centrándose en el tema de la vendimia, tensándose como siempre ocurre desde que empieza hasta que termina, mientras una idea comienza a materializarse en mi cabeza.

—Estuve hablando con Ricardo el viernes —oigo que le comenta Víctor y, sin percatarme, me quedo mirándolo embelesada.

—¿Tú no eras la que iba a comerse dos natillas? —me pregunta Casi poniendo una frente a mí—. Pues empieza, porque lo que estás mirando no es comestible. —Y, de verdad, juro por lo más sagrado que si pudiera la ahogaría ahora mismo en su vaso de vino y gaseosa.

Me como no una, sino dos, tal y como le había prometido, cuidándome muy mucho de volver a quedarme mirándolo embobada, no sea que a mi querida Casilda se le suelte la lengua y comience a largar más de la cuenta, y, cuando José se arranca con la guitarra, siento su impaciencia empezar a crecer de la misma forma en que está creciendo la mía.

—Me marcho —anuncia finalmente mirando su reloj, poniendo el cronómetro a cero, y sonrío discretamente sabiendo por qué está haciéndolo.

—¿Te vas ya? —le pregunta mi padre, encendiéndose un puro.

—Sí, he quedado y ya llego tarde. Gracias por la comida, Pedro, lo he pasado muy bien. Mañana pasaré a por ti, Val, estate lista a las nueve —me dice con tono neutro, sin molestarse en mirarme, y miro de reojo a Casi, rogando a todos los dioses para que no abra la boca.

—¿No le pediste a tu hermana la motocicleta? —me pregunta puñetera, y bufo disimuladamente... ¡mierda de dioses!

—No, no llegué a hacerlo —replico observando cómo se marcha y deseando largarme con él.

—¿Querías mi motocicleta? —me plantea Alana, sin entender nada, con la música de José de fondo.

—Sí, pero ya no me hace falta.

—Venga, cuñada, arráncate a bailar.

—Uff, calla, que las dos natillas me están pasando factura.

—Ni que te hubieras comido dos toros.

—¡Casi, ¿no vas a dejarme estar?! —suelto dramáticamente.

—¡Pero si no he dicho nada!

—Además, ¿no eras tú la que había dicho que si me las comía te arrancarías con una jota? Pues venga, ya estás tardando, que aquí una ha cumplido —le recuerdo sonriendo.

—Mira esta, que tendré yo muchos problemas en arrancarme a bailar. Mírame y aprende —me dice mientras mi hermana se suma a ella entre risas.

—Hija, siéntate a mi lado —me pide mi padre, sonriéndome.

—Dime, papá —le digo, tomando asiento en la silla que hasta hace nada ocupaba él.

—¿Cómo va esa presentación? Me has pillado muy liado estos días y casi no te he prestado atención.

—No te preocupes, tengo a Vic para cualquier duda que pueda surgirme. De hecho, había pensado que, como la tengo casi acabada, durante esta semana podría ir con él para empaparme un poco de todo esto. Si voy a estudiar enología, más me vale empezar a enterarme bien —le propongo, poniendo en marcha la idea que he tenido antes y buscando un aliado en mi padre por si él se niega.

—Lo has vuelto a llamar Vic... Por lo que veo, ese calientaplatos funciona a la perfección —comenta sonriéndome.

—Y espero que no deje de funcionar —le digo, sonriéndole yo también.

—Me alegra veros así de bien otra vez, y que tú quieras conocer el negocio me hace el hombre más feliz del mundo —afirma con esa voz cargada de miles de matices que me recuerda una buena copa de vino tinto, con cuerpo y equilibrado.

Acercando mi silla a la suya, apoyo la cabeza en su hombro, sintiendo que este momento, a su manera, también es perfecto.

Capítulo 15

Miro discretamente la hora en mi reloj, comprobando que han pasado más de veinte minutos desde que se ha marchado, sintiendo cómo la impaciencia y la urgencia tiran cada vez de mí con más fuerza y cómo el calor de mi vientre va creciendo hasta llenarse de un deseo voraz y demoledor al imaginarme lo que me espera cuando llegue a su casa y, sin poder frenarme más, finalmente me levanto.

—Papá, me marcho. He quedado con unas amigas y ya llego tarde —farfullo atropelladamente, sintiendo la mirada de Casi clavada en mi rostro, y la miro rogándole en silencio que por una vez en su vida no diga nada.

—Pues entonces vas a tener que irte, odio a la gente impuntual —interviene mi hermana, echándome un cable.

—Pero esta noche dormirás ya en casa, ¿verdad? —me pregunta mi padre, mirándome con seriedad.

—Sí, claro, por supuesto.

—¿Y a cenar vendrás? Mujer, por dejártela preparada o no; ya sabes cómo odio tirar la comida —me dice Casi, sonriéndome.

—A ce-cenar... lo que se-se dice ce-cenar... ehhh... puesssss... creo que no-no —le contesto entre tartamudeos, sintiendo que me sonrojo por momentos mientras mi hermana me mira negando con la cabeza y yo siento deseos de abrirme la mía a cabezazos. ¡Será posible! ¡Al final será verdad que soy pésima mintiendo!

—Venga, hermanita, lárgate de una vez, que te están esperando.

—Eso, eso, vete con *tus amigas* —remata Casi, dándoles especial énfasis a esas últimas palabras, mirándome con esa cara de sabionda que pone cuando sabe algo que desconoce el resto.

—Bueno, pues eso..., que nos vemos luego —mascullo finalmente, dándome la vuelta.

Respiro profundamente cuando salgo de mi casa y, casi echando a correr, me dirijo hacia la suya, sintiendo mi vientre contraerse suavemente de anticipación a medida que voy acercándome a ella y, cuando la tengo frente a mí, suspiro bajito, sintiendo que todo comienza a vibrar de forma distinta, como siempre cuando estamos juntos. Con el deseo tirando de mí, la bordeo hasta llegar al porche trasero, donde sé que la puerta estará abierta, y, cuando la abro y lo veo, siento que mi corazón se detiene.

Está apoyado en la mesa, con los brazos cruzados a la altura del pecho y la mirada clavada en el suelo y, cuando la alza, posándola sobre la mía, reconozco verdaderas tormentas en ella.

—Treinta y cinco minutos —se limita a decirme con voz áspera, deteniendo su cronómetro y acercándose a mí con un andar lento y cadencioso—. Desde luego que sabes cómo llevarme al límite —prosigue, anclándome a su mirada, sin permitirme que me libere de ella.

—No podía irme cuando te has ido tú, hubiese resultado demasiado evidente —musito con mi pecho subiendo y bajando con rapidez.

—Tócame la polla —me ordena cogiendo mi mano y poniéndola sobre su enormidad—. Esto es lo único evidente —masculla dándome la vuelta con rapidez y posando mis manos sobre la mesa—. Solo pienso en follarte, Val... Llevo treinta y cinco putos minutos imaginándolo sin parar —sisea, levantándome la falda a la altura de las caderas y deshaciéndose de mi tanga con un movimiento rudo—. Treinta y cinco putos minutos imaginando cómo me sentiría cuando me hundiera dentro de ti —continúa, pasando su dedo por mi sexo resbaladizo, arrancándome un gemido cuando me da una palmada en el trasero, y lo alzo sintiendo mi sexo palpitar—. Vas a gemir, y mucho —me advierte, pegando mi pecho a la mesa, con mi mejilla apoyada en ella—. Levanta más el culo —me exige, y obedezco aferrando los bordes de la mesa, sintiendo mis piernas empezar a fallarme mientras oigo cómo rompe el envoltorio del preservativo.

Me penetra con un movimiento seco, insertándose hasta el fondo y arrancándome un gemido placentero que alargo cuando de otro empellón adquiere más profundidad, y alzo el trasero como me ha pedido, sintiendo que todo me da vueltas.

—Val... —masculla posando sus manos en mis caderas, empezando a moverse dentro de mí.

Dos, tres, cuatro, cinco... diez... Me penetra a un ritmo vertiginoso mientras yo solo puedo gemir y aferrarme a la mesa con fuerza mientras sus manos sujetan mis caderas moviéndome a su antojo, y grito sintiendo que me está llevando al límite, deseando más, exigiendo más y anhelando que nunca pare.

—Viccccc —gimo tan descontrolada como está él, sintiendo mis fluidos facilitarle la entrada.

—No vuelvas a ponerte este vestido si no voy a poder follarte cuando quiera —sisea entre dientes, mientras con una de sus manos presiona y frota mi clítoris, llevándome más al límite de lo que ya estoy.

—Si luego vas a follarme así, pienso ponérmelo todos

[illegible]eplico, entremezclando gemidos con palabras y [illegible]o cómo el orgasmo empieza a arder en mi interior y, cuando estalla, su rugido se entremezcla con mi grito—. Dios mío... —musito sintiendo mi cuerpo desmadejado debajo del suyo.

—Haces que pierda la cabeza —me confiesa en un susurro, con su pecho apoyado en mi espalda y mis manos aferrando la mesa—. Te hubiera follado en tu casa.

—Y Casi nos hubiera pillado —le digo sonriendo y cerrando los ojos, sintiéndolo llenar todo mi interior y deseando que no salga de él.

—Casi ya nos ha pillado —me rebate con seriedad—. A esa mujer no se le escapa nada, joder —exclama, saliendo de mí, y suelto un quejido.

—Quiero más, Víctor —le digo en un susurro, buscando su mirada y sintiendo cómo mi sexo reacciona a mi petición.

—¿Quieres más? —me pregunta con voz ronca, dándome la vuelta hasta dejarme frente a él—. De puta madre, porque no he terminado contigo —afirma deshaciéndose de mi vestido y de mi sujetador—. Eres como un caramelo del que nunca tengo suficiente y, créeme, no me hace ni puta gracia sentirme así.

—Yo tampoco tengo nunca suficiente de ti, pero no me importa —le suelto con descaro, deshaciéndome de su preservativo, que dejo en el suelo, y sentándome sobre la mesa, dejando mi sexo abierto para él—. Sin condón, Víctor; esta vez sin él —le ordeno, deseando sentirlo piel con piel.

—Val... —me dice a modo de advertencia.

—Por favor... —le pido cogiendo su miembro y guiándolo hasta la entrada de mi sexo y, cuando lo siento rozándolo, gimo cerrando los ojos, metiéndomelo dentro, poco a poco, con su piel acariciando la mía a su paso. Cuando lo tengo completamente encajado, enrosco mis piernas en torno a su trasero, pegándolo más a mí y arrancándole un gemido que se entremezcla con el mío—. Llevo toda la comida imaginando esto... Vic..., quiero sentirte de todas las formas posibles, por favor... —murmuro buscando sus labios—, por favor... —Y ese «por favor» encierra tantas tantas cosas...

—Nena —susurra soltando un suave gemido cuando los encuentro.

Me alza con cuidado por las nalgas y, formando un único cuerpo, llegamos hasta el sofá, donde, a horcajadas sobre él, empiezo a moverme con lentitud, subiendo y bajando, sintiendo mi piel erizarse por la emoción cuando, con nuestros besos, nos decimos todo lo que sentimos, cuando nuestras manos crean mundos enteros de sensaciones y cuando el sexo se convierte en mucho más que dos cuerpos friccionándose, se convierte en pura emoción.

* * *

—¿Sabes lo que es hacer el amor, Víctor? —le pregunto en un susurro cuando los latidos de mi corazón se normalizan y mi respiración deja de ser un caos, con él todavía encajado en mi interior.

—¿Qué es? —inquiere con seriedad, enlazando su mirada con la mía.

—Es esto, es ser nosotros —musito pasando mi dedo por su ceño para alisarlo—. Es estar mojada todo el tiempo, es que mi piel y mi cuerpo reaccionen a una mirada tuya —prosigo, hundiéndome en la tormenta de su mirada—. Es sentirte y querer más todo el tiempo. Es verte y reconocerme, y es ponerles tu nombre a todas estas emociones que llenan mi pecho.

—Me mareas, Val —susurra, negando con la cabeza.

—Y tú me mareas más. Te quiero, Víctor; aunque tú

no me lo digas, te quiero; aunque decida irme o quedarme, te quiero; pase lo que pase, te quiero, y no quiero que olvidemos estos días... nunca.

—Nunca voy a hacerlo, Val, y tú tienes que recordar lo que te dije, siempre, decidas lo que decidas, haga lo que haga, nunca olvides lo que siento por ti.

—No lo haré —murmuro apoyándome de nuevo en su pecho, con sus manos rodeando mi cintura—. No te alejes, Víctor —le pido de repente, tensándome, pues no sé de dónde ha salido eso.

—¿Cómo? ¿Por qué dices eso? —me pregunta, tensando su cuerpo él también.

—No lo sé, pero de pronto he temido que lo hicieras. No lo hagas, no te alejes —musito sintiendo el frío atenazar mi cuerpo.

—No te montes historias raras, Val. Solo te he pedido que recuerdes lo que siento por ti.

Y a pesar de sus palabras, siento cómo el temor a perderlo empieza a asentarse en mi pecho para comenzar a enfriarlo.

—Y no vamos a volver a hacerlo sin condón —me advierte, y sé que ha sonreído sin necesidad de haberlo mirado—. Ya me has mareado dos veces y no habrá una tercera.

—La culpa es de este sofá —le digo sonriendo también, a pesar de esta sensación agónica que se ha asentado en un rincón de mi pecho, para empezar a latir de una forma distinta a como lo hace mi corazón.

—Seguro —contesta entre risas, cogiéndome en brazos para llevarme hasta la ducha, donde entre besos nos enjabonamos mutuamente, encendiéndonos y calmándonos con nuestros cuerpos y nuestros labios y, cuando conseguimos llegar de nuevo al sofá, lo miro, guiñándole un ojo.

—Ni se te ocurra —me dice divertido.

—No he dicho nada —replico carcajeándome.

—Por si acaso —me indica cogiendo mis piernas y colocándolas sobre las suyas, empezando a acariciarlas, mientras yo me recuesto, relajándome y cerrando los ojos—. Me ha gustado lo que has dicho antes...

—¿El qué? —pregunto sin abrirlos, sintiendo el recorrido de la yema de sus dedos por mi piel.

—Ya lo sabes... Lo que has dicho antes sobre lo que es hacer el amor para ti —me aclara, y sonrío sin abrir los ojos, sabiendo de antemano que no añadirá nada más.

—Te echaré de menos esta noche —le digo abriéndolos finalmente y encontrándome con su mirada cargada de miles de emociones.

—Yo también, me he acostumbrado demasiado a ti —me confiesa con una sonrisa.

—Por suerte, en el trabajo vamos a estar todo el día juntos —le anuncio, guiñándole un ojo, sonriendo cuando frunce el ceño—. Tienes ante ti a tu sombra —le declaro bromeando, sorprendiéndome al ver cómo su rostro se ensombrece por momentos—. ¿Sucede algo, Víctor? ¿Por qué haces esa cara? —inquiero, preocupada, acercándome a él.

—Por nada. Me has recordado a una persona... Déjalo, no tiene importancia —me dice recomponiéndose con rapidez o, al menos, fingiendo hacerlo, y niego con la cabeza, consciente de que esos dieciocho años acaban de colarse en el salón.

—Y no vas a contarme a quién te he recordado, ¿verdad? —le pregunto sentándome de nuevo donde estaba, alejando mis piernas de las suyas.

—Chica lista —suelta guiñándome un ojo, cogiéndolas y colocándolas de nuevo sobre las suyas—. ¿Por qué has dicho eso? —me plantea sonriendo, a pesar de la tristeza que llena su mirada, y lo observo sintiendo cómo esos dieciocho años pesan más que toda una vida.

—Por nada —respondo sin saber cómo sentirme, pues por una parte me molesta muchísimo que no quiera hablarme de su pasado y, por otra, solo deseo reconfortarlo para que olvide todo eso que le pesa tanto.

—Val..., no empecemos. Venga, dime por qué lo has dicho —demanda mientras yo me pregunto de nuevo qué sucedería en su vida para que ni siquiera mi padre quiera hablarme de ello—. Solo tú y yo, ¿recuerdas? —insiste, esta vez con seriedad.

—Tienes razón, lo siento —musito soltando todo el aire de golpe—. Había pensado que, si tengo que decidir entre quedarme o marcharme, necesito toda la información posible. Ya sé lo que es ser modelo y supongo que debo añadirle más sacrificio, teniendo en cuenta que estaré en Nueva York, pero no tengo ni idea de lo que es trabajar aquí.

—Por supuesto que lo sabes, Val; te has criado en la bodega.

—Exacto, tú lo has dicho. Lo he visto desde fuera y ahora quiero verlo desde dentro.

—¿Y qué tienes en mente, exactamente? —indaga fijando su atención en mí.

—Ya te lo he dicho, voy a convertirme en tu... —Y, antes de terminar la frase, callo por miedo a recordarle a esa persona—. Quiero ir contigo a todas partes, hablar con los clientes, con los proveedores, enterarme de qué va todo ese rollo de la contabilidad y saber los pros y los contras si quiero decidir bien —le explico con seriedad.

—¿Todo el día juntos? Eso puede ser muy arriesgado, y más si te pones ese vestido —suelta con voz ronca, omitiendo hacer comentario alguno sobre el principio de mi frase, alzando las cejas y dirigiendo su mirada hacia la mencionada prenda, que se encuentra sobre la silla, pues, de nuevo, llevo puesta su camisa.

—Me gusta el riesgo, y más si es contigo —le contesto

incorporándome, sentándome a horcajadas sobre él y hundiendo mis dedos en su pelo—. Muéstrame cómo sería mi vida si me quedara aquí.

—Menos divertida de lo que sería si te fueras.

—Parece que estés deseando que lo haga —replico, molesta.

—Y tú parece que estés deseando no hacerlo cuando tienes un mundo entero ahí fuera por descubrir. Tienes diecinueve años, Val. ¿Cómo estás dudando? —me pregunta, frunciendo el ceño.

—Porque a lo mejor quiero descubrir ese mundo contigo —le digo, alisándoselo, para posteriormente levantarme y poner un poco de música, viendo de reojo cómo echa la cabeza hacia atrás, apoyándola en el respaldo del sofá—, y será mi decisión, Víctor, así que deja de poner esa cara, ¿quieres? —le pido mientras empieza a sonar *Every breath you take*, de The Police.

—¿Por qué no me escuchas cuando te hablo? —me pregunta exasperado.

—Porque no me interesa, ¿te vale como respuesta? —le contesto guiñándole un ojo.

—No, no me vale —replica con seriedad.

—Bueno, es tu problema, en todo caso —le rebato, sentándome de nuevo en el sofá—. He pensado varias cosas para la presentación; si dejas de poner esa cara de agrio, te las cuento —le digo, consiguiendo que sonría finalmente.

Sentados en este sofá, que ha conseguido que se salte una de sus normas dos veces, le detallo lo que tengo en mente mientras él me escucha guardando silencio en ocasiones, matizando mis ideas en otras o aportando su granito de arena, dándome nuevas ideas. Y sin darnos cuenta, vamos enlazando un tema con otro mientras las agujas del reloj avanzan silenciosas más rápido de lo que nos gustaría.

—Voy a tener que irme, ya es tarde —musito llevando la caja de la pizza hasta la cocina.

—No quiero que te vayas, Val —refunfuña serio, mirando al frente mientras yo me deshago de su camisa y me pongo de nuevo mi vestido.

—Ni yo, pero es casi la una de la madrugada y en casa hay ciertas normas que debo acatar mientras viva allí, y ya estoy incumpliendo una de ellas —le explico acercándome a él—. ¿Vendrás mañana a recogerme? —le pregunto melosa, observando su ceño fruncido—. Vic, ¿qué sucede? —inquiero poniéndome en cuclillas frente a él y alisándolo con mi dedo—. Y deja de fruncirlo, ¿quieres? —le pido mientras él me mira serio.

—Vamos, te acompaño; no quiero que vayas sola —me dice huraño, levantándose, y lo miro sin entender nada.

Lo sigo al exterior del porche, donde se ha detenido, y me acerco a él intentando eliminar esta sensación extraña que ha llegado para interponerse entre nosotros.

—Sabes que no puedo quedarme —susurro con dulzura, rodeando su cuerpo con mis brazos y apoyando mi pecho y mi mejilla en su espalda, aspirando su fragancia, que llega entremezclada con el olor de la noche cargado de humedad, tierra y fruta madura.

—Ya lo sé —masculla entre dientes, cogiendo una de mis manos, que aferra con fuerza, como si temiera que fuera a escaparme, para seguidamente echar a andar.

Hacemos el recorrido hasta mi casa en silencio; él sumido en sus pensamientos y yo deseando pagar un céntimo o un millón por ellos.

—Hasta mañana —musito antes de llegar al final del camino, deteniéndome e intentando indagar en su mirada, tan cerrada como la noche que nos ampara.

—Hasta mañana —me contesta con parquedad, y niego con la cabeza, sintiendo que hay algo que se me está escapando.

—¿Es porque no quieres que esté todo el día contigo? Si es por eso, dímelo y me iré con mi padre, pero no voy a quedarme encerrada todo el día en el despacho cuando la presentación ya está casi lista —le suelto a bocajarro, comenzando a cabrearme con él.

—Por supuesto que no, no digas tonterías —masculla entre dientes.

—Entonces, ¿qué mierdas te pasa? —le pregunto, cruzándome de brazos.

—Déjalo, no intentes entenderme cuando ni siquiera yo soy capaz de hacerlo... Nos vemos mañana, ¿vale? —me dice esbozando una sonrisa que no le llega a los ojos, dándome un toque en la nariz con su dedo antes de darse la vuelta y desaparecer entre las sombras de la noche sin darme un beso, y lo miro sintiendo cómo eso que tengo en el pecho, latiendo a un ritmo distinto junto a mi corazón, ocupa un poquito más de espacio.

Esa noche duermo intranquila, puede que sea porque durante dos noches seguidas lo he hecho con él pegado a mi cuerpo o porque esa sensación de que algo se me escapa se niega a desaparecer del todo; en todo caso, cuando despierto, lo hago sintiendo que estoy igual o más cansada que antes de acostarme.

Puesto que hoy comienza la vendimia y vamos a tener que ir a los viñedos, me visto con unos vaqueros y una camisa, evitando ponerme los tacones para no repetir la experiencia que viví cuando fui con Marco, y, tras atar mi pelo en una cola alta y maquillarme ligeramente, bajo a la cocina, donde lo encuentro tomándose un café, sentado en el taburete que ya ha hecho suyo.

—Buenos días —lo saludo con sequedad, sonriendo a Casi cuando se vuelve para mirarme extrañada.

—¿No has dormido bien? —me pregunta preocupada, fijando su atención en mí.

—¿Por qué no habría de hacerlo? —le formulo empleando el mismo tono seco que he utilizado antes, sintiendo cómo mi cabreo crece por momentos.

—Uyyyyyy, me parece que la cosa hoy está calentita. ¿Tienes tú algo que ver? —le plantea a Víctor de improviso, sorprendiéndolo y sorprendiéndome; desde luego, esta mujer es el colmo de la discreción.

—Pues no tengo ni idea. ¿Tengo yo algo que ver? —me traslada la pregunta con seriedad y los miro negando con la cabeza, cogiendo mi taza de té para llevármela a los labios—. De puta madre, empezamos bien —masculla imitándome y llevándose la suya a los labios, y lo miro achinando los ojos.

—Eso digo yo, y eso que es solo el principio, luego ya ni te cuento —suelta, y ambos la miramos deseando matarla—. Creo que aquí sobra una y es Casilda Martínez de la Nuez. Hija, ahí tienes la fruta, por si la quieres.

Sin decir esta boca es mía, cojo el plato y lo llevo hasta la nevera. «Para fruta estamos», pienso enfadada, recordando las últimas veces que la hemos comido juntos, muy segura de que hoy no será uno de esos días.

—¿Nos vamos? —le pregunto, cruzándome de brazos.

Lo veo inspirar profundamente y soltar todo el aire de golpe para, sin contestarme, dirigir sus pasos hacia la puerta y lo sigo en silencio hasta el todoterreno, sintiendo la frustración instalarse en mi pecho hasta coparlo por completo.

—No pienso arrancar hasta que me digas qué coño te pasa —me dice cerrando de un portazo.

—Lo sabes de sobra —siseo dando otro portazo yo también.

—Oye, Val, olvida lo de anoche, ¿vale? Sé que te tengo hecha un lío, pero yo también lo estoy y ayer no supe gestionarlo.

—¿El qué no supiste gestionar? Víctor, es que... ¡joder! —le grito frustrada—. Me pierdo contigo; parece que estamos bien, pero de repente ya no lo estamos. Te tengo al ciento por ciento, pero de golpe estás solo al diez por ciento, y no entiendo esos giros ni esos silencios que de pronto están ahí, llenando huecos que no deberían estar.

—¿Y no se te ha ocurrido pensar que posiblemente yo también quiera dos cosas distintas? —brama con la frustración desprendiéndose con sus palabras.

—¿No quieres estar conmigo? —musito en un susurro, sintiendo que el equilibrio empieza a fallarme.

—Déjalo estar —sisea entre dientes, con todo su cuerpo en tensión.

—No, no me pidas que lo deje estar cuando tiene que ver conmigo.

—¡Estás olvidando lo que te dije!

—¡Me has dicho muchas cosas, Víctor!

—¡Hay una que nunca deberías olvidar! —me recrimina, alzando la voz y dándole un manotazo al volante—. ¡Joder, Val! Ya te dije ayer que no intentaras entenderme —me recuerda frustrado mientras yo dirijo mi mirada hacia la ventana, sintiendo la garganta cerrada por el dolor.

—¿Cómo te sentirías si yo te pidiera eso? —murmuro con un hilo de voz.

—Lo siento —se disculpa mientras yo mantengo la vista clavada en la ventana.

—¿Qué sientes, exactamente? —le pregunto, temiendo que vaya a dejarme.

—Demasiadas cosas —susurra enigmático, poniendo el vehículo en marcha mientras yo aprieto los labios, negándome a llorar.

El trayecto hasta la bodega lo hacemos en silencio; yo esforzándome por retener las lágrimas en mis ojos y él... ni idea.

—¿Quieres pasar el día conmigo o con tu padre?

—me plantea cuando llegamos al parking, cubriendo su voz y su rostro con esa máscara inexpresiva que tanto me molesta.

—¿Qué quieres tú? —musito sosteniéndole la mirada, deseando ver en ella algo que me indique qué siente o desea, con todos mis sentidos puestos en su respuesta.

—Que lo pases conmigo —afirma rotundo—, aunque a veces pueda estar al diez por ciento o aunque mis silencios llenen huecos que deberían llenar mis palabras —añade con seriedad, y asiento sin decir nada saliendo del coche.

Sintiendo la garganta todavía cerrada y negándome a derramar una puñetera lágrima, me dirijo al interior del edificio seguida por él y, cuando paso frente a la tienda, saludo a mi amiga, que está hablando con unos clientes, con un movimiento de cabeza sin detener mis pasos, directa hacia nuestro despacho.

Parece que fue hace una eternidad cuando me encerré llorando en el baño y ella me aconsejó que intentara encajar un círculo con un rectángulo, una eternidad resumida en un fin de semana repleto de demasiados miles... «Miles de emociones, miles de gemidos, miles de besos, miles de roces... miles de silencios...», pienso sintiendo cómo el dolor de garganta baja hasta mi pecho, donde se asienta.

Cuando cruzo la puerta del despacho, me dirijo hacia mi mesa, donde dejo mis cosas, sin saber qué decir, qué hacer o incluso qué sentir.

—Ven —me pide con voz ronca, cogiéndome del brazo y pegándome a su pecho, abrazándome con fuerza—. Lo siento, Val —me dice y, de nuevo, tengo la sensación de que hay algo que se me escapa, como si estuviera ahí, frente a mí, pero no pudiera verlo, solo que opto por guardar silencio—. Di algo, por favor —me ruega indagando en mi mirada.

—No tengo nada que decir —musito rehuyéndola.

—No me lo creo, tú siempre tienes algo que decir —replica con una sonrisa que no le llega a los ojos.

—Esta vez no —susurro, sintiéndome tan perdida que las palabras se me escapan como si estuvieran envueltas en algo resbaladizo y fueran imposibles de atrapar.

—Mírame —me pide, pero no lo hago, pues temo hacerlo y desmoronarme—. Val... nena... —insiste—, mírame —me ruega, y finalmente uno mi mirada vidriosa a la suya, donde esa máscara que la cubría ha desaparecido, permitiéndome observar las batallas que en ella están librándose. Dejándome llevar, uno mis labios a los suyos.

Lo beso lentamente, sin prisas, demorándome en cada sensación, en cada suspiro, en cada emoción, necesitando crear una eternidad que nos envuelva y nos proteja incluso de nosotros mismos; necesitando convertir mis palabras y todo lo que siento en algo que pueda traspasar cualquier resistencia que pueda tener; necesitando sentir de nuevo su alma abierta para mí y que esa sensación extraña, que se instaló anoche entre nosotros, desaparezca con este beso que lleva envuelto todo lo que soy y lo que siento.

Cuando sus manos acunan mi rostro, siento cómo una lágrima escapa furtiva de mis ojos, como lo haría un preso que no puede más y corre libre campo a través intentando abrazar ese futuro que tiene frente a él... como tratamos de hacer nosotros, que queremos ser cuando todavía no somos, cuando las cadenas de su pasado todavía aprisionan sus tobillos como lo harían unos grilletes o cuando mi futuro es una bifurcación que puede llevarnos a cualquier sitio.

—Val... por favor —me pide de nuevo cuando me separo de él, dándole la espalda mientras siento que el resto de mis lágrimas siguen a esa lágrima furtiva, mojando mis mejillas.

—Supongo que hay cosas que yo tampoco sé cómo

gestionar; lo siento, no quería llorar —musito dándome media vuelta para mirarlo, encogiéndome de hombros, mientras él se acerca a mí otra vez.

—Tú no tienes que sentir nada; estás llorando por culpa mía, en todo caso soy yo quien debería disculparse.

—No hemos empezado muy bien el día —comento intentando sonreír.

—Y eso que es solo el principio —me dice recordándome las palabras de Casi con una sonrisa y haciéndome sonreír a mí—. Sé que anoche la cosa no fue muy bien y que no hemos empezado bien el día, pero podemos arreglarlo —me propone secando mis lágrimas—. ¿Empezamos de nuevo?

—Siempre empezamos de nuevo en esta oficina —replico buscando su mirada, asintiendo con la cabeza—. Buenos días, Víctor.

—Buenos días, Valentina —me responde con la mirada convertida esta vez en un lago de aguas plácidas.

—Qué raro se me hace que me llames así —le confieso hundiéndome en ellas—. Val, nena... pero Valentina, te queda muy formal —murmuro medio sonriendo.

—En el fondo soy un tío formal, aunque no lo parezca —me rebate sonriendo él también—. ¿Estás mejor? —me pregunta apoyando su frente contra la mía y siento cómo la intimidad, esa que nada tiene que ver con el sexo, llega para envolvernos y cargarse de un plumazo esa sensación extraña que no quiero volver a sentir.

—¿Y tú? —planteo a mi vez, llevando mis manos a su cuello y a mi casa.

—Solo cuando tú lo estés —me contesta con su aliento acariciando el mío, y me pego un poquito más a su cuerpo, que es mi refugio, con sus manos rodeando mi cintura.

—Entonces supongo que ya estás mejor —susurro percibiendo que el equilibrio regresa y que esa nube que siento flotando en la palma de mi mano se vuelve de nuevo blanca y suave.

—¿Lista para empezar con la vendimia? —me pregunta pegándome más a su cuerpo.

—Lista —le confirmo con una resplandeciente sonrisa.

—Pues vamos entonces —declara, dándome luego un beso que consigue que el suelo tiemble bajo mis pies.

Capítulo 16

Con la complicidad recuperada, nos dirigimos hacia los viñedos, donde, desde primera hora de la mañana, están comenzando a vendimiar, y a su lado regreso a mi infancia, a esos días de principios de otoño, cuando mi principal diversión consistía en corretear por las filas de vides mientras los operarios, capazo, tijeras y *corquete* en mano, trabajaban incansables bajo los rayos del sol.

—Recuérdales que no deben coger los racimos rotos, los que tengan tierra o los que estén en el suelo —oigo cómo le dice con seriedad a Manolo, el capataz, mientras a lo lejos veo a Santi, el ingeniero agrónomo de la bodega, hablando con alguien que no conozco, posiblemente del Consejo Regulador—. Si ven algún racimo con podredumbre, que lo descarten en el acto, así como todos los que estén faltos de maduración —prosigue mirando al cielo, y lo imito suspirando, recordando el control que se lleva del tiempo durante la vendimia—. No quiero trasvases innecesarios, del cajón directo al camión —continúa con autoridad—. Necesito que las uvas lleguen sin roturas y enteras a la bodega y, por supuesto, sin aplastar, ¿está claro?

—Víctor, macho, relájate un poco, anda, que no somos nuevos en esto —le responde Manolo, tan relajado como si estuviera tumbado al borde de la piscina—. Llevo una cuadrilla que sabe lo que se hace, así que no te preocupes tanto, ¿quieres?

—No me importa, recuérdalo todas las veces que sea necesario; que el trabajo aquí se haga bien es fundamental para todo lo que vendrá después.

—Valentina, maja, dile que lo tenemos claro, a ver si te escucha a ti más que a mí —me pide, haciéndome sonreír—. Que sí, macho, que sí, que lo tenemos controlado.

—¿Cuánto tiempo crees que tardaréis? —le pregunta frunciendo el ceño.

—Una semana más o menos, dos a lo sumo, y porque llevo una buena cuadrilla de mozos.

—¿Quién controla la vendimia de los otros viñedos?

—A Pepe lo tengo al frente de los de Labastida y a Manuel, en los de Rodezno —le informa, y veo que asiente con la cabeza.

—Llámame para cualquier cosa que surja —le pide, dándose la vuelta para empezar a alejarse, y lo sigo.

—¿Si quiero un besito también te llamo? —replica guasón, y me vuelvo hacia Víctor para observar la sonrisa que está comenzando a formarse en su rostro, las arruguitas en torno a sus ojos que la acompañan y esa mirada tan clara capaz de conseguir que el cielo que hoy nos da cobijo la envidie.

—¿Ya vamos con los besitos, *macho man*? —se la devuelve, con una voz tremendamente sexy, provocando que una carcajada escape de mi garganta. Y, cuando me sonríe a mí, provoca muchas cosas más.

—Eres irresistible, macho, no puedo evitarlo —le contesta, siguiéndole la corriente antes de darse la vuelta y proseguir con su trabajo.

—Gabriel, el hermano de Manolo, era muy amigo mío —le cuento cuando reanudamos nuestro camino hacia los camiones donde están cargándose las uvas, mientras Víctor no pierde detalle de todo lo que acontece a nuestro alrededor—. Él estudiaba en el colegio que había cerquita de mi internado y muchas veces coincidíamos cuando salíamos por ahí. Recuerdo que... —dejo de hablar cuando se detiene frente a un capazo y, en cuclillas, procede a «casi» analizar los racimos que hay en él, completamente ajeno a lo que estoy explicándole, mirando las uvas como si fueran a hablarle en cualquier instante.

Y entonces me percato de que no estoy a lo que tengo que estar, pues ni estoy preocupada por el tiempo, ni tensa, ni en ningún momento se me ha pasado por la mente hacer lo que está haciendo él.

—¿Está todo bien? —le pregunto, obligándome a centrarme de una vez, agachándome también para estudiar los racimos de uva e intentando ver lo mismo que esté viendo él, pero, sinceramente, solo soy capaz de ver racimos de uva, sin más.

—Me preocupaba un poco que nos hubiéramos adelantado en vendimiar a pesar de los resultados de los muestreos, pero las uvas están en el punto justo de maduración. Fíjate, está perfecta —me dice cogiendo una uva, quitándole la pulpa y sacando las pepitas—. Negras, como deben estar.

—Y la piel ya no está tan áspera, ya no es tan bruta —musito cogiendo yo otra, rascándola con el dedo para quitarle las capas y notando cómo los dedos se me quedan pegados por el azúcar y, tal y como me enseñó a hacer cuando era pequeña, cojo otra uva para llevármela a la boca y aplastarla con la lengua contra el paladar—. Está perfecta —confirmo sintiendo su dulzura expandirse por mi boca.

—Te besaría ahora mismo si pudiera —me suelta con seriedad, mirándome intensamente—. Estás preciosa, Val —susurra solo para mí mientras lo miro fascinada.

—Tú tampoco estás nada mal —le indico, sonriéndole tontamente.

—¿A pesar de ser una pasa arrugada? —me pregunta socarrón, recordándome mis palabras y levantándose.

—O un gran reserva, todo depende de cómo se mire —matizo, imitándolo.

—Hombre, gracias, la cosa va mejorando entonces —comenta riendo, reanudando el camino, para, seguidamente endurecer su gesto.

—¿Sabes un recuerdo que tengo asociado al de la vendimia? —le pregunto siguiéndolo.

—¿Cuál? —me formula frunciendo el ceño.

—El de la preocupación —le indico, alisándoselo con dulzura—. Primero la de mi padre y, más tarde, la tuya —continúo, perdiéndome en su mirada—. La época más bonita del año para mí, vosotros la vivís en un estado de tensión continua.

—Para mí también lo es, a pesar de que suene un poco contradictorio. Supongo que la vendimia es como ese examen final al que temes no llegar preparado después de estar todo un año trabajando; hacer bien ese examen y, sobre todo, en el momento idóneo es lo que nos lleva a preocuparnos en exceso.

—Y luego están los dimes y diretes. Seguro que en estos momentos estamos en boca de todos los viticultores por estar vendimiando los primeros —le digo esbozando una media sonrisa, observando cómo nuestros pies se hunden ligeramente en la tierra seca dejando huellas que, mientras otros no las pisen, serán una prueba clara de que hoy estamos caminando juntos en la misma dirección.

—Seguro —me dice ajeno a mis pensamientos, sin dejar de observarlo todo—, pero eso me importa dos cojones.

—Dime qué ves, Víctor —le pido centrando mi atención en él—. Dime qué buscas o qué esperas encontrar cuando lo miras todo tan detenidamente —inquiero deseando aprender todo lo que pueda durante esta semana mientras nos acercamos hasta los camiones refrigerados, donde los operarios están llegando con los cestos de uva.

—Tienes que prestar atención a todo lo que te rodea, Val. Observar cómo cortan los racimos, que no llenen el cajón en exceso para evitar el aplastamiento de la uva y que se cumpla todo lo que le he dicho a Manolo. Que el racimo no lleve tierra pegada a él es esencial para evitar en lo posible impurezas tales como polvo, sarmientos o insectos —me cuenta sin perder detalle de nada—. Todo es importante en el proceso de creación de un vino y el viaje comienza aquí, en el campo. Estamos en manos del tiempo, sobre todo ahora, porque, si llueve, nos jode, pero si hace demasiado sol, también nos jode, así que supongo que es normal estar un poco tensos y preocupados durante esta semana —me aclara observando cómo van llegando camiones y se marchan otros—. Venga, regresemos a la bodega —me propone, echando a andar hacia su vehículo.

—¿Sabes? Puede que yo me criara aquí, pero tú creciste viviéndolo de verdad. Para mí, esto era como un cuadro que adornaba mi vida, mientras que tú, en cambio, fuiste quien utilizó los pinceles para pintarlo, quien se manchó las manos de pintura mientras las mías permanecían limpias —le explico con admiración, una vez que estamos en su coche—. Para ti, este mundo no tiene secretos y, por el contrario, para mí es todo un secreto.

—Un secreto fácil de desentrañar si estás dispuesta a hacerlo —me anima con una media sonrisa—. Puede que no ayudaras a pintar ese cuadro, Val, pero creciste viéndolo; lo llevas dentro y, en realidad, no es cierto que no te mancharas las manos, recuerda que, cuando tu abuelo vivía y se unía a los operarios para vendimiar, tú lo hacías con él —añade, y con su voz vuelvo a ver sus manos grandes y callosas cortando los racimos de uva con cuidado, vuelvo a ver esos ojos que me miraban como si yo fuera lo más grande del universo y vuelvo a ver esa sonrisa que siempre tenía lista para mí—. Además, eres capaz de hacer la cata de un vino mejor que mucha gente que lleva años en este sector —me indica arrancando, devolviéndome a la realidad.

—La primera cata que hice fue contigo —contesto, recostándome en mi asiento, todavía con la imagen de mi abuelo acompañándome—. ¿La recuerdas?

—¿La cata de la uva? —me pregunta, entendiéndome en el acto, y me vuelvo para mirarlo, sonriendo abiertamente cuando veo que lo hace él.

—Exacto, y siempre que como uvas la rememoro, como antes cuando he probado la uva en el campo —le confieso.

—Yo también la he recordado —me dice volviéndose para mirarme—, solo que ahora ya no tenía a una niña frente a mí intentando robarme el vino. Joder, si llego a descuidarme un instante, te lo bebes —me indica mientras conduce hacia la bodega y empieza a sonar *Presence of love*, de The Alarm, y sonrío un poquito más al reconocerla.

—Sí, y me jodiste el plan —prosigo, arrancándole una carcajada—. La verdad es que comer fruta contigo siempre es una experiencia —agrego, guiñándole un ojo—. *Presence of love* —señalo con chulería.

—Demasiado fácil —replica condescendiente, negando con la cabeza.

—¿Fácil o que simplemente soy buena? Puede incluso que sea mejor que tú —lo pincho, sabiendo que va a saltar.

—¿Con las canciones *remember*? Lo siento, nena, pero, por mucho que te esfuerces, siempre te superaré —objeta fanfarrón, haciéndome sonreír—. Verte crecer sí que fue una experiencia, Val —me dice, poniéndose serio de repente—. Tú me enseñaste más cosas de las que yo podré enseñarte nunca, y continúas haciéndolo ahora.

—No estoy de acuerdo —le rebato, pues sin duda, si soy quien soy, es gracias a él—. Además, gracias a ti conozco las canciones *remember* —musito con dulzura, llevando mi mano hasta su cuello, para acariciárselo, mientras él, a modo de respuesta, lleva su mano a mi pierna, para acariciarla también, sin dejar de conducir—. Y todavía tienes muchas cosas que enseñarme; si voy a estudiar enología, quiero saberlo todo sobre este mundillo. Si es posible, quiero ser la sabionda de la clase.

—De eso no tengo la menor duda, vas a ser la sabionda de la clase y la más guapa de todas —me adula con cariño, consiguiendo que una tonta sonrisa se perfile en mi rostro—. Oye... si decides irte... ¿cómo lo harás? ¿Podrás asistir a clase y estar las veinticuatro horas disponible?

—Ya quisiera. Tendrá que ser *on-line*, porque presencial es casi imposible. Tendré tutores que resolverán las dudas que pueda tener y cogeré pocas asignaturas para poder ir sacándolas poco a poco.

—¿Y cuándo estudiarás?

—Se pierde mucho tiempo durante los *castings* y los desfiles, así que aprovecharé esas horas muertas para estudiar. Supongo que, cuando quieres hacer algo de verdad, lo haces; buscas la forma de conseguirlo y, si no la encuentras, pues te la inventas. Sé que la moda no es mi futuro y que llegará un momento en el que seré demasiado mayor, puede incluso que un día me canse de vivir siempre corriendo, y para entonces quiero tener algo a lo que aferrarme; no quiero verme un día sin trabajo y sin saber qué hacer —le explico mientras estaciona el vehículo en el parking de la bodega.

—Decidas lo que decidas, nunca aparques tus estudios y sácate esa carrera. Nunca dejes de formarte, a pesar de la vida que estés llevando —me aconseja antes de salir del Jeep, y lo hago yo también, recordando cuando él compaginaba los suyos con el trabajo en la bodega y, con la compañía de esos recuerdos, lo sigo hacia el patio de vendimia, donde están llegando los camiones—. Como sabes, cuando las uvas llegan a la bodega, se cogen varios racimos de distintas cajas para aplastarlos y sacar el mosto; con el refractómetro se analiza el azúcar y, con el FOSS, los demás parámetros antes de llevar los cajones a las cámaras frigoríficas, donde las dejamos refrigerando a cuatro grados durante veinticuatro horas para evitar su oxidación, la salida del mosto y preservar el color y los aromas al máximo —me detalla mientras observo el proceso, que he visto cientos de veces y que escucharía de su voz cientos de veces más—. Pasadas esas veinticuatro horas, se repiten los mismos análisis y, dependiendo de los resultados, se valora y se separa la uva en distintas tinas en función de su calidad —prosigue su explicación, que interrumpe cuando suena su móvil—. Tengo que contestar —me dice, y asiento—. Dime, Gonzalo... no, no he podido conectarme hoy todavía. ¿Cómo ha ido la apertura? —le pregunta con seriedad y, aunque sé que no debería escuchar, lo hago hasta el punto de casi quedarme embobada mirándolo—. Joder, el Dow Jones estornuda y nosotros cogemos la puta gripe... No, no vendas aún. Espera un poco más, a ver si recupera... Ya lo sé, pero no puede mantenerse en ese nivel mucho más y en algún momento tendrá que remontar; además, si vendo ahora, palmo mucha pasta —afirma frunciendo el ceño, y lo miro más fijamente—. Vale; mantenme al tanto.

—Te he oído sin querer —le digo alzando ambas cejas.

—¿Sin querer evitarlo? —replica, sonriéndome.

—Bueno, más o menos. ¿Pierdes mucha pasta? —inquiero, siendo la indiscreción hecha mujer.

—Mucha —me indica empezando a andar.

—¿Y no estás preocupado? —le pregunto, incrementando el ritmo de mis pasos hasta colocarme a su lado.

—No precisamente.

—¿No? ¿De verdad? —le formulo, extrañada—. Porque te aseguro que, si yo perdiera mucho dinero, estaría que se me llevarían los demonios.

—Por eso soy mejor que tú en todos los juegos —me rebate con insolencia, consiguiendo que sonría.

—Pero yo no pierdo pasta y tú sí —replico, arrugándole la nariz.

—Cierto, pero tampoco la ganas —matiza, dándole un toque con su dedo, como acostumbra a hacer.

—Muy listo —acepto, sonriendo un poquito más—. Explícame de qué va todo ese rollo —le pido, deseando saber cualquier cosa que forme parte de su vida.

—A ver... —empieza a decir sin dejar de caminar—. ¿Sabes lo que es la bolsa? —me pregunta, y niego con la cabeza—. ¿El Íbex 35? —prosigue, y vuelvo a negar con ella—. ¿Las acciones...?

—Solo sé lo que son las acciones, pero poco más —reconozco.

—Pues esas acciones oscilan al alza o a la baja, dependiendo de las noticias. Si sale cualquier noticia en cualquier parte del planeta que afecte, por lo que sea, a sus intereses, las acciones de esa empresa pueden subir o bajar y, en consecuencia, valer más o menos dinero; básicamente, compras cuando están a la baja y vendes cuando están al alza.

—¿Y ahora pierdes dinero porque han bajado?

—Exacto. Esto es muy volátil. Piensa una cosa: si sale una noticia negativa para la banca, todas las acciones que estén relacionadas con ella se van a ir a la mierda, y al contrario si es positiva, y a todo eso súmale que el noventa por ciento de la bolsa se rige por Estados Unidos; si ellos suben, nosotros vamos detrás, y si ellos bajan, nosotros caemos en picado. El secreto está en mantener la calma y pensar que todo lo que baja sube, igual que luego puede volver a bajar.

—¿Y por eso tienes cuatro ordenadores en tu mesa?

—Exacto —me contesta, guiñándome un ojo.

—¿Y en serio te gusta eso? ¿Que tu dinero esté en manos del mundo y de las noticias que puedan surgir?

—Me encanta, y no está en manos del mundo, está en mis manos: soy yo quien decide y asume los riesgos —me rectifica, sonriéndome con esa sonrisa tan sexy que es capaz de conseguir que se me licuen los huesos.

—Pues ahora estás perdiendo pasta —le recuerdo, sonriéndole yo también mientras llegamos al despacho.

—Tiendes a olvidar las cosas que te digo —me indica socarrón, sentándose a su mesa, y lo miro alzando ambas cejas—. Recuerda que todo lo que baja sube, en todos los sentidos —prosigue divertido, guiñándome un ojo y haciéndome sonreír un poquito más—. Val, he ganado una fortuna y también he perdido mucho dinero, pero son riesgos que asumo y que controlo en cierta manera.

—No creo que me gustara ese mundo —sentencio convencida.

—Por eso tú eres modelo y yo no —replica, centrando su atención en las pantallas de sus ordenadores—. Ponte a trabajar.

—Perdona, pero no he dejado de hacerlo desde que he llegado —le rebato encendiendo mi portátil.

—¿Has hablado con los de marketing sobre el vídeo que te dije? —inquiere sin molestarse en mirarme.

—Sí; tenían uno hecho, ¿quieres verlo?

—Luego —me contesta distraído, y me levanto para ver de qué va en realidad todo eso.

Con la naturalidad que te da el compartir tu cuerpo y tu intimidad con alguien, llego hasta donde está él y, sin pensármelo dos veces, me siento en su regazo, arrugando el ceño en cuanto mi mirada se posa en el primer ordenador.

—¿De verdad te aclaras con todo esto? —planteo, viendo la pantalla llena de cifras, unas rojas y otras azules, que no dejan de cambiar.

—Estás viendo el Íbex 35 a tiempo real —me aclara, rodeando mi cintura con sus brazos—. Esas cifras de ahí son los índices internacionales —continúa—. El Dow Jones es el índice norteamericano; el AEX, el de Ámsterdam; el CAC 40, el de París; el DAX, el de Alemania; el Euro Stoxx 50, el índice de referencia de la Eurozona, el Euronext 100 es el paneuropeo... y tienes que seguirlos todos, porque, cuando uno se desploma, significa que algo sucede, y para esto tengo este ordenador, para seguir las noticias sin perder de vista los valores y los índices —me cuenta, y lo miro flipando en colorines. ¿En serio?—. Estas cifras de ahí son los valores que sigo; fíjate cómo se actualizan continuamente. Es importante conocer la acción, saber cuál es el valor máximo al que ha llegado y cuál es su mínimo, para conocer cuál es su recorrido.

—¿Y el tercer ordenador? —le pregunto sintiendo el calor de su cuerpo envolviendo el mío.

—Para realizar las órdenes de compra y de venta —contesta con voz ronca, y siento cómo todo comienza a vibrar de forma distinta.

—Y, el cuarto, para la bodega, ¿verdad?

—Verdad —me responde con su mano acariciando mi pierna.

—Eres un cerebrito —suelto con admiración, volviéndome para mirarlo.

—¿Tú crees? —dice divertido.

—Sin duda, un cerebrito que está para comérselo enterito —musito rozando mis labios con los suyos, recordando las muchas veces que en el pasado deseé hacer esto y no pude.

—Val..., no vas a marearme —me asegura con voz ronca, sonriendo contra mis labios.

—¿Estás seguro? —murmuro moviéndome sobre sus piernas para sentarme a horcajadas sobre ellas—. Vic... —susurro enterrando mis dedos en su pelo, recibiendo como contestación un gemido y la reacción instantánea de su sexo.

—Nena... —masculla llevando sus manos a mi trasero y pegándome contra su dureza, y me muevo buscando la fricción de nuestros sexos—, para, Val —me pide con voz aún más ronca—, para... En serio, para... La puerta no está cerrada con llave... Puede entrar alguien.

Sin dilación y moviéndome con rapidez, me levanto para correr hacia ella y cerrar el pestillo.

—Problema resuelto. Cinco minutos, Víctor, ¿pueden esperar las acciones, los mercados y la vendimia cinco minutos? Luego prometo no volver a rozarte hasta que terminemos —lo tiento, yendo hacia él empezando a desabrocharme los vaqueros mientras su mirada se oscurece en una milésima de segundo, cargándose de un deseo primitivo y de miles de promesas que se instalan en mi vientre, asentándose y tirando de él—. Me debes una reconciliación en toda regla después de lo de anoche —le reclamo desprendiéndome de ellos sin dejar de mirarlo.

—¿Y crees que con cinco minutos tendremos suficiente? —me pregunta sin perder detalle de cada uno de mis movimientos—. Una reconciliación en toda regla requiere mucha más dedicación; me limitas con tan poco tiempo —me indica con seriedad.

—Ya lo sé, pero esto será algo así como una tirita; luego vas a tener que esmerarte —replico, empezando a desabrochar mi camisa hasta dejarla completamente abierta mientras el brillo de su mirada va cambiando, creciendo..., desbordándose.

Con la respiración completamente agitada, soy testigo

de cómo hace a un lado todos los portátiles para, seguidamente, cogerme en volandas y depositarme sobre la mesa, dejando mis piernas abiertas frente a él.

—Incluso para poner una tirita, cinco minutos es insuficiente —susurra haciendo a un lado la tela de mi tanga, y emito un suspiro bajito.

Con un movimiento rápido, su lengua barre mi sexo y, con celeridad, llevo mi mano hasta mis labios para amortiguar el gemido que se ha colado rápido y fugaz por mi garganta.

—No quiero oírte —me ordena con autoridad, sentado en su silla con mis piernas abiertas frente a él, y juro que este momento es uno de los más sexis que he vivido hasta ahora con él.

Asiento en silencio, con mi sexo palpitando de anticipación y el fuego y el deseo entremezclándose y empezando a correr con virulencia por mis venas mientras él se deshace de mi tanga para, casi al segundo, inclinar su rostro hasta llegar de nuevo a mi sexo, que atrapa con sus labios, chupando, lamiendo y succionando, con sus manos en torno a mi trasero, pegándome a su boca con posesión, y recuesto mi espalda sobre su mesa, incapaz de mantenerme sentada, necesitando y reclamando más con mis caderas, que se mueven sobre su boca mientras él se da un banquete en toda regla con mi sexo.

Gemidos silenciados por la palma de mi mano, suspiros que retumban en las paredes de su despacho, papeles cayendo al suelo y el orgasmo formándose caliente dentro de mí impulsado por su lengua y sus labios y, cuando explota en mi interior, siento cómo se adueña de cada fibra de mi ser mientras suelto un largo gemido imposible de acallar.

—Joderrrrr... —farfullo entre gemidos, arqueándome y sujetándome a la mesa entre espasmos.

—Te he dicho que no quiero oírte —me advierte con

la mirada en llamas, levantándose, desabrochando sus vaqueros y colocándose un preservativo con celeridad.

Y, antes de que pueda contestarle, me penetra de una estocada y de nuevo llevo mis manos a mi boca.

—La puta madre —masculla anclando las suyas a mi cintura, pegándome más a él y bombeando dentro de mí con movimientos rápidos y secos que consiguen que todo me dé vueltas.

Gimo de nuevo contra la palma de mi mano mientras su mirada me mantiene atada a él de la misma forma en que están haciendo sus manos con mi cuerpo, y lo dejo hacer, casi enloqueciendo con lo que está haciéndome sentir, necesitando gritar, chillar y sacar fuera todo esto que está ahogándome, pero muerdo la piel de mi mano para no hacerlo.

—Consigues que pierda la cabeza, Val —sisea entre dientes, sin dejar de bombear, y muevo mis caderas reclamando más profundidad, más intensidad y más de todo, a pesar de que estamos a punto de cargarnos la mesa.

—¡Más! ¡Mássssss! —susurro entre jadeos, llevando mis manos al borde de la mesa, necesitando llenar mis pulmones del aire que él está llevándose.

—¿Quieres más? —ruge en un susurro sin dejar de moverse, cogiendo mis caderas y pegándome con fuerza y rudeza a su sexo, consiguiendo que esta vez sea yo la que pierda la cabeza y gima con fuerza cuando el orgasmo llega de nuevo, fulminante.

—Dios mío... —musito con admiración, mirando al techo cuando se desploma sobre mi cuerpo, sintiendo los latidos de su corazón bombear furiosos contra su pecho, y lo abrazo, enroscando mis largas piernas alrededor de su cintura.

—Quieres acabar conmigo, ¿verdad? —me pregunta cuando sus latidos se normalizan, empezando a salir de mi interior.

—Lo siento. Había olvidado que ya no estás para muchos trotes; a este paso cualquier día te cargarás la cadera —le digo socarrona, observando cómo se quita el preservativo, y le tiendo un pañuelo desechable.

—Muy graciosa —me responde sorprendiéndome al limpiarme él a mí, y lo miro embelesada—. ¿Crees que esa tirita durará puesta hasta que terminemos de trabajar?

—Intentaré mantenerla en su sitio —afirmo cogiendo otro pañuelo para limpiarlo esta vez yo a él y, de nuevo, me sorprende cuando me da un beso tan tierno y dulce que siento cómo se expande por todo mi cuerpo hasta llegar a la planta de mis pies.

—Vístete —me ordena con una sonrisa canalla—. Ya está bien de holgazanear, señorita, y por supuesto tienes prohibido volver a marearme.

—Sabes que en el fondo te encanta que lo haga —replico levantándome de la mesa para empezar a ponerme la ropa—. Durante un momento he temido que nos la cargáramos —le confieso sonriendo, viendo los papeles esparcidos por el suelo y comenzando a recogerlos.

—Como no dejes de marearme, algún día lo haremos —me responde, y lo miro cautivada, deseando no dejar de hacerlo jamás.

El resto del día trabajamos codo con codo sin tomarnos un descanso excepto para ir a comer y, mientras el sol realiza su ascenso y más tarde su descenso, nosotros acabamos de matizar la presentación, vamos juntos a los viñedos para, posteriormente, regresar a la bodega y, de ahí, de nuevo al despacho. Juntos asistimos a varias reuniones y, todas las veces que lo llama Gonzalo, intenta explicarme cómo funciona todo ese rollo de la bolsa, a pesar de que los números y yo nos llevamos pésimamente.

Mientras lo observo trabajar, hablar por teléfono o atiendo a sus explicaciones, voy descubriendo a un nuevo Víctor; al de sangre fría cuando se trata del mundo de las finanzas, al apasionado que ama la tierra y lo que esta nos ofrece por encima de todo y al paciente cuando se trata de mí, y, con ese descubrimiento, mi admiración por él se multiplica por mil, porque multiplicar por dos, por diez o por cien es insuficiente cuando se trata de Víctor y de todo lo que provoca en mí.

—No puedo más, Vic, ¿te queda mucho? —le digo recostándome en mi silla, viendo a través de la ventana cómo está empezando a oscurecer—. Son más de las ocho —musito cerrando los ojos.

—¿Estás cansada? —me pregunta con dulzura desde la suya, y asiento sin abrirlos.

—Mucho, empiezo a hacerme una idea de lo que es currar aquí.

—¿Y qué es más duro, esto o ser modelo?

—Ser modelo —le respondo abriendo los ojos y sonriéndole.

—Mentirosa —me rebate, recostándose en su silla.

—El día que quieras, te conviertes en modelo y lo compruebas por ti mismo.

—No, gracias; paso de esos rollos.

—Pues tú serías un buen modelo —afirmo mientras veo cómo se levanta y llega hasta mi sitio, para seguidamente apoyarse en la mesa, y lo miro embelesada guardando silencio.

—Todavía te debo una reconciliación en toda regla y tú tienes que explicarme quién es ese Gabriel.

—Pensaba que no me estabas escuchando —susurro, sorprendida.

—Soy hombre, pero, aun así, soy capaz de hacer varias cosas a la vez —replica socarrón—. Val, yo siempre te escucho —añade mirándome con una mezcla de mil cosas distintas que sacuden mi interior—. Tengo dos propuestas para ti —prosigue, cruzándose de brazos, y lo miro expectante empezando a sonreír.

—¿La primera...? —indago sin poder dejar de pensar que es el tío más sexy que he visto nunca.

—Llenar la bañera de mi casa, meternos dentro, quitar la tirita, cenar cualquier cosa y volver a poner otra —me indica con voz ronca, provocando que mi vientre se contraiga.

—Pues ya puede ser buena la segunda opción —musito guiñándole un ojo, casi relamiéndome.

—Bueno, básicamente es la primera, pero yendo primero a cenar fuera.

—Todavía no tengo hambre y esta tirita lleva horas puesta, creo que ya está para cambiar —suelto haciendo una mueca.

—Y, sin duda, para hacerlo es mejor mojarla previamente —me dice con voz ronca.

—Hay una parte de mí que ya está mojada —le confieso sintiendo que, con mis palabras, mi respiración se acelera.

—Creo que está claro con qué opción nos quedamos —masculla alejándose de mí hacia su mesa—. Cierra tu ordenador, nos largamos —me ordena, y con celeridad hago lo que me pide.

Capítulo 17

Llegamos a su casa casi en tiempo récord, con el deseo tirando de nosotros, quemándonos la piel y también el alma, y, mientras preparo la bañera, él llama al restaurante para pedir la cena. Cuando entra en el baño, lo observo en silencio, imaginando cómo sería mi vida si eligiera esto, si en lugar de ir a Nueva York optara por quedarme aquí... Trabajaríamos juntos, supongo que discutiríamos para más tarde reconciliarnos, nos pondríamos tiritas que luego quitaríamos para reemplazarlas por otras, nos bañaríamos juntos como vamos a hacer ahora, nos inventaríamos nuevos juegos o jugaríamos a los que ya hemos inventado, alisaría su ceño cuando lo frunciera y sonreiría cuando él hiciera lo mismo con el mío y tendría la vida que siempre soñé tener cuando ser modelo no entraba en mis planes... cuando mis planes solo tenían un nombre, que era el suyo.

—¿En qué estás pensando? —me pregunta sentado a mi lado, y lo miro sorprendida, pues, ensimismada como estaba, no me había percatado de que lo había hecho.

—¿Cómo? —musito, volviendo a la realidad de este baño.

—Dímelo tú. Estabas ausente mirando esa pared,

aunque juraría que ni siquiera estabas haciéndolo. ¿Dónde te habías ido, Val?

—A ningún sitio, simplemente estaba pensando que te faltan unas cuantas velas; con esta luz, este baño parece muy frío —miento, guardando mis reflexiones para mí, porque sé que, si las comparto con él, volveremos a discutir sobre lo que debo o no debo hacer con mi vida.

—Seguro... —me responde con una incipiente sonrisa—. No vas a contármelo, ¿verdad? —inquiere, esta vez con seriedad.

—Acabo de hacerlo, te faltan velas —afirmo con rotundidad, llevando mis dedos al agua para comprobar la temperatura y soltando un suspiro placentero—. Estoy deseando meterme en ella —susurro, sintiendo mi cuerpo agarrotado después de todo el día trabajando sin parar.

—¿Y, entonces, a qué estás esperando para desnudarte? —me señala atrapando mi mirada con la suya, y me hundo en ella de la misma forma en que mi cuerpo ansía hundirse en el agua, deseando que nunca deje de mirarme así, deseando que nuestras palabras no dejen huecos que puedan ser llenados por silencios pesados y que esta nube, que continúa flotando en la palma de mi mano, haciéndome cosquillas, se mantenga suave y esponjosa en ella, deseando tantas cosas que temo estar siendo demasiado egoísta y que no se cumplan—. Cuando regrese, te quiero desnuda —me ordena con voz rasposa, devolviéndome de nuevo a la realidad, y asiento en silencio, sintiendo cómo el deseo se instala en mi vientre para eliminar todos mis temores.

Me desnudo con la urgencia tirando de mí y, cuando me sumerjo en el agua, suspiro suavemente, cerrando los ojos y notando que todos los músculos de mi cuerpo se relajan al instante.

—Podría pasarme horas y horas mirándote —oigo que me dice, y abro los ojos, para verlo sentado en el borde de la bañera, donde estaba yo antes—. Ahí tienes tus velas —me indica con voz neutra, señalándolas con un movimiento de la cabeza, y abro un poquito más los ojos al reconocerlas.

—¿Esas velas son...? —le pregunto, sentándome y sonriéndole con dulzura—. Todavía las tienes... —musito mientras él me mira con la misma dulzura con la que yo estoy sonriéndole.

—Siempre es conveniente tener velas en casa por si se va la luz —suelta con una sonrisa sexy, levantándose y desprendiéndose de la camisa, y de nuevo me recuesto en la bañera, disfrutando de las vistas.

—Seguro que es por eso —musito demorándome en su pecho y en cada parte de su cuerpo que va quedando al descubierto—. Cierra la luz —le pido una vez que está desnudo.

—Si cierro la luz, no voy a poder verte bien —me indica guiñándome un ojo, bajando la intensidad—. Ven —me pide entrando en la bañera, y me muevo para recostarme en su pecho, suspirando con suavidad, de nuevo imaginando mi vida con él—. Estás pensando en cómo sería nuestra vida si te quedaras, ¿verdad? —me pregunta leyendo mi mente, y cierro los ojos y mi alma.

—No —le miento, negándome a romper este momento perfecto—. Estaba pensando que eres un encanto por guardar las velas —prosigo, abriendo mis ojos, rememorando ese día—. ¿Lo recuerdas? Eran velas artesanales y yo no llevaba dinero.

—Y valían un cojón, ¡como para tirarlas! —comenta, haciéndome sonreír.

—No las has tirado porque son tuyas, acuérdate de que luego te las regalé —le digo buscando su mirada.

—Te equivocas, no las tiré porque, aunque nunca más volví a encenderlas, me recordaban a ti y a todo lo que vivimos juntos —me confiesa posando su mano en mi barbilla, para volver mi rostro más hacia el suyo, buscando mis labios, y consiguiendo que mi cuerpo se estremezca con ese beso—. Te fuiste y rompiste con todo, Val, pero es difícil hacerlo cuando te quedas y todo lo que ves te recuerda a una persona —continúa con seriedad, atrapando mi mirada con la suya, y casi diría que hundiéndose en ella. Abrumada por los recuerdos y lo que estoy sintiendo, dirijo la mía al frente, recostándome otra vez en su pecho, con sus brazos envolviendo mi cuerpo—. Durante casi un año fui incapaz de escuchar música *remember* —me revela, con sus labios rozando mi oreja, erizando mi piel.

—Yo nunca más volví a escucharla —admito con seriedad, temiendo que, con nuestras confesiones, nos adentremos en aguas demasiado pantanosas de las que luego no podamos salir—, hasta que regresé y volví a hacerlo contigo... —añado mientras él guarda silencio y lo imito, rememorando esos días—. No quiero volver a hablar más de ese tema, ¿vale? —le pido, temiendo que este silencio se vuelva pesado y llene huecos que no le corresponden—. Ahora estamos aquí; centrémonos solo en eso y en quitar esta tirita que está empezando a molestarme —concluyo, moviéndome y sentándome a horcajadas sobre él.

Lo beso deseando sentirlo cerca, deseando crear un universo entero de sentimientos en torno a nosotros, en el que los temores y las sensaciones extrañas no tengan cabida, y lo consigo o lo conseguimos, pues sus besos corresponden a los míos mientras su cuerpo se deja guiar por el mío, o puede que sea al revés, pero ¿qué más da quién guíe a quién, cuando lo único importante es no extraviarse?, ¿cuando lo único importante es entonar nuestra canción?, esa que está compuesta por susurros, miradas, gemidos y besos intercalados en cada una de sus estrofas, esa que solo nosotros conocemos y somos capaces de tararear, esa que solo nosotros somos capaces de escuchar...

* * *

—¿Sabes lo que más odio? —le pregunto llevándome la copa de vino a los labios, con su camisa puesta, aunque sería más correcto decir ya «mi» camisa.

—¿No haberte terminado la cena? —plantea socarrón, viendo las sobras en mi plato.

—¡Ja! Muy gracioso —le digo, sonriendo abiertamente—. Has pedido demasiada comida; era imposible acabársela.

—Yo lo he hecho —me rebate sin dejar de mirarme.

—Tú eres un pozo sin fondo; en serio, me gustaría saber dónde te lo metes.

—Buena genética, supongo —me indica esbozando una media sonrisa—. ¿Qué decías? ¿Qué es lo que más odias?

—¿De verdad no lo sabes? —inquiero con seriedad, sosteniéndole la mirada.

—Tener que irte a casa —me indica con la misma seriedad con la que yo le he formulado la pregunta, sin permitir que me suelte de su mirada, y asiento con la cabeza, recordando que nuestra discusión de ayer empezó justo en este punto, cuando tenía que irme—. Bueno, pero eso tiene fácil solución: dile a tu padre que estás conmigo, que estamos follando sin parar y que casi mejor si te instalas en mi casa para poder marearme todo lo que quieras —me suelta, y no sé si está bromeando o hablando en serio.

—No sabes la que te caería si hiciera eso —musito negando con la cabeza.

—Créeme, lo sé de sobra; llevo tiempo viendo a José soportarlo estoicamente.

—Bendita paciencia tiene el pobre.

—O simplemente quiere a tu hermana —me rebate, de nuevo con seriedad.

—Ya... —susurro evitando su mirada, sin saber muy bien qué decir ante eso—. Tengo que irme —murmuro finalmente, buscando la suya de nuevo, sin saber qué voy a encontrarme en ella.

—No quiero que lo hagas —afirma mientras observo la oscuridad que desprende, como si en ella estuvieran encerradas miles de noches sin luna.

—Ni yo, pero lo prefiero cientos de veces a tener que soportar otro de sus discursitos —le indico en un susurro, levantándome para quitar la mesa.

—Déjalo, Val, ya lo recojo yo luego —me pide, y siento cómo esa sensación extraña se cuela por debajo de la puerta para hacer acto de presencia.

—Oye, no quiero vivir lo de ayer otra vez, no quiero más sensaciones raras ni silencios incómodos —musito deseando eliminarla antes de que se instale entre nosotros, yendo hacia él y sentándome sobre sus piernas—. No lo repitamos, ¿vale? —le pido hurgando en su mirada.

—¿Quién ha dicho que vayamos a repetirlo? —replica con sequedad—. Que yo no quiera que te marches no significa que no debas hacerlo, y lo de ayer te aseguro que no va a volver a repetirse, al menos no por mi parte —sentencia, y observo cómo la oscuridad de su mirada desaparece lentamente con los rayos de la luna llena.

—Vale —susurro apoyando mi frente en la suya, con sus brazos rodeando mi cintura—. Voy a cambiarme —le digo, levantándome con reticencia.

De la mano y en un cómodo silencio, recorremos este camino que podríamos hacer con los ojos cerrados si quisiéramos; este camino de tierra, piedrecillas y hojas secas que nos vio crecer, cambiar y convertirnos en quienes somos ahora, y en el que tantas y tantas veces dejamos nuestras huellas marcadas en él mientras lo recorríamos.

—Buenas noches, Val —me dice rodeando mi cintura

con sus brazos, pegándome a su cuerpo antes de llegar al final de este.

—Buenas noches, Vic —musito rozando mis labios con los suyos, enterrando mis dedos en su pelo, tirando de él y profundizando en el beso.

—Nos vemos mañana —susurra con voz ronca, aprisionando mi piel con sus manos, haciéndola suya como cada vez que estamos juntos.

—Nos vemos mañana —repito sin poder alejarme, y me muerde con suavidad el labio inferior al tiempo que me pego un poquito más a su cuerpo.

—Echaré de menos tus ronquidos —me confiesa con una incipiente sonrisa mientras yo lo miro flipada, provocando su carcajada.

—Perdona, pero yo no ronco —le rebato, muriéndome de vergüenza.

—Sí que lo haces —me asegura divertido—, y son los ronquidos más dulces que he oído jamás.

—Venga ya... Te estás quedando conmigo —musito preguntándome si será verdad, porque nunca nadie me lo había dicho.

—Te aseguro que no. Además, te quedas como enganchada a mitad del ronquido, alargándolo —me cuenta carcajeándose y, no sé por qué, pero no puedo dejar de sonreír.

—Hasta que no me presentes pruebas fiables de ello, no pienso creerte —objeto haciéndome la ofendida, separándome de él—, y, si fuera cierto, que tengo mis dudas, te quedas sin ellos esta noche porque mis ronquidos y yo nos vamos —concluyo caminando de espalda para no perderme ninguno de sus gestos.

—Deja la ventana de tu habitación abierta y ronca un poco más fuerte para que pueda oírlos desde la mía —me dice, guiñándome un ojo, guardando las manos en los bolsillos de sus pantalones, sin permitir que me suelte de su mirada, mientras yo siento cómo la burbuja que nos une se alarga un poquito más a medida que me alejo de él, como si fuera elástica e incapaz de romperse.

—Me pondré un altavoz —sigo su broma, sonriendo muy muy tontamente, sin dejar de caminar de espaldas, haciendo que suelte una carcajada tremendamente sexy—. Buenas noches, Vic —susurro solo para él.

—Buenas noches, Val —se despide antes de darse la vuelta y dejar que la oscuridad de la noche envuelva su cuerpo, llevándose con él una parte de esa burbuja que, hasta hace nada, nos envolvía a ambos, manteniéndonos unidos.

Y, aunque dudo muy seriamente que sea verdad eso de que ronco, esa noche, tal y como me ha pedido, duermo con la ventana abierta.

* * *

Despierto con la primera alarma de mi móvil, sintiendo cómo todo esto que llena mi pecho despierta con su recuerdo, aleteando con fuerza con tan solo pensar que voy a verlo de nuevo y, llena de energía e impaciencia, me levanto de la cama dispuesta a arreglarme en tiempo récord.

Una vez lista, casi corriendo, me dirijo a la cocina y, cuando pongo un pie en ella, freno en seco, petrificada. Está sentado en su taburete y, sin percatarme de ello, deslizo lentamente mi mirada por su cuerpo, contrayendo el mío y llenándolo de un calor abrasador que proviene del fuego que su mera presencia prende en mis entrañas, que se enreda en mi vientre hasta llegar a mi pecho, donde se asienta mientras yo voy demorándome en cada detalle; en sus pantalones chinos color beige, en su suéter azul marino remangado a la altura de los codos, en cómo la ropa se ajusta a sus formas, en su pelo todavía mojado por la ducha y en su ceño fruncido mientras ojea el móvil, llevándose la taza de café a los labios.

—Buenos días —me saluda Casi con voz cantarina y, con el sonido de su voz, reacciono, volviéndome hacia ella—. Anda, pero si eres capaz de moverte; ya creía que te habías convertido en una estatua de sal —prosigue, machacona, mientras él se da media vuelta.

Y, cuando nuestras miradas se encuentran, siento cómo mi corazón se detiene hasta quedar suspendido en medio de un latido.

—Buenos días —musito finalmente, sin apartarme de su mirada.

—Buenos días —me responde, sosteniéndomela, con voz ronca, y percibo cómo un suspiro bajito escapa de mis labios.

Consciente de que mi querida Casilda no está perdiéndose detalle de ninguno de nuestros gestos, me obligo a echar a andar de una vez, sintiendo, de repente, que Víctor y yo nos hemos convertido en el desenlace de una serie que la ha tenido en vilo durante varias temporadas seguidas.

—Hoy la cosa la tenemos más suave que ayer, ¿eh, pareja? —nos pregunta entre susurros, apoyando sus antebrazos en la isla, mirándonos con complicidad y guiñándonos un ojo—. Qué lejos me queda a mí todo esto, ni me acuerdo ya —añade, y la miro intentando no sonreír.

—No sé de qué me estás hablando, Casilda —le miento mientras contemplo el plato de fruta que tengo frente a mí y miro de reojo a Víctor, que me observa con una sonrisa canalla que tira para atrás.

—Claro que sí, maja, lo que tú digas... —me contesta, chasqueando luego la lengua—. Anda que... aquí tienes tu té. Espero que estés alimentándote bien; como ya no comes ni cenas aquí, pues no hay quien te controle.

—Tranquila, que estoy comiendo —afirmo dándole un sorbo a la infusión.

—Eso espero, y, tú, ojito con lo que haces —le advierte a Víctor, sorprendiéndolo.

«Vaya tela.»

—¿Qué quieres que haga, Casi? —le pregunta con seriedad, llevándose la taza de café a los labios.

—Tú ya sabes a lo que me refiero. Hala, os dejo, que tengo faena que hacer, y tú —me dice esta vez a mí—, ojito tú también —me advierte, y la miro divertida mientras mi padre entra en la cocina.

—¡Hola, papá! Pensaba que ya estarías en la bodega —lo saludo con una sonrisa.

—Hoy mi paseo a caballo se ha alargado un poco más de lo previsto —me cuenta acercándose a mí para darme un beso—. A Trueno lo tienes nervioso, hija.

—Es verdad... Solo lo he montado una vez desde que he llegado, ¿no lo has hecho tú? —le pregunto, tomando nota mental de hacerlo.

—Bueno, no lo habrás montado, pero has hecho otras cosas, ¿verdad, hija? —interviene Casi, interrumpiéndonos, y la miro deseando matarla y, en el fondo, dando gracias porque no haya dicho «montando otras cosas». Vamos, que llega a hacerlo y la ahogo en la piscina.

—Por supuesto, ha preparado una presentación y está trabajando en la bodega —sale en mi defensa Víctor, mirándola con una seriedad que me impone.

—Mira el otro qué pronto ha saltado —nos dice con esa sonrisa de sabionda que en estos momentos aborrezco. Vamos, que a mi Casi no la achanta ni Víctor ni nadie.

—Conmigo no corre tanto como le gusta —comenta mi padre, llenando su taza de café, retomando el tema del caballo y pasando de lo que estamos diciendo, haciendo que las palabras de mi hermana cobren sentido de repente, pues me temo que lo mío con Víctor es un secreto a voces que mi padre ha optado por ignorar para no llevarse más disgustos.

—Y con ella tampoco va a hacerlo —matiza Víctor, arisco, y lo miro frunciendo el ceño—. No es negociable,

Val. Si ese día te hubieses caído, te hubieras roto el cuello —me amonesta con sequedad, clavando su potente mirada verde sobre la mía, y recuerdo mi loca carrera, consciente de que tiene razón.

—Nunca suelo correr tanto —me defiendo.

—Pues no lo hagas —me ordena mi padre con autoridad—. Una cosa es que vayas rápido y otra bien distinta que te pongas en peligro.

—Vale, lo pillo, nada de carreras suicidas —les digo, deseando zanjar el tema de una vez—. Si hoy no acabamos muy tarde, lo sacaré a correr un rato —le comento a mi padre.

—¿A qué hora terminasteis ayer? Me fui a Rodezno y luego ya me vine directo a casa.

—Bastante tarde —puntualiza Víctor por mí—. Por cierto, necesito reunirme contigo, ¿a qué hora te vendría bien? —le pregunta, cambiando de tema, supongo que para evitar tener que dar explicaciones.

—Te llamo en cuanto llegue de Labastida —le contesta antes de llevarse la taza a los labios.

—¿Cómo van por allí? —se interesa, y de nuevo pienso en que no estoy a lo que tengo que estar, pues ni se me ha pasado por la mente preguntarle nada de la vendimia a mi padre.

—A muy buen ritmo; son una buena cuadrilla que sabe lo que se hace.

—Con estos también va bien —le comenta mientras mi móvil vibra, y desconecto de ellos para centrarme en el mensaje que acaba de llegarme.

Es una fotografía mía a tamaño gigante en plena Gran Vía de Madrid, y sonrío muy muy abiertamente, sin poder alejar mis ojos de la pantalla del teléfono.

—¿Y esa sonrisa? —inquiere Casi, cómo no... Si es que, si no pregunta, revienta.

—Nada, una amiga me ha enviado esta foto —le cuento, mostrándosela—. Soy la imagen de D'Elkann, una importante firma de diseño, para la temporada de otoño e invierno, y este es el póster que aparece en su fachada, en plena Gran Vía de Madrid —le indico con el orgullo llenando cada fibra de mi ser.

—¿Puedo verla? —me pregunta Víctor, interesándose, y detecto la máscara con la que ha cubierto su voz y su mirada.

—Claro —musito tendiéndole el teléfono, intentando descifrar sus gestos mientras él la observa con detenimiento.

En ella aparezco caminando por un sendero de hojas secas con un vestido en tonos burdeos de la colección Pronto Moda y, de repente, una idea cruza mi mente.

—Papá, ¿nunca has pensado en alquilar la casita de invitados para hacer reportajes de moda? Esta finca es enorme, ¿te imaginas los reportajes que podrían hacerse en ella? Con los caballos, los viñedos, los olivos... ¡Madre mía! Pero ¿cómo no lo hemos pensado antes? —les pregunto emocionándome por momentos, captando la mirada de todos, y me fijo en la de Víctor, de nuevo desprovista de esa máscara.

—No es mala idea, Pedro. Te sacarías un dinero extra y encima promocionarías la bodega —le dice, y casi juraría que puedo oír los engranajes de su cabeza poniéndose en funcionamiento.

—La verdad es que esa casita está desaprovechada, me gusta la idea —secunda mi padre.

—Y a mí, y más si vienen modelos famosas, que aquí una está muy harta de ver solo campo. Suerte que siempre hay alguien que me distrae; ya os digo yo que esta cocina, a veces, es mucho más entretenida que el mejor programa de cotilleos —empieza a decirnos a Víctor y a mí, y la miro achinando los ojos, temiéndome lo peor—. ¡Curro! ¡Fuera de mi cocina! ¡Pedro! ¿Has dejado tú entrar al perro? —riñe a mi padre con todo su genio, yendo hasta el animal para sacarlo de casa mientras yo estoy por beatificarlo.

—Me he hecho muy amiga de la diseñadora de la casa, María Eugenia de la Rúa —empiezo a contarles a mi padre y a Víctor, deseando cambiar de tema cuanto antes—. Si os parece bien, podría invitarla a la presentación del vino para que viera el entorno —prosigo mientras mi cabeza se centra de una vez y va un pelín más allá—. Además, también podría invitar a un par de amigos fotógrafos para que puedan tenernos en cuenta para futuros trabajos —añado entusiasmada, pasando de Casi, que continúa intentando coger a Curro para sacarlo fuera de la vivienda.

—Hecho, entonces. Invítalos y vamos a poner esa idea en marcha, a ver dónde nos lleva —interviene mi padre, sonriendo, cuando Curro se cuela entre las piernas de Casi, silbando para que el animal se acerque a él, y sonrío abiertamente al oírla maldecir en arameo.

—Vámonos —me indica Víctor, levantándose mientras Casi y mi padre inician una discusión sobre si los animales tienen o no tienen que entrar en casa. Lo sigo en silencio, demorando mi mirada en su cuerpo y en cada uno de sus movimientos y sus gestos—. Estás muy guapa en esa fotografía —me dice, cuando accedo a su coche, posando su increíble mirada verde sobre mí.

—Gracias. La verdad es que fue una sesión muy chula y desde el primer momento hubo muy buen rollo con todo el equipo —le cuento mientras arranca, y siento cómo la intimidad nos envuelve.

—Te gusta ese mundo, ¿verdad? —me pregunta tomando la carretera que nos llevará a los viñedos, con toda su atención puesta en ella.

—Sí, es como vivir cientos de vidas en una sola. Recuerdo que hice una sesión de fotos en París, frente a la torre Eiffel, para la revista *Vogue*; llevaba un vestido de Dior y mientras me vestían...

—¿Te visten? —suelta con estupefacción, volviéndose durante unos segundos para mirarme.

—Siempre. Piensa que esos vestidos son obras de arte que cuestan verdaderas fortunas. Recuerdo que June, la estilista, me decía: «Por lo que más quieras, Valentina, ni lo roces» —le explico sonriendo, evadiéndome a ese día, recostándome en el asiento—. Es increíble... Llevar esos vestidos, las joyas, que te maquillen y te peinen, y verte, casi irreconocible, en entornos de ensueño. Es como vivir un sueño y es la parte bonita de este mundo; luego, como en todos los mundos, hay inframundos que de vez en cuando asoman para hacerle un poquito de sombra.

—Ya... —me dice como única respuesta.

—¿Qué? —le pregunto sonriendo, volviéndome hacia él.

—Nada —contesta, centrando toda su atención en la calzada, guardando silencio—. Has tenido una gran idea y, si funciona, podríamos valorar esa casita también para eventos y pequeñas celebraciones familiares, como bodas, comuniones o bautizos —añade, cambiando de tema.

—El entorno es muy bonito y perfecto para cualquier celebración —musito deslizando mi mirada por la ventana.

—¿Tanto como esos lugares de ensueño? —me pregunta sin imprimirle un ápice de emoción a su voz.

—Más —le aseguro convencida, volviéndome para mirarlo—, porque es mi casa y aquí te encontré y me encontraste —matizo sonriéndole con dulzura, deseando dibujar mi misma sonrisa en su rostro, pero sin llegar a lograrlo—. Siempre parece que lo nuestro tenga menos valor que lo que encontramos fuera, pero no tiene por qué ser así y esta finca es un claro ejemplo —afirmo, guardando silencio luego durante unos minutos—. Si algún día me caso, no lo haré en París o en una playa paradisíaca de cualquier isla perdida; lo haré aquí, en las tierras de mi familia.

—¿Y en qué parte, exactamente? —indaga con curiosidad.

—En el jardín de la casa, con la cordillera frente a nosotros y rodeados por los viñedos que me vieron crecer —detallo, observando cada uno de sus gestos—. Sería al atardecer y, bajo la encina, haría un enorme corazón en el suelo con pétalos de rosa blancos y, dentro de ese corazón, le entregaría el mío a esa persona —musito evitando mencionar que me gustaría que esa persona fuera él—. ¿Y tú? ¿Dónde te casarías si algún día decidieras hacerlo? —le pregunto al sentir el silencio llegar denso y sigiloso como lo haría la niebla, intentando romperlo antes de que se vuelva tan espeso que nos impida vernos.

—Ese día no va a llegar, Val; no hace falta ni que me moleste en imaginarlo —me responde con sequedad.

—¡Bah! Qué tontería, qué sabrás tú lo que querrás o no en un futuro, y cállate y no empieces a hablarme de ese Víctor jodido que en todos estos años no ha hecho acto de presencia, al menos estando yo delante —le ordeno con firmeza, y, antes de que pueda rebatirme nada, prosigo—. ¿Y cómo va la bolsa y todo ese rollo? —le pregunto mientras él estaciona el todoterreno frente a los viñedos.

—¿Intentando cambiar de tema? —me suelta, divertido, volviéndose para mirarme.

—Más o menos, y porque me interesa saber si todavía pierdes pasta, más que nada por si tengo que hacerte un préstamo, ya sabes —le indico guiñándole un ojo, consiguiendo que sonría finalmente antes de salir del coche, y lo imito saliendo yo también.

—No creo que esta vez haga falta —comenta con voz sexy, provocando mi sonrisa, porque le he ganado por goleada al silencio denso y pesado que, durante unos segundos, he sentido amenazante—. Por cierto, ¿cómo va esa tirita? ¿Voy a tener que reemplazártela? —me pegunta con voz rasposa mientras encaminamos nuestros pasos hacia los viñedos.

—¿Intentando cambiar de tema tú ahora? —musito mirándolo de reojo mientras siento cómo todo cambia a nuestro alrededor, vibrando y llenándose de una luz distinta.

—Más o menos, y porque me interesa saber si todavía la llevas bien puesta o tengo que cambiártela —me indica haciendo suyas parte de mis palabras, guiñándome un ojo y consiguiendo que una sonrisa resplandeciente ilumine mi rostro.

—Está para cambiar desde que he visto el plato de fruta en la cocina —le suelto con sorna, haciendo que sonría conmigo—, así que espero que no tardes mucho en hacerlo —añado mientras caminamos a través de las filas de vides y, cuando vemos a Manolo acercarse a nosotros, guardamos silencio.

—Buenos días —nos saluda—. Antes de que preguntes nada, va todo bien —se anticipa a Víctor, y sonrío inspirando la fragancia de la fruta madura entremezclada con la de la tierra y la de los recuerdos que llegan con ella, sonriendo un poquito más cuando imagino la cantidad de fruta que hay aquí y lo bien que podríamos pasarlo.

—Van a buen ritmo, entonces —oigo que le dice mientras me acerco más a él, necesitando sentir su proximidad y, cuando nuestros meñiques se rozan, demoro el momento, sintiendo su piel acariciando la mía mientras él continúa hablando con Manolo y esa burbuja que nos envolvió anoche regresa para envolvernos de nuevo—. Llámame si necesitas algo —se despide finalmente, tras casi diez minutos de charla en los que yo solo he sido capaz de centrarme en lo que su piel, su voz y su cuerpo provocan en el mío.

—No te preocupes, macho; esto lo tenemos controlado —afirma con seguridad.

—Hasta luego, Manolo —me despido yo también, deseando llegar cuanto antes al despacho para tenerlo exclusivamente para mí—. Me despistas —le confieso cuando empezamos a caminar y nadie puede oírnos—. Se supone que debería haber prestado atención a lo que estabais hablando y, en cambio, solo podía pensar en la cantidad de fruta que hay aquí, en rozar tus dedos o en pegarme un poco más a tu cuerpo —musito mirándolo de reojo, viéndolo sonreír y sonriendo con él, mientras vamos dejando las filas de vides a nuestras espaldas y los operarios continúan con su labor.

—Tú también lo haces, aunque no te des cuenta —murmura solo para mí mientras, intentando disimular lo que me temo que es obvio, desvío la mirada hasta posarla sobre las vides, contemplando cómo los trabajadores cortan los racimos y los depositan en los cajones, sintiendo cómo sus dedos rozan de nuevo los míos—. Estoy deseando llegar al despacho —me dice con voz rasposa, y me vuelvo para mirarlo, detectando el fuego ardiendo en su mirada.

—Y yo... Hay demasiada gente a nuestro alrededor todo el tiempo —susurro solo para él, sin detener mis pasos.

Dejándonos llevar por todo lo que sentimos, nos acercamos un poquito más, rozando de nuevo nuestros meñiques en una fugaz caricia.

—Necesito besarte, Vic —murmuro mientras miro nuestros pies caminando al unísono, hundiéndose en la tierra seca por el sol y dejando sus huellas en ella.

—Y yo necesito follarte desde que has entrado en la puta cocina —masculla con la voz cargada de deseo, enlazando su meñique con el mío con fuerza y determinación.

—Hoy teníamos hasta a Curro en ella —le digo buscando su mirada, sintiendo el deseo tirar con más fuerza de mí, hasta cortarme la respiración.

—Es una mierda esto de tener que escondernos; parecemos adolescentes, Val —farfulla sin dejar de avanzar, alejando su mano de la mía y, durante unos segundos, siento que ha empezado la cuenta atrás para lo que sea que tenga que ser, pues solo nos quedan cuatro días para la presentación y, entonces, tendré que haber tomado una decisión.

—Ya lo sé —musito accediendo a su coche mientras su móvil empieza a sonar. Gonzalo.

Capítulo 18

El camino hacia la bodega lo hacemos con él hablando por teléfono con Gonzalo, a través del manos libres, sobre la apertura, los valores y todo ese rollo que, por mucho que se esfuerce en explicarme, a mí se me escapa, posiblemente porque ni me gusta ni me interesa lo más mínimo, y mientras absorbo cada uno de los matices de su voz y observo hasta el último de sus movimientos, siento cómo la impaciencia y el deseo por tenerlo para mí sola crecen por momentos hasta dominar cada una de las fibras de mi ser. Cuando estaciona en el parking, suspiro bajito antes de bajar del vehículo mientras él continúa absorto en los índices y en las noticias que sacuden al mundo y, por ende, a los mercados.

Esta vez no lo espero, total, está tan concentrado conversando con Gonzalo que, posiblemente, si un meteorito arrasara el planeta, ni se enteraría y continuaría hablando con ese hombre, medio agonizando, sobre las consecuencias de ese impacto y de cómo los mercados, y en especial el Dow Jones, o como sea que se llame ese puñetero índice, se verían afectados.

Bufando y dirigiendo mis pasos hacia el interior de la bodega, me pregunto si el tal Gonzalo solo lo tiene a él como cliente, porque ni los políticos en plena campaña electoral hablan tanto como ellos dos... ¡Pesados!

—Buenos días, Adri —saludo a mi amiga cuando llego a la tienda.

—Buenos días —me contesta sonriéndome con picardía—. Me parece que el bastardo ha dejado de serlo, ¿o estoy equivocada? —me pregunta entre susurros, guiñándome un ojo.

—Supongo que hemos encontrado la forma de hacer encajar el círculo con el rectángulo —suelto sonriendo abiertamente, viéndolo entrar y sonriendo un poquito más.

—Vaya cara de pánfila haces —musita negando con la cabeza mientras su teléfono comienza a sonar y pone los ojos en blanco—. Quiero saberlo todo —me indica antes de atender la llamada.

—¿Ya has terminado? —le pregunto en un susurro cuando llega a mi lado, y noto cómo, de nuevo, todo vibra de forma distinta entre nosotros.

—Sí. Siento que se haya alargado tanto la llamada —se disculpa posando su mirada, durante unos escasos e intensos segundos, sobre mis labios, y siento que la electricidad empieza a chisporrotear en torno a nuestros cuerpos.

—Víctor, ¿te va bien que nos reunamos ahora? —le pregunta mi padre con su vozarrón llenando toda la tienda, cargándose de un plumazo todas las promesas que había en su mirada.

Y, como si el mundo se hubiera aliado en nuestra contra para impedirnos estar a solas, enlazamos la reunión con mi padre con la de un par de proveedores para, más tarde, reunirnos con los del *catering* y, de ahí, a una visita guiada por la bodega y los viñedos con un cliente potencial, visita que termina con una comida, *of course*, y, cuando llegamos de nuevo a la tienda y suena otra vez su teléfono, siento deseos de gritarle al universo entero que nos deje en paz al menos durante cinco minutos.

—Te espero en el despacho —le indico con sequedad, sin saber si me ha oído o no, mientras descuelga y saluda de nuevo a *Gonsado*, como lo he rebautizado, por lo de pesado, vamos, porque anda que no llega a ser plasta el tío.

Llego al despacho enfadada con todos y en especial con ese hombre que hoy parece no tener otra cosa que hacer que llamarlo por teléfono a todas horas, y, bufando y regodeándome en mi frustración, llamo a María Eugenia. Otra cosa que tenía que haber hecho y que, entre tantas historias, no había podido hacer todavía.

—¿María Eugenia? ¡Hola! ¿Qué tal? Soy Valentina —la saludo cuando descuelga—. ¿Tienes un momento? —le planteo, pues sé lo liada que va siempre.

—Justo ahora mismo acabo de salir de una reunión, ¿quieres un café? —me pregunta, y sonrío, empezando a relajarme.

—Ese café me pilla un poco lejos, estoy en La Rioja —le cuento recostándome en la silla, haciendo a un lado mi enfado.

—¿Haciendo algún *shooting*? —se interesa mientras percibo de fondo la máquina expendedora de café.

—Desde aquí puedo olerlo —comento haciendo una mueca.

—¡Es verdad! Había olvidado que tú tomas *té* —prosigue, dándole énfasis a la última palabra, burlándose claramente de mí—. No sé cómo puedes funcionar sin café; a mí me lo quitas y me hundes en la miseria más absoluta. ¡Espera!, miento, para eso ya tengo a Maurice, ¡qué reunión me ha dado el hijo de su madre! Cualquier día me lo cargo; en serio, no puedo con ese hombre.

—¿Maurice... el odioso Maurice? —indago, recordando uno de los días que fui a D'Elkann y coincidí con él—. Pues Maurice está cañón.

—¿Cañón? Para cañones, los del Colorado. Ese tío disfruta amargándome la vida, lo que yo te diga. Si es que lo odio con todas mis fuerzas —exclama, haciéndome reír—. Por cierto, ¿tú no te ibas a la Gran Manzana?

—Sí, y en cambio he terminado rodeada de uvas —le cuento, sonriendo al percatarme de lo presente que tengo la fruta en mi vida desde hace unos días—. Oye, ¿tienes algo que hacer este fin de semana, aparte de odiar a Maurice?

—¿Por qué? ¿Vas a invitarme a comer uvas?

—Mejor, voy a invitarte a beberlas —la rectifico, sonriendo más abiertamente—. ¿Recuerdas cuando te expliqué que mi familia tenía una bodega?

—Sí, claro —me contesta mientras la imagino bebiéndose el café y mirando por encima de sus gafas de pasta.

—Pues el sábado será la presentación de un nuevo vino que llevará mi nombre y me gustaría invitaros a Pilar, a Dante y a ti. Dime que vendréis, por favorrrr... Tengo ganas de veros, sobre todo a ti; tienes que contarme qué te está haciendo el odioso Maurice —le pido recordando lo bien que lo pasamos haciendo el *shooting*—, y no hace falta ni que busques hotel, porque puedes alojarte en la casita de invitados de la finca. ¿Qué me dices? ¿Fin de semana bucólico, bebiendo vino y alejada del odioso Maurice o fin de semana caótico en Madrid corriendo el riesgo de tropezarte con él?

—Yo, con tal de estar alejada de ese tipo, me voy hasta la Conchinchina si hace falta.

—¿Dónde? —le pregunto soltando una carcajada.

—¡Al quinto boceto! ¡Qué joven eres, hija! —exclama provocando mis risas.

—Entonces, ¿vas a venir o no? —insisto sin borrar la sonrisa de mi rostro.

—Si me invitas a vino y prometes escuchar mis desvaríos, haré un esfuerzo e iré —acepta y, sin verla, sé que está sonriendo.

—Prometo invitarte a mucho vino, escuchar tus desvaríos y mostrarte esta finca que va a enamorarte tanto como a mí si tú me prometes, a cambio, que, si te gusta, la tendrás en cuenta para futuros *shootings* —le suelto a bocajarro.

—¿Cómo?

—Imagina tus diseños en un entorno de olivos, vides y árboles centenarios... Imagínalos rodeados de naturaleza pura y dura —le digo, empezando a entusiasmarme—. Imagina tus vestidos en lo alto de una colina con los caballos corriendo libres, campo a través. Esta finca es un lugar excepcional y privilegiado para hacer reportajes y nunca, hasta hoy, lo habíamos pensado —le cuento, ya oficialmente entusiasmada, incorporándome y casi viendo lo que le estoy narrando—. Imagina sedas, blondas y tules fusionándose con los miles de tonalidades del verde de los árboles, del marrón de la tierra y del morado casi negro de las uvas. María Eugenia, saldrían unos reportajes increíbles y quiero que solo tú y unas pocas personas seáis las primeras en verlo.

—¡¡¡Oh, *my* Diorrrr!!! Quieres matarme, ¿verdad? —declara dramáticamente.

—Más bien quiero llevarte al cielo en la tierra —replico entre risas—. ¿Qué me dices? ¿Te reservo una habitación en la casita de invitados?

—Hija, de la forma en la que me lo has vendido, a ver quién te dice que no. Además, quién sabe, igual de este fin de semana bucólico hasta me sale una colección en tonos tierra, burdeos y verdes. Envíame la dirección, ya tienes la primera habitación reservada —me asegura, haciendo que mi sonrisa se ensanche en mi rostro.

—¡Genial! ¡Va a ser un fin de semana increíble! ¡Nos vemos el sábado! —le digo feliz antes de colgar.

Tras hablar con María Eugenia, llamo a Pilar y más tarde a Dante, el fotógrafo que suele hacer los reportajes de D'Elkann, sin que Víctor haga acto de presencia en ningún instante y, tras confirmar la asistencia de todos y sin dejar de preguntarme dónde estará, llamo a Ciro, uno de los mejores fotógrafos con los que he trabajado y con el que tuve un rollete hace tiempo.

—¡Hombre, pero si es mi modelo favorita! —me saluda zalamero, haciéndome sonreír.

—Sí, claro, seguro que eso se lo dices a todas —le rebato, recostándome en la silla.

—Te equivocas, ricura, esto solo te lo digo a ti.

—A mí y a unas cien más —replico, soltando una carcajada—. Anda que no sabes quedar bien ni nada, menuda boquita de piñón tienes —prosigo, riendo—. Y, ¿sabes una cosa?, que quiero tu boquita de piñón el sábado conmigo, dime que lo tienes libre —le pido, tamborileando los dedos encima de la mesa.

—Tengo una cena, pero, por tu boquita de piñón, la anulo si hace falta —me responde utilizando ese tono sexy que emplea cuando está en plena sesión y con el que consigue que todas caigamos rendidas a sus pies.

—¿Aunque tengas que conducir varias horas? —añado enarcando una ceja.

—¿Dónde coño estás? —me pregunta medio riendo.

—En La Rioja —le anuncio, recostándome en la silla.

—¡Sí, hombre! ¿En serio? ¿Y qué haces ahí?

—Preparar la presentación de mi vino —anuncio con orgullo.

—Venga ya... me estás vacilando.

—Pues no, te estoy hablando muy en serio —contesto, empezando a contárselo todo ante su estupefacción—. ¿Qué me dices? ¿Te he convencido? —le pregunto al finalizar mi relato, sonriendo de oreja a oreja porque intuyo su respuesta.

—Ricura, sabes que soy incapaz de negarte nada —contesta con voz melosa, y lo imagino en el centro de su estudio, trasteando con su cámara, con sus vaqueros caídos, su camiseta de manga corta, sus ojos de un azul imposible y su pelo rubio revuelto.

—Ya lo sé, y tú sabes que estoy deseando verte; hace mil años que no nos vemos —musito dirigiendo mi mirada hacia la ventana, viendo cómo el sol comienza su lento descenso.

—Eso es porque, desde que te has convertido en una modelo famosa, ya no te juntas con los pobres.

—¿Y tú eres el pobre? —planteo, divertida.

—Mientras tenga que currar, lo seré.

—Y el día que dejes de serlo, ¿me invitarás a tu isla? —le pregunto, sonriendo.

—¿Lo recuerdas? —exclama, soltando de inmediato una carcajada.

—Como para no hacerlo; vivir en cualquier isla griega es un sueño difícil de olvidar.

—Bebiendo *champagne*, rodeado de amigos y...

—De modelos de piernas interminables —concluyo la frase por él.

—Tú entrarías en ambas categorías —me indica en un susurro, con esa voz rasposa que me recuerda a algo caliente y dulce.

—Demuéstralo cuando ese sueño se haga realidad —le digo sin dejar de sonreír, completamente relajada—. Por cierto, también vendrá María Eugenia, la diseñadora de D'Elkann, Pilar, la responsable de Publicidad y Marketing, además de Dante. ¿Lo conoces? Es el fotógrafo que suele trabajar con ellos.

—Claro, es muy colega mío, y María Eugenia tiene un morbazo que lo flipas; solo por estar cerca de esa mujer, iría de rodillas hasta esa finca tuya.

—No vas a venir a follar, vas a venir a una presentación y a ver el entorno. Céntrate, ¿quieres? —le pido, la mar de contenta.

—Estoy centrado, ricura, pero una cosa no quita la otra. Puedo ir a la presentación, ver el entorno y luego podemos pasarlo todos muy bien... ya sabes, yo te chupo, tú me chupas, ella me chupa —suelta socarrón, arrancándome una carcajada.

—No sigas, por favor; ya sé cómo se conjuga el verbo *chupar*.

—Tú y yo nos divertíamos mucho conjugándolo, ¿lo recuerdas? Y si le sumamos a María Eugenia, la diversión puede dar mucho de sí —me indica manteniendo mi sonrisa pegada en el rostro porque no se puede ser más golfo.

—No, gracias, no me van las mujeres y, aunque me fueran, no creo que María Eugenia fuera mi tipo.

—Bueno, pues recordemos viejos tiempos, entonces, ¿qué me dices? Una cama gigante, tú, yo y mucho vino para mojarnos mutuamente —propone con voz rasposa, recordándome de nuevo algo dulce, caliente y tentador.

—La respuesta sería un sí rotundo si estuviera libre, pero no lo estoy. Lo siento, ricura, pero vas a tener que buscarte a otra con la que mojarte y con la que conjugar verbos —le digo sin dejar de sonreír, percatándome de cuánto lo echo de menos.

—¿No me dirás que te has echado novio? Mal hecho, ricura; estás demasiado buena como para ser de un solo tío —me replica con insolencia.

—No es mi novio, pero me gusta mucho y, sobre lo último que has dicho, paso de responderte —le digo divertida.

—Es la pura verdad, por eso yo nunca estoy con una sola tía, sería una pena privaros de mi cuerpo y de lo que soy capaz de provocar en el vuestro —continúa, consiguiendo que suelte una carcajada que alargo durante unos segundos.

—Estoy segura de que los cientos de tías que pasan por tu cama te agradecen el sacrificio.

—Sabes que mi cama siempre estará disponible para ti —insiste de nuevo.

—Tu cama está disponible para todas; no, gracias. Además, ya he pasado por ella varias veces y no quiero ser egoísta —contesto, disfrutando de nuestra conversación—. Y, hablando de camas, ¿te reservo la más grande de la casita de invitados? Lo digo por si decides sacrificarte y seguir compartiendo tu cuerpo una vez hayas cumplido como es debido conmigo —añado, arrancándole esta vez yo una carcajada.

—Sabes que eso de cumplir contigo ha sonado a sexo, ¿verdad?

—Eso es porque tienes la mente sucia y solo piensas en eso —afirmo entre risas—. Además, sabes de sobra a lo que me refiero.

—¿Y a qué te refieres, ricura? —me pregunta con voz rasposa.

—Ya lo sabes, excursión por la finca durante el día y presentación de mi vino por la noche, todo muy puro y casto.

—Qué aburrida te has vuelto.

—O posiblemente prefiera conjugar verbos con otro tío —le rebato.

—Sabes que eso ha dolido, ¿verdad?

—Ya te he dicho que no quiero ser egoísta y prefiero que sean otras mujeres las que disfruten de ti.

—Pues, en ese caso, solo iré si me permites sacarte un par de fotos para mi álbum particular —me pica con voz ronca.

—Ni en tus queridas islas griegas serías capaz de librarte de tu cámara, es como una extensión más de tu cuerpo —musito medio sonriendo—. Sabes que me encanta posar para ti, pero esta vez va a tener que ser vestida; ya he tenido suficientes charlitas con mi padre durante estos días y, créeme, no me apetece repetir la experiencia.

—Las fotos que te hice para Cartier fueron la hostia, haz el favor de decirle a tu padre que no sea tan carca o se lo diré yo por ti.

—Ni se te ocurra —le prohíbo, incorporándome—, y ni se te ocurra decirle que fuiste tú quien las hizo; ese tema casi mejor si lo obviamos.

—¿Y, entonces, quién le digo que soy?, ¿el del gas?

—No, hombre. Con que le digas que eres fotógrafo es más que suficiente, no es preciso dar más información de la estrictamente necesaria.

—No podemos follar, no puedo fotografiarte desnuda... ¡joder, qué coñazo! Al menos resérvame la habitación que esté más cerca de la de María Eugenia; nunca se sabe, igual necesita que alguien le suba la cremallera del vestido...

—O que se la baje —matizo, divertida.

—Todo es posible. Nos vemos el sábado, ricura.

—Hasta el sábado, *amore* —me despido, sonriendo abiertamente antes de colgar.

—¿Con quién hablabas? —oigo la voz acerada de Víctor y me vuelvo con rapidez.

Está apoyado en la puerta, con el rostro cubierto por esa máscara inexpresiva con la que se cubre más veces de las que me gustaría, y lo miro sorprendida, preguntándome desde cuándo está ahí y qué es lo que ha oído exactamente.

—Con Ciro —le indico prudente, viendo cómo echa a andar hasta llegar a mi mesa, donde se apoya, mientras yo no pierdo detalle de ninguno de sus movimientos—. No sabía que estabas aquí.

—¿Ciro es el fotógrafo con el que te acostaste? —me pregunta, recordando lo que le conté, y asiento.

—Sí, y un buen amigo ahora —puntualizo, intentando hurgar en su mirada y, cuando la dirige hacia la ventana, huyendo de la mía, me levanto para acercarme a él—.

Oye, ¿qué pasa? —musito, sintiéndome perdida de repente, evitando tocarlo, rozarlo siquiera, abrazándome a mí misma cuando noto esa sensación extraña llegar para interponerse entre ambos.

—Nada —me responde con sequedad, negando con la cabeza, bajando su mirada hasta clavarla en el suelo y cruzando los brazos a la altura de su pecho, de pronto demasiado lejos mí.

—¿Te molesta que lo haya invitado? —indago, deseando que levante la mirada y podamos encontrarnos—. Mírame, Víctor —le pido en un susurro.

—Puedes invitar a quien quieras —sentencia con frialdad, alzándola finalmente, y niego con la cabeza cuando no veo nada en ella.

—Solo es un amigo, además de uno de los fotógrafos más influyentes que conozco —le aclaro, dejando caer mis brazos.

—Val, te lo he dicho, puedes invitar a quien quieras, no tienes por qué justificarte —insiste arisco.

—¿Y, entonces, por qué parece que estés cabreado? —le planteo, observando cómo coge aire y lo suelta de golpe.

—No estoy cabreado... Lo siento, nena, hoy ha sido un día complicado —me indica, llevando sus dedos al puente de su nariz y presionando.

—Para mí también ha sido complicado. Llevo deseando estar a solas contigo desde que he puesto un pie en la cocina y, en cambio, he tenido que compartirte con mi familia, con Gonzalo, con clientes y con proveedores, y no he dicho nada al respecto porque sé que, aunque me moleste, estamos trabajando, y tú... tú me oyes hablar con un tío que forma parte de mi curro y a saber qué está pasando por tu cabeza —le recrimino, con la decepción tiñendo cada una de mis palabras—. Si no te ha molestado que invite a Ciro, ¿qué sucede? —añado sobrepasada, contemplando su rostro inexpresivo—. Víctor, no quiero discutir contigo ni jugar a acertijos, no después de un día tan largo y de haberte echado tanto de menos —añado, abriéndole mi alma para mostrarle el camino de regreso a la suya—. Dime qué te ha molestado e intentaré no repetirlo, pero ya está bien.

—Val, tú no has hecho nada, son mierdas mías que tengo que aprender a gestionar —me dice, desprendiéndose de la máscara que hasta ahora cubría su mirada y permitiendo que vea las mil y una tormentas que están desencadenándose en ella—. Oye, déjalo, ¿vale? —me pide, enterrando los dedos en su pelo, incorporándose y echando a andar hacia su mesa—. Vámonos a casa; es tarde y estoy cansado.

—No —le digo rotunda, consiguiendo que se dé la vuelta, atrapando su mirada con la mía—. No voy a moverme de aquí hasta que no me cuentes de qué mierdas hablas, porque, no sé tú, pero a mí me jode muchísimo ir así de perdida —replico, envalentonándome.

—Sobre todo cuando has rechazado sexo mojado con otro tío —me rebate con dureza.

—Entonces, ¿va por ahí el tema? Te molesta que lo haya invitado porque me acosté con él... Genial... —mascullo negando con la cabeza—. Dime una cosa, ¿voy a tener que cabrearme yo también cada vez que hables con la señorita López? —le espeto, fulminándolo con la mirada y sintiendo cómo la frustración se convierte en un calor rabioso.

—No digas tonterías, por supuesto que no va por ahí el tema; solo estaba haciendo una pequeña puntualización —me rebate con severidad.

—Pues métete tus pequeñas puntualizaciones por donde te quepan —mascullo furiosa mientras el silencio llega denso y espeso como lo haría la niebla en la madrugada, engulléndolo todo en su lento avance.

—Joder... Tienes razón, eso sobraba. Lo siento... otra vez —se disculpa, apoyando las manos en su mesa y agachando la cabeza para, casi al segundo, alzarla y posar su mirada directamente sobre la mía, permitiéndome ver la oscuridad que desprende, como si, dentro de ella, hubiera encerradas miles de noches sin luna.

—Y, aparte de esa puntualización, ¿qué es lo que sientes, exactamente? —le pregunto sosteniéndosela con decisión.

—Oye, déjalo, no le des más vueltas, ¿de acuerdo? —prosigue, soltando todo el aire de golpe, incorporándose para empezar a acercarse de nuevo a mí—. Val... No sé qué me sucede contigo, pero siempre termino perdiendo la cabeza, para bien o para mal, y está claro que esta vez ha sido para mal. Supongo que no eres la única en dar por hecho las cosas. ¿Empezamos de nuevo? —me pide con voz ronca, buscando mi mirada, y soy yo quien esta vez rehúye la suya—. Val... —insiste, y me giro para enfrentarlo.

—Estamos aquí, ¿no? Siempre es aquí donde empezamos de nuevo —le indico negando con la cabeza, sintiendo el dolor latiendo en mi garganta, como si de un segundo latido de mi corazón se tratara, solo que este duele y estrangula.

—Cierto —me dice en un susurro, acariciando mi mejilla en un roce lento que alivia ese dolor latente—. Siento no haber sido capaz de encontrar nuestros cinco minutos —musita con dulzura.

—Supongo que Gonzalo ha tenido parte de culpa. ¿Ese hombre no tiene vida propia o qué le pasa? ¿Se puede saber cuántas veces te ha llamado hoy? —le recrimino molesta, a pesar de que sé que esas llamadas forman parte de su trabajo.

—Ese hombre vigila mis intereses como si fueran los suyos —me señala con seriedad.

—Pues hace cinco minutos que no te llama —matizo entre dientes, sin poder callarme.

—Porque la bolsa ya ha cerrado —me aclara con una media sonrisa.

—¡Vaya! Menuda suerte la nuestra, vamos a poder hablar sin que nos interrumpa a cada segundo —insisto, machacona.

—Hoy los mercados han estado muy volátiles —me informa como única explicación—, y gracias a esas llamadas he recuperado parte de lo que perdía.

—Pues qué bien, al menos ha servido para algo y ya no voy a tener que hacerte un préstamo —mascullo con ironía, dirigiendo mi mirada hacia la ventana.

—¿Quién está enfadada ahora? —me pregunta con dulzura, y suelto todo el aire de golpe, percatándome de pronto de que ese enfado lleva conmigo casi todo el día, hirviendo a fuego lento, sin que me haya dado cuenta.

—Supongo que yo también lo siento —musito finalmente, clavando mi mirada en el suelo.

—¿Qué sientes, exactamente? —me pregunta alzando mi barbilla, obligándome a mirarlo.

—¿No me lo dices tú y quieres que lo haga yo? —replico enarcando una ceja, viendo cómo una media sonrisa se dibuja en su rostro.

—No estaría de más saberlo, para no repetirlo —me indica con ternura, y niego con la cabeza, teniendo muy presente que, si sustituyo la palabra *mierdas* por la de *sentimientos*, yo tengo miles de ellos que, como él, tampoco sé cómo gestionar, sobre todo cuando esa bifurcación está cada vez más cerca—. Ven aquí —susurra estrellándome contra su cuerpo, abrazándome con fuerza mientras yo sigo viéndola en mi imaginación, tan real como si la tuviera frente a mí—. Yo también te he echado de menos —me confiesa, pegando sus labios a mi frente, y cierro los ojos, abrazándolo yo también, dándome cuenta de que, aunque ninguno de los dos hemos dicho realmente lo que sentimos, hemos sido capaces de encontrar el camino de regreso... al menos de momento.

Capítulo 19

—¿Nos vamos? —me pregunta, separándome ligeramente de su cuerpo para enlazar su mirada con la mía, y pego mi frente contra su pecho.

—Quería sacar a Trueno a correr —musito recordando las palabras de mi padre, apoyando las palmas de mis manos en su torso—, pero ahora eso es lo último que me apetece —susurro aspirando su fragancia mientras sus manos acarician mi pelo.

—No voy a conformarme esta vez con poner una tirita, Val —me responde con seriedad, y alzo la mirada hasta encontrarme con la suya—. Cuando te tenga desnuda entre mis brazos, no quiero prisas, así que vamos a sacar a ese caballo a correr para luego poder corrernos nosotros y conjugar muchos verbos juntos —me responde con voz rasposa, contrayendo mi vientre.

—¿Nunca te han dicho que no está bien escuchar conversaciones ajenas? —murmuro sintiendo cómo el deseo convierte mi centro en algo líquido y caliente.

—¿Y nunca te han dicho que no siempre hago lo correcto? —me rebate, con el fuego instalado en la mirada.

—No, pero estoy empezando a darme cuenta —le contesto, demorándome en ella.

—Sé que no debería haberte escuchado, Val, pero supongo que yo tampoco he querido evitarlo —prosigue, haciéndome sonreír, pues eso mismo fue lo que yo le contesté la primera vez que escuché una de sus conversaciones con *Gonsado*—. Vamos, se está haciendo tarde para todo lo que tengo en mente.

—¿Y tienes muchas cosas en mente?

—Cuando tienes todo el día frente a ti un caramelo y no puedes acercarte a él, solo te queda hacer uso de tu imaginación, y te aseguro que la mía ha estado muy activa hoy y he imaginado miles de formas posibles de desenvolverlo, chuparlo y lamerlo, así que vamos a sacar a ese caballo, porque luego quiero comprobar si sabe tan bien como recuerdo —me responde, y siento cómo, con sus palabras, mi corazón se instala en mi sexo, consiguiendo que lata de anticipación.

—Pasemos de Trueno, Vic —le propongo, devorándolo con la mirada mientras él empieza a coger sus cosas.

—Te conozco y, si pasamos ahora, luego tendrás remordimientos y querrás sacarlo a correr en plena noche. Y, créeme, ya es suficientemente agobiante verte montarlo durante el día como para sumarle el agravante de que sea de noche y que apenas se vea nada.

—¿Te agobias cuando monto a caballo? —le pregunto, sorprendida, recogiendo las mías.

—Val, eres una inconsciente. No sé si lo haces a propósito o no, pero es como si no vieras el peligro que conlleva montar como tú lo haces —me responde, abriendo la puerta del despacho para seguidamente salir por ella.

—Ni que lo montara haciendo el pino —le rebato molesta, empezando a seguirlo, dándome cuenta de que ya no queda casi nadie currando.

—No necesitas montarlo haciendo el pino para ponerte en peligro; corres demasiado, Val —insiste mientras cruzamos la tienda, desierta ya—, y si te cayeras... Joder, déjalo, monta al puto caballo y larguémonos a mi casa —masculla dirigiéndose hacia el parking.

—Aunque no lo creas, sé muy bien lo que me hago; llevo montando desde que era una cría y por supuesto que soy consciente del peligro, en caso de que lo hubiera, claro está, pero no lo hay, Vic. Voy campo a través y no tengo que saltar ningún obstáculo ni nada puede interponerse en mi camino, así que no te agobies tanto, ¿vale? —replico una vez estamos en el coche, mientras él arranca y sale del parking de la bodega, tomando el camino que nos llevará a las caballerizas.

—No vas a convencerme, Val, y, como sea incapaz de seguirte, te aseguro que luego vas a arrepentirte —afirma con sequedad.

—Seguro que sí, lo que tú digas —suelto con chulería.

—Sí, lo que yo diga, porque, si corres como una loca ahora, luego no dejaré que lo hagas, ¿lo tienes claro? —masculla con dureza, estacionando frente a las cuadras.

—Venga ya —musito flipada mientras él se apea del todoterreno, sin molestarse en contestarme—. Oye, Vic, no te pases... No pienso correr como haces tú, que parece que, en lugar de galopar, vas al trote. Para eso Trueno ya tiene a mi padre —le aclaro.

—No te pases tú, Val. Ya he tenido el día suficientemente jodido, créeme. No necesito ponerle la guinda yendo al hospital —masculla entre dientes, encaminando sus pasos hacia Linda.

—¿En serio? —inquiero haciendo una mueca—. ¿Tienes intención de sacar a Linda? En ese caso ya puedo echarme una cabezadita mientras monto a Trueno.

—No seas exagerada —me riñe con una incipiente sonrisa, empezando a ensillarla mientras yo hago lo propio con mi caballo.

—Oye, mi día también ha sido jodido y montar como montas tú me pone de los nervios y te aseguro que lo joderá un poco más, así que, o la aprietas un poquito para que estire esas lindas piernas que tiene, o puede que sea yo la que no deje que tú lo hagas, ya me entiendes... —le indico, guiñándole un ojo y evitando ser más explícita, pues el mozo de cuadras anda revoloteando por aquí—. Vamos a estirar las tuyas, precioso. ¿Qué dices?, ¿tienes ganas de un buen galope? Seguro que sí —hablo con el animal, recibiendo como contestación sus relinchos mientras Víctor se mantiene en silencio, a pesar de lo mucho que tiene que decir, seguro—. ¿Listo? —le pregunto una vez lo tengo ensillado, subiéndome a su lomo y saliendo de las cuadras, viendo de reojo cómo, con movimientos fluidos, él monta a Linda; la dulce, tranquila y lenta Linda.

—Espérame en la salida —me ordena con autoridad, con todas esas palabras que está guardándose quemándole en la punta de la lengua.

Llego al inicio del camino notando su mirada en mi espalda y, antes de que pueda decirme nada, espoleo a Trueno para iniciar esa loca carrera que se suponía que debía evitar, riendo cuando lo oigo llamarme y sintiendo cómo la adrenalina corre por mis venas, de la misma forma en que estamos haciendo nosotros, llevándose con ella el enfado, la frustración, el cansancio y los miles de sentimientos o «mierdas» que han asolado mi cuerpo durante todo el día y, aunque posiblemente luego me arrepienta, en estos momentos es lo que necesito.

Espoleo al caballo para correr un poquito más campo a través, con la cordillera, los viñedos y la tierra como únicos testigos mudos de nuestra «pequeña locura», llevando al límite al animal, que responde a mis exigencias como lo haría un caballo de carreras.

—¡Soooooooo, Trueno! Tranquilo, campeón... ¡Sooooo! —le digo aminorando la marcha hasta detenerlo por completo en lo alto de una colina, viendo el sol, convertido ahora en una enorme bola de fuego naranja, tomar el suelo y besarlo suavemente en su lento descenso, como espero hacer yo más tarde con él... cuando se le pase el enfado, claro está.

Sonrío inspirando profundamente la paz que solo aquí puedo respirar; esa paz que huele a tierra, a fruta madura, a flores silvestres, a limpio y a recuerdos... Recuerdos de mi infancia, cuando mi abuelo me enseñaba a montar y, más tarde, cuando lo hacíamos juntos; recuerdos de sus risas y su orgullo, pues nunca jamás me regañó por montar como lo hago ahora... por eso, posiblemente, no dejo de hacerlo, y recuerdos de mi juventud, cuando él ya no estaba a mi lado y durante un tiempo preferí montar sola para sentirlo junto a mí. «Recuerdos... Esos que van con nosotros vayamos donde vayamos, esos que tienen la magia de llevarnos a revivir momentos especiales y que tienen el poder de seguir emocionándonos a pesar del tiempo pasado, los únicos capaces de ponerte el nudo en la garganta con una imagen o una visión fugaz, y esos que abrazo a menudo para ver de nuevo a mi abuelo o a mi madre, aunque a ella me cueste un poco más y tenga que recurrir a las fotografías para poder hacerlo», pienso con tristeza mientras siento el latir de la tierra bajo mis pies, esta tierra que, al igual que mis recuerdos, forma parte de mí y de mi esencia, y, en mi imaginación, veo de nuevo esa bifurcación que me mantendrá unida a estas tierras o me alejará por completo de ellas y, por ende, de él.

Amparada por el sosiego que solo encuentro rodeada de naturaleza, hurgo entre mis deseos, necesitando saber qué voz escuchar, si la de mi cabeza o la de mi corazón, pero ¿qué sentido tiene escuchar la voz de la cabeza cuando el corazón es el que bombea nuestra sangre, dirigiéndola a cada uno de nuestros órganos? ¿Cuando es el que nos da la vida y el que marca el ritmo de nuestros sentimientos con cada uno de sus latidos, acelerándolos o deteniéndolos? No nos duele la cabeza cuando algo nos afecta, nos duele el corazón y también el alma, porque ella se aloja junto a él, vibrando al ritmo de sus latidos, y solo ella sabe qué dirección tomar, como lo sabe la sangre que corre por nuestras venas, la dirección que menos duele... porque renunciar a algo siempre duele, pero duele un poquito menos de lo que dolería si renunciara al único hombre que ha sido capaz de conseguir que mi corazón se detenga con una mirada o lata enloquecido con otra.

—¡Vaaaaal! —oigo su rugido a lo lejos, y me vuelvo para mirarlo, con la tranquilidad que solo sientes cuando, en tu interior, sabes que has tomado la decisión correcta.

Sin permitir que la furia de su mirada, que incluso a lo lejos soy capaz de detectar, me amilane lo más mínimo, paseo la mía por su cuerpo; sus brazos en tensión, sus manos aferrando con decisión las riendas del animal, sus piernas en torno a su cuerpo y su jersey pegándose a su pecho por el viento. Suspiro bajito, sintiendo que todo esto que llena mi pecho lo llena un poquito más, aleteando con fuerza, como si de mariposas de brillantes colores se tratara.

—Soooooo, caballo, sooooooo —masculla entre dientes, deteniendo a Linda a mi lado, y le sonrío alzando el mentón, sabiendo que quiero esto, a pesar de que hoy no hayamos sido capaces de encontrar nuestros cinco minutos, a pesar de que lleve todavía la tirita puesta desde ayer y que esté casi a punto de despegarse, a pesar de que hayamos discutido durante los pocos minutos que hemos estado solos y a pesar de que vayamos a discutir de nuevo, quiero esto.

—Por fin has llegado. Un poco más y me duermo esperándote —suelto con insolencia mientras él me fulmina con la mirada—. Ni te molestes, Víctor. Si te agobias, te quedas en casa, pero no pienso renunciar a esto —añado, sintiendo cómo mi corazón y mi alma se ensanchan hasta llenar todo mi cuerpo, porque nunca en mi vida había dicho algo más cierto. No voy a renunciar a esto, a mi casa, a mi lugar... y a él.

—Pero ¿a ti qué te pasa? ¿Se te va la cabeza? ¡Val, no puedes correr así, joder! ¿Qué hubiera sucedido si Trueno se hubiera asustado por cualquier motivo? ¿Sabes dónde habrías ido a parar? —brama muy muy cabreado, y casi juraría que hasta asustado, y lo miro enterneciéndome con su reacción desmesurada, obligándome a no demostrarle cuánto lo quiero.

—Como no se asuste de un árbol... ¿Quieres dejar de agobiarte? Oye, lo necesitaba, ¿vale? Si quieres, lo entiendes y, si no, es tu problema —le digo deseando dejar clara mi postura mientras él coge una de las riendas de mi caballo y me acerca al suyo.

—Tú eres la que va a tener el problema cuando lleguemos a casa —me rebate con la voz cargada de miles de matices, contrayendo mi vientre y mi pecho, pues eso de «a casa» es lo que espero oír millones de veces más.

—Si yo no me corro, tú tampoco vas a hacerlo. Me parece que no soy la única que va a tener un problema —replico, demorando mi mirada en sus labios, sintiendo cómo todo se vuelve electrizante a nuestro alrededor—. ¿Recuerdas cuando te dije lo que era para mí hacer el amor contigo? —le pregunto en un suspiro, con nuestras piernas rozándose y nuestra canción empezando a sonar—, ¿lo recuerdas? —susurro aferrándome a su mirada, que arde con mis palabras, diluyendo con ellas su enfado, y, con el recuerdo de esa conversación, llega esa burbuja especial para envolvernos, como ya hizo anoche, elástica, como el amor que es capaz de adaptarse a cualquier circunstancia, e irrompible como lo es algo que es de verdad y que, por mucho que te esfuerces por quebrarlo, es capaz de adoptar mil formas distintas antes de que llegues a conseguirlo.

—Es ser nosotros —declara, sosteniéndome la mirada, consiguiendo que todo deje de existir para mí.

—Es estar mojada todo el tiempo —musito sintiendo cómo su cuerpo atrae el mío.

—Es que tu piel y tu cuerpo reaccionen a una mirada mía —prosigue, y siento cómo mi vello se eriza por la emoción.

—Es sentirte y querer más todo el tiempo —murmuro viendo cómo su mirada se carga de los miles de emociones que llenan mi pecho, como si se hubieran duplicado y hubiesen volado hasta su mirada para alojarse en ella y permitirme verlas.

—Es verte y reconocerme —me indica, con la emoción copando cada una de sus palabras.

—Y es ponerles tu nombre a todas estas emociones que llenan mi pecho —confieso, permitiendo que todo lo que siento por él aflore con las mías, entretejiéndose entre sí como lo harían los hilos de un delicado bordado que precisa de horas de trabajo hasta quedar perfecto—. Lo has recordado... —musito sonriendo, consciente de que nunca habrá un momento más perfecto que este.

—Cómo olvidarlo, cuando no hay una definición mejor —me contesta en un susurro.

—Pues quiero eso ahora, te quiero dentro de mí, Víctor; quiero que me toques y tocarte, quiero sentirte y que me sientas, y quiero que todo esto que llena mi pecho continúe llevando tu nombre —le pido atrapando su mirada—, y no quiero discutir más, porque hacer el amor también es eso, es aceptar las decisiones del otro y convertir las palabras en besos, gemidos y suspiros —musito en un hilo de voz, percatándome de que tengo sus labios a escasos centímetros de los míos y que hemos ido acercándonos lentamente hasta casi pegar nuestros cuerpos.

—¿Qué me estás haciendo, Val? —susurra soltando una de las riendas para llevar su mano a mi cuello y acercar mi rostro al suyo hasta dejar nuestros labios a la distancia de un breve suspiro.

—Lo mismo que tú a mí, Vic; solo pienso en tocarte y besarte, y odio cuando no puedo hacerlo —le confieso antes de que su boca se adueñe de la mía.

En lo alto de esta colina y por primera vez en un lugar público, hacemos el amor con un beso, pues con un beso mi centro se moja, con un beso mi piel se eriza y mi cuerpo reacciona y con un beso todo esto que llena mi pecho alza el vuelo, dejando la estela de su nombre a su paso.

Con la burbuja que hemos creado envolviendo nuestros cuerpos, emprendemos el camino de regreso a las caballerizas sin dejar de mirarnos y de sonreírnos, corriendo en ocasiones y disminuyendo la velocidad en otras y, entre carreras, risas y medias sonrisas, oigo de nuevo cómo suena nuestra canción, esa a la que vamos añadiendo estrofas a medida que vamos cogiéndole el ritmo a nuestra historia.

Tras dejar a los caballos, nos dirigimos a su casa con la urgencia tirando de nosotros y, en cuanto ponemos un pie en ella, su boca se apodera de la mía con ansia y desesperación y correspondo a su beso con la necesidad de haber ansiado algo durante horas y horas. Sin despegar nuestras bocas, me lleva hasta la pared, donde me apoya en ella y donde su lengua conquista la mía con rudeza, con la misma necesidad que siento yo e incluso con un poquito más, mientras empezamos a desnudarnos, necesitando tocarnos y sentirnos, piel con piel, fundiéndose y ardiendo.

—Estás empapada —musita con voz ronca cuando pasea su dedo por mi centro, y gimo cerrando los ojos.

—Por ti... por ti estoy mojada todo el tiempo —gimo bajito—, y por ti mi piel y mi cuerpo reaccionan —declaro cuando su pecho roza el mío y su dedo traza círculos en torno a mi clítoris.

—Y por ti quiero más todo el tiempo —prosigue con el deseo más loco y primitivo abriéndose paso entre nosotros—. Joder, vas a volverme loco, Val —me abruma, llevándome hasta la mesa del salón, con sus manos apoderándose de mis pechos y nuestros besos absorbiendo nuestros gemidos.

—Viccccc —gimo incapaz de decir otra cosa que no sea su nombre.

—De espaldas, nena —me ordena, haciendo que me recueste en ella, y me aferro a los bordes, sintiendo que mi centro empieza a palpitar de deseo.

Siento sus manos deslizarse desde mis caderas hasta mis piernas y su respiración caldear mi trasero y, cuando lo alzo y su lengua barre mi sexo, lo alzo un poquito más, gimiendo con fuerza.

—Joder —farfullo, abriendo las piernas para facilitarle la entrada a uno de sus dedos.

—Podría pasarme la vida entera viendo tu culo, chupándote y follándote sin parar —ruge en un susurro que retumba en mis oídos.

Y durante unos segundos, valoro pedirle que lo haga, pero antes de que pueda llegar a hacerlo, es mi gemido el que habla por mí.

—Hoy sí que quiero oírte, hoy quiero oírte gritar mientras te follo —me ordena con autoridad, y me aferro con fuerza a los bordes de la mesa, con la respiración convertida ya en un caos.

Siento su dedo deslizarse por mi centro, de arriba abajo, sin llegar a tomar profundidad, empapándose con mis fluidos y, cuando me da una suave palmada contra el clítoris, gimo fuerte, sintiendo cómo mi cuerpo se sacude de deseo.

—¿Te ha gustado? —me pregunta dándome una segunda palmada, suave y controlada, y grito cuando mi centro vibra con ella.

—Síííííí —jadeo aferrada a la mesa.

—¿Podrías correrte así? —me pregunta, dándome una tercera palmada, empapándose la mano con mis fluidos—, ¿o así? —continúa, barriendo mi sexo con su lengua y muevo las caderas, enloqueciendo.

—Víctor, no puedo más —le imploro mientras sus labios succionan los míos para casi al segundo darme otra palmada, de nuevo suave y controlada, en pleno clítoris, que me lleva directa al cielo—. Dios míooooooo, másssss, Viccccc, mássssss...

—Más, ¿qué?

—Más de todo, más de ti —grito sin control—. ¡¡¡¡Más todo el tiempo!!!! —grito, enajenada.

Y con otra palmada que es calmada con sus labios, me corro violentamente, abriendo las piernas, aferrando los bordes de la mesa.

—¿Quieres más? —inquiere mientras yo me limito a concentrarme en respirar, mientras capto cómo rasga el envoltorio del preservativo.

—Contigo siempre quiero más —musito en un gemido, a la vez que siento la piel de su sexo rozar la mía, y alzo más mi trasero para facilitarle el acceso.

Su avance, lento y controlado, abriendo mi carne a su paso, eriza mi piel, y jadeo cerrando los ojos, deseando que sea rudo. Cuando se ensarta hasta el fondo, gimo con fuerza.

—Llevo deseando esto durante todo el puto día —ruge en mi espalda para empezar a bombear a un ritmo vertiginoso.

Dentro, fuera, dentro, fuera... más fuerte, más rápido, más delirante y, en mitad de nuestra locura, siento cómo conectamos, cómo nuestros cuerpos se entienden sin necesidad de tener que utilizar las palabras, cómo nuestros gestos y gemidos le indican al otro el camino a seguir y, sobre todo, siento cómo encajamos, a pesar de que en su día yo dudé de que un círculo pudiera encajar con un rectángulo.

* * *

—Creo que esta tirita que me has puesto es mucho más resistente que la otra —suelto guasona, tras haber pasado por la ducha y de nuevo por la cama.

—De todas formas, mañana voy a tener que comprobarlo, no quiero que se te caiga —replica divertido, acariciando mi espalda mientras, recostada sobre su pecho, me mantengo callada, escuchando los latidos de su corazón, que late al unísono con el mío, valorando si decirle que ya he tomado una decisión y que voy a quedarme—. ¿Qué está pasando por esa cabecita tuya? —indaga tras unos segundos de silencio mientras acaricio su pecho, inspirando el olor de su fragancia que huele a Víctor y a jabón.

Si se lo dijera ahora, evitaría esta cuenta atrás que no dejo de oír, como las manecillas de un reloj que marcan su lento avance, pero, sin saber por qué, algo dentro de mí me impide hacerlo; una sensación extraña que me obliga a mantener esta cuenta atrás que cada vez me acerca más a la bifurcación, a pesar de que ya sé que mi camino será recto y no tendré que tomarla.

—¿Val? ¿Qué estás pensando? —insiste mientras hurgo dentro de mí, sin saber de dónde viene este malestar repentino que he sentido cuando me he planteado decírselo.

—Nada realmente, supongo que necesitaba esto, estar a solas contigo, sin teléfonos, sin trabajo de por medio y sin discusiones... Siendo solo nosotros...

—Siempre podemos encontrar estos momentos, Val.

—Pero, para encontrarlos, no quiero tener que discutir contigo por nada. Solo quiero que estos días sean especiales; intentémoslo, ¿vale? —le pido alzando la cabeza, encontrándome con su mirada, que abraza la mía sin necesidad de tener que utilizar unos brazos para poder hacerlo.

—Yo tampoco quiero discutir más contigo.

—Pues no lo hagamos, y prométeme que estos días

serán inolvidables —le ruego reptando por su cuerpo hasta tener sus labios a escasos centímetros de los míos.

—Te lo prometo; te prometo que estos días serán tan especiales e inolvidables como lo eres tú —declara antes de atrapar mis labios con los suyos en un beso que eriza mi piel y mi alma.

Capítulo 20

Juntos cumplimos nuestra promesa, convirtiendo cada momento, cada sonrisa, cada roce y cada beso en algo especial e inolvidable; juntos añadimos estrofas a nuestra canción y párrafos a esa definición que en su día yo hice de hacer el amor; juntos soportamos estoicamente a Casi y sus indirectas, que en ocasiones son más directas de lo que nos gustaría, y sobrellevamos sus «mierdas» y esa sensación extraña que a veces atenaza mi garganta, y lo hacemos juntos, permitiendo que un beso, un apretón de manos, un cómodo silencio o una sonrisa cargada de confianza supla las palabras que, en ocasiones, es mejor no pronunciar.

Juntos llenamos nuestras vidas de besos escondidos tras las barricas, de dedos entrelazados cuando creemos que nadie puede vernos y de momentos ardientes y apasionados cuando estamos seguros de que así es y, día a día, nos esforzamos por encontrar esos cinco minutos para que me ponga esa tirita a la que mi cuerpo se ha acostumbrado y que reclama cuando siente que está despegándose. Juntos seguimos jugando a nuestros juegos e inventando otros, y lo hacemos siempre juntos, pues es algo inconcebible que no lo estemos.

* * *

Es sábado y, todavía en mi cama, observo el sol empezar a despuntar en el horizonte cuando, de repente, siento esa sensación extraña tumbada junto a mí, mirándome de reojo, como esperando el instante adecuado para llenar mi pecho, y reniego de ella, apartándola a un lado, de nuevo preguntándome qué hace aquí y qué es eso a lo que mi alma teme para tenerla tan presente.

Obligándome a dejar de pensar en ella, me dirijo hacia la ventana, desde donde diviso su casa a lo lejos, y, al segundo, siento cómo la calidez me llena por dentro al recordar todo lo que estoy viviendo a su lado, sonriendo al imaginar un grueso álbum de fotos en el que las primeras páginas están repletas de imágenes nuestras de estos días y de cientos de hojas más en blanco a la espera de que añadamos nuevas imágenes que iremos pegando a medida que las vivamos, porque esto es el principio del álbum de mi vida, la que espero vivir junto a él.

Me visto con unos pantalones de cintura alta, una camisa y unas botas de monta, anudando un pañuelo a mi cuello y atando mi larga melena en una cola de caballo, y, tras maquillarme ligeramente y coger una chaqueta por si refresca, me dirijo a la cocina, donde me encuentro con Casi, cómo no.

—Buenos días, Casilda —la saludo sonriendo, sentándome en el taburete, mientras ella pone a hervir el agua para mi té.

—Buenos días. Hoy nos falta el otro, ¿dónde lo tenemos?

—¿El otro es Víctor? —le pregunto sin poder frenar la tonta sonrisa que se ha adueñado de mi rostro hasta tomar por completo el control.

—Quién va a ser, si no, ¡pero si parece tu sombra! Qué hartura, de verdad. Debe de ser la edad, pero, si mi Tomás, que en paz descanse, estuviera todavía con vida y se pegara a mí así, juro por todos los viñedos de esta finca que haría las maletas y me marcharía bien lejos —afirma con aplomo—. Con lo bien que está una yendo a la suya y dejando que corra el aire, que, por cierto, con vosotros no corre mucho, ¿eh, maja? Pilinguis, que sois todas unas pilinguis... Tu hermana, mi Sandra y tú, porque vete tú a saber qué hace mi niña con el escocés ese cuando están a solas.

—Pues beber whisky, ¿qué van a hacer? —le indico entre risas.

—Con mi padre tendríais que haberos topado, ¡las tres!, y ellos igual, no te creas.

—Pero ¡qué dices, Casi! —exclamo, soltando una carcajada.

—Como tu padre se entere, ya verás... Lo que yo te diga, lo de José y tu hermana será un cero a la izquierda comparado con lo que tendréis que aguantar vosotros dos —suelta dejando el té frente a mí, y la miro divertida.

—Casi, no sé de qué me estás hablando —declaro, a pesar de que es tan evidente que me siento hasta ridícula diciéndoselo.

—¡Anda que no! De sobra lo sabes. Lo que yo no me explico es cómo tu padre, con lo inteligente que es, no se ha dado cuenta, aunque, pensándolo bien, igual con lo de tu hermana y José ya tiene suficiente y prefiere hacerse el tonto con lo tuyo. Lo que yo te diga... ¡Si es que mataréis a disgustos al pobre hombre cualquier día!

—Pero mira que eres exagerada, Casilda. De todas formas, gracias a Dios que los tiempos han cambiado y ahora no hace falta que corra tanto el aire como en los tuyos —le digo, guiñándole un ojo.

—Sinvergüenza, que eres una sinvergüenza —replica con ese tonito tan suyo.

—Pues gracias a esta sinvergüenza, hoy comerás con una diseñadora de prestigio y con un par de fotógrafos brutales. Si quieres, puedo pedirles que te hagan un par de fotos.

—Espero que vestida —suelta con genio.

—Bueno, es una opción, pero también podrías posar desnuda —contesto, más que nada para pincharla, pues ni por todos los viñedos de esta finca imagino a mi Casilda posando en cueros y, aun así, prosigo—. Si vieras el reportaje que Ciro le hizo a una mujer de tu edad, le pedirías de rodillas que te lo hiciera..., el reportaje, claro —matizo mientras ella me mira con los ojos a punto de salirse de las órbitas, y tengo que frenarme muchísimo para no emitir una tremenda carcajada.

—Seré yo como vosotras, ¡pilinguis!, que a mí solo me ha visto desnuda mi Tomás y para tú de contar. Además, a estas edades y con estos colgajos, ya no hace falta que me vea nadie más, ni yo misma, que a veces me miro en el espejo y me doy cada susto que no veas, con lo estupenda que estaba yo de joven, todo tieso y en su sitio, no como ahora. Hacerse vieja es una mierda, lo que yo te diga, hija.

—No seas malhablada, Casilda, a ver si tengo que lavarte la boca con jabón.

—Mira quién fue a hablar. Tanto colegio de pago para nada, si es que esta juventud está perdida —masculla sin dejar de moverse por la cocina con su vestido de flores—. Por cierto, todavía no me has dicho dónde tenemos al otro.

—¿Por qué? ¿Acaso lo echas de menos? —le pregunto, guiñándole un ojo.

—No tanto como tú —contraataca, apoyándose en el mármol de la isla, mirándome con esa sonrisita de sabionda tan suya que en ocasiones aborrezco y que hoy, vete tú a saber por qué, me hace gracia—. Anda que menuda sonrisa pones cuando lo tienes cerca, como mi Sandra;

debe de ser la edad... Luego, cuando pasen los años y lo veas, pensarás: «Ya está aquí otra vez el pesado este» —comenta, y suelto una carcajada con la cara que ha puesto.

—Pobre Tomás, si es que se ganó el cielo contigo, lo que yo te diga.

—Y tú te estás ganando una buena torta, lo que te diga yo también —me replica, y me río con ganas con mi Casilda Martínez de la Nuez.

—Me largo, no sea que se te vaya la mano y me la sueltes de verdad —le digo, deseando llegar cuanto antes a su casa.

—¿Tú ves como yo tenía razón? ¿A dónde vas? ¡Venga, di! ¿A dónde vas con tanta prisa? —me pregunta, y tengo que obligarme a dejar de sonreír de una vez.

—A la bodega; por si lo has olvidado, hoy es la presentación, así que no seas tan malpensada, porque me voy a trabajar.

—Sí, claro... a trabajar, dice, anda que... Iba a decirte que ya quisiera yo trabajar como tú, pero, pensándolo bien, mejor déjalo, no quiero más trabajo extra, tú ya me entiendes, que a estas edades una tiene eso ya lleno de telarañas y prefiero limpiar la cocina a tener que limpiar tuberías.

—¡Casilda! —exclamo riendo con ganas.

—¡Hala! ¡Tira, corre! —me apremia, chasqueando luego la lengua, y, sin dejar de reír, abandono la estancia.

Feliz y con una resplandeciente sonrisa dibujada en el rostro, recorro el camino que me llevará hasta su casa, sintiendo cómo los miles de emociones que llenan mi pecho alzan el vuelo arrasando con todo, incluso con esa sensación extraña que hoy ocupaba parte de mi cama y, cuando llego al porche trasero de su casa, acelero mis pasos, deseando verlo cuanto antes.

—¡Hola! —lo saludo cuando abro la puerta y lo veo sentado en el sofá, con una pequeña caja de madera a sus pies—. ¿Qué haces? —inquiero llegando hasta él para darle un beso, que él intensifica hasta hacer que todo me dé vueltas.

—Besarte, eso hago —musita con voz rasposa, cogiéndome y sentándome sobre su regazo.

—Me encanta que lo hagas —susurro hundiéndome en su mirada y llevando mis manos hasta su cuello, que acaricio con dulzura—. Tienes cara de cansado —musito frunciendo levemente el ceño, pasando mis dedos por sus marcadas ojeras, como si, con ese gesto, pudiera borrarlas, mientras él pasa uno de los suyos por mi ceño para alisarlo, y sonrío, casi derretida entre sus brazos.

—No he dormido muy bien, puede que sea porque no te has puesto el altavoz y tus ronquidos no han llegado hasta mi ventana —me suelta, divertido, sosteniéndome la mirada.

—Muy gracioso —replico sintiendo cómo todo lo que siento por él crece un poquito más—. ¿Y qué estabas haciendo antes de besarme? —le pregunto deslizando mi mirada de su rostro hasta llegar a la caja que tenemos a nuestros pies—. ¿Son fotografías mías? —añado, levantándome y arrodillándome frente a ella, cogiendo un pequeño montoncito.

—Muchos años juntos, supongo —me dice a modo de explicación y, sonrío empezando a ojearlas.

—Recuerdo que te gustaba hacerme fotos, pero nunca imaginé que tuvieras tantas —susurro retrocediendo a esos días, tan lejanos ya.

En una de ellas estoy con las coletas que solía llevar, arrugándole la nariz; en otra aparezco sentada en el suelo del porche, pintando, con la luz anaranjada del atardecer de fondo; también salgo en una bañándome en la piscina en un día de verano; en otras, juntos, sonriéndole a la cámara, con la chimenea encendida, haciendo tortitas en su cocina...

—En esta estaba enfadada contigo —le cuento, cogiéndola y mostrándosela.

—Te había prometido que ese fin de semana te llevaría al cine y tuve que quedarme en casa estudiando.

—Y en lugar de decirme que me fuera para poder estudiar tranquilo, aguantaste mi berrinche hasta que se me pasó y terminé viendo otra peli sentada en este sofá mientras tú estudiabas en la barra de la cocina.

—Perdí la cuenta de los cafés que bebí ese fin de semana —me cuenta sonriendo, evadiéndose a ese día y llevándome con él de la mano.

—Y sacaste un diez y, para celebrarlo, cumpliste tu promesa —recuerdo con orgullo.

—Y vimos esa película de princesitas que era un completo coñazo —me dice sonriendo conmigo, y siento cómo la ternura que desprende su mirada llega hasta mi pecho para asentarse en él.

—Tú querías que viéramos la nueva de Superman —le recrimino, haciéndole una mueca.

—Todavía hoy pienso que te hubiera gustado —me asegura convencido.

—Lo dudo, nunca me han gustado esas películas de superhéroes —replico, arrugándole la nariz.

—Hiciste lo mismo ese día cuando te propuse verla —me indica, dándole un toque con su dedo, haciéndome sonreír, sintiendo cómo esa burbuja elástica empieza a envolvernos.

—¿Para qué estabas mirando estas fotografías?

—Porque había pensado decorar las barricas con algunas de ellas o colocarlas junto a las botellas de vino que pondremos a modo de decoración. Este es tu vino, se creó pensando en ti y en cómo eres, y qué mejor forma de presentarlo que acompañándolo con las fotografías de la niña y, más tarde, de la mujer que lo inspiraron —me explica, consiguiendo que todo lo que siento por él crezca un poquito más.

—Me gusta la idea —afirmo sentada en el suelo, observándolas junto a él, que se ha colocado a mi lado, con la espalda apoyada en el sofá.

Una a una voy viendo pasar mi vida y también la suya a través de esos instantes que él inmortalizó con su cámara, y con cada fotografía llega un recuerdo, una emoción o un sentimiento que creía olvidado.

—Recuerdo este día —comento acariciando nuestro rostro con la yema de los dedos—. Era jueves... ¿Te acuerdas de las cenas de los jueves en verano? —le pregunto, sonriendo al pensar en ellas—. Todos los jueves cenábamos juntos, pasara lo que pasara —susurro con un hilo de voz mientras él guarda silencio—. Recuerdo que estaba muerta de hambre y ese día tú terminaste muy tarde de trabajar, así que, mientras te duchabas, decidí sorprenderte haciendo yo la cena.

—Siempre fuiste muy apañada —dice con cariño.

—Demasiado, casi te quemé la cocina ese día, ¿te acuerdas?

—Como para olvidarlo —contesta, acariciando mi rostro con su mirada.

—Menudo susto me llevé —murmuro con nuestras miradas enlazadas.

—Nos llevamos —me rectifica—. Cuando te vi con la sartén ardiendo, casi me da un ataque; creo que nunca he pasado tanto miedo.

—Recuerdo que, cuando apagaste el fuego, me abrazaste muy fuerte y no me reñiste —le digo bajito—; ni siquiera se lo contaste a mi padre o a Casi... fue nuestro secreto.

—Y encima pedimos pizza para cenar para que no lloraras más —rememora mientras detengo mi mirada en los ojos enrojecidos de la niña que fui.

—Y nos hicimos esta foto porque todo había terminado bien y la princesa no se había quemado —musito recordando lo dulce que fue—. Eras genial, Vic, y fuiste lo mejor que podía sucederme —afirmo con seriedad.

—Te equivocas, Val: tú fuiste lo mejor que pudo sucederme a mí —me contesta con voz lúgubre, guardando silencio durante unos minutos.

—Recuerdo el olor a chamuscado que hacía —añado, necesitando romper ese silencio antes de que se siente a nuestro lado, llenando huecos que no le corresponden.

—No sé de quién sería la culpa —prosigue con una media sonrisa dibujándose en su rostro y dibujándola en el mío, como si de un reflejo se tratara.

—Ya de pequeña me quedó claro que la cocina no era la mío. ¿Cuántos años tendría aquí?

—Once —me asegura convencido—. Lo recuerdo perfectamente; de hecho, creo que nunca podré olvidar ese día.

—Ni yo, te lo aseguro —susurro observando otra fotografía y transportándome con ella en este particular viaje de los recuerdos.

Sentados en el suelo, con nuestras espaldas apoyadas en el sofá y nuestros cuerpos rozándose, vamos mirándolas una a una, recordando quiénes fuimos antes de convertirnos en quienes somos ahora, demorándonos en fotografías que, por lo que sea, tienen un significado especial para alguno de los dos, comentándolas en ocasiones, sonriendo en otras o simplemente guardando silencio cuando no hay nada que decir o cuando callar es la mejor opción, y, en medio de ese silencio o esas sonrisas, me pregunto si no sentirá curiosidad por saber qué decisión he tomado, por saber si me iré o me quedaré, y justo eso, que no hable del tema sumado a ese temor que habita dentro de mí y que me impide contárselo, es lo único que empaña momentos como este o como los que hemos vivido durante estos días.

—¿A qué hora llegarán tus amigos? —me pregunta clavando su limpia e impresionante mirada verde sobre mí.

—Han salido muy temprano de Madrid, así que supongo que en un par de horas estarán aquí —le contesto, guardando las fotografías en la caja—. ¿Me acompañarás cuando les muestre la finca y los viñedos?

—Si quieres que lo haga, claro —acepta con seriedad y, moviéndome, me siento a horcajadas sobre su cuerpo, deseando que esa seriedad se desvanezca.

—Por supuesto que quiero —musito pegando mi frente a la suya—. Te quiero conmigo todo el tiempo. ¿Qué me dices?, ¿podrás soportarlo?

—Haré un esfuerzo —suelta socarrón—, pero, si tenemos que estar todo el día juntos, vas a tener que acompañarme antes a la bodega para poner estas fotos.

—Venga, por ser tú, haré un esfuerzo —le indico, mordiendo su labio.

—Val... vamos justos de tiempo —murmura anclando sus manos en mi cintura, consiguiendo que mi piel arda y que mi vientre se contraiga ante su contacto.

—Siempre quiero más cuando estoy contigo —susurro empezando a besarlo y, cuando corresponde a mi beso, me muevo suavemente, frotando mi sexo contra el suyo.

—Y yo, joder —masculla profundizando en el beso, llevando sus manos a mi trasero, pegándome a su enormidad—. Val, tenemos mucho trabajo por hacer antes de que lleguen tus amigos —me recuerda alejando sus labios de los míos, con sus manos subiendo por mi espalda—, pero esta noche vas a ser mía, durante horas lo serás, y te juro que eso no va a poder evitarlo nadie —me promete con la voz cargada de una desesperación que me sorprende.

—Y tú serás mío —musito... «Esta y todas las noches serás mío», pienso para mí, sosteniéndole la mirada—. Te quiero, Víctor —susurro finalmente, dejando fluir las palabras que me queman en la garganta.

—Vamos, se hace tarde —me apremia con una sonrisa que no le llega a los ojos, ayudándome a levantarme, y suspiro bajito, pues sé que no va a decírmelo—. Val... —prosigue una vez de pie, atrapando mi mirada con la suya, y ese «Val» encierra tantas tantas cosas que ni yo misma sé qué decir.

—Vamos —susurro al fin, evitando su mirada y desviándola hacia esa caja llena de recuerdos, y pienso en el álbum que he creado en mi imaginación y que comienza con el recuerdo de estos días—. ¿Las seleccionamos allí? —le pregunto, deseando cambiar de tema.

—Tengo claras las que voy a poner, ¿te las muestro y, si alguna no te gusta, la cambiamos? —me propone cogiendo la caja, que deja sobre la mesa, y me acerco a ella, colocándome a su lado.

Observo cómo va haciéndose con un montón de fotos y, cuando me las tiende, las ojeo sabiendo que ha elegido nuestros mejores momentos y que, al contrario de lo que pensaba, el álbum de mis recuerdos debería empezar por estas fotografías y no por las de estos días, pues estas fotos muestran el camino que recorrimos antes de llegar al punto en el que estamos ahora.

—Me gustan todas, no hace falta ni quitar ni añadir —susurro devolviéndoselas—. Esta me encanta, ¿me la dejarás para que me saque una copia? —le pregunto, mirando el retrato en el que ambos estamos riendo con ganas con los viñedos de fondo.

—Esta foto nos la sacó Casi, ¿te acuerdas? —inquiere mientras yo sonrío finalmente, deshaciéndome de la sensación extraña que había empezado a asentarse en mi pecho.

—Nos dijo que estábamos idiotas los dos.

—Eso es porque ella nunca ha tenido ningún ataque de risa —me cuenta sonriendo con añoranza.

—Qué fácil era todo entonces, ¿verdad? Nos pasábamos el día riendo.

—Tu edad del pavo fue muy divertida —afirma, guiñándome un ojo.

—Creo que mi padre no estaría muy de acuerdo contigo —replico sonriendo, negando con la cabeza.

—Todavía recuerdo las caras que ponías de no poder con tu vida, tus arranques de mal genio y cómo hacías un drama de cualquier chorrada —me cuenta socarrón.

—Hombre, no te pases, que tampoco fue para tanto —le rebato, cruzándome de brazos, haciéndome la ofendida.

—¿Cómo que no? Menudo numerito le montaste a tu padre cuando no te permitió irte ese fin de semana con tu pandilla —suelta esbozando una sonrisa y, sin que tenga que decirme nada más, sé perfectamente a qué fin de semana se refiere.

—Porque iban todas menos yo —remato, sonriendo con él, pues esos días me harté de repetir esa frase.

—Y todos —añade, enarcando una ceja—. Tenías catorce años recién cumplidos, Val; yo tampoco te hubiera dejado ir.

—Sois unos carcas, tanto mi padre como tú. Menudo fin de semana me perdí —me quejo recordando cómo mis amigas estuvieron restregándomelo durante semanas y semanas.

—Val, luego tuviste cientos de fines de semana como ese —prosigue, guardando la caja.

—No, porque en ninguno de ellos volvió a estar Álex —le rebato, recordándolo.

—Ese Álex era un imbécil —me rebate esta vez él a mí, metiendo las fotografías que ha elegido en su mochila y dirigiéndose hacia la puerta. Y lo sigo sonriendo, demorándome en ese trasero que para sí quisieran muchos de los modelos con los que trabajo.

—Era el tío bueno del pueblo y de los alrededores —le recuerdo para pincharlo.

—Pues el tío bueno del pueblo y de los alrededores se ha quedado bajito y fondón; créeme, tu padre te hizo un favor —afirma, sonriendo y encaminándose hacia su vehículo.

—Ah, ¿sí? ¿De verdad? Hace años que no lo veo.

—De verdad —me asegura, subiendo a su coche, y lo imito—. Nena, tú eres demasiada mujer para ese tío; ya con catorce años lo eras —suelta, sorprendiéndome—, así que deja de torturarte con lo que te perdiste ese fin de semana, porque te garantizo que no te perdiste nada.

—Eso es algo que nunca sabré —le digo guiñándole un ojo, negándome a darle la razón, sonriendo cuando oigo la música que está sonando en la radio—. ¡Me encantan esa canción y esa peli! ¿Te acuerdas cuando la vimos juntos?

—Título —me ordena.

—*What a feeling* —le aseguro convencida, haciendo a un lado la conversación que estábamos manteniendo.

—Cantante —prosigue, y observo su perfil y su ceño levemente fruncido.

—¡Mierda! No lo recuerdo —reconozco tras varios minutos en los que me he estrujado mucho muchísimo el cerebro y él ha ido sonriendo a medida que esos minutos trascurrían.

—Irene Cara —me indica como si fuera algo obvio.

—Das un poquito de asco, ¿no? ¿Qué pasa, que te las sabes todas?

—Simplemente soy mejor que tú, y no solo en este juego —prosigue volviéndose, guiñándome un ojo y matándome.

—Ya quisieras —le digo cuando consigo resucitar—. A lo que íbamos: ese fin de semana fue uno de esos traumas intrascendentes que te suceden en la adolescencia y que arrastras de por vida; ya sabes, esas cosas guais que tus amigas no dejan de mencionar cada vez que os juntáis, a pesar de los años que hayan pasado.

—Eso es porque tus amigas son idiotas y lo hacen para joderte. Ya sabes, hay cosas «guais» que posiblemente no lo hubieran sido tanto si hubierais estado todas en ese momento, pero que, al faltar una, se convierten en lo más «guay» cada vez que esa persona está presente —señala convencido mientras mantengo la sonrisa que se ha instalado en mi rostro en el momento en el que lo he oído decir «guais».

—Puede que tengas razón, pero, a pesar de ello, ese fin de semana siempre estará presente en mi vida. ¿Tú no has tenido nunca un trauma chorra?

—No, Val..., nunca tuve ese tipo de traumas —me contesta tras guardar unos segundos de silencio en los que, y no sé por qué, he creído que iba a confesarme algo y, por lo que sea, en el último momento ha desistido de hacerlo.

—Suerte la tuya —le indico finalmente, sintiendo esa sensación extraña demasiado presente de repente.

—Si tú lo dices —contesta con sequedad, y lo miro preguntándome de nuevo qué sucedería en su vida durante sus primeros dieciocho años—. Oye, había pensado que, antes de hacer la visita guiada por la bodega, podríamos ir a los viñedos y hacer una cata allí mismo, ¿qué te parece? —me pregunta cambiando de tema, supongo que a propósito, para evitar que pueda preguntarle algo incómodo.

—Me gusta la idea —le contesto ausente, con ese runrún machacándome mientras observo cómo las hojas de las vides comienzan a teñirse de ese color rojo intenso que tanto adoro y que son el preludio del otoño.

Cuando llegamos a la bodega, nos dirigimos a una de las salas de crianza donde realizaremos la presentación e inspiro el olor a vino y a madera, que va asociado al álbum de mis recuerdos, junto con el de las flores que, discretas y en puntos estratégicos, se encuentran ya colocadas para esta noche y, durante unos segundos, demoro mi mirada en las vigas de madera del techo, en las paredes de piedra, en las barricas apiladas, repletas de nuestro vino y que llevan impresas en ellas el nombre de la bodega, Hermanos Domínguez, junto con las barricas vacías, colocadas a modo de mesa, con las botellas de mi vino ya listas sobre ellas, a la espera de ser descorchadas.

—Qué bien ha quedado todo, ¿verdad? —comento observando el rincón que hemos habilitado para hacer la presentación, deseando que salga bien y que tanto trabajo haya valido la pena, nerviosa de repente.

—Saldrá bien —me dice con confianza, como si hubiera leído mis pensamientos—. Val, quiero que disfrutes de esta noche y que la hagas tan especial como has hecho estos días. No permitas que los nervios enturbien este momento como hacen los sedimentos con el vino; trasiégalos y elimínalos para que todo brille para ti —me dice con cariño.

—No he sido yo la única en hacer estos días especiales, creo que tú también has tenido mucho que ver en ello —comento en un susurro, viendo cómo mi padre accede a la sala y me vuelvo para saludarlo—. ¡Hola, papá! ¿Te gusta cómo ha quedado? —inquiero yendo hacia él para darle un par de besos.

—Mucho. Has hecho un buen trabajo, hija.

—Bueno, Víctor me ha ayudado —le indico sonriendo, consciente de que esto es mérito de los dos.

—Ni caso, Pedro, esto es todo obra suya —replica Vic con orgullo, empezando a colocar mis fotografías por la sala de crianza junto a las botellas de vino que no se descorcharán y que hemos puesto a modo de decoración, y me dirijo hacia él para coger unas cuantas y ayudarlo.

—¿Esas fotografías son tuyas, Valentina? —me pregunta mi padre, yendo hasta una de ellas, sonriendo al coger una en la que aparezco con mi abuelo.

—Las tenía Víctor en su casa —le digo a modo de explicación, viendo cómo mi padre la mira con la emoción reflejada en sus ojos.

—Tu abuelo estaba loco contigo, eras su ojito derecho —me cuenta, y me acerco a él para observarla.

—Aquí todavía tenía el ojo irritado... ¿Te acuerdas cuando casi se lo sacó con una rama? —le pregunto sonriendo mientras miro la fotografía—. Siempre llevaba la cara llena de arañazos.

—Tu abuelo era un hombre de campo.

—Recuerdo que una vez me hice un corte y me lo desinfectó con el agua de una acequia —le explico riendo—. A saber lo que contendría esa agua —añado, rememorando ese día.

—De todo, no lo dudes, pero te curó, ¿es cierto o no? —me pregunta divertido mientras Víctor guarda silencio, limitándose a ser un mero espectador de este momento, con esa media sonrisa que a veces es todo un misterio para mí.

—Y tanto que me curó. Si la industria farmacéutica hubiese tenido que depender de él, se hubiera ido a la quiebra —le aseguro convencida, cogiendo la foto, que luego acaricio con ternura.

Mi abuelo, ese hombre que siempre tenía una sonrisa guardada para mí, ese hombre que me miraba y me hacía sentir que yo era su universo entero, ese hombre que me enseñó tantas y tantas cosas y que fue como un segundo padre para mí.

—Recuerdo cuando me enseñó a ir en bici. Estábamos en el camino de la entrada a la finca; yo pedaleaba y él corría conmigo, sujetándola por detrás. Me acuerdo de que no dejaba de pedirle que no me soltara y él me contestaba que no iba a hacerlo mientras corría tras de mí y, cuando detuve la bicicleta y me volví, lo vi a lo lejos —les narro posando mi mirada en el hombre que me observa sonriendo a través de la fotografía, ese hombre que también fue parte de mi universo—. Me soltó cuando estuvo seguro de que ya no iba a caerme —musito recordando ese día como si acabara de vivirlo—. Recuerdo su cara de orgullo mientras yo asimilaba que había recorrido parte del camino sola sin los ruedines.

—Siempre estuvo muy orgulloso de ti y de tu hermana.

—Y nos lo decía continuamente, y eso tampoco he podido olvidarlo —afirmo con una sonrisa, a pesar del nudo que tengo en la garganta, sintiendo la mirada de Víctor fija en mí—. Vamos a darnos prisa o no terminaremos —digo colocando con cuidado la fotografía al lado de un jarrón lleno de azucenas blancas, mirándola con cariño por última vez antes de alejarme de ella para seguir distribuyendo mis recuerdos por esta sala de crianza repleta de muchos más.

Capítulo 21

—Están en la puerta de la finca —le anuncio a Víctor cuando recibo un mensaje de María Eugenia haciéndomelo saber.

—Justo a tiempo —me dice recorriendo con su mirada la sala, para observar el resultado final—. Me gusta cómo ha quedado —añade con seriedad.

—Y a mí: sencillo, elegante y con el vino como protagonista.

—Bueno, eso es discutible; tú también estás muy presente aquí —me rebate con esa media sonrisa que encierra miles de palabras no dichas.

—Ya... pero hoy la estrella indiscutible es él —le digo con el orgullo copando mis palabras—. Vamos, no quiero hacerlos esperar.

Siento cómo roza sus dedos con los míos y, puesto que ahora estamos a solas, entrelazo mi meñique con el suyo, algo que se ha convertido en una costumbre, al igual que esa mirada y esa media sonrisa que llegan cuando lo hacemos, y, en cuanto ponemos un pie fuera de la sala de crianza, separamos nuestros dedos y tomamos un poco de distancia el uno del otro.

Juntos esperamos a María Eugenia, a Pilar y a Dante

en la puerta de la bodega y, en cuanto los veo descender del vehículo, siento que una parte de mi mundo desciende con ellos, y sonrío ampliamente, acercándome hasta donde están, seguida, unos pasos por detrás, por Víctor.

—Bienvenidos a vuestra casa —exclamo feliz, mirándolos y sonriendo un poquito más.

María Eugenia tan María Eugenia, con sus gafas de pasta, su melena pelirroja cayendo leonina por su espalda y tan elegante como siempre con su vestido ceñido, a la altura de las rodillas, en color gris topo, y con sus taconazos que, seguro, van a convertirse en su peor pesadilla cuando vayamos a los viñedos.

Dante, con su pelo negro suelto a la altura de los hombros, su mirada oscura como una noche cerrada y vestido con unos pantalones azules y un suéter claro que marca cada parte de su cuerpo, dándole sentido a la palabra *peligro* en toda su extensión.

Y luego Pilar, con ese aspecto tan profesional y a la vez cercano que parecen ir juntos de la mano cuando se trata de ella y la única vestida apropiadamente, pues lleva unos simples vaqueros, con unas botas de monta parecidas a las mías y una fina chaqueta.

—María Eugenia, espero que hayas traído una maleta bien grande, porque vestida así no vas a poder venir a los viñedos —le digo divertida, dándole un abrazo.

—No te preocupes por eso, que ha traído dos maletas; lleva ropa suficiente como para quedarse un mes entero aquí —interviene Pilar mientras observo cómo ella la mira sonriendo por encima de sus gafas de pasta.

—Me declaro culpable de exceso de equipaje en segundo grado —suelta sonriendo, posando su mirada en Víctor y abriendo los ojos desmesuradamente—. ¡Oh, *my* Diorrrr! —musita para sí y, antes de que yo pueda decir nada, se anticipa a mí—. Hola, yo soy María Eugenia, ¿y tú eres? —le pregunta yendo hacia él, siendo tan... tan

María Eugenia, pues nunca he conocido a una mujer que tenga el don de parecer sutil cuando en realidad está siendo claramente descarada.

—Víctor Álvarez, encantado —le responde Vic, intentando no sonreír, mientras ella le da dos besos y yo saludo a Pilar y Dante.

—Me parece que ha empezado la caza del zorro —me dice Dante al oído, mirándola, con esa voz fuerte y oscura que da más sentido todavía a la palabra *peligro*.

—¿Te refieres a María Eugenia?

—A quién, si no. Me parece que ya le ha echado el ojo a su presa —añade, y me vuelvo para observarla yo también.

Está hablando con Víctor como si lo conociera de toda la vida y la miro sonriendo, ¡vaya tela!

—Pues espero que te equivoques, porque no está libre —le indico encogiéndome de hombros, sin molestarme en aclararle nada más, para darle seguidamente dos besos a Pilar—. ¡Hola, guapísima! ¿Qué tal ha ido ese viaje?

—Muy bien; la verdad es que se ha hecho corto y este lugar es una pasada, me encanta.

—Pues todavía no has visto nada. Espera a descubrir los viñedos y la bodega —le comento, viendo cómo estaciona otro coche en el parking, y sonrío con ganas al ver que se trata de Ciro.

—¡Hombre! ¡Pero sí es mi colega! Pensaba que este cabrón no llegaría hasta la noche —suelta Dante con una sonrisa, y lo miro enarcando una ceja.

—¿Y eso?

—Porque llegó anoche de Ibiza. No habrá dormido una puta mierda —nos informa mientras todos nos volvemos hacia la puerta del vehículo, que está abriéndose, para verlo descender.

Lleva el pelo más rubio y revuelto de lo habitual y su

mirada, una de las más azules que he visto en mi vida, está oculta por sus inseparables Ray-Ban, supongo que para que no veamos las ojeras que tiene. Lentamente, deslizo la mirada por su camiseta arrugada, que sin duda ha visto mejores tiempos, y por sus vaqueros desgastados. Si Dante es la personificación de la palabra *peligro*, Ciro lo es de las palabras *sexo* y *desenfreno*, y hoy más que nunca.

—Buenos días —nos saluda con sequedad, acercándose a nosotros, cargado con una mochila como único equipaje, y lo miro pensando en María Eugenia y en sus dos maletas.

—Buenos días, macho. Menudas juergas te has pegado estos días —le dice Dante dándole la mano, y pienso en cuánto talento hay en esas dos manos unidas y qué hombres más distintos entre sí, pues Dante es un tío centrado, cuadriculado en ocasiones, serio en todas y tan profesional que a veces te dan ganas de gritar, y Ciro es todo lo contrario, pues con él puedes irte de marcha y terminar en su estudio o empezar haciendo un *shooting* y acabar en cualquier pub.

—Puta vida, hoy no puedo con ella, macho —le contesta antes de darse la vuelta para mirarme, y le sonrío—. Ricura, esto solo lo hago por ti; llega a pedírmelo otra tía y la mando a la mierda —me dedica con ese tono de voz que, de nuevo, me recuerda a algo caliente y tentador.

—Ya verás como no te arrepientes de haber venido, aunque estés hecho una piltrafilla ahora —replico, yendo hacia él para darle dos besos y terminando entre sus brazos cuando posa su mano en mi cintura y me abraza sin soltar su mochila.

Y entre sus brazos, aspiro su olor a limpio entremezclado con el de los recuerdos y el de la intimidad que solo sientes con ciertas personas que han tocado tu alma de cierta forma.

—Eso espero, ricura —contesta hundiendo su barbilla en mi cuello, recordándome a un niño pequeño en busca de consuelo, y siento que la ternura me embarga, pues Ciro también es capaz de provocarte ese sentimiento y, con reticencias, me separo de él antes de que Víctor pueda pensar lo que no es.

—Chicos, os presento a Ciro —les digo, observándolo de reojo y percatándome que de nuevo ha cubierto su rostro con esa máscara de inexpresividad que tanto aborrezco y que me impide ver a través de su mirada y, sin saber por qué, me pongo en alerta—. Ciro, él es Víctor, socio de la bodega; María Eugenia, diseñadora de D'Elkann, y Pilar, responsable de Publicidad y Marketing de la misma compañía.

—¡Hola, tío! Bonito lugar para currar —le dice Ciro a Víctor con simpatía, acercándose a él y tendiéndole la mano, y espero expectante su reacción.

—Sí que lo es. Bienvenido —le responde aceptando su mano, con voz neutra, como si de repente no hubiera ningún sentimiento en su interior.

—María Eugenia, ya tenía ganas de conocerte —la saluda, volviéndose hacia ella, mientras esta lo mira de arriba abajo, y no sé si lo hace porque Ciro está muy bueno o porque va vestido como si acabara de levantarse tras una noche de borrachera, que es lo que ha hecho fijo.

—Lo mismo digo, me gusta tu trabajo —le indica finalmente tras su escrutinio mientras Ciro le hace un repaso en toda regla, tal y como le ha hecho ella.

—Cuando quieras, podemos hacerlo juntos —le suelta con ese tono de voz que emplea cuando quiere algo, y lo miro enarcando una ceja, esperando la reacción de María Eugenia.

—Con Dante estoy servida, gracias de todas maneras —le responde sin inmutarse lo más mínimo, y sonrío observándolos; ella, tan elegante, y él, tan desaliñado, ¡menuda pareja harían!

—¿Segura? Porque yo tengo mi cámara lista para ti —insiste, y no sé por qué asocio la palabra *cámara* a su sexo. Dios, debo de estar mal de la cabeza.

—Joder, tío, y eso que no puedes con tu vida —le suelta Dante, socarrón, y sonrío frenando una carcajada, percatándome de que no soy la única que se ha ido por los cerros de Úbeda.

—Hay mujeres que debería ser obligación fotografiar, y María Eugenia es una de ellas —afirma sin molestarse en mirarnos, con su atención puesta en ella, que lo mira con esa altivez que emplea en ocasiones cuando quiere poner distancia. Ciro lo lleva claro.

—Y yo creyendo que te referías a mí —le digo sonriendo y consiguiendo que se vuelva.

—A ti te he fotografiado muchas veces, ricura, y sabes que mi estudio, mi cámara y, sobre todo, yo estamos disponibles para ti siempre que lo desees —replica con insolencia y, al segundo, miro a Víctor, que se mantiene impasible, como si nada de esto fuera con él, como si estuviera al diez por ciento o tuviera cosas más importantes en la cabeza en las que pensar, y lo miro frunciendo el ceño.

—¿Estamos todos? —me pregunta Pilar, sacándome de mis pensamientos.

—Sí, ya estamos todos. Vamos a la casita para que dejéis el equipaje y María Eugenia pueda cambiarse —les digo sonriendo, me temo que de forma forzada—. Seguidnos, ¿vale?

Y mientras ellos suben cada uno a su vehículo, yo me dirijo al de Víctor.

—Dime que no te sucede nada y que no estás pensando nada rarito —le pido una vez que estamos a solas mientras él le da al contacto, evitando mi mirada.

—Y cuando dices *rarito*, ¿a qué te refieres, exactamente? —me pregunta frunciendo el ceño.

—Dímelo tú, pero siento que estás ausente, a lo tuyo... Yo qué sé, al diez por ciento —le intento aclarar, frunciendo el ceño yo también.

—Supongo que a veces soy un poco asocial —masculla saliendo del parking.

—¿Y podrías hacer el esfuerzo de ser un poquito más sociable, aunque sea solo hoy, por mí?

—Por ti, ricura, hago lo que haga falta —me responde con una media sonrisa, desprovisto esta vez de esa máscara de indiferencia, imitando a Ciro, y sonrío con alivio.

—¿Qué te han parecido?

—No acostumbro a prejuzgar a la gente —me responde con voz neutra.

—Bueno, pero una primera impresión sí que te habrás llevado —insisto, deseando saber su opinión.

—¿Quieres saber lo que pienso de todos o solo de Ciro? —me pregunta, volviéndose un segundo para mirarme.

—De todos, evidentemente.

—Parecen buena gente —me dice al fin mientras yo llevo mi mano a su pierna, necesitando sentir su contacto y su cercanía.

—Lo son y, aunque oigas a Ciro llamarme *ricura* o veas que se toma alguna licencia conmigo, solo es un buen amigo —sentencio, deseando dejar las cosas claras, más que nada para evitar discusiones absurdas—. Además, por si no te has dado cuenta, a quien quiere tirarse es a María Eugenia —añado divertida.

—Val, no tienes que darme explicaciones —me responde con sequedad.

—Oye, si fuera al revés, a mí sí que me gustaría que me las dieras, así que permíteme que yo también lo haga —replico mientras él estaciona frente a la casita de invitados—. Dante te caerá muy bien, ya verás; es muy como tú

—añado antes de salir del todoterreno, deseando que se sienta cómodo con ellos.

—¿Intentando que haga amigos? —me pregunta leyéndome el pensamiento, y sonrío enlazando mi mirada con la suya.

—Más bien intentando que este día sea tan especial como los que hemos vivido.

—Lo será, Val; no te preocupes por eso, ¿de acuerdo? —declara acariciándome con la mirada.

—Vale —musito relajándome, viendo el Jeep descapotable, que estaba estropeado cuando llegué, estacionado en un lateral del pequeño parking.

—¿Lo has traído tú? —inquiero sorprendida, pues no me había dicho nada.

—Sí, lo he recogido esta mañana para que podamos ir directos a los viñedos sin tener que pasar de nuevo por la bodega. Vamos, ricura, nos están esperando —me suelta, guiñándome un ojo, consiguiendo que una resplandeciente sonrisa domine mi rostro ahora que sé que lo tengo de nuevo al ciento por ciento.

Entre Víctor y yo les enseñamos la casita de invitados ante sus miradas asombradas, y no es para menos, pues esta villa es enorme y cada habitación dispone de un baño propio, además de un salón y una cocina equipada con todo lo necesario.

—¿Y dices que alquiláis esta villa? —me pregunta María Eugenia sin dejar de admirarla, una vez cambiada, y observo su *look,* admirándolo yo también, tal y como está haciendo ella con la casa.

Lleva unos pantalones beige con una camisa blanca, botines planos marrones y una cazadora estampada que está consiguiendo que mis ojos hagan chiribitas.

—Así es. Esta villa es suficientemente grande como para alojar a todo un equipo. Imagínate qué fotografías saldrían de aquí; tierra y cielo fundiéndose, extensos terrenos salpicados de encinas, viñedos y olivos, la cordillera Cantábrica frente a todo esto, una bodega centenaria y una cuadra con caballos de pura raza.

—Me estás poniendo de los nervios, Valentina —me dice Dante con esa mirada apasionada y esa voz contenida que utiliza cuando trabaja.

—Y es toda vuestra si la queréis.

—¿Y el alquiler es muy caro? —interviene Pilar mientras Ciro se sienta en el sofá, como si el asunto no fuera con él, y lo miro frunciendo el ceño. «Joder, este no llega a la noche», pienso mientras veo cómo recuesta la cabeza en el respaldo. Vamos, que como suelte un ronquido, me lo cargo.

—Ya hablaremos de precios más adelante, ahora vamos a mostraros lo que Valentina tan bien ha descrito —contesta Víctor, anticipándose a mí, y sonrío al reconocer al Víctor que pone su alma en todo lo que hace.

—Ciro, ¿te vienes o prefieres quedarte echando una cabezadita? —le pregunto guasona.

—Mejor no preguntes, ricura —me responde con voz rasposa, atusándose el cabello antes de levantarse y echar a andar hacia nosotros, y creo que todas las mujeres aquí presentes, entre las que me incluyo, lo miramos un poquito más de lo que es debido, pues esa mezcla de ternura y sexo que proyecta es muy difícil de ignorar.

—Estás hecho un desastre —le dice María Eugenia, casi riñéndolo, mirándolo por encima de sus gafas de pasta.

—Cierto, ¿quieres ayudarme tú a solucionarlo? Si me desvistes y juegas un poquito conmigo, luego dejaré que me vistas y hasta que elijas mi ropa —le responde con insolencia.

—¿Acaso tienes seis años? —le replica haciéndole frente mientras Ciro se acerca a ella más de lo recomendable y María Eugenia mantiene el tipo sin retroceder un centímetro. Olé por ella, qué ovarios tiene la tía.

—Te aseguro que los críos de seis años no juegan a mis juegos, pero tú sí que podrías jugar, ¿qué me dices?

—Que eres un crío, eso es lo que digo —le responde alzando el mentón mientras todos guardamos silencio, expectantes—, y, para que te enteres, a mí me van los hombres de verdad, no los niñatos insolentes a medio hacer —añade con la misma insolencia que está empleando Ciro con ella.

—Ricura, te aseguro que con este niñato insolente a medio hacer te lo pasarías en grande. Vamos, ¿juegas o no? —le pregunta ante la mirada desorbitada de todos. Venga ya... ¿En serio?

—Joder, esto parece el inicio de una peli porno, ¿nos sentamos? —propone Dante, guardando las manos en los bolsillos de sus pantalones mientras Pilar suelta una carcajada a la que me uno.

—No creo que haga falta, pero, Valentina, cariño, haznos un favor y busca un cochecito o un balón para cuando el niño se nos aburra, más que nada para que no nos dé el viajecito y se mantenga entretenido —me dice socarrona, y observo la sonrisa de Ciro. Dios mío, María Eugenia no sabe lo que le espera.

—Necesitas que te den un par de lecciones, ricura, tienes la lengua demasiado afilada —le replica con una seriedad que a mí me resulta muy sexy y a la vez divertida, pues creo que es la primera vez que una mujer se le resiste y lo llama crío insolente a medio hacer; de verdad, voy a hacerle la ola a María Eugenia cuando nadie me vea.

—¿Y vas a dármelas tú? Pero si acabas de salir del colegio y, otra cosa, no me llamo *ricura*, me llamo María Eugenia.

—Por eso mismo, porque acabo de salir del colegio, tengo tantas ganas de jugar, ricura, y te aseguro que soy incansable —suelta, y estoy a punto de añadir que es cierto, pero opto por ser sensata, callarme y no echar más leña al fuego.

—Valentina, huyo de Madrid para no encontrarme con el odioso Maurice y me topo con esta pequeña tortura —me dice con voz afectada, echando a andar hacia la puerta, ignorando a Ciro, que la mira como si fuera algo comestible a punto de derretirse.

—Lo siento, no sabía que esta pequeña tortura iba a ser tan insistente; será la resaca —comento, divertida, advirtiendo a Ciro con la mirada.

—Vamos, se está haciendo tarde y queremos mostraros muchas cosas —interviene Víctor siguiendo a María Eugenia, que ya ha llegado a la puerta.

A Víctor lo siguen Dante y Pilar y, cuando Ciro llega a mi altura, poso una mano en su pecho, deteniendo su avance.

—Así no vas a tirártela, para —lo reprendo con seriedad.

—Pero si no he empezado, ricura —me rebate feliz, pasando por mi lado.

—En serio, deja de hacer eso; no quiero que se sienta incómoda, no olvides que es mi invitada —insisto mientras él pasa de mí, yendo directo al Jeep, y bufo poniendo los ojos en blanco.

«Dios, por favor, si existes, haz que se frene un poquito», ruego en silencio, empezando a seguirlo.

Llego al todoterreno y veo que María Eugenia se ha sentado escudada por Dante y Pilar y respiro aliviada, colocándome al lado de Víctor.

—¿Listos para disfrutar del paisaje? —les pregunto emocionada.

—Listos. Venga, arranca, que estoy deseando ver todo eso que nos has dicho —me responde Pilar, y de reojo observo cómo Ciro recuesta la cabeza en el respaldo del coche.

—Abre los ojos, Ciro, no has venido a echar cabezadas.

—Los tengo abiertos —me miente con una sonrisa dibujándose en su rostro.

—Déjalo que duerma un ratito, anda, no sea que le entre la tontería y le dé por decir más estupideces de las que ya ha dicho —comenta María Eugenia, sin molestarse en mirarlo.

—Me echas de menos, ¿eh, ricura? Unos minutos sin decirte nada y ya estás reclamándome —replica con voz rasposa, como si estuviera a punto de dormirse y, aun así, fuera incapaz de cerrar el pico.

—Ya quisieras —masculla, y sonrío sin volverme, viendo de reojo cómo Víctor también lo hace.

Durante el camino hacia los viñedos, les hablo de los inicios de la bodega, de cómo mis antepasados vendían nuestras uvas a los franceses cuando la filoxera afectó sus viñedos, destrozándoles la producción, y de cómo, años más tarde, primero mi abuelo y posteriormente mi padre, ampliaron el negocio familiar, reformándolo hasta convertirlo en lo que es ahora, mientras ellos prestan atención en ocasiones o preguntan en otras.

—¡Hemos llegado! —les digo entusiasmada, apeándome del vehículo, seguida de todos.

—El paisaje es espectacular, tienes suerte de vivir aquí, tío —le comenta Dante a Víctor mientras nos adentramos en los viñedos.

—El mundo del vino es apasionante y empieza aquí, en la tierra —les cuenta, poniéndose en cuclillas para coger un puñado—. Ella es la que nos lo da todo o nos lo quita; estamos a merced del tiempo, siempre vigilando la uva para vendimiar en el momento justo... —continúa, incorporándose, mientras Ciro comienza a fotografiarlo todo, al igual que está haciendo Dante, y de nuevo pienso en lo distintos que son y en las imágenes que están captando con sus cámaras, dignas de admirar seguro.

Con las explicaciones de Víctor entremezcladas con las mías, iniciamos el recorrido por los viñedos mientras los operarios continúan con su labor. Los camiones vienen y van y el sol comienza a ganar altura en este infinito al que llamamos cielo. Mientras escucho cómo les explica que vamos a hacer una cata, aquí mismo, pienso en lo que sucederá esta noche, cuando al fin estemos solos, cuando no haya ropa de por medio, cuando tengamos los labios enrojecidos de tanto besarnos y el cuerpo saciado, cuando pueda decirle que voy a hacer de esto y de él mi vida entera, y, aunque continúo sintiendo esa sensación extraña caminando unos pasos por detrás de los míos, la ignoro, obligándome a no volverme para mirarla, centrándome en lo que estoy viviendo ahora.

—Vamos a la casita de aperos —nos propone, sorprendiéndome, y lo miro frunciendo ligeramente el ceño.

—¿Cómo? —inquiero, desfrunciéndolo en cuanto posa su mirada sobre él, consiguiendo que una sonrisa se dibuje en mi rostro.

—Tú sígueme —me dice como única respuesta, y tengo que frenarme mucho, muchísimo, para no tirarme a su cuello.

Con complicidad, nos dirigimos hacia ella y, en cuanto diviso a lo lejos, bajo la parra, una mesa con su mantel de lino blanco rodeada de seis sillas, vuelvo mi mirada hacia él con los miles de emociones que llenan mi pecho instaladas en ella.

—Eres increíble —susurro solo para nosotros, con nuestros dedos rozándose y nuestros meñiques ansiando enlazarse—. Pensaba que haríamos la cata en el remolque del Jeep —musito sintiendo cómo se hincha mi pecho y mi corazón late única y exclusivamente por él.

—Qué poco elegante eres —me contesta en un susurro, burlándose de mí, mientras oigo de fondo la conversación que están manteniendo Dante, Pilar y María Eugenia, que caminan unos pasos por detrás de nosotros y, cuando miro hacia ellos por encima de mi hombro, veo que Ciro se ha retrasado un poco y está sacándonos una fotografía de espaldas.

—Has llevado el todoterreno a la casita, has preparado esto... ¿cuándo lo has hecho? —indago, dirigiendo de nuevo mi mirada al frente, inspirando el olor de la tierra y tomando nota mental de pedirle a Ciro una copia de esa foto, mientras rozo mi brazo con el suyo, sintiendo cómo su cuerpo tira del mío con fuerza.

—He madrugado —me contesta como única explicación.

—Qué maravilla, parece que estemos dentro de un lienzo —exclama María Eugenia una vez llegamos a la casita de aperos, admirando todo el entorno.

—Ni siquiera Monet sería capaz de captar tanta belleza junta —musito orgullosa, contemplando los viñedos, que se extienden interminables frente a nosotros, con los miles de tonalidades del rojo empezando a robarle protagonismo al verde; el cielo azul, completamente libre de nubes; la parra, a través de la cual se filtran algunos rayos de sol y bajo la que mi abuelo tantas veces se sentó en busca de un poco de sombra durante los meses de verano; la mesa de madera, con el mantel de lino blanco, rodeada de sillas, invitándote a tomar asiento y disfrutar de lo que la vida te ofrece, y el intenso olor a tierra y fruta madura envolviéndote...

—¿Y esto es una casita de aperos? —nos pregunta Pilar divertida, sacándome de mi ensoñación—. Pues te aseguro que yo podría vivir perfectamente en ella.

—Los aperos están en la parte trasera —le aclaro sonriendo, sintiendo los rayos del sol acariciando mi espalda—. Esta casita está destinada al uso de los trabajadores y solo tiene una pequeña cocina, un saloncito y un baño —prosigo.

—Y era aquí donde venías de jovencita con los novietes, ¿verdad? —interviene María Eugenia, guiñándome un ojo—. Venga, confiésalo.

—Uyyy, qué va, ni siquiera lo pensé —le aseguro, omitiendo decir que mi atención estaba puesta en otra «casita».

—Seguro —me contesta sonriendo, negando con la cabeza.

—Ven conmigo —me ordena Vic con voz ronca, y lo sigo sin dudarlo.

Entro en la casita seguida por él y, en cuanto cierra la puerta a mis espaldas, me vuelvo para buscar su boca, como el sediento reclama el agua o el hambriento exige comida, y, cuando nuestros labios se encuentran y nuestras lenguas se unen, me pego a su cuerpo con lascivia, reclamando mi agua y mi comida, reclamándolo a él.

—Siempre estamos rodeados de demasiada gente —protesta sin dejar de besarme, llevando su mano a mi cuello, pegándome a él y besándome con desesperación.

—Ya lo sé —jadeo contra su boca, llevando mis manos al suyo y necesitándolo tanto que, si pudiera, me fundiría en él.

—Nos están esperando —musita arrinconándome contra la pared y alzándome por la cintura, haciendo que rodee la suya con mis piernas.

—Pues que esperen —gimo frotándome contra su sexo, arrancándole un gemido mientras impulsa sus caderas hacia delante.

—Val, nena... —murmura con voz entrecortada, besándome con rudeza, aprisionando mi piel por debajo de la ropa y encendiendo cientos de fuegos en mi interior.

—Vicccc —susurro entre jadeos, ahogándome con mi necesidad, sin dejar de moverme.

Nos besamos con hambre, hambre del otro, hambre de más, hambre que exige tocar, sentir, lamer y morder...

Hambre que no se sacia, que te encoge el estómago y acaricia tu alma; hambre que duele y calma, hambre que ruge y gime, hambre...

—Víctor, tenemos que parar —musito, odiándome por tener que decirlo, sin dejar de besarlo un instante.

—Un segundo, nena, dame un segundo —me pide desesperado, pegando más su cuerpo al mío, como si quisiera fundirse esta vez él en mí—. Esta noche... esta noche vas a ser toda mía.

—Y tú, mío —susurro sintiendo cómo esa burbuja elástica e irrompible llega para envolver nuestros cuerpos, que se resisten a alejarse el uno del otro y que se reclaman con posesión.

—Vamos —murmura bajándome y, cuando mis pies tocan el suelo, su cuerpo se pega un poquito más al mío y busco su mirada con la mía—. Tienes que prometerme una cosa —me pide, esta vez con seriedad, con su pecho subiendo y bajando al ritmo del mío, mientras los rayos del sol se filtran suaves a través de las venecianas de madera que cubren las ventanas, rompiendo con sus rayos la oscuridad del interior de la casita.

—¿Qué quieres que te prometa? —pregunto sintiendo los latidos de mi corazón latir acompasados junto a los suyos.

—Que nunca olvidarás lo que te dije —murmura con una intensidad que me sorprende.

—¿Por qué insistes siempre con lo mismo? No voy a olvidarlo, Vic, deja de pedírmelo —le ruego, y, aunque una parte de mí cree que lo hace porque piensa que voy a marcharme, otra, la de la intuición, la que capta las cosas que a nuestra parte consciente se le escapan, se pone en alerta, tendiéndole la mano a esa sensación extraña para colocarla a mi lado, de una manera tan real que juraría que casi puedo verla apoyada en la pared, de la misma forma en que estoy yo, a la espera de asentarse en mi pecho—. Oye... —musito acunando su rostro entre mis manos, buscando esas palabras que, resbaladizas, parecen querer escapar de mí, haciendo que el silencio llene los huecos que deberían llenar ellas, esas palabras que deberían dar voz a mis temores y a mis miedos y que, por alguna razón, no consigo atrapar para poder verbalizar.

—¿Qué? —inquiere finalmente, frunciendo el ceño, mientras yo me mantengo en silencio.

—Nada... Vamos a sacar las cosas, estarán echándonos de menos —contesto bajito alejándome de él, sin dejar de preguntarme qué será eso que mi alma teme.

Abro las venecianas de una de las ventanas, manteniéndome en silencio y permitiendo que los rayos del sol entren a raudales ahora que no encuentran impedimentos a su paso.

—¿Val, qué pasa? ¿Qué ibas a decirme? —me pregunta cogiéndome del brazo y haciendo que me dé la vuelta.

—Nada, tonterías, supongo —respondo evitando su mirada, volviéndome hacia la encimera donde están las copas, el vino y unos platos cubiertos con papel film—. ¿Qué has traído? —le pregunto soltándome, yendo hacia ellos, mientras él no me quita los ojos de encima—. Queso, picos y jamón... Hummm, qué bueno todo —añado, intentando sonreír y ocultar esos temores, seguro que absurdos, que han llegado para fastidiarme el día.

—¿Estás bien? —insiste, acercándose a mí.

—Claro que sí, ¿y tú? —inquiero atrapando su mirada con la mía.

—Por supuesto —me contesta rotundo y, a pesar de su seguridad, sé que ambos hemos mentido.

—Genial entonces; vamos —declaro cogiendo los platos y dirigiéndome hacia la puerta seguida por él.

Capítulo 22

Salgo de la casita huyendo de esa sensación extraña que hoy parece querer acompañarme a todas partes a pesar de no haber sido invitada, deseando dejarla dentro y cerrar la puerta con llave para que no pueda seguirme más y, cuando poso la mirada en los viñedos, en mis amigos, e inspiro la fragancia de mis recuerdos, creo que lo consigo, dejándola encerrada entre esas cuatro paredes mientras yo abrazo el momento, negándome a proyectar la más mínima sombra en un día tan soleado como este.

—Ya estamos aquí —anuncio sonriendo a todos, dejando sobre la mesa los platos con jamón y queso.

—¿Os ayudamos? —se ofrece Pilar, solícita, mientras Víctor deja las copas.

—No hace falta, ya está casi todo —le indico entrando de nuevo en la casita para coger el vino, evitando mirar hacia esa pared donde antes he sentido esa sensación extraña, como si fuera algo real que pudiera ver si me diera la vuelta.

—¿Haces tú los honores? —le pregunto a Víctor, tendiéndole el vino y el sacacorchos, obligándome a mantener mi cielo libre de nubes.

—Claro —me responde cogiéndolo y, cuando enlazo mi mirada con la suya, veo cientos de ellas, oscureciéndolo.

—Al niño no le pongáis vino, que todavía no tiene la edad apropiada para beber —bromea María Eugenia, y me giro para mirarla, enarcando una ceja, mientras Ciro se acerca a ella, con su andar lento y cadencioso, acompañado de una sonrisa llena de peligro.

—Ricura, no puedo estar prestándote atención todo el rato; contrólate ¿quieres? —le pide pegándose a su espalda, apoyando la barbilla en su hombro, con sus labios rozando el lóbulo de su oreja, y me olvido de las sombras para simplemente sentir cómo, de repente, todo arde, tierra incluida.

—Es increíble que, sin beber vino, te haya subido a la cabeza —le responde con altivez, alejándose de él y mirándolo por encima de sus gafas de pasta.

—Yo te diré dónde tengo concentrado todo el vino —replica insolente y, de nuevo, y no sé por qué, vuelvo a pensar en su sexo... Ay, Dios míooooo, debo de estar mal de la cabeza, seguro.

—Mejor ahórratelo —le responde mientras Pilar me mira flipando y yo le devuelvo el gesto, flipando un poquito más.

—¿Vamos a hacer una cata de tu vino? —me plantea Dante al ver mi nombre impreso en la etiqueta de la botella mientras Víctor comienza a servirlo.

—Así es. Vais a tener el honor de ser los primeros en probarlo —les anuncio cogiendo una de las copas, que luego le tiendo a Ciro.

—Toma, ricura, cuidado a ver dónde se te concentra —digo sin poder callarme, consiguiendo que todos suelten una carcajada, exceptuando a María Eugenia, que lo mira con cara de no poder con él mientras Dante inmortaliza el momento con su cámara.

—¿Quieres compartirlo conmigo? ¿O prefieres beberlo de mi boca? —suelta vacilón.

—Valentina, cariño, ¿voy a tener que soportar esto

durante todo el día? —me pregunta María Eugenia pasando de él y cogiendo la copa que le tiendo.

—Me temo que sí —contesto, guiñándole un ojo.

—Entonces voy a necesitar una botella entera para mí sola; sobria no creo que pueda aguantarlo —nos dice dramáticamente, haciéndonos reír, mientras Ciro se coloca a su lado.

—Si vas a beber, mejor hazlo conmigo, ricura, para que pueda cogerte cuando no puedas tenerte en pie —le propone con ese tono de voz que te recuerda irremediablemente a algo caliente y resbaladizo.

—Déjalo, antes prefiero abrirme la cabeza en canal a permitir que me cojas en brazos —replica alzando la barbilla, y veo la media sonrisa de Víctor.

—Por Valentina, por su vino y por estas tierras que estoy seguro de que van a ser testigo de cientos de reportajes —propone el brindis Dante, alzando su copa.

Y alzo la mía sabiendo que en su cámara ya está gestándose el primero de ellos, el que dará comienzo a lo que tenga que venir mientras cientos de proyectos se forman en mi cabeza, enlazándose unos con otros y con los que espero dar a conocer este maravilloso lugar que es tan especial para mí como lo fue para mi abuelo y, en silencio, me prometo que volcaré todos mis esfuerzos e ilusiones en llevarlos a cabo.

—¿Alguna vez habéis hecho una cata? —les pregunta Víctor, captando la atención de todos.

—Yo solo sé alzar la copa para llevármela a los labios —le responde Ciro con esa sonrisa de niño malcriado con la que a mí, personalmente, me tiene ganada.

—Sí es que eres un crío —lo riñe de nuevo María Eugenia.

—Y tú estás muy tensa; relájate, ricura —le contesta guiñándole un ojo.

—Déjame en paz —masculla, alejándose de él.

Entre Víctor y yo les explicamos cómo hacer una cata, recuperando esa complicidad que habíamos perdido dentro de la casita, y, a la sombra de esta parra, cada uno dibujamos nuestro propio lienzo, añadiendo trazos, restándole color o subiendo su intensidad, dependiendo de las emociones que dominen el pincel.

—¿Por qué no cogen todos los racimos? —se interesa Pilar, mientras vamos de camino al Jeep, observando la fruta que ha quedado en la vid.

—Porque no podemos cogerla toda —le aclaro observándola yo también, recordando las explicaciones de Víctor, de mi padre y de mi abuelo—. Aquí todo está controlado por el Consejo Regulador de la Denominación de Origen y es este el que nos marca que en una hectárea de viñedo solo podemos tener entre dos mil quinientas y tres mil trescientas cepas, la anchura entre las calles, la distancia entre cepas, la poda y la producción de la hectárea. No podemos pasarnos y por eso toda esta fruta ha quedado sin recoger.

—Y ahora no lo veis porque hemos pasado el arado para dejar el campo limpio para vendimiar, pero, si hubierais venido en agosto, habríais visto el montón de racimos que había tirados en el suelo, y siempre los más grandes —les cuenta Víctor.

—¿Y por qué? —inquiere Dante, extrañado.

—Porque el racimo más grande es al que le va a costar más madurar; sobre todo tiramos los que todavía están verdes —le explica sin dejar de caminar—. Pensad una cosa: si dejamos más racimos, tendremos más producción, pero posiblemente tendremos dos kilos de uva verde, y lo que necesitamos es un kilo de uva madura. Por un lado no nos pasamos en producción y, por otro, la cepa nos da una uva de mayor calidad —les indica mientras llegamos hasta donde hemos estacionado el vehículo.

—He bebido demasiado vino —se queja María Eugenia, una vez estamos en el todoterreno, camino a la bodega.

—Ricura, solo te has bebido dos copas —le recuerda Ciro al oído con voz ronca.

—Tú no me hables. ¿Y qué haces sentado a mi lado? —le pregunta entre dientes, apoyando la cabeza en el respaldo.

—Perdona, ricura, pero has sido tú la que se ha sentado junto a mí —matiza, sonriendo con insolencia, mientras miro de reojo a Víctor, sonriéndole con complicidad.

—Seguro que sí... ¡Maldita sea! ¡Todo me da vueltas! Soy una pésima catadora de vino.

—¿Quieres sentarte en mi regazo? Prometo cogerte fuerte y no soltarte —le propone Ciro, y niego con la cabeza sin dejar de sonreír, encendiendo la radio.

Está sonando *The one*, de Kodaline, y escucho la letra reconociendo mis sentimientos en ella, guardando silencio mientras ellos prosiguen su discusión, Dante y Víctor charlan sobre la vendimia y Pilar se mantiene en un segundo plano, supongo que sumida en sus pensamientos tal y como estoy haciendo yo.

—Hemos llegado —les anuncio cuando estacionamos en el parking de la bodega—. Tenéis suerte, porque, como estamos en plena vendimia, vais a poder ver cómo funciona todo este mundillo —añado antes de bajar del vehículo.

—¿Te ayudo, ricura? —le pregunta Ciro a María Eugenia, apeándose antes que ella y tendiéndole la mano, que esta mira recelosa por encima de sus gafas de pasta.

—María Eugenia, si no te importa —masculla con voz afectada, cogiéndola finalmente para bajar del Jeep.

—María Eugenia... —repite Ciro con voz rasposa, sorprendiéndola al cogerla por la cintura para pegarla a su cuerpo, y lo miro tan o más sorprendida que ella... Vaya tela—. Me gusta tu nombre, aunque quizá resulte un poco largo cuando tenga prisa —musita rozando su cuello con la nariz, subiendo lentamente hasta llegar al lóbulo de su oreja—, pero supongo que, entonces, me permitirás que lo acorte o que te llame de otra forma —prosigue, liberándola de repente, y suelto el aire que, sin darme cuenta, había estado conteniendo.

—Sigue soñando, pequeñín —le dice tras unos ardientes segundos que no deberían haber estado ahí presentes mientras Ciro pasa insolente frente a ella, con esos andares lentos y a la vez seguros de quien sabe que va a obtener lo que desea—. Oye, Valentina, ¿no tendrás por casualidad un bozal para el niño? Porque está empezando a ponerme de los nervios.

—¿Necesitas una cuerda también? —bromeo divertida, echando a andar hacia la bodega, con ella a mi lado.

—Pues no es mala idea, pero ¿qué le pasa? ¡Si podría ser su madre! —nos pregunta a Pilar y a mí.

—No te dejes engañar por su aspecto aniñado —le aclaro, volviéndome hacia ella—. ¿Cuántos años tienes tú?

—Treinta y ocho, y él ¿cuántos tendrá?, ¿diecinueve... veinte? —inquiere con curiosidad.

—Unos poquitos más; veintisiete, para ser exactos —detallo—. No podrías ser su madre aunque quisieras.

—No importa, tengo once años más que él —farfulla gesticulando con ambos brazos, como descartando la idea.

—Pero ¿te lo estás planteando? —indago sonriendo.

—¡Por supuesto que no! —me responde con la boca pequeña, haciéndome sonreír un poco más.

—Pues no sabes lo que te pierdes —le aseguro, viendo que Víctor, Ciro y Dante entran en la bodega.

—¿Y cómo lo sabes? ¿Acaso te has acostado con él? —se asombra María Eugenia, deteniéndose en seco.

—Sí, y te aseguro que lo pasarías muy bien —afirmo mientras ella me mira con ese interés que mostramos las mujeres cuando alguien nos gusta, a pesar de que digamos todo lo contrario.

—Déjalo. Puede que no sea tan joven como creía, pero, aun así, es demasiado crío para mí. A mí me van más los hombres hechos y derechos como Víctor.

—La diferencia de edad no debería ser un problema si te gusta —le rebate Pilar, empezando a andar mientras yo me muerdo la lengua y ambas la seguimos.

—¡Que no me gusta! Pero sí me saca de quicio —nos asegura, y estoy convencida de que hoy debe de ser el día de las mentiras, a pesar de que tal día no exista en el calendario.

—Lo que tú digas, ricura —suelto con puñetería entrando en la tienda, donde ellos nos están esperando—. ¿Empezamos con el recorrido? —les digo feliz—. Bueno, como podéis ver, esta es la tienda y también la recepción de la bodega —empiezo mi explicación, deteniéndola cuando veo salir a mi amiga Adri de detrás de ella, cargada con un número considerable de carpetas—. Y ella es Adriana, una de nuestras sufridas telefonistas y una de las encargadas de realizar las visitas guiadas —añado, haciendo que se vuelva, y la miro sonriendo mientras ella me hace una mueca.

Lleva el pelo negro recogido en una coleta deshecha, las gafas de pasta del mismo color que su pelo y el uniforme de la bodega, consistente en un pantalón de pinzas negro a juego con la americana y una camiseta blanca, y pienso que es como el perfume, pequeñita e intensa.

—¿Te ayudo? —le pregunta Dante acercándose a ella, y capto la cara de estupefacción de mi amiga mientras él se acerca a ella.

—No hace falta, tranquilo... Puedo yo sola... Gracias de todas formas —le responde ruborizándose y echando a andar.

—¿Quieres comer con nosotros, Adri? —le propongo de repente, dejándome llevar por un impulso.

—No puedo, pero gracias —me contesta sin mirarme, casi echando a correr.

«Cobarde», le dedico mentalmente.

—¿Seguimos? —inquiere Víctor, con cientos de preguntas en su mirada mientras yo sonrío con ganas, sabiendo de sobra que no tiene ni idea de por dónde van los tiros.

«Hombres», pienso divertida mientras llegamos al patio de vendimia, donde los operarios están trabajando, y veo cómo, *in situ*, analizan los parámetros de la uva antes de llevarla a enfriar.

—Enfriamos la uva a cuatro grados durante veinticuatro horas y, una vez atemperada, colocamos los cajones en esta cinta transportadora que, automáticamente, los golpea, consiguiendo que la uva caiga en esta máquina a la que llamamos *despalilladora*; es la encargada de separar el raspón del fruto, y lo hace con un movimiento pendular, para no romper el grano —comienza a explicarles Víctor mientras los operarios continúan con su labor y mis amigos observan el proceso—. Una vez separado, la uva pasará a esta segunda máquina, que es una mesa de selección óptica, donde el escáner vertical realizará la selección del grano.

—Previamente marcamos en el ordenador los parámetros que ha de cumplir la uva, como el tamaño, el color y la forma, y todos los granos que no encajen con esos parámetros serán desechados con un golpe de aire, así que el ciento por ciento de la uva que entra en bodega es exactamente como queremos que sea —intervengo ante la mirada asombrada de todos y la sonrisa de Víctor, que se une a la mía—. Esta máquina va a cinco mil kilos por hora, y os garantizo que todos estamos profundamente enamorados de ella —añado, arrancándoles una carcajada.

—La uva seleccionada cae a uno de estos contenedores, llamados *OVI* —toma el relevo Víctor.

—Objeto volador identificado —matizo, guiñándoles un ojo y consiguiendo que rían de nuevo.

—Por estos raíles lo subimos arriba y, por gravedad, la

uva cae directamente en cada uno de los depósitos donde se realiza la primera fermentación, la alcohólica, además de la operación del remontado... —les cuenta mientras yo me evado, durante unos segundos, para simplemente contemplarlo a él, para observar sus gestos, atesorar la cadencia de su voz y demorarme en la intensidad de su mirada, esa que aparece cuando algo lo apasiona, como ahora o como cuando estamos juntos—. Una vez hecha la fermentación alcohólica, llevamos el vino a una segunda sala —continúa, dirigiéndose a ella, bajando un piso, mientras todos lo seguimos—; aquí realizaremos la segunda fermentación, la maloláctica, y se hará en estos depósitos de tamaño más reducido y de manera natural gracias a unas bacterias que hay vivas en el vino. Ellas serán las que transformarán el ácido málico en láctico, consiguiendo que el vino sea más suave en boca, más fácil de beber, más elegante.

—Esta fermentación es un poco más larga que la anterior y viene a durar un mes o incluso alargarse un par de semanas más, dependiendo del vino —detallo, acercándome a él, necesitando sentir su proximidad.

—Exacto —prosigue Víctor, moviéndose ligeramente para aproximarse también a mí—, y una vez terminada es cuando ponemos el vino en las barricas, para comenzar con el período de envejecimiento.

—El Consejo Regulador nos exige dos cosas. La primera, que todas las barricas estén elaboradas en roble, no especifica cuál, y la segunda, que todas tengan la misma capacidad, doscientos veinticinco litros cada una, unas trescientas botellas aproximadamente —aclaro mientras Víctor y yo, casi a la vez, reanudamos el paso, y le sonrío discretamente—. Vamos a pasar a la parte grande del *calao*, donde tenemos casi nueve mil barricas envejeciendo vino de diferentes tipos y añadas.

Proseguimos el recorrido sumando a nuestras explicaciones miradas cómplices que solo nosotros somos capaces de descifrar, sonrisas que encierran un sinfín de palabras y roces que hablan del hambre que sentimos el uno por el otro, añadiendo estrofas, como venimos haciendo desde hace días, a esa canción que estamos creando juntos, mientras Ciro y María Eugenia continúan con ese tira y afloja que puede terminar llenando de notas su partitura particular, y Dante, disimuladamente, busca a una pequeña morena con gafas para crear la suya propia, y sonrío, intuyendo que este fin de semana traerá consigo más de una canción.

—¿Y hacéis vosotros vuestras propias barricas? —nos pregunta Pilar con interés, una vez que llegamos a la tonelería.

—Así es... —le contesta Víctor, repitiendo a continuación la explicación que en su día ya les hicimos a Marco y Alessandro, mientras yo inspiro el olor a madera que aquí se respira y su voz resuena entre estas paredes de la misma forma en que resuena en mi corazón.

Cuando llegamos de nuevo a la tienda, Adri ya no está y suspiro bajito, decepcionada, pues esperaba encontrarla y hacerla cambiar de opinión, y, cuando miro hacia Dante, me doy cuenta de que no soy la única que esperaba hallarla aquí.

En casa, frente a la puerta, nos esperan mi padre y Casi, que para la ocasión se ha vestido con una falda recta azul marino y una blusa blanca, y la miro de arriba abajo cuando me apeo del vehículo.

—Casilda, pero qué elegante te has puesto —le digo bajito, sonriendo antes de proceder con las presentaciones.

—¿Voy bien? Quería ir elegante para comer con la diseñadora esta famosa —me dice atusándose la falda, y la miro con cariño mientras María Eugenia llega hasta donde estamos nosotras.

—Creo que voy a quedarme a vivir aquí —nos dice admirando la fachada—. ¿No tendrás una habitación libre para mí? Ay, hija, qué bonito es todo esto.

—Te lo dije, y nos falta ir todavía a las caballerizas. Por cierto, ¿sabéis montar? —les pregunto.

—En mi vida me he subido encima de un caballo, me dan un miedo horroroso —nos confirma María Eugenia a la vez que veo el brillo que desprende la mirada de Ciro, y sonrío para mí, pues sé que es un jinete buenísimo e imagino lo que estará pensando.

—Puedes montar con alguien que sí sepa hacerlo —le propone mi padre con simpatía, poniéndoselo en bandeja a Ciro, y sonrío disimuladamente.

—En ese caso... Bueno, ya veremos —nos dice encogiéndose de hombros.

—¡Yo me apunto! —exclama Dante.

—Pues yo voy contigo, que a mí también me dan miedo —interviene Pilar, poniéndoselo más en bandeja a Ciro todavía, y me río finalmente.

—Genial, yo monto sola y Víctor también —matizo antes de que María Eugenia se pegue a mi chico—. Ciro, tú sabes montar, ¿verdad? —añado, sin poder callarme.

—Por favor, va a sentarme mal la comida, lo sé —exclama María Eugenia, adivinando por dónde van los tiros y mirándome mal.

—Es imposible que le siente mal habiéndola preparado yo —interviene Casi, sin saber por dónde van.

—Señora, créame, va a sentarme como un tiro —insiste mirando de reojo a Ciro, que la mira con una sonrisa que, si yo fuera ella, temería—. ¿Puedo quedarme con usted en casa cuando ellos se vayan a montar?

—De eso nada, María Eugenia; no vale escaquearse —apunta Pilar, puñetera.

—¿Y por qué no voy a poder hacerlo? Esta señora

parece encantadora y nos ha hecho la comida, ¡qué menos que pasar un rato con ella!

«¿Encantadora, mi Casilda? Cómo se nota que no la conoce», pienso para mí, frenándome muy mucho para no soltar una carcajada.

—Papá, Casi, os presento a Dante y a Ciro —empiezo con las presentaciones, con toda la seriedad que me es posible, dado el momento—, ambos fotógrafos; a Pilar, responsable de Publicidad y Marketing de D'Elkann, la firma de la cual soy imagen, y a María Eugenia, la diseñadora de la casa.

—Bienvenidos todos. Yo soy Pedro y estáis en vuestra casa.

—Y yo soy Casilda y trabajo aquí.

—Y manda más que todos nosotros, es como la señora de la casa —afirmo, sin poder callarme.

—Verdad tenía que ser, ¡anda, tira *pa* dentro! Vamos a almorzar, que se enfría la comida —me ordena con ese genio tan suyo que saca a la mínima ocasión—. Por favor, pasen —les dice con finura al resto, haciéndome reír—. ¿Se puede saber de qué te ríes? —me pregunta dándome una colleja.

—¡Auuuuuuu! ¡Casiiiii! —me quejo sin dejar de reírme.

—Anda, tira, que contenta me tienes —añade yendo hacia la cocina, y la sigo entre risas.

Comemos en un ambiente distendido, amenizado con las explicaciones de mi padre, que se explaya cuando tiene la mesa llena, y con los comentarios chistosos de Casi, que se viene arriba en momentos como este y con los que consigue arrancar más de una carcajada a todos ellos, sobre todo cuando saca esa vena cómica tan suya.

—Ay, Casi, qué graciosa eres. Yo me quedo aquí contigo; vosotros idos a montar a esos caballos si queréis —interviene María Eugenia, anticipándose a nosotros, tras el café y la larga sobremesa.

—Ricura, no irás a decirme que me tienes miedo —la pica Ciro, consiguiendo que la mesa en pleno enmudezca.

—¿A ti? Por favor, lo que hay que oír —le responde, negando con la cabeza.

—Pues demuéstralo, entonces —insiste sin quitarle la mirada de encima.

—Te lo pasarás bien, María Eugenia, y te aseguro que la mejor forma de ver esta finca es a lomos de un caballo.

—Pedro, es que a mí esas cosas no me van. Yo soy una mujer de asfalto y, si me das a elegir, prefiero subirme a unos tacones que a un animal de esos. De verdad, no sabes cómo me imponen —insiste, intentando zafarse del asunto.

—Ricura, hay otras cosas a las que subirte que deberían imponerte más que un caballo —replica Ciro, vacilón, con esa voz caliente y resbaladiza que te lleva a pensar irremediablemente en sexo.

—¡Mira este por dónde nos ha salido! Si es que esta juventud está perdida —salta Casi, cazándola al vuelo.

—Somos todos unos pilinguis, no podemos evitarlo —le digo en un ataque de risa.

—Ya hablaremos tú y yo cuando tu padre no esté delante —me contesta, consiguiendo que me ría con más ganas, a pesar de saber que estoy metiéndome en problemas.

—Casilda, lo que tengas que decir, dilo delante de mí —contraviene mi padre, provocando que el ataque de risa se me pase en el acto.

—Pedro, déjalo, hombre, que no quiero matarte antes de hora y encima con un disgusto —le responde con esa sonrisa de sabionda tan suya.

—Para disgustos, el que se lleva cada vez que mezclas el vino con gaseosa —interviene Víctor.

—Mira, ya ha salido el otro, ¡el defensor!, así te voy a llamar yo a ti. Anda, calla, que tienes de qué callar —le ordena con ese tono de «chitón o lo suelto todo».

—¿Estas comidas son siempre así? Porque María Eugenia no sé, pero yo me vengo aquí a vivir —comenta Pilar.

—Uyyyy, ¡ilusa! Tú no sabes cómo es mi Casilda cuando coge confianza.

—Una santa, eso es lo que soy, que cuando me muera y me reúna con mi Tomás, que en paz descanse, van a beatificarme.

—Santa Casilda valgo más por lo que callo que por lo que hablo, te llamarán, ya verás —replico con guasa.

—Tú búrlate, maja, que el día que me dé por soltarlo todo, verás la que lío —me dice como si nada mientras mi padre nos mira frunciendo el ceño.

—Papá, no le hagas caso. Eso de mezclar el vino con la gaseosa la tiene trastornada.

—Seguro que es eso. Como te dé un guantazo, verás tú lo trastornada que estoy —me rebate con esa sonrisita que me pone mala.

—Vamos, se está haciendo tarde —nos corta Víctor, y menos mal, porque un poco más y soy yo la que termina confesando—. ¿Te apuntas, Pedro?

—Por supuesto —acepta, levantándose—. No hay nada como una buena carrera por estas tierras —nos dice con despreocupación, y suspiro aliviada.

—Pedro, yo voy contigo —le dice María Eugenia.

—Lo siento, pero yo monto solo —rechaza mi padre y, de nuevo, me reafirmo en la idea de que está haciéndose el tonto con lo mío con Víctor. «Vamos, que si ha captado lo de María Eugenia y Ciro en tan poco tiempo, es imposible que no haya captado lo nuestro», reflexiono mientras veo cómo Ciro le dice algo y mi padre sonríe con complicidad... Hombres...

Hacemos el camino hasta las cuadras dando un paseo y, sumida en mi silencio, observo a mis amigos. Dante, con esa seguridad y esa mirada intensa, siempre listo y atento para captar cualquier haz de luz digno de ser fotografiado; Pilar, tan cercana y accesible, capaz de adaptarse a cualquier situación; Ciro... tan Ciro, tan crío, tan encantador, tan hombre, tan sexy, tan combinación explosiva capaz de provocar que le tiemblen las piernas incluso a una mujer como María Eugenia, tan segura de sí misma, a pesar de que lo niegue.

—Hemos llegado —les digo, entrando en las cuadras.

—Genial, ha llegado la hora de mi muerte.

—Y de tu resurrección —le indica socarrón Ciro, haciéndome reír.

—Que sepáis que os odio a todos por hacerme montar con este crío —suelta dramáticamente—. Oye, por tu bien espero que sepas manejar bien a este animal, no me apetece nada romperme el cuello —añade con seriedad—. ¡No puedo creerme que vaya a fiarme de un crío que todavía debe de jugar con los cochecitos! —Se queja teatralmente, haciéndonos reír disimuladamente a todos mientras vamos ensillando las monturas—. ¿Seguro que no has confundido los caballos de balancín con los de verdad? Porque yo todavía tengo una vida por delante, ¡tengo que ser la diseñadora de Dior! ¡No puedo morir tan pronto! —insiste, cansina.

—¡Suficiente! —le ordena Ciro, esta vez con seriedad, cogiéndola por la cintura y pegándola a su cuerpo, logrando que enmudezca en el acto—. Deja de llamarme crío o te aseguro que te arrepentirás muchísimo —le advierte, e imagino que sus alientos estarán fusionándose de lo cerca que están el uno del otro—. No vas a romperte el cuello ni a morir, así que ya está bien —sisea entre dientes—. Sube —le exige, alejándose de ella mientras María Eugenia desliza su mirada de Ciro al caballo, que en estos momentos debe parecerle el Everest.

—¿Y cómo pretendes que lo haga? —le pregunta con el miedo instalado en la voz, sin dejar de mirar al cuadrúpedo—. Oye, mira, de verdad, estas cosas no van conmigo; de hecho, los animales no van conmigo y, desde luego, este es demasiado grande para mí. Venga, hasta luego —se despide de nosotros, echando a andar—. Ahí os quedáis, vosotros, los caballos y...

—¡Qué trabajo vas a darme, joder! —masculla Ciro yendo tras ella y cogiéndola por la cintura por detrás, pegando la espalda de María Eugenia a su pecho, alzándola y echando a andar de nuevo hacia nosotros.

—¡Que me sueltes! Pero ¿qué haces? ¡No pienso subir encima de ese dinosaurio!

—¡Quieres callarte! —le ordena mientras yo termino de colocarle el cabezal a Trueno, fingiendo no percatarme de nada, al igual que están haciendo todos, y sin quitarles los ojos de encima, al igual que el resto—. Escúchame, ricura: no vas a caerte, no vas a romperte el cuello y no vas a morir ni va a sucederte nada. Aunque no lo creas, hace años que dejé de montar a caballos balancines y empecé a montar a los de verdad, así que relájate ¿quieres? Ni el caballo ni yo vamos a comerte —le asegura, y miro de reojo a María Eugenia, que lo estudia sin saber si creerlo o echar a correr como si no hubiera un mañana—. Venga, pon el pie izquierdo aquí —le señala Ciro con voz calmada, intentando infundirle confianza—, apóyate en mí y sube; es fácil, ya verás. ¿Confías en mí?

—No —le contesta sin dudarlo un instante.

—Oye, ¿nunca te han dicho que a veces es mejor mentir? Venga, empecemos de nuevo. ¿Confías en mí?

—¿Sí?

—Respuesta correcta. Vamos, pon tu pie izquierdo aquí, apóyate en mi hombro y ¡arriba! —le dice mientras ella se queda medio acostada a lomos del caballo y Ciro pone la mano en su trasero para que acabe de subir—. Venga, pasa la otra pierna —le pide sin alejar su mano de sus nalgas.

—Quita tu mano de mi culo, ¡ya! —le grita, haciendo lo que le pide y quedando finalmente sentada—, ¡Ohhhhhhhh, qué alto está esto! ¡Creo que tengo vértigo! —chilla exageradamente mientras Ciro, con una fluidez asombrosa, monta al caballo, colocándose detrás de ella.

—Chist, tranquila, ¿vale? Apóyate en mi pecho; no vas a caerte, recuérdalo —le indica mientras Víctor me guiña un ojo y yo le sonrío disimuladamente, observando de reojo cómo María Eugenia apoya su espalda en Ciro y como este rodea su cintura con uno de sus brazos, pegándola a él sin que ella oponga la más mínima resistencia.

Una de dos, o está muy muerta de miedo, que es posible, y Ciro es su mejor opción, o se ha cansado de hacerse la dura y, dadas las circunstancias, ha decidido aprovecharse un poquito, que es más posible todavía.

—¿Estáis listos, chicos? —les pregunto observando a Dante y a Pilar, que van juntos pero que, a diferencia de Ciro y María Eugenia, es Pilar quien, sentada tras él, rodea la cintura de Dante con sus brazos—. ¿Papá? ¿Listo tú también?

—Listo —me indica a lomos de Linda.

—Val, no vas sola, recuérdalo —me advierte Víctor, y sé a lo que se refiere.

—Está bien —le digo suspirando—. Hoy nos toca paseíto, Trueno —farfullo con la desilusión instalada en mi voz—. Lo siento, chico, ya correremos otro día.

Uno a uno vamos saliendo de las caballerizas y, cuando llegamos al principio del camino, oigo la voz de Ciro a mis espaldas.

—Ricura... estás tensa. Joder, relájate... Escúchame, coge las riendas conmigo —le propone, y giro la cabeza para mirarlos—. Tienes que sentir la boca del caballo en tus manos —le dice con voz suave, cerca de la oreja, y veo cómo ella se tensa, pero de forma distinta, de esa forma en la que nos tensamos las mujeres cuando nuestro vientre se contrae y nuestra sangre se vuelve demasiado espesa—. Si dejas las riendas así, no la sientes, pero si tensas un poquito, sin tirar, sí lo haces. ¿La notas? ¿Sientes su boca en tus manos? —le pregunta con voz áspera, acariciando con su aliento su cuello.

—Sí —le contesta finalmente, y me doy cuenta de que se han evadido por completo de nosotros; de hecho, creo que ni nos recuerdan.

—Si tiras más, así —prosigue Ciro, consiguiendo que el animal retroceda unos pasos—, él irá hacia atrás y, si quieres girar hacia la derecha, deberás hacer un poco de presión en tu pie izquierdo, llevando la rienda derecha hacia ti. ¿Ves cómo gira? Es fácil, ricura. Esto es intuitivo, como el sexo; déjate ir y el animal irá contigo —añade con voz sexy y caliente, y lo miro enarcando una ceja.

—¿Nos vamos? —pregunta Víctor, y me vuelvo para mirarlo, echándolo de menos y envidiando a María Eugenia y Ciro por no tener que ocultar lo que sea que esté empezando entre ellos.

—Vamos —secunda Dante mientras Pilar va fuertemente cogida de su cintura.

Y a lomos de Trueno, pienso en qué distinto puede ser todo cuando no hay sentimientos de por medio. Dante y Pilar son solo amigos y en ocasiones compañeros de curro; entre ellos no hay tensiones de ningún tipo, no saltan chispas, ni nada late a su alrededor. Pilar puede aferrarse a la cintura de Dante sin que la tierra arda y, en cambio, Ciro y María Eugenia son todo lo contrario; a pesar de que ella lo llame *crío* y diga que no le interesa lo más mínimo, lo cierto es que casi puedo sentir la electricidad que los envuelve chisporroteando a su alrededor. De hecho, creo que, si tuviera poderes de superhéroe, podría ver el vello erizado de los brazos de María Eugenia cada vez que Ciro le habla tan cerca del cuello, podría oír los latidos acelerados de su corazón y podría sentir su respiración desordenada. Si tuviera poderes de superhéroe, podría saber lo excitada que está y lo frustrada que se siente por sentirse así... pero no los tengo, así que solo puedo intuirlo.

—Me están poniendo malo, joder —me confiesa Víctor en un susurro, mirándolos de reojo, mientras encabezamos la comitiva, con mi padre cerrándola.

—¿Por qué? —le pregunto sonriendo, volviéndome para mirarlos.

Ciro está rodeando con uno de sus brazos a María Eugenia mientras esta tiene las manos rodeando las de Ciro, y sé a lo que se refiere antes de que me conteste.

—Porque daría lo que fuera por tenerte así —masculla, mirándome con intensidad, consiguiendo que mi vientre se contraiga.

—Y yo —musito mordiéndome el labio inferior—. Estoy deseando que llegue la noche para poder sentarme encima de ti —susurro percibiendo mi centro volverse líquido y caliente.

—Estarás encima y debajo de mí, te lo aseguro; voy a tenerte de todas las formas posibles —farfulla con la mirada ardiendo.

—Cállate —susurro sintiendo el deseo rasgarme por dentro.

Al trote, vamos recorriendo las tierras de mi familia ante la mirada asombrada de todos y el orgullo de mi padre y el mío creciendo con ellas. El aire puro, cargado de la fragancia de la tierra, de las flores silvestres y de la naturaleza, ese conjunto de olores imposible de imitar ni por el mejor perfumista del mundo; los viñedos adueñándose de todo el paisaje, como un mar interminable y ondulante de color verde salpicado de rojo, amarillo y negro que, al abrigo de la inmensa cordillera Cantábrica, ven el paso de los años y el cambio generacional mientras ellos se mantienen inquebrantables dándonos lo mejor de ellos mismos, la uva..., e inspiro profundamente el silencio que aquí se respira, roto únicamente por el sonido de algún tractor cargado o vacío de ella que llega o se marcha, sonriendo feliz cuando mi mente va un pasito más allá, imaginando a una modelo a lomos de Linda con Dante fotografiándola, para seguir viéndola sobre lo alto de la colina, rodeada de olivos, con un vestido verde salpicado de flores, visualizando su falda ondeando al viento, ese viento que lleva con él la misma fragancia que hoy nos acompaña, la fragancia de mis tierras y de mis recuerdos.

El grito sorprendido de María Eugenia me saca de mi ensoñación y, sin poder reaccionar, veo cómo pasan por mi lado emprendiendo la loca carrera que tanto anhelo, y miro a Víctor sin saber qué hacer.

—¡Detened a este animal! —la oigo ya a lo lejos y, cuando voy a ir tras ellos, Víctor me detiene negando con la cabeza.

—Ciro sabe lo que se hace —me asegura con una media sonrisa.

—Ya, pero ¿y si se pierden? —inquiero mientras él me mira con condescendencia.

—¿No se te ha ocurrido pensar que a lo mejor es lo que Ciro busca? —me pregunta mientras Pilar y Dante se colocan a nuestro lado.

—¿Los seguimos? —nos formula Dante.

—¿Querrías que te siguiéramos si fueras él? —nos sorprende mi padre con su vozarrón llegando hasta donde estamos nosotros—. Chico listo —prosigue, chasqueando la lengua, pasando por delante de nosotros para encabezar, esta vez él, la comitiva.

—María Eugenia va a matarlo cuando detenga al caballo —nos asegura Pilar, divertida.

—O no... ¿Quién sabe? —replico sonriendo, encogiéndome de hombros e iniciando el trote, envidiándolos de nuevo.

Hacemos el resto del recorrido entre bromas, imaginando qué estarán haciendo, y, cuando llegamos a las cuadras, ellos todavía no lo han hecho.

—¿Y ahora? —le pregunto a Víctor, que lleva un rato pensativo.

—Val, es imposible perderse aquí, porque en algún momento das con el camino principal que te lleva a la casa, así que vayamos a ella, ya vendrán —me contesta con seguridad bajando de su caballo, y lo imito a pesar de lo preocupada que estoy empezando a estar.

—¿Os ha gustado la finca? —les pregunto a Dante y Pilar finalmente, necesitando hablar para dejar de angustiarme.

—Me ha encantado todo y creo que es un lugar perfecto para hacer *shootings* y reportajes de moda —me contesta Pilar, bajando del caballo ayudada por mi padre.

—Coincido totalmente. Además, quería pedirte permiso para, mañana por la mañana, salir a dar un paseo con el caballo. He visto un par de lugares que me gustaría fotografiar con la luz del amanecer —me pide Dante, bajando esta vez él, acariciando al animal.

—Por supuesto, estás en tu casa, pero ten en cuenta que esta noche te acostarás bastante tarde, ¿podrás levantarte tan temprano? —le pregunto empezando a desensillar a Trueno.

—Estoy acostumbrado a dormir poco —me responde desensillando al suyo, y capto su destreza.

—Yo salgo todas las mañanas a montar. Si quieres, podemos ir juntos y te muestro un poco más la finca —se ofrece mi padre.

—Cojonudo, ¿a qué hora salimos, entonces?

—¿A las siete y media te parece pronto?

—A mí no me despiertes —suelta Pilar, divertida, en el mismo momento en el que entran Ciro y María Eugenia en la cuadra y me doy media vuelta para mirarlos.

El rostro arrebolado de ella y la media sonrisa de Ciro me confirman que, al menos, no han discutido, y los miro enarcando una ceja.

—¿Qué tal la carrera? —les pregunto intentando no sonreír.

—Bien —nos contesta, escueta, ella.

—¿Solo bien, ricura? Venga, reconócelo, estás deseando repetir —añade Ciro con ese tono de voz sexy que suele emplear a menudo—, conmigo —matiza, y veo el rubor cubrir la piel aterciopelada de María Eugenia.

—No te pases, que no ha sido para tanto —le responde girando la cabeza para mirarlo, y me pregunto si el paseo habrá quedado en un simple paseo.

—Vamos, ricura, échate en mis brazos —le dice socarrón una vez que ha desmontado mientras María Eugenia lo mira intentando poner mala cara, sin que le salga.

—Eso, échate en sus brazos —secunda Pilar, burlona, haciéndome sonreír y que Dante suelte una carcajada.

—Qué remedio —masculla, soltándose de las riendas y permitiendo que los brazos de Ciro envuelvan su cuerpo y la tierra arda. «Uffff... qué peligro tienen estos dos», pienso observándolos—. Ya estoy en el suelo, ¿quieres soltarme? —agrega con menos firmeza de la que debería.

—La verdad es que estoy muy bien así —le rebate Ciro con voz ronca, pegándola más a su cuerpo, consiguiendo que me sonroje hasta yo, y me vuelvo hacia Víctor, que tiene su mirada puesta en mí.

—Pues yo no, ¡quita! —le responde, recuperando la cordura, dándole un manotazo y alejándose de él—. Valentina, maja, no más paseítos a caballo, ¿quieres? A partir de ahora, si puede ser, quiero mantener los pies en el suelo —me indica antes de girar sobre sus talones para dirigirse a la salida con la espalda bien recta.

—Creía que había estado bien el paseo —replico acelerando mis pasos para llegar a su altura, ávida de información y seguida de Pilar, más ávida de lo que estoy yo.

—Y ha estado bien, pero me niego a volver a repetirlo —me asegura, mirándome por encima de sus gafas de pasta—. Los animales no son lo mío.

—¿Y Ciro? —interviene Pilar, yendo al grano.

—Ciro, ¿qué? —le formula como si no lo supiera de sobra, acelerando más sus pasos, como si quisiera dejarnos atrás.

—Tú sabrás, ¿no tienes nada que contarnos? No sé... Has estado a solas con él un buen rato —insisto, yéndome por las ramas.

—Que si ha habido beso, vamos. Es eso lo que quieres preguntarle, ¿no? —indaga Pilar entre susurros para evitar que nos oigan.

—¡Por supuesto que no! ¿Qué tontería es esa? Solo hemos corrido como unos locos... al principio.

—¿Y en el medio, durante o al final? —indago con curiosidad mientras ella niega con la cabeza.

—Es un crío, pero es un crío encantador cuando deja de hacer el tonto —masculla molesta—, demasiado, supongo..., pero no ha sucedido nada, incluso ha sido excesivamente correcto.

—¿Y te molesta? —inquiere Pilar, divertida.

—¿Hubieras preferido que te hubiera besado o que te hubiera arrancado la ropa encima del caballo? —añado dando rienda suelta a mi imaginación.

—¿Queréis callaros? —farfulla entre dientes.

—Es que nos morimos de curiosidad —le dice Pilar, sonriendo abiertamente—. Venga, contesta.

—No sé lo que hubiera preferido, pero ha sido tan directo todo el día que luego me ha sorprendido, ¡yo qué sé!

—Querías que te besara —afirmo, guiñándole un ojo—. Oye, que no te culpo, esa mezcla de crío y hombre es sumamente atrayente.

—Yo creo que son sus ojos, son demasiado azules —nos dice Pilar.

—O sus labios o cuando enarca las cejas y te medio sonríe —prosigo yo—, es imposible decirle que no.

—O esa ternura que va con él y ese tono sexy que emplea cuando habla —matiza Pilar.

—O los brazos que tiene, son puro músculo —prosigue María Eugenia con fastidio, y la miro sonriendo muy muy abiertamente—. De todas formas, ¿por qué estamos hablando así de él? Aunque no lo parezca, no me interesa lo más mínimo.

—Tienes razón, no lo parece —suelto burlona.

—La culpa es vuestra por obligarme a montar con él. Si hubiera montado con Víctor, no estaríamos hablando de Ciro. ¿Sabéis lo que más me molesta? Que nunca me han gustado los hombres más jóvenes que yo.

—Pero, entonces, te gusta —sentencio sonriendo.

—¡No! —me asegura rotunda.

—¡Pero si acabas de decirlo! —asevera Pilar, descojonándose.

—No he dicho eso, he dicho que nunca me han gustado los hombres más jóvenes que yo. A mí me gustan los maduritos interesantes, las tabletas de chocolate prefiero que sean comestibles.

—Ciro es muy comestible —le garantizo con puñetería.

—Tú ya me entiendes, que crujan cuando les hinque el diente, y dejemos el temita, ¿queréis? —nos pide cuando llegamos a casa—. La próxima vez que propongáis paseítos a caballo, me quedo con Casi —concluye con fastidio.

—Seguro —matiza Pilar solo para mí, haciéndome sonreír, deteniéndonos frente al Jeep mientras esperamos a que lleguen ellos.

Tras despedirnos de mi padre, subimos al vehículo y,

durante el trayecto hasta la casita, todos omitimos hacer cualquier tipo de comentario. En silencio, los miro de reojo a ambos, sentados en extremos opuestos, absortos en el paisaje que se vislumbra a través de la ventana.

—Pasaremos a recogeros sobre las nueve y media, ¿vale? —les pregunto sintiendo cómo los nervios, el anhelo y el deseo se abren paso en mi interior.

—Genial, nos vemos luego —contesta Pilar por todos, y observo a Ciro, con esa pose de pasota que emplea a veces, y a María Eugenia, que lo mira con fastidio.

—¡Hasta luego, chicos! —me despido antes de que Víctor arranque, alejándonos de ellos.

Capítulo 23

—Por fin solos —musito sonriéndole, recostándome en el asiento y sintiendo esa burbuja elástica llegar para envolvernos.

—Joder con esos dos —me responde con fastidio.

—Por mucho que María Eugenia diga que no le van los críos, va a terminar loca por Ciro —le aseguro, convencida.

—¿Cuántos años se llevan? —me pregunta con interés.

—Once.

—Tú y yo nos llevamos doce —me recuerda con seriedad.

—La diferencia es que para mí no es un problema y para ella, sí —le remarco mientras él guarda silencio, y tensa su mandíbula—. No quiero ir a casa todavía, tenemos tiempo y te he echado mucho de menos —le digo, necesitando que se relaje y sonría.

—No tenemos tanto tiempo y yo he de terminar de preparar unas cosas —me responde con la atención fija en la calzada—. Nos vemos luego, ¿vale?

—¿Quieres que te acompañe? —le pregunto, deseando pasar más tiempo con él.

—No hace falta —me asegura sin mirarme.

—¿Estás intentando librarte de mí? —suelto con una media sonrisa.

—Por supuesto que no —me responde frunciendo el ceño—. Tengo que hacer unas cosas y prefiero estar solo.

—Para el coche —le ordeno viendo cómo se vuelve hacia mí con un millón de preguntas instaladas en la mirada antes de detenerlo al borde del camino.

—¿Qué sucede? —inquiere, sorprendido.

Sin contestarle ni darle opción a reaccionar, me muevo dentro del vehículo para sentarme a horcajadas sobre sus piernas, atrapando sus labios con los míos y silenciando cualquier palabra en forma de queja que pudiera escapar de ellos. Durante unos instantes, siento como si estuviera intentando atrapar el aire con mis manos o como si me empeñara en retener algo que no ha nacido para estar enjaulado.

—Val, puede vernos alguien —me dice rodeando mi cintura con sus brazos, y no sé si es por el tono de su voz, por sus gestos o por su mirada, pero siento que no está del todo conmigo... como si estuviera empezando a cerrar una puerta que hasta ahora se había mantenido abierta.

—He tomado una decisión —le anuncio atropelladamente, necesitando librarme de esta sensación extraña y de estos temores que no entiendo.

—No quiero saberlo —me indica con seriedad.

—¿Por qué? ¿No sientes curiosidad? ¿No quieres saber si me quedo o me marcho?

—No, no quiero saberlo; al menos, no hoy —me asegura, rotundo.

—Pero...

—Val..., no... Hoy no —insiste con dureza mientras lo miro sin entender nada.

—Crees que vamos a discutir, ¿verdad?, por eso no quieres que te lo diga —asevero con voz queda, sosteniéndole la mirada.

—Simplemente quiero que hoy sea inolvidable. Es la presentación de tu vino y solo debería ser eso —me contesta acunando mi rostro entre sus manos—. Ya hablaremos sobre esa decisión tuya mañana —añade con un susurro ronco que encierra demasiados sentimientos que no sé descifrar.

—A lo mejor te gusta lo que vas a oír —insisto, intentando sonreír mientras siento el calor de sus manos traspasar mi piel.

—Y a lo mejor no, y no quiero que nada lo estropee. Val, necesito que esta noche sea inolvidable —reitera con seriedad, retirando sus manos de mi rostro, enfriándolo al alejar la calidez de él—. Nos dimos un plazo, ¿lo recuerdas? Mantengámoslo.

—Está bien —musito perdiéndome en su mirada, acercándome lentamente a sus labios, que beso con dulzura, demorándome en ellos, con sus manos adueñándose de mi piel por debajo de mi ropa.

—Eres consciente de que estamos a la vista de todo el mundo, ¿verdad? —me pregunta esbozando una media sonrisa, y siento cómo, poco a poco, regresa conmigo.

—Ya lo sé, y la culpa es tuya por no querer llevarme a tu casa.

—Esta noche... Te prometo que esta noche —masculla buscando los míos con rudeza, atrapándolos y diluyendo mis miedos con ellos, abriendo esa puerta de par en par.

Y entro en ella con decisión, aferrándome a este beso con desesperación, enredando mi lengua con la suya, moviéndome sobre su sexo, que siento enorme a través de la ropa que impide que nuestra piel se toque y que nos sintamos, mientras una certeza llega de puntillas para susurrarme al oído que él tiene los mismos temores que yo, puede incluso que alguno más, porque hay algo en su forma de besarme o de tocarme que me recuerda esa necesidad que yo siento de mantener el puño apretado para que no escape el aire que intento retener entre mis dedos.

—Vic... —gimo frotándome contra su sexo, sintiendo nuestro cuerpo arder cuando impulsa sus caderas hacia delante.

—Joder, para..., para... —masculla alejando sus labios de los míos, pegando su frente a la mía.

—Podrías cambiarme la tirita, ¿sabes? —le pregunto con mi pecho subiendo y bajando con rapidez mientras él alza su intensa mirada verde esmeralda hasta clavarla en la mía.

—Puedo hacerlo esta noche, muchas veces. En serio, Val, tengo cosas que hacer. Vamos, te llevaré a casa.

—Eres un coñazo, Víctor —le digo haciéndole un mohín antes de sentarme de nuevo en mi asiento.

—Ya lo sé —acepta, guiñándome un ojo, antes de arrancar.

Cuando me deja en casa y tras saludar a Casi, que está trasteando en la cocina, me dirijo a mi habitación y, de ahí, al baño, para comenzar a llenar la bañera, necesitando un ratito a solas con mis pensamientos. Tras desnudarme, me sumerjo en el agua caliente, cerrando los ojos y sintiendo cómo mi cuerpo se relaja al tiempo que lleno mi mundo con su mirada, con sus besos y sus sonrisas, intentando no prestarle demasiado atención a esa parte que sigue advirtiéndome de que hay algo que se me está escapando, de la misma forma en la que ignoro esa sensación extraña que parece empeñada en seguirme a todas partes, para simplemente centrarme en lo que hemos vivido hoy, en nuestros besos en la casita de aperos, en las miradas furtivas que nos hemos dedicado y en los roces y caricias que hemos buscado a escondidas de miradas ajenas, aferrándome a esos gestos que también ocupan el lugar de las palabras y a esas promesas que nos hemos hecho para esta noche, cuando todo haya finalizado, cuando podamos ponernos una o más tiritas y cuando le diga finalmente que voy a quedarme.

Solo cuando el agua se enfría salgo de ella y, una vez peinada y maquillada, y con una toalla envolviendo mi cuerpo, regreso a mi habitación para empezar a vestirme.

—¿Estás visible, hermanita? —oigo la voz de mi hermana al otro lado de la puerta.

—Claro, pasa —le digo frente al armario, dándome media vuelta cuando percibo el pomo girar—. ¡Vayaaaaa! ¡Pero qué guapaaaaaa! —exclamo, admirándola, cuando gira feliz sobre sí misma.

Lleva un vestido verde, con detalles bordados en granate y rosa tanto en el cuello como en los hombros, además de una espectacular abertura redonda en la espalda, y está, sencillamente, preciosa.

—¿Te gusta? —me pregunta acercándose a mí mientras yo solo soy capaz de pensar que el color de los ojos de Víctor es más bonito que el de este vestido.

—Mucho, ¿lo has diseñado tú? —inquiero, dándole un abrazo.

—Más que eso, lo hemos confeccionado Pepa y yo en el taller. Es el primer vestido que hacemos —me confiesa con la emoción instalada en su mirada.

—¿Quién es Pepa?

—Una cosedora que he contratado para echarme una mano; no sabes lo que me ha costado encontrarla.

—¡Pues ha valido la pena, porque el resultado es espectacular! —le digo con admiración, sintiéndome muy orgullosa de ella.

—Gracias; no imaginaba una mejor ocasión que esta para estrenar un vestido de mi primera colección. ¿Y tú? Pensaba que ya estarías lista.

—Bueno, estoy casi lista, solo me falta vestirme.

—Me gusta tu recogido y cómo te has maquillado.

Estás muy guapa, Valentina —me halaga, sonriéndome con cariño, admirándome esta vez ella a mí.

—Somos como la noche y el día, ¿verdad? Tú, rubia y con ojos azules, y yo, morena y con ojos oscuros.

—Tú, alta como un pino, y yo, pequeñita como un bonsái. ¿Estás segura de que no nos adoptaron? —me pregunta burlona.

—A veces tengo mis dudas —contesto socarrona, cogiendo mi vestido.

—¿Sabes de lo que yo no tengo ninguna duda? —me pregunta, ayudándome a ponérmelo.

—¿De qué?

—De que las dos vamos a triunfar en el mundo de la moda; yo, diseñando, y tú, desfilando —afirma con seguridad, paralizándome con sus palabras—. Las hermanas Domínguez seremos un referente en la alta costura, ya verás. A ti se te rifarán los grandes diseñadores, entre los que me encontraré, y tú te harás de rogar con todos ellos excepto conmigo —prosigue soñadora, haciendo que me dé la vuelta para empezar a abrocharme los pequeños botones del vestido, y me doy cuenta de que Víctor tenía razón y de que esta noche solo debe ser la presentación de mi vino y que su recuerdo no debe estar asociado a ningún otro.

—¿Te gusta mi vestido? —inquiero cambiando de tema a propósito, volviéndome para ver mi espalda cubierta únicamente por un tul granate que queda pegado a ella como una segunda piel.

—Es un diseño de María Eugenia, ¿verdad? —indaga con fascinación—. Del color del vino, ceñido, femenino, elegante y sexy; lleva su marca y es perfecto para esta ocasión.

—Sí, es suyo, pertenece a la colección Dreams —le confirmo, demorándome, durante unos segundos, en la imagen que me devuelve el espejo—. Tendrías que haber venido a comer hoy —le recrimino encarándola y cruzándome de brazos—. Puedes aprender mucho de María Eugenia y hoy era el momento perfecto.

—Ya lo sé, pero me ha sido imposible llegar a tiempo.

—¿Y cómo ha ido? —le pregunto, haciendo referencia a su viaje a Madrid.

—La verdad es que empezar de cero está siento más duro de lo que pensaba, y más cuando vivía tan bien trabajando en Kroma, sin asumir riesgo alguno y dedicándome exclusivamente al diseño. Esto es tan distinto... Todo tiene que pasar por mí. Problemas que antes eran de otros ahora son míos, y muchos de ellos ni siquiera tienen que ver con la moda o el diseño.

—Los inicios siempre son complicados —musito recordando los míos.

—Sobre todo cuando sientes que te has metido en la boca del lobo.

—¿Te arrepientes?

—No. Puede sonar un poco loco o a lo mejor es que soy una kamikaze, pero esto es lo que quiero, a pesar de todos los contras —afirma haciendo una mueca—. Solo espero que, esta bola enorme que no deja de rodar cuesta abajo creciendo sin parar, en algún momento se detenga y no me lleve por delante; no sabes lo hartita que estoy de los impuestos, la financiación, las normativas, las altas, las bajas y las mil y una historias que, por tu bien, no necesitas saber.

—Necesitas ayuda —le digo al detectar el agobio en su voz.

—Ya lo sé y estoy en ello, créeme. De momento he buscado una asesoría para que me lleve todo el tema de la fiscalidad, y no sabes el peso que me he quitado de encima. ¿Y tú? ¿Ya has tomado una decisión? Voy tan agobiada con lo mío que apenas hemos podido hablar; somos unas hermanas horribles —comenta haciendo un mohín.

—Qué va... Solo estamos un pelín liaditas —la corrijo, sonriendo—, pero ya lo solucionaremos, no te preocupes —prosigo, sabiendo que vamos a tener todo el tiempo del mundo para estar juntas—. Vamos, hermanita, creo que están todos esperándonos —le digo feliz, a pesar de sentir esa sensación extraña pegada a mi lado, incluso mirándome de reojo.

Salgo de la habitación seguida por ella y, al segundo, oigo la voz de Víctor procedente de la entrada y siento cómo mi corazón se sacude en mi interior, empezando a latir únicamente por él.

—No me has contestado —insiste Alana cuando nos dirigimos hacia la escalera.

—Mañana te lo cuento; no seas impaciente —le digo acelerando mis pasos, pues necesito verlo cuanto antes.

Cuando llego al último tramo de escalera y alzo la mirada, siento que mi corazón se detiene, durante una milésima de segundo, a medio latido. Lleva un traje negro con una camisa blanca y una pajarita negra, y está sencillamente perfecto.

—Hola —musito sintiendo mi vientre contraerse suavemente cuando su mirada recorre mi cuerpo disimuladamente.

—Buenas noches —me responden José y él mientras me aferro a la barandilla con fuerza para eliminar la poca distancia que nos separa.

—¡Qué hijas más guapas tengo! —exclama mi padre con orgullo mientras yo le doy dos besos a mi cuñado, ansiando el momento de acercarme a él.

—Pues de eso justamente estábamos hablando, papá, de que no parecemos hermanas. ¿Estás seguro de que somos hijas tuyas? —le pregunta Alana con despreocupación mientras me acerco a él, sosteniéndole la mirada y, cuando posa su mano en mi cintura, siento como esta vez la tierra arde por nosotros.

—De eso no tengas la menor duda. Tu hermana es un calco de tu abuelo y tú, de tu madre —le responde mi padre mientras acerco mis labios a la mejilla de Víctor para darle un beso, llenando mis pulmones con su fragancia y alargando, durante unos segundos, ese gesto, a la vez que siento cómo su mano ejerce un poco más de presión sobre mi piel, contrayendo un poco más mi vientre.

—Tu abuelo, de joven, parecía un artista de cine —nos dice Casi mientras nosotros creamos un mundo hecho a nuestra medida, lejos de este—. Qué hombre más guapo... Llamaba la atención allá donde iba, lo que yo os diga —añade mientras, con reticencia, me alejo de él, sintiendo su mirada fija en mi cuerpo.

—Incluso de mayor lo era —les digo volviéndome hacia ellos, necesitando hablar para enfriar todo esto que bulle dentro de mí.

—Y tú eres su versión mejorada, pero en mujer —me asegura mi padre con orgullo—, y tú, la de tu madre... Cada vez que te miro, la veo a ella —continúa, consiguiendo que Alana se emocione.

—Venga, papá, cállate o terminaremos todos llorando —le pide mientras la miro con tristeza, pues a mí me cuesta recordarla.

—Se hace tarde, ¿nos vamos? —me pregunta Víctor, y detecto la impaciencia en su voz—. Tenemos que ir a recoger a los amigos de Val —les aclara.

—Sí, vámonos —musito haciendo a un lado esa tristeza teñida de añoranza que se había instalado en mi corazón para dirigirme hacia la puerta, seguida por él—. Nos vemos en la bodega —les digo a modo de despedida.

Camino hacia su Jeep percibiendo sus pasos a mi espalda, sintiendo su mirada clavada en mi cuerpo y el deseo reptar por mi columna vertebral y, cuando las luces de los intermitentes se encienden, iluminando mis piernas, accedo al vehículo sin demora.

—Estás impresionante —me regala con voz rasposa cuando cierra la puerta, y me vuelvo para admirar su rostro envuelto por las sombras.

—No más que tú. Creo que nunca te había visto con traje y pajarita —murmuro deteniendo mi mirada en sus labios, sintiendo que el deseo arde en mi interior, quemándome.

—Estoy deseando besarte, Val. Solo puedo pensar en quitarte ese vestido —susurra clavando su mirada en los míos.

—Y yo, en tenerte desnudo dentro de mí —suelto con un hilo de voz, sintiendo mi centro palpitar de deseo—. Este día está siendo demasiado largo.

—Ya lo sé —masculla dándole al contacto y, cuando empieza a sonar la música, dejándome llevar por un impulso, cambio la opción de USB a radio y al segundo oigo las voces de Malú y Alejandro Sanz llenando cada uno de los rincones del interior del coche.

—Me encanta Malú y esta canción es una pasada —le digo prestando atención a la letra.

—Eres una romántica —me recrimina con cariño.

—Lo dices como si fuera algo malo —le recrimino esta vez yo.

—No es que sea malo, pero te ciega a veces.

—Simplemente me gusta que tu alma le haga compañía a la mía —le digo, parafraseando a la canción—. ¿Has podido acabar de hacer todo lo que querías hacer? —le pregunto, detectando su ceño levemente fruncido.

—Sí —me responde escueto, frunciéndolo más, y lo imito sin percatarme de ello.

—¿Y qué era?

—Poca cosa, tenía cosas pendientes de resolver en el despacho —me responde con la atención centrada en la conducción.

—Ya —musito volviendo mi rostro hacia las luces de la casita, que se vislumbran cada vez más cerca, guardando silencio durante unos instantes para escuchar esta canción, que estoy segura de que escucharé cientos de veces—. Tengo ganas de que pase la presentación —le confieso con sinceridad, cuando estaciona frente a la casa.

—En cambio, yo detendría el tiempo si pudiera —me rebate, sorprendiéndome.

—¿Por qué?

—Porque no quiero que llegue mañana —afirma, sorprendiéndome de nuevo, saliendo del coche y dando un portazo que silencia mis preguntas.

Salgo del vehículo yo también, intentando darle alcance antes de que se abra la puerta y ya no podamos hablar, pero es más rápido que yo y, antes de que pueda llegar a conseguirlo, veo cómo Dante la abre y suspiro bajito apretando mi puño, imaginando el aire retenido en él.

Saludo a todos mis amigos con ese «No quiero que llegue mañana» resonando en mi cabeza, martilleando con fuerza y martirizándome sin parar mientras ellos, durante el trayecto hacia la bodega y ajenos a todo, disfrutan de la noche como debería estar haciendo yo y, cuando llegamos a la sala, cojo su brazo para alejarlo de todos.

—Estás dando las cosas por hecho, a lo mejor mi decisión te gusta —le digo sin dejar de sonreír a los invitados.

—¿Tú crees? —me pregunta con una sonrisa que no le llega a los ojos, cogiendo dos copas de vino cuando un camarero pasa por nuestro lado—. Venga, te invito —prosigue, guiñándome un ojo.

—Es que no te entiendo... Yo en tu lugar querría saberlo y no hubiera podido esperar —me quejo cogiendo la copa que me tiende.

—Pero tú no eres yo —me rebate, esta vez con seriedad.

—Eso está claro —farfullo con fastidio.

—Val, apárcalo todo, ¿vale? Hazlo por mí. Haz a un lado esa decisión que has tomado y vive este momento como si no hubiera nada que decidir; haz que esta noche sea tan especial que nunca podamos olvidarla.

—¿Qué estás intentando decirme, Víctor? —le pregunto con un hilo de voz, sintiendo mi vello erizarse, y no precisamente por el frío.

—Simplemente que quiero que te diviertas. Ahí están tus amigos —me recuerda, refiriéndose a María Eugenia, Pilar, Dante y Ciro— y esta sala está repleta de gente que te quiere o forma parte del mundo del vino. Vive este momento y disfrútalo, porque has trabajado mucho como para querer que pase rápido —me aconseja con cariño mientras veo a mi padre charlar con unos y otros.

—Está bien, pero tienes que prometerme que luego serás tú quien la haga especial —le digo sosteniéndole la mirada.

—Te lo prometo; te prometo que esta noche solo seremos nosotros —me contesta con voz ronca y, no sé por qué, mi mente retiene «esta noche» por encima del resto de las palabras.

Cumpliendo con lo prometido, me obligo a divertirme y, aunque al principio siento que es algo forzado, al final acabo haciéndolo de verdad, puede que por culpa o gracias al vino o simplemente porque no era tan difícil lograrlo.

—Hombre, al fin llegas —le digo a Adri cuando la veo aparecer—. ¿Dónde estabas, Cenicienta? —añado tendiéndole una copa de vino.

—Esperando al hada madrina para que me pusiera guapa —me responde guasona, siguiéndome la broma.

—Pues vas a tener que presentármela, porque estás monísima —la halago, mirándola de arriba abajo. Lleva un mono negro con un pronunciado escote y la melena oscura suelta, y está imponente—. Por cierto, si no recuerdo mal, ahora es cuando debes ir a saludar al príncipe.

—Aquí no hay ningún príncipe —me replica, llevándose la copa de vino a los labios.

—Tienes razón, tiene más pinta de demonio que de príncipe —bromeo mirando a Dante de reojo.

—Joder, tía, ¿quién es? —me pregunta, dándole la espalda a propósito.

—Tu demonio —le respondo medio sonriendo—. ¿Por qué no has venido a comer con nosotros? Tanto quejarte de que tu abuela tiene más vida social que tú y, cuando te proponen un planazo con un pedazo de tío, te echas atrás.

—Nena, que a mí ese tío me impone demasiado.

—Venga ya... —le digo siendo testigo de cómo empieza a acercarse a nosotras y carraspeo—. Viene hacia aquí —le advierto antes de llevarme la copa a los labios, viendo cómo mi amiga se tensa con mis palabras.

—Valentina —comienza a decir, y capto cómo el rostro de Adri se tiñe del mismo color rojo intenso que las hojas de los viñedos.

—Tengo que irme —me dice, sorprendiéndome, pero Dante es mucho más rápido que ella y, cogiendo su brazo, detiene su huida.

—No sin que nos presenten antes —le indica con voz profunda mientras yo lo observo detenidamente.

Va vestido todo de negro, como ella, con unos pantalones de pinzas y un suéter fino; lleva el pelo suelto, a la altura de los hombros, y todo en él destila la palabra *peligro*... No me extraña que mi amiga esté deseando echar a correr.

—Dante, te presento a Adriana —hago los honores, para ver a continuación cómo ella se vuelve lentamente hasta encontrarse con su mirada y, si eso fuera posible, diría que incluso el suelo ha temblado.

—Encantado de conocerte, Adriana —la saluda con voz rasposa y la mirada, tan oscura como la de mi amiga, clavada en la suya.

—Igualmente —le responde, y siento cómo los planetas colisionan.

—Buenas noches a todos —oigo a mi padre haciéndose con el micro, y me vuelvo hacia él para, al segundo, buscar a Víctor con la mirada.

Está hablando con un hombre que no conozco y, durante unos segundos, me demoro en su cuerpo y en sus gestos; está relajado, disfrutando de la conversación que está manteniendo, y, cuando lo veo sonreír, sonrío yo también, oyendo de fondo la voz de mi padre.

Dejándome llevar y tras excusarme con Dante y Adri, me dirijo hacia donde está él, necesitando estar a su lado, rozar su mano con la mía y, aunque suene egoísta, ser la dueña de su atención, de su mirada y de sus sonrisas.

—... la uva es el inicio de una gran labor y el principio de un rito centenario en el que ponemos nuestra alma, nuestro corazón, nuestras manos y nuestras esperanzas. —Escucho la voz de mi padre llena de matices retumbar entre las paredes de esta sala mientras yo voy sorteando a la gente—. La uva es lo que mueve nuestra vida, la que da continuidad a nuestro legado y la que perdura cuando nosotros abandonamos este mundo. Las cepas son las que se aferran a la tierra, arraigándose en ella, cogiendo profundidad, algo que no podemos hacer nosotros, y en ellas comienza el viaje —prosigue mientras llego finalmente hasta donde está Víctor, que me sonríe cómplice, llevándome con él a nuestro universo, ese que solo nosotros somos capaces de habitar y en el que no deja de sonar nuestra canción, y, devolviéndole la sonrisa y rozando mi mano con la suya, me giro hacia mi padre—... y hoy, rodeado de todos vosotros, quiero darle la bienvenida al fruto de esa uva que un día creció, maduró y fue vendimiada con el cariño que solo puedes dar cuando amas lo que haces. Esta noche quiero darle la bienvenida al vino que lleva el nombre de mi hija pequeña, Valentina Domínguez; un caldo clásico, tradicional y a la vez fresco y actual, como es ella, con garra y elegante, envolvente y armonioso, criado con cariño y paciencia dentro de barricas nuevas de roble; hechas en esta bodega y que albergan cientos de recuerdos. Recuerdos del amor a la viña, a la bodega y a la continuidad. Esta noche quiero darle la bienvenida a un vino en el que hemos volcado todos nuestros conocimientos y nuestras vivencias basadas en el amor que profesamos a este arte, porque el vino es arte, es pasión, es amor, es desvelo y es dedicarle tu vida entera, sin prisas y con cariño, y así, sin prisas y con mucho cariño, ha nacido este caldo, fuente de nuestro orgullo —dice localizándome y sonriéndome, y lo hago yo también, con mi meñique enlazado con el de Víctor y la emoción llegando para quedarse—. Alzad vuestras copas y brindad conmigo por mi hija y por el vino que lleva su nombre. ¡Por Valentina Domínguez! —exclama mi padre, consiguiendo que mi mirada se torne borrosa por culpa de las lágrimas y, cuando Víctor posa su mano en mi espalda, instándome a ir con mi padre, echo a andar hacia ese hombre que lo es todo para mí.

Me fundo en un abrazo con él con los aplausos de fondo y, cuando me tiende el micrófono, lo cojo como quien coge el relevo.

—Poco más tengo que añadir a las palabras de mi padre; él es el experto, y no solo en el arte de hacer vino, sino en el de expresar todo lo que siente por él, y es bastante difícil igualar su capacidad de oratoria —intervengo, volviéndome para mirarlo—, pero te prometo que algún día se intercambiarán los papeles y seré yo quien alzará la copa con el vino que llevará tu nombre —anuncio mientras él me mira con orgullo—, y será un vino lleno de matices, como tú, en el que pondré mi alma y mi corazón hasta que logre reflejar el tuyo, ese corazón que ha latido toda su vida por estas tierras, como hizo el del abuelo y el de nuestros antepasados. Gracias, papá, por ser mi padre y por este vino que dice tanto de lo que sientes por mí.

»Brindemos por él, por mi padre, y por todos aquellos que ya no están entre nosotros, pero cuyo recuerdo late en estas tierras —finalizo mi discurso, alzando la copa y añadiendo una foto a ese álbum que estoy creando en mi corazón.

Capítulo 24

Y yo, que quería que la presentación pasara rápidamente, me descubro deseando justo lo contrario, pues, si pudiera, detendría el reloj ahora mismo para exprimir y vivir al máximo este momento en el que están todos los que tienen que estar: *él*, mi familia, mis amigos y todos los clientes, proveedores y viticultores que forman parte de nuestro pequeño mundo, en esta noche que es el comienzo de todo lo que espero vivir y en la que suena nuestra canción por encima del murmullo de las voces, por encima del sonido del cristal cuando alguien propone un brindis y en la que nuestras promesas le cierran la puerta en todas las narices a esa sensación extraña que no se atreve a entrar en esta sala.

—Qué fin de semana más ideal —me dice María Eugenia—. Muchísimas gracias por invitarnos y hacernos partícipes de este momento —prosigue, llevándose la copa de vino a los labios—. Por cierto, no sé si te lo he dicho antes, pero este vino está buenísimo —añade mientras Ciro la mira casi comiéndosela con la mirada.

—Sobre tu piel, seguro que sabría mucho mejor —suelta con insolencia, consiguiendo que se atragante.

—Deja de beber, estás empezando a decir tonterías

—le rebate con fastidio cuando consigue frenar su ataque de tos, mientras él se acerca lentamente a ella y los miro sin poder despegar los ojos de ellos.

—Déjame probarlo —creo que le dice al oído, y enarco ambas cejas mirando a Víctor, que me observa con una media sonrisa cargada de promesas.

—¿Queréis que salgamos fuera? Aquí empieza a hacer calor —les propongo, deseando que el aire refresque mi cuerpo, que está empezando a arder.

—Yo sí, vamos —me dice Adri, cogiéndome del brazo mientras el resto nos sigue.

—¿Qué te pasa? —le pregunto en un susurro.

—No lo sé, pero parece que esté tonta perdida cuando estoy con Dante. Por tu vino, no vuelvas a dejarme a solas con él.

—Si no os dejo a solas, no va a poder meterte mano —replico divertida.

—¿Y quién te ha dicho que quiera que me meta mano si solo deseo largarme corriendo cuando lo veo? —me dice en un susurro mientras salimos y veo los cientos de lucecitas que, junto a las estrellas, decoran el firmamento.

—Pero creía que te gustaba —le contesto confusa, sentándome en uno de los sillones que hemos puesto en el jardín mientras la música, suave, llega hasta mis oídos.

—Y me gusta —reconoce, sentándose a mi lado, y, cuando Dante se sienta frente a ella, callo sin entender nada.

Uno a uno, van tomando asiento, y de nuevo observo a Ciro y a María Eugenia, sentados uno frente al otro.

—Sonríeme, pelirroja —le pide cogiendo su cámara.

—¿Cuándo la has cogido? —le planteo sorprendida, a la vez que María Eugenia tuerce el gesto.

—Nena, mi cámara va siempre conmigo —me responde con voz sexy—. Venga, pelirroja, dedícame una de tus sonrisas.

—Déjame en paz —masculla, cruzándose de brazos, evitando su mirada.

—No puedo, ricura, eres demasiado sexy —replica empezando a fotografiarla mientras ella se cubre la cara con las manos.

—Oye, vete a jugar por ahí, ¿quieres? Valentina, ¿los niños no deberían acostarse antes? —me pregunta, arrancando una carcajada generalizada.

—Solo iré a acostarme si vienes conmigo —insiste, levantándose y guiñándole un ojo, pasando frente a ella con esos andares pasotas—. Miradme —nos pide enfocándonos e inmortalizando el momento—. Ricura, fíjate cómo se hace: Valentina, muéstrale a mi pelirroja cómo ha de mirarme y cómo ha de seducirme —me pide, acercándose a mí mientras ella lo mira sin dar crédito.

—¿Seducirte? Sí, claro, espérate sentado —masculla, haciéndome sonreír.

—Sabes que lo estás deseando —insiste Ciro, enfocándome con su cámara—. Mírame —me ordena con esa voz caliente y ronca que emplea cuando trabaja, llevándome con él a ese mundo en el que tan bien nos manejamos ambos—, así, preciosa... dame más, haz que quiera probar tus labios —añade mientras yo voy dándole lo que va pidiéndome a la vez que todos guardan silencio—. Te quiero intensa, dulce y sexy —prosigue—. Impresionante; eres impresionante, nena.

—Pero ¿a ti qué te pasa, que tienes para todas? —le pregunta María Eugenia con fastidio, consiguiendo que suelte una carcajada y regrese con ellos a este jardín.

—¿Estás celosa, ricura? —suelta con insolencia volviéndose hacia ella, enfocándola con la cámara.

—Ya quisieras —masculla mientras observo a Víctor, con la mirada perdida en la gente que llega y se va.

—Mírame, cómeme con los ojos —le pide con descaro, enfocándola de nuevo.

—María Eugenia, arréale un guantazo —propone Pilar, divertida, recostándose en su butacón.

—Lo que va a comerse es su cámara —le responde sonriendo—. Vete a jugar por ahí, anda; déjame en paz.

—Y tú, ¿quieres intentarlo? —le pregunta Dante a Adri.

—¡¿Yo?! —exclama poniéndose roja como un tomate y tensándose de repente.

—Sí, tú, ¿te gustaría intentarlo?

—Sois unos coñazos, ¿no podéis dejarnos tranquilas? —interviene María Eugenia, cogiendo un trozo de queso.

—¿Quieres venir a jugar conmigo, ricura? —le pregunta Ciro yendo hacia ella.

—Déjalo; yo no soy modelo, para eso tienes a Valentina —le responde Adri a Dante, y juro que no doy abasto observándolos a todos.

—No quiero fotografiar a Valentina, quiero fotografiarte a ti —afirma Dante con seriedad, con su voz oscura y cavernosa resonando en la noche mientras yo detengo mi mirada en Víctor.

Tiene los antebrazos apoyados en sus piernas, los dedos entrelazados y la mirada fija al frente, completamente ajeno a este momento, y me pregunto qué estará pensando.

—No me gusta que me fotografíen —oigo que le dice mi amiga con apuro mientras yo no puedo alejar mi mirada de él.

—¿Por qué? —indaga a la vez que me levanto para sentarme al lado de Víctor, deseando que regrese con nosotros, y Dante aprovecha para ocupar mi lugar en el sofá—. Ven un día a mi estudio y posa para mí —le pide clavando su impresionante mirada en ella, y me vuelvo para ser testigo del apuro de mi amiga.

—Aprovéchate, Adri... Te aseguro que más de una modelo mataría para que Dante le propusiera eso —le comento intentando echarle un cable y, disimuladamente, empiezo a escribirle a Víctor un mensaje en la pierna con uno de mis dedos, jugando a ese juego que solo nosotros podemos jugar.

«Te quiero», le escribo en mayúsculas y, en cuanto empiezo a escribir, sé que ha regresado a mi lado.

—Y te lo agradezco, pero no sabría hacerlo, de verdad, y no quiero hacerte perder el tiempo —rechaza Adri de nuevo, y empiezo a contar, segura de que, antes de que llegue a tres, habrá dicho que tiene que irse: uno...—. Tengo que irme.

«Cobarde», pienso para mí.

—¿Te vas ya? —le pregunta Dante frunciendo el ceño, y la miro negando con la cabeza.

—Ha sido un día largo y estoy cansada —se excusa, levantándose.

—¿Quieres que te llevemos a casa? —inquiero sin poder entenderla.

—Tranquila, he venido con mi coche.

—Vamos entonces, te acompaño al parking —se ofrece Dante, y le hago la ola, al menos no se rinde.

—No hace falta, conozco el camino.

—Por supuesto que lo conoces, monina, trabajas aquí, pero mola que un tío guapo quiera acompañarte, ¿no? —suelto sin poder callarme, deseando zarandearla.

—Ya hablaremos tú y yo —sisea entre dientes, y le sonrío haciéndole una mueca.

—Vamos —propone Dante posando su mano en la espalda desnuda de mi amiga, y sonrío un poquito más mientras ella se pone muy muy tensa... Dios mío, si parece nueva en esto.

—Eres una mala pécora —me dedica María Eugenia cuando desaparecen de nuestro campo de visión.

—¿Quieres que sea mala pécora también contigo? —replico, guiñándole un ojo.

—No, si no quieres que yo solita me vaya directa a la

hoguera —me responde cómicamente mientras Víctor comienza a teclear algo en su móvil y, cuando suena el mío, lo miro ansiosa.

¿Nos queda mucho?

Lo leo intentando no sonreír mientras tecleo la respuesta.

No está bien que me vaya la primera.

Compruebo cómo tuerce el gesto y deja el móvil sobre la mesa con fastidio mientras Dante regresa hasta donde estamos nosotros.

—¿Cómo ha ido? —me intereso, sonriéndole.

—Ni puta idea. ¿Qué le pasa?

—A lo mejor no le gustas y está intentando darte largas siendo educada —interviene María Eugenia, pinchándolo.

—O a lo mejor le gustas pero le impones un huevo —le rebate Pilar, dando en el clavo, mientras él se vuelve para mirarme como si yo tuviera la respuesta a todas sus preguntas.

—Mi boca está sellada; soy su amiga y lo que me cuenta es secreto de sumario.

—¿Crees que le impongo? —indaga, haciendo caso omiso a lo que le he dicho mientras veo cómo Víctor coge su móvil y se levanta.

—Ahora vengo —comenta antes de dirigirse al interior de la bodega y suspiro bajito, consciente de que está empezando a hartarse.

—¿Y por qué das por válida esa opción y no la mía? —interviene de nuevo María Eugenia, mirándolo por encima de sus gafas de pasta—. A lo mejor no le gustan los tíos que van de intensos por la vida —insiste mientras él la mira enarcando una ceja.

—¿Yo voy de intenso por la vida? ¿Qué tontería es esa, María Eugenia?

—De intenso, de tío duro, de... ¡Bah!, ya sabes lo que quiero decir —farfulla gesticulando con las manos mientras yo me levanto para ir a buscar a Víctor.

—Ahora vengo, chicos —musito antes de alejarme de ellos.

Lo encuentro en la tienda, charlando con la señorita López Zapatos de tacón de muchos centímetros, y los miro fulminándolos a ambos con la mirada... «Vaya, a esta no la había visto», me digo sintiendo cómo los celos se abren paso, amargos como la bilis, y, sin poder frenar mis pasos, me dirijo hacia ellos.

—Hola. ¿Todo bien, señorita López? ¿Está disfrutando de la presentación? —le pregunto con una falsa sonrisa.

—Muy bien. Me ha gustado mucho su discurso, señorita Domínguez —me responde, siendo tan falsa como lo estoy siendo yo.

—Me alegra —le indico, cruzándome de brazos, sosteniéndole la mirada.

—Nos vemos, Víctor —se despide finalmente de él mientras no le quito la mirada de encima.

—Muy simpática —me recrimina, cruzándose él también de brazos.

—Lo sé; cuando quiero, no hay quien me gane. ¿Y tú? ¿Lo estabas pasando bien?

—Tanto o más que tú —me rebate con dureza.

—¿A qué viene esto? —musito solo para nosotros.

—No lo sé, tú dirás, te has comido a Ciro con la mirada y... ¿cómo era? ¡Ah, sí!, quiero probar tus labios, eso era... lo había olvidado —masculla, chasqueando luego la lengua.

—Realmente era «Haz que quiera probar tus labios» y, para que te enteres, eso es bastante normal entre fotógrafo y modelo, excepto con Dante; que se limita a decirte «Mírame, sonríeme, vuélvete» y poco más, pero el resto de los fotógrafos suelen ser así. ¿Qué te pasa? Esto es parte de mi trabajo y es algo habitual entre Ciro y yo cuando estamos juntos. ¿Acaso no te has dado cuenta de que no se despega de su cámara?

—Podría decirte lo mismo yo a ti, ¿no te parece? Al fin y al cabo, Cova es solo una compañera de trabajo —replica entre dientes, acercándose a mi oreja para no hacer partícipes a los invitados que entran y salen.

Lo fulmino con la mirada para seguidamente dirigirme hacia los ascensores seguida por él. Solo cuando las puertas se cierran me vuelvo para encararlo.

—Una compañera de trabajo con la que te acostabas —le rebato, sintiendo mi enfado crecer.

—Mira quién fue a hablar: tú te acostabas con Ciro —me contesta, acercándose a mí.

—Ciro se acuesta con todas; de hecho, ahora quiere tirarse a María Eugenia, ¿o acaso no te has dado cuenta? —mascullo saliendo del cubículo en cuanto las puertas se abren de nuevo, para casi volar hacia nuestro despacho con él pisándome los talones.

—De lo que me doy cuenta es de que llevo todo el día con tus amigos y... ¡un momento que me he detenido a hablar con una amiga ha sido más que suficiente para que sacaras tus uñas! —me grita con voz contenida, cerrando de un portazo.

—Nadie te ha obligado a pasar el día con nosotros —replico con un hilo de voz, sin poder creer que estemos discutiendo.

—Es cierto, he sido yo quien ha querido hacerlo para estar contigo, pero no es justo que te cabrees cuando me veas hablar con una amiga.

—Vaya... pues sí que la defiendes —musito sosteniéndole la mirada—, pero no olvides que esa *amiga* está deseando acostarse contigo —añado con la decepción instalada en mi mirada y en mi voz—. ¿Sabes qué? Habla con quien quieras y pasa tu tiempo con quien te dé la gana —gruño alejándome de él, sintiendo el dolor empezar a palpitarme en la garganta.

—Espera —me pide aferrando mi brazo y deteniendo mi avance.

—Déjame en paz —le espeto rabiosa, soltándome.

—No, joder, espera —insiste, cogiéndome de nuevo, obligándome a que me dé la vuelta y abrazándome con fuerza—. Lo siento, nena; supongo que tengo demasiadas cosas en la cabeza —se disculpa mientras mantengo mis brazos pegados a mi cuerpo, negándome a abrazarlo.

—Las tienes porque quieres —mascullo de malas maneras, separándome de él, observando cómo entierra los dedos en su pelo.

—No quiero discutir contigo ni por Cova ni por nadie; dime que no vamos a hacerlo —me pide clavando su intensa mirada verde sobre la mía.

—Porque esta noche es la presentación de mi vino y solo ha de ser eso, ¿verdad? —le pregunto negando con la cabeza, empezando a hartarme.

—Exacto. Hazlo por mí, necesito que sea así —me indica con la frustración llenando su voz.

—Pero ¿por qué? —inquiero sin entender nada.

—Porque te lo pido yo. ¿No te vale con eso? —me pregunta acariciándome con su voz, y asiento finalmente mientras sus brazos envuelven mi cuerpo, y esta vez correspondo a su abrazo—. Vamos, no está bien dejar a los invitados tanto tiempo solos —añade, besando mi frente.

Salimos del despacho hacia la terraza y, por el camino, me presenta a clientes, proveedores y viticultores asociados a nuestra bodega, amigos suyos y compañeros y colegas de mi padre y, poco a poco, mientras charlamos con unos y con otros y nuestros roces y sonrisas van intensificándose, vamos recuperando la complicidad perdida, haciendo a un lado ese pequeño enfado que nos ha mantenido enfrentados, mientras la noche pasa y yo le presento a mi hermana a María Eugenia y mi cuñado se arranca a tocar la guitarra.

Bajo el manto de estrellas que esta noche ilumina el firmamento, vuelvo a escuchar esa canción que es nuestra, esa que eriza mi piel mientras mi álbum de recuerdos va llenándose de imágenes nuestras, imágenes de mi padre y de Casi, que se han unido a nuestro pequeño grupo; de Alana hablando entusiasmada con María Eugenia sobre colecciones y proyectos de futuro; de Dante, Pilar y Víctor, que han encontrado en el vino su punto en común; de Ciro, siempre listo para inmortalizar el momento con su cámara, de la misma forma en que estoy haciendo yo con mi mente y mi alma... y es, durante estas horas, cuando consigo unir el mundo de la moda con el del vino, mi mundo a partir de ahora, a pesar de que él todavía no quiera saberlo.

Finalmente, a altas horas de la madrugada, damos por finalizada esta presentación que surgió en el patio de mi casa, que volvió a unirnos, aunque de forma distinta, y que ha cambiado el rumbo de mi vida para siempre; esta presentación que ha sido solo eso, como él quería que fuera, y que, para nosotros, todavía no ha terminado.

—¿Desayunamos juntos mañana? —les pregunto a mis amigos frente a la casita de invitados, antes de despedirnos de ellos.

—Yo más bien diría dentro de unas horas —matiza Dante.

—¿Te mandamos un mensaje cuando estemos listos? —dice Pilar, y asiento feliz.

—Hasta mañana, chicos. Ha sido una noche increíble —se despide María Eugenia antes de entrar en la casita seguida por Ciro, que la mira con esa media sonrisa que, de ser ella, temería.

—Nos vemos —se despide Víctor antes de arrancar—. ¿Estás cansada? —me pregunta cuando dejamos la casita a nuestras espaldas, volviéndose hacia mí.

—No. ¿Y tú? —le planteo mientras conduce hacia su casa.

—Tampoco —afirma con voz ronca, y observo su incipiente sonrisa, cargada de miles de promesas.

Capítulo 25

—Por fin solos —musito buscando sus labios cuando llegamos a su casa, sacándole la camisa de la cinturilla de los pantalones con el ansia dominándome por completo.

—Val... Creo que deberíamos hablar antes —susurra cerrando los ojos, durante el segundo que dura un latido, mientras mis dedos desabrochan su camisa.

—No quiero hablar ahora, solo quiero que me toques —le pido sosteniéndole la mirada cuando se encuentra con la mía, rozando sus labios con los míos—. Antes eras tú el que no quería saberlo, y ahora soy yo la que no quiere decírtelo —le anuncio desabrochando sus pantalones—. Todavía no ha amanecido, Víctor, todavía es la presentación, todavía no es mañana... Tócame —le exijo cogiendo su mano y llevándola hasta mi pecho, tal y como hice la primera vez que estuvimos juntos—. Tócame —insisto con voz entrecortada, viendo su mirada cargarse de miles de emociones, recordándome un mar embravecido.

—Val... —masculla mientras acuno su mano con la mía, uniendo mis labios a los suyos y silenciando cualquier palabra que pudiera salir de ellos, sintiendo que hemos retrocedido a nuestra primera noche—. Val... de verdad, es mejor q...

—Chist, no digas nada —murmuro contra sus labios, sintiendo que, con su reticencia, esa sensación extraña se ha colado en la casa—. Todavía es de noche... —insisto—. Tócame, bésame... Ya hablaremos cuando amanezca..., cuando sea mañana —musito pegando mi frente a la suya, respirando el aire que se cuela entre nuestros labios mientras su mano se libera de la mía, bajando hasta mi cintura, donde se ancla durante unos segundos.

—Vuélvete —me ordena tras guardar unos segundos de silencio y obedezco, sintiendo mi cuerpo temblar de mil formas distintas mientras él empieza a desabrochar mi vestido y, cuando cae al suelo, me vuelvo de nuevo hacia él.

—Hagamos de lo que queda de esta noche lo más especial de hoy; mañana ya hablaremos y discutiremos todo lo que quieras, pero no ahora, cuando todavía no ha amanecido.

—No vamos a discutir, Val —me dice con voz queda, mirándome fijamente.

—Cállate, no digas nada —le pido desprendiéndome del sujetador de encaje, dejando mis pechos libres de sujeciones, listos para él—. ¿Voy a tener que seguir suplicándote que me toques? —le pregunto hundiendo mis dedos en la cinturilla de mi tanga mientras su mirada se torna intensa y su sexo reacciona ante lo que estoy mostrándole—. Víctor, coge y haz todo lo que quieras conmigo; no seas cuidadoso, chúpame, fóllame y haz que pierda la cabeza —añado mientras él alarga su mano hasta posarla en mi cintura para acercarme a él.

—Yo sí que pierdo la cabeza cuanto me hablas así —susurra con voz ronca antes de estrellar sus labios contra los míos y llevarme hasta ese infierno personal en el que parece que se ha sumido.

Nos besamos entre gemidos, sin poder despegar nuestros cuerpos, que han tomado vida propia y que se buscan como si fueran parte de un solo ente, como si necesitaran sentirse para seguir viviendo y, cuando me tumba sobre la cama, abro las piernas, deseando que haga todo lo que le he pedido, y gimo y jadeo cuando su boca se desliza desde mi cuello hasta mis pechos, que chupa con dedicación mientras mi centro late por él y se humedece, un poco más, cuando su boca baja por mi ombligo hasta llegar a mi abertura.

—Por favor... —gimo empezando a enloquecer mientras sus labios recorren mi centro y su lengua barre mi sexo de arriba abajo.

Me muevo sobre ellos, abriendo más las piernas, exigiéndole y reclamando lo que deseo, sin importarme nada, mientras siento cómo todo se torna líquido y caliente, enloqueciendo y perdiendo la cabeza como le he pedido.

—No te corras todavía —me ordena atrapando mis pliegues con sus labios, succionándolos y soltándolos para darle pequeños toques a mi clítoris con su lengua para volver a repetir la operación.

Siento que todo me da vueltas a la vez que entierro mis dedos en su pelo, pegándolo más a mi sexo, arqueándome y alzando las caderas.

—No sé si voy a poder, Víctor —musito entre gemidos.

—Espera un poco —me pide chupándome con ansia, arrancándome un gemido detrás de otro y consiguiendo que olvide hasta cómo respirar y, cuando el orgasmo llega sin avisar, duro, fulminante y violento, grito, sorprendida por su intensidad.

—Me toca —musito incorporándome, tumbándolo sobre la cama y necesitando que pierda la cabeza de la misma forma en que la he perdido yo.

Abrazo su sexo con mis labios, sintiendo cómo el mío reacciona y, lentamente, inicio mi dulce tortura, chupando y lamiendo, insertándolo hasta el fondo de mi garganta para sacarlo y volver a meterlo a la vez que uno de sus dedos se inserta en mi húmeda abertura y, al unísono, nos follamos, yo con mis labios y él con su dedo, metiendo y sacando, hasta el fondo, dándonos tanto que perdemos la razón y, cuando nos corremos, nos miramos con la locura instalada en la mirada, esa locura que te lleva a exigir, a dar y a sentir y que elimina cualquier pensamiento racional de tu mente.

Nos follamos con rudeza y desesperación, como si fuéramos a contrarreloj y necesitáramos coger a manos llenas todo lo que pudiéramos del otro antes de que el sol dé por finalizada la noche y, entre besos, mordiscos y gemidos, tomamos y damos y nos volvemos incansables, posiblemente porque tememos lo que viene después o porque simplemente nos hemos echado demasiado de menos y no podemos parar. De la cama pasamos a la ducha y de nuevo a la cama mientras los silencios son sustituidos por besos... Besos dulces, besos exigentes, besos rudos, besos que alargamos mientras nuestras manos cogen y dan y nuestras almas, simplemente, buscan lo que es suyo, al otro.

Despierto cuando el sol acaricia mi rostro y entreabro los ojos despacio, sonriendo al recordar lo que vivimos anoche, cómo enloquecimos y cómo nos dijimos sin palabras y de mil formas distintas cuánto nos queríamos, y tras asearme mínimamente y ponerme su camisa a cuadros, que ya he hecho mía, me dirijo en su busca.

Está sentado en el sofá, ya vestido, y me sorprende verlo encorvado, con la cabeza gacha y los antebrazos apoyados en sus piernas.

—Víctor... ¿estás bien? —musito preocupada, arrodillándome frente a él, consiguiendo que alce su mirada, llena de tormentas, hasta posarla sobre la mía—. ¿Ha sucedido algo? —le pregunto, sintiendo cómo mi corazón comienza a latir de una forma distinta, mientras él vacía sus pulmones, recostándose en el respaldo del sofá.

—Tenemos que hablar —me dice con voz queda, evitando mi mirada.

—Ya lo sé —susurro sentándome a su lado, subiendo las piernas al sofá y abrazándolas, observando los rayos del sol entrar a raudales en el salón y echando de menos la oscuridad de la noche.

—¿Qué has decidido? —me pregunta apoyando de nuevo sus antebrazos en sus piernas, con la mirada fija en la pared de enfrente, y percibo su ceño fruncido y la tensión de su cuerpo.

—En esa pared empezó todo —musito admirando su perfil—. Vine para despedirme de ti y porque necesitaba hablar contigo antes de marcharme y terminamos follando como locos... como anoche... y como espero hacer todas las noches —añado con un hilo de voz—. Voy a quedarme, Víctor; aunque no lo entiendas, aunque pienses que me estoy equivocando y que soy una romántica, voy a quedarme —insisto mientras veo que cierra los ojos y agacha la cabeza.

—Te estás equivocando —me rebate, abriéndolos y volviéndose para clavar su mirada, de repente ausente y carente de vida, en mi rostro, y lo miro frunciendo levemente el ceño—. Quieres vivir una vida que no te corresponde todavía —prosigue, levantándose y yendo hacia la pared, donde apoya una mano, como si su cuerpo fuera el puntal que la mantuviera en pie—. Te vi anoche, te observé mientras Ciro te fotografiaba... Ese es tu mundo, Val, la moda y posar frente a una cámara, y quieres renunciar a él por mí. Has sido el rostro del año y portada de muchísimas revistas, y estás dispuesta a renunciar a todo, a Nueva York y a un futuro prometedor por mí. ¿No te das cuenta de que luego no podrás recuperar nada de eso y que tu tren no tiene parada en esta estación?, ¿no comprendes que estás forzándola?

—¿Y tú quieres olvidarte de todo eso? —replico, levantándome del sofá y yendo hacia él—. Si hice de ese mi mundo fue por ti, porque me rechazaste y quise mostrarte lo que te perdías, pero todo ha cambiado; ya no tengo que demostrarte nada y tú eres lo único que quiero, eres lo único que he querido siempre. Es mi decisión, Víctor, deja de rebatirla, ¿quieres? Mi tren ya se ha detenido y por supuesto que había una parada en esta estación... Estoy en ella, tú eres mi parada —le digo con ternura, mientras compruebo cómo se aleja de mí, dándome la espalda, y suspiro bajito, consciente de que vamos a discutir largo y tendido sobre esto.

—Estás olvidando que yo también tengo que tomar mi decisión —suelta, sorprendiéndome.

—¿De qué decisión hablas? —le pregunto sin entender nada.

—De que no voy a permitir que renuncies a tu vida por mí, no quiero ese peso recayendo sobre mi espalda —afirma con dureza, dándose la vuelta para enfrentarme—. Se terminó, Valentina. Puedes quedarte en los viñedos, adelante; si quieres hacer de este mundo tu mundo, hazlo, pero sin mí —me indica mientras siento cómo esa sensación extraña se mueve lentamente hasta entrar en mi cuerpo, ocupando un espacio que no le corresponde.

—Te equivocas, no estoy renunciando a mi mundo por ti, simplemente estoy tomando el camino que menos duele, y te aseguro que ningún peso ha de recaer sobre tu espalda, en todo caso lo hará sobre la mía —le explico, necesitando retenerlo conmigo—. Víctor, te quiero y tú me quieres a mí, me lo dijiste —musito acercándome a él, acunando su rostro entre mis manos—. Olvídate de ese futuro que parece importarte más a ti que a mí y vivamos lo que hemos vivido estos días sin ocultarnos de nadie —le pido mientras veo cómo su rostro se cubre con esa máscara de indiferencia que tanto temo—. Víctor... por favor —susurro sintiendo que mi corazón deja de latir para ser sustituido por esa sensación extraña que ha tomado el control de mi cuerpo—. Te quiero más que a mí misma, como nunca he querido a nadie... Por favor, mírame —le suplico, empezando a verlo todo borroso cuando algo dentro de mí me advierte de que esta discusión va a ser más corta de lo que creía—. Oye, si ese fuera mi mundo, ¿no crees que lo hubiera echado de menos durante estos días? ¿No crees que debería estar deseando volver? Y, en cambio, no lo he extrañado en absoluto. Durante estos días no he sentido nada cuando he visto las publicaciones de mis compañeras en Instagram; me ha dado igual que aparecieran en la portada de cualquier revista, que estuvieran haciendo un *shooting* o realizando algún desfile; no me ha importado porque yo estaba donde quería estar, aquí, en mi casa, y contigo —le digo intentando retener el aire entre mis dedos.

—Oye, se acabó; no lo pongas más difícil, ¿vale? Si esto es lo que quieres, quédate, puedes hacerlo... Tú lo has dicho, es tu casa, pero, si lo haces, vas a tener que aceptar que esto se ha terminado y que somos libres de vernos con quien queramos —declara con frialdad, alejando su rostro de mis manos, y siento cómo mi piel se queja y cómo grita, anhelando su contacto.

—No lo dices en serio, no puedes estar diciéndolo en serio —murmuro empezando a llorar—. Sé lo que hemos vivido estos días y sé lo que vivimos ayer... Sé que me quieres y que estás mintiendo para que me marche, pero no voy a hacerlo; voy a quedarme, Víctor.

—Hazlo, eres libre de hacerlo, te repito que estás en tu casa —me responde gélido, y lo miro sin reconocerlo mientras él se dirige a una habitación de la que sale con una maleta.

—¿Qué haces? —susurro abrazando mi cuerpo, que ha empezado a temblar de repente.

—Me voy de viaje. Sabes que adelanté mi vuelta cuando supe que regresabas, pero tengo trabajo que aparqué, así como un viaje personal pendiente. Tu padre ya lo sabe, ayer hablé de esto con él —me indica sin aportarle un ápice de sentimiento a su voz, y lo miro sintiendo cómo todas las emociones que llenan mi pecho con su nombre empiezan a perder fuerza, a apagarse lentamente... como si, con sus palabras, fuera matándolas, una a una.

—¿Cuándo hablaste con él? ¿Cuando te fuiste porque tenías cosas que hacer? —le pregunto, sintiendo que estoy viviendo una pesadilla que desaparecerá cuando amanezca de verdad, porque seguro que estoy soñando y que todavía es de noche, seguro que todavía estoy durmiendo...

—Así es —me confirma, evitando mi mirada.

—Pero todavía no sabías cuál iba a ser mi decisión —le rebato, con mis lágrimas rodando libres por mis mejillas.

—Tienes razón, no lo sabía, pero sí sabía cuál iba a ser la mía y que este era el único final posible para nosotros, porque, tanto si te ibas a Nueva York como si te quedabas, yo iba a marcharme. Lo he sabido desde el primer momento —me confirma con frialdad, mientras la canción que estábamos creando juntos empieza a silenciarse.

—Y, aun así, anoche te acostaste conmigo —musito abrazándome con fuerza.

—Y pasé todo el día y toda la semana contigo, sí, porque una parte de mí esperaba que tomaras la decisión correcta y no tener que mostrarte al cabrón que soy en realidad, pero no lo has hecho y este soy yo, un tío que es capaz de follar con una tía sabiendo que va a dejarla. Dijiste que nunca habías visto al Víctor jodido, pues déjame que me presente —suelta con cinismo, tendiéndome la mano que miro sin ver—, encantado de conocerte.

—No es verdad... —susurro sin despegar las manos

de mi cuerpo—, no eres ningún cabrón y estás haciendo todo esto porque crees que lo mejor para mí es que me vaya, porque te crees con el deber de velar por mí, pero no es así, ni siquiera cuando era pequeña era así —le digo, empezando a llorar—. Víctor, solo yo sé los zapatos que calzo, con cuáles me siento cómoda para caminar durante horas y horas y con cuáles no; no quieras decidir por mí, no quieras que calce unos zapatos que tienen demasiado tacón.

—No decido por ti, decido por mí; tú puedes hacer lo que quieras —contesta con indiferencia, cogiendo su maleta, y solo entonces suelto mi cuerpo para aferrar su equipaje e impedir su huida.

—¡Noooo! No, por favor, Víctor, no te vayas, no te vayas, por favor —le ruego desesperada—. No te vas a ir, por favor, te quiero.

—Suelta la maleta, ¡ya está bien! —me grita, cogiéndola—. Cierra la puerta cuando te marches —me dice con dureza y, temblando, observo cómo sale de casa.

Lo sigo con pasos temblorosos, descalza, vestida únicamente con su camisa, sintiendo que la tierra tiembla, viéndolo todo borroso y, cuando sube al coche y arranca el motor, siento que ese sueño que tenía flotando en la palma de mi mano se evapora, diluyéndose entre mis dedos... muerto... y cómo esa sensación extraña toma definitivamente el poder de mi cuerpo hasta anular mi corazón mientras veo su vehículo empezar a alejarse.

Me desmorono frente a su casa, sintiendo cómo mi alma abandona mi cuerpo, corriendo tras la suya, volando entre encinas y viñedos por estas tierras que son mi casa y también la suya, por estas tierras testigo de tantas cosas, y entierro mis dedos en ella cuando un sollozo desgarrador escapa de mi garganta... Sin poder creerlo, sin poder creer que se haya marchado, sin poder creer que esto haya terminado, sin poder creer que no esté aquí, sintiendo que mi mundo enmudece y cómo nuestra canción deja de sonar y, en su lugar, llega el silencio, el más absoluto y aterrador de los silencios.

Dicen que el alma pesa veintiún gramos y, si es cierto, cuando me levanto del suelo mi cuerpo debe de pesar esos gramos de menos, porque ella no vuelve, perdida como está buscando la suya, y, cuando entro en su casa, lo hago sintiendo que soy otra, una que ya no puede llorar ni sentir mientras esa cosa extraña lata de forma mecánica en mi interior, como si de un reloj a pilas se tratara, y, tras vestirme con mi ropa y dejar su camisa tirada en el suelo, donde él me ha dejado a mí, salgo de su casa para no volver a entrar, sabiendo que todavía tengo un largo día por delante, uno en el que tendré que desayunar con mis amigos fingiendo que todavía tengo corazón, fingiendo que mi sangre corre caliente por mis venas y no helada como el agua de un glaciar, fingiendo que todo está bien y que todo esto que llenaba mi pecho continúa aleteando lleno de vida y no ha muerto con este frío paralizante que agarrota mis músculos, aparentando una felicidad que ha escapado corriendo tras mi alma y tras él, sin saber qué sucederá con mi vida a partir de ahora y sin que me importe demasiado, para qué engañarnos...

Capítulo 26

Víctor

Nunca he llorado; bueno, para ser exactos, puede que lo hiciera cuando era un crío y no sabía hablar, cuando llorar era la única forma que tenía de expresarme, e, incluso entonces, creo que llegó un momento en el que dejé de hacerlo y, siendo ese crío, se forjó el hombre que soy ahora, un hombre duro, que empezó su vida de una forma bastante jodida y que gracias a otro consiguió enmendarla, un hombre que siendo joven cayó rendido a los pies de una niñita de seis años que lo miró a través de las lágrimas por primera vez y que ha vuelto a hacerlo ahora, convertida en toda una mujer, por última vez.

—Joder —mascullo con el dolor y la rabia entrelazándose entre sí, deteniendo el vehículo al final del largo camino flanqueado por viñedos y olivos, viendo la casona a lo lejos alzarse sobre ellos, a través del espejo retrovisor—. Joder —suelto de nuevo en un quejido que brota de mi garganta, apoyando mi frente en el volante, aferrándolo con fuerza mientras sus ojos y sus palabras se clavan en mi pecho hasta cortarme la respiración—. Joder... Joder... ¡¡¡Joder!!! —grito entre dientes, dándole un puñetazo al volante.

Lloro en silencio, aferrando de nuevo el volante con fuerza hasta poner mis nudillos blancos, consciente de que acabo de perderla para siempre; que nunca, en mi jodida vida, volveré a vivir lo que he vivido esta semana con ella y que, posiblemente, se la estaré poniendo en bandeja al puto italiano. Con el recuerdo de ese hombre, siento cómo la rabia me invade hasta ahogarme y, solo entonces, y por primera vez en años, oigo la voz de ese Víctor jodido, que vive junto al otro y cuyas palabras he silenciado a base de mucho esfuerzo. Oigo sus gritos enfurecidos, cegado como está por la ira; oigo cómo me ordena que dé la vuelta y regresé junto a ella; oigo sus maldiciones y cómo me exige, loco de rabia, que acepte su decisión.

«Si ella ha decidido quedarse, yo no debería opinar nada...», «Si ella ha decidido quedarse conmigo, ¿quién soy yo para impedirlo o para decidir su futuro?», me pregunto poniendo el coche en marcha, decidido a dar la vuelta y regresar a su lado, pero, en el último momento, y acallando esa voz, acelero y salgo de este lugar a toda velocidad para permitir que lo haga ella también, para permitir que viva lo que tenga que vivir.

Conduzco durante horas, temiendo detenerme, flaquear y cuestionarme mi decisión, obligándome a mantenerme firme en ella de la misma forma en que mantengo los ojos abiertos a pesar de lo sumamente cansado que estoy. «Joder, debo de estar funcionando por inercia», me digo recordando esta última noche; bueno, de hecho todas las noches de esta jodida e increíble semana en las que apenas he podido pegar ojo y, con la vista fija en la carretera, pienso en esas noches, cuando ella se iba y yo me quedaba al principio del camino, oculto entre las sombras, viendo cómo entraba en su casa; en esas noches en las que no dejaba de preguntarme cómo iba a ser capaz de dejarla ir, cuando, en la oscuridad de mi habitación o del salón, fantaseaba con la idea de no hacerlo e imaginaba nuestra vida juntos, trabajando en la bodega tal y como estábamos haciendo, sin tener que despedirnos por la noche, sin tener que ocultarnos de nadie, y cómo, tras fantasear con esa vida idílica, volvía a mi maldita realidad, en la que nada de eso era posible.

Suspiro con fuerza, sintiendo el latigazo de los recuerdos en cada fibra de mi ser, y aferro con más fuerza el volante, apretando la mandíbula hasta casi partírmela por la mitad, recordando... Recordando su sonrisa cuando entraba en la cocina por las mañanas; recordando cómo alisaba mi ceño fruncido y cómo lo hacía yo con el suyo, sus besos, su cuerpo encajado en el mío, nuestros cinco minutos y cómo le ponía esa tirita... Recordando cómo durante el día hacía a un lado todo lo que sabía que iba a ocurrir para, simplemente, engañarme a mí mismo y vivir lo que estaban siendo los días más maravillosos de mi vida, unos días que han finalizado y que nunca volverán, y con esa afirmación siento cómo algo se desgarra en mi interior, doliéndome mucho más de lo que me dolió aquella vez que se fue. «Maldita sea, he tenido la felicidad caminando a mi lado y la he dejado ir», concluyo con dolor, consciente de que he renunciado a lo más importante e increíble de mi vida.

No me detengo a descansar en ningún momento y, a base de fuerza de voluntad, cruzo la frontera de Andorra, que me llevará a mi casa, a esa casa que nunca he sentido mía de verdad y que más bien fue una fanfarronada, un querer demostrarle a todo el mundo que ese delincuente había conseguido lo que ellos, con sus perfectas, correctas y ordenadas vidas, nunca conseguirían. Fue un querer abofetear con la palma de mi mano, pero sin rozar sus rostros, a todos aquellos que me miraban por encima de su hombro, dándome por perdido; a todos aquellos que, cuando era pequeño, les decían a sus hijos que no jugaran conmigo, y fue un querer demostrarle a mi madre que era mejor de lo que ella creía, pero también fue demostrarme a mí mismo que podía lograr todo lo que me propusiera.

Salgo de Sant Julià de Lòria con los recuerdos de mi infancia abriéndose paso mientras el sol comienza a caer y otro recuerdo, el suyo, se sienta a mi lado. Ella, vestida con mi camisa, esa que le quedaba mucho mejor que a mí; ella, llorando y aferrando mi maleta para impedir mi marcha; ella y sus palabras; ella, esa niña que me miraba con admiración y que me dio su amor incondicional cuando ni siquiera mi entorno fue capaz de dármelo; ella, esa cría que me demostró que había otro Víctor dentro de mí...; ella, esa mujer que va a triunfar en el mundo de la moda. *Ella*, Val... la única mujer con la que lo hubiera intentado si todo hubiera sido distinto.

—Suficiente —mascullo con dureza mientras cojo el desvío que me llevará a Ordino—. Suficiente —me repito, advirtiéndomelo a mí mismo, observando este paisaje que no solo trae consigo malos recuerdos de mi infancia.

Deseando poder evadirme de ellos, enciendo la radio sin perder de vista la calzada y, cuando oigo la canción que está sonando, me tenso porque es la misma que sonaba anoche cuando fuimos a recoger a sus amigos a la casita de invitados.

«Me encanta Malú y esta canción es una pasada», dijo prestando atención a la letra, y noto cómo esto que siento desgarrado en mi interior se desgarra todavía más hasta dejarlo en carne viva porque nosotros no vamos a ir juntos a ningún lado. «Ya me he encargado yo de eso», pienso recrudeciendo el gesto.

«Se terminó», mascullo para mí, cambiando la opción de radio a USB, pero, cuando empieza a sonar *Terra Titanic*, es mucho peor, porque todas estas canciones también son suyas y traen consigo infinidad de recuerdos más, por lo que, tragando con dificultad, apago el aparato de música, sabedor de que el silencio es mi mejor opción, al menos de momento.

Atravieso Ordino sin molestarme en mirar a la gente que cruza la calle o camina por la acera, sin molestarme en comprobar si reconozco el rostro de alguien o alguien me reconoce a mí, simplemente necesitando llegar cuanto antes a ese lugar que se supone que es mi casa y, cuando salgo de la población, suspiro con alivio.

No me gusta la gente de este pueblo, o puede que lo que no me guste sea lo que veo en sus miradas, pues, a pesar de que conduzco un Jeep que vale una fortuna o mi casa es una fanfarronada de las grandes, en el fondo, continúan viendo al crío y al adolescente que fui.

—Que se vayan a la mierda —siseo entre dientes, tomando el desvío que me alejará de todos ellos y que me llevará a mi casa, mi remanso de paz en estos momentos.

Conduzco por un sendero estrecho y serpenteante, subiendo por esta montaña que es, en realidad, mi casa, pues en sus caminos y en sus silencios era donde de verdad me encontraba, donde el Víctor jodido que era a ojos de todos desaparecía para, simplemente, convertirme en ese chaval que solo ansiaba un poco de cariño y que hubiera sido un crío ejemplar si alguien se hubiera molestado en mirarlo y en prestarle un poco de atención... ese chaval que un día se perdió en la montaña y que nadie fue a buscar por la sencilla razón de que no lo echaron en falta, ni siquiera ella, mi madre.

«Ese día convertí la montaña en mi casa; a los riachuelos, en mis confidentes, y a las piedras, raíces, helechos y plantas del camino, en mis compañeras de viaje —rememoro mientras recuerdo al niño que fui—. Ese que creció como crece la mala hierba al borde del camino y que, aun así, es más resistente que las rosas que son cuidadas con cariño y esmero», me digo mientras diviso la casa a lo lejos y siento cómo el alivio se instala en mi interior. Alejada del resto, apartada del bullicio del pueblo, de las miradas reprobadoras, de los cuchicheos y de la gente que solo veía en mí lo que quería ver, y rodeada de todo lo que necesito: nada, solo naturaleza y silencio, ese silencio que tanto ansío ahora.

Aparco en la entrada, sin molestarme en guardar el coche en el garaje, pues es probable que tenga que regresar al pueblo a por comida, asumo bajando del vehículo e inspirando el frío que aquí se respira, llenando mis pulmones de este aire que forma parte de mí y de mis vivencias, viendo la niebla empezar a colarse entre las ramas de los árboles y sintiendo la tranquilidad empezando a asentarse en mi interior, poniendo una tirit... y antes de terminar de pensar en esa palabra, la sustituyo por vendaje, sobre esa brecha que late en mi interior, sabiendo que voy a tener que reacondicionar mi mente y sustituir muchísimas cosas y muchísimas palabras para que ella no se cuele en mis recuerdos, como esta niebla que, sinuosa, repta por la montaña.

Endureciendo el gesto, saco mi equipaje del maletero para entrar en este lugar que alguien construyó para alojar a una familia y no a una única persona.

Haciendo a un lado esos pensamientos, subo por el ascensor hasta llegar a la primera planta y, cuando abro la puerta y enciendo las luces, la calidez que aquí se respira me envuelve; desde luego que el tío que ideó la *casita* y la decoró tuvo buen gusto: parquet en el suelo, paredes de piedra, chimenea, mullidos sillones, cocina integrada en el salón, ventanales enormes, despacho, gimnasio, cuatro habitaciones y cinco cuartos de baño... «Joder, puedo mear cada día en uno distinto», pienso con la amargura abriéndose paso, yendo hacia las cortinas, que descorro para permitir que la tenue luz del atardecer ilumine este salón que, como yo, no espera a nadie.

Me muevo de forma mecánica por la vivienda, revisándolo todo a pesar de que, mensualmente, pago a una mujer para que venga a limpiar y compruebe que todo está bien, y, mientras voy de habitación en habitación, me convierto en ese Víctor que dejé atrás cuando, con dieciséis años, me fui de aquí; en ese Víctor que no permite que nada le afecte y que puede funcionar perfectamente sin que los sentimientos formen parte de su vida, y lo más triste y lamentable de todo es que aprendí a ser así cuando era simplemente un chiquillo, un enano que creció viendo cómo las madres «normales» corrían hacia sus hijos cuando lloraban o se caían al suelo, que los consolaban con besos o palabras de cariño hasta que dejaban de hacerlo y que los cogían de la mano para ir a casa.

Yo aprendí a levantarme solo, aprendí a dejar de llorar porque sabía que nadie iba a venir a consolarme y aprendí a endurecer el gesto y fingir que no me había hecho daño para no ver las miradas de pena de esas madres. Aprendí a regresar solo a casa, y con esa lección empecé a despreciar a todos esos que reclamaban brazos y besos; aprendí a hacerme fuerte y a valerme por mí mismo, y aprendí a desdeñar a esa mujer que me miraba como si yo fuera la causa de todos sus males y problemas, que lo fui..., ya me encargué yo después de eso.

Permito que esos recuerdos regresen a mi vida, al igual que no permito que otros lo hagan, supongo que porque me viene bien recordar mi pasado para mantener a raya mi presente. Recordar quién fui para no creerme lo que no soy y a lo que no tengo derecho... Puta vida... Hay personas que llegan a ella para vivirla y exprimirla a manos llenas y otras que están aquí por un jodido error del destino o por una jugarreta de las malas, y supongo que yo formo parte de esa segunda opción.

«Llegué aquí por error, por un polvo mal echado, y con mi presencia le cambié la vida a esa mujer que dice ser mi madre, primero involuntariamente y luego con toda la voluntad del mundo, y ahora... ahora simplemente me ocupo de ella, posiblemente porque no soy tan duro como pensaba o porque Val me cambió», reconozco tensándome con ese último pensamiento, obligándome de nuevo a hacerla a un lado y olvidar, aunque sea durante unas semanas, esa parte de mi vida que no ha sido un error, esa que viví intentando ser mejor persona y en la que nació el Víctor que debería haber sido desde que abrí los ojos a este mundo si todo hubiera sido distinto, reconozco colocando mi ropa en el armario y rememorando los cientos de veces que, de pequeña, le tendí mi mano, la cogí en brazos y le di los miles de besos en la frente que a mí nunca me dieron.

Con Val me reconcilié, en la medida de lo posible, si puede definirse de esa forma, con mi vida y conmigo mismo, y por ella y por Pedro quise ser mejor persona, por el simple hecho de que se molestaron en mirarme y ver quién era en realidad o quién podía llegar a ser.

«Posiblemente no debería haber comprado esta casa», pienso reacondicionando mis pensamientos, cerrándoles la puerta a esos recuerdos que no tienen cabida ahora mismo en mi cabeza. Debería haber comprado una casa en las Maldivas o en cualquier playa paradisíaca y borrar este lugar del mapa de mi vida, pero, por alguna razón que escapa a mi comprensión, no pude hacerlo... Puede que fuera porque este lugar me gusta demasiado o porque, a pesar de todo y en algunos momentos de mi vida, fui feliz aquí, o simplemente porque es bueno saber y recordar cómo empezaste para saber cómo no quieres terminar. «Puede que sea eso, quién sabe...», me digo yendo hasta la cocina, donde espero encontrar la alacena llena de comida de sobre o enlatada y tener que ahorrarme el viajecito al pueblo, comprobando, para mi disgusto, que está más vacía de lo que está esta casa.

—De puta madre —mascullo para mí, endureciendo

el gesto, frunciendo el ceño para desfruncirlo en el acto cuando ella se cuela de nuevo en mis recuerdos para alisarlo.

Dejo mi chaqueta en la parte trasera del todoterreno y, tras darle al contacto, inicio el camino de regreso a Ordino, obligándome a no pensar en nada mientras voy descendiendo por el sendero y, más tarde, por la sinuosa carretera, limitándome a contemplar la naturaleza que, imponente, se alza a ambos lados de ella, dándole un respiro a mi cabeza que parece empeñada en reproducir mis recuerdos sin que nadie se lo pida. «Maldita sea, estoy desentrenado en el jodido arte de no pensar», me recrimino bajando el cristal de la ventana a pesar de que hace un frío de cojones, permitiendo que ese frío se instale a mi lado mientras inhalo el olor inconfundible a verde y a naturaleza que solo puedes respirar aquí. Cuando veo las plantaciones de tabaco, medio sonrío al rememorar la primera vez que el Sombra y yo nos fumamos un cigarro inspirando otro tipo de aire. ¡Joder!, todavía teníamos edad para estar jugando a los cochecitos y ya estábamos dándole a la mala vida... «Puto Sombra, que me seguía a todas partes», pienso sonriendo por primera vez desde hace horas y borrando la sonrisa al recordar cuando ella me dijo que iba a convertirse en la mía.

Cuando llego al pueblo, involuntariamente, y retomando una antigua costumbre, endurezco el gesto y frunzo el ceño, cubriéndome, a pesar de que ya no lo necesito, con ese disfraz que me mantiene a salvo de todos y, dentro de mí, siento pena por ese crío que tuvo que hacerse con él cuando los únicos disfraces de su vida tenían que haber sido los de Superman o los de cualquier superhéroe.

«¿Me has comprado un disfraz, Vic?», me preguntó con su vocecilla infantil, mirándome como si yo fuera ese superhéroe que nunca fui, con esos ojazos pardos que me tenían hechizado, rememoro mientras estaciono el Jeep frente al pequeño supermercado, clavando la mirada en las montañas que tengo frente a mí sin verlas realmente, perdiéndome en mis recuerdos, en esos recuerdos que, por mucho que me empeñe, parecen imposibles de frenar.

«Claro. Un disfraz de princesa para mi princesa favorita», le respondí con una enorme sonrisa, dándole un toque a su pequeña nariz con mi dedo mientras ella me miraba arrugándola y haciendo que sonriera un poco más.

«Joder, me encanta cuando hace eso», pienso soltando un pequeño suspiro, bajando mi mirada hasta posarla en mis piernas y abriendo voluntariamente las compuertas a mis recuerdos, que llegan a borbotones para joderme vivo.

«¡Es súper! ¡Me encanta, Vic!», exclamó, lanzándose a mis brazos sin soltar su disfraz.

Recuerdo que la abracé con fuerza mientras ella me echaba al suelo entre risas, esas risas inocentes que eran mi sonido favorito, que me reconfortaban y que daban sentido a mi vida.

«No voy a quitármelo nunca y, a partir de ahora, vas a tener que llamarme princesa Val», soltó levantándose del suelo mientras la miraba con adoración.

Y estuve llamándola princesa Val durante todo el verano.

—Suficiente —mascullo, apretando la mandíbula con fuerza, saliendo del vehículo y dejando, a propósito, mi chaqueta en el asiento trasero, necesitando que mi cabeza se centre en algo que no sea ella y en todo lo que viví a su lado—. Puto frío —siseo mientras cruzo la acera y entro como una bala en el pequeño supermercado, captando al instante la mirada de doña Vicenta, la dueña y una de esas madres que preferían que sus hijos no jugaran conmigo—. Buenas tardes —farfullo con dureza, mirándola con frialdad.

—Anda, ¡qué sorpresa, Víctor! No sabía que estabas

en el pueblo —me contesta siendo tan alcahueta como siempre y, sin molestarme en contestarle, cojo un carrito para perderme por uno de los pasillos, sintiendo cómo la necesidad de salir de aquí cuanto antes se instala en mi interior, tirando de mí.

Lleno el carrito de comida envasada al vacío, enlatada y de sobre y, una vez que tengo todo lo que necesito, me dirijo a la caja registradora, sabedor de que me espera un pequeño interrogatorio.

—Tu madre estará contenta de tenerte por aquí —me comenta como si nada, empezando a pasar los artículos mientras yo guardo silencio y ella estudia mi ropa.

«Ni vendiendo todo lo que tiene aquí podría pagar la ropa que llevo», pienso alzando la mirada, siendo el Víctor que acostumbraba a ser y negándome a mostrarle quién soy en realidad; total, ¿para qué?

—¿Sabes que mi Joaquín se hizo médico? —me pregunta orgullosa como un pavo real, como si me importara una puta mierda—, y no un médico cualquiera, no: es cardiólogo.

Y a pesar de que no soporto a esta mujer ni a «su Joaquín», siento el latido del dolor en una parte indefinida de mi cuerpo, como cuando era crío, pues nunca nadie se sintió tan orgulloso de mí ni habló con tanta admiración de mi persona... «Bueno, sí, hubo alguien...: ella», me rectifico involuntariamente antes de volver a cerrar esa compuerta que debe de tener la cerradura rota.

—No recuerdo a su Joaquín —le miento con insolencia. ¡Que le den!

—Pero si tiene tu edad, ibais juntos al colegio —insiste, clavando su mirada en mi rostro, y se la sostengo antes de empezar a llenar la bolsa con la comida.

—¿De verdad? Pues ni idea, señora; ya sabe que no paraba mucho por allí. ¿Puede decirme qué le debo? —le pregunto arisco.

—¿Y tú en qué trabajas? —indaga con una falsa sonrisa—. Porque no llegaste a terminar los estudios, ¿verdad? —se recrea con malicia.

—Entre usted y yo, suelo ir atracando los supermercados de la gente chismosa... Ya sabe, lo que acostumbraba a hacer de joven, pero mejorado; pero hoy, y por ser usted, voy a pagar lo que me llevo. Otro día, igual me lo pienso mejor y le saco la pistola —le digo sin poder callarme, ante su escandalizada mirada. «Que te follen», suelto mentalmente con dureza, abriendo mi cartera—. Dígame lo que le debo o me largo sin pagar, ya sabe que en eso no hay quien me gane.

—Cuarenta y seis euros —responde, blanca como la cera—. Ya decía yo que, por muy bien vestido que fueras, no habías cambiado en absoluto.

—Ya sabe, señora: la cabra tira al monte —mascullo tirando los billetes sobre la cinta—, pero no dirá que no tiene chismes de sobra para una semana. Quédese con el cambio, así ya lo tiene a cuenta para cuando venga a atracar su supermercado —replico antes de salir y, cuando pongo un pie fuera del establecimiento, siento cómo la rabia camina a mi lado.

«Cabrona», pienso llegando de nuevo hasta mi coche, maldiciéndome en silencio por no haber sabido callarme y haber caído de nuevo. Joder, yo solito me he puesto en boca de todo el pueblo.

—De puta madre —siseo entre dientes y, cuando paso frente a la *pleta*, donde vive mi madre, acelero un poco más para salir cuanto antes de aquí.

Conduzco sin rumbo, con la ventanilla bajada a pesar del frío que hace, viendo la niebla reptar sinuosamente a través de los árboles, silenciosamente, sin que nadie pueda frenar su avance y, cuando veo el desvío de Pal, lo tomo sin dudarlo, necesitando subir bien alto, hasta las pistas de esquí, para alejarme de todos y poder rodearme del silencio y de este frío que, al contrario que a todo el mundo, a mí parece reconfortarme.

Subo por la carretera con la noche abriéndose paso, con el precipicio escarpado a un lado y la montaña al otro, obligándome a mantener esa puerta cerrada y poner toda mi atención en la conducción, esperando que ningún ciervo se cruce en mi camino y, mientras conduzco, siento cómo la ira se diluye lentamente y cómo la calma llega con su ausencia. «Joder, soy imbécil —me digo apretando el volante—. ¿Por qué, en lugar de mostrar quién soy ahora, me empeño en seguir mostrando a la persona que esperan ver?», me recrimino sin entender qué me sucede con la gente de este pueblo, que parece sacar lo peor de mí. Cuando llego a la estación de esquí, todavía en reformas, detengo el Jeep en la explanada, llegando hasta el borde del aparcamiento, ese borde en el que tantas veces me senté de crío.

Recuerdo que podía pasarme todo un día fuera de casa sin que sucediera nada, sin que nadie me regañara por haberme escaqueado de las clases o por haber llegado tarde... Maldita sea, lo que hubiera dado porque mi madre me hubiera castigado o me hubiera dado una torta para, seguidamente, abrazarme como hacía la madre del Sombra con él.

«Pero ¿tú de qué vas? ¡Que no voy a hacer carrera contigo! ¿Dónde te habías metido, sinvergüenza? ¡Que eres un sinvergüenza! —lo reñía mientras le daba varias palmadas en el trasero—. Vas a matarme de un disgusto, pero ¿tú sabes lo preocupada que estaba? No sabía si estabas bien o te había sucedido algo», le decía abrazándolo con fuerza mientras yo me limitaba a ser un simple espectador en segundo plano que solo puede imaginar lo que debe de sentir el protagonista.

Rememoro esos días de mi infancia mientras el frío rodea mi ropa hasta colarse por mi piel y clavo la mirada en los miles de luces de los pueblos, en esas luces que podrían ser un reflejo de las estrellas del cielo en la tierra, mientras permito que esos recuerdos continúen abriéndose paso, viendo a ese niño que fui, ese que raramente llevaba ropa de su talla porque siempre utilizaba la ropa que, las buenas madres, le daban a la mía, vieja y desgastada. Recuerdo que todos mis pantalones llevaban parches en las rodillas y que, cuando se caían, simplemente los llevaba agujereados porque ni se molestaba en ponérmelos. Recuerdo entrar en casa y, si tenía la suerte de que mi madre hubiese llegado, encontrarme con la cena hecha, pero, si había doblado turno, me recibía la casa vacía y oscura.

Crecí como no debería crecer nunca un niño, con las necesidades básicas cubiertas, pero con miles de carencias afectivas, y cuando llegué a los viñedos y la encontré llorando, me vi reflejado en ella, solo que ella me sonrió y aferró la mano que le tendía mientras que yo me limité a endurecer el gesto y darles la espalda a todos, anticipándome al rechazo que sabía que iba a venir y posiblemente equivocándome, reconozco endureciendo el gesto de nuevo, consciente de que ese disfraz con el que solía vestirme me alejó de la gente que posiblemente me hubiera tendido su mano si yo, como ella, lo hubiera permitido; si en lugar de mirarlos con dureza y desdén, les hubiera sonreído; si no los hubiera rechazado antes de que ellos me rechazaran a mí, como he hecho hace apenas una hora en el supermercado... «Y eso solo es culpa mía», pienso tragando con dificultad, sabiendo que esa parte jodida mía siempre va a estar ahí, cagándola sin parar, sin permitir que la otra se muestre.

Con ese pensamiento, recuerdo esa fabula que me contó Pedro cuando llegué a su casa...

* * *

—Mira, hijo, todos tenemos dentro de nosotros dos lobos en continua pelea: un lobo negro lleno de ira y de rabia que lucha contra todos incansablemente y cuya alma, negra como una noche cerrada, está dominada por la tristeza, la autocompasión, el resentimiento, la superioridad y el ego, entre muchos otros sentimientos negativos, y otro lobo blanco, con un alma tan resplandeciente como el mismo sol, que está lleno de paz, de amor, de serenidad, de generosidad, de humildad, de esperanza y de fe. Ambos lobos tratan de dominar tu corazón —me dijo mientras caminábamos por la bodega y yo lo escuchaba sintiendo su aullido retumbando dentro de mí, recordando esa noche—, pero, como en todas las peleas, solo uno podrá alzarse con la victoria. ¿Quién crees que lo conseguirá y dominará al otro?, ¿el negro o el blanco? —me preguntó deteniéndose, fijando su mirada en la mía y con toda su atención puesta en mi respuesta.

—El negro —le respondí con seguridad.

—¿Por qué piensas eso? —replicó con seriedad.

—No lo sé, he respondido sin pensar —mentí, pues lo sabía de sobra. Yo elegí al lobo negro, al único que tuve frente a mí y al que reconocí en cuanto mi mirada se posó sobre la suya.

—Te equivocas, ganará el lobo que tú alimentes —me contradijo, y recuerdo que sentí como si me dieran un puñetazo en pleno pecho—. Si tú alimentas los sentimientos negativos de tu interior, alimentarás al lobo negro y vencerá, pero, si por el contrario alimentas los positivos, será el blanco el vencedor y entonces todo cambiará para ti —prosiguió, reanudando el paso, dirigiéndose al exterior mientras yo guardaba silencio, dejando que sus palabras hicieran mella en mí—. Sé por qué has creído que ganaría el negro —me soltó enigmático, con su mirada fija en los viñedos, y recuerdo que me volví hacia él con ese temor que sientes cuando crees que has mostrado más de lo que deberías—. Tú has alimentado al lobo negro hasta ahora, ¿verdad? Has menospreciado tanto al blanco que ha desaparecido, y has permitido que ese lobo negro tome fuerza dentro de ti hasta dominarte por completo —me aseguró sin mirarme mientras yo tragaba saliva con dificultad, planteándome si ese lobo blanco había estado dentro de mí alguna vez—, pero, si te quedas aquí, vas a tener que cambiar y empezar a alimentar al otro lobo... Oye, sé que eres un buen muchacho, lo intuyo, y por eso no he llamado a la policía, pero me has robado y vas a tener que pagar tu deuda —rememoro volviendo al presente de repente, como despertando de una ensoñación, preguntándome cómo he sido capaz de evadirme tanto.

A partir de ese momento empecé a alimentar al lobo blanco, rememoro evadiéndome de nuevo, como arrastrado por algún tipo de fuerza que me lleva irremediablemente hasta mis recuerdos. Empecé a querer ganarme la admiración de Pedro y a imitarlo para ser mejor persona... por él y también por ella, y lo conseguí, o, al menos, eso creo, y, no sin esfuerzo, logré que ese lobo blanco tomara fuerza frente al otro. «Conseguí que esos sentimientos que yo no sabía que albergaba en mi interior llenaran mi pecho», pienso haciendo mía su frase, y también aprendí a ser quien soy ahora, y lo hice por imitación, como ese niño que abre sus ojos al mundo por primera vez e imita todo lo que ve. Imité su forma de trabajar, de hablar e incluso sus modales, hasta convertirme en el hombre que soy en la actualidad.

Al alimentar al lobo blanco, aprendí a anteponer los intereses del otro frente a los míos propios si eso era lo correcto; aprendí a tender mi mano y a sonreír sin temor a que no me devolvieran la sonrisa, y lo aprendí mientras ella crecía, mientras la observaba y, junto a su padre, se convertía en mi otro ejemplo a seguir con su inocencia y con su forma de ver el mundo, rememoro con dolor, con ese dolor que ha ido conmigo desde que me rendí y permití que mis deseos se interpusieran a lo que yo sabía que era lo correcto; ese dolor y esa decepción conmigo mismo que se han entremezclado con el amor inmenso, la pasión desbordante y con todo lo que he vivido junto a ella durante estas semanas. Dos semanas en las que esos dos lobos han luchado con ferocidad dentro de mí, sobre todo esta última, en la que esa lucha se ha recrudecido y en la que han clavado sus colmillos en el otro, en la que los zarpazos han dejado su huella ensangrentada en la piel del contrincante y su piel abierta en carne viva, una lucha en la que el blanco se ha alzado como claro vencedor y que ahora mira al negro, acurrucado en un rincón, manteniendo sus piernas temblorosas en pie, mostrando sus colmillos a pesar del dolor lacerante que siente en su interior... «El mismo dolor que siento yo», reflexiono bajando mi mirada hasta clavarla en el suelo.

Con reticencia y solo cuando siento mi cuerpo empezar a entumecerse por el frío, doy media vuelta para dirigirme hacia mi coche, consciente de que esa lucha no ha terminado y que el lobo negro se recuperará mucho antes que el blanco y, cuando eso ocurra, quién sabe lo que sucederá.

Capítulo 27

Obligándome a dejar de pensar, conduzco amparado por la oscuridad y el silencio de la noche, imaginando a esos dos lobos sentados a mi lado, mirándose con ferocidad, mostrando sus colmillos, pero tan débiles que, de momento, son incapaces de retomar la lucha, mientras una parte de mí, bastante importante y para tener en cuenta, solo desea que el negro ataque y, por primera vez en años, venza al blanco.

Llego a mi casa agotado en todos los sentidos y, tras guardar la comida y darme una larga ducha, me acuesto sin cenar, deseando perderme en esa oscuridad que solo encuentro en mis sueños.

Despierto cuando todavía no ha amanecido y, tras picotear algo en la cocina, me visto con mi equipo de BMX, necesitando que todos mis sentidos se vuelquen en algo que no sea esta ansia viva de montarme en el Jeep, apretar el acelerador con fuerza y no soltarlo hasta llegar a La Rioja y a ella.

Cojo mi bicicleta recordando la primera vez que hice BMX junto al Sombra y el Rata. Nos pasamos casi dos meses robando por todas las tiendas de la comarca hasta que nos hicimos con unos equipajes que valían un cojón y medio del otro y, con una media sonrisa, rememoro las hostias que nos dábamos y cómo terminábamos en el refugio dándole a la botella. ¡Joder, cuántas veces hicimos bici *cross* con medio pedo encima...! Lo que no sé es cómo no nos partimos el cuello, pienso con dolor mientras bajo la visera de mi casco, recordando al Rata y cómo nos conocimos. Menudas piezas éramos...

* * *

—¡Eh! Vosotros dos, los listillos de turno —nos increpó con chulería mientras el Sombra y yo nos alejábamos a toda prisa de la tienda con dos pares de guantes escondidos bajo la ropa.

—¿Nos hablas a nosotros? —le pregunté dándome la vuelta, más que dispuesto a liarme a puñetazos con él si hacía falta. Vamos, que gallito allí solo había uno y era yo, qué cojones, rememoro iniciando el descenso por la montaña.

—Sí, listillo. Aquí, para que te enteres, solo birlo yo, así que ya estás dándome esos guantes que has mangado.

—Estás que te lo crees —solté carcajeándome, y me acerqué a él.

* * *

Menudas hostias nos dimos ese día, me digo sonriendo con tristeza mientras sorteo obstáculos y me obligo a ir por rutas jodidas, recordando cómo esas hostias terminaron en respeto y, más tarde, en amistad. Nos convertimos los tres en uña y carne y nos denominamos a nosotros mismos La Santísima Trinidad.

Y siendo La Santísima Trinidad, crecimos yendo por caminos tan tortuosos como los que yo estoy tomando ahora mismo, que nos llevaron a tropezarnos con el alcohol, las drogas y, en más de una ocasión, a pasar la noche en el calabozo, y con los que conseguí, finalmente, captar la atención de mi madre.

Me obligo a centrar mi atención en la ruta que he escogido, sorteando los obstáculos que voy encontrando a mi paso, con todo mi cuerpo en tensión, silenciando la voz que me grita que modifique la dirección y me dirija hacia el refugio mientras aferro con fuerza el manillar y continúo mi descenso. Solo cuando no puedo más, y con todos los músculos de mi cuerpo quejándose, inicio el regreso a casa, sintiendo que lo he defraudado y que, de alguna forma, me he defraudado a mí también, imaginándolo sentado en esa piedra sonriéndome y llamándome gallina.

—Estoy desentrenado, joder —mascullo cerrándome en banda, cuando diviso la casa a lo lejos, haciendo un último esfuerzo por llegar.

—Estaba a punto de largarme y dar por leyenda urbana ese chisme que anda circulando por el pueblo —oigo que alguien dice a mi espalda cuando llego a la puerta del garaje.

Me vuelvo lentamente, alzando la visera, sucia por el barro, para cerciorarme de que no estoy soñando, sintiendo mi corazón detenido a la espera de comprobar que no estoy teniendo alucinaciones y, cuando mi mirada se encuentra con la suya, sonrío por primera vez desde que he puesto un pie aquí, con mi corazón reiniciando sus latidos.

—¿Y qué dicen esos chismes? Nada bueno, seguro —contesto observando su sonrisa canalla, viendo de reojo la alargada sombra de la felicidad, esa que creía que había dejado en los viñedos.

—Viniendo de uno de los miembros de La Santísima Trinidad, lo raro sería que dijeran algo bueno —me contesta acercándose a mí mientras yo hago lo propio—.

Cabronazo hijo puta —me saluda, dándome un abrazo al que me aferro con fuerza—. Me cago en la hostia, ¡es verdad que has vuelto!

—Eso parece —musito obligándome a mantener mis sentimientos a raya—. ¿Y tú? Joder, macho, cuántos años sin verte —le digo estudiando su rostro—. ¿Cómo estás, Sombra?

—Hombre, si me comparo contigo y con tu casoplón, estoy para ir a pedir limosna, pero, si me comparo con el tío que fui, ahora estoy de putísima madre.

—No sabes cómo me alegra oír eso. Coño, ven aquí —le pido abrazándolo de nuevo, recordando las palabras de Val...

«¿Quieres que el Víctor jodido desaparezca? Pues soluciona lo que tengas que solucionar y reconcíliate con quien fuiste; solo entonces podrás tomar decisiones importantes...»

Y con esas palabras resonando en mi cabeza y con mi amigo, ese que fue mi sombra hasta que acepté llevarlo conmigo, entre mis brazos, decido hacerlo, decido sanar mi pasado como intuyo que ha hecho él con el suyo, por mí y por estos dos lobos que, heridos, yacen en mi interior.

—¿Vas a invitarme a entrar de una vez o temes que te quite algo? —me pregunta, soltándose de mi abrazo.

—Qué hijo de puta, ya te cuidarás mucho de tocar algo —replico riendo, sintiendo intacto todo el afecto que sentí por él en el pasado—. Venga, vamos, te invito a mi casoplón —añado abriendo la puerta del garaje para guardar la bici.

—La hostia, tu garaje es más grande que toda mi casa —exclama guardando sus manos en los bolsillos.

—Pues espera a subir, te vas a cagar en los pantalones —comento cogiendo el ascensor, incapaz de subir por la escalera, dolorido como estoy.

—Y no sabes qué a gusto voy a quedarme con esa cagada —contesta dándome un puñetazo cariñoso, para seguidamente ponerse serio—. Mira, macho, no hay nadie que se merezca más que tú esta casa o conducir el pedazo de coche que llevas, ¿me oyes?

—Gracias, tío —le agradezco, reconociendo el afecto sincero en sus palabras, consciente de que en estos momentos estoy con una de las pocas personas que me conocen de verdad—. Vamos, entra en mi cabañita.

—Madre mía, macho, con tu cabañita —suelta observándolo todo con admiración.

—¿Tienes prisa? —inquiero, frenándome para no abrazarlo de nuevo.

«Joder conmigo, me estoy convirtiendo en la princesita del cuento.»

—¿Por qué lo preguntas?

—Porque iba a ducharme, a comer algo y a tirarme en el sofá, ¿te apuntas al plan o tienes a alguien esperando? —indago, a pesar de que lo más seguro es que esté tan solo como yo.

—Tengo a dos personas esperándome, pero las llamaré y me quedaré con la persona que fue mi hermano durante muchos años —contesta, emocionándome.

—¿Tienes pareja? —le planteo sin poder ocultar mi sorpresa.

—Mujer e hijo. Quién lo hubiera dicho, ¿verdad? —anuncia con el orgullo copando sus palabras.

—¡No jodas!, ¿de verdad?

—Lárgate a ducharte, tío, apestas, joder; luego ya nos pondremos al día.

—Qué finolis te has vuelto —le respondo sonriendo mientras unos aullidos llegan hasta mis oídos y me tenso... Mierda, tanto aire puro debe de haberme trastornado.

—Hay un lobo enorme merodeando por la zona desde hace días; ándate con cuidado, tío —me advierte mientras siento a mis lobos despertar con ese aullido.

—Lo tendré. Voy a ducharme. Tienes cervezas en la nevera y comida de esa prefabricada para aburrir. Venga, haz algo de provecho y prepara algo para comer —le digo antes de largarme.

«Joder, se ha casado y tiene un crío», pienso con amargura, desprendiéndome de la ropa, metiéndome bajo el chorro del agua caliente y viendo cómo el vapor comienza a empañar el enorme ventanal que tengo frente a mí mostrándome una panorámica impresionante de las montañas y, de repente, imagino a ese lobo merodeando por ellas, negro como la brea... Yo la tuve a ella y tuve una pequeña muestra de lo que podría haber sido mi vida si no hubiera renunciado, pero lo hice, renuncié, renuncié a vivir lo único que deseaba vivir y lo hice escuchando el aullido de ese lobo blanco que vino en forma de voz humana, la voz de ese Víctor que apareció cuando llegué a Páganos y conocí a Pedro; esa voz que escuché cuando, en el fondo, solo quería escuchar la otra; esa que venía guiada por otro aullido, uno largo y sostenido, cuyo dueño tenía el pelaje negro como la noche y que ahora yace acurrucado en un rincón, reponiéndose de los zarpazos y de las heridas de otro lobo que me mira mostrándome sus colmillos y que se mantiene en alerta, a pesar de que ya no puede más.

Una vez listo y sintiéndome ligeramente mejor ahora que me he desprendido de varias capas de barro, me dirijo al salón, donde encuentro la mesa puesta y el olor a comida inundándolo todo.

—Vaya, vaya... Por lo que veo te has convertido en toda una amita de su casa —suelto socarrón, yendo hacia la mesa para coger una patata frita, a la vez que oigo los rugidos de mi estómago provenientes esta vez del hambre que tengo—. Joder, apenas he comido desde que he llegado aquí —me quejo de camino a la nevera.

—Eso es porque te falta una mujercita como Dios

manda —me contesta guiñándome un ojo y enviándome un beso, haciéndome sonreír.

—Ya sabes lo que pienso sobre eso —le digo cogiendo una cerveza—. ¿Tú no quieres? —le pregunto, viendo su vaso de agua.

—Hace mucho que dejé de querer —me indica, cogiendo la fuente de comida mientras nos dirigimos a la mesa.

De repente y de nuevo arrastrado por esa fuerza, recuerdo a Casi y ese día en casa de Pedro...

Recuerdo el olor a carne a la brasa como si tuviera la barbacoa justo a mi lado; recuerdo el pálpito de mi polla cuando ella apareció con ese vestido ajustado que marcaba todas sus formas; recuerdo esa comida, las pullas de Casilda, el sabor de su vino en mi boca y el de su lengua enredada en la mía; recuerdo que casi me la follé en el baño, el ansia por tocarla, por hundirme en su interior y por liberarme de todo lo que sentía atado dentro de mí. Rememoro todo eso sintiendo cómo mi sexo reacciona, viendo cómo ese lobo, que yace acurrucado en mi interior, abre los ojos, del mismo color que los míos, para clavarlos en el centro de mis pupilas antes de soltar un aullido prolongado y lastimero.

Antes de seguir recordando, me obligo a reaccionar, posando mi mirada en la comida que ha preparado mi amigo, alejando el olor a humo y a carne de mis recuerdos, forzándome a hacer a un lado ese patio y centrarme en el salón de mi casa, reacondicionando mi mente para que los viñedos desaparezcan de ella y solo los pinos, que se vislumbran a través del ventanal, ocupen mi presente y mis pensamientos, obligándome a dejar de verla por todas partes.

—¿Estás bien, macho? —me pregunta el Sombra, y alzo la mirada hasta posarla sobre la suya, con el recuerdo de ese día estando todavía demasiado presente.

—Claro —le miento, dándole un largo trago a mi cerveza a continuación—. Y tú, ¿desde cuándo bebes agua? —le planteo tomando asiento frente a él.

—Desde que tuve que elegir entre palmarla o seguir jodiendo.

—Y, por supuesto, elegiste seguir jodiendo —suelto sonriendo—. ¿Sabes? Te tengo aquí, frente a mí, y siento como si no hubiera pasado el tiempo, pero, en realidad, sí que lo ha hecho. ¿Cuánto hacía que no nos veíamos? —le pregunto mientras él se sirve un poco de comida y me tiende la fuente para que yo haga lo mismo.

—Quince años —afirma sin dudarlo.

—Joder, macho, cómo pasa el tiempo —mascullo empezando a servirme—. Cuéntame qué sucedió cuando me largué y por qué has dicho eso de que casi la palmaste —le pido mirando su rostro marcado por el tiempo y la mala vida.

—Me jodisteis, el Rata y tú —me recrimina sin un ápice de rencor en la voz, quitándome el apetito de repente—. Me dejasteis solo, tío —prosigue, y con sus palabras viajo hasta ese día...

* * *

—Me largo, Sombra —le solté apretando la mandíbula tras enterrar todas las cosas del Rata bajo el enorme pino que se alzaba junto a nuestro refugio.

—Todavía es pronto, tío. ¿Qué vas a hacer en casa? Además, ¿no crees que deberíamos rezar o algo así? —me preguntó, observando la cruz de madera que yo había clavado en el suelo, hecha con dos ramas, y que siempre nos recordaría dónde yacía una parte de nuestro amigo.

—El Rata se limpiaría el culo con nuestros rezos —mascullé tragándome las lágrimas, sintiendo tanto dolor en mi interior que apenas me salía la voz.

—Ya lo sé —respondió acercándose hasta la cruz y sentándose frente a ella—. Qué capullo has sido, Rata. Dijiste que no iba a poder contigo y mírate, hijo puta... Mira que largarte ahora, cuando nos salía tan cojonudamente bien el plan.

El plan, pensé con dolor, ese plan con el que nos estábamos convirtiendo en unos ladrones a empezar a tener en cuenta con apenas dieciséis años.

—El plan se ha terminado —sentencié metiendo mis manos en los bolsillos—. Sombra, mírame —le pedí, sintiendo el mundo paralizarse cuando mis ojos se encontraron con los suyos—. No me largo a mi casa, me largo de mi casa —maticé, viendo al instante cómo su rostro se descomponía.

—¿Qué dices, tío? —me preguntó, levantándose del suelo para casi correr hacia mí.

—Se acabó, macho. Él ha muerto y yo no quiero palmarla aquí. Quiero ver mundo, descubrir qué hay más allá de estos pinos y de este puto pueblo.

—Pues me voy contigo, paso de quedarme aquí sin vosotros —soltó, más que dispuesto a seguirme allá donde yo fuera, como siempre había hecho desde que éramos unos críos.

—Me voy solo, Sombra —repliqué, sintiendo el dolor azotarme el pecho, y recuerdo que, con mis palabras, clavé mis pies en el suelo con fuerza para no caer de rodillas.

—De eso nada, tío. Si tú te largas, yo me largo contigo —afirmó convencido—. Soy tu sombra, macho, ¿lo recuerdas? Tú me pusiste el mote; no puedes irte sin tu sombra, es imposible —insistió.

—Sombra, tú tienes una familia que te quiere. Piensa en tu madre, capullo; no puedes hacerle eso y, además, eres menor de edad, no puedes irte.

—Ni tú tampoco, tú también eres menor —me recordó.

—A mi madre no le importará perderme de vista; al contrario, creo que será un alivio para ella —le rebatí, sintiendo otro azote en el pecho.

—Pues espera dos años y nos largamos juntos —me pidió, intentando convencerme.

—Dos años es demasiado tiempo para mí; me asfixio, tío, necesito largarme. Este último año, con lo del Rata, ha sido muy duro, y la situación en mi casa y con mi madre es muy jodida, demasiado. Necesito irme, entiéndelo.

—¿Y qué haré yo sin ti y sin él? No podéis dejarme los dos, sobre todo tú. Víctor, eres como mi hermano, ¿qué digo mi hermano?, eres como un brazo mío... Joder, no puedes irte; hazlo por mí, colega.

—Sombra, estar a mi lado no te beneficia. Maldita sea, piensa en el plan, por mi cabeza solo rondan malas ideas y tú tienes una oportunidad que ni el Rata ni yo tendremos nunca. Él la ha palmado y yo terminaré haciéndolo cuando uno de mis planes salga mal. Aprovecha tu vida, tío. Tus padres quieren que estudies y tienen pelas para que puedas hacerlo; hazlo por mí y por el Rata, conviértete en un tío de cojones y dales una hostia a todos los de este pueblo.

—Capullo, pero ¿qué dices? ¿Cuántas rayas te has esnifado? —me preguntó, empezando a cabrearse.

—Ninguna, ni tampoco he bebido, antes de que lo menciones —le aclaré, dirigiendo mi mirada hacia la cruz, imaginando a mi amigo sentado en una de las piedras situadas junto a ella, observándonos—. Tío, me has seguido durante años y has malgastado tu vida haciéndolo. ¡Mierda!, él ha muerto, pero tú no, y tienes la oportunidad de vivir por nosotros, tienes la oportunidad de convertirte en un tío de provecho; hazlo —le pedí con voz contenida, volviéndome hacia él y sorprendiéndome al ver sus lágrimas rodar por sus mejillas—. Venga ya, macho, no me seas niñita —le dije mientras las mías salían a borbotones por mis ojos.

—Niñita tú, cabrón, que estás llorando también —replicó, abrazándome con fuerza.

Y abrazados, frente a la tumba del Rata, lloramos como creo que nunca habíamos hecho.

—La Santísima Trinidad no puede desaparecer —comentó separándose de mí, secando sus lágrimas con su camiseta—. Es algo sagrado, colega.

—Ya ha desaparecido, tío; ha desaparecido con él —le indiqué, secando las mías con el puño de mi camiseta—. Puto cáncer y puto Rata, que dijiste que no podría contigo —solté con dureza, cabreado con el mundo entero y con ese Dios del que mi madre hablaba tanto y que se había llevado a mi amigo, a ese cabrón que era mi familia junto al Sombra.

—No te vayas, tío, no me dejes solo —me pidió, recordándome al crío que fue, y con esas palabras regreso al presente de este salón, de esta cerveza y de esta comida prefabricada.

* * *

—Lo siento, tío, pero, si me hubiera quedado aquí, hubiese sido el siguiente en palmarla —sentencio anclando mi mirada a la suya—. Largarme fue la mejor decisión de mi vida.

—Y la peor para la mía —me rebate, haciendo a un lado su plato de comida, que no ha tocado—. No te haces una idea de cómo me sentí cuando te fuiste; sin el Rata y sin ti, me sentí huérfano. No encajaba en ningún lado y los estudios no eran lo mío.

—¿Y qué hiciste? —le pregunto, arrugando el ceño.

—Seguir el plan, pero solo, y, al final, cuando cumplí la mayoría de edad y la situación en mi casa se había convertido en algo insostenible, me largué yo también. Quería ver mundo como tú y me dije que, si tenía un poco de suerte, incluso podría encontrarte, pero ni te encontré ni vi mundo, más bien me lo esnifé y me lo bebí entero hasta que, hecho mierda, mis padres me recogieron y me llevaron a un centro de desintoxicación en el que estuve varios años. Joder, qué puta vida les he dado... Pero no se rindieron, tío, y gracias a ellos aquí estoy, dando guerra todavía —me cuenta con orgullo mientras soy incapaz de articular palabra—. En ese centro conocí a Raquel, una de las psicólogas que me trataban, y gracias a ella salí de ese maldito túnel y por ella, por nuestro hijo y por mis padres me mantengo sobrio y limpio.

—Joder, Sombra... pero ¿cómo llegaste a ese punto? —inquiero, sintiendo el dolor estrangular la boca de mi estómago.

—Porque era vulnerable a las drogas; eso lo aprendí tarde, ya en el centro. Lo peligroso no son solo las drogas, sino la vulnerabilidad que cada uno tenemos frente a ellas. Yo lo era y mucho, y llegué a un punto en el que no podía parar; le tendí un pulso a la droga y a la bebida que casi perdí, y te juro por mi vida que nunca más lo haré. Se terminó, tío; se terminó hace años y ahora tienes frente a ti a un tipo sano obsesionado con que su hijo no viva lo mismo que vivió él.

—Caíste en la droga por mi culpa —le digo sintiendo los remordimientos azotarme el pecho—. Fui yo el que pilló por primera vez, no tú.

—Caí porque quise caer —replica con firmeza—. Deja de culparte por todo. Joder, macho, en eso no has cambiado en absoluto, siempre cargando con el peso de todas las consecuencias —me reprocha, y alzo la mirada hasta posarla en la suya—. Podía haber dicho que no; yo me conocía, sabía que el vicio me iba y que iba a gustarme y querría más, como con el tabaco o la bebida. Lo sabía y, aun así, la probé y seguí metiéndome rayas, incluso cuando tú o el Rata no os metíais ninguna. Pinté muchas más que vosotros dos juntos y eso fue decisión mía, no tuya —añade, apoyando sus antebrazos en la mesa, sosteniéndome la mirada e intentando convencerme—. Mírate, tío... tienes una casa que vale una fortuna, un coche que yo ni en sueños podré pagarme nunca y mantienes a la hija de puta de tu madre, y lo conseguiste saliendo de aquí, cuando te alejaste de toda esta basura y de mí. ¿Quién crees que perjudicaba a quién? ¿Por qué no piensas que quizá fui yo quien te jodió la vida?

—No digas estupideces, Sombra; yo nací jodido.

—Y, a pesar de eso, sobreviviste. Yo nací sin estar jodido y me jodí solo. Oye, hazte un favor y mira al tío que veo yo. Cuidaste al Rata casi más que su propia madre, lo acompañaste a todas las sesiones de quimio, lo obligaste a salir de casa para que no se comiera la cabeza y, si no hubiese sido porque no te lo permitían, te hubieras acostado a su lado por la noche; es más, estoy seguro de que le hubieras dado tu vida si hubieses podido —afirma, y lo miro sintiendo el dolor atravesar mi pecho—. Ese día me obligaste a que le diera mi mano mientras tú le sujetabas la otra y me obligaste a hacer algo que, de no haber hecho, me habría recriminado toda la vida. Fuimos La Santísima Trinidad hasta que cerró sus ojos y, si lo fuimos, fue por ti —añade, cerrando mi garganta con sus palabras.

—Era lo que teníamos que hacer, teníamos que estar a su lado hasta el final.

—Y luego se te ocurrió enterrar su ropa y todas sus cosas en el refugio y fuiste tú quien hizo la cruz, ¿lo recuerdas? —me pregunta mientras pierdo la vista en el paisaje que se vislumbra a través de la ventana, rememorando aquellos tiempos de nuevo...

Capítulo 28

Me recuerdo sentado en el suelo; recuerdo cómo la humedad de la tierra traspasaba mi ropa hasta mojarla; recuerdo la rabia, la impotencia, la desesperación y lo perdido y solo que me sentía mientras, llorando, unía las dos maderas hasta hacer con ellas la señal de la cruz; recuerdo las ganas que tenía de darle una hostia a todo el mundo y cómo me temblaban las manos mientras unía esas dos maderas.

—¿Vas a verlo? —le pregunto, haciendo a un lado yo también la comida, tan fría como mi alma.

—Todos los 14 de cada mes. Ese día tengo una hora reservada para él; es algo que sabe mi familia y que respeta. ¿Tú has ido?

—No. No he podido ir todavía, y no porque no haya tenido tiempo —le confieso—. No estoy listo para volver allí —mascullo con dolor.

—¿Quieres que vayamos juntos?

—Si no te importa, prefiero ir solo, al menos la primera vez —musito dándole un largo trago a mi cerveza, sintiendo cómo pasa con dificultad por mi garganta—. ¿Todavía está el refugio?

—Y tanto que está; fue lo primero que compré con mis primeros ahorros —me dice, sorprendiéndome.

—¿Has comprado el refugio? Creía que no estaba a la venta.

—Y no lo estaba, pero ya me conoces, puedo ser peor que una mosca cojonera y, total, el señor Inocencio lo tenía abandonado; éramos nosotros los que lo manteníamos en pie, así que, al final, cedió y me lo vendió. Menuda pasta me costó la puta casita de los cojones —me indica, sonriéndome.

—Eres enorme, tío. Yo nunca hubiera pensado en comprarlo —le digo con admiración, pues ni siquiera he sido capaz de volver a ese lugar en todos estos años.

—Fue una forma de reconciliarme con mi pasado; en lugar de robar, compré. Fue lo primero que hice legal en mi vida —suelta, haciéndome sonreír con su comentario.

—Te hubiera ayudado de haberlo sabido, y no me refiero solo a la compra del refugio, lo tienes claro, ¿verdad?

—Por supuesto, tío, pero ¿sabes qué?, que me vino bien hacerlo solo. Centrarme en tener un objetivo claro me sirvió para mantenerme limpio. Y tú, ¿qué? ¿Qué ha sido de tu vida? Joder, es increíble que no nos hayamos visto en quince años cuando éramos inseparables.

—Supongo que la muerte del Rata lo cambió todo —sentencio, levantándome para coger otro botellín de cerveza—. Oye, ¿te importa que beba? No lo he pensado hasta ahora —le digo, frenándome.

—Te aseguro que, cuando regresas del infierno, en lo último que piensas es en volver —me contesta con una triste sonrisa—. Ni siquiera bebo cerveza sin alcohol por miedo a quemarme la planta de los pies.

—¿Sabes? Creo que yo hubiera terminado como tú o peor si no hubiese conocido a Pedro —le explico, dándome media vuelta sin llegar a coger el botellín.

—¿Quién es Pedro? —me pregunta, alzando una ceja al ver cómo lleno mi vaso de agua—. Sigues siendo el mismo Víctor de siempre, maldita sea —me indica con orgullo, y sonrío negando con la cabeza—. Aunque te mueras por una puta cerveza, no la cogerás, ¿verdad?

—Pedro fue el único hombre con el que nuestro plan falló —le empiezo a contar, sonriéndole, haciendo a un lado el tema del agua y recostándome en la silla—. Cuando me largué de aquí, no sabía a dónde ir, no tenía dinero y mis pertenencias cabían en una mochila, y durante dos años me dediqué a malvivir y a ver mundo...

—Te largaste sin despedirte —me recrimina.

—Las despedidas son una puta mierda. Si vas a irte, te vas y punto. ¿De qué sirve pasarlo mal y alargar algo que va a terminar sucediendo de todas maneras? —le planteo endureciendo el gesto, recordándola de rodillas en el suelo con el rostro anegado por las lágrimas.

«Joder, no tenía que haber mirado por el espejo retrovisor», me riño, evadiéndome de nuevo, recordando cómo estuve a punto de frenar en seco y correr hacia ella, sintiendo cómo ese dolor lacerante que parece no querer remitir se incrementa hasta ahogarme.

—¿En serio lo preguntas, macho? Tú, tú que me obligaste a coger su mano y estar ahí hasta el último momento, deberías saber lo importante que es una despedida —me rebate con dureza, sorprendiéndome—. Si yo no hubiera estado ahí, a su lado, ¿cómo crees que me hubiese sentido después? Aunque sea duro, te aseguro que un último abrazo o una última sonrisa que puedas recordar siempre serán mejor que la nada, que fue lo que yo encontré cuando fui a tu casa. Fuiste un cabrón, tío, y durante meses estuve cabreado contigo.

—Lo siento —me disculpo, sintiendo el dolor como latigazos en el pecho—. Supongo que tenía miedo de esa despedida —le confieso finalmente, tras unos segundos de silencio—. Tú también eras mi brazo y, sin el Rata, la única persona a la que quería; tenía miedo de verte y no ser capaz de irme y, créeme, necesitaba hacerlo —le explico, llevándome el vaso a los labios y tragando todo el dolor que siento, arrastrándolo con el agua, recordando lo duro que fui con ella justo por ese miedo. Miedo a no ser capaz de marcharme, al dolor que estaba sintiendo, a lo que vendría después cuando ella no estuviera conmigo y miedo a renunciar a la única persona que quería más que a mi vida.

—Oye, ¿estás bien, macho? —me pregunta al ver mi rostro ensombrecido.

—Claro —mascullo apretando la mandíbula, recomponiéndolo.

—¡Y una mierda! Puede que hayan pasado quince años, pero eres el mismo Víctor que recuerdo y, cuando aprietas la mandíbula así, es porque algo te pasa. Venga, suéltalo, colega. Yo te he contado mis mierdas y ha llegado el momento de que me cuentes tú las tuyas.

—¿Cómo te sentirías si tuvieras que renunciar a Raquel? Se llama así, ¿no?

—Nunca renunciaría a ella —me asegura con firmeza—. Aunque el mundo fuera a acabar, por mi vida te juro que terminaría con nosotros cogidos de la mano. Nunca en mi vida renunciaría a ella.

—¿Y si para ella fuera mejor que lo hicieras? ¿Tampoco renunciarías?

—Eso solo sucede en los culebrones que ve mi madre. Mira, tío, si quieres estar, estás; buscas la forma, pero te aseguro que, si quieres de verdad, no renuncias. No me vengas con mariconadas. Yo era un puto drogadicto alcoholizado y ella, una de las psicólogas del centro. ¿Crees que lo mejor para ella era estar conmigo? Por supuesto que no, pero eso no me frenó.

—Lo tienes tú más claro que yo —le digo, anclándome a la silla para no ir a por la puta botella de whisky.

—Ya te he dicho que, cuando regresas del infierno,

ves las cosas con otra perspectiva. ¿A quién has renunciado si puede saberse?

—A mis brazos, a mis piernas y todo mi yo entero; a la única mujer con la que, de haber estado dispuesto, lo hubiera intentado.

—Qué estupidez más grande. ¿Y por qué lo has hecho?

—Porque ella es modelo y tenía la oportunidad de largarse a Nueva York. Iba a renunciar a su vida entera por mí, ¿en serio le hubieses permitido eso a Raquel? ¿Hubieras podido vivir con eso?

—¿Y por qué no te has largado con ella a Nueva York? —me pregunta como si nada—. Si de verdad la quieres, ¿por qué la has dejado ir?

—Porque es lo mejor para los dos —musito, sintiendo cómo ese lobo negro empieza a recuperar las fuerzas.

—Eso no te lo crees ni tú —me rebate, totalmente convencido—. Búscate otra excusa, macho, porque esa no me convence —añade, haciendo que recuerde esa noche, cuando le dije que no quería tener pareja ni hijos, y sus contestaciones, tan parecidas a las del Sombra, y busco en mi interior una explicación que me recuerde a mí mismo por qué la he dejado ir.

—Supongo que porque la vi crecer y porque, en el fondo, siempre pensé que lo nuestro no debería haber empezado y que ella se merecía algo mejor que yo.

—¿Algo mejor que tú? Pues ya puede buscar, capullo; igual con un poco de suerte encuentra algo que se te parezca.

—Tiene diecinueve años, tío, es una cría todavía. Joder, nos llevamos doce años.

—¿Y? ¿Dónde está el problema? Porque yo no lo veo.

—¿Me lo preguntas en serio? Tiene toda la vida por delante, apenas tiene unos pocos años más de los que tenía yo cuando me largué de aquí, y quiero que viva su vida sin tener que renunciar a nada; ya sabes que eso de tener pareja y críos no es para mí y no voy a permitir que ella se niegue algo así.

—Acabas de decir que por ella lo intentarías.

—Si quisiera intentarlo —matizo—, que no quiero. Joder... Ni siquiera sé lo que quiero... Mi vida no ha sido fácil y tengo demasiadas mierdas dentro de mí; no quiero arrastrarla conmigo —replico, guardando silencio durante unos instantes para finalmente ponerle voz al verdadero problema con el que he crecido. El origen de todas mis mierdas—. No quiero arruinar su vida como arruiné la de mi madre.

—Tu madre se arruinó la vida ella sola y fue tan hija de puta que te culpó a ti de sus errores. Demasiado bien le saliste para lo que recibiste en casa y demasiado bien te portas con ella ahora; no me digas que tienes mierdas cuando la única que las supura es ella. Escúchame, macho: si quieres a esa chica, tendrías que ir a por ella y dejarte de historias. Si ella quiere renunciar, es problema suyo, como el mío fue esnifarme el mundo entero, y, si no quiere renunciar, pues vete con ella y deja de ser tan jodidamente estúpido y pensar que no tienes derecho a nada —sentencia con dureza, guardando silencio durante unos segundos mientras yo me siento como ese crío que fui—. Es eso, ¿verdad? Crees que no tienes derecho y que no mereces estar con una tía así porque ese puto sentimiento de inferioridad sigue ahí. Joder, macho, si no supiera que tengo todas las de perder, te daría una buena hostia ahora mismo —suelta recostándose en su silla.

—Por supuesto que no es eso —niego, recostándome en la mía, retándolo con la mirada.

—Es cierto, no es solo eso... Quieres que se haga modelo porque tu madre no pudo serlo, porque folló sin un puto condón y se quedó preñada de ti. Quieres que se haga modelo para que viva lo que crees que no le permitiste vivir a tu madre, voy bien, ¿verdad, capullo? —me pregunta, consiguiendo que enmudezca y sienta cómo esos latigazos se incrementan hasta hacerme sangrar—. A ver cuándo te enteras, colega: tú no le arruinaste la vida a tu madre, fue ella la que te la arruinó a ti con su amargura, con su indiferencia y con su rencor, pero ¿sabes una cosa?, si no llegó a ser modelo fue porque, en el fondo, no lo deseaba con suficiente fuerza, y eso te lo digo yo, yo, que viví en una puta caldera del infierno, quemándome todos los días; yo, un tío que vivía para esnifar coca y por el que nadie daba un céntimo; ¡¡yo!! —me dice, poniendo su mano sobre su corazón—, un tío que consiguió salir de esa puta caldera, primero poniendo un pie fuera de ella, luego el otro y, finalmente, echando a andar. Yo solo dejé atrás ese puto fuego y me aferré a Raquel y a mi vida porque quería hacerlo; si ella hubiera querido serlo, lo hubiese sido y no habría terminado limpiando culos en el hospital o sirviendo mesas en el bar. No dejes que sus palabras te afecten y mira quién eres, mira lo que has conseguido y créete con derecho a todo, porque lo tienes, ¿me oyes? Si quieres a esa chica, ve a por ella y olvídate de todos esos reproches que tu madre puso dentro de ti.

—La madre que te parió, al final será verdad que quien se junta con un cojo termina cojo y medio. Joder, macho, como tu mujer se descuide, te haces con su puesto —replico, intentando no pensar demasiado en sus palabras.

—He dado de pleno, ¿no es así?

—La realidad es mucho más simple —reconozco cruzando los brazos bajo mi pecho—: Si no me he planteado ir a Nueva York ni he luchado por ella ha sido porque no he querido; ella tiene toda su vida por delante y la mía ya está vivida; no quiero ser un puto lastre para ella ni tampoco privarla de nada.

—¿Puedes decirme de qué vas a privarla?

—De lo que tú has formado, de una familia; yo no la quiero, no quiero mierdas de esas; no quiero que la felicidad de nadie tenga que pasar por mí y sí, puede que mi madre tenga una parte de culpa, pero ya está hecho y no sirve de nada culparla. Si yo soy así es porque a lo mejor tampoco he luchado por ser de otra forma en ese sentido, y ya está, no hay más. Follamos, nos quisimos y se terminó; ella se largará a Nueva York y se convertirá en la *top model* que desea ser y, cuando regrese, dentro de unos años y con todos sus sueños cumplidos, espero que podamos mirarnos a los ojos y sonreírnos... No espero más; con que no me odie, tengo más que suficiente.

—Menuda basura acabas de soltarme. Eso no te lo crees ni tú, colega, pero, adelante, no hay más ciego que el que no quiere ver, que me lo digan a mí. Tú te has contado esa historia y hasta te la has creído, y ni yo ni nadie vamos a ser capaces de convencerte de lo contrario; solo espero que, dentro de unos años, cuando ella regrese y la mires a los ojos, no sientas que la jodiste.

—Te aseguro que no voy a sentir eso —afirmo, sintiendo la mirada del lobo negro clavada en mi alma.

—De puta madre; es tu vida, colega, vívela como gustes —me dice alzando su vaso de agua y haciendo como si brindara conmigo—. ¿Y puedo saber cómo se llama? Si es una modelo conocida, igual sé quién es —me plantea, llevándose el vaso a los labios.

—Valentina Domínguez —musito, oyendo un aullido largo y sostenido proveniente del exterior, el mismo aullido que oigo yo proveniente de mi interior.

—¿Valentina Domínguez? ¿Has dicho Valentina Domínguez? ¿La del anuncio de Cartier? ¿La que posaba con un perro y las joyas? —inquiere sin dar crédito, y aprieto la mandíbula, ¡puto anuncio!—. No me jodas, macho... Tengo mi taller empapelado con las fotos de ese reportaje.

—Pues ya estás quitándolas, colega —siseo entre dientes, sintiendo la rabia arder dentro de mí, una rabia posesiva y dañina—, o te las quitaré yo mismo —le advierto con dureza.

—¡Y una puta mierda! Tú la has dejado y esas fotos son públicas, así que, si quieres conservar tus manos intactas, dejarás esas fotos donde están —me reprende con seriedad—. ¿Cómo has podido dejar a esa tía? ¿Estás imbécil o qué te pasa? Joder, es una muñeca.

—Deja de hablar así de ella —mascullo levantándome y yendo hacia la chimenea para prenderle fuego a la leña que, apilada en ella, se encuentra lista para arder—. Ella fue mi niña —musito sin ser consciente de que he empezado a hablar, de cuclillas frente a este fuego que está empezando a tomar fuerza—. Cuando llegué a los viñedos, tenía seis años... Figúrate si era pequeña que estaba escondida debajo de una vid, llorando porque su madre había muerto, y pensé «un problema menos para ti», pero no se lo dije y le tendí mi mano, esa que tantas veces deseé que me ofrecieran a mí y, a partir de ese momento, se convirtió en mi niña y con ella viví esa niñez sencilla y sin problemas que nosotros no vivimos. Joder, era como mi hermana pequeña.

—Y esa hermana pequeña creció, y de qué manera.

—Y te aseguro que no estaba preparado para eso. Joder, de repente tenía tetas y un culo que no podía dejar de mirar, y me di asco, tío —le confieso, sentándome en el sofá frente a la chimenea, con la vista clavada en las llamas—. Durante tres años estuvo fuera de casa y perdimos el contacto —le cuento, evitando los detalles que son solo nuestros—, pero, cuando volvió, necesité recuperar esa parte de mí que había perdido cuando se marchó.

—Necesitabas recuperar tus brazos, tus piernas y todo tu yo entero, ¿verdad? —inquiere dando en el clavo.

—Creía que podríamos volver a ser amigos y recuperar eso que perdimos, pero es difícil recuperar algo que ya no está ahí —mascullo, negando con la cabeza—, cuando la amistad y el cariño se han trasformado en algo tan fuerte que incluso es capaz de pasar por encima de ti.

—Y te la follaste —me corta de nuevo.

—Y me enamoré de ella como un puto cabrón —admito, volviéndome para mirarlo.

—Y aun así la has dejado ir como has dejado de beber cerveza o, como ahora, estás evitando ir a por el whisky, a pesar de tener los nudillos blancos de tanto apretarlos, porque crees que es lo mejor para mí —me dice con afecto—, porque crees que, si bebes, querré beber contigo... Pero ¿sabes una cosa?, no tienes ni puta idea de nada. Déjame decirte que, aunque te bebieras las reservas de todo Ordino y lo hicieras frente a mí, yo no querría probar ni una maldita gota, porque he vivido cosas que afortunadamente tú nunca vivirás en toda tu vida. Eres un imbécil, tío —me espeta con seriedad.

—Ya lo sé y, aun así, no puedo dejar de serlo —farfullo, dirigiendo la mirada otra vez hacia el fuego.

—Pues que te aproveche, joder, pero ten clara una cosa: vas a arrepentirte, porque te aseguro que una tía como ella no estará mucho tiempo sola y en Nueva York conocerá a cientos de tíos más que dispuestos a... bueno, ya sabes —me dice, y aprieto más mis puños, recordando al italiano.

—Ya lo sé —le repito, apretando la mandíbula.

—Y, aun así, no vas a hacer nada. Oye, déjame que te haga una pregunta: ¿qué sucederá si ella elige mal? ¿Y si, entre todos los tíos que conoce en Nueva York, elige al tío equivocado?, ¿al tío egoísta que solo piensa en él? Tú has renunciado a ella porque quieres que lo tenga todo, pero eso no es garantía de que vaya a tenerlo —me señala con seriedad mientras yo mantengo la mirada fija en las llamas y ese aullido no deja de resonar en mi cabeza y en mi corazón—, pero contigo sí que lo hubiera tenido, por mucho que digas y que te digas, contigo lo habría tenido todo... como lo tuve yo o lo tuvo el Rata; tú fuiste lo mejor que podía habernos sucedido a ambos y ni lo supiste entonces ni lo sabes ahora.

—Deja el tema, tío; estamos gastando demasiada saliva en algo que ya está decidido. Sé cuál es mi futuro, lo tracé hace años cuando conocí a Pedro y no hay vuelta atrás.

—Otra vez ese hombre, ¿puedes decirme quién coño es?

—Su padre y el hombre que cambió mi vida.

—Joder, macho. Lo tuyo ha sido un culebrón en toda regla.

—Mi vida empezó allí, Sombra, en esos viñedos —rememoro, evadiéndome a esos días—, cuando nuestro plan falló...

—Qué capullos, macho. Los dos llevando a cabo un plan que tenía que ser de tres, ¿recuerdas cuando lo ideamos en el refugio? Menudas cabecitas pensantes —suelta riendo.

—Si todo ese ingenio que teníamos lo hubiéramos aplicado en los estudios, hubiésemos sido los mejores de la clase.

—En el caso de que hubiéramos sabido cuál era nuestra clase —me recuerda divertido—. Madre mía, macho, ¡menudas piezas éramos!

—El orgullo del pueblo, sin lugar a duda —matizo sonriendo.

—Y que lo digas, tío; lo que no sé es cómo no pusieron el nombre de La Santísima Trinidad a alguna de sus calles —añade carcajeándose.

—Porque nadie hubiera querido pasar o vivir en ella —prosigo, riéndome con él.

—Joder, ¡qué tiempos! ¡Cuánto ha llovido desde entonces! —musita mirándome con cariño—. Entonces,

¿te salió mal el plan? —me pregunta, retomando la conversación—. Era imposible que te saliera bien faltándote nosotros, pero ¿sabes qué?, que yo lo modifiqué y llegó a salirme cojonudo —me cuenta sonriéndome con orgullo.

—Oye, no te creas, que durante un tiempo me salió bien, yo también lo modifiqué y hasta lo mejoré y ese día nada falló, todo salió como tenía que salir y conseguí largarme e incluso gastarme el dinero. Maldita sea, estaba muerto de hambre y mi ropa y mis zapatos daban pena... —comento recordando ese suéter de rayas y esos vaqueros que tenían más vida que yo—, pero me encontró... ¿te lo puedes creer? Te juro que nunca nadie se había fijado tanto en mí y él lo hizo; me reconoció por la calle aun estando en otro pueblo —le cuento, dejándome arrastrar por la corriente de mis recuerdos...

* * *

—... Sé que eres un buen muchacho, lo intuyo, y por eso no he llamado a la policía, pero me has robado y vas a tener que pagar tu deuda —me dijo con seriedad cuando me llevó a los viñedos.

—¿Y cómo voy a hacerlo? Ya me he gastado todo su dinero, señor.

—Por eso estás aquí; esta es mi casa y también mi negocio, y tú vas a trabajar para mí. Cobrarás un salario por tu trabajo y, cuando consigas, legalmente, el dinero que me has robado, me lo devolverás —me explicó mientras yo lo miraba sin dar crédito.

—Pero ¿de qué trabajaré si no sé hacer nada?

—Nadie te ha enseñado a robar, ¿verdad?, y mira qué bien lo haces; imagínate si alguien te enseña a trabajar.

—¿Va a enseñarme a trabajar? —le pregunté tan asombrado que recuerdo que era incapaz de reaccionar.

—Exacto, chico. Vas a trabajar para mí en la bodega y a devolverme hasta el último céntimo que me has robado —afirmó, sonriéndome con afabilidad.

—¿Y no teme que le robe otra vez?

—Por la cuenta que te trae, no lo harás y, ¿sabes una cosa?, estoy seguro de que dentro de unos años me sentiré muy orgulloso de esta decisión que estoy tomando. Bienvenido a las bodegas Domínguez...

* * *

—Me lo dijo casi vaticinando mi futuro —musito volviéndome hacia mi amigo tras contárselo—, y ya no salí de allí. En esa bodega me convertí en el Víctor que soy ahora, empezando desde abajo, aprendiendo de unos y de otros y ascendiendo poco a poco. Creo que toqué todos los puestos posibles hasta que me convertí en socio de la empresa. Pasé de vivir en la calle a tener una casa para mí solo cuando Pedro se enteró de las condiciones en las que vivía; pasé de no tener estudios a tener dos carreras y de no tener familia a tener una, la suya, que me recibió con los brazos abiertos. Si soy quien soy es por él —afirmo con la emoción copando mis palabras—. Si él no me hubiera reconocido ese día por la calle, hubiese continuado robando, y si, en lugar de acogerme y darme trabajo, me hubiese denunciado a la policía, habría terminado en la cárcel —explico, perdiéndome en mis pensamientos—. ¿Sabes lo importante que es que confíen en ti?, ¿que te vean de verdad y que te presten atención? El hecho de que él confiara en mí fue suficiente aliciente como para que yo quisiera ser mejor, para que quisiera cambiar y dejar atrás la única vida que conocía. Me esforcé para ganarme su aprobación y así fue siempre y, cuantas más cosas conseguía, cuanta más aprobación y cariño veía en su mirada, más quería ver. Con él aprendí a vivir otra vida y gracias a ese día conocí a Val, y con ella aprendí a ser mejor. A ellos les debo quien soy ahora. Pedro financió mis estudios cuando yo todavía no podía pagarlos y me dio una vida entera, siendo el padre que nunca tuve. Te juro que, aunque viviera mil vidas, nunca podría pagarle lo que hizo por mí ese día —le cuento, tragando con dificultad.

—Pues tuviste suerte, tío —me dice mientras yo me aferro a esos años.

—Con ellos supe lo que era formar parte de una familia; que Pedro se preocupara por mis estudios, por mi trabajo o por mi vida fue un regalo que nunca nadie me había hecho, y un regalo que he cuidado durante años. Daría mi vida por ellos, Sombra, por todos, incluso por Casi —le confieso con una sonrisa—, y por eso dejo que se marche, aunque se equivoque de tío o aunque tome decisiones que no me gusten, como la de posar desnuda, porque sé que su futuro es la moda y no yo, al menos no de momento.

—Qué estupidez, macho, pero no voy a rebatírtelo. Tú verás, es tu vida y la suya. Por mi parte puede posar desnuda todas las veces que quiera, todavía tengo una pared entera lista para llenarla de fotos suyas.

—Qué capullo eres —replico sintiendo la mirada del lobo negro clavada en mi alma.

—No veas cómo se curra con esas vistas —me responde guasón mientras mantengo la mirada en el fuego.

—¿Y de qué curras?

—He montado mi propio negocio, ¿te lo puedes creer? Y espera a oír esto: Joaquinito es uno de mis clientes, ¿lo recuerdas?

—¿El hijo de doña Vicenta, la del súper? —indago, volviéndome hacia él.

—El mismo; menudas putadas le hacíamos de pequeños —me dice recostándose en el sofá.

—Era un imbécil, como su madre —mascullo, recordando lo que sucedió ayer.

—Ahora es un buen tío y nuestros hijos estudian juntos. Joder, tendrías que haber visto la cara que puso cuando me vio entrar con mi Dídac a clase; creo que recordó en un instante todas las marranadas que le hicimos y temió que mi hijo le hiciera lo mismo al suyo.

—¿Lo has llamado Dídac? —le pregunto, percibiendo cómo mi voz se rompe.

—Quería llamarlo Rata Víctor, pero Raquel no me dejó; ya sabes, macho, cosas de mujeres —bromea, consiguiendo que sonría, a pesar de esta presión que siento en el pecho—. Al final aceptó que le pusiera Dídac.

—Qué grande eres, Sombra.

—Nunca lo llamábamos por su nombre, siempre era Rata, pero era su nombre al fin y al cabo y ahora es el de mi hijo.

—¿Cuántos años tiene?

—Va a cumplir seis —me dice y, con ese número, recuerdo a la niñita que fue; sus ojos y todo lo que veía en ellos; su manita, siempre lista para coger la mía; su sonrisa, amplia y feliz... y aprieto con más fuerza mis manos, hasta hacer crujir mis huesos.

—Qué buena edad —susurro sin poder dejar de recordarla.

—Es lo mejor que he hecho, tío. Has dicho que por ella quisiste ser mejor, como yo con Dídac. No quiero fallarle, macho. Quiero que se sienta orgulloso de su padre, pero, sobre todo, quiero que viva lo que nosotros no vivimos; quiero que estudie, que sea un buen chaval y, evidentemente, que no se meta en líos.

—Tu madre también quería todo eso —matizo con una media sonrisa.

—Pero le salí torcido; suerte que al final, muy al final, logré enmendar mi vida. Joder, le hice pasar las de Caín y ahora tengo mucho curro por delante intentando recompensarla por todos los disgustos que le di.

—Darle un nieto es una buena forma de hacerlo —murmuro pensando en mi madre y en lo distinto que es todo entre nosotros.

—Me casé con Raqui por ella —me cuenta mientras yo pienso en la mujer que me trajo al mundo—. Nosotros pasábamos de esas mierdas, pero para mi madre era importante, así que nos casamos hasta por la Iglesia; a Raqui no le importó y yo solo quiero que mi madre se sienta orgullosa de mí.

—Seguro que lo está —murmuro, envidiándolo.

—¿Y la tuya? ¿La tuya lo está?

—Vas a tener que ir a preguntárselo a ella si quieres saberlo —mascullo clavando de nuevo la mirada en el fuego, sintiendo esa parte de mi alma congelada.

—¿Has ido a verla?

—No —niego endureciendo el rostro.

—Pero te ocupas de ella —insiste mi amigo.

—Está sola y no muy bien de salud. No soy tan cabrón como para dejarla desamparada.

—Ella te dejó desamparado a ti durante toda tu vida —me recuerda, y detecto el rencor en su voz.

—Por eso yo no voy a hacerlo —mascullo, volviéndome hacia él—, porque sé cómo me sentí.

—No tenías que haberle comprado esa casa, tenías que haberla dejado en la suya. Joder, todavía recuerdo el puto frío que hacía allí en invierno; nunca se preocupó de ti.

—No se la he comprado, solo le pago el alquiler, y tampoco fue tan malo —musito intentando quitarle hierro al asunto.

—No, qué va... si te parece, podía haber sido peor.

—Bueno, podía haberme maltratado.

—La indiferencia es una forma de maltrato, por si no te has enterado. ¿Sabes? Recordarte a ti y a tu madre me ha hecho ser mejor padre; no sabes las veces que le digo a mi Dídac que lo quiero y que puede contar conmigo para lo que sea. Necesito, deseo, que ese mensaje le llegue y que nunca dude de que me tiene a su lado.

—Tiene suerte de tenerte como padre —afirmo, sonriendo.

—Tienes que venir a casa; quiero que lo conozcas y que conozcas a Raqui, que vengas a mi taller...

—Un taller, ¿de qué? —le pregunto, admirando al hombre que tengo frente a mí.

—Soy mecánico y, aunque quede mal decirlo, soy el mejor mecánico de la zona.

—¡¿No jodas, macho?!

—No, no, sin joder —me responde riendo—, y ese coche tuyo es mi nena hecha motor —me indica sin dejar de hacerlo—. A ver si tengo suerte y me dejas meterle mano.

—Cuando quieras, es toda tuya, pero no me la dejes preñada, que no me apetece cargar con un mocoso.

—Tranquilo, que usaremos protección —suelta guasón—. ¿Cómo hemos estado tantos años sin vernos? Ni siquiera me enteré cuando compraste esta casa.

—No regresé aquí durante años... Para mí esto era algo así como territorio prohibido, un lugar que me despertaba demasiadas cosas que prefería borrar —musito, guardando silencio unos minutos—. Es fácil dejarse llevar por la corriente y olvidar es algo relativamente sencillo si no te aferras a los recuerdos. Yo lo hice, olvidé todo esto durante años, pero supongo que, aunque te dejes llevar, las raíces perduran y aquí estaban las mías —prosigo mi relato—, y un día, no sé ni cuándo, comencé a recordar lo bueno..., a ti, al Rata, nuestras aventuras, y no dolía, de pronto no me dolía aquí dentro —le indico llevando mi puño a mi pecho—, y empecé a echar de menos todo esto; no ciertas cosas, pero sí otras, y un día, estando de viaje, me desvié de mi ruta y regresé. La idea inicial consistía en pasar sin detenerme, sin bajarme del coche, pero lo hice, no en nuestro pueblo, pero sí en otros, incluso me tomé una cerveza en el bar de Pablo en Arinsal. Me reconoció, macho —le cuento sonriendo, rememorando esa tarde—. Estuvimos hablando horas y horas y, al final, como había anochecido, cogí una habitación en un hotel y me quedé durante varios días... y, aunque lo que menos me apetecía era pisar Ordino, tenía tantas ganas de saber de ti que lo hice. Recuerdo que me abrió tu madre y me dijo que estabas fuera. Joder, macho, tenías que haber visto cómo me miró, como si mi mera presencia fuera motivo de problemas, y ya no quise preguntar más.

—¿Cuándo fue eso? Nunca me lo explicó —me dice con seriedad.

—Hace tres años —musito, recordando esa época. Ella se había marchado y su ausencia me pesaba y me dolía más que cualquier cosa, más que la mirada de la madre del Sombra, más que el recelo de quien me reconocía por la calle y más que todo junto—. Vi esta casa; estaba a la venta y era lo que siempre había querido tener cuando era pequeño, cuando regresaba a la mía, pequeña, oscura y fría. Recuerdo que, cuando el de la inmobiliaria me la mostró, solo podía pensar que tenía que ser mía, por ese crío que fui y por todas las veces que vi casas como esta envidiando a sus propietarios: grande, luminosa, con calefacción...

—Lo de la calefacción es un punto importante —me corta, guiñándome un ojo.

—Joder, que me lo digan a mí —le respondo sonriendo con tristeza—. Esta casa estaba alejada de todos y rodeada de naturaleza, como nuestro refugio. No lo dudé; fue una de esas cosas que haces sin reflexionar, dejándote llevar por un impulso, y la compré —musito sin dejar de recordar—. Iba a pasar sin detenerme y acabé comprando una casa —concluyo sonriendo.

—¿Y te dan puntazos así muy a menudo? Porque no quiero ni pensar lo que valdrá esta casita.

—Por suerte, no, pero este fue uno de esos puntazos que merecen la pena.

—Y, aun así, no vienes mucho por aquí.

—No... Desde que la compré, creo que es la tercera vez que lo hago —reconozco, levantándome para echar otro tronco de leña a la chimenea, necesitando moverme—. ¿Sabes?, puede que no venga mucho por aquí, pero es bueno saber que tienes un lugar al que regresar cuando necesitas alejarte de todo.

—¿Como ahora?

—Sí, como ahora —susurro observando la leña arder.

—¿Y cuándo has dicho que se marcha a Nueva York?

—No lo he dicho —mascullo, sintiendo ese dolor lacerante palpitar dentro de mí—. No lo sé, ni siquiera sé si se irá. Quién sabe lo que estará pensando o haciendo ahora —añado con voz queda, perdiendo mi mirada en el amplio ventanal a través del cual solo se divisan pinos y abetos.

—¿Y si no se va? —prosigue mientras yo aprieto la mandíbula, preguntándome exactamente lo mismo.

—Tiene que hacerlo —afirmo yendo hacia la cocina—. Oye ¿te apetece un café? —le pregunto mirando de reojo la nevera, necesitando una cerveza o un puto whisky.

—¿Estás cambiándome de tema, macho? —inquiere mientras enciendo la cafetera.

—Estoy preguntándote si quieres un café; responde —le ordeno con seriedad, obligándome a dejar de verla por todas partes. Joder, ella ni siquiera ha estado aquí y, en cambio, está tan presente como si acabara de salir por la puerta.

—Venga, hazme un café —me responde, levantándose y dirigiéndose también a la cocina—. Oye, ¿y por qué trasladaste a tu madre? Tenías que haberla dejado en esa casa oscura y fría —suelta con el rencor colándose a través de sus palabras, sentándose en uno de los taburetes de la barra.

—Cuando fui a tu casa a buscarte, la vi por la calle; ella no me vio... —le cuento mientras voy preparando los cafés, necesitando centrarme en algo, cerrando las compuertas de los recuerdos que llevan su nombre para abrir otras, las que llevan el nombre de mi madre grabado en ellas—. La seguí hasta que llegó a casa. No me preguntes por qué lo hice, pero el caso es que lo hice y te juro que todo se removió dentro de mí... Ver la que había sido mi casa y verla a ella fue suficiente como para retroceder en el tiempo y volver a sentirme como ese puto crío que fui, ese niño que no esperaba nada y que, al mismo tiempo, lo esperaba todo, solo que ya no era ese crío y, aunque sabía que nada podía cambiar, no a esas alturas, yo sí que podía hacerlo y lo hice; hice lo que ella nunca hizo por mí, me preocupé por ella.

—Y por eso le alquilaste una casa.

—Y busqué a una mujer para que cuidara de ella. Yo no voy a hacerlo, no voy a cuidar a una persona que ni siquiera se molestó en mirarme cuando era pequeño, pero tampoco voy a permitir que viva como lo estaba haciendo. ¿La has visto? Joder, macho, ella era tan bonita que, verla así, tan envejecida y con esa ropa roída, me superó.

—La amargura ha podido con ella. ¡Qué pena de vida, tío!

—Sé que no se merece nada, pero es mi madre —le digo, dejando un café frente a él—. Yo vivo de puta madre, mírame... ¿Cómo iba a dejarla en esa casa cuando todavía tengo el frío dentro de mí?

—Creo que hacía más frío allí que en la calle —comenta mientras recuerdo lo helada que estaba la cama en invierno y cómo me dormía muchas veces tiritando, tantas que a veces pienso que tengo ese frío metido en los huesos, o en mi pecho, donde late mi oscuridad—. ¿Le dijiste algo cuando la viste?

—No tengo nada que decirle —mascullo con sequedad, dándole un sorbo al café, sintiendo cómo el líquido se desliza caliente y con dificultad por mi garganta, pues, a pesar de todo, algo dentro de mí sigue necesitando que me quiera como quieren las madres, aunque eso es algo que no pienso confesarle a nadie, ni siquiera al Sombra.

—El de la inmobiliaria se frotaría las manos contigo, macho; le arreglaste el mes.

—Ya te digo. Y tú, ¿dónde estabas? —le pregunto, necesitando dejar de hablar y de recordar todas estas mierdas que, como ese frío, se niegan a alejarse de mí.

—Raqui y yo estuvimos viviendo en España durante varios años; de hecho, Dídac nació en Barcelona, y no regresamos aquí hasta hace dos años, cuando abrieron una filial del centro de desintoxicación, donde ella trabaja, en Andorra. Entonces pidió el traslado y yo abrí mi taller. ¡Ni te imaginas la alegría que le dimos a mi madre! Te lo he dicho antes, si quieres estar, estás, no hay más, y yo estaría en cualquier parte del mundo donde estuviera ella —me dice mientras guardo silencio y oigo ese aullido largo y sostenido que proviene del exterior, pero también de mi interior.

—¿Lo has visto? —indago dirigiendo mi mirada hacia el enorme ventanal que tengo frente a mí sin verlo realmente, necesitando cambiar de tema para que el nudo que tengo en la garganta y que ha bajado hasta asentarse en la boca de mi estómago, para estrangularlo, deje de hacerlo con tanta fuerza y, sobre todo, para dejar de sentir este dolor lacerante que se niega a remitir.

Capítulo 29

«¿Todavía estará en los viñedos o estará haciendo la maleta?», me pregunto recordando esa noche que llegó a mi casa decidida a hacerla, el miedo que sentí, ese tipo de miedo que te paraliza, que nubla tu razón y que te acojona por todo lo que te hace sentir, ese miedo que me llevó a sujetarla del brazo y frenar su avance, y ese miedo que desapareció posteriormente cuando todo lo que sentía por ella llegó para nublarme la razón, pero de otra forma.

—Yo no, pero te aseguro que tiene todos mis respetos, macho —me responde mi amigo, sacándome de mis recuerdos—. Ve con cuidado, tío; esta casa está demasiado apartada de todo —me aconseja en tanto que yo la veo por todas partes... la furia de su mirada mientras me retaba con sus palabras y que se diluyó cuando le dije que no me había decepcionado; sus ojos pardos, con los que me sacudía sin saberlo, cuando nuestros meñiques se enlazaban, cuando nuestras sonrisas se encontraban y cuando nuestras miradas quedaban conectadas durante esas ínfimas pero perfectas décimas de segundo en las que todo pensamiento racional desaparecía de mi mente para simplemente hacerme creer...—. Tienes que venir mañana a cenar a casa; quiero que conozcas a mi chaval y a

Raqui. No te digo a comer porque mi Dídac lo hace en el colegio, Raqui, en el centro, y yo, en casa de mi madre; nos dispersamos un poco para el almuerzo, pero luego nos unimos como si tuviéramos un imán —me dice bromeando, sacándome de mis pensamientos mientras miro mis manos, las que aferraron su piel y las que ahora me reclaman justo eso—. Además, tienes que venir a mi taller y tenemos que salir con las bicis. Joder, tenemos quince años que recuperar —prosigue mientras intento alejarla de mis pensamientos sin llegar a conseguirlo, sin dejar de verla de rodillas en el suelo con mi camisa puesta, llorando desconsoladamente. «¡Joder!», mascullo para mí mientras él dice algo que mi cerebro no llega a retener, demasiado ocupado como está en abrirme las costillas en canal para dejar todas estas mierdas más a la vista que nunca—. ¿Qué me dices, macho?

—Claro, tío, me encantaría conocer a tu familia —acepto, sintiendo cómo las últimas palabras duelen demasiado.

—De puta madre. Oye, tengo que irme, está haciéndose tarde —me anuncia, levantándose.

—Y es hora de juntarse, ¿no? —le pregunto, sintiendo mi garganta contraerse hasta cerrarse por completo.

—Tú también podrías juntarte si dejaras de ser tan capullo y de estar tan ciego. ¿No te das cuenta de que te pasas la vida largándote y tomando decisiones que no te corresponden? —me suelta, sorprendiéndome—. Te largaste de aquí cuando el Rata murió y no me permitiste acompañarte porque creíste que lo mejor para mí era que me alejara de ti, y ahora has vuelto a hacerlo, te has alejado de esa chica porque crees que es lo mejor para ella. Qué hijo de puta eres —me recrimina mientras yo soy incapaz de rebatirle nada—. ¿Por qué tienes que decidir tú por los demás? —añade con dureza, consiguiendo que oiga su voz...

«... Y será mi decisión, Víctor, así que deja de poner esa cara, ¿quieres?», me pidió mientras empezaba a sonar *Every breath you take*, de The Police, recuerdo oyéndola en mi mente, oyendo su voz y la canción que silencian la voz de mi amigo.

«¿Por qué no me escuchas cuando te hablo?», le pregunté exasperado, sabiendo que lo mejor para ella era que se alejara de mí y viviera todo eso que, cuando nada de esto había empezado, deseaba vivir.

«Porque no me interesa, ¿te vale como respuesta?», replicó, guiñándome un ojo.

«No, no me vale», le respondí con seriedad, consciente de que, si no tomaba la decisión que yo consideraba correcta, la tomaría yo por ella.

«Bueno, es tu problema, en todo caso», me rebatió, sentándose de nuevo en el sofá, en ese sofá en el que rompí dos veces una de mis normas más sagradas y en ese sofá en el que toqué el cielo con las manos.

—... ¿Por qué no dejas de alejar de tu lado a la gente que te quiere? —insiste el Sombra, devolviéndome a la realidad, y lo miro sintiendo que todavía estoy allí con ella—. Yo me hubiera ido contigo y te juro que me hubiera ido mil veces mejor de lo que me fue, ¿y sabes por qué lo sé? Porque tú cuidabas de mí mucho mejor de lo que yo lo hacía de mí mismo y porque sé que no me hubieras permitido caer en ese puto infierno en el que caí —me asegura con seriedad—. Convertirme en tu sombra fue lo mejor que podía sucederme y ni lo supiste entonces ni lo sabes ahora. Yo decidí ir contigo como ella decidió renunciar a Nueva York, pero nuestras decisiones no te importaron —me espeta mientras me mantengo en silencio, incapaz de encontrar la voz ante sus palabras—. Solo espero que a ella le vaya mejor de lo que me fue a mí y que no caiga en infiernos de los que no pueda salir —añade, consiguiendo que ese miedo paralizante que sentí esa noche regrese.

—Por supuesto que no lo hará —musito, sintiendo cómo el frío del exterior traspasa las paredes de esta casa para instalarse en mi interior, donde mis miedos están más expuestos que nunca y en el que mi herida late en carne viva.

—Ojalá no te equivoques, macho. En fin, tú sabrás lo que haces. Me largo; te espero mañana por la tarde en mi taller —añade pasando frente a mí mientras siento cómo el frío se funde con mis miedos hasta apresarme la garganta, estrangulándome con sus gélidas y huesudas manos hasta cortarme la respiración.

—¡Espera! Te llevo a casa —le propongo cuando consigo librarme de ellas, yendo hacia la escalera, sintiéndolas enroscadas en mi interior, como esa niebla densa que repta sinuosa por el bosque, engulléndolo todo a su paso.

—Ni que fuera tu nenita —suelta sonriendo ya en la puerta, mientras yo me obligo a respirar con normalidad y a aparentar una serenidad que no siento ni de lejos.

—No, pero tú lo has dicho, esta casa está muy apartada y hay un puto lobo merodeando por ella; no quiero que te suceda nada —replico llegando hasta él—. Oye... sobre lo que has dicho antes, yo... yo... yo nunca lo vi así, nunca te hubiera dejado solo si hubiese sabido lo que ibas a vivir —declaro finalmente, guardando silencio durante unos segundos para buscar las palabras apropiadas, las que me dije tantas veces a mí mismo—. Tú tenías una familia que te quería y yo siempre me vi como una mala influencia para ti. Joder, incluso ahora, con los años que han pasado, tu madre continúa viéndome así.

—Eso es porque no has permitido que te conozca; nadie en este pueblo conoce al Víctor de verdad, solo yo, pero puedes hacer que cambien de opinión, puedes mostrarles quién eres en realidad. Hazlo, macho, te hará bien. —Y de nuevo sus palabras me llevan a ella, como ese tronco que, flotando sobre el río y arrastrado por la corriente, llega continuamente al mismo lugar...

«Dice mi padre que, para abrazar el futuro, hay que respetar el pasado —me dijo alejando su rostro de mis manos—, pero en tu caso yo diría que, para abrazar el futuro, hay que sanar el pasado. Tú no quieres hablarme de él y lo acepto, pero está claro que ese pasado continúa abierto para ti y es el que no te está permitiendo avanzar —prosiguió, sosteniéndome la mirada, con sus ojos pardos llegando hasta mi interior—. ¿Quieres que el Víctor jodido desaparezca? Pues soluciona lo que tengas que solucionar y reconcíliate con quien fuiste; solo entonces podrás tomar decisiones importantes —me recomendó en un susurro, llevando sus manos hasta mi rostro, acunándolo como yo había hecho con el suyo—. Hazlo, Vic, porque, si no lo haces, serás tú el que no podrá coger el tren del que me hablabas antes y entonces sí que no habrá marcha atrás.»

—No voy a quedarme tanto tiempo —mascullo, sintiendo ese frío acunar mis heridas, helándolas poco a poco, tan distinto al calor que desprendían sus manos.

—Tú te lo pierdes, colega, pero hazme un favor y no desaparezcas más de mi vida; te quiero en ella, como lo estuviste hace años, y quiero que mi chaval y mi mujer te vean como parte de nuestra familia —añade, mirándome a los ojos y emocionándome con sus palabras.

—Tú también eres mi otro brazo, tío; por cojones voy a formar parte de tu familia —le garantizo, con la garganta cerrada por la emoción—. Ven aquí, capullo —mascullo abrazándolo con fuerza, tal y como hice la última vez que estuvimos juntos en el refugio, frente a esa cruz que albergaba las pertenencias de nuestro otro brazo.

—Como me llores, voy a meterme mucho contigo, niñita —me suelta, haciéndome sonreír, recordando que lo llamé así aquel día.

—Niñita, tú, capullo, que lloraste antes que yo —replico, obligándome a mantener a raya todo esto que me supera—. Vamos, *macho man*, no hagas esperar a tu familia —le digo, separándome y accediendo al garaje seguido por él—. Toma —añado, volviéndome para tirarle las llaves del vehículo, que coge al vuelo.

—¿En serio? —me pregunta, asombrado.

—En serio —le contesto con una sonrisa—, pero, como lo roces o le pase algo, te corto las pelotas —bromeo, abriendo la puerta del garaje, sintiendo como el frío me envuelve por completo—. Puto frío... Venga, sácalo —le pido, notando cómo mi vello se eriza y sonriendo al ver a mi amigo mirar el coche como si se tratara de una obra de arte.

—Nena, eres perfecta, ¿te lo dice este cabronazo alguna vez? —le pregunta al capó, dándole un beso y acariciándolo—. Joder, eres un puto sueño, y tú y yo vamos a pasarlo muy bien juntos.

—No me lo puedo creer —farfullo divertido, observando cómo rodea el todoterreno, mirándolo con adoración antes de subirse a él y sacarlo del garaje.

—¿Oyes el motor? Joder, esto es música celestial para mis oídos —exclama cuando me acomodo en el asiento del copiloto y mi mirada se pierde en las montañas, en esas montañas en las que ese lobo reclama o busca algo.

—Vamos —mascullo, recordando las muchísimas veces que ella se sentó justo en este mismo asiento y, en mi interior, veo cómo el lobo negro hace el primer intento por levantarse.

El trayecto hasta el pueblo lo hacemos conversando sobre el Jeep, sobre su motor y sus características. Bueno, en realidad es mi amigo quien lo hace, mientras que yo me mantengo en silencio, interviniendo esporádicamente y, cuando llegamos a Ordino, instintivamente frunzo el ceño y me cubro con ese disfraz que es como una segunda piel para mí.

—Mira, ese es mi taller —me indica señalándome con el dedo un bajo con un cartel luminoso que reza Reparaciones La Santísima Trinidad.

—No me jodas, macho. ¿Lo has llamado La Santísima Trinidad? —le pregunto descojonándome con ganas, creo que por primera vez desde hace días.

—No había un mejor nombre que ese —me asegura sonriendo, con esa cara de sinvergüenza que todavía conserva, a pesar del paso de los años.

—Y, por lo que veo, el nombre no ha sido suficiente impedimento como para que Joaquinito te lleve su vehículo.

—Su coche es una nenita tan apetecible como esta y que está locamente enamorada de mí; llega toda revolucionada y no veas lo suave que sale tras pasar por mis manos —me dice, guiñándome un ojo.

—Capullo —mascullo sin dejar de sonreír.

—Hemos llegado —anuncia, estacionando frente a un edificio de tres plantas—. Sube, tío, quiero que los conozcas ahora.

—¿Seguro? Igual a Raquel no le apetece recibir visitas a estas horas, ya es tarde —contesto, de repente nervioso por conocer a su familia.

—¿Visitas? No me jodas, tío, tú no eres ninguna visita. Venga, baja de una puta vez —me ordena, apeándose del vehículo, y lo sigo—. No es tu casoplón, pero es mi casa y mucho más de lo que, durante unos años, pensé que tendría. Adelante —me pide abriéndome la puerta y haciéndose a un lado para cederme el paso, y accedo a esta vivienda con el corazón hecho un puño, sabiendo que, en apenas unos míseros minutos, voy a darme de frente con todo lo que, en el fondo, sé que quiero tener y no tendré—, segundo piso —me informa mientras subo por la estrecha escalera sumido en mis pensamientos, retrocediendo con ellos a esa noche de hace demasiados años...

* * *

Estaba llegando tarde a casa, pero ¡qué más daba!, ella no iba a decirme nada y, total, las luces estaban apagadas, así que ni siquiera iba a enterarse. Recuerdo el frío que hacía en la calle, a pesar de estar todavía en septiembre, y cómo escondí mis manos en las mangas de ese suéter raído que había visto mejores tiempos. Recuerdo que abrí la puerta creyendo que estaría solo y cómo me quede paralizado cuando, al encender la luz del salón, la encontré llorando sentada en el sofá, en ese sofá que también había visto mejores tiempos. Recuerdo que fruncí el ceño o quizá ya lo tenía fruncido y lo fruncí un poco más... Tenía once años.

—¿Estás bien? —le pregunté, acercándome a ella.

—¿Crees que estoy bien? —me formuló, alzando su mirada anegada por las lágrimas y clavándola en la mía mientras me quedaba plantado frente a ella, negando finalmente con la cabeza al no saber qué decir—. Exacto, ¿y sabes quién tiene la culpa de que no esté bien? —añadió mientras yo era incapaz de abrir la boca para contestar—. Tú, tú tienes la culpa. Por tu culpa estoy aquí cuando podría haberme ido a Madrid; por tu culpa tuve que renunciar a mis sueños y quedarme en esta casa de mala muerte; por tu culpa vivo anclada en este pueblo, asfixiada por estas montañas, y por tu culpa estoy sirviendo mesas cuando mi sueño era ser modelo. Tu padre y tú me arruinasteis la juventud, vosotros os llevasteis mi alegría y mis ganas de vivir, y por vuestra culpa estoy aquí cuando mi vida tenía que haber sido otra... —me soltó mientras yo sentía dolor en la garganta y también muy muy adentro, en un punto que no conseguía localizar, pero donde dolía mucho—. Qué fácil es ser hombre... Tú lo serás, tú serás como tu padre, te acostarás con quien querrás y no tendrás que asumir responsabilidades de ningún tipo, porque ya lo harán ellas por ti. Tú me has hecho odiar ser madre, así que, no, no estoy bien, y tú tienes la culpa... Vete, no quiero verte —me espetó, dirigiendo la mirada de nuevo hacia la ventana, donde solo se veía su reflejo.

Pero no me fui a mi habitación, sino que volví a salir a la calle; ni siquiera me pidió que entrara de nuevo, demasiado sumida en su dolor como para pensar en el mío y en lo que sus palabras habían provocado en mí. Ese día, con once putos años, me prometí a mí mismo que nunca tendría hijos y que nunca la felicidad de nadie pasaría por mí...

* * *

Llego al segundo piso sintiendo que me muevo errante entre el pasado y el presente, recordando el frío que sentí en ese punto donde tanto me dolía y que nada tenía que ver con el que hacía en mi casa o en la calle porque ese frío no hacía temblar mi cuerpo, pero me hacía temblar por dentro. Esa noche, mientras me mantenía de pie en la acera, temblando y con los puños apretados, oí un aullido, largo y sostenido, proveniente de la montaña, y dirigí mis pasos hacia él...

—Aquí es —me anuncia mi amigo, y yo le cierro las compuertas a mis recuerdos, pero no a mi dolor, ese dolor de garganta que baja hasta asentarse en el pecho, en ese lugar que de crío sentía que estaba muy muy adentro y que era incapaz de localizar—. ¡Raqui! ¡Tu hombre ha llegado! ¡Dídac! ¡Ven a darle un abrazo a tu padre! —exclama en cuanto abre la puerta, mientras yo lo siento tan latente como esa noche—. Vamos, macho, pasa, no te quedes ahí parado —me indica accediendo a la vivienda, y lo sigo cubriendo mi rostro con esa máscara de indiferencia que forma parte de mí desde hace tantos años que ni yo mismo soy capaz de recordar cuándo fue la primera vez que me la puse.

—¡Papá, papá! —grita una vocecilla, y veo cómo, cual flecha, un crío sale disparado de una habitación para, literalmente, tirarse a los brazos de mi amigo.

Recuerdo que ella hacía igual, venía corriendo y se tiraba en mis brazos, sabiendo que los míos la sostendrían, rememoro mientras observo cómo el Sombra lo alza para llenarlo de besos, y endurezco el gesto, sintiendo que todo duele demasiado, evocando de nuevo al niño que fui, ese que ya desde pequeño aprendió a mantenerse en un segundo plano mientras observaba cómo sus amigos recibían los besos, el cariño o la atención de sus padres... «Suficiente», me digo, obligándome a dejar de recordar quién fui para simplemente centrarme en quién soy ahora, pero centrarme en eso me lleva a pensar en ella y, maldita sea, no sé qué es peor.

—Hola, amor, ¿qué tal el dí...? —le pregunta una mujer saliendo de esa misma habitación, deteniéndose en seco al verme junto al Sombra, y doy por hecho que se trata de Raqui—. Hola, a ti no te conozco —me saluda con simpatía mientras mi amigo la mira sonriendo.

—¿Sabes qué, papá? Hoy Mateo le ha pegado a Marc en el patio y yo lo he defendido, pero me han castigado por haberle pegado, pero estaba defendiéndolo, papá —se justifica el chiquillo sin dejar de parlotear, intentando llamar la atención de mi amigo, que solo tiene ojos para su mujer y, de nuevo, siento que todo me duele demasiado.

—Hola, cielo —le responde él, y lo miro asombrado. «¿Cielo?, joder, pues sí que ha cambiado el colega», pienso mientras veo cómo ella se acerca para darle un beso—. Nena, te presento a mi otro brazo.

—Entonces, tú eres Víctor —me asegura convencida, mirándome con cariño y sorprendiéndome todavía más.

—¿Cómo lo sabes?

—Porque Pol me ha hablado muchísimo de ti, tanto

que casi siento que te conozco. Yo soy Raquel —me dice, acercándose a mí para darme un par de besos—. Te quedas a cenar, ¿verdad? —me pregunta sonriendo, y observo su mirada, limpia y tranquila, ese tipo de mirada que solo aparece cuando sientes que realmente estás en casa, y cuando digo *casa* no me refiero a las cuatro paredes que te cobijan, sino a la gente que te hace sentir en ella.

—No, hoy, no..., mañana —contesto un poco incómodo.

—Puedes quedarte hoy, mañana y todos los días que estés aquí —interviene mi amigo.

—¿Quién es este señor, papá? —le pregunta el pequeño, aferrándose a su mano, y lo miro con cariño. ¡Joder, es su copia!

—Es tu tío Víctor; es el hermano de papá —le anuncia el Sombra, y noto cómo la garganta se me cierra un poco más, ¡joder!

—Papá, tú no tienes hermanos —le rebate el niño, convencido.

—Y, eso, ¿quién lo ha dicho? —inquiere su madre, poniéndose en cuclillas para estar a la misma altura visual que su hijo, y contemplo la escena sintiéndome completamente desbordado ante un cariño que no esperaba encontrar cuando decidí regresar aquí.

—La abuela; ella siempre dice que le hubiera gustado tener más hijos —le cuenta con aplomo, y sonrío sin percatarme.

—Hay dos tipos de familia, Dídac: la familia que te toca y la que tú eliges. Estamos unidos por la sangre con la familia que nos ha tocado y, por el corazón, con la que elegimos. Tu padre eligió a Víctor como hermano cuando tendría más o menos tu edad; por eso es su hermano, porque se eligieron —le explica mientras yo inspiro profundamente, abriendo de nuevo esas compuertas que, por alguna extraña razón que desconozco, no consiguen cerrarse del todo. Yo también lo elegí a él, y al Rata, y más tarde a Pedro, a Alana, a Casi y... a ella, a mis brazos, mis piernas y a mi yo entero.

—¿La familia puede elegirse? —le plantea el niño mientras endurezco el gesto, obligándome a mantener las putas lágrimas a raya, dejándome arrastrar por la corriente de mis recuerdos, esa que corre tan rápida como las aguas de un río.

* * *

—¿Sabes una cosa? Creo que elegí al mejor padre del mundo —me dijo, convencida, mientras salíamos de la bodega, tras habernos despedido de él.

—¿Cómo? —le pregunté sin entender nada.

—Adri y yo estamos leyendo un libro donde dice que es nuestra alma la que escoge a sus padres y la vida que va a vivir antes de nacer.

—No deberías creer todo lo que lees —mascullé con desgana.

—Y no lo hago, pero esto sí que me lo creo. Además, me siento bien leyéndolo —me confesó con seriedad—; por lo de mi madre, ¿sabes? Es como si todo tuviera un poco más de sentido —me aclaró, consiguiendo que me sintiera mal de repente.

—¿Desde cuándo las niñas de quince años leen esas cosas? ¿No deberíais estar leyendo sobre tíos buenos y todo eso? —solté bromeando, arrancándole una sonrisa y sonriendo finalmente con ella.

—Víctor..., dejé de ser una niña hace tiempo. Abre los ojos, ¿quieres? —me pidió, mirándome de esa forma que me hacía sentir incómodo—. Y, para que te enteres, hay jóvenes, que no niñas, a las que nos gusta leer de todo —añadió arrugándome la nariz, llevándose la incomodidad con ese gesto que era tan suyo.

—Eres una niña, lo quieras o no, y te aseguro que tú no elegiste nada, te tocó y punto. Tuviste suerte, no hay más —le rebatí, retomando el tema sin pretenderlo, recordando la especie de broma pesada que me tocó a mí.

—Estás muy equivocado, Vic. Nada sucede al azar. Si tú estás aquí ahora es porque elegiste, siendo alma, la vida que ibas a vivir, a pesar de todo lo malo —me aseguró convencida, pasando por delante de mí.

—Y dale... Pues sí que te ha dado fuerte, ¿no? —solté exasperado, siguiéndola y cabreándome por momentos—. Oye, Val, hazte un favor y deja de leer esas chorradas.

¡Y una mierda había elegido yo vivir voluntariamente lo que viví!

—No son chorradas; lo que tienes que hacer es desprenderte de todos esos prejuicios que te ciegan —me contradijo, con ese tonito de marisabidilla que empleaba desde que había entrado en la adolescencia.

—Te aseguro que nadie en su sano juicio elegiría una vida jodida. Yo mismo no hubiera elegido mi vida si hubiese tenido opción. Te lo repito: nadie elige nada; hay quien nace con una flor en el culo y hay quien nace jodido, no hay más.

—Y tú, ¿cómo has nacido? ¿Con la flor en el culo o jodido? —me preguntó deteniéndose, cruzándose de brazos y frunciendo el ceño.

—No digas palabrotas —la reñí, desfrunciéndoselo con mi pulgar.

—Tú la has dicho primero —replicó, frunciéndolo de nuevo, y recuerdo cómo la miré enarcando ambas cejas y cómo lo desfrunció con una sonrisa.

—Yo soy mayor —maticé guiñándole un ojo, echando a andar de nuevo hacia mi vehículo.

—Y yo —me indicó, siguiéndome—; yo también lo soy, aunque no te des cuenta...

«Joder, ¿cómo puedo recordarlo con tanta exactitud?», me pregunto, demorándome en la imagen que mis recuerdos traen consigo... Los rayos del sol, de finales de la tarde, incidiendo suaves sobre su melena oscura y arrancándole reflejos rojizos; sus labios carnosos dibujando una mueca y sus ojos pardos llenos de motas doradas, como si de diminutas estrellas se tratara, mirándome con una mezcla de fastidio y disgusto...

* * *

—Por supuesto, hijo, y es tan o más de verdad que la otra —le dice Raquel con cariño, sacándome de mi ensoñación con sus palabras mientras mi amigo me indica con la mirada que lo siga hasta el salón, y obedezco sintiendo que todavía estoy allí con ella.

—Las pelas están amariconándote, colega —comenta, y guardo mis manos en los bolsillos de los pantalones, sin saber qué hacer con ellas—. ¿Estás bien, macho?

—Claro; por si no lo recuerdas, aquí la única niñita eres tú —le contesto, obligándome a sonreír y a hacer a un lado todos estos recuerdos que lo único que hacen es joderme vivo.

—Lo que tú digas, pero no soy yo el que está a punto de derrumbarse —replica con una mezcla de preocupación y cariño—. Quédate a cenar con nosotros, hoy, mañana y todos los días que estés aquí —insiste de nuevo.

—¿Quieres que me acueste también con vosotros? —le pregunto, intentando bromear.

—Tan capullo como siempre, en eso las pelas no te han cambiado en absoluto —me dice, dándome un puñetazo cariñoso.

—Ahora en serio, no quiero molestar, tío. Es vuestro momento de juntaros y no quiero estar de más.

—¿Qué imbecilidad es esa? Tú nunca has estado de más en mi vida y por supuesto que no molestas. Venga, siéntate de una vez y deja de hacerte de rogar. Mi crío tiene que conocerte y con una noche no va a tener bastante —replica, sentándose en una de las sillas que rodean la mesa, y observo el fuego crepitando en la chimenea, los juguetes esparcidos por el suelo, el sofá sobre el que descansa una manta y las muchas fotografías que decoran el pequeño salón y siento que estoy en un hogar de verdad. «Uno en el que no hace frío, en el que se respira cariño y en el que siempre encontrarás las luces encendidas cuando regreses», pienso acomodándome a su lado.

—Tu hijo tiene mucha suerte de vivir aquí y de tenerte como padre —afirmo, sintiendo todas mis carencias más latentes que nunca—. ¿Sabes? Puede que mi casa sea un casoplón, pero nunca tendrá nada de esto.

—¿A qué te refieres? —me pregunta sin entenderme mientras Dídac accede al salón y veo cómo el niño se sube a sus piernas y mi amigo rodea su pequeño cuerpo con ambas manos.

—A él y a Raqui. En mi casa nunca habrá juguetes frente a la chimenea, ni tampoco fotografías, ni será nunca un verdadero hogar —sentencio con seriedad.

—Pero eso será por culpa tuya, por tomar decisiones que no te corresponden y por alejarte de la gente que te quiere. Prueba a no hacerlo, macho, igual hasta te sorprendes y un día te encuentras tropezando con un cochecito o con una pelota —me replica, sonriendo y mirando a su hijo, que le sonríe con la misma cara de pilluelo que tenía él y que todavía conserva, a pesar del paso de los años—, o incluso con un ejército de Playmobil en la ducha —prosigue, haciéndole cosquillas mientras él empieza a retorcerse, muerto de la risa, entre sus brazos.

—¡Papáááá, para, para! —le pide, carcajeándose.

—¿Que pare? ¡De eso nada, colega! ¡Hoy, mientras

me duchaba, he tenido que combatir con cientos de indios y vas a pagar por ello! —le dice disfrutando del momento y abriendo, de nuevo, las compuertas de mis recuerdos...

* * *

—¡Vic, no me hagas cosquillas, por favor, para... para! —me pidió con su vocecilla infantil y sus mejillas todavía mojadas por las lágrimas.

—¡No puedo parar, mis manos no me hacen caso! —le dije bromeando, a la vez que continuaba haciéndole más, necesitando que, si había unas lágrimas que mojaran su rostro, fueran las de la risa y no las del llanto.

—¡Para, para! —me rogó entre risas, retorciéndose entre mis brazos.

Tenía ocho años y había venido a mi casa hecha un mar de lágrimas porque había discutido con su hermana por unas muñecas. Recuerdo mi sonrisa condescendiente mientras ella, llorando más por la rabia que por la pena, me contaba lo que había sucedido como si fuera una verdadera tragedia. Recuerdo cómo se cabreó conmigo por estar sonriendo y cómo le quité el enfado y eliminé sus lágrimas con mis manos... «Esas manos que años después provocaron otras cosas en su cuerpo, en ese cuerpo que fue como una obsesión para mí cuando empezó a cambiar», rememoro, evadiéndome de todo y de todos...

* * *

—Como no regreses pronto, voy a empezar a hacerte cosquillas a ti también —me dice el Sombra, dándome un codazo y devolviéndome al presente.

—¿Cómo? —le pregunto llevando mi mirada a mis manos, que reclaman exigentes lo que fue suyo.

—¿Dónde estabas, colega? —plantea con seriedad.

—A tu lado, ¿no lo veías, papá? —interviene el crío sin entenderlo, y le sonrío viendo a mi amigo en él.

—¿Y tienes un ejército de Playmobil? —inquiero, recordando que siempre quise tener clicks de Playmobil de pequeño, sobre todo el fuerte con indios y soldados.

—Tiene el fuerte —suelta mi amigo, leyéndome el pensamiento.

—No me jod... Perdón, ¡no me digas! ¿Tienes el fuerte?

—Sí, y cuando papá y yo jugamos a las guerras, siempre ganan los indios.

—Los indios son los tuyos, ¿verdad? —le pregunto sonriendo.

—Y los soldados, los míos —matiza mi amigo, guiñándome un ojo—, y siempre la palman, macho; debo de ser el peor comandante de la historia.

—Eso es porque no has jugado conmigo —le indico al niño, cruzándome de brazos—. Tu padre es una presa fácil, pero, si lidero yo el ejército de soldados, tus indios no tienen nada que hacer —prosigo, retándolo y viendo el brillo en su mirada y en la de mi amigo.

—¿Qué te juegas? —me reta el enano, zafándose de los brazos del Sombra y mirándome con esa determinación que vi tantas veces en su mirada.

—Lo que quieras —contesto aceptando el reto, sabiendo de antemano que voy a perder.

—¡Espera, que voy a traerlo! ¡Ayúdame, papá! —le pide cogiendo su mano, tirando de él y haciéndome sonreír.

—No sabes lo que has hecho, colega. ¡Te aseguro que ya no te va a dejar vivir en paz! —exclama riendo, dejándose arrastrar por su hijo como yo me dejo arrastrar, más veces de las que debería, por los recuerdos y, antes de que me atrapen de nuevo, cierro esa compuerta con determinación, obligando a mi mente a quedarse aquí, en este salón, e inspirar la paz que aquí se respira, viendo, a través de la ventana, las montañas alzarse a lo lejos, sintiendo el calor envolver mi cuerpo sin llegar a adentrarse en él, donde la oscuridad campa a sus anchas.

—Tuve que construir el fuerte sobre esta chapa de madera para no tener que estar montándolo y desmontándolo todo el tiempo —me cuenta mi amigo llegando cargado con ella y depositándola sobre la alfombra—. ¿Recuerdas cuando de pequeños fantaseábamos con la idea de tenerlo? —me pregunta mientras yo me dirijo hacia donde están ellos, sentándome en el suelo, sobre la alfombra, sonriendo con tristeza al recordarlo.

—Y tanto... A ver, chaval, ¿dónde están mis soldados, que no los veo? —le pregunto mientras él llega cargado con ellos.

—Los tenía en la ducha —me cuenta, dejándolos en el suelo.

—Pobres, los tenías medio ahogados, así estás dándoles ventaja a los indios —le digo mientras él me sonríe como sonríen los críos, sin artificio ni dobleces.

—Los indios son los mejores y son capaces de luchar incluso en el agua —me indica sentándose en el suelo, llevándome con él a su infancia.

Y durante casi una hora, jugamos juntos mientras mi amigo se suma a nosotros en ocasiones o se retira en otras, y es durante esta hora cuando me olvido de todo para simplemente conocer a este pillín que se ha empeñado en cargarse a todos mis soldados mientras yo intento ofrecer resistencia.

—¡Te maté! ¡Maté al último! ¡Los indios han ganado! ¡Eah, eah, eah, eh! —entona imitando a los indios por todo el salón mientras yo sonrío al verlo.

—¿Muerto? —me pregunta mi amigo, tendiéndome una cerveza.

—Y enterrado. Han ganado los indios, macho —le digo, cogiéndola—. ¿Y esto? Creía que no bebías.

—Que yo no beba no significa que tú no puedas hacerlo. He ido a la tienda que hay abajo a comprártelas; sé que te morías por un chute de alcohol en vena desde esta tarde y no quiero que tengas una excusa para no volver mañana —me cuenta y, de nuevo, siento cómo todo esto me sobrepasa.

—No tenías por qué hacerlo, pero gracias. Joder, no sabía que era tan evidente —le digo vaciando mis pulmones de golpe y levantándome del suelo mientras Raquel llega con la fuente de la cena.

—Espero que te guste la carne asada —comenta sonriéndome.

—Tiene la nevera y la alacena a rebosar de comida prefabricada; no creo que te ponga pegas, cielo —interviene mi amigo por mí.

—Está perfecto, Raquel. Gracias.

—Joder, qué finolis te has vuelto, macho —se burla, haciéndome sonreír.

—Víctor, siéntate aquí a mi lado —me pide el enano, y me pongo donde su manita me señala.

—Finolis, ¿yo? Todavía estoy en *shock* desde que te he oído llamar a tu mujer *cielo* —replico riendo—, y no es por nada, Raquel, pero es que este era un cafre y de los grandes.

—Lo imagino; ya me ha contado vuestras batallitas con el Rata —me contesta sonriendo y empezando a servir la cena.

—Nosotros vamos al refugio de excursión y en verano nos quedamos a dormir allí; es un sitio muy guay, ¿verdad? —me pregunta Dídac, mirándome con complicidad—. Y papá va una vez al mes para hablar con el Rata, pero ese día no puedo ir con él —continúa mientras me limito a mirarlo sonriendo, incapaz de decir nada—. ¿Tú también vas?

—No, todavía no he podido, pero lo haré —le respondo, prometiéndome a mí mismo no irme de aquí sin haber ido antes a verlo.

—Y, cuando tú vayas, ¿podré acompañarte?

—Algún día y si tus padres quieren —le contesto, intentando zafarme.

—¿Podré ir? Por favor, por favor, por favor —les pide suplicante.

«Joder, si fuera mi crío y me mirara así, no podría negarle nada», pienso, bloqueando su recuerdo antes de que llegue.

—Cuando el lobo se marche, iremos; ahora no —le dice con seriedad mi amigo.

—Y, entonces, si no se marcha nunca, ¿no podremos ir? —le pregunta haciendo un mohín, enfadado de repente.

—Claro que se marchará, hijo. Ese lobo solo está de paso y, cuando lo haga, iremos de excursión al refugio —interviene Raquel, sonriendo, mientras yo miro al Sombra con la duda reflejada en mi mirada, pues no es la primera vez que algún lobo ronda las montañas.

—Lo han fotografiado con las cámaras de fototrampeo y es enorme, tío; no quiero verme frente a él con mi crío.

—¿Alguna vez has visto tú un lobo? —me plantea el niño.

—No, pero sí he oído su aullido —le miento.

—Joder, no veas cómo se oye desde su casa —le explica mi amigo a su mujer.

—Tienes una casa muy bonita, Víctor. Pol y yo pasamos una vez frente a ella y me encantó.

—Y eso que no la has visto por dentro, cielo. Si lo hicieras, alucinarías.

—¡Yo quiero verla! ¡Y quiero oír el aullido del lobo! —suelta, emocionado, el pequeño—. ¡Por favor, Víctor! ¿¿Puedo, puedo, puedo??

—Por mí, no hay problema. Si queréis, podéis venir

mañana a cenar a casa. No prometo una cena tan rica como esta, pero algo haré que no sea comida prefabricada —propongo sonriendo.

—¿Puedo llevar el fuerte para que juguemos?

—En mi casa no hay juguetes, así que vas a tener que cogerte algo, colega, si no quieres aburrirte.

—¿Seguro, Víctor? —inquiere Raquel—. No quiero que te sientas obligado.

—Claro que está seguro, cielo; si no lo estuviera, no lo hubiera dicho. ¿Ves, macho? Antes de lo que pensabas vas a tener juguetes tirados por el suelo —se burla sonriendo, haciéndome sonreír a mí.

Pasamos el resto de la cena rememorando viejos tiempos, omitiendo, claro está, ciertos detalles que el enano no necesita saber y eliminando, poco a poco, esos quince años en los que hemos recorrido unos caminos completamente distintos, unos caminos que acaban de encontrarse para, espero, no volver a separarse.

—Me marcho ya —les digo con Dídac sentado sobre mis piernas.

—¿Yaaaaaa? Yo quiero que juguemos otra vez con el fuerte.

—Pero si es tarde, ¿no estás cansado? —le pregunto sonriéndole, sintiendo cómo este crío está ganándome tal y como me ganó su padre hace años.

—No, no lo estoy.

—Pues deberías, porque ya es tarde y vas a acostarte —le comunica Raquel, revolviendo su cabello con cariño.

—Mañana te prometo que jugaremos, ¿vale? Pero lo que no te aseguro es que ganes esta vez. Además, me he dado cuenta de que tienes más indios que soldados y eso es jugar con ventaja, chaval.

—Los otros soldados se rompieron —me cuenta con seriedad, como si estuviéramos tratando un tema de Estado.

—Los indios les cortaron la cabeza —matiza mi amigo, haciéndome sonreír.

—¿Y no pediste refuerzos, macho? ¿Qué clase de comandante eres? —le pregunto con fingida seriedad.

—Uno pésimo, por eso siempre ganan los indios —me contesta burlón.

—Vamos a tener que solucionar eso. Venga, colega, acompáñame a la puerta —le pido haciendo que se levante, tendiéndole una mano, que aferra, y, durante unos segundos, observo nuestras manos unidas.

—Me gusta que seas mi tío —me dice, sorprendiéndome, mientras echamos a andar, seguidos por mi amigo y por Raquel.

—Y a mí serlo. Me parece que tú y yo vamos a jugar mucho con ese fuerte.

—¡Qué guay! —exclama con una resplandeciente sonrisa al tiempo que yo me agacho para ponerme a su altura.

—Buenas noches, colega; nos vemos mañana —me despido sonriendo.

—Mola que me llames *colega*, como los mayores —me dice, devolviéndome la sonrisa—. Choca, colega —prosigue, tendiéndome su manita, que miro con una enorme sonrisa cargada de demasiadas cosas, esas que bajan por tu garganta cerrándola y asentándose en tu pecho.

—El tío Víctor mola, hijo, ya te lo decía tu padre —interviene mi amigo mientras me levanto para darle un abrazo—, y está amariconándose —añade, consiguiendo que esa sonrisa no desaparezca de mi rostro.

—Qué capullo eres, macho —mascullo separándome de él—. Gracias por todo, Raquel; la cena estaba buenísima y me lo he pasado muy bien —añado, dándole un par de besos—. Os espero mañana en casa, venid cuando queráis.

—Pero antes tienes que venir a mi taller —me recuerda el Sombra—. ¿A qué hora te espero?

—No lo sé, supongo que por la tarde —contesto saliendo de su casa y sintiendo el frío del rellano recibirme con los brazos abiertos—. Buenas noches —musito cerrándome la chaqueta mientras a mi espalda oigo sus «buenas noches».

Capítulo 30

Salgo a la calle, desierta ahora, con cientos de sentimientos contradictorios bullendo dentro de mí mientras las palabras de mi amigo resuenan en mi cabeza y, obligándome a hacerlas a un lado junto con todo esto que no me deja en paz, accedo al vehículo.

Recorro las calles del pueblo rompiendo el silencio en el que se hallan envueltas con el sonido del motor de mi Jeep, ese que es música celestial para mi amigo, siendo plenamente consciente de que estoy alejándome de la dirección que debería tomar para regresar a mi casa y que, en cambio, me estoy dirigiendo a una a la que por mi bien no debería ni acercarme. «De hecho, debería olvidar hasta el nombre de esa *pleta*», me digo mientras conduzco hacia ella, para alejarme de pronto y repetir el mismo recorrido de nuevo mientras intento ignorar esta necesidad acuciante que siento, esa que me hace estar incómodo conmigo mismo mientras procuro silenciar su voz y su consejo de sanar mi pasado para poder abrazar mi futuro... «Pero ¿qué necesidad tengo de hacerlo cuando mi futuro ya está trazado y no hay nada que abrazar?», me pregunto dando un volantazo para salir de este pueblo en el que mi amigo ha encontrado su lugar mientras que yo continúo buscando el mío sumido en la más destructiva autocompasión.

Conduzco a través de la noche cerrada instándome a no pensar en nada y, cuando llego al camino serpenteante que me llevará hasta mi casa, bajo la ventanilla del vehículo para inspirar el frío que aquí se respira y que huele a pinos, a monte y a tierra húmeda. Este frío que viene cargado de gotas de agua suspendidas en el aire y que se adentra en tu interior con cada inspiración que haces, para enredarse en tus pulmones tal y como hace la niebla con las ramas de los árboles y con todo lo que encuentra a su paso; este frío que te engulle y con el que me siento tan en sintonía, «posiblemente porque fue ese frío el que esa noche me dio cobijo», reconozco agudizando el oído para oír ese aullido que mi alma parece esperar, el que oí esa noche y al que me dirigí sin miedo, y siento cómo todo esto que llena mi pecho, en ese punto justo en el que el dolor se asienta una vez que baja por la garganta, se agita con ese recuerdo...

«No había nadie en la calle, ni siquiera pasaban coches por ella, y apreté mis puños con fuerza sintiendo cómo el frío se enroscaba por mis piernas mientras dentro de mí hacía mucho calor y mi cuerpo temblaba con él», rememoro deteniendo el vehículo frente a mi casa, bajando de él y sintiendo ese mismo frío que sentí esa noche enroscándose de nuevo por ellas...

«Te odio, te odio, te odio», repetí en un gruñido casi ininteligible con los puños tan cerrados que clavé las uñas en mi piel mientras ese aullido llegaba a mis oídos de nuevo, como si me llamara, y, sin dudarlo, entré de nuevo en el rellano de la vivienda para coger mi bicicleta.

Pedaleé hacia las montañas sintiendo cómo ese frío me golpeaba el rostro y lo cortaba con su punta afilada, con forma de lágrimas y cuyo sabor salado sentía en mi garganta, cerrada ahora, por donde todo esto, que dolía tanto, bajaba todo el rato hasta llegar a ese lugar donde dolía todavía más, y apreté el manillar con ambas manos mientras no dejaba de pedalear y las luces de las casas pasaban veloces por mi lado.

«Te odio, te odio, te odio», repetí de nuevo apretando la mandíbula, con la rabia tomando la forma del fuego, pero no un fuego que caldeaba las entrañas, sino uno que las enfriaba todavía más; un fuego que congelaba y ardía a la vez y que me impulsaba a seguir pedaleando mientras ese aullido largo y sostenido me indicaba el camino a seguir...

«El mismo aullido que estoy oyendo ahora», pienso dirigiendo la mirada hacia la montaña, engullida en estos momentos por la oscuridad, donde ese lobo merodea de nuevo, llamándome, y siento cómo esa necesidad que sentí esa noche aparece otra vez para tirar de mí mientras esos dos lobos que yacen en mi interior se unen a ese aullido que resuena por todas partes, y aprieto de nuevo los puños, como hice esa noche, clavando mis uñas en las palmas de mis manos y mis pies en el suelo, frenándome para no correr hacia él.

Agotado mentalmente, accedo de nuevo a mi todoterreno para guardarlo en el garaje de la casa, con esa necesidad todavía latiendo dentro de mí y con esa llama que esa noche sentí avivándose otra vez, como las cenizas de una hoguera que, con el viento, prenden nuevamente. Ignorándola, me dirijo hacia la escalera que me llevará a la vivienda, encendiendo todas las luces a mi paso y recordando, con ese simple gesto, que las luces de casa siempre estaban apagadas para no gastar electricidad.

Con la compañía de ese recuerdo, accedo al salón, donde todavía está la mesa puesta con los restos de la comida y donde no hay juguetes esparcidos por el suelo ni fotografías inmortalizando momentos felices; donde no hay manitas que aferrar ni batallas entre indios y soldados que librar.

«¿Qué estará haciendo? —me pregunto empezando a retirar los platos para ponerlos en el lavavajillas—. ¿Se habrá ido o se habrá quedado? Joder, haga lo que haga, seguro que me odia», me fustigo intentando no oír la voz de mi amigo... «Si quieres estar, estás»... y fracasando estrepitosamente. ¿Y si me he equivocado? Está claro que él tampoco era la mejor opción para Raquel en ese momento, pero, viéndolos ahora, no había mejor opción para ambos. «¿Y si nuestra mejor opción somos nosotros? ¿Y si realmente había una parada y era yo el que no la veía?», me planteo deteniéndome en mi labor, clavando la mirada en el suelo y oyendo en mi interior el rugido del lobo blanco que, fatigado por el esfuerzo, intenta amedrentar al negro, que empieza a levantarse. Ese lobo negro cuya mirada tengo clavada en ese punto justo de mi interior donde tanto me dolía de crío y donde continúa doliéndome ahora.

Retiro todo del salón y, tras dejar la cocina limpia, me dirijo al baño, donde me desprendo de la ropa para seguidamente meterme bajo el chorro del agua caliente, intentando calmar demasiadas cosas que siento agitadas dentro de mí, como si tuvieran vida propia, mientras los recuerdos llegan en tropel para joderme vivo porque, a la imagen de la familia de mi amigo junto al fuego, llega la suya frente a los viñedos, llega su sonrisa y la vida que llegó con ella, llegan sus besos y el recuerdo de ese fuego que encendía en mi interior, «pero también llega la calma y la paz que sentía estando con ella y que dejé atrás cuando decidí lo que posiblemente no me correspondía decidir a mí», reflexiono alzando el rostro hacia el chorro del agua, procurando hacer a un lado toda esta mierda y fracasando de la hostia cuando el recuerdo de sus pechos, redondos y llenos, llega para recordarme lo jodidamente bien que encajaban en las palmas de mis manos, cómo se erguían sus pezones, duros y sonrosados, cuando los acariciaba...

su piel, tersa y suave como el terciopelo, y su sexo, siempre mojado para mí.

—Joder... —mascullo llevando mi mano a mi polla, rodeándola y cerrando los ojos, rememorando la primera vez que sus labios la envolvieron, la calidez de su boca, su humedad y su lengua chupándomela y poniéndomela más dura, tanto como la tengo ahora.

Gimo empezando a masturbarme, recordando cómo me la follaba, su sexo, sus pechos y su culo, sus gemidos entremezclados con los míos, cómo se retorcía cuando la chupaba, y cómo gritaba cuando llegaba al orgasmo y, con el recuerdo de su cuerpo encajado en el mío, me corro yo también entre gruñidos.

—De puta madre —mascullo cerrando los ojos, apoyándome en la pared de la ducha, con el agua cayendo todavía en cascada sobre mi cabeza, tan frustrado conmigo mismo que si pudiera me liaría a golpes con la jodida mampara.

Salgo de la ducha sintiendo mi cuerpo relajado pero mi interior más agitado de lo que ya estaba antes y, tras secarme y ponerme unos *slips*, me tiro en la cama, deseando dormirme cuanto antes para dejar de sentir todas estás mierdas que tengo dentro de mí.

Despierto cuando no ha amanecido todavía, sintiendo cómo las mismas mierdas con las que me acosté anoche despiertan conmigo y, tras soltar un taco, me dirijo al baño para asearme.

Me lavo los dientes, observando, a través del espejo, la ducha donde ayer me masturbé y, con la mirada fija en ella, siento cómo llegan los recuerdos de nuevo para impedirme olvidar, solo que no vienen solos porque esta vez traen consigo la incomodidad y ese tipo de desasosiego que sientes cuando sabes que tienes demasiadas cosas pendientes de resolver, que vas retrasando porque crees no estar preparado para afrontarlas.

Me visto con lo primero que encuentro en el armario y, una vez listo, me dirijo a la cocina, donde me preparo un café bien cargado que me tomo de pie junto a la ventana, contemplando cómo el amanecer le coge el relevo a la noche y cómo la densa niebla parece haber engullido el pueblo con sus garras implacables, mientras que yo, aquí arriba, permanezco a salvo de ella.

Al primer café le sigue el segundo ya sentado a la mesa del salón porque paso de encerrarme en el despacho con las pedazo de vistas que tengo aquí y, con mi ordenador encendido, me dispongo a ver la apertura de la bolsa mientras su voz se cuela a través de mis resistencias para sacudirme por dentro y hacer que me cuestione de nuevo mi decisión...

* * *

—¿Y el tercer ordenador? —me preguntó mientras yo sentía cómo todo cambiaba a nuestro alrededor con ella sentada en mi regazo y mi polla empezando a crecer con el roce de su trasero.

—Para realizar las órdenes de compra y de venta —le respondí con el deseo haciendo estragos dentro de mí.

—Y, el cuarto, para la bodega, ¿verdad?

—Verdad —contesté empezando a acariciarle la pierna, con esa ansia viva que me quemaba por dentro comenzando a tomar el control de mis manos.

—Eres un cerebrito —me dijo con admiración, volviéndose para mirarme, y la miré divertido.

—¿Tú crees?

—Sin duda, un cerebrito que está para comérselo enterito —musitó, rozando sus labios contra los míos.

—Val... no vas a marearme —le aseguré, a pesar de que en el fondo eso era justo lo que esperaba que hiciera.

—¿Estás seguro? —murmuró moviéndose sobre mis

piernas para sentarse a horcajadas sobre ellas mientras yo sentía cómo mi polla presionaba la cremallera de mis pantalones, reclamando su piel—. Vic... —susurró enterrando sus dedos en mi pelo y gemí, decidido a dejar de oponer resistencia. ¡Qué coño!, estaba deseando follármela, como siempre cuando la tenía cerca de mí.

—Nena... —mascullé llevando mis manos a su trasero, que apresé con posesión, pegando su sexo contra mi polla, que reaccionó al instante a su roce...

* * *

«Ese día le puse la primera tirita sobre la mesa de mi despacho», pienso recordando cómo casi nos la cargamos, «y ese día también me enamoré más de ella, si es que era posible quererla más de lo que ya la quería», reconozco con la mirada clavada en mi portátil, sin verlo realmente, con mi polla tan dura como entonces.

Frustrado, entierro mis dedos en mi pelo, con los codos apoyados sobre la mesa, negándome en redondo a masturbarme de nuevo pensando en ella. «Joder, que me matara a pajas con quince años era normal, pero ahora, a estas edades, me niego», me recrimino con disgusto, mirando la hora en el ordenador. Las nueve. «Gon no tardará en llamar», me digo y, al segundo, su llamada y mi salvación. Mierda, unos minutos más acordándome de ella y hubiera terminado en el baño, seguro.

—Buenos días, Gonzalo —lo saludo, obligándome a hacer a un lado todo esto que siento.

—Buenos días, señor Álvarez. ¿Cómo va ese viaje?

—Cojonudo —le respondo, sintiendo cómo la amargura se me atraganta en la garganta—. ¿Qué coño está pasando? —mascullo centrándome al fin, detectando cómo, con cada actualización, los indicadores de los bancos pierden valor.

—Eso iba a decirle, señor. ¿Ha visto las noticias? —me pregunta mientras maldigo por lo bajo. «Justo en eso estaba pensando hace un segundo», prosigo para mí con ironía.

—No, no las he visto; he estado ocupado —le digo frunciendo el ceño, viendo cómo el rojo comienza a dominar toda la pantalla.

—Ha salido una noticia muy desfavorable para la banca: el Tribunal Supremo ha dictaminado que deberán ser los bancos y no los clientes los que tengan que hacerse cargo del Impuesto de Actos Jurídicos Documentados de las hipotecas. Señor, le aseguro que esto se va a ir a tomar por culo rapidito; le aconsejo que liquide todas las posiciones cuanto antes o se va a quedar pillado en todas —me recomienda mientras mis dedos vuelan por el teclado en busca de información, sin dejar de maldecir por lo bajo, pues varios de los valores que tengo comprados son de entidades bancarias.

—Vende, liquídalo todo y ya recompraremos más adelante. Joder, ¿se han parado a pensar en las pérdidas millonarias que va a acarrear esa resolución?

—Ni idea, pero esto se está yendo a la mierda. Voy a ir vendiéndole a mercado y, cuando las tenga todas liquidadas, le enviaré un informe por *e-mail*.

—Me cago en la hostia —mascullo entre dientes—. Llámame cuando las hayas liquidado todas.

—Descuide, en unos minutos tendrá ese correo —me asegura, eficiente, antes de colgar.

—Joder, putos bancos y puto Supremo —mascullo para mí, levantándome y dirigiéndome al amplio ventanal, desde donde compruebo cómo la niebla se ha disuelto por completo, liberando al pueblo de sus densas garras, y, de nuevo, su voz... esa voz que se cuela con facilidad en mi mente, a pesar de tener las compuertas cerradas con doble cerradura; esa voz que no me abandona y que trae consigo su sonrisa, sus ojos y ese fuego, que, aun sin estar presente, es capaz de encender en mi cuerpo...

«¿Y en serio te gusta eso? ¿Que tu dinero esté en manos del mundo y de las noticias que puedan surgir?», rememoro, dejándome arrastrar por ella, por esa voz que es mi canto de sirena y que oigo con claridad a través de mis recuerdos.

«Me encanta, y no está en manos del mundo, está en mis manos: soy yo quien decide y asume los riesgos», le maticé, sonriéndole.

«Pues ahora estás perdiendo pasta», me indicó con insolencia mientras yo me obligaba a mantener las manos quietas.

«Tiendes a olvidar las cosas que te digo —le indiqué socarrón—. Recuerda que todo lo que baja sube, en todos los sentidos», proseguí divertido, guiñándole un ojo y con mi bragueta empezando a cobrar vida...

Joder, siempre me sentía igual cuando estaba con ella, como si fuera un adolescente hormonado que acabara de descubrir lo que es el sexo y estuviera deseando repetir, reconozco guardando las manos en los bolsillos de los pantalones, sintiendo esa necesidad y esa ansia viva por tocarla que me consumía por dentro hacerlo de nuevo, cómo mi piel reclama la suya y cómo todo esto que llena mi pecho grita su nombre.

El sonido del portátil indicándome la entrada de un correo electrónico me saca de mis pensamientos y, con celeridad, me dirijo a él para ver a qué precio se han vendido las acciones y calcular a toda prisa las pérdidas que esa resolución me ha ocasionado, «unas pérdidas que voy a recuperar dobladas cuando las recompre», me digo observando la pantalla, viendo cómo los augurios de Gon se cumplen y los valores se van a la mierda por momentos.

—Dime, Gonzalo —lo saludo cuando me llama otra vez.

—Vendidas, señor Álvarez; ya le he enviado el *e-mail.*

—Lo sé, lo estoy viendo —mascullo observando la pantalla—. Quiero que me mantengas al tanto de cualquier noticia que pueda surgir; dudo mucho que esa resolución se acepte sin más por parte de los bancos.

—Eso téngalo por seguro; me juego el cuello a que alguien descolgará el teléfono para darles un toque.

—Exacto, no creo que vayan a quedarse de brazos cruzados con las pérdidas millonarias que van a tener y, si esto se da la vuelta, quiero saberlo cuanto antes para entrar de nuevo.

Hablamos durante casi media hora y, cuando cuelgo, siento cómo ese desasosiego sigue ahí, tan presente como estaba cuando he abierto los ojos, y cómo esa necesidad por saber de ella crece con cada minuto que pasa. Al final, cansado de sentirme así, me rindo al deseo que me está impidiendo respirar con normalidad, anhelando poner fin a esa duda que, como una gota de agua, que incesante cae sobre el mismo sitio, termina erosionando la piedra y resquebrajando la determinación más férrea.

Cojo el móvil de nuevo, sintiendo cómo el corazón me golpea el pecho con fuerza, mientras me pregunto a quién llamar y qué decir o decirle en el caso de que me lo coja ella, escuchando el rugido del lobo blanco retumbar en mi interior, viendo incluso sus colmillos, mientras el negro me mira fijamente. «Joder, solo quiero saber si se ha ido o si se ha quedado, solo eso», me justifico marcando el teléfono de la bodega y la extensión de mi despacho, comenzando a oír los tonos y colgando de sopetón, con manos temblorosas, antes de que alguien pueda descolgar, para luego empezar a deambular por el salón.

Pero ¿qué estoy haciendo? Tomé una decisión que me costó noches y noches de desvelo, y ahora, tras ver al Sombra, la estoy cuestionando cuando no debería hacerlo. «Su vida no está en los viñedos, no en estos momentos», me digo recordando lo que tantas veces me dije en la oscuridad de la noche mientras aprieto los puños en torno a mi cuerpo. «Yo la dejé y me marché para que ella también se marchara y, si la llamo o se entera de que la he llamado, todo esto no servirá de nada», me recrimino mentalmente, saliendo del salón para dirigirme hacia mi habitación, necesitando moverme y centrar mi atención en algo que no sea ella y en lo que deseo realmente.

Sustituyo mis zapatos por unas botas de montaña y el suéter fino que llevo por uno más grueso, obligándome a dejar de cuestionarme decisiones que ya están tomadas y a que las palabras del Sombra y lo que viví en su casa anoche no calen en mí más de lo que deberían. Tras coger una chaqueta, salgo de mi casa directo a las montañas, decidido a enfrentar esos miedos que tengo asentados en mi interior mientras, a lo lejos, oigo ese aullido largo y sostenido que despierta demasiadas cosas dentro de mí.

Capítulo 31

Siento cómo el frío se enrosca por mis piernas en cuanto pongo un pie fuera de la casa, reptando por ellas como si de una serpiente se tratara, balanceando su cabeza y la parte superior de su cuerpo hacia delante y hacia los lados y dejando un reguero de humedad a su paso.

Cierro mi chaqueta, recrudeciendo el gesto, llevando la mirada hacia el camino ascendente que tengo frente a mí y que me llevará al refugio y a darme de frente con todos mis temores, los que tienen el rostro de mi amigo y también la forma de un lobo; esos temores que formaron al hombre que soy en la actualidad y que están esperándome pacientes y ocultos entre las sombras de los árboles y las hojas rugosas de los helechos; esos temores que, duros como las piedras del monte, endurecieron mi alma cuando tan solo era un niño.

Aprieto los puños con fuerza, clavándome las uñas en las palmas de mis manos como solía hacer entonces, sintiendo que todo esto que tengo dentro se agita nervioso a la espera de lo que sucederá mientras mis pies van dejando su huella en la tierra húmeda y el frío, que ha subido por mis piernas, se enrosca en mi pecho, abriendo la compuerta a mis recuerdos y a esa noche en la que permití que el lobo negro se asentara en mi interior y en la que me prometí a mí mismo que iba a arrepentirse de verdad de haberme traído al mundo...

* * *

Dejé la bicicleta apoyada contra el tronco de un árbol al principio del camino... Hacía mucho frío y no había más luz que la de los rayos plateados de la luna, que esa noche era tan grande que parecía una pelota gigante, pensé alzando mi rostro desconsolado hacia ella mientras sentía las manos entumecidas por el frío, y recuerdo que estiré las mangas del suéter para guardarlas dentro de él, cerrándolas con fuerza y manteniendo la tela apresada entre mis dedos mientras la rabia me hacía temblar por dentro y las lágrimas pugnaban por salir, pero no iba a dejarlas, me dije manteniéndolas presas en mis ojos. No iba a llorar; yo no lloraba, yo no era ninguna niñita, me reñí echando a andar sin saber hacia dónde iba realmente ni por qué estaba subiendo la montaña. Puede que, en el fondo, quisiera que me sucediera algo para que mi madre me mirara y me prestara atención de una vez o puede que quisiera terminar con todo y desaparecer de este mundo que, como las raíces que escapaban de la tierra, no dejaba de hacerme la zancadilla.

Yo no tenía que haber nacido, ¿para qué lo hice?, me pregunté, apretando ambos puños. Nadie me esperaba entonces ni a nadie le importaría que me fuera; al contrario, sería un alivio para ella, pensé con rabia. «Bueno, puede que el Sombra sí que lo lamente...», me dije sintiendo cómo todo eso que tenía dentro me dolía cada vez más y aceleré el paso, dirigiéndome hacia ese aullido que me llamaba, como reclamándome, con la firmeza que te da la rabia y que consigue que el miedo se esfume, haciéndote ser imprudente.

Con determinación, con los puños apretados y, de tanto en tanto, con la mirada vidriosa por culpa de las lágrimas, sorteé piedras, raíces y pequeños hilos de agua que, a su manera, intentaban frenar mi avance mientras su voz y sus palabras me quemaban por dentro, provocando que tuviera más frío... rememoro retomando el camino que seguí esa noche y que me llevaría al refugio que hice mío y más tarde de los tres...

* * *

Tal y como hice en esa ocasión y en las muchas veces que recorrí posteriormente este sendero, sorteo piedras, hilos de agua que llevan consigo el recuerdo de esa noche, así como raíces que, traicioneras, huyen de la tierra como si tuvieran otra opción que no fuera vivir enterradas en ella, como yo, que ayer hui de este sendero como si fuera estas raíces y tuviera otra opción que no fuera recorrerlo.

Sumido en mis pensamientos, veo cómo, de repente, un rayo de sol se cuela fugaz a través de las ramas de los árboles, eludiendo la frondosidad del bosque, para darme de lleno en el rostro, y alzo la mirada hacia al cielo, entrecerrando los ojos y sintiendo cómo ese rayo de sol se adentra en mi interior, donde la oscuridad campa a sus anchas, para anularla por completo y llenarme de luz mientras una parte de mí intenta mostrarme algo que en mi ceguera soy incapaz de ver.

El aullido del lobo me saca de mi ensoñación y frunzo el ceño obligándome a proseguir mi camino y a dejar atrás ese rayo de sol que, durante unos segundos, ha vencido las sombras con una facilidad pasmosa.

Siento que mi piel se eriza por la emoción en cuanto llego al pequeño claro donde está el refugio y, con el corazón detenido, camino con piernas temblorosas hacia esa cruz bajo la cual no está enterrado mi amigo, pero donde estamos todos nosotros, esos críos que fuimos y que, entre lágrimas, retenidas en ocasiones y dejándolas fluir en otras, enterraron todo lo que era suyo, esas pertenencias que lo definían como puede definirte un ceño fruncido, una media sonrisa o un gesto que es solo tuyo... «Su casco y sus guantes, su última cajetilla de tabaco, esa camiseta que tanto le gustaba y que su madre nos dio, el casete de música *remember* que escuchábamos sin parar y la fotografía de los tres juntos, La Santísima Trinidad, entre otras cosas», rememoro sentándome en la piedra que se encuentra frente a la cruz de madera que, sorprendentemente, continúa siendo la misma que yo hice, y alargo una mano para acariciar su textura y su rugosidad, recordando cómo me temblaban las manos y cómo lloraba mientras unía ambas ramas.

—Hola, tío. No sé si debería hablarte aquí o en el cementerio donde estás enterrado; ni siquiera sé si debería hablarte después de la putada que nos hiciste largándote tan pronto —empiezo a hablar, imaginándolo sentado a mi lado—. ¿Sabes? Me cabreé mucho contigo, chaval; bueno, en realidad estaba cabreado con todos, ya me conoces —añado en un murmullo—. Tu muerte lo cambió todo; te llevaste una parte de nosotros que era imposible reemplazar y solo pude pensar en huir, como si al hacerlo fuera a dolerme menos tu ausencia... Y lo hice, hui y la jodí con el Sombra... —prosigo, sintiendo cómo mi garganta se cierra por el dolor—. Ayer estuve con él; no sabes qué puta vida llevó cuando nos fuimos, macho, o igual sí que lo sabes, porque has estado a nuestro lado todo el tiempo, como dijiste que harías, o puede que te largaras al mundo de los espíritus o donde sea que te largas cuando la palmas y ahora esté hablando solo como si se me fuera la cabeza —continúo, observando el musgo que, creciendo en la sombra, intenta adueñarse de la tierra—, pero, ya que estoy aquí, y te juro que no ha sido fácil, voy a pensar que estás a mi lado, en este lugar que fue tan nuestro y que, por si no lo sabes, ahora es del Sombra —musito, para luego guardar silencio durante unos minutos—. Sé que ayer hui como una nenaza y que no he venido mucho por aquí; bueno, en realidad no he venido nada, pero pienso mucho en ti. De hecho, creo que no ha habido un solo día en el que no lo haya hecho, así que supongo que eso me concede una especie de bula... Joder, ojalá pudiera verte de nuevo, aunque fuera durante unos pocos minutos, y saber si estás bien, si te tratan como te mereces allí arriba y si eres feliz —le digo sintiendo cómo los ojos se me llenan de lágrimas—. Venga, búrlate, cabrón —añado, secándolas—. Al final será verdad eso que dice el Sombra de que me estoy amariconando... Él viene mucho a verte, así que supongo que sabrás que ha sido padre. Joder con el enano, es como él cuando era crío, pero con la diferencia de que es amigo del hijo de Joaquinito y no le hace las putadas que le hacía el Sombra a su padre, las recuerdas, ¿verdad? ¡Como para no hacerlo! —musito perdiéndome en los recuerdos de esos días—. ¿Recuerdas cuando mataste esa rata y se la pusiste en la mochila?, ¿te acuerdas del susto que le diste? Ese día te ganaste el mote y ya no volvimos a llamarte por tu nombre —rememoro oyendo a lo lejos el aullido del lobo, y siento que mi piel se eriza—. ¿Se ha paseado mucho ese lobo por aquí? —le pregunto, obligándome a seguir hablando—. Lo oigo desde mi casa y también dentro de mí; a ti puedo decírtelo, porque dudo que vayas a contárselo a nadie y porque no vas a poder meterte conmigo aunque quieras. Lo siento, macho, gajes de haberla palmado —prosigo, percibiendo cómo ese aullido retumba entre las montañas y en mi interior—. Menudos elementos estábamos hechos; no sé quién se llevaba la palma en el honor de serlo más, pero yo cambié, como también lo hizo el Sombra; cada uno a su ritmo y según los caprichos de la vida, pero lo hicimos, sobre todo él. Él lo ha hecho bien; solo con que te diga que se lleva bien con Joaquinito... Imagínate... Y yo... yo sé que tengo cosas pendientes que resolver para poder hacerlo mejor. ¿Sabes?, pensé que nunca más volvería por aquí, que nunca más pisaría este lugar y que jamás me plantearía lo que estoy planteándome, y mira qué puta es la vida que me compré una casa y ahora estoy planteándomelo todo.

»Oye, esto de hablar solo es una mierda, macho, podrías hacer algo para que supiera que al menos me estás escuchando; no sé..., rompe una rama de un árbol o haz que la puerta del refugio se abra..., o no, mejor déjalo, creo que me acojonaría y saldría de aquí por patas —suelto sonriendo, levantándome y observando el refugio que tengo frente a mí—. Qué bien lo pasábamos aquí... Aquí dejábamos de ser los macarras que todo el mundo señalaba con el dedo para ser solamente nosotros... Qué buenos recuerdos, tío —continúo acercándome a la casa, donde el sol, como una espada, clava sus rayos en el suelo sin que haya nada que se lo impida y siento cómo su calidez me envuelve y mitiga esa oscuridad gélida que, a veces, siento hasta en los huesos—. Un día, cuando ese lobo se largue, vendremos todos a verte: el Sombra, su mujer Raquel, el enano y yo... ¿Te confieso una cosa? Ese día me gustaría venir con ella y presentártela —le cuento, oyendo el crujido de una rama proveniente de la sombra, por donde el musgo campa a sus anchas, y, de nuevo, siento que mi piel se eriza mientras me mantengo en el centro del claro, donde el sol parece brillar más que antes—. No sabes quién es ella... —prosigo, haciendo a un lado esa sensación y yendo de nuevo hacia donde está enterrado lo que representa a mi amigo, manteniéndome todo el tiempo al amparo del sol—. Ella es Val, la mujer por la que dejé de ser quien era para ser quien soy ahora; por ella dejé de oír a ese lobo del que te hablaba antes para oír a otro, uno al que nunca había oído hasta entonces. Sí, búrlate, cabrón; venga, ríete —le digo imaginando su sonrisa y todo lo que me diría si pudiera sobre el tema de los lobos—. ¡Ah, no! ¡Que no puedes! Si es que no me hiciste caso, macho; ya te dije que no la palmaras porque ibas a perderte muchas cosas, pero tú, como siempre, no me escuchaste... Ahora en serio, sé que suena un poco loco, pero desde esa noche he tenido sus ojos clavados aquí dentro —le indico llevando la palma de una mano a mi pecho— y lo que yo sentía era como un reflejo de lo que él tenía dentro... ¿Recuerdas cuando quisiste apodarme Lobo? —le pregunto volviendo mi mirada hacia esa zona oscura donde sé, de antemano, que hace frío—. ¿Sabes por qué no te dejé? Porque no me gustó lo que vi esa noche en sus ojos ni lo que me hacía sentir aquí dentro... Esa oscuridad fría que nunca llega a desaparecer del todo —murmuro, sintiéndolo dentro de mí—; por eso nunca te respondía cuando me llamabas por ese mote... Suerte que al final te cansaste —musito escuchando su voz, que me llega tan clara como el agua de un río, a través de mis recuerdos, viendo los hoyuelos que se le formaban en las mejillas cuando sonreía y esa mirada llena de vida que fue apagándose poco a poco—. Te echo de menos, Rata —susurro, alzando la mirada hacia el cielo—, pero volveremos a vernos, algún día, y entonces podrás meterte conmigo todo lo que quieras sobre toda esta mierda de los lobos que te he contado, pero, mientras tanto, vas a tener que joderte. Me marcho, tío; tengo que reclutar un ejército y solucionar una de mis mierdas —me despido observando cómo los rayos del sol empiezan a filtrarse a través de las ramas de los árboles, para iluminar esa zona oscura que, hasta hace unos minutos, se mantenía dominada por las sombras—. Vigila mis pasos, colega, y no permitas que ese lobo, que no deja de merodear por aquí, los frene. Mañana vendré a verte de nuevo y te contaré si he ganado la batalla contra los indios y si ha servido de algo ir a verla —le cuento endureciendo el gesto—. Sí, voy a ir a ver a mi madre. Val me aconsejó que sanara mi pasado y, para eso, tengo que hacerlo —le explico mientras oigo de nuevo ese aullido, largo y sostenido, que resuena en mi interior de la misma forma en que resuena entre las montañas, que hace vibrar mis costillas como si de unas cuerdas de guitarra se tratara y que lleva con él una mirada dura, cargada de rencor y de odio, una mirada a la que le doy la espalda mientras compruebo cómo el sol se adueña por completo de la sombra, anulándola del todo—. Nos vemos mañana, tío; no olvides lo que te he pedido —susurro contemplando los árboles que, unidos por sus ramas, dan cobijo a la sombra en la que voy a adentrarme.

Con todos mis sentidos en alerta, recorro este sendero, que podría recorrer con los ojos cerrados si quisiera, viendo cómo los rayos de sol guían mis pasos engullendo la penumbra con su luz que se filtra por todas partes, consiguiendo que los colores brillen más y que ese frío, que en la sombra es casi palpable, se mitigue con su calor.

Y, aunque esto nunca lo reconoceré en voz alta, suspiro de puro alivio cuando llego al final del camino mientras a mis oídos llega otro aullido, diferente al que había oído hasta ahora, que hace que mi interior vibre de forma distinta, y vuelvo mi mirada extrañada hacia las montañas y hacia ese sendero que he recorrido hace apenas unos minutos y que, inexplicablemente, está lleno de luz.

El sonido de mi móvil me saca de mis pensamientos y, sin poder alejar la mirada de esa luz, leo quién me llama: Gon.

—Dime, Gonzalo, ¿cómo va todo?

—Desplomándose a la carrera; como esto continúe así, será difícil que las entidades recuperen todo lo que están perdiendo... —me explica mientras yo me evado durante unos segundos para fijarme en esa luz que parece brotar del suelo hasta unirse con los rayos del sol que se filtran a través de la frondosidad del bosque.

—Vamos a esperar a ver qué sucede y, en cuanto sepas algo, me llamas. Hoy no estaré conectado y necesito saber cómo va reaccionando el mercado.

—Señor, le aconsejo que revise su teléfono; lo he llamado como diez veces, pero no daba tono ni indicaba que estuviera fuera de cobertura —me comenta prudente—. Intente estar disponible, porque, si sale cualquier noticia y esto repunta, necesito poder hablar con usted.

—¿Me has llamado? —inquiero, asombrado.

—Así es, señor, y era como si llamara al vacío —me indica bromeando, mientras yo siento que mi interior se hiela.

—Revisaré el teléfono. Hasta luego, Gonzalo —musito colgando y comprobando a continuación que no tengo ninguna llamada perdida y que no ha entrado ningún mensaje desde que he salido de casa—. Qué raro —susurro para mí, frunciendo el ceño.

Reinicio el teléfono de camino al garaje, con la firme intención de, hoy sí, dirigirme a ese lugar al que anoche estuve tentado de ir cuando me marché de casa de mi amigo.

Conduzco hacia el pueblo obligándome a no pensar demasiado en esa luz que iluminaba el claro y que más tarde ha guiado mis pasos; esa luz que se ha filtrado por mantos tupidos de ramas y que ha llegado hasta lugares donde, posiblemente, nunca había perpetrado; esa luz que hoy ha vencido cualquier resistencia que se interpusiera en su camino para guiar el mío y, de esa forma, proteger mis pasos, que he dado con el corazón en un puño.

Frunzo el ceño y endurezco el gesto en cuanto llego a la entrada de Ordino, cubriéndome con ese disfraz con el que ayer olvidé cubrirme cuando llegué con el Sombra y, recordando sus palabras, me desprendo de él, desfrunciendo el ceño y suavizando mi rostro, anulando todo lo negativo que siento cuando estoy aquí y permitiendo que quien soy ahora domine a quien fui, sintiéndome, de repente, desnudo y demasiado expuesto. Aferrando el volante con fuerza, me dirijo primero a la casa donde me crie, a ese lugar en el que crecí y al que me prometí no regresar jamás cuando me largué de aquí.

Detengo mi vehículo frente a la fachada, retrocediendo a esos primeros años de mi vida en los que todavía ansiaba que me sonriera o que me dijera alguna palabra de cariño, «esos años en los que buscaba su mano cuando caminábamos por la acera...», rememoro viéndonos a través de los recuerdos, esos que siempre están ahí, fluyendo como el agua de un río recién nacido que, como si de hilos de plata se tratara, sortea piedras y se filtra por donde ni siquiera el aire es capaz de pasar hasta encontrar su camino... Y, como esa agua, que en ocasiones cae a modo de diminuta cascada por la pared de la montaña y, en otras, atraviesa senderos, me dejo arrastrar por ella y por su corriente para sentir de nuevo la fuerza con la que sostenía mi mano, tan fuerte que, a veces, incluso me hacía daño, y vuelvo a correr tirado por ella, porque caminaba tan deprisa que mis cortas piernas no podían seguirla... «hasta que un día me solté del agarre para nunca más volver a buscarla», recuerdo sintiendo cómo ese punto, donde me dolía de pequeño, late enquistado por ese dolor, y cómo, con mis recuerdos, vuelvo a ser ese chiquillo que una noche salió por esa puerta para dirigirse a las montañas. Ese crío que, con once años, pasó la noche en ellas sin que nadie fuera a buscarlo y que, cuando regresó, ya no era el mismo, puede incluso que ya no lo fuera antes mientras se dirigía hacia ellas, reflexiono sintiendo cómo todo lo negro que hay dentro de mí se vuelve más dañino con mis recuerdos. «Pero yo ya no soy ese crío» me digo, reacondicionando mi mente. «Eso pasó y no tiene ningún sentido que continúe machacándome con esos recuerdos. Las cosas suceden, posiblemente por algo, y son ellas las que nos hacen cambiar, para mejor o para peor», pienso mientras deslizo mi mirada por la fachada. Yo he cambiado y quiero seguir haciéndolo; por mí, no por ella, porque el rencor solo daña a quien lo siente. «Yo podría morir ahogado por él y mi madre ni se enteraría, así que prefiero salir de esas aguas negras y frías, como salió mi amigo del infierno, y, como hizo él, sacaré primero una pierna y luego la otra y avanzaré, hasta que ese lago negro y profundo esté tan lejos de mí que no pueda mojar más mis pies», me animo, arrancando e incorporándome a la circulación para ir a su actual casa, sin dar estúpidos rodeos como hice ayer y sin dudar, dando ese paso que sé que necesito dar.

Estaciono fuera de la *pleta* donde vive mi madre, y, dando un paseo, me adentro en ella, «en este lugar que es como un pueblo dentro de otro y donde yo, sinceramente, me ahogaría si tuviera que vivir», pienso recordando cómo de pequeño mi madre se quedaba mirándola desde fuera y cómo, a veces, entraba en ella para devorar con su mirada las fachadas de piedra con sus tejados de pizarra, la leña ordenada en la entrada de cada vivienda y los troncos que, a modo de maceteros naturales, estaban repletos de flores de múltiples colores, como lo están ahora, «aparentemente inmunes al paso del tiempo», me digo deslizando la vista por el jardín de una de las casas y demorándome en el columpio morado que han colgado de la rama de un abeto, haciendo que recuerde a Dídac y que me plantee si le gustaría tener un columpio así para cuando se canse de luchar con los indios y los soldados.

«Vaya... esto sí que es una sorpresa, porque por primera vez no me he autocompadecido de mi pasado», caigo en la cuenta de repente, sintiéndome inexplicablemente bien y echando a andar de nuevo hacia su casa.

A pesar de que tengo llave, no la utilizo y pulso el timbre, sintiendo cómo mi vientre se retuerce y cómo esa herida que late encallada supura demasiadas cosas a las que prefiero no poner nombre.

—Hola, madre —la saludo con voz neutra en cuanto abre la puerta, viendo la sorpresa reflejada en su mirada—. ¿Puedo pasar?

—¡Qué pregunta! Eres tú quien paga esta casa, por supuesto que puedes pasar —me responde con sequedad, haciéndose a un lado para facilitarme el paso y consiguiendo, con unas pocas palabras, que sienta el mismo deseo de zarandearla que cuando era joven.

—Espero que esté bien y viva a gusto —le indico hablándole de usted por primera vez... «Puede que porque está mayor o porque han pasado tantos años que me siento más lejos de ella de lo que ya me sentía entonces», reflexiono mientras la calidez de la casa me da la bienvenida que no me ha dado ella, y, en silencio, observo la mesa camilla que se encuentra junto a la ventana a la que está dirigiéndose.

—No me falta de nada, muchas gracias —contesta con el rictus tenso, sentándose en una de las butacas que la rodean.

—¿Y la mujer que la cuida? ¿Dónde está? —le pregunto, tomando asiento frente a ella, a pesar de que no me ha invitado a hacerlo.

—Tenía que ir a comprar —me explica con parquedad, apretando los labios hasta convertirlos en una fina línea, y observo su rostro desmejorado, ese que la amargura ha vestido de arrugas, y sus ojos tristes, esos que posiblemente algún día brillaron cargados de sueños.

—Se preguntará qué hago aquí después de tanto tiempo sin vernos, ¿verdad? —inquiero, mirándola directamente a los ojos, mientras ella cubre su rostro con la misma máscara de indiferencia con la que cubrí yo el mío durante años, posiblemente por imitación o porque, sencillamente, lo llevaba dentro y solo tenía que aprender a sacarlo—. Estoy aquí porque quiero hacerle una pregunta o, ya puestos, varias, y porque he ido guardando demasiadas palabras dentro de mí y ha llegado el momento de sacarlas —prosigo mientras ella me sostiene la mirada con altivez, a pesar de la situación en la que se encuentra.

—¿Qué quieres saber? —me espeta con dureza.

—¿Por qué no me dio en adopción cuando nací? ¿Por qué se quedó conmigo o me hizo a mí quedarme con usted cuando está claro que no me quería? ¿Por qué nos arruinó la vida, madre? Esa noche me echó la culpa de algo que yo no elegí; no fui yo quien eligió nacer ni fui yo quien eligió quedarse con usted, ni por supuesto nunca quise arruinarle la vida, pero usted sí que lo hizo, y, al hacerlo, me privó de saber lo que era tener una madre, lo que era crecer sintiéndome querido y protegido y, sobre todo, lo que era tener una familia —le recrimino, sintiendo cómo esa herida supurante empieza a cerrarse con estas palabras, que prácticamente estoy vomitando—. Yo encontré esa familia cuando me fui de aquí, una familia que me acogió con los brazos abiertos y que me dio todo el cariño y el amor que usted nunca me dio. Qué pena de vida, madre. Qué pena que nos haya privado de algo que nunca podremos recuperar y qué pena que ni siquiera ahora sea capaz de darse cuenta. Está sola; mírese. Ni siquiera sus primas tienen contacto con usted porque ha ido alejándose de todo el mundo con su amargura. ¿Por qué, madre?, dígamelo —le pido sin rencor, con la pena llenando cada uno de los rincones de este salón.

—¿Ya has terminado?, ¿o tienes más cosas que echarme en cara? —me formula desprendiéndose de esa máscara que cubría su rostro para permitir que sus ojos brillen con la ira y el odio que, por desgracia, es tan familiar para mí mientras me limito a observarla en silencio, recordando a la mujer que fue—. No te di en adopción porque tu abuelo no me lo permitió; fue él quien me obligó a quedarme contigo para purgar mi pecado, un pecado que consistió en acostarme con un hombre que me llevó a la cama con sus palabras galantes y que desapareció cuando le dije que te llevaba en mi vientre; un pecado que me costó la vida, porque yo morí cuando tú naciste —vomita con el odio acompañando sus palabras—. Mi vida terminó ese día y, tienes razón, no te quise, ni cuando supe que estaba embarazada ni después, cuando te pusieron en mis brazos, pero te cuidaba cuando enfermabas, llenaba la nevera y te vestía, y eso es mucho más de lo que hizo ese hombre, al que llamarías *padre* si se hubiera quedado, por ti, así que no vengas a echarme nada en cara, porque no tienes derecho. Con tu dinero, sí, ese que tienes, nunca podrás pagar mi renuncia y las veces que tuve que agachar la cabeza cuando me llamaban del colegio para decirme que no ibas a clase, o cuando tenía que ir al calabozo a sacarte de él porque te habías metido de nuevo en líos con los delincuentes de tus amigotes; por mucho dinero que tengas ahora y por muy bien vestido que vayas, nunca podrás pagar la mala vida que me diste, así que ahórrate tus preguntas, porque nunca tendrás la respuesta que esperas.

—No espero nada de usted, madre, hace años que dejé de hacerlo —replico con frialdad levantándome, necesitando moverme—. ¿Sabe una cosa? No tenía ni idea de lo que iba a suceder cuando nos viéramos de nuevo, solo sentía que debía volver a verla, aunque fuera por última vez, para poder cerrar esa puerta de mi pasado que se empeñaba en permanecer abierta, como si hubiera una esperanza que desaparecería si la cerraba definitivamente —le cuento, volviéndome para mirarla—, y hoy voy a poder cerrar esa puerta sin remordimientos y, aunque no lo crea, sin rencor, suficiente rencor tiene usted por los dos.

Si algún día encuentra dentro de usted una pizca de amor hacia mí, aquí tiene mi teléfono —le digo dejando mi tarjeta sobre la mesa, sabiendo que una parte de mí siempre va a necesitarlo—. Nunca podremos recuperar el tiempo perdido, pero al menos podremos conocernos de nuevo y puede que usted encuentre una familia en la mía, porque acabo de darme cuenta de que no deseo otra cosa que tener lo que nunca tuve mientras viví con usted, una familia a la que darle todo lo que usted nunca quiso que le diera y a la que pueda tenderle mi mano sin temor a que me haga daño —le indico a pesar de que dudo que alguna vez coja esa tarjeta para ponerse en contacto conmigo—. Siento si le arruiné la vida, le aseguro que no fue mi intención al principio, cuando solo era un crío, pero sí que lo fue cuando crecí; supongo que intenté llamar su atención de la peor forma posible, así que lo siento —prosigo, dirigiéndome hacia la puerta, mientras ella permanece sentada en su butacón, con unas emociones que no consigo descifrar dominando su mirada—. Que le vaya bien, madre; ojalá algún día encuentre esa paz que tanto necesita aunque no lo sepa —me despido antes de salir por la puerta y de su vida.

Capítulo 32

Siento cómo el sol me da de lleno en el rostro en cuanto pongo un pie fuera de su casa, como esas dos manos que acunan tus mejillas para consolarte y que te acarician con su tacto, eliminando con su calor el frío que las envuelve, y cierro la puerta de su vivienda de la misma manera en que le cierro hoy la puerta a mi infancia y a mi juventud, con esa herida sanada a pesar de lo que ha sucedido ahí dentro, pues, aunque ella no haya cambiado, yo sí lo he hecho y eso es lo único que me importa, al menos por ahora. Saber que, de verdad y al fin, el lobo blanco está venciendo al negro y que los rayos del sol son capaces de filtrarse incluso a través del rencor más tupido.

Dejándome llevar por todo lo que estoy sintiendo, cojo mi móvil para llamar a su casa, aceptando que me equivoqué y que no me correspondía a mí decidir nada, entendiendo que esa frase que me repetí hasta la saciedad, a modo de mantra, solo sirvió para convencerme a mí mismo de algo que, en el fondo, no me correspondía decidir a mí, pues, por mucho que piense que su futuro es la moda, vivir en Nueva York y coger todo lo que la vida tenga que ofrecerle, no sirve de nada si ella piensa todo lo contrario. Además, ¿quién soy yo para rebatirle nada, aunque crea que se equivoca?, porque, ¡qué coño!, no se equivocará más de lo que me equivoqué yo. Yo, que me equivoqué al intentar llamar la atención de mi madre de la peor forma posible. Yo, que me equivoqué al no esperar dos años al Sombra para que viniera conmigo y que continué equivocándome durante los años posteriores a mi huida con el tipo de vida que llevé... Pero, equivocándome, me convertí en el tipo que soy ahora, como deberá hacer ella, asumiendo sus errores como he asumido yo los míos y entendiendo que, aunque luego no haya vuelta atrás, siempre habrá un camino frente a ella y frente a todos nosotros que nos ofrecerá otro tipo de cosas y de vivencias, ni mejores ni peores, simplemente distintas, con las que podremos ser felices si sabemos cómo, reflexiono recordando a mi madre mientras el teléfono empieza a dar tono.

—¿Sí? ¿Dígame? —oigo la voz de Casilda y, con ella, mi mente se vacía y mi corazón se sacude en mi interior.

—Casi, soy Víctor —la saludo intentando mantener los nervios a raya—. ¿Está Valentina en casa?

—Lo siento, hijo, pero me temo que llegas tarde, se ha marchado ya. ¿Querías algo?

—Pero... ¿se ha marchado a la bodega? —insisto, sin importarme si detecta mis nervios o mi desesperación.

—¿A la bodega? ¡A qué santo! Se ha marchado a Nueva York. Bueno, primero se iba a Madrid y, de ahí, ya cogía el vuelo, ¿no lo sabías? Claro, como sois tan modernos igual ni os contáis las cosas —añade como si nada mientras siento cómo mi pecho se vacía de la misma forma en que se ha vaciado mi mente para empezar a resquebrajarse. Pero ¿qué cojones esperaba después de lo que le dije?—. Oye, hijo, ¿estás ahí?

—Sí, claro... Estoy aquí, es solo que no recordaba que se iba hoy.

—No se ha ido hoy, se fue ayer. ¡Menuda cabeza tienes! Oye, majo, me pillas atareada, ¿te importa si hablamos en otro momento? Que no es que no quiera hablar contigo, pero es que se me quema la comida.

—Espera, Casi, pero ¿estaba bien?

—Por supuesto que estaba bien. Se ha ido a Nueva York, ¡no querrás que esté llorando! Con ella me tenía que haber ido yo en lugar de quedarme aquí cocinando, limpiando y viendo solo montañas, vides y tierra. En fin, hijo, que me quedo sin almuerzo... Hala, ya hablamos —se despide, colgándome y dejándome pasmado en medio de la acera.

Se ha ido... Se ha marchado... Iba a quedarse, pero se ha marchado y, ¡qué coño!, ¡por supuesto que se ha ido! «Y ha hecho bien... ha hecho lo que tenía que hacer», me digo empezando a caminar sin rumbo alguno, sin ver a la gente que se cruza conmigo por la calle y sintiendo el vacío llenar mi pecho, asentándose en ese lugar indefinido que dominaba la oscuridad y donde va a quedarse a partir de ahora. «Ha hecho bien marchándose», me repito procurando convencerme de ello, como tantísimas veces intenté convencerme en el salón de mi casa. Y, tal y como sucedía esas noches, oigo esa advertencia, en forma de intuición, que me susurra que estoy equivocado, que no es verdad, solo que la desecho, al igual que hice esas noches, como si de algo material se tratara, como si fuera un papel que puedes echar al cubo de la basura, porque no quiero escucharla o, quizá, porque ya es tarde para hacerlo.

Deambulo sin rumbo durante... ni lo sé, hasta que al final, y sin saber tampoco cómo, llego hasta donde está aparcado mi Jeep, solo que no accedo a él, sino que me quedo de pie en la acera, con las manos guardadas en los bolsillos de mi chaqueta y la mirada clavada en las montañas, en ese monte donde está enterrado parte de quien fue mi amigo y al que hoy le he dicho que me gustaría presentársela... y sonrío con tristeza, porque dudo mucho de que ese día llegue, asumo siendo, de repente, plenamente consciente del alcance de mis decisiones.

«Capullo, pensabas que iba a estar disponible para ti todo el tiempo», me recrimino, agachando la cabeza. «Creías que iba a continuar ahí, esperándote, a pesar de lo que le dijiste. Qué capullo eres, macho», me digo con la mirada fija en el suelo sin verlo en realidad.

—Hice lo que tenía que hacer y ella ha hecho lo correcto —musito en un susurro ininteligible, aferrándome a esas palabras—, y le irá bien —vaticino alzando la mirada hasta posarla de nuevo en las montañas—. Nos irá bien —prosigo, obligándome a moverme—. Se terminaron las lamentaciones, tío; tienes un ejército que reclutar —me instigo a mí mismo, esta vez en voz alta, una vez dentro del todoterreno.

Y, por primera vez desde que salí de La Rioja, enciendo el equipo para escuchar música *remember*, esa música que el Rata me descubrió y que yo le descubrí a ella, abrazando la vida que he decidido vivir, una en la que ya no caben disfraces, ni lamentaciones ni tampoco el rencor y en la que nunca más volveré mi vista atrás, me prometo mientras conduzco dirección a Andorra la Vella para hacerme con ese ejército de soldados y con ese columpio con el que espero sorprender a Dídac, porque ¿a quién no le gusta columpiarse e intentar tocar el cielo con los pies?, me pregunto sonriendo y borrando mi sonrisa al recordar esas aguas negras que nunca volverán a mojar los míos.

Puede que la haya perdido y que nunca forme esa familia que hoy, sorprendentemente, he ansiado formar, pero formaré parte de otras, de la de Pedro y también de la de mi amigo, y, aunque puede que nunca tenga hijos, tendré sobrinos a los que querer y malcriar. Con ese pensamiento haciéndome sentir bien, estaciono en un parking para dirigirme sin demora a la calle principal, ahora peatonal, donde localizo una juguetería y donde me hago con un pequeño batallón de soldados y unos pocos indios, además de varias caravanas y diligencias con bandidos, la mina del Oeste y el columpio que posiblemente sea más un capricho mío que suyo, sacando al niño que hay dentro de mí y que esta noche va a pasárselo en grande con su nuevo sobrino, frenándome de la hostia para no llevarme todo el estand de Playmobil entero.

Cargado con un montón de bolsas, me dirijo al supermercado, donde, esta vez sí, compro comida de verdad, no como la que tengo en mi casa, además de zumos para mi amigo. Una vez satisfecho con mis adquisiciones, hago el camino de vuelta, sabiendo que tengo una larga tarde por delante si quiero sorprender a mi colega de seis años.

Dedico la tarde a colocar el columpio en uno de los muchos abetos que rodean mi casa, además de montar ese pequeño ejército de soldados alrededor de la mina del Oeste, mientras, por un lateral, llegan las diligencias y las caravanas, «a punto de ser asaltadas por los indios», pienso sonriendo, poniendo mi imaginación a funcionar, a la vez que, a fuego lento, va guisándose el solomillo de ternera, receta de Casi, que cenaremos esta noche mientras la leña arde en la chimenea, caldeando este salón y mi interior.

Más tarde de lo que tenía planeado, pero con la cena lista y los Playmobil esperando a entrar en batalla, me dirijo de nuevo hacia el pueblo para visitar el taller de mi amigo. Estaciono frente a él, frente a La Santísima Trinidad, y, sonriendo y guardando mis manos en los bolsillos de la chaqueta para resguardarlas del frío acojonante que hace, accedo al interior, borrando mi sonrisa en el acto cuando la veo por todas partes, porque, ¡joder!, no hay ni una puta pared, al menos que yo detecte, que se libre de sus fotografías, constato quedándome clavado en la entrada del local, sintiendo cómo el vacío que llena mi pecho se sacude con fuerza, con el anhelo, el deseo y los miles de emociones que una sola de estas fotografías es capaz de proyectar en mi interior retumbando en él, como ese eco que resuena entre las montañas multiplicando tu voz por mil para recordarte lo jodido que estás y lo que has perdido y, con ese eco resonando en mi vacío, clavo la mirada en el suelo, incapaz de ver sus fotos, sus ojos, su sonrisa y su cuerpo, ese que el mío reclama a gritos.

Dándome media vuelta, salgo del taller, quedándome en la acera. «Puta nenaza estoy hecho... joder. ¿Cómo había olvidado que estaban estas fotografías?», me riño, atusándome el cabello.

—¿A dónde vas, colega? ¿Así es como ves tú las cosas? ¿Entrando y saliendo al segundo? Joder, tío... —me recrimina el Sombra llegando hasta mí, enmudeciendo al ver mi rostro—. Oye, ¿estás bien? —inquiere, alarmado.

—Dame un segundo, macho —musito, llevando mi mirada al frente.

—No me jodas, tío, no me jodas que es por las fotos. ¡Mierda! Lo siento, colega, no sabía que ibas a ponerte así —se disculpa, con la preocupación de su voz llegando hasta su mirada.

—Dame un segundo, déjame que me haga a la idea —mascullo, maldiciéndome por mi reacción.

—¡Qué coño! ¡Espera! ¡Dame un segundo a mí y las quito!

—¡No! No hace falta —le pido, volviéndome para detenerlo.

«Maldita sea, ella es modelo y, como le vayan bien las cosas, que no lo dudo, voy a verla por todas partes —me digo intentando acallar todo eso que continúa retumbando en el vacío de mi pecho—, así que ya puedo ir haciéndome a la idea de una puta vez.»

—¡Joder! ¡Espera, Sombra! ¡No las quites! —grito, entrando de nuevo a toda prisa—. Tío, déjalas colgadas, no sé qué me ha pasado.

—Oye, tú ayer no bebiste por mí, así que permíteme que las quite por ti.

—Sí que lo hice —le rebato, sintiendo el vacío de mi pecho hacerse más profundo y hueco.

—Claro, cuando te puse la cerveza en toda la cara, pero antes, en tu casa, te contuviste para no hacerlo y yo he metido la pata al dejarlas puestas —insiste, empezando a descolgarlas.

—Para, tío, te lo digo en serio. Tengo intención de pisar muchas veces este pueblo a partir de ahora y no puedes estar quitándolas cada vez que venga. Déjalas, por favor; solo tengo que aprender a verlas sin que me afecte.

—Por muy listo que seas, que no lo dudo, nunca aprenderás a que algo no te afecte o te duela, sobre todo cuando lo tienes metido muy adentro, y me parece que tú, a esta tía, la tienes metida demasiado adentro.

—Ya lo sé, pero no me queda otra, eso o quedarme en mi casa para siempre —replico, obligándome a sonreír—. Venga, macho, enséñame este taller —le pido, empeñándome en no detener mi mirada en estas fotografías que devoré en el pasado.

Con la admiración instalada en mis ojos, visito el taller de mi amigo, que tiene hasta una sección de chapa y pintura, mientras él me muestra hasta el más mínimo detalle con ese entusiasmo que recuerdo y que no ha mermado en absoluto con el paso de los años.

—Pedazo de taller, tío. Te aseguro que, si viviera más cerca, mi coche sería una de tus nenitas —suelto sonriendo.

—Joder, ¡y cómo gemiría! De aquí salen todas afinadas y con ganas de marcha —me indica guasón—. Mira quién está entrando —me dice sonriendo, con la mirada fija en la puerta, hacia donde dirijo yo la mía.

—¿Quién es? —le pregunto al ver al hombre que se acerca a nosotros.

Lleva una poblada barba, gafas de montura de metal y, por la ropa que viste, está claro que es un tío con pasta.

—¿No lo reconoces? —inquiere, metiendo las manos en sus bolsillos con despreocupación.

—Pues no, pero, como esperes mucho para decírmelo, llegará aquí antes de que me entere —le digo en un murmullo, pues casi lo tenemos delante.

—¡Hombre, Joaquín! Ya pensaba que te habías olvidado de tu chica.

«No me jodas... ¿Joaquín es Joaquinito?», me pregunto husmeando en su rostro y buscando algo que me recuerde a ese crío al que le hicimos todas las putadas habidas y por haber.

—Eso quisieras. He doblado turno y no he podido pasarme antes. ¿Ya está lista o todavía la tienes en bragas? —le replica guasón, y cambio el peso de un pie a otro, sintiéndome incómodo con mi pasado, muy seguro de que, si ha doblado turno, es el Joaquinito cardiólogo, hijo de doña Vicenta, y también el blanco de nuestras jugarretas. ¡De puta madre, esto es lo que se llama darte de narices con tu pasado!

—Tu nena está deseando quedarse en bragas cuando entra en este taller, macho, pero me he comportado y la tienes lista desde ayer. Joder, que todos hacéis igual... Me hacéis ir de culo y luego no os pasáis a por vuestras preciosidades.

—Joder, Pol, pero si vengo directo del hospital. He perdido la cuenta de las operaciones a las que he asistido.

—Sí, claro, lo que tú digas. Por cierto, ¿recuerdas a Víctor? ¿El otro miembro de La Santísima Trinidad? Pues aquí lo tienes —le anuncia pasando su brazo por mi espalda, rodeándola y apretándome a su cuerpo.

—Y luego soy yo el que está amariconándose, ¡suéltame, macho! —le pido sonriendo—. Encantado de verte,

Joaquini... Joaquín —rectifico a tiempo, tendiéndole la mano, que espero que acepte.

—¡Hombre, el otro pieza! —me responde, aceptándola con firmeza.

—Siento lo capullo que fui contigo —le confieso con una sonrisa de arrepentimiento en mi rostro, sintiendo la determinación que emana de su mano y que tanto le faltó de niño.

—Tranquilo, éramos solo unos críos —me contesta, sonriendo con afabilidad—, pero por tu bien espero que no caigas enfermo y tengas que pasar por mis manos, porque, como te tenga en una mesa de operaciones, igual me da por romperte las costillas —añade, sorprendiéndome y arrancándome una carcajada.

—Coño, tío, lo tendré en cuenta —le respondo, guardándome las manos en los bolsillos de nuevo.

—Me contó mi madre que fuiste al supermercado.

—Sí, y no estuve muy fino; pídele disculpas de mi parte —me excuso, maldiciéndome por dentro.

—No te preocupes; mi madre a veces habla más de la cuenta.

—¿Solo a veces? —intercede el Sombra sin cortarse un pelo—. Tu madre, con todos mis respetos, siempre habla más de la cuenta. Venga, *macho man*, ven que te muestre lo satisfecha que te he dejado a tu nena —le pide pasando frente a nosotros con la despreocupación guiando sus pasos hacia un Porsche Cayenne.

«Joder, pues sí que da ser médico», pienso siguiéndolos.

—¿Es esta tu nenita, Joaquín? —indago mirando el coche con admiración—. Hostia, qué puta pasada de vehículo.

—Lo es, y un capricho que casi me costó el divorcio —me confiesa sonriendo.

—¿Y eso? —le planteo, sorprendido.

Y, como si en el pasado no le hubiera hecho todas las

putadas que se me pasaban por la mente y fuéramos amigos desde siempre, me cuenta la bronca que tuvo con su esposa cuando se lo compró, y yo le hablo de mi vida en La Rioja, para terminar conversando sobre coches, motores y prestaciones.

—Tíos, no es por nada, pero tengo que cerrar —interviene el Sombra, y me percato de que los trabajadores del taller están comenzando a abandonar sus puestos.

—Joder, no me había dado cuenta de la hora que era. Venga, dime qué te debo —le indica Joaquín—. Me alegra haberte visto y saber que te van tan bien las cosas. A ver si coincidimos otro día y nos tomamos juntos unas cervezas —me propone, y detecto la sinceridad de sus palabras, esas palabras que no se dicen por decir, sino con las ganas de que de verdad ocurra.

—Pues, como no sea mañana, macho, lo tenemos complicado.

—¿Y eso por qué?, ¿te largas ya?

—Pasado mañana. Tengo mucho trabajo esperándome y no puedo retrasarlo más.

—Pues que sea mañana, entonces. ¿Te apuntas, Pol?

—Pero tendrá que ser cuando cierre el taller, que aquí uno tiene que currar para levantar el país.

—Como si los otros no lo hiciéramos —le rebate Joaquín, sonriendo.

—Sí, pero yo no conduzco un Cayenne o un Jeep como hace este... Cabrones, que sois muy cabrones los dos —suelta sonriendo—. Venga, capullo, pasa por el pisito que tengo la dolorosa esperándote. A ver si consigo sangrarte lo suficiente como para poder comprarme una nenita como las vuestras —añade, dirigiéndose a un despacho, y lo miro sonriendo con ganas.

—Toma, aquí tienes mi número, llámame mañana —me indica Joaquín, y cojo la tarjeta que me tiende, admirando al tío que tengo frente a mí.

—Descuida, y ten cuidado con este y no dejes que te exprima más de la cuenta. Mala hierba nunca muere —le digo divertido, yendo con él hacia el despacho del Sombra.

—Tranquilo, tengo las espaldas cubiertas. Sabe que tengo al personal del hospital amenazado y que, como se pase un pelo, las pasará canutas cuando se ponga enfermo —comenta bromeando, haciendo que sonría de nuevo con ganas—. Nos vemos, macho —me dice, tendiéndome esta vez él su mano, que acepto sintiendo cómo todo se remueve dentro de mí al recordar las muchísimas veces que en el pasado no tendí la mía por miedo a que la rechazaran y no acepté las que me ofrecieron por miedo a que sintieran lástima de mí, percatándome de cuántas veces me equivoqué con la gente que me rodeaba.

—Hasta luego. Oye, Sombra, me largo, tío. Venid cuando queráis —me despido mientras Joaquín accede al despacho.

Salgo de La Santísima Trinidad y posteriormente del pueblo sintiendo que voy dando pasos que nunca creí dar y que, con ellos, voy sanando heridas que nunca pensé que sanarían.

Me ducho en cuanto llego a mi casa, ansiando un momento frente al fuego con una copa de vino y mi portátil antes de que llegue mi amigo con su familia, necesitando leer todo lo que pueda sobre esta sentencia que me ha llevado a perder mucha pasta. Una vez frente a las llamas, vestido con ropa cómoda y con una copa de vino, de su vino, entre mis manos, me empapo de todas las reacciones y noticias que han surgido frente a este varapalo que ha sacudido los mercados y que continuará haciéndolo como la cosa no cambie y del que, por supuesto, espero resarcirme con la recompra de acciones.

El sonido de mi móvil me saca del estado de concentración en el que me había sumido y siento cómo un ligero temblor se adueña de mis manos cuando leo el nombre de Pedro en la pantalla.

—Buenas noches, Pedro —lo saludo en cuanto descuelgo, intentando aportarle a mi voz esa serenidad que no siento ni de lejos.

—Buenas noches, hijo. ¿Qué tal todo por ahí? —me pregunta, y con su voz mis nervios empiezan a calmarse.

—Bien. Mejor de lo que pensaba, la verdad.

—¿Sigues en Ordino?

—Sí, sigo aquí, pero ya por poco tiempo —le comento, sintiendo la punta de la añoranza arañar mi interior.

—¿Y me has hecho caso y has ido a ver a tu madre? —indaga, con la preocupación tiñendo sus palabras.

—Sí, he ido hoy —le confirmo, agitando el vino de mi copa y viendo cómo las lágrimas, del color de la uva, van dejando su huella en el cristal, a modo de un recordatorio de su paso.

—¿Y cómo ha ido? —me pregunta con interés y, de fondo y, gracias al silencio en el que ambos nos hallamos envueltos, oigo el chasquido del mechero.

—No deberías fumar —le recrimino con cariño, levantándome para dirigirme al ventanal que tengo frente a mí.

—Tonterías, no hay nada en este mundo, sobre todo a estas edades, como un puro y una buena copa de vino frente al fuego, y, ahora, déjate de chorradas y dime cómo ha ido.

—Como siempre te dije que iría, con mi madre no hay nada que hacer. Ella vive encerrada en su mundo, donde no hay espacio para mí. Si no lo hubo cuando era un crío, ¿cómo iba a haberlo ahora?

—Vaya, cuánto lo siento.

—Yo también... Puede que nunca tengamos una relación normal de madre e hijo, pero al menos he sido capaz de ir a verla y de pedirle disculpas por todo lo que hice en el pasado y eso, créeme, es un gran paso para mí.

—Cuando pedimos disculpas, aligeramos nuestra carga —afirma con seriedad—. ¿Y ella te ha pedido disculpas a ti?

—No te disculpas con alguien cuando no sientes que le has fallado —respondo con gravedad—. Ella no tiene ese sentimiento de pérdida que tengo yo, al contrario —musito, vaciando mis pulmones de golpe para volver a llenarlos—. Joder, para mí es muy complicado ponerme en su lugar, aunque sea solo para entenderla, porque dudo mucho que pudiera sentir ese rechazo hacia un hijo mío, por muchos planes de futuro que se cargara, así que he decidido dejar de autocompadecerme y seguir con mi vida.

—Los hijos, esperados o no, nos cambiáis la vida. Llegáis y de repente todo comienza a girar a vuestro alrededor, para bien o para mal. En el caso de tu madre fue para mal, y en el mío y en el de mi mujer, para bien. Alana y Valentina fueron nuestros tesoros y más tarde, cuando crecieron, mis quebraderos de cabeza —me confiesa, más para él que para mí—. Alana parece que empieza a encauzar su vida; por cierto, no sé si lo sabrás, pero al fin ha decidido casarse con José, así que supongo que ha llegado el momento de dejar de llamarlo *ese chico* para llamarlo *yerno* —me indica con sorna mientras yo lo escucho sin poder moverme, completamente atento a sus palabras—, pero una se me encauza y la otra se me marcha —añade con voz lúgubre, y esa simple frase es suficiente para que todo mi cuerpo grite de añoranza—. Pensaba que, si retomaba su amistad contigo y se involucraba en la bodega, desecharía esa idea de irse a Nueva York; por eso insistí tanto para que preparara la presentación contigo —prosigue mientras yo no puedo hablar y mucho menos pensar—. Durante la última semana, al veros tan bien juntos, llegué a pensar que me había salido con la mía y que, al final, decidiría quedarse, pero está claro que me he equivocado. Debo de estar perdiendo facultades con la edad —añade con voz ausente, más para él que para mí, mientras mis nervios me sacuden por dentro—. Víctor, me da miedo que pierda la cabeza en esa ciudad y que la línea de lo que es correcto y de lo que no lo es se le desdibuje tanto que pueda llegar el día en que sea incapaz de verla —me explica, haciéndome recordar ese día cuando ella misma utilizó unas palabras casi idénticas a las que ahora está utilizando su padre.

—Eso no ocurrirá, Pedro —le garantizo, dejando la copa de vino sobre la mesa y apretando la mandíbula.

—¿Cómo estás tan seguro? —me pregunta, con el miedo adueñándose de su voz.

—Porque tu hija es una mujer inteligente —afirmo con seriedad, con la certeza de que, como eso ocurra, soy capaz de ir a Nueva York a buscarla para traerla de vuelta, y no porque me lo pida Pedro—. Confía en ella; lo hará bien, ya verás —le pido aferrándome a mis propias palabras, deseando que sea así y que no tenga que maldecir el día en que tomé una decisión que no me correspondía tomar.

—Eso espero... Eso espero... —musita, sumido en sus pensamientos—. ¿Cuándo volverás? —inquiere, y, conociéndolo, sé que está cambiando de tema porque el otro lo intranquiliza demasiado.

—Dejé varios asuntos pendientes en Segovia y luego tengo que ir a Toledo; supongo que en un par de semanas a lo sumo. Oye, ¿puedo hacerte una pregunta?

—Por supuesto. ¿Qué quieres saber?

«Maldita sea, qué quiero saber, dice... Todo, joder, quiero saberlo todo.»

—Nada, déjalo —respondo, oyendo el timbre de la puerta—. Tengo que dejarte, Pedro. Han llegado mis invitados.

—De acuerdo. Pásalo bien, hijo.

—Lo haré, y tú deja de preocuparte —le pido yendo

hasta el interfono, viendo al Sombra, a Raquel y la cabecita del enano a través de la pantalla.

—Un poco difícil eso que me pides. Vamos hablando —declara antes de colgar mientras yo me dirijo hacia la escalera.

«Coño, ¿cómo no va a preocuparse si yo mismo lo voy a estar haciendo continuamente?», me pregunto bajando los escalones a toda prisa antes de abrir la puerta, obligándome a hacer a un lado mis temores, o, al menos, a no permitir que la voz de mis miedos se oiga por encima de la de mi amigo y la de su familia.

—¡Qué pasa, tío! Tanto casoplón para tener que bajar tú cada vez a abrir la puerta, pues vaya mierda, macho —suelta sonriendo.

—Pero mira que eres capullo —replico dándole un abrazo para, seguidamente, darle un par de besos a Raquel—. Oye, colega, ¿has crecido desde ayer? —le suelto a Dídac frunciendo el ceño mientras él me mira con esa sonrisa traviesa que es un calco de la de su padre.

—Voy a ser más alto que tú —me aclara convencido, haciéndome sonreír a mí con ganas.

—Bueno, pero, mientras llega ese momento, podrás divertirte con una cosa que tengo para ti —le cuento, guiñándole un ojo.

—¿Para mí? ¿Me has comprado algo? ¿El qué, el qué, el qué? ¡Venga, di! —me apremia impaciente mientras yo aferro su manita para llevarlo hasta el columpio.

—¿Sabes lo que ocurre? Que yo no sabía que tenía un sobrino y todos estos años no te he comprado nada por tu cumpleaños, ni los Reyes Magos ni Papá Noel han pasado por mi casa para dejarte regalos, así que ayer, cuando llegué aquí, tuve que hablar con ellos seriamente —le explico mientras llegamos al enorme abeto del que cuelga el columpio— y, bueno, me han dado esto junto con sus disculpas —le indico mientras él abre los ojos como platos.

—¿Ese columpio es para mí? —me pregunta sorprendido, sin dejar de aferrar mi mano.

—Me parece que sí, pero, por si acaso, ve a comprobar si pone tu nombre en la base —le pido mientras él corre hacia allí.

—¿Desde cuándo eres capaz de hablar con los Reyes Magos y con Papá Noel, macho? —me pregunta mi amigo con sorna.

—Lo pone, lo pone, ¡pone Dídac! —nos confirma dando saltos mientras Raquel se acerca a él para ayudarlo a columpiarse.

—Ya sabes, tío, hay clases y clases, y yo tengo comunicación directa con todos ellos, no como tú, que funcionarás a base de cartas —replico socarrón.

—Qué hijo de puta eres —me dedica, dándome un ligero puñetazo.

—Dídac, luego dejas a tu padre columpiarse, que está poniéndose celoso —le digo alzando la voz para que el niño me oiga.

—Más fuerte, mamá —le chilla pasando de mí.

—Cógete bien —le pide Raquel mientras él alza sus piececitos hacia el cielo, casi sumido en la noche, tal y como imaginé que haría, queriendo tocarlo con ellos.

—Luego te lo llevas a casa para que pueda columpiarse todo lo que quiera.

—Joder, pues como no lo cuelgue de la lámpara, lo tengo jodido, chaval.

—Es verdad... Pues déjalo aquí y lo traes a columpiarse siempre que quiera.

—Gracias, tío... no tenías por qué.

—Por supuesto que tenía por qué: es mi sobrino y el único que voy a tener como no te dé por reproducirte más —comento bromeando, mirando al crío con cariño—, y esto no es nada para lo que hay arriba. ¿Habéis traído el fuerte?

—¿Le has comprado algo más? —plantea alzando ambas cejas.

—Digamos que los soldados jugaban con desventaja, demasiadas cabelleras rojas para tan poca infantería; simplemente he igualado las fuerzas.

—Joder, pues va a flipar.

—Eso espero. Joder, macho, qué frío —me quejo, estremeciéndome.

—Hay unas cosas llamadas chaquetas, por si no lo sabes.

—¿No me digas? —le pregunto guardando unos instantes de silencio—. He ido a ver a mi madre, antes de pasar por tu taller —le confieso, viendo la niebla empezar a reptar por los árboles—. Oye, Dídac, hace frío y es casi de noche, ¿por qué no entramos? —le propongo al niño mientras mi amigo me observa expectante.

—¡No! ¡Quiero columpiarme más! —me grita, haciendo una mueca de fastidio.

—Hijo, ¡que hace un frío que pela! —interviene, quejosa, Raquel, haciéndome sonreír.

—¡Oyeeee! ¿Sabes que los Reyes Magos y Papá Noel han dejado más cosas para ti ahí arriba? —suelto, captando su atención al instante—. Pero vamos, que si no quieres verlas, puedes seguir columpiándote —añado, sabiendo que acabo de conseguir mi objetivo.

—¡Para el columpio, mamá! —le grita a su madre, frenándolo con sus pies.

—¡Espera, espera! ¡Deja de hacer eso! —le ordena Raquel, frenando finalmente el columpio.

Y veo cómo, con una velocidad asombrosa, se baja de él para llegar corriendo hasta donde estamos su padre y yo.

—¡Venga, Víctor, vamos! —me demanda aferrando mi mano de nuevo, tirando de ella para llevarme a la puerta de mi casa, con esa ilusión tremenda y esa ansia que te desborda y que solo sientes cuando eres un crío.

—Si no has traído el fuerte, no hay regalos, colega —le digo riéndome, dejándome llevar por él.

—¡Lo hemos traído! ¡¿Verdad, papá?! ¡Bájalo del coche! —le pide mientras llegamos a la puerta y accedemos a la vivienda.

—Entonces, sígueme, colega —le propongo, dejándome contagiar por su entusiasmo y subiendo la escalera con rapidez, con él pisándome los talones—. Me parece que no lo vas a tener tan fácil para ganar esta vez —comento viendo cómo sus ojos se abren de par en par ante el pequeño ejército que tengo montado frente a la chimenea.

—¡Halaaaa! ¿Todo esto es para mí?

—Tienes seis años, chaval, y muchos regalos atrasados, así que con esto creo que estamos en paz —le digo mientras Raquel y el Sombra acceden al salón.

—¡Víctor! ¡No tenías por qué! —me dice ella, sonriéndome con cariño.

—Has dicho lo mismo que este. Joder, parecéis el eco del otro —replico bromeando, llegando hasta el chiquillo mientras mi amigo deposita el fuerte frente a la mina del Oeste.

—Desde luego que, cuando te da por comprar, lo haces a lo grande, macho —me dice en un susurro para que no lo oiga el pequeño.

—¡Cómo mola, Víctor! —exclama Dídac con la mirada brillando de emoción, sentándose en el suelo sin tocar nada todavía.

—Estos soldados están esperando indicaciones mías para cargarse a tus indios, ¿estás listo para entrar en combate? —le pregunto, sentándome en el suelo—. Sombra, ¿tú con quién vas, con tu enano o conmigo? —le planteo, incluyéndolo en el juego.

—Con mi enano, chaval. Vas a morder el polvo, colega, ve preparándote.

—Cojonudo, así tu mujer se viene conmigo —le digo guiñándole un ojo a Raquel—, y os aseguro, perdedores, que Raquel y yo vamos a cargarnos a todos vuestros indios.

—¡Estás que te lo crees! —me dice Dídac mientras ella se sienta a mi lado.

—Colega, no tenéis nada que hacer. Por si no lo sabes, las mujeres siempre van un paso por delante de nosotros, así que id asumiendo vuestra derrota.

—¡Nunca! —chilla Dídac, consiguiendo que suelte una carcajada.

—¡Batallónnnnn! ¡Al ataque! —grito empezando a jugar, convirtiéndome en el más crío de todos.

Y durante casi una hora jugamos todos con los Playmobil, sacando a los niños que tenemos dentro de nosotros y, cuando el enano y el Sombra se proclaman vencedores, me tiro al suelo fingiendo mi muerte.

—Los indios iban a ganar, Víctor, ¿qué te creías? —me pregunta Dídac, sentándose sobre mi barriga—. ¡Perdedor, perdedor, perdedorrrrrr! —canturrea y, sin poder contenerme, empiezo a hacerle cosquillas, como le hacía a ella cuando era pequeña, con sus risas llegando transportadas por el torrente de mis recuerdos para entremezclarse con las del niño, llenando mi vacío del eco de sus carcajadas y de sus súplicas para que parara.

Durante la cena entremezclamos un tema con otro y, cuando llegamos al café, con Dídac jugando esta vez solo frente a la chimenea, el Sombra aborda ese tema que antes había dejado a medias.

—Raquel conoce todo nuestro pasado, recuerda que fue una de mis psicólogas en el centro y, por defecto, conoce el tuyo, así que cuéntanos qué ha pasado con tu madre —me dice, tan directo como lo recordaba.

—No le hagas caso a Pol; que yo conozca aspectos de tu pasado no significa que tú te sientas cómodo hablando de él conmigo. Mi marido a veces tiene la misma sensibilidad que una piedra —comenta sonriéndole con cariño.

—No te preocupes, Raquel, tampoco hay mucho que contar —respondo, inspirando profundamente para soltar todo el aire de golpe—. Ella no ha cambiado y continúa pensando que demasiado hizo atendiéndome cuando era pequeño y que lo que debería es estarle agradecido en lugar de echarle las cosas en cara.

—Hija de puta... Llévala a vivir de nuevo a la casucha de mala muerte en la que te criaste. Te juro, cariño, que las sábanas de su cama estaban húmedas del puto frío que hacía en esa casa —le cuenta con rabia.

—No quiero hablar más del pasado, Sombra, ni tampoco quiero lamentarme más por lo que pude tener y no tuve. Hoy me he dado cuenta de que yo también fallé mucho y que fui muy capullo con las personas que me rodeaban.

—Habla en plural, chaval, que yo iba a tu lado —me corta con seriedad.

—Joder, cuando he deducido que el tío que tenía frente a mí era Joaquinito, todas las putadas que le hicimos en el pasado me han dado una hostia en plena cara. Macho, tenía motivos de sobra para rechazar mi mano y mandarme a la mierda y, en cambio, hemos quedado para tomar unas cervezas mañana —suelto con admiración.

—Es un buen tío y nunca me ha echado nada en cara; para él, el pasado está olvidado.

—Ahí voy, lo pasado, pasado está, y a cada uno le toca vivir una cosa distinta. A mí me tocó esto, pero gracias a lo que viví tomé la decisión de largarme de aquí y pude conocer a Pedro y a Val; solo por eso, valió la pena.

—Solo las personas que aceptan su pasado y son capaces de reconciliarse con él pueden sentirse bien consigo mismas y seguir con su vida —interviene Raquel con voz suave—. Las que continuamente reviven lo malo, entran en un bucle de autodestrucción del que es difícil salir, porque, al revivir lo negativo, lo alimentas y no permites que nunca muera ni desaparezca de tu vida —prosigue mientras la escucho en silencio—. Tu madre, por lo que me contó Pol, revive ese pasado continuamente y en su mente adorna lo que pudo ser sin darse cuenta de que no tenía por qué suceder. Víctor, los hijos no nos frenan, sino que nos impulsan a ser mejores. Si tu madre se frenó por ti, ¿quién te dice que no hubiera encontrado otros impedimentos en su camino que la hubieran frenado igual? —me pregunta con seriedad, y soy incapaz de rebatirle nada—. Las personas que viven su vida desde el lado del victimismo prefieren ser eso, víctimas, porque es mucho más fácil culpar a los demás de sus fracasos antes de reconocer sus propios errores o limitaciones. Es una pena que tu madre viva la vida que vive, porque no es feliz y, en realidad, es una víctima de sí misma; solo por eso es digna de lástima.

—¿Lástima? ¡Y una puta mierda! —le rebate el Sombra con dureza.

—Es así, tío. Ella se ha creído su discurso y no sale de ahí ni es capaz de ver más allá; lo malo es que nos ha privado al uno del otro.

—¿Qué discurso ni qué ocho cuartos? Es una cabrona y punto —sisea en voz baja para que Dídac no lo oiga.

—Mira, Víctor, creo que es bastante improbable que tu madre cambie, pero tampoco es imposible, así que sigue con tu vida y, si algún día te llama, ten por seguro que estará dando un paso enorme para ella en todos los sentidos.

—Lo sé —musito viendo cómo Dídac llega hasta Raquel para sentarse en su regazo y cerrar los ojos con un pequeño ejército entre sus manos.

—Es tarde, deberíamos irnos —le dice Raquel al Sombra, acariciando con cariño la cabeza del crío.

—Sí, vámonos, porque, aunque nos quedáramos toda la noche, no conseguiríais hacerme cambiar de opinión —masculla levantándose.

—Vamos, tío, te ayudo a cargar todo esto en el coche —le indico levantándome yo también, haciendo a un lado el tema de mi madre de la misma forma que antes he hecho con mis temores.

Ayudo a mi amigo a guardarlo todo en su vehículo y, cuando se van, y una vez a solas de nuevo en el salón de mi casa, oigo el aullido del lobo, ese aullido largo y sostenido que parece reclamarme tal y como hizo esa noche cuando tenía once años, pero, a diferencia de entonces, no acudo a su llamada, sino que permanezco frente a la calidez del fuego. A diferencia de entonces, no pedaleo con rabia hacia las montañas, sino que permanezco al abrigo de ellas dentro de mi casa, esta casa que, durante unas horas, ha latido como late un verdadero hogar, y, a diferencia de entonces, no siento esa rabia que hervía dentro de mí, como la lava de un volcán que helaba de tanto que quemaba, reflexiono, recordando al crío que esa noche se sintió desbordado por todo, que lloró durante horas solo en el refugio y que continúa encogiéndome el corazón por la pena, a pesar de mi promesa de no volver a revivir todo eso que me dominó de pequeño.

Capítulo 33

Despierto al amanecer y, como viene siendo habitual, mi primer pensamiento es para ella; ella y su sonrisa, ella y la forma que tenía de marearme, ella y su cuerpo, ella y sus besos, ella... «Ella, la que tengo pegada en mi alma sin necesidad de utilizar tiritas», reconozco levantándome finalmente para dirigirme al baño, con mi cuerpo gruñendo de necesidad y negándome a aliviarlo.

Una vez listo, me voy a la cocina a por mi primer café y, tal y como hice ayer, enciendo mi portátil para ver la apertura de la bolsa y hablar con Gon, anhelando llenar mi vida de normalidad y rutina para olvidarme de Val y de este vacío en el que resuena todo lo que vivimos y que me oprime el pecho reclamando vivirlo de nuevo.

—... Yo no entraría todavía, señor, esto tiene visos de seguir bajando —me aconseja tras casi media hora de charla mientras lo oigo de fondo, como esa voz que le llega a tu cerebro pero que este no llega a procesar del todo.

«Joder, céntrate, capullo», me exijo, clavando la mirada en la pantalla.

—Cierto, no es el momento de entrar todavía. Vamos a esperar a ver qué sucede; mantenme informado —le pido finalmente.

—Descuide, señor —me dice antes de colgar.

Me levanto sintiendo la intranquilidad colarse en mi interior para estrujar mi estómago y acelerar mi corazón. «¿Qué me sucede? ¿Por qué me siento así?», me pregunto yendo hacia el amplio ventanal, desde donde contemplo cómo la bruma del amanecer comienza a disolverse con los rayos del sol, sintiendo cómo la montaña tira de mí, como tantas veces hizo en el pasado.

Dejándome arrastrar por esa necesidad, me dirijo hacia mi habitación para ponerme ropa y calzado más apropiados, necesitando volver al refugio, aunque sea para despedirme de mi amigo, a pesar de que algo, puede que sea el silencio que hoy siento más mudo que nunca, me advierte de que no lo haga, poniendo en alerta todos mis sentidos y acelerando todavía más mi corazón.

Maldiciéndome por estar sintiéndome así, y una vez listo, salgo de mi casa obligándome a acallar de una vez esa voz que intenta advertirme de algo que no consigo escuchar. Cuando llego al principio del camino, inspiro profundamente el frío que parece emanar de la montaña; ese frío que me recuerda un aliento helado emergiendo de la tierra, sobre todo en las zonas más frondosas, donde el sol no es bien recibido y donde la sombra, la humedad y el musgo parecen dominar esas parcelas de monte con mano implacable, y, durante unos segundos, recuerdo cómo, hasta hace nada, me sentía en sintonía con ese frío, cuando ahora es el que me insta a acelerar mis pasos y a no detenerme.

Evitando las zonas dominadas por la sombra o cruzándolas con más rapidez de la habitual, inicio el ascenso hacia el refugio con la sensación de estar siendo observado todo el tiempo, como si dos pares de ojos siguieran silenciosos mi avance, poniendo todo mi cuerpo en alerta, y consiguiendo que un sudor frío se deslice por mi espalda y que mi piel se erice mientras voy sorteando árboles, raíces y piedras.

Suspiro de puro alivio cuando llego al claro, donde el sol clava implacable sus rayos sobre la tierra y donde la sombra se esconde temerosa bajo los árboles hasta desaparecer por el sendero y, por Dios, juraría que casi soy capaz de ver ese frío reptando por el suelo, como si de un manto de fina niebla se tratara, avanzando y enroscándose entre las raíces que intentan escapar de la tierra y que espera, paciente, el momento de colarse entre tus piernas para empezar a ascender por ellas. Con ese pensamiento siento cómo un escalofrío recorre mi cuerpo, pues hace años lo hizo conmigo, subió por mis piernas y se asentó en mi pecho, donde encontró el hogar que yo le di.

Doy un respingo cuando las hojas que descansaban en el suelo se alzan de repente hacia el cielo con el viento, como si una escoba invisible las hubiera barrido con fuerza hacia arriba para hacerlas volar, y, con todo mi cuerpo en tensión y un sudor helado cubriendo mi piel, dirijo la mirada hacia el sendero, donde ese manto de niebla se ha vuelto más denso y por donde está apareciendo un lobo tan negro como la brea.

Uno mi mirada a la suya, a esa mirada que inexplicablemente vi hace veinte años, y con ella retrocedo a esa noche y a lo que sucedió justo aquí, en este claro a la luz de la luna...

* * *

Salí del sendero, estrecho y ascendente, hasta llegar a un pequeño claro donde podía ver la luna redonda y brillante sin que las ramas de los árboles me impidieran observarla y, todavía temblando, me adentré en él con la rabia ardiendo dentro de mi piel, una rabia distinta a la que había experimentado hasta entonces porque esta me cegaba, y apreté los puños con fuerza mientras un gruñido llegaba hasta mis oídos. Me volví lentamente, casi a cámara lenta, hasta encontrarme con unos ojos similares a los míos que me miraban fijamente y que brillaban a través de la noche... Los ojos de un lobo negro que, gruñendo, me mostraba sus colmillos afilados mientras, amenazante, se acercaba despacio a mí, y me volví del todo hacia él, sin miedo, con desesperación y resolución, con las palabras de mi madre resonando en mi cabeza y el fuego que habían provocado quemándome por dentro, en ese punto indefinido que no sabía localizar, pero que sentía muy muy adentro, y le mostré mis dientes con las lágrimas quemando mis mejillas, con los puños apretados y el cuerpo temblando; temblando de rabia, de enfado, de tristeza y de muchas cosas más a las que no sabía poner nombre, pero que me dolían mucho, y avancé hacia él, deseando que me hiciera daño o hacérselo yo.

—¿Qué miras? ¿Qué quieres? ¿Por qué me llamabas? —rugí, temblando—. ¡Venga! ¡Estoy aquí! ¡¡¡Dime!!! ¿¡Qué quieres?! —grite a pleno pulmón, llorando, clavando mi mirada borrosa en la suya—. ¡¡¡La odio y odio estar aquí, odio haber nacido y juro que va a arrepentirse de lo que ha dicho!!! —vociferé fuera de mí, mientras que a lo lejos, y resonando entre las montañas, llegaba el sonido de un aullido distinto al que había estado oyendo hasta ese momento y dirigí la mirada hacia ese otro sonido que, sorprendentemente, parecía calmar la rabia y el dolor que brotaban de ese punto indefinido de mi interior para, casi al segundo, volver a posarla sobre el lobo negro.

Pero este ya no estaba y, en su lugar, estaba mi promesa, esa promesa que todavía podía oír retumbando en mi pecho y entre estas montañas que me daban abrigo; esa promesa que cumplí durante años y de la que ayer me redimí al pedirle perdón a mi madre.

* * *

—Y yo que pensaba que los lobos vivían solo unos pocos años —musito observando sus ojos, los mismos que vi esa noche y que nunca he podido olvidar, porque eran los míos— y, en cambio, te tengo aquí delante, solo que eres más grande de lo que recordaba, y es curioso, porque supongo que debería de ser al revés —le indico mientras él me rodea lentamente, haciendo círculos en torno a mí, siempre moviéndose al amparo de la sombra, mientras que yo, de forma instintiva, me muevo por la parte del claro donde el sol es más potente y donde, inexplicablemente, me siento a salvo—. No te tengo miedo; no te lo tuve con once años, así que imagínate con treinta y uno —musito apretando ambos puños al costado de mi cuerpo, tal y como hice esa noche, buscando dentro de mí esa rabia helada que me quemaba por dentro y que, sorprendentemente, ya no encuentro—. Sé que estás enfadado conmigo porque he ido anulándote —le digo, hablando y moviéndome con él, siempre al amparo del sol—, porque me ocupo de mi madre y porque me he arrepentido de haber cumplido esa promesa —prosigo, mirándolo a los ojos y sintiendo su fuerza oscura y dañina—, pero, sobre todo, estás enfadado conmigo porque la he dejado ir y porque no voy a luchar por ella, aunque de eso no te culpo. Créeme, yo también estoy cabreado conmigo, pero ya está hecho y no voy a hacer nada al respecto —continúo, viendo cómo clava su mirada en mi pecho y por Dios juro que la he sentido hasta en mis entrañas, como la sentí esa noche, cuando me dolía tanto por dentro—. Tú no eres el lobo que han fotografiado las cámaras de fototrampeo; de hecho, puede que ni siquiera seas real —suelto, a pesar de que lo tengo frente a mí, gruñéndome amenazante, destilando la misma ira y rabia que en el pasado sentí tantas veces en mi interior y que traían consigo esa oscuridad gélida que formaba parte de mí, la misma que he sentido en el sendero y que, ahora, siento más mortal y helada que nunca traspasar su piel para intentar colarse entre los rayos del sol que, como ayer, vuelven a brillar de una manera distinta, como si brotaran del suelo para llenarlo todo de luz.

Clavo la mirada en la tierra, olvidándome momentáneamente del lobo, para agacharme y tocar el suelo, que quema como si un fuego invisible estuviera prendiendo el terreno, y miro al animal, que se mantiene a la sombra, donde el suelo, sin necesidad de tocarlo, sé que está frío.

—Temes abrasarte las patas, ¿verdad? Cobarde, eres un cobarde —lo increpo con dureza, clavando mi mirada en la suya—. Mis pies se mojaron con el agua de tu negrura durante años y, aun así, no los aparté ni tampoco tuve miedo... No como tú, que permaneces oculto en la sombra —sigo, retándolo, observando el odio en sus ojos, un odio que en lugar de acallarme me insta a continuar hablando mientras siento la fuerza que emana de la tierra traspasar la piel de mi mano para correr por mis venas hasta llegar a mi pecho, a ese lugar de mi interior donde, hace apenas una hora, retumbaba el vacío más absoluto y donde, durante años, anidó la negrura y todo lo que esta trae consigo.

Me incorporo cuando capto el sonido de otro gruñido a mi espalda y, tal y como hice esa noche, me vuelvo casi a cámara lenta, reconociendo ese gruñido, a pesar de que hacía años que no lo oía, ese gruñido que sonaba de forma distinta y que hizo que el lobo negro despareciera, y entonces lo veo, al lobo blanco, ese que muestra una herida en un costado y que no flaquea, a pesar del dolor lacerante que está sintiendo y que es el mismo dolor que siento yo con su ausencia. Sin poder alejar mi mirada de él, lo observo adentrarse en el claro, donde estoy yo y donde el sol ahora brilla hasta cegarme, mientras ellos se retan entre gruñidos, como tantas veces han hecho en mi interior, y me reconozco en ellos y en su mirada; reconozco al Víctor que fui siendo un crío y al joven jodido en el que me convertí guiado por el lobo negro y, más tarde, al hombre que soy ahora, cuando decidí escuchar, alentado por Pedro, al lobo blanco.

—Ya no hay lugar para ti —le digo al lobo negro mientras siento el suave pelaje del blanco rozar mi mano.

Sin detenerme a pensar en mis actos, poso mi mano sobre su cabeza, hundiendo la palma en la suavidad de su pelaje, contemplando, atónito, cómo su color blanco níveo empieza a llenarse de mechones que abarcan desde el tono más claro del gris al más oscuro. Lentamente y casi conteniendo la respiración, voy deslizando la mano por su lomo, modificando, con mi trayectoria, el tono blanco, puro y brillante de su pelo hasta convertirlo en un color gris claro con hebras oscuras.

Tiño su pelo con mis miedos, con mis defectos y con mis inseguridades, borrando la perfección del color blanco con mis imperfecciones grises, mientras el animal permanece estático a mi lado, con su mirada clavada en mis ojos... Una mirada que siento en mi pecho y en todo mi ser y que cierra mi garganta, pues soy consciente de que, por muy loco que sea todo esto, este lobo representa a quien soy ahora: un hombre que está intentando redimirse de sus errores, que no es perfecto pero que trata de ser mejor persona a pesar de que, a veces, no lo consiga; un hombre que se equivocará miles de veces, pero que sabrá rectificar miles de veces más, porque, al final, en esto consiste el arte de vivir, en equivocarse y en aprender, aceptando que nada es blanco o negro y que el gris es un buen color.

Sin poder articular palabra y con el sabor salado de mis lágrimas atascado en mi garganta, presencio cómo el animal empieza a retirarse, no sin antes rozar mi pierna con la cabeza, como ese roce que te da el consuelo que no puede darte una palabra, mientras la luz que nos rodea comienza a cambiar y a volverse menos brillante y más natural, y la tierra, que hasta ahora caldeaba mis pies, comienza a perder temperatura. Alargo el momento moviéndome con el lobo, sin separar mi mano de su lomo, necesitando seguir sintiéndome como me siento, y, cuando se vuelve y clava su mirada en la mía, retrocedo en el tiempo, como si sus ojos se hubieran convertido de pronto en una ventana a mi pasado y, anclado a ellos, veo al niño que fui al principio de todo, cuando el lobo negro todavía no dominaba mi interior y le permitía al blanco manifestarse. Veo los besos que le daba a mi madre, a pesar de que ella se pusiera rígida; veo cómo la seguía a todas partes, a pesar de que ella parecía no reparar en mí, y cómo buscaba su mano tendiéndole la mía. Sí que tuve al lobo blanco en mi interior, solo que me rendí y lo aparté, poco a poco al principio y de un manotazo rabioso al final y, aun así, fui capaz de oír su aullido esa noche a pesar de haberme reconocido en el lobo negro, y de nuevo, con la rapidez de un rayo y a través de sus ojos, veo al niño que lloró durante horas sentado en el suelo de una casa vieja abrazado a sus piernas, esa casa que se convirtió más tarde en su refugio.

Esa noche todo cambió para mí y hoy ha vuelto a hacerlo, en el mismo lugar, pero a la luz del sol.

—Espera... No te vayas —le pido en un susurro, volviendo a la realidad cuando me libera de su mirada y empieza a moverse—. Cuida de Val, por favor —musito viendo cómo se gira de nuevo hacia mí para unir su mirada a la mía, permitiéndome ver el brillo que desprende, el mismo que cubría la tierra hace unos instantes.

Y con ese brillo instalado en su mirada, se aleja definitivamente de mi lado hasta desaparecer por completo de mi campo de visión, dejando en mi interior la confianza y la seguridad de que todo irá bien, «de que nos irá bien», me digo buscando al lobo negro con la vista, sin encontrarlo.

Con piernas temblorosas y sin saber exactamente qué es lo que acaba de suceder, me dirijo hacia la tumba de los recuerdos de mi amigo para arrodillarme en el suelo, donde la tierra todavía quema. Ansiando sentir de nuevo ese calor en mi piel y en mi interior, apoyo mis manos en ella, cerrando los ojos y sintiendo cómo el calor corre otra vez por mis venas hasta llenar mi interior, reconfortándome como lo harían las llamas de una hoguera y trayendo consigo la imagen de Val junto con una certeza, la de que algún día ella y yo volveremos a encontrarnos y que, llegado ese día, no me corresponderá a mí decidir o elegir, le corresponderá a ella.

—Y aceptaré su decisión, sea cual sea —musito abriendo los ojos, clavando la mirada en la cruz de madera que yo mismo clavé ahí hace demasiados años.

El sonido de mi teléfono me saca de mi ensoñación y atiendo la llamada al leer el nombre de mi amigo en la pantalla.

—Dime, Sombra, ¿qué pasa?

—Al fin te localizo, macho. Llevo casi una hora intentando hablar contigo, pero era como si no hubiera nada al otro lado de la línea. Joder, ¡qué mal rollo, colega! —me dice mientras sonrío para mí, guardando silencio.

—Venga ya, te habrás equivocado marcando —suelto finalmente con despreocupación.

—¡Y una mierda! Te juro que ha sido muy raro, tío. He ido incluso a tu casa para ver si estabas bien —insiste mientras me siento en el suelo, sobre esta tierra que alberga las cosas de mi otro amigo, alzando la mirada hacia el cielo que ahora solo brilla con los rayos del sol, mientras el Sombra habla y yo siento la luz que ha proyectado el lobo blanco todavía llenando mi pecho—. He quedado con Joaquín a las siete para que os hagáis un par de birras y luego te vendrás a casa a cenar; tengo al enano entusiasmado contigo y no puedo más, colega... —prosigue mientras siento mi garganta cerrada por miles de emociones a las que no sé poner nombre—, y ve organizándote la agenda, macho, porque su cumpleaños es dentro de dos meses y voy a preferir la muerte a tener que soportar sus quejas como el tío Víctor no venga —me indica mientras sonrío con sus palabras, percatándome de que, cuando abres tus brazos y tu corazón, la vida se despliega frente a ti como si de una primavera se tratara y, aunque mi relación con Val ahora esté en pleno invierno, puede que llegue el día, si ella quiere, en que ese invierno dé paso al verano y, entonces, la traeré aquí y le presentaré a mi otra familia: al Sombra, a Dídac y a Raquel, le hablaré del Rata y puede incluso que le presente a mi madre... Quién sabe lo que haré si llega ese día; de momento me conformo con vivir mi vida, pero de verdad, como debería haber vivido desde el principio... Ya veremos lo que sucede más adelante.

Capítulo 34

Valentina

Domingo, tres días antes, La Rioja

Recorro el sendero que me llevará hasta mi casa sintiendo mi cerebro y mi interior embotados, como si estuviera en estado de *shock,* pues soy incapaz de pensar, de llorar o de revivir lo que acaba de suceder, y, cuando llego a la piscina, me detengo frente a ella sintiendo cómo esa sensación extraña se expande por todo mi cuerpo con cada latido de mi corazón, «ese que hoy palpita de forma distinta», pienso notando cómo una sola lágrima recorre mi mejilla, rasgándola a su paso, como la punta de un cuchillo afilado que deja un corte fino sobre un papel. Sin secarla y dejando ese reguero de agua salada mojando mi piel, vuelvo la mano para observar mi palma... «donde, hasta hace nada, mi sueño flotaba haciéndome cosquillas», rememoro sintiendo mi garganta cerrarse cada vez más hasta impedirme respirar con normalidad mientras nos veo por todas partes y oigo esa canción que solo nosotros podíamos escuchar, que era nuestra y que íbamos creando a nuestra medida.

Reanudo el paso sintiendo que todo mi dolor comienza a despertar y lo acuno para que duerma de nuevo, como estaba antes, pues prefiero mil veces la sensación de anestesia al dolor insoportable que estoy empezando a sentir y que me temo que es como la punta de un iceberg.

—Ahora no, no te derrumbes... Ahora no, tranquila, tranquila, tranquila —me repito a mí misma en un susurro tan suave que ni el aire que me rodea es capaz de captar.

Abro la puerta de mi casa, escabulléndome rápidamente hacia mi habitación sin dejar de repetírmelo y, una vez en ella, me desprendo de la ropa, que dejo con cuidado sobre la cama, para dirigirme posteriormente a la ducha, donde me aferro a esas palabras como haría un náufrago con una tabla o con un salvavidas, pues son eso ahora, mi salvavidas y las que me impedirán ahogarme con todo mi dolor.

—¡Al fin llegas, petarda! Tardas un poco más y te juro que hubiera sido capaz de ir a buscarte a casa de Víctor —oigo la voz entusiasmada de mi hermana al otro lado de la mampara y, extrañada, entreabro la puerta para mirarla.

—¿Y por qué habrías de hacer eso? —le pregunto con seriedad.

—¡¡¡Porque voy a casarme!!! ¡¡¡José me lo pidió anoche!!!

—¿En serio? —suelto sonriendo, olvidando durante un microsegundo mis dramas—. ¡Me alegro muchísimo por los dos!

—Estoy tan feliz que siento que voy a explotar en cualquier momento —exclama con una sonrisa resplandeciente en el rostro.

Y, aferrándome más que nunca a ese mantra que llevo entonando desde que he entrado en mi casa, me obligo a darle la espalda a todo lo que siento para sonreír y fingir que estoy tan feliz como ella.

—Si vas a explotar, por favor, que sea fuera de este baño y, ya puestos, también de mi habitación; no me apetece nada que me lo pongas todo perdido con tus restos sanguinolentos —bromeo, con la garganta cerrada por la congoja, sintiendo mi pecho oprimido por el dolor, a pesar de mis intentos de acunarlo para silenciarlo.

—¡Qué asco, tía! ¡Me has hecho que lo visualice! —replica, estremeciéndose exageradamente, y me obligo a sonreír y a arrugarle la nariz como haría si mi vida no se hubiera desmoronado—. ¡Y quieres hacer el favor de la salir de la ducha de una vez! ¡Venga, que estoy esperando un superabrazo de mi dama de honor! —prosigue entusiasmada, tendiéndome una toalla.

—¿Voy a ser tu dama de honor? —le pregunto con fingido entusiasmo mientras me aferro a la puerta de la mampara con más fuerza de la que debería.

—¡Por supuesto! ¿Qué creías? ¡Venga! ¿Quieres salir de una vez?

—Ya voy... Ni ducharse tranquila puede una —farfullo cerrando el grifo y cogiendo la toalla que me tiende, para secar mi cuerpo con rapidez—. ¡Anda, ven! ¡Felicidades, hermanita, me alegro muchísimo por ti y por José! ¡Al fin dejará de ser *ese chico* para ser el flamante yerno! —añado, abrazándola con fuerza, mientras ella emana felicidad por todos los poros de su piel y yo siento mi interior cada vez más carente de vida.

Aferrándome a este abrazo, cierro durante unos segundos los ojos, sintiendo que me escuecen pero que no se humedecen, buscando en sus brazos el consuelo que no pediré con mi voz mientras mi interior se resquebraja con su ausencia, como esa hoja seca que cae del árbol y que alguien pisa por descuido, produciéndole cientos de grietas.

Yo soy esa hoja seca ahora, una hoja por donde no corre la savia ni la vida y que el viento barrerá y moverá a su antojo, pero siempre cerca del suelo... Puede que la haga volar durante unos segundos, pero para dejarla caer de nuevo, como haré yo, pues estoy segura de que nunca más volveré a tocar el cielo con mis manos, porque mi cielo estaba en las suyas y mi equilibrio y mi felicidad en su cuerpo, en su mirada y en todo su ser; porque él sí que era mi todo y ahora... ahora... «Tranquila, no llores; venga, no llores, tranquila, no puedes arruinarle el día», me animo tragando con dificultad y fracasando estrepitosamente cuando un par de enormes lagrimones surcan mi rostro y las seco disimuladamente.

—¿Qué te pasa? ¿Por qué lloras? —me pregunta con dulzura.

—Porque estoy muy feliz por ti y porque vas a convertirte en una responsable mujercita casada —miento, con el dolor dándome un puñetazo tras otro en el pecho, mientras otro par de lagrimones fluyen con rapidez de mis ojos, temiendo que no se lo permita.

—Tía, no llores; no lloro yo y vas y me lloras tú. Ven, boba —me dice, dándome otro abrazo.

«No llores, no llores, no llores; para ya, piensa en otra cosa», me ordeno mentalmente mientras me aferro a su abrazo.

—Vale, paro, ya está; es que no me lo esperaba —le digo, obligándome a sonreír, liberándome de sus brazos, que me temo que estaba aferrando con demasiada fuerza—. Oye, ¿y cuándo te lo ha pedido? Porque ayer no dijiste nada —le pregunto sin dejar de sonreír, secando mis lágrimas.

—Anoche, cuando nos marchamos de la fiesta, fuimos a dar un paseo y, a la luz de la luna, me lo pidió... fue tan romántico, y te juro que nunca había querido casarme, pero, cuando me lo puso en el dedo, sentí que no quería otra cosa —me cuenta mostrándome su mano, donde brilla un pedazo de anillo.

—¡Hala... qué bonito! —exclamo, cogiéndola y acariciando la joya con mi pulgar.

Y, con ese gesto, recuerdo la primera vez que estuvimos juntos, cuando él acarició mi pecho con su pulgar, como estoy haciendo yo ahora con el brillante, y siento cómo todo dentro de mí se cierra, contrayéndose y ahogándome e inspiro profundamente, notando cómo me duelen los pulmones con mi inspiración, como si tuvieran una grieta que palpitara de dolor cada vez que los obligara a expandirse o contraerse.

—¿Verdad que sí? No puedo dejar de mirarlo —comenta mientras yo, sin dejar de sonreír, me dirijo de nuevo hacia mi habitación.

—¿Y papá qué te ha dicho? Estará contento, ¿no? —le pregunto, dándome media vuelta para mirarla.

—Todavía no lo sabe; queríamos decírselo durante el desayuno —me confirma llegando hasta la cama, donde se sienta, sin dejar de mirar el anillo, completamente ensimismada.

—¿Habéis dormido aquí finalmente? —inquiero, empezando a ponerme la ropa interior.

—Claro. Sabíamos que, con la tontería de tu vinito, la cosa se nos iría de las manos y preferimos hacer noche aquí.

—O sea, que te lo pidió borracho —la pincho, riéndome mientras por dentro todo me duele cada vez más, como si tuviera el esternón roto y se resintiera con mis risas o con los latidos de mi corazón.

—Qué idiota eres. José nunca se emborracha; solo bebimos un poco más de la cuenta, pero eso es todo —se justifica, dejando de mirar finalmente el anillo.

—Sí, claro... que iba borracho, tía —le digo, obligándome a reír, esquivando el cojín que me ha lanzado—, y deja de hacer eso o no acabaré de vestirme nunca —le pido, esquivando otro.

—¡Pues deja de repetir que iba borracho porque no es verdad! ¡Que te conozco y ya te veo soltándolo por todas partes, y a la gente creyéndote! ¡Prométetelo! ¡Promete que no lo dirás! —me exige cogiendo otro, lista para lanzármelo.

—¡Vale, lo prometo, pesada! ¡Y déjame vestirme! —le ruego, sacando unos vaqueros del armario.

—¿Y tus amigos? —inquiere cogiendo los cojines que se encuentran esparcidos por el suelo para dejarlos en la cama de nuevo—. ¿Y tú? Todavía no me has dicho qué vas a hacer —me plantea, paralizándome con su pregunta.

—Todavía no lo sé —respondo con seriedad, sin tener que fingir nada—. Iba a quedarme, pero no sé, necesito pensarlo —musito, empezando a vestirme.

—¿Y Víctor qué dice? ¿Continúa creyendo que es mejor que te marches? —me plantea, y siento cómo el iceberg que antes había visualizado en mi cabeza se acerca un poco más a mí, listo para partirme en dos en cuanto roce mi cuerpo, y me apoyo en la pared, aunque sin percatarme de mi gesto—. ¿Estás bien, Valentina? —me pregunta mi hermana, corriendo hacia mí, mientras siento cómo mi interior se resquebraja sin remedio, como esa hoja que, medio rota, alguien pisa de nuevo, rompiéndola un poco más.

—Sí, es que me he mareado —le miento, incorporándome, con ese dolor lacerante que siento en mis pulmones, cada vez que respiro, expandiéndose por todo mi pecho, en ese lugar donde miles de emociones brillaban con su nombre y que ahora ya no están... «No están... No está... Se ha ido... No llores, no llores, no llores», me repito—, pero ya estoy bien, tranquila —afirmo, forzándome a sonreír otra vez.

—Tía, me has asustado —me indica, mirándome con preocupación.

—Pues no te asustes, porque estoy bien —le miento

con voz firme—. Ayer apenas cené debido a los nervios y me habrá entrado la flojera.

—Bueno, ¿y qué dice Víctor? —insiste mi hermana mientras yo siento deseos de gritar.

—Lo mismo, que debo irme. De hecho, él se ha ido. Tenía trabajo pendiente y no podía retrasarlo más —le explico como si nada, yendo hacia el baño para terminar de arreglarme.

—Pero ¿regresará? —me pregunta, preocupada, siguiéndome.

—Claro, tía; ya sabes que él viaja continuamente y no podía alargarlo más, pero por supuesto que, cuando termine, volverá —le respondo sin saber si será así o no.

—¿Y tú estarás aquí o te habrás marchado ya? —inquiere, dando en el clavo, y trago saliva con dificultad.

—No lo sé, Alana. Tía, déjalo, no quiero agobiarte ni agobiarme; ya veremos qué decido. Venga, vamos a desayunar, que paso de que me dé otra flojera. Además, estoy deseando ver la cara que hace papá con la noticia —le digo sonriendo abiertamente, saliendo de mi habitación.

—¿Y tus amigos no vienen a desayunar? —me pregunta, dándome alcance.

—No me han enviado ningún mensaje todavía, así que supongo que deben de estar durmiendo. De todas formas, en la casita hay café, té, fruta, tostadas, mantequilla, mermelada y no sé cuántas cosas más que me dijo Casi que había llevado.

—Con Casi al frente, cualquiera pasa hambre; les habrá llenado la nevera y la despensa con comida —añade risueña.

—¿Lo dudas acaso? —le pregunto, sintiendo cómo las últimas palabras se me quedan atascadas en la garganta cuando llegamos a la cocina y mi mirada se posa en el taburete vacío en el que él solía sentarse y noto cómo esa brecha que tengo abierta en los pulmones se abre más al recordar cómo nos comíamos la fruta antes de comernos a nosotros, su sonrisa, las arruguitas que se le formaban en torno a los ojos y sus manos y la fuerza con la que me sujetaban, como las ramas sujetan a las hojas, pienso, tragando con dificultad.

—¡Tía, muévete! ¿Qué haces ahí parada? —me atosiga Alana mientras mantengo mis pies clavados en el suelo.

—¡Eso, hija!, que parece que hayas visto a un muerto —suelta Casi, mirándome con perspicacia—. ¿Estás bien? —me pregunta dejando el plato de fruta sobre la barra y, si antes en mi habitación había sentido deseos de gritar, ahora solo siento deseos de correr. Correr lejos de esta cocina y de los recuerdos que laten en ella; correr lejos de estos viñedos y de las vivencias que su fragancia y la tierra traerán consigo; correr lejos de su casa, de la mía y de todo esto que hace que esta herida que siento en mi interior se abra cada vez más. Correr, correr, correr y no detenerme hasta que los recuerdos, cansados de seguirme, se rindan y me permitan detenerme a mí también—. ¿Y puede saberse dónde tenemos al otro, que todavía no ha venido? —añade mientras yo me obligo a empezar a caminar y a continuar fingiendo.

«No llores, no llores, no llores», me ordeno, inspirando profundamente.

—Se ha marchado hoy, tenía trabajo pendiente —suelto con aplomo, sentándome finalmente en mi taburete.

—¿Habláis de Víctor? —nos pregunta mi padre, accediendo a la cocina, consiguiendo que todas las células de mi ser se vuelquen en su voz y no precisamente por sus matices.

—Sí, Casi preguntaba por él —musito, sintiendo cómo esa cosa extraña que late en el lugar que ocupaba antes mi corazón empieza a latir con fiereza.

—Se ha tomado unos días libres, que falta le hacían

al pobre, y luego tenía trabajo en Segovia y más tarde en Toledo —nos explica cogiendo el café que le tiende Casi mientras yo siento la mirada de mi hermana puesta sobre mí.

—¿Cuándo se ha tomado Víctor unos días libres en plena vendimia? —le plantea mi hermana a mi padre, sentándose a mi lado, en ese taburete que él solía ocupar, y de nuevo lo veo en mis recuerdos y de nuevo todo duele mucho más.

—Él no tiene que hacer la vendimia —le recuerdo con más seriedad de la que pretendía mientras observo de reojo cómo José entra en la cocina y se coloca al lado de mi hermana.

Los miro en silencio, su sonrisa cómplice y esos gestos que hablan de intimidad... No la de la cama, sino la de conocerse y buscarse, como nosotros cuando nos sonreíamos cuando nadie nos veía o cuando enlazábamos nuestros meñiques cuando nuestra piel no podía más, rememoro con dolor mientras Alana sonríe feliz, como ella dice, a punto de explotar, y de nuevo me obligo a alejarlo de mi mente.

—Papá, Casilda... José y yo tenemos una cosa que contaros... —empieza a decir mi hermana, aferrando con fuerza la mano de su ahora prometido, y miro sus manos entrelazadas para posteriormente mirar, con discreción, las mías, sintiendo la añoranza gritar en mi piel, reclamando lo que, durante un tiempo, creyó erróneamente que era suyo—. Así que... ¡¡¡Vamos a casarnos!!! ¡Papá, que vas a tener yerno! —finaliza mientras yo siento cómo otra lágrima surca mi mejilla y la seco disimuladamente.

—¡Hombre! ¡Ya era hora! ¡Qué buena noticia! —exclama mi padre con orgullo, yendo hacia Alana para abrazarla mientras yo permanezco sentada en mi taburete, evadiéndome de esta cocina para volar a su lado y, durante unos preciados y breves segundos, nos veo en la ducha, en la cama o en cualquier parte y vuelvo a sentir esa hambre que me consumía por dentro cuando él estaba cerca; vuelvo a oír su voz, sus risas, y vuelvo a sentir su mano rozando mi piel...—. ¡Ven aquí, yerno, que te dé un abrazo! —me llega de fondo la voz de mi padre y, con ella, despierto de mi ensoñación sintiendo cómo el dolor de garganta baja hasta llegar a mi pecho, a ese lugar donde miles de emociones llevaban su nombre y que ahora siento vacío.

«No llores, no llores. Olvídate ya, no lo pienses más, para...», me advierto mientras siento que he perdido una parte de mí misma imposible de reemplazar, como si me hubieran amputado una pierna y tuviera que aprender a andar sin ella.

—¿Y cuándo os casaréis? —le pregunta Casi mientras me obligo a sonreír y a prestar atención.

—Dentro de un año o año y medio. No lo sabemos todavía, pero queremos que sea aquí, papá, en el jardín —le comunica mi hermana, haciéndome retroceder en mis recuerdos...

* * *

—Si algún día me caso, no lo haré en París o en una playa paradisíaca de cualquier isla perdida; lo haré aquí, en las tierras de mi familia —le dije mientras nos dirigíamos hacia los viñedos.

—¿Y en qué parte, exactamente? —me preguntó con la vista fija en la carretera.

—En el jardín de la casa, con la cordillera frente a nosotros y rodeados por los viñedos que me vieron crecer. Sería al atardecer y, bajo la encina, haría un enorme corazón en el suelo con pétalos de rosa blancos y, dentro de ese corazón, le entregaría el mío a esa persona —le indiqué, deseando que él fuera esa persona.

* * *

«Y ahora mi hermana se casará en ese mismo lugar mientras que yo tendré que sonreír y fingir que todo está bien, como estoy haciendo ahora», pienso sintiendo que los ojos empiezan a humedecérseme y cómo esa sensación de querer echar a correr se incrementa por segundos.

—No imagino un lugar mejor para casarte, hija. Aquí, en tu casa, en las tierras que te vieron crecer y donde están tus raíces —comenta mi padre, cerrando mi garganta y utilizando parte de las palabras que utilicé yo ese día, pienso deteniendo la mirada en el mármol de la isla... «No llores, no llores, no llores», me exijo, fracasando estrepitosamente cuando noto otra lágrima escabullirse de mis ojos para estrellarse en el mármol de la encimera sin necesidad de rozar mi piel, como si de una gota de lluvia se tratara.

—¿Y a ti qué te sucede, hija? —me pregunta Casi, mirándome con preocupación.

—Que estoy muy feliz por ella y me ha dado por ponerme en plan sensiblero. Si estoy así porque te casas, no quiero ni imaginar cuando me digas que vas a hacerme tía; ese día ya puedo hacerme con un buen arsenal de pañuelos —le digo a mi hermana, obligándome a bromear mientras ella se acerca a mí para abrazarme.

—Ven, boba, lo que tienes que hacer es dejar de llorar y poner esa cabecita a funcionar, que necesito que me ayudes con los preparativos de la boda.

—Pues en Nueva York lo vas a tener complicado, hija. Lo mejor será que te quedes aquí en la bodega —propone mi padre y, con su recomendación, siento otra tanda de puñetazos en el pecho.

«¿Qué voy a hacer ahora? Ahora que se ha ido, ahora que no estamos juntos... ¿Y cuando vuelva? ¿Qué haré entonces? ¿Cómo voy a poder mirarlo o estar cerca de él con todo esto que siento golpeándome continuamente el pecho?», me pregunto con el dolor dominando todo mi cuerpo.

—Papá, déjala, ¿quieres? —le pide Alana—. No le hagas caso, hermanita, la planificaremos por teléfono o por Skype; será algo así como un trabajo a distancia —me echa un cable, sonriéndome feliz mientras mi móvil comienza a sonar y leo el nombre de María Eugenia en la pantalla.

—Buenos días, María Eugenia —la saludo sonriendo, guiñándole un ojo a mi hermana—. ¿Qué tal habéis descansado?

—Fenomenal. Este fin de semana ha sido tan ideal... Lo único malo ha sido tener que aguantar al niño, tú ya me entiendes; a la siguiente, mejor invita solo a adultos —me dice ensanchando un poco más mi sonrisa mientras siento cómo por dentro voy resquebrajándome... «No llores, no llores, para... Céntrate en lo que te está diciendo, no llores...», me ordeno con voz firme en mi cabeza.

—Venga ya, si el niño es un encanto y lo sabes —le replico, obligándome a no pensar en nada mientras oigo de fondo cómo mi padre habla con su nuevo yerno y con mi hermana.

—¿Un encanto? Sí, claro —masculla y, sin verla, sé que estará haciendo alguna mueca de fastidio.

—Pelirroja, estás frustrada, ricura. Eso te pasa por no jugar conmigo anoche —me llega la voz de Ciro al otro lado de la línea, y me obligo a mantener la sonrisa en mi rostro.

—¿Te das cuenta de lo que tengo que aguantar? —suelta con dramatismo.

—Te quejas por vicio, María Eugenia —le contesto, levantándome del taburete para ir hacia la puerta acristalada de la cocina, desde donde puedo ver los viñedos extenderse interminables frente a mí. Filas y filas de vides que me recuerdan un mar verde y ondulante, como lo eran sus ojos, unos ojos que podían brillar embravecidos en ocasiones y serenos en otras..., rememoro de repente y, con ese recuerdo, llega otro puñetazo en todo mi pecho—. ¿Estáis listos? —le pregunto, obligándome a sobreponerme.

—Todavía no, pero supongo que en media hora lo estaremos. Al final hemos desayunado aquí, la cocina tenía comida para surtir a veinte o a treinta personas y, ¡ay, hija!, qué gustazo desayunar con estas vistas.

—Habéis desayunado en la terraza acristalada, ¿verdad?

—Esta casita y este lugar son un sueño. Te aseguro que haremos más de un reportaje aquí —me comunica y, aunque debería estar feliz con lo que estoy oyendo, solo puedo sonreír y ni siquiera sé si lo estoy consiguiendo realmente.

—Me alegro de que te haya gustado. Os recojo en media hora entonces, ¿vale?

—Perfecto, nos vemos en nada —se despide antes de colgar y lo hago yo también, pensando que ya me queda menos para poder estar sola.

—Chist... —oigo a mi espalda y me vuelvo, encontrándome con Casi, que me hace un gesto con la cabeza para que la siga.

—Casi, tengo que irme, me están esperando —le digo intentando zafarme.

—Y yo necesito que me ayudes. Venga, tira, que van a ser solo unos minutos —me exige saliendo de la cocina, mientras mi padre me mira divertido y yo hago una mueca antes de seguirla.

«¿Y ahora qué querrá está mujer?», me pregunto mientras veo que sube la escalera hasta llegar a mi habitación.

—¿Qué tienes que hacer aquí que necesitas que te ayude? —inquiero extrañada, cerrando la puerta.

—Siéntate a mi lado, ¿quieres? —me pide, sentándose en el borde de la cama, dándole suaves toquecitos con su mano a la colcha para indicarme dónde he de ponerme.

—Casi, en serio, tengo que terminar de arreglarme... Me están esperando. ¿Qué pasa? —le pregunto sin hacerle caso, cruzando los brazos por debajo de mi pecho, temiendo lo que tenga que decirme.

—Que te sientes —me ordena con autoridad, y obedezco finalmente, aunque a regañadientes—. Mira, hija, tu madre, por desgracia, no está aquí para sentarse donde estoy yo; tu padre es un hombre muy inteligente, pero, a veces, o no se entera de las cosas o prefiere no enterarse, y tu hermana está tan contenta ahora mismo que no ve más allá de su felicidad, pero la Casi tiene un par de ojos a los que no se les escapa nada, ¿me entiendes?

—Pues no mucho, la verdad —le miento, pues sé perfectamente de qué va todo esto—. Casi, no sé qué esperas que te diga.

—Mira, hija, ya está bien. Tú solo has llorado cuatro veces en tu vida, al menos delante de mí: cuando murió tu madre, cuando murió tu abuelo, unos días antes de marcharte a Madrid... y ahora. Tú no estabas llorando de emoción y alegría por tu hermana, tú estabas llorando por él, ¿no es cierto?

—¡Casi! Pero ¿qué dices? —le pregunto intentando sonreír—. ¡Claro que no! ¿De dónde te has sacado eso?

—Mira cómo has sabido a quién me refería sin necesidad de decírtelo —señala, mirándome con esa cara de sabionda que me puede.

—Porque solo hay una persona que se ha ido y es Víctor —le rebato con fingida despreocupación, poniendo los ojos en blanco a pesar del nudo que tengo en la garganta, oprimiéndola.

—El mismo Víctor que ayer no se separaba de ti ni a palazos.

—Estábamos trabajando, Casi. Te recuerdo que era la presentación y teníamos que controlar que todo saliera bien.

—¡Sí, claro! Y aquel día en la cocina cuando le faltaban manos para tocarte y tú le dejabas hacer, ¿también estabais trabajando? —replica, haciéndome enmudecer—. Mira, no me vengas con milongas, que os vi ese día y todos los que han venido después; además, que blanco y en botella: él se va y tú venga a llorar como una plañidera.

—Joder, Casi, no se te escapa ni una —le recrimino, rindiéndome finalmente y clavando la mirada en el suelo.

—Si es que lo habéis hecho fatal para que no me enterara, hija. ¡En mi cocina!, ni más ni menos, como si no hubiera otro lugar en la casa para meterse mano —me dice cogiendo las mías con cariño mientras siento cómo ese iceberg se acerca lentamente a mí sin que haya nada que pueda frenar su avance—. ¿Qué ha sucedido? —me pregunta preocupada—, y no me digas que nada.

—Que él ya no quiere estar conmigo —musito sintiendo cómo mi corazón se contrae con esas palabras y cómo dos enormes lagrimones emborronan mi visión—. Me ha dejado y se ha marchado de viaje, eso es lo que ha sucedido.

—Pero ¿por qué habéis discutido?

—No hemos discutido, Casi, ni siquiera me ha dado opción a hacerlo —le aclaro, y empiezo a narrarle lo ocurrido sin dejar de llorar en ningún instante—. Ha estado conmigo toda la semana sabiendo que lo nuestro no tenía ningún futuro porque o me marchaba yo o me dejaba él —susurro cuando finalizo mi relato, sintiendo que todo me duele demasiado.

—Mira, hija, no sé qué estará pasando por su cabeza, pero lo conozco desde que llegó aquí siendo un pillastre. Entonces no me fiaba un pelo de él, te lo aseguro, y recuerdo que le decía a tu padre que cualquier día nos quitaría hasta los dientes, pero me equivoqué... y tanto que me equivoqué... como estás haciendo tú ahora al creer sus palabras.

—¿Y qué quieres que crea, Casi? —inquiero con desesperación.

—Lo mismo que creo yo: que te quiere tanto que prefiere dejarte ir a anclarte aquí con diecinueve años. Fíate de tu Casi, que lo sabe todo —declara mientras yo solo puedo llorar—. ¿De verdad habrías renunciado a ir a Nueva York por él? —me pregunta mientras me abraza y yo apoyo la cabeza en su pecho, sintiendo cómo todos mis órganos lloran su ausencia, como si mi cuerpo fuera esa hoja seca que han pisado varios pies hasta casi romperla.

—Sí —susurro en un hilo de voz—, por supuesto que sí.

—Y con lo cabezona que eres o te soltaba esa tanda de mentiras o no te hubieras largado nunca —suelta con cariño—. Si es que esto se tenía que haber visto venir, siempre juntos a todas horas y a todas partes desde que eras una cría. Ya verás como tu padre se entere —prosigue mientras siento cómo ese iceberg llega para partirme en dos y ahogarme en las aguas gélidas de mi desesperación, como esa canción, *Terra Titanic*, que parecía sonar siempre cuando estábamos juntos, rememoro abrazándome a Casilda con fuerza.

—¿Qué hago ahora, Casi?

—Tienes diecinueve años y una vida entera por delante. No hagas lo que hice yo y no te cases ni te ates a nadie tan pronto. Vete a esa ciudad a ser lo que quieres ser, que para lo otro siempre habrá tiempo —me aconseja mientras me incorporo y ella me tiende un pañuelo—. Te aseguro que las cepas no van a echar patas y a salir corriendo de aquí, y que esta casa y la bodega seguirán aquí durante más años de los que estaremos tú y yo.

—¿Y él? ¿Él también estará? —le pregunto con voz quebrada.

—¿Tú sabes lo que decía mi madre? *Que cada cassoleta té la seua tapadoreta* —suelta, consiguiendo que me olvide de mi drama durante unos segundos.

—¿Se puede saber qué has dicho? —le pregunto, sonándome luego con fuerza.

—Mi madre era valenciana y, muchas veces, hablaba con nosotros en valenciano, a pesar de las quejas de mi padre, que no se enteraba de nada y decía que lo excluíamos —me explica con una sonrisa cargada de añoranza—. Cuánto tiempo sin hablar en valenciano —musita más para sí que para mí—. Más o menos, lo que te he dicho significa que, hagas lo que hagas, vayas donde vayas, si él es para ti, lo será, así que no dramatices y vete. ¡Qué manera de anclarnos a los sitios cuando hay un mundo entero por pisar! Parece que, en lugar de tener pies, tengamos raíces; siempre en el mismo sitio.

—Si te oyera papá, te lo explicaría bien explicado, te lo aseguro.

—Tu padre es más antiguo que las cepas de este viñedo —me rebate con una sonrisa, haciéndome sonreír a mí también—. Mira, hija: aunque se haya equivocado en las formas, en todas, porque a ese se lo explicaré bien explicado cuando venga, ha hec...

—¡Ni se te ocurra decirle nada, Casi! —la interrumpo alzando la voz sin pretenderlo.

—Tú tranquila, que de lo que me has contado no soltaré ni prenda, pero ese y yo tenemos una conversación pendiente, ¡hombre, si la tenemos! No me quedaré con las ganas, no, no, no... Te lo aseguro, y a ti no te riño ahora porque solo te falto yo, que, si no, verías tú, si es que sois unas pilinguis todas —me dice negando con la cabeza—, pero ahora escúchame bien... Aunque se haya equivocado, ¡¡¡en todo!!!, ha hecho lo correcto dejándote.

—¡Casi, pero ¿cómo puedes decir eso?! —le pregunto enfadada.

—Porque soy cepa vieja y estoy cansada de ver vendimias, idas y venidas, por eso te lo digo, y deja de llorar de una vez, que tus amigos se darán cuenta y a ver qué les cuentas, mira qué ojos más irritados tienes.

—Tú no lo entiendes, Casi... Yo solo quiero estar con él, me da igual Nueva York y no me importaría anclarme a un sitio si es con Víctor —insisto, un poco molesta con ella porque no me entienda y esté animándome a marcharme.

—¡Y dale Perico al torno! Ay, Señor, qué mala es la juventud de hoy en día y qué cieguitas estáis cuando os empecináis en algo. No me extraña que el otro te haya dicho tantas estupideces juntas. ¡Hala!, ¡levanta de ahí y ve a lavarte esa cara! —me manda con ese genio tan suyo.

—Casi, no le digas a mi padre nada de esto —le pido secando mis lágrimas, que no dejan de fluir.

—Mejor vamos a callarnos y a dejar esta charlita en esta habitación, porque, como tu padre se entere de que te he animado a irte a esa ciudad, me pondrá a arar la tierra de rodillas y con los dientes —suelta, haciéndome sonreír de nuevo.

—Y a Víctor tampoco; prohibido, Casi —le advierto, temiéndome lo peor.

—¡Ahhhhhh, no! ¡Eso sí que no te lo prometo! Como que me llamo Casilda Martínez de la Nuez que a ese se lo explico yo bien explicado. Vamos, que si no se lo digo, reviento —replica, cerrándose con brío la chaquetilla que lleva puesta.

—Casi, que no, por favor, hazlo por mí, de verdad —le ruego cogiendo sus manos—. Déjalo estar... Si cuando regresa no me he marchado, ya me apañaré yo con él, y si no estoy, mejor no remuevas el tema; hazme caso.

—¡Ya veremos! Y tú, alegra esa cara, que por un hombre no se acaba el mundo —me recrimina antes de salir de mi cuarto—. Hombres, solo nos dan quebraderos de cabeza y disgustos. Si es que no hay nada en esta vida como estar sola, sin rendirle cuentas a nadie... —la oigo refunfuñar escaleras abajo.

Capítulo 35

Tras cerrar la puerta de mi habitación, me dirijo al baño para lavarme la cara, sorprendiéndome cuando, frente al espejo, veo mis ojos casi inyectados en sangre.

—Qué bien —murmuro, sentándome en el taburete y cerrándolos para que recuperen su blanco natural, mientras dejo que las palabras de Casi vayan calando en mí.

«Pero ¿qué más da lo que haya dicho Casi? ¿Qué más da que en realidad Víctor me haya mentido porque me quiere? ¿Qué más da que lo haya hecho por mí? —pienso cerrando los puños sobre mis piernas—. ¿Qué más da todo si al final estoy sin él? ¿Debo estarle agradecida acaso? ¿Se agradece el dolor?, ¿la ausencia?, ¿la sensación de amputación? Aunque sea por tu bien, no, no se agradece. No, si tú no lo has pedido ni lo deseas... No, no se agradece», me digo, sintiendo cómo las lágrimas se deslizan por mis mejillas.

—¿Por qué no me has dejado equivocarme? —musito levantándome, yendo hacia la pequeña ventana desde la que se divisa la cordillera.

«Eso no es querer», pienso con las lágrimas rodando amargas por mis mejillas. «Eso es querer imponer un criterio o una idea que puede ser tan equivocada como la mía», reflexiono con dolor. «Suficiente, suficiente, no llores más», me riño cerrando los ojos otra vez, inspirando profundamente para soltar luego todo el aire de golpe.

Obligándome a dejar en blanco el pensamiento, me siento de nuevo en el taburete, centrándome en mi cuerpo y en cómo mis pulmones se llenan con mi inspiración y se vacían con mi espiración, eliminando todo el ruido de mi mente, que, traicionera y bulliciosa, parece empeñada en traerlo de vuelta continuamente... Sus ojos, su sonrisa y esa canción que solo nosotros podíamos oír cuando nos rozábamos, cuando enlazábamos nuestros meñiques o cuando me ponía esa tirita en cinco minutos que siempre eran muchos más, y siento cómo me resquebrajo igual que esa hoja seca que solo puede arrastrarse por el suelo a la espera de que el viento, caprichoso, se apiade de ella para elevarla hacia el cielo durante unos segundos para dejarla caer otra vez.

—Suficiente —musito abriendo los ojos de golpe—, te están esperando —me reprendo, levantándome, mirando mi rostro en el espejo y descubriendo cómo el color blanco de mis ojos comienza a dominar, poco a poco, al rojo, el color de la desesperación—. Suficiente, ya está bien —me recrimino, saliendo del baño y de mi habitación.

Endureciendo mi rostro, cojo las llaves del Jeep, que descansan en el mueble de la entrada, para dirigirme hacia la casita de invitados y, una vez en él, enciendo la radio para escuchar música, no música *remember*, sino la que suena ahora, «esa con la que viviré mi presente y también mi vida y que no traerá consigo ningún recuerdo con sus letras», me digo abriendo la ventanilla del vehículo para permitir que el viento del norte se siente a mi lado, donde antes se sentaba esa sensación extraña que ahora late en mi interior, mientras en la radio suena *Leave a light on*, de Tom Walker, una canción que no lleva ningún recuerdo asociado a ella, pero cuya letra me lleva a recordar cientos de ellos... «Tonta, todo va a recordarte a él —me digo tragando con dificultad—, todo, incluso los miles de emociones que ahora duermen en tu pecho y que ya no puedes sentir aleteando en tu interior.»

Me obligo a dibujar una sonrisa en mi rostro en cuanto detengo el todoterreno frente a la casita de invitados y, con ella instalada en mi cara, llamo a la puerta, que abre Dante.

—¡Buenos días! —lo saludo accediendo a la vivienda, donde ya están todos listos—. ¿Lleváis mucho rato esperando? Perdonad, se me ha hecho un poco tarde —me disculpo, pues la conversación con Casi y mi momento en el baño se han alargado un poco más de lo previsto.

—No te preocupes; la verdad es que nos da un poco de lástima tener que irnos —me dice Pilar.

—Eso es buena señal y siempre podéis volver —les digo, sonriendo—. ¿Vamos? —les pregunto, viendo a Ciro mirar divertido a María Eugenia, y me pregunto qué le habrá hecho esta vez.

—Vamos, estoy deseando perder de vista al crío este —masculla con fastidio, corroborando mis sospechas.

—Ricura, pero si sabes de sobra que vas a echarme de menos —replica con su mochila colgando del hombro y cogiendo las dos maletas de María Eugenia.

—¿Qué haces? ¡Suéltalas! —le exige, intentando hacerse con ellas.

—Estoy practicando, ricura. Ya sabes ese dicho: «Si ves a un hombre cargado, no le preguntes si está casado».

—¡No pienso casarme contigo, nunca! ¡Solo me faltaría eso! —suelta claramente horrorizada, haciéndonos reír.

—¿Qué nos apostamos? —nos reta Ciro a todos, pasando de ella y sorprendiéndonos con su pregunta.

—¿Lo dices en serio? —le formula Dante, divertido.

—Joder, y tanto —le responde sin soltar las maletas.

—Vais a perder como apostéis a favor de esa estupidez —afirma, rotunda, María Eugenia, haciéndose con una de ellas de un fuerte tirón.

—Quinientos pavos a que te casas con ella —apuesta Dante con seguridad.

—¡Quinientos a que no! ¡¡¡No pienso casarme con él!!! —casi grita María Eugenia.

—En unos años la tengo anillada —nos dice Ciro con arrogancia.

—¿Anillada? ¡Ni que fuera una vaca o un caballo que tuvieran que marcar! ¡Qué horror! ¡No pienso dejar que hagas eso! ¡Vas a perder, Dante, te lo advierto, y vas a pagarme!

—Cien a que te casas con él —apuesta Pilar, consiguiendo que suelte una carcajada.

—Pero ¿estáis tontos o es que os sobra el dinero acaso? ¡Que no pienso casarme, y menos con él! ¿Cómo tengo que deciros que no me van los críos? ¡Valentina, como apuestes a favor de esta estupidez, te arrepentirás! —me advierte, mirándome por encima de sus gafas de pasta.

—Hoy no estoy para apuestas, pero te aseguro que, cuando a Ciro se le mete algo en la cabeza, no para hasta conseguirlo. Voy a reírme mucho, María Eugenia, como dentro de unos años te vea felizmente *anillada* —le digo, incidiendo en la última palabra, mientras ella me mira horrorizada.

—Antes me tiro por un puente —masculla—. ¡Y suelta la maleta!, ¿quieres? —le pide, enfadada.

—Como desees —le responde Ciro, soltándola y permitiendo que ella se haga con ambas—, pero ahora, ricura, no vas a poder apartarme —susurra con voz ronca, acercándose a su cuerpo más de la cuenta mientras ella aferra las maletas con ambas manos como si le fuera la vida en ello o estas tuvieran piernas y corriera el riesgo de quedarse sin ellas.

Sin poder alejar mi mirada de ellos, soy testigo de cómo, antes de que María Eugenia pueda rebatirle nada, la coge de la nuca para pegar su boca a la suya, consiguiendo que enmudezca y enmudezcamos. Conteniendo la respiración, veo cómo sus labios se adueñan de los suyos y cómo todo arde intensamente durante unos escasos segundos.

—¡Imbécil! Pero ¿a ti qué te pasa? ¡Que no me beses! —le grita, dándole un empujón para librarse de él, pero, diga lo que diga, hay algo cierto y que todos hemos visto, y es que, durante unos segundos, su piel le ha quemado hasta hacerla arder.

—Unos años, María Eugenia, solo unos años, recuérdalo —sentencia Ciro con seriedad, mirándola directamente a los ojos y consiguiendo que, de nuevo, todo arda con esa promesa.

—En unos años estaré trabajando en Dior en París, ¡no anillada! ¿Te enteras? —le espeta más enfadada de lo que la había visto nunca, y sonrío sin percatarme de ello.

—Lo que tú digas, ricura. Vámonos, Valentina —me pide pasando por mi lado, con la arrogancia dominando su voz y esos andares pasotas que van con él a todas partes.

—Deja de sonreír, ¿quieres? —me ordena entre dientes María Eugenia al pasar frente a mí, mientras que Dante y Pilar, a su espalda, me devuelven la sonrisa.

—Perdón —me disculpo sin dejar de hacerlo y, entonces, me percato de que es posible sonreír y llorar a la vez, vivir y morir... Sí, así, todo al mismo tiempo, porque es fácil dejarse llevar por la vida y aparentar una felicidad que no se siente, porque fingir normalidad, sonreír, caminar y bromear, es sencillo... e ignorar el dolor también lo es, aunque por dentro te esté desgarrando. «Es fácil seguir si quieres hacerlo», pienso cerrando la puerta de la casita, con su recuerdo caminando a mi lado, como lo hacía esa sensación extraña, pero, a diferencia de antes, no lo ignoro ni me molesta, sino que lo acepto e incluso le tiendo una mano, porque lo prefiero mil veces a no sentirlo cerca de mí.

—¿Y Víctor? —me pregunta Dante mientras conduzco camino a la bodega.

—Ha tenido que salir de viaje a primera hora, pero me ha pedido que me despida de todos vosotros en su nombre —miento con fingida despreocupación, y de nuevo me doy cuenta de lo fácil que es fingir que todo está bien cuando lo único que deseo es acurrucarme en la cama y llorar, llorar hasta secarme, llorar hasta que no quede una sola lágrima en mi interior, llorar hasta que deje de dolerme de una vez.

—Qué pena, me hubiera gustado despedirme de él —me dice mientras continúo simulando que todo está bien—. Cuando tengamos las fotografías que sacamos ayer, os las enviaremos por duplicado a la dirección de la bodega, para que las tengáis los dos —me indica, mientras yo, con sus palabras, visualizo en mi mente esa hoja seca ya rota, que será un fiel reflejo de mí misma cuando vea esas fotos.

«No las verás», me digo con seguridad. «No mientras te duela tanto», me prometo en silencio, volviéndome para sonreírle de nuevo, fingiendo una felicidad que se ha escapado corriendo tras él esta mañana.

—Genial, estoy deseando verlas —le miento sin dejar de sonreír mientras por dentro siento cómo esa herida que late en mi interior, en una parte indefinida que soy incapaz de localizar, se abre un poco más—. Hemos llegado. Chicos, final del trayecto —les indico, deteniendo el vehículo en el parking de la bodega, donde están aparcados los suyos.

—Qué pena me da irme... Yo quiero quedarme aquí, Valentina —exclama Pilar, apeándose del Jeep—. ¿No tendréis por casualidad un puesto vacante en la bodega? No me apetece nada volver a Madrid.

—Creo que no, pero, si quieres, te avisaré en cuanto haya uno —le respondo, guiñándole un ojo.

—No te preocupes, Pilar, que vamos a venir muy a menudo, y será sin niños —interviene María Eugenia, bajándose del todoterreno con un estilazo que para mí quisiera.

«Si es que es todo *glamour* y todo lo contrario a Ciro», pienso mirándolo divertida, con su camiseta arrugada y su cabello rubio despeinado.

—Tienes razón, ricura, los niños los dejaremos para más adelante, que tú y yo tenemos que jugar mucho antes de tenerlos —replica con insolencia, empezando a sacar el equipaje del maletero con la ayuda de Dante.

—Ni me hables —le responde con fastidio, haciendo una mueca.

—¿Me das un besito de despedida? —le pregunta bravucón, llegando hasta ella.

—Piérdete, ¿quieres? —le exige dándole la espalda para alejarse de él, y de nuevo la sorprende y nos sorprende al aferrarla por la cintura, como hizo ayer en las caballerizas.

—Contigo me perdería hasta en el infierno —declara con voz ronca, rozando su oreja con sus labios y pegando su pecho a la espalda de María Eugenia—. Unos años, ricura; solo unos años, recuérdalo.

—Que me sueltes, niñato —masculla posando sus manos sobre las de Ciro para librarse de su abrazo.

Sin molestarse en contestarle, y con un movimiento fluido, se hace con ellas para darle la vuelta hasta dejar sus pechos casi pegados, atrapando la atención de todos. Y durante los escasos segundos en los que la mirada de Ciro se posa en la de María Eugenia, siento cómo de nuevo la tierra arde con fuerza.

—Nos vemos, ricura —musita con voz ronca antes de liberarla de su agarre, y suelto todo el aire que había estado conteniendo, sin darme cuenta, a la espera de ese beso que creía que iba a darle, completamente segura de que María Eugenia también lo esperaba.

—Llámame —me dice acercándose a mí, rodeando luego mi cintura con sus brazos y escondiendo su rostro en la base de mi cuello, siendo tan Ciro, tan niño, tan irresistible... tan tierno.

—Vale. Conduce con cuidado —susurro, sintiendo la agradable sensación de lo conocido y de lo querido.

—Tiene que anillarla; por la cuenta que le trae, irá despacio —bromea Dante, guardando las maletas en su coche mientras Pilar suelta una carcajada y María Eugenia bufa con fastidio.

—No pienso responderte, Dante, pero ve preparando ese dinero, porque vas a perderlo —le responde con frialdad, alzando su rostro mientras Ciro sonríe abiertamente, con esa sonrisa traviesa que encierra tantas promesas.

—Ya nos veremos —se despide antes de entrar en su vehículo para luego arrancar y salir del parking mientras yo voy despidiéndome del resto.

«Y aunque estoy deseando quedarme a solas, los voy a echar mucho de menos», reconozco abrazando a María Eugenia.

—Hasta pronto, chicos —les digo sonriendo, diciéndoles adiós con la mano cuando su vehículo sale también del aparcamiento.

Abrazando mi cuerpo con ambos brazos, veo cómo su coche va convirtiéndose en un simple puntito hasta llegar a desaparecer por el largo camino y me vuelvo durante unos segundos hacia su recuerdo, ese que avanza junto a mí y que se detiene cuando yo lo hago, notando la sensación de amputación incrementarse, pues él no está solo a mi lado en mi imaginación, también estará por todas partes; estará aquí, en el parking; estará en su despacho, en la bodega, en el campo y en mi casa; estará en las comidas y en las celebraciones familiares, y tendré que verlo y continuar fingiendo que todo está bien, que estoy bien y que no lo echo de menos; tendré que aprender a sonreír mientras mi piel reclama la suya y posiblemente tendré que ver a la señorita López sonreírle también con su piel reclamando lo mismo que reclama la mía y tendré que fingir, fingir a todas horas... «Fingir que ya no me importa, fingir que he rehecho mi vida, fingir que ya no me duele y aprender a vivir sin él, con él a mi lado, y, no, no voy a poder hacer eso», admito sintiendo mi garganta completamente cerrada.

Cediendo a un impulso y anhelando huir de esta sensación de amputación que me persigue, cojo el Jeep para dirigirme al castillo de San Vicente de Sonsierra, ese lugar al que tanto fui en el pasado cuando necesitaba pensar y al que ahora necesito regresar, quizá porque necesito ver la vida desde lo alto de sus muros o porque necesito que ese silencio envuelto en el pasado que allí resuena me indique el camino a seguir... «el que menos duele», aunque a mí, ahora, me duelan todos por igual.

Conduzco, sin música esta vez, a través de mares y mares de viñedos salpicados de rojo, negro y amarillo mientras las nubes empiezan a cubrir el sol, bajando lentamente del cielo para adueñarse de la cordillera y borrarla de mi campo de visión, como una goma de borrar que desdibuja las formas hasta eliminarlas por completo.

Estaciono en el pueblo, a los pies del castillo, sorprendiéndome cuando me apeo del vehículo al comprobar cómo ha bajado la temperatura en apenas media hora.

—Qué frío —musito para mí, poniéndome la chaqueta con celeridad, con la piel erizada.

Guardando mis manos en los bolsillos, inicio el ascenso hacia la fortaleza por las calles del pueblo que permanecen desiertas y envueltas en el silencio más absoluto, e imagino a la gente en sus casas, resguardándose de este frío que ha llegado sin avisar; imagino los braseros o las chimeneas encendidas y a una mujer haciendo punto o leyendo al abrigo del fuego. Yo podría ser esa mujer perfectamente. Yo podría ser feliz aquí, en este pueblo o en el mío, en mi casa o en la suya, con mi espalda apoyada en el sofá o apoyada en su pecho, leyendo un libro o leyendo su cuerpo, al abrigo del fuego de la chimenea o quemándome con el que él prendiera en mi cuerpo. Sí, yo podría ser feliz aquí, y tendría un perro que ladraría cuando nos viera llegar tras un largo día en la bodega, descorcharíamos una botella de vino y... «Y nada, déjalo», me ordeno inspirando el olor a leña proveniente de alguna chimenea que alguien sí ha encendido. «Déjalo», me repito, oyendo el ladrido de un perro, que tampoco es el mío. «Déjalo..., déjalo de una vez», insisto, obligándome a centrar mi atención en el camino, pues, ahora que he salido del pueblo, el suelo es algo escabroso y temo hacerme daño.

—Déjalo, déjalo... No lo pienses —musito para mí, viendo las piedras y la tierra del camino emborronarse, como si la goma de borrar que ha desdibujado la cordillera hubiera empezado a borrar con mis lágrimas el sendero de piedras y tierra.

Accedo a la zona amurallada sintiendo mi interior gritar y reclamar lo que quiere y, acallando ese grito, me dirijo al muro y a los contrafuertes que contienen la terraza en torno a la iglesia de Santa María la Mayor. Y allí, desde lo alto, con la Torre Mayor guardando mis espaldas y la iglesia dándome amparo, contemplo el paisaje que se despliega frente a mí, sintiendo el frío empezar a reptar por mis piernas, estremeciéndome e inquietándome, y me muevo instintivamente, como huyendo de él, mientras clavo la mirada en el horizonte y en el cielo, cubierto de nubes ahora.

«¿Qué hago?», me pregunto con la desesperación copando mi interior, sintiendo cómo el frío llega de nuevo para envolver mi cuerpo. «¿Me marcho y me olvido de todo? —me planteo, secando mis lágrimas con un pañuelo que está ya más mojado que seco, yendo hacia los escalones de la iglesia para sentarme y resguardarme de este frío que, implacable, parece seguir mi rastro—, ¿o me quedo?» «¿Qué haces cuando no sabes qué hacer?», me cuestiono mirando al cielo, implorando una respuesta.

Y aquí, en este lugar que vio miles de batallas librarse, libro yo la mía propia; una en la que no hay sangre, pero en la que hay lágrimas, lágrimas amargas que bien podrían ser rojas; una batalla en la que no hay espadas, pero en la que yo siento el filo de una de ellas atravesar mi pecho; una batalla en la que no hay muertes, pero en la que muero yo, porque a veces el dolor nos desangra hasta matarnos... porque, ¿qué nos queda cuando nos quedamos sin alma? Nada, no nos queda nada... Solo el vacío, el que siento yo en mi pecho. ¿Qué nos queda cuando nos amputan una pierna? El recuerdo..., el recuerdo de lo que era poder caminar y correr. ¿Qué nos queda cuando nos amputan el corazón? La muerte..., esa que no necesita llevarse tu vida y que es mucho peor, porque no sabes cómo vivirla, porque, cuando has caminado, has corrido y has sentido, no sabes cómo no hacerlo y te enfadas y lloras de rabia, de impotencia y de añoranza porque no quieres eso, porque no quieres aprender a caminar con una pierna ortopédica, porque no quieres que tu corazón lata de forma mecánica sin ritmo ni emoción y porque quieres lo que has tenido, lo quieres, lo quieres, lo quieres... Lo quieres a él, y quieres tu alma, tu pierna y tu corazón.

Me aferro a mis piernas llorando desconsoladamente mientras el frío va congelando mi cuerpo, poco a poco, sin prisas y con esa seguridad que le da el saber que va a conseguirlo, como la noche que va venciendo al día, con segundos, con minutos y con horas, segura de su triunfo, y, durante esos segundos, esos minutos y esas horas, lloro desangrándome, resistiéndome a esa decisión que ese corazón mecánico que late dentro de mí ha tomado ya... resistiéndome a la muerte y rindiéndome, cansada, finalmente a ella.

—Se terminó —sentencio secando mis lágrimas, levantándome y yendo hacia el muro, posando mis manos en él, mientras veo cómo las nubes han vencido por completo al sol, cubriéndolo con su densidad, percatándome de que el frío, del que he intentado huir antes, se ha adueñado por completo de mi pecho sin que me haya dado cuenta de cuándo lo ha hecho.

Y es entonces, en este pequeño rincón de La Rioja, con las nubes cubriendo el sol y los miles de emociones que vibraban con su nombre congeladas en mi pecho, cuando decido marcharme; cuando decido aprender a respirar, aunque me duela con cada inhalación; cuando decido aprender a caminar, aunque sea con una pierna ortopédica, y cuando decido seguir mi camino, dándole la espalda a su recuerdo.

Capítulo 36

Accedo a mi casa por la puerta trasera de la cocina, poniéndome a prueba, y, en cuanto pongo un pie en ella, siento el frío recrudecerse dentro de mí y me aferro a él, posando mi mirada en el taburete en el que él solía sentarse, negándome su recuerdo y negándoles a esas emociones que vibraban con su nombre revivir, manteniéndolas congeladas dentro de mí.

—Hola, Casi —la saludo yendo hacia ella para sentarme en el taburete en el que solía sentarme, viendo su recuerdo, ahora difuso, caminar a mi lado, y le doy la espalda, retirando mi mano, que le he tendido esta mañana cuando creía, erróneamente, que era mejor tener su recuerdo que no tener nada.

—Hola, hija. ¿Estás mejor? —me pregunta preocupada, apoyándose en el mármol de la isla.

—Sí, lo estoy —le digo con seguridad, guardando luego unos segundos de silencio—. Me marcho, Casi. Tenías razón, tengo diecinueve años y un mundo entero por pisar... y voy a hacerlo, voy a pisarlo.

—¡Bien dicho!, písalo por ti y por mí —me pide, cogiendo mis manos—, pero con cabeza, que no tenga que arrepentirme de la charlita que hemos mantenido tú y yo esta mañana.

—Tranquila, Casi, que no voy a hacer ninguna tontería.

—Más te vale, porque, como la hagas, soy capaz de colgar el delantal y plantarme en la ciudad esa para darte un par de collejas bien dadas —me advierte con ese brío tan suyo.

—Oye, Casi, si él llamara por teléfono o te preguntara por mí, nunca le digas que he llorado ni nada de lo que te he contado, ¿vale? No lo riñas y haz como si no supieras nada, como si todo estuviera bien.

—Pero ¿está todo bien?, ¿tú estás bien?

—Puede que no lo esté ahora, pero lo estaré, Casi, y él, digas tú lo que digas, no se merece saber nada de mí, ni bueno ni malo, nada —sentencio, dándome cuenta de que soy incapaz de pronunciar su nombre.

—Mira, hija, ya te he dicho antes que no sé qué es lo que pasa por su cabeza y que se ha equivocado en las formas, pero soy cepa vieja y sé reconocer cuándo un hombre está enamorado. No le tengas en cuenta sus palabras y sí el sacrificio que, sin que me lo haya tenido que decir, sé que ha hecho.

—Ha fallado ya dos veces en sus formas. Te aseguro que no habrá una tercera vez, y no me hables de sacrificios, Casi, porque nadie le ha pedido que lo haga. En serio, no quiero saber nada de él y no quiero que intercedas, nunca. Si llama o algún día te pregunta por mí, dile que estoy feliz y encantada de la vida por irme a Nueva York.

—Oye, hija, no es bueno mentirse ni tampoco mentir, porque, si lo haces, puedes negarte el ser feliz de verdad.

—¿Qué quieres decir, Casi? Pensaba que querías que me fuera —le rebato con seriedad, sin entenderla.

—Y quiero que te vayas, pero no que mientas.

—Él ha estado mintiéndome durante una semana entera. No me hables de mentir cuando él me ha mentido continuamente —le respondo con una acritud que me sorprende—. Puede que ahora no sea feliz y que me cueste serlo, pero lo era antes de venir aquí y lo seré de nuevo, así que, en teoría, no estoy mintiendo.

—Como quieras, hija. ¿Tengo que decírtelo si me llama o me pregunta?

—No, no quiero saber nada, pero te llamaré cuando quiera venir a visitaros para no coincidir con él —le explico, sintiendo cómo los miles de emociones que permanecen congeladas en mi pecho se agrietan con mi petición, que es un eco de otra que hice en mi pasado.

—Coincidirás con él en la boda de tu hermana —me comenta prudente.

—En esa boda habrá mucha gente y él será uno más —replico, recrudeciendo el gesto—. Voy a hacer la maleta.

—¿Te ayudo?

—No hace falta, tampoco hay tanto que meter en ella —le indico, levantándome del taburete—. ¿Y papá? ¿Está en los viñedos?

—Desde primera hora —me contesta, con la preocupación instalada en su mirada y en su voz.

—Luego iré a buscarlo —le comunico, antes de salir de la cocina, esta vez ya sola, sin su recuerdo caminando a mi lado.

Lo primero que hago en cuanto llego a mi cuarto es poner música, de nuevo poniéndome a prueba, y paralizándome cuando empieza a sonar *I'll never love again*, de Lady Gaga.

—Joder... —musito sentándome en el borde de la cama, escuchando la letra y reconociéndome en ella... Yo tampoco quiero sentir otro roce, ni iniciar otro fuego, ni tampoco quiero conocer otro beso... No quiero regalarle mi corazón a otro extraño...—, mierda —mascullo sintiendo una lágrima traicionera rodar por mi mejilla, liberándose de la férrea prisión en la que las he encerrado.

Aprieto ambos puños y pongo una doble cerradura en esa prisión imaginaria cuando, de nuevo, me reconozco en sus letras, porque yo tampoco dejaré entrar la luz del sol ni creo que vuelva a amar; al menos, no de momento.

—Suficiente, se acabó... Ya está bien —farfullo quitando la música y cogiendo el móvil para llamar a Alana—. Hermanita, ¿ya te has bajado de esa nube de felicidad o todavía sigues flotando en ella? —le pregunto poniéndome los auriculares y guardando mi móvil en el bolsillo de mis vaqueros.

—¿Ya quieres que me baje, con lo bien que se ve todo desde aquí arriba? —replica feliz—. Venga, sube conmigo, que te hago un hueco a mi lado.

—No, gracias, prefiero tocar el suelo con mis pies; es más seguro, créeme —le contesto con sequedad—. Por cierto, me marcho —le anuncio, abriendo la maleta y empezando a meter cosas en ella.

—Te marchas, ¿a dónde?, ¿a Nueva York? —indaga, sorprendida.

—Bueno, primero a Madrid, tengo que recoger mis cosas y arreglar unos cuantos asuntos, pero, en unos días, sí, a Nueva York —le indico, obligándome a mantener ese frío que siento instalado en mi pecho y con el que empiezo a sentirme tan bien.

—¿Y Víctor?

—Se terminó, Alana. —Y, con esa frase, siento cómo esas emociones se agrietan del todo.

—¿Cómo que se terminó? ¿Cuándo se ha terminado que no me he enterado? —me pregunta, alarmada.

—Bueno, te estás enterando ahora —le digo sin ganas de empezar a relatarlo todo de nuevo.

—Esta mañana no se había terminado... ¿O sí, y no has querido contármelo? ¡Mierda! ¡Eres una idiota! ¿Por eso llorabas? ¡Qué hostia voy a darte!

—Tía, estabas tan feliz que no he querido estropearte el momento, pero estoy bien, tranquila. Ya he llorado, ya me he dicho todo lo que tenía que decirme y no me apetece hablar más del tema, ¿vale?

—No, no vale. ¿Cómo has podido no contármelo? —me recrimina, casi al borde del llanto.

—Como llores, te cuelgo —suelto sonriendo con tristeza—. Tía, no me montes el drama tú ahora, que suficiente dramón he tenido yo hoy. En serio, más días como este y la palmo —añado, intentando bromear.

—Pero es que... ¡Joder! Mamá no está, a papá no se lo has contado seguro y te lo has comido sola. ¿Por qué? Soy tu hermana y se supone que esas cosas tienes que contármelas para que lloremos juntas.

—Con lo feliz que estabas, tontina, ¿crees que iba a permitir que te pusieras a llorar? Además, no me lo he comido sola. Casi me ha dejado su hombro para que llorara un ratito.

—Maldita sea, soy una hermana mayor horrible —me dice empezando a llorar ella esta vez.

—Eres la mejor hermana mayor que podría tener y deja de llorar o cuelgo, de verdad.

—Pero ¿qué ha pasado?

—Alana, tía, no me apetece hablar otra vez sobre eso. Quédate con que estoy bien y con que me marcho, ¿de acuerdo? Algún día, cuando vengas a Nueva York, te lo contaré todo, pero ahora no.

—Solo si me prometes que nunca más harás eso; no importa que yo esté feliz, Valentina, tienes que prometerme que vas a contarme lo que te suceda, ¿vale?

—Vale, pesada —musito apoyando mi frente en el cristal de la ventana, contemplando este paisaje que lleva en suspensión en el aire los miles de recuerdos de los que quiero huir... «o retener», pienso con dolor.

—¿Cuándo te vas? —me plantea mientras observo el

ir y venir de los tractores rompiendo el silencio en el que dormita la tierra.

—Mañana. ¿Vendrás a darme un beso de despedida? —le pregunto, alejándome de la ventana para seguir con mi labor.

—Qué tonta. Dile a Casi que José y yo iremos a cenar a casa. Aunque no hablemos de eso, quiero estar contigo y darte un superabrazo de hermana mayor.

—De acuerdo... Te veo en un rato; hasta luego, hermanita —me despido antes de colgar.

Acabo de hacer mi maleta y, abrazando el frío en el que se halla congelado mi interior, tan en consonancia con el que hace hoy, me dirijo hacia las caballerizas para sacar a Trueno y también para despedirme de este terruño que tardaré en ver de nuevo. «No empieces», me advierto con seriedad, con esa voz fría que domina a la otra, la voz de la calidez.

—Hola, bonito —le digo al animal, que relincha al verme—. He venido para despedirme —musito rozando mi mejilla con la suya, con mis manos acunando su rostro—. Voy a echarte mucho de menos; lo sabes, ¿verdad? —prosigo, permitiendo que la calidez que emana del cuerpo del caballo caldee mi interior durante unos instantes—. Creo que esta vez tardaremos en vernos —susurro abrazando su cuello, sintiendo su crin hacerme cosquillas en la nariz mientras yo la mojo con mis lágrimas—. Te echaré de menos y echaré de menos todo esto —declaro en un susurro, quitándole la doble cerradura a la prisión en la que mantengo encarceladas mis lágrimas—. Estoy un poco tonta hoy y todo me da ganas de llorar —le digo separándome de él y secándolas con mis manos, para empezar a ensillarlo—. ¿Te apetece estirar las piernas, precioso? —le pregunto, obligándome a sonreír mientras él relincha a modo de respuesta—. Lo sabía; vamos, entonces —le indico montándolo y permitiendo, durante un segundo, que su recuerdo se materialice a mi lado, oyéndolo incluso...

* * *

—... como sea incapaz de seguirte, te aseguro que luego vas a arrepentirte —me advirtió con sequedad.

—Seguro que sí, lo que tú digas.

—Sí, lo que yo diga, porque si corres como una loca ahora, luego no dejaré que lo hagas, ¿lo tienes claro?

* * *

«Joder... Suficiente... Suficiente... ¡¡¡Suficiente!!!», me ordeno aferrando las riendas con fuerza, saliendo de las caballerizas y poniendo no una doble cerradura a mis lágrimas, sino una triple, iniciando el trote por estos terruños que lo saben todo de mí y de lo que siento porque en ellos dejé marcadas mis huellas... «junto a las suyas», me recuerda prudente esa parte de mi alma que no se encuentra congelada, al menos, todavía.

Y primero al trote y más tarde al galope, corriendo como, posiblemente, no debería hacerlo, recorro estas tierras que forman parte de mí y de mi esencia, despidiéndome de ellas, de estos viñedos y de este terruño que representa todo lo que quiero y todo lo que añoraré cuando esté tan lejos... «Todo... todo...», me digo sabiendo que ese *todo* lleva también su nombre impreso.

Inspirando profundamente e intentando grabar en mi memoria hasta el último detalle, cabalgo por ellas, siempre al amparo de la cordillera Cantábrica, dejando mi casa y la bodega a mis espaldas, mientras este mar verde salpicado del negro de las uvas que no han sido vendimiadas, del amarillo y del rojo sangre de las hojas, nunca termina y, con el rojo sangre, recuerdo mi dolor y las lágrimas que he derramado en el castillo mientras sus ojos se cuelan a través del verde de las hojas, esas que se resisten al rojo del dolor o al amarillo de la rendición, esos colores a los que yo he dado amparo en mi pecho, y corro más rápido, huyendo de lo que estos tonos representan, de su voz, que resuena por todas partes, de sus ojos, que parecen perseguirme, y de todo esto que me duele tanto... sin llegar a conseguirlo, sintiendo cómo mi pecho se encoge en ese lugar donde late esa cosa mecánica llamada corazón.

Aminoro la velocidad en cuanto veo a lo lejos los tractores y el coche de mi padre, y, de nuevo al trote, llego hasta él.

—¡Hola, papá! —lo saludo bajándome del caballo sin soltar sus riendas—. ¿Damos un paseo o estás muy ocupado? —le pregunto, intentando que mi voz suene lo más despreocupada y ligera posible.

—Para ti nunca estoy ocupado, hija. ¿Qué sucede?

—Me marcho mañana, papá —musito, observando cómo su rostro se ensombrece poco a poco.

—Vaya... y yo que pensaba que al final decidirías quedarte —me dice mientras echamos a andar, y percibo el nerviosismo del animal.

—Chist, tranquilo, Trueno —le dedico, deteniéndome unos segundos para acariciarlo y para tranquilizarme yo también, pues mi padre no era el único que pensaba que me quedaría..., yo también lo hice—. Me marcho, pero vendré a verte, como hago siempre, te lo prometo —añado enlazando mi mirada con la suya—. Además, son solo unos años, papá; en nada me tendrás aquí de nuevo.

—Unos años... —repite con voz ausente, posando su mirada en este mar verde ondulante—. Quién sabe lo que sucederá en unos años... Puede que te guste tanto que no quieras regresar.

—O puede que no me guste nada y regrese enseguida

—le rebato, obligándome a sonreír—. No sé lo que sucederá, papá, pero sé que esta es mi casa y el lugar al que espero volver algún día.

—Ojalá lo hagas más pronto que tarde —me dice sonriéndome con tristeza, y lo hago yo también, como si mi rostro fuera el espejo en el que se está reflejando el suyo—. Solo te pido que no olvides lo que hablamos para que nunca tengas que agachar la cabeza y, sobre todo, cuídate mucho, hija —añade, abrazándome con fuerza mientras yo me pierdo en sus brazos, en los brazos de este hombre que representa mi seguridad, mi hogar y todo lo que quiero.

—Lo haré, papá... Te voy a echar de menos —murmuro con un hilo de voz.

—Yo también. Me parece que me he acostumbrado demasiado a tenerte otra vez por aquí —me indica con voz ronca mientras yo hago verdaderos esfuerzos para no llorar—. Veremos a quién intenta cebar Casi ahora —suelta, intentando bromear.

—Pues a ti, ¿a quién, si no? —le pregunto mirándolo con cariño, recordando de repente que he olvidado decirle que preparara cena para Alana y José—. ¡Mierda! ¡Espera, papá! —le digo atropelladamente, buscando mi móvil en la chaqueta para llamarla.

Y mientras lo hago y posteriormente realizo esa llamada, veo a mi padre hacerse con las riendas de Trueno. «Mi padre, ese hombre que se mantiene en silencio, tal y como hacía mi abuelo, observando, escuchando e interviniendo solamente cuando cree que debe hacerlo; ese hombre fiel a las tradiciones, a la familia y la tierra, tan distinto a mí y a la vez tan parecido», pienso sonriendo mientras él acaricia la cabeza del animal y yo noto cómo todo lo que siento por él me desborda.

—¡Ya está! Mensaje dado. Ufff, llego a olvidarlo y Casi es capaz de pedir mi cuello —comento, aferrándome a su brazo mientras reanudamos el paso.

—Casi hace comida para todo un regimiento; te aseguro que, aunque lo hubieras olvidado, hubiese sobrado seguro.

—Por cierto... Estarás contento, ¿no? Al fin vas a tener yerno y ya no vas a poder llamarlo *ese chico* —bromeo.

—Ya era hora, contento me tenían esos dos —suelta con una media sonrisa, guardando luego silencio durante unos segundos—. Quiero pedirte un favor, Valentina —añade con seriedad, captando mi atención al instante—. Apoya a tu hermana con todo esto de la boda; organizarla, buscar el vestido, las flores, la decoración y todo eso son cosas que se hacen con una madre y la vuestra no está... Yo no entiendo de esas cosas y, si me pide opinión, posiblemente elegiré el vestido más feo de todos, así que, te lo ruego, ocupa tú el lugar de tu madre para que Alana no se sienta sola. Yo siempre he querido que se casara, sabes que no me gustaba que viviera así, pero, ahora que va a hacerlo, no quiero que las ausencias le pesen demasiado.

—No te preocupes, papá —le digo sintiendo cómo el nudo se forma en mi garganta al intentar recordar a mi madre sin llegar a conseguirlo del todo—. Alana es diseñadora y estoy segura de que ella misma se diseñará su vestido, pero, aun así, estaré a su lado, aunque sea por Skype, y le daré mi opinión la pida o no —le aseguro a la vez que damos media vuelta para regresar al viñedo—, y un día, cuando venga a veros, te llevaremos las dos a elegir tu traje de padrino. No te preocupes por eso, papá, porque no voy a dejarla sola ni a ti tampoco —afirmo, aferrándome más a su brazo.

—Gracias, hija. Yo sé que Casi, a veces, ha ocupado el lugar de vuestra madre, como hará con tu hermana en determinados aspectos de la boda o como ha hecho hoy contigo —comenta, sorprendiéndome—. Supongo que a veces me pierdo con esas cosas vuestras y la dejo hacer a ella, pero quiero saber si estás bien y, ahora que estás más tranquila, saber por qué llorabas antes.

—Vaya, papá... No sabía que te habías dado cuenta —confieso mientras él esboza un amago de sonrisa.

—Claro que me doy cuenta, pero soy torpe con ciertos temas y sé que ella os ayudará más de lo que haría yo.

—No eres torpe, papá. Y tranquilo, estoy bien. Supongo que esta mañana se me han juntado demasiadas cosas.

—¿Llorabas por Víctor? —me pregunta, prudente.

—Por Víctor, por tener que marcharme y porque, a veces, no sé qué he de hacer... No sé, papá, son tantas cosas que ni yo misma me entiendo en ocasiones —musito, procurando no meterme en tierras pantanosas.

—Tienes que hacer lo que te dicte el corazón, siempre, aunque te duela —me aconseja, mirándome con cariño.

—A veces no es tan fácil —murmuro, sintiendo cómo la garganta se me cierra y cómo el dolor, que hoy se ha adueñado de mi cuerpo, late encallado en él al recordar que decidí seguir los dictados de mi corazón y que él decidió seguir los suyos, dejándome.

—Claro que no es fácil, hija, pero es lo que te hará feliz con el tiempo. ¿Qué te dice el tuyo? ¿Lo has escuchado de verdad?

«Que me quede..., me dice que me quede... a pesar de todo.»

—Que me marche —contesto, mintiéndole y mintiéndome a mí misma, haciendo a un lado las palabras de Casi.

—Pues, entonces, hazlo. Vete y sé feliz, Valentina, porque solo tienes una vida y no debes desaprovecharla. Un día todo habrá pasado, tendrás mi edad y te preguntarás cómo has llegado a ella, cómo ha sucedido todo tan rápido que no te has dado ni cuenta y, entonces, te arrepentirás de ese viaje que querías hacer y que no hiciste porque tenías trabajo; te arrepentirás de esos juegos de los que no participaste porque tenías una reunión, y te arrepentirás de todas esas cosas que en su día no viviste porque creíste que no eran importantes, cuando, en realidad, eran las más importantes de todas —susurra más para él que para mí mientras siento esa herida de mi interior abrirse un poco más.

Guardo silencio ante sus palabras, pues temo empezar a hablar y no poder parar, temo liberar una lágrima y empezar a liberarlas todas y temo pensar y empezar a cuestionármelo todo... Temo tantas cosas que prefiero callar y permitir que el frío campe a sus anchas por mi pecho a que estas emociones que dormitan congeladas en él despierten para demostrarme lo muerta que estoy ahora.

—Lo haré, papá, intentaré ser feliz —musito finalmente, con el dolor incrementándose en mi interior, pues sé que mi felicidad, me diga lo que me diga a mí misma, no está en Nueva York—. Oye, papá... sobre lo que has dicho antes, quiero que sepas que has sido el mejor padre que Alana y yo podríamos haber tenido. Sé que a veces estabas trabajando o reunido, pero siempre te encontrábamos cuando te buscábamos, como ahora, así que no te recrimines nada, porque, gracias a esas reuniones o a tus horas de trabajo, nunca nos ha faltado de nada. Te quiero, papá, y ojalá no me faltes nunca —concluyo, abrazándolo con fuerza.

—Gracias, hija, por decírmelo —me agradece, conteniendo la emoción—. Es bueno saberlo —añade, acariciándome con su mirada.

—Y ya está bien, que ya he llorado suficiente por hoy —le indico tratando de sonreír sin que llegue a salirme del todo—. No vengas tarde a casa, ¿vale?

—Vale —asiente, sonriéndome él también.

—Vamos, bonito, ven conmigo —le digo a Trueno, cogiendo las riendas que me tiende mi padre.

Tomo el camino de regreso a las caballerizas intentando no pasar por su casa, intentando no pensar en nada y, sobre todo, intentando no sentir... Intentando sumergirme en un estado de parálisis en el que no haya dudas, no haya añoranza y no haya sentimientos que duelan, aferrándome a ese invierno en el que se halla sumido mi interior y en el que todo dormita en posición fetal.

Una vez en casa, me doy una larga ducha, obligando a mi mente y a lo que sea que late dentro de mí a continuar en ese estado de inmovilidad en el que me siento a salvo y, cuando estoy lista, me dirijo a la cocina para echarle una mano a Casi.

Y es allí, entre conversaciones banales, donde la calma, que hoy me ha dado esquinazo, llega discretamente para empezar a asentarse por encima de mis dudas y mi dolor.

—¡Hombre, los futuros esposos! —exclama Casi en cuanto ve llegar a mi hermana y a José.

—Buenas nochesssss —canturrea Alana, viniendo directa hacia mí para darme un enorme abrazo.

—Vas a desmontarla como continúes abrazándola así con lo flaca que está la niña esta —sentencia Casi, cruzándose de brazos mientras la miro sonriendo—. Chist, escúchame tú a mí: como no me comas en la ciudad esa, soy capaz de...

—Colgar el delantal y plantarte en ella para cantarme las cuarenta, ¿verdad que ibas a decir eso, Casilda Martínez de la Nuez? —le digo, cortándola.

—Y para darte un par de collejas por sinvergüenza —sentencia, intentando no sonreír.

—Casi, si es que eres muy pesada con la comida —añado, tratando de zafarme del abrazo de mi hermana—. ¡Tía, suéltame ya!

—No quiero, idiota, que estás idiota —replica mi hermana sin soltarme.

—¡Hombre, pero si es mi futuro yerno y mi hija! —saluda mi padre al entrar en la cocina—. Si al final recordaréis el camino a casa y todo —añade socarrón.

—¡Mira, José, ya no te ha llamado *ese chico*! —recalca mi hermana, feliz, liberándome finalmente.

—Buenas noches, suegro —lo saluda José, sonriendo.

—Ahora vamos a llamarte *santa paciencia*, que te lo has ganado, cuñado —le dedico, sirviéndome una copa de vino.

—¡Ay, calla tú ahora! Solo falta que papá deje de llamarlo *ese chico* para que tú empieces a llamarlo *santa paciencia* —masculla Alana, haciéndose con mi copa de vino.

—¡Oyeeeee! —me quejo, mirándola mal.

—¡Sírvete otra! —me rebate con una sonrisa.

Y así, entre sonrisas, secretos del alma confesados a media voz, pullas cariñosas y rodeada de toda mi familia, doy por finalizadas estas minivacaciones que no han sido para nada como esperaba y que me han cambiado a todos los niveles posibles, no sé si para bien o para mal, supongo que eso lo sabré con el paso del tiempo, al igual que sabré si él tenía razón y mi futuro estaba en Nueva York o si la tenía yo y mi futuro estaba aquí. De momento, lo único que sé es que me marcho. ¿Qué sucederá? Ni idea, pero si de algo estoy segura es de que ya se encargará la vida de mostrármelo.

Continuará...

Agradecimientos

Ser escritora, cuando tienes otro empleo, es algo complicado porque la rutina te absorbe y te faltan horas en el día para hacer todo lo que quieres, así que aprendes a estirar tu tiempo, a ser constante y a buscar huecos, donde no los hay, para escribir un poquito más. Al final, es la familia la que se resiente porque dejas de compartir planes con ellos para poder avanzar o para revisar lo que has escrito, por lo que mi primer «gracias» es para ellos, para mi familia.

A mi marido, ese gran hombre que siempre está ahí, a mi lado, listo para sostenerme la mano o para soltarla cuando sabe que necesito volar sola, el que mejor me entiende y al que no puedo querer más, aunque a veces olvide decírselo. Sabes que, si estoy aquí, es gracias a ti. Te quiero.

A mis hijos, mis amores. Gracias por entender este trabajo, que empezó siendo una afición, que no tiene horarios y que se ha vuelto más exigente que el otro. Solo quiero que sepáis que os quiero más que a mi vida.

A mis padres, mil gracias por vuestro apoyo incondicional y por estar siempre listos para ayudarme cada vez que lo necesito. Os quiero, aunque tampoco os lo diga tanto como debería.

Cómo no, mil gracias también a todas esas personas

que han hecho posible que esta novela sea un poquito más *real*.

Gracias a Raquel A. L., de Bodegas Ramón Bilbao, por invitarme a conocer esa gran bodega. Me encantó hacer la cata en rama y esa visita guiada de la que tanto aprendí.

A Cristina E. y a Jessica, de Bodegas Muga. Mil gracias por vuestra amabilidad, por la visita guiada y por vuestras explicaciones; ese día aprendí un poquito más sobre el arte de hacer vino y disfruté muchísimo conociendo una bodega que es tan familiar como la que yo he creado en mi novela.

Y un gracias enorme a Samuel y a Esther, de las bodegas La Rioja Alta, por invitarme a vuestra bodega Torre de Oña, en Páganos. Gracias por hacerme sentir como en casa, por vuestras explicaciones incluso después a través de *e-mail* y por permitirme que vuestra bodega sea el hogar y la bodega de mis personajes.

Cuando recorrí ese camino y llegué a la vivienda, rodeada de viñedos, y más tarde a la bodega, fue como si hubiera viajado a ese lugar que mi imaginación había ideado sin ni siquiera haber estado previamente en él. Vi lo que yo había escrito sin haberlo visto antes y fue tan mágico como lo sería si me hubiera adentrado en mi novela.

Y, por supuesto, un gracias enorme a Tiaré Pearl, mi sevillana del alma, por estar siempre disponible, incluso en los momentos delicados. Gracias por compartir tu arte conmigo y por estas portadas mágicas que son como la puerta que abre mis historias.

A mi editora, Esther Escoriza, gracias por todo. Te quiero.

Y a todas vosotras, mis chicas, las que esperáis mis novelas con ansia o las que las descubrís un día por casualidad y les dais una oportunidad. ¡¡Gracias, gracias, gracias!!

Espero que la historia de Víctor y Valentina os guste tanto como a mí.

Referencias de las canciones

The sea, Copyright: © 2018 HAEVN Music, *under exclusive license to* Warner Music Benelux B.V., interpretada por Haevn. *(N. de la e.)*

Diamonds, Copyright: © 2010 Hard Rain London, interpretada por Hard Rain London. *(N. de la e.)*

Terra Titanic, Copyright: © 1999 WEA RECORDS/ WARNER MUSIC GERMANY, interpretada por Peter Schilling. *(N. de la e.)*

Joey, Copyright: © 2010 Capitol Records, LLC, interpretada por Concrete Blonde. *(N. de la e.)*

Words don't come easy, Copyright: © 2010 Universal, interpretada por F. R. David. *(N. de la e.)*

Moonligth shadow, Copyright: This Compilation 2012 Mercury Records Limited © 2012, Mercury Records Limited, interpretada por Mike Olfield. *(N. de la e.)*

Beds are burning, Copyright: © 1987 Midnight Oil Ents Pty Ltd., interpretada por Midnight Oil. *(N. de la e.)*

Every breath you take, Copyright: This Compilation 1992 A&M Records Ltd. © 1992 A&M Records Ltd., interpretada por The Police. *(N. de la e.)*

Presence of love, Copyright: © 1987 I.R.S. Records Ltd., interpretada por The Alarm. *(N. de la e.)*

What a feeling, Copyright: © 2010 Essential Media Group LLC, interpretada por Irene Cara. *(N. de la e.)*

The one, Copyright: © 2017 Sony Music Entertainment UK Limited, interpretada por Kodaline. *(N. de la e.)*

Llueve alegría, Copyright: © 2018 Sony Music Entertainment España, S. L., interpretada por Malú y Alejandro Sanz. *(N. de la e.)*

Leave a light on, Copyright: © 2017 Relentless Records *under exclusive licence to* Sony Music Entertainment UK Limited, interpretada por Tom Walker. *(N. de la e.)*

I'll never love again, Copyright: This Compilation 2018 Interscope Records © 2018 Interscope Records, interpretada por Lady Gaga. *(N. de la e.)*

Todas las obras de Ana Forner en Booket